अजेय – भाग 2 की प्रशंसा में

• *मैं आशा करता हूँ कि कोई इस पुस्तक के आधार पर एक फ़िल्म बनाएगा और मुझे इसमें कोई भूमिका निभाने का प्रस्ताव मिलेगा। मुझे ऐसे महाग्रंथ का हिस्सा बन कर बहुत अच्छा लगेगा।*

~ अभिनेता नागार्जुन, 'कलि का उदय' के विमोचन के अवसर पर

• *आनंद की पुस्तक पौराणिक गाथा को एक नए नज़रिए से देखते हुए, विषमता को दर्शाती है। 'कलि का उदय' में महाभारत के महाकाव्य को दुर्योधन के दृष्टिकोण से देखा गया है।*

~ द हिंदू

• *धर्म एक संवेदनशील विषय है। सार्वजनिक रूप से इसके बारे में बात करना भी आपके लिए समस्या का कारण बन सकता है। परंतु आनंद नीलकंठन न केवल रामायण और महाभारत जैसे महाग्रंथों पर बहुत ही सरल शब्दावली में अपने विचार व्यक्त करते हैं, बल्कि उन्हें खलनायकों के दृष्टिकोण से लिखने में भी सफल रहे हैं।*

~ द एशियन एज

• *नीलकंठन लोकप्रिय मिथकों को उनकी विषमतापूर्ण लेखन शैली के साथ प्रकट करते हैं, वे हमारे पौराणिक ग्रंथों जैसे महाभारत और रामायण के खलनायकों जैसे रावण और दुर्योधन के कालिमायुक्त पक्ष को हल्का करने का प्रयत्न करते हैं। 'असुर : पराजितों की गाथा' तथा 'अजेय – पाँसों का खेल' के लोकप्रिय लेखक, आनंद नीलकंठन, कौरव वंश की महागाथा का दूसरा भाग – 'कलि का उदय' लेकर आए हैं। भले ही यह अभी उनकी तीसरी पुस्तक है किंतु वे अपनी पुस्तकों के लिए बेस्टसेलर पुस्तकों की सूची में स्थान पाने में सफल रहे हैं।*

~ डी एन ए

• *आनंद के उपन्यासों में, महागाथा में शामिल चरित्रों का गहन पुनर्निर्माण शामिल है; वे प्रत्येक पात्र के भीतर गहराई से उतरते हुए, परिस्थितियों का पक्षपात रहित दृष्टिकोण प्रस्तुत करते हैं और साथ ही अपनी अंतर्दृष्टि तथा रंग-बिरंगे काल्पनिक चित्रों का समावेश करना भी नहीं भूलते।*

~ सुप्रीमेसी

• सामान्यतः किसी भारतीय महागाथा का ऐसा अलग रूप देखने में नहीं आता। भारतीय लेखक आनंद नीलकंठन ने एक खलनायक को प्रिय नायक में बदलने का विचार प्रस्तुत किया है। वे पेशे से एक इंजीनियर हैं किंतु अपने उपन्यासों के लिए अधिक जाने जाते हैं।

~ द हैंस इंडिया

• आनंद नीलकंठन कृत चिर प्रतीक्षित पौराणिक थ्रिलर 'अजेय 2', एशियन एज की टॉप 10 बेस्टसेलर सूची में आ गया है और क्रॉसवर्ड की बेस्टसेलर सूची में भी तीसरे पायदान पर अपने लिए स्थान सुरक्षित कर चुका है। यह पुस्तक विविध अपेक्षाओं तथा उल्लास की उम्मीदों के बीच विमोचित हुई और एक ही सप्ताह में, आनंद की पिछली बेस्टसेलर पुस्तकों की बिक्री के रिकॉर्ड तोड़ दिए।

~ मुंबई मेसेंजर

• लेखक आनंद नीलकंठन ने इसे पुनः कर दिखाया – उन्होंने अपने नए उपन्यास के माध्यम से, हिंदी महागाथाओं के महानतम नायकों व खलनायकों को नश्वर मनुष्यों के रूप में बदल दिया।

~ 48 आवर्स, हिंदुस्तान टाइम्स

• महाभारत के उस रूप को भूलने के लिए तैयार हो जाएँ जिसे आपने बचपन में अपने दादा-दादी/ नाना-नानी के मुख से सुना होगा। आनंद नीलकंठन द्वारा प्रस्तुत महागाथा संस्करण में, पांडव अपने मनोहारी और नेकी का दम भरने वाले रूप से बाहर आते हैं, और प्रतिद्वंद्वी वर्ग से कौरव प्रमुख एक प्रभामंडल अर्जित करता है।

~ मिड डे

कलि

का उदय

दुर्योधन की महाभारत

युधिष्ठिर द्रुपद से कहते हैं :

धर्म सूक्ष्म है और हम इसे नहीं समझते। हम अपने पूर्वजों द्वारा निर्देशित मार्ग का पूरी निष्ठा से अनुसरण करते हैं। मेरी वाणी असत्य वादन नहीं करती, और न ही मेरा मन अधर्म में आश्रय ग्रहण करता है।

दुर्योधन कृष्ण से (सभा पर्व) :

मैं जानता हूँ कि आपका धर्म क्या है।
मैं जानता हूँ कि आप अधर्म किसे कहते हैं।
फिर भी मैं अपने हृदय का अनुसरण करता हूँ।
अगर आप जनार्दन हैं, तो आप ही मेरे हृदय में वास करते हुए, मुझे यह भाव देते हैं। क्या यह मेरा क्षत्रिय धर्म नहीं है कि
जो मेरा है मैं उसकी रक्षा करूँ?

कृष्ण अर्जुन से *भगवद् गीता* में कहते हैं :

हे पार्थ! अज्ञान के अंधकार से आच्छादित बुद्धि यह मान्यता रखती है कि अधर्म ही धर्म है और उसे सभी विपरीत अर्थ ही प्राप्त होते हैं। यह अज्ञान से भरी बुद्धिमत्ता है।

भीष्म युधिष्ठिर से कहते हैं (अनुशासन पर्व) :

परंतु नश्वर मनुष्यों के लिए सदैव धर्म विनिश्चय (धर्म की परिभाषा) पर आना सरल नहीं होता। केवल काल, यम अथवा समय के देव ही जानते हैं कि धर्म क्या है, अधर्म क्या है।

कृष्ण *भगवद् गीता* में कहते हैं :

मैं समय हूँ!

* * *

कलि का उदय

दुर्योधन की महाभारत

अजेय

कौरव वंश की महागाथा – भाग 2

आनंद नीलकंठन

अनुवाद : रचना भोला 'यामिनी'

MANJUL

मंजुल पब्लिशिंग हाउस

MANJUL

मंजुल पब्लिशिंग हाउस

कॉरपोरेट एवं संपादकीय कार्यालय

द्वितीय तल, उषा प्रीत कॉम्प्लेक्स, 42 मालवीय नगर, भोपाल-462003

विक्रय एवं विपणन कार्यालय

7/32, अंसारी रोड, दरियागंज, नई दिल्ली-110002

वेबसाइट : www.manjulindia.com

वितरण केन्द्र

अहमदाबाद, बेंगलुरू, भोपाल, कोलकाता, चेन्नई,
हैदराबाद, मुम्बई, नई दिल्ली, पुणे

आनंद नीलकंठन द्वारा लिखित मूल अंग्रेजी पुस्तक
अजेय : बुक 2 - राइज़ ऑफ़ कलि का हिन्दी अनुवाद

यह हिन्दी संस्करण 2016 में पहली बार प्रकाशित
द्वितीय आवृत्ति 2018

ISBN 978-81-8322-756-8

अनुवाद : रचना भोला 'यामिनी'

आवरण चित्र : कुणाल कुंडू

मुद्रण व जिल्दसाज़ी : थॉमसन प्रेस (इंडिया) लिमिटेड

मेरी प्रिय माँ,
डी. चेल्लमाल नीलकंठन की पुण्य स्मृति में,
जो हमें तिरूओणम के दिन छोड़ कर स्वर्ग
सिधार गईं।

लेखक के विषय में

मेरा जन्म केरल में कोचीन की बाहरी सीमाओं पर स्थित एक छोटे से विलक्षण गाँव त्रिपूनितुरा में हुआ। वेंबानाड झील के पार, एरणाकुलम के पूर्व में स्थित इस गाँव को, कोचीन के शाही परिवार का स्थान होने का गौरव प्राप्त हुआ था। यद्यपि, यह अपने सैकड़ों विचित्र देवालयों, अपने द्वारा निर्मित शास्त्रीय कलाकारों तथा संगीत की शाखा के लिए अधिक प्रसिद्ध था। मुझे आज भी स्मरण है, मेरी कितनी ही शामें, देवालयों से आते चेंडों की मद्धिम धुन तथा संगीत विद्यालय की खुरदरी दीवारों को भेदकर आती बाँसुरी के सुरों को सुनने में बीततीं। यद्यपि खाड़ी से आए धन तथा तेज़ी से विस्तार कर रहे कोचीन नगर ने उस पुराने संसार के आकर्षण के बचे-खुचे अवशेषों को भी विस्मृत कर बहा दिया है। पूरा गाँव एक सामान्य व साधारण उपनगरीय नर्क में बदल गया है, जिसके प्रतिरूप पूरे भारत में देखे जा सकते हैं।

मैं आवश्यकता से अधिक मंदिरों वाले गाँव में पला-बढ़ा, इसमें कोई आश्चर्य नहीं कि पौराणिक गाथाओं ने मुझे सर्वाधिक आकर्षित किया। एक यह विडंबना रही कि मैं खलनायकों के प्रति अधिक आकर्षित रहा। मेरा अपना जीवन चलता रहा... मैं एक इंजीनियर बना, इंडियन ऑयल कार्पोरेशन का हिस्सा बना, बेंगलूरु आ गया, अपर्णा से विवाह किया और अपनी पुत्री अनन्या तथा पुत्र अभिनव का जीवन में स्वागत किया। यद्यपि प्राचीन काल के उन स्वरों ने मेरे मस्तिष्क में शांत होने से इंकार कर दिया। मुझे अनुभव हुआ कि मैं पराजित व अभिशापितों की कथाएँ सुनाने के लिए प्रेरित हो रहा था, मुझे ऐसा लगा मानो मुझे उन सभी मूक नायकों को अपना स्वर देना था, जो हमारे महाकाव्यों के पारंपरिक लेखन की अविवेकपूर्ण स्वीकृति के कारण उपेक्षित रहे हैं।

यह आनंद की तीसरी पुस्तक है और इससे पूर्व, 'असुर - पराजितों की गाथा' तथा 'अजेय - पाँसों का खेल' अपनी उल्लेखनीय सफलता के साथ नैशनल बेस्टसेलर सूची में पहले स्थान पर रही हैं।

आनंद नीलकंठन से संपर्क करें : mail@asura.co.in

विषय-सूची

लेखक की ओर से 13

वंशावली 17

प्रस्तावना ~ पाँसों का खेल 18

1. लज्जा 24
2. पलायन 37
3. बंदी 42
4. चुनौती 47
5. गांधार का संकेत 53
6. अंधकार 59
7. सर्प का आखेट 65
8. शरण 71
9. छल 78
10. अहिंसा 82
11. शिकार 85
12. दिग्विजय 90
13. भोज 93
14. गुरु व शिष्य 97
15. एक राक्षसी का पुत्र 108
16. छोटे व्यक्ति 117
17. दुष्ट राजकुमार 121
18. निषाद की पुत्री 123
19. व्यापारी 132
20. दरार 140
21. विजेता और परास्त 144
22. म्लेच्छ की वापसी 149
23. कवि 154
24. विविध देवता 159

25. प्रस्ताव 163
26. ईश्वर पुत्र 175
27. कामुक नेत्र 179
28. ख़तरनाक मुहिम 181
29. सौभाग्य के पुत्र 185
30. प्रेमी युवक 191
31. किरातार्जुनीयम् 194
32. टोह लेने वाला शिकारी 199
33. प्रतिशोध........ 203
34. वानरपुत्र 205
35. दयनीय 208
36. कठोर दंड 210
37. एक पुत्री की मर्यादा 213
38. अंधकार में अंत 217
39. एकांतवासी आत्मा 224
40. अपहरण धन 227
41. विराट 229
42. नियति की तिथियाँ 236
43. हत्या 239
44. संदेशवाहक 241
45. युद्ध की आहट 250
46. देवता का संगीत 254
47. मनुष्य का संगीत 263
48. सबसे बड़ा रहस्य 266
49. युद्ध के खेल 271
50. अनिच्छुक योद्धा 279
51. इरावान् 284
52. क्षत्रिय 288
53. प्रेम का प्रतिदान........ 293
54. युद्ध के नियम 297
55. धर्मक्षेत्र 302
56. संशयवादी 305

57. पहले आठ दिन 313
58. विश्वासघाती 316
59. अंत:करण का उत्तरदायित्व 319
60. नपुंसक की आड़ 322
61. सूर्यपुत्र 326
62. गंगादत्त 332
63. एक कविता का अंत 334
64. मृत्यु चक्र 338
65. योद्धा का सम्मान 343
66. अर्द्ध धर्म 348
67. असत्य 353
68. दानवीर 355
69. राक्षस 360
70. एक म्लेच्छ का अंत 366
71. धर्मचक्र 371
72. हत्या 378
73. झील 381
74. उरुभंग 385
75. उल्लू का प्रतिशोध 389
76. अभिशप्त 400
77. जय 406
78. धर्म का स्वाद 422
79. वानप्रस्थ 426
80. क्रांति अमर रहे! 429
81. कर्मफल 432
82. शिकारी 435
83. पुकार स्वर्ग की 439
84. महान संधि 443
85. कलि का उदय 447

उपसंहार ~ धर्म, एक अतिसूक्ष्म अवधारणा 454

आभार 459

लेखक की ओर से

पराजितों के विषय में लेखन क्यों?

अजेय के पहले भाग में, मैंने विस्तार से बताया है कि मैंने *महाभारत* की कथा को दुर्योधन के दृष्टिकोण से लिखने का निर्णय क्यों लिया? उसके प्रकाशन के बाद से, मुझे अपने पाठकों से असंख्य ई-मेल प्राप्त हुए - जिनमें से कुछ आलोचनापूर्ण, कुछ प्रशंसात्मक और कुछ युगों पुराने महाकाव्य से जुड़े, मेरे दृष्टिकोण का विश्लेषण करने वाले थे। कुछ ऐसे पाठक थे, जो कुपित थे कि मैंने कृष्ण को अनाकर्षक तथा पांडवों को नकारात्मक रूप में क्यों प्रस्तुत किया? संभवतः कृष्ण तथा पांडवों के ऐसे चित्रण के विषय में मेरी इस संक्षिप्त टिप्पणी से प्रकाश पड़ सके :

मैंने *अजेय* को पराजित पक्ष - कौरवों के दृष्टिकोण से लिखा है। उनके लिए, कृष्ण शत्रु भले ही न हों, किंतु एक प्रतिद्वंद्वी थे। यदि कौरव कृष्ण की दिव्यता को स्वीकार कर लेते और उनके कहे अनुसार चलते, तो महाभारत का युद्ध ही न हुआ होता। इस प्रकार, कौरवों द्वारा कृष्ण की उपासना करते हुए दिखाना, हास्यास्पद और अवास्तविक जान पड़ता। तब तो कहने के लिए कोई कथा ही शेष न रह जाती। महान महर्षि वेदव्यास ने अपने मूल संस्करण *जय* में कृष्ण को कभी देव या अवतार के रूप में चित्रित नहीं किया। बहुत बाद में, उन्हें *महाभागवतम्* में, विष्णु के अवतार के रूप में दिखाया गया है। *महाभारत* में कृष्ण के प्रति निंदा के बहुत से स्वर उठे हैं। शिशुपाल, सुयोधन, गांधारी और यहाँ तक कि कृष्ण के भाई बलराम ने भी कृष्ण पर कई व्यंग्यात्मक मौखिक प्रहार किए हैं। व्यास बहुत ही प्रभावोत्पादकता के साथ, इन विपरीत विचारधाराओं से कथा रचने में सफल रहे।

महाभारत का कुल सार यही है कि यह बिना किसी नायक का महाकाव्य है। इसमें प्रत्येक चरित्र एक नायक की भूमिका में है। मुझे संदेह है कि आदरणीय वेदव्यास ने अपने महान महाकाव्य के लिए *जय* शीर्षक इसलिए रखा होगा क्योंकि वे हिंसा की विडंबना दिखाना चाहते थे अथवा एक ऐसे युद्ध की बात कर रहे थे, जिसमें किसी ने विजय श्री प्राप्त नहीं की। मेरे लिए, जय एक युद्ध-विरोधी कथानक है, मैंने *गीता* के सार को, उसके वास्तविक क्रम से थोड़ा आगे लाते हुए, वहाँ दर्शाया है, जहाँ बलराम और कृष्ण के बीच परस्पर वार्तालाप हो रहा है। दोनों भाई आपस में प्रेम करने के बावजूद, कौरवों और पांडवों को लेकर कई मतभेद रखते हैं।

जहाँ कृष्ण अर्जुन का पक्ष ले रहे थे, वहीं सुयोधन बलराम का प्रिय है। इस वार्तालाप के बाद, बलराम कृष्ण को युद्ध से पूर्व ही तज देते हैं क्योंकि वे हिंसा को प्रश्रय दे रहे थे। परंतु कृष्ण के लिए यह कर्तव्य की पुकार और धर्म है। मैंने इस स्थान के बीच यह कल्पना

करने का प्रयास किया है कि बलराम और कृष्ण के बीच कैसा संवाद हुआ होगा। जबकि मूल रूप में, कृष्ण बलराम को युद्ध की अनिवार्यता के विषय में आश्वस्त नहीं कर पाते; इस तरह यह दो महान बुद्धिजीवियों के बीच एक भारी बहस का कारण रहा होगा। मैंने इस स्थान पर, कृष्ण से वार्तालाप के दौरान बलराम के संदेहों को स्वर दिया है। सच कहूँ तो वे मेरे भी संदेह हैं, जो मुझे *गीता* पाठ के दौरान हुए, मैं स्वीकार करता हूँ कि मैंने बलराम के मुख से अपने ही संदेहों को स्वर दिया है और कहीं-कहीं अर्जुन के संदेह भी बीच में आए हैं। वेदव्यास केवल इतना कहते हैं कि कृष्ण और बलराम युद्ध के इस प्रश्न पर एकमत नहीं थे और जब युद्ध हुआ तो बलराम तीर्थ के लिए प्रस्थान कर गए। मैंने *गीता* को उसके पारंपरिक स्थान पर ही रखा, यद्यपि अर्जुन के मुख से निकले कुछ संदेह मेरे अपने भी हैं। मूल *गीता*, एक मार्गदर्शक और शिष्य के बीच आपसी संवाद है, जब कृष्ण अर्जुन को युद्ध में भाग लेने के लिए प्रवृत्त करते हैं।

जैसा कि मैं पहले भी कई साक्षात्कारों में कह चुका हूँ, और अपने लेखों में भी लिखा है, मैं स्वयं एक जिज्ञासु हूँ; मेरे कथानक उत्तरों की बजाए प्रश्नों को संप्रेषित करते हैं। मैं युगों से, असंख्य स्त्री-पुरुषों को प्रेरणा देने वाली *गीता* पर आलोचनात्मक विश्लेषण का कोई दावा नहीं करता क्योंकि मैं कोई विद्वान नहीं और न ही मेरे पास ऐसी विवेक बुद्धि है। मेरे प्रश्न बहुत ही सरल और साधारण हैं, जिस प्रकार बालक के मन में, किसी वयस्क से अद्‌भुत कथाएँ सुनते हुए, तरह-तरह के प्रश्न उठते हैं। बालक जानता है, कहानियाँ बहुत आकर्षक हैं परंतु कौतुहल के कारण बारंबार प्रश्न करता है ताकि उन्हें बेहतर तरीक़े से समझ सके।

हाल ही में, तिरूओणम के शुभ अवसर पर, जिस दिन महान असुर सम्राट महाबलि (भगवान विष्णु ने अपने वामनावतार में महाबलि को पाताल लोक में निष्कासित कर दिया था), धरती पर अपनी प्रजा से भेंट करने आते हैं, मुझे अपनी माँ के असमय निधन का गहरा सदमा झेलना पड़ा। मैंने *गीता* में श्रीकृष्ण के संदेश से सांत्वना पानी चाही कि आत्मा कभी नहीं मरती, वह केवल देह का चोला बदलती है; परंतु इस संदेश से मेरी व्यथा शांत नहीं हुई। मृत्यु एक कटु यथार्थ है कोई भी बौद्धिक तर्क, उस व्यक्ति के वियोग की पीड़ा को कम नहीं कर सकता, जो पीछे अकेला छूट जाता है। जब अंतिम संस्कार के अनुष्ठान संपन्न हुए और मेरी अम्मा की अस्थियों को गंगा में विसर्जन के लिए काशी ले जाया गया तो मैंने स्वयं को कटु और विक्षिप्त अनुभव किया। मैंने अंतिम संस्कार के अनुष्ठान करने वाले, गाँव के प्रधान पुरोहित से पूछा कि क्या ऐसे कर्मकांडों का कोई महत्त्व है। प्रत्युत्तर में, उन्होंने मुझे यह कथा सुनाई :

मंडन मिश्र बहुत बड़े विद्वान थे, और वेदों तथा मीमांसा पर पूर्ण अधिकार रखते थे। वे अपनी विदुषी-दार्शनिक पत्नी उभया भारती के साथ गृहस्थ जीवन में थे। वे महिषी नगरी में रहते थे, जो वर्तमान में उत्तरी बिहार का इलाका है। पति-पत्नी के बीच वेद, उपनिषद, *गीता* व अन्य दर्शन ग्रंथों की सत्यता पर वाद-विवाद होते। सारे भारतवर्ष से विद्वान उनके पास शास्त्रों की चर्चा करने और उनका ज्ञान प्राप्त करने आते थे। कहा जाता है कि यहाँ

तक कि मंडन मिश्र के घर के तोते भी दैवीयता अथवा वेदों व उपनिषदों पर चर्चा करते थे।

मंडन अनुष्ठानों में पूर्ण विश्वास रखते थे। एक दिन, जब वे पितृ कर्म (मृतक पूर्वजों के अनुष्ठान) कर रहे थे, तो आदि शंकराचार्य वहाँ आए और अद्वैत पर शास्त्रार्थ करने की माँग की। मंडन इस धृष्टता से कुपित हुए और आचार्य से पूछा कि क्या उन्हें एक ब्राह्मण होने के नाते पता नहीं था कि जब कोई ब्राह्मण पितृ कर्म कर रहा हो, तो उसके यहाँ बिना निमंत्रण के जाना अशुभ माना जाता है? प्रत्युत्तर में, आदि शंकराचार्य ने मंडन से पूछा कि क्या वे ऐसे कर्म-कांडों की सार्थकता के विषय में आश्वस्त हैं? यह सुनकर मंडन तथा वहाँ उपस्थित अन्य ब्राह्मणों के रोष का पारावार न रहा। इस प्रकार हिंदू विचारधारा में एक अभूतपूर्व शास्त्रार्थ आरंभ हुआ। दो महान विद्वानों के बीच कई सप्ताह तक वाद-विवाद चलता रहा। चूँकि मंडन की पत्नी उभया भारती ही एकमात्र ऐसी विदुषी थीं जो ज्ञान में उनके समकक्ष ठहरती थीं अतः उन्हें ही निर्णायक नियुक्त किया गया। अन्य बातों के अतिरिक्त शंकर ने मंडन को यह विश्वास भी दिला दिया कि मृतकों से जुड़े कर्म-कांडों का उनसे कोई संबंध नहीं होता। मंडन ने आदि शंकराचार्य का शिष्यत्व ग्रहण किया (बाद में, वे कर्नाटक में शृंगेरी मठ के पहले शंकराचार्य बने।)

जब पंडित जी ने यह कथा मुझे सुनाई, तो मैं हतप्रभ हो उठा। वे मुझे ऐसा उत्तर नहीं दे रहे थे, जिसकी मुझे अपेक्षा थी। मैंने उनसे पूछा कि यदि शंकराचार्य ने स्वयं कहा है कि ऐसे कर्मकांडों का मृतकों से कोई संबंध नहीं होता तो मुझे वह कहानी सुनाने का औचित्य ही क्या था। पंडित जी बोले, "पुत्र! अभी ये कथा समाप्त नहीं हुई।" फिर वे आगे सुनाने लगे, "...कुछ वर्ष पश्चात्, आदि शंकराचार्य मृतकों के अंतिम संस्कार से जुड़े अनुष्ठानों का संकलन कर रहे थे, ताकि उन्हें भारतवर्ष की जनता के लिए एकरूपता प्रदान कर सकें। मंडन ने अपने गुरु के इस कार्य से व्यथित हो कर पूछा कि वे ऐसा कार्य क्यों कर रहे थे। उन्होंने ही तो मंडन को यह कहा था कि ऐसे अनुष्ठान और कर्मकांड निरर्थक होते हैं (भगवान कृष्ण भी *गीता* में, वैदिक बलिदानों की हीनता दर्शाते हैं। पितृ कर्म का कोई वैदिक आधार भी नहीं है।) तो जगद्गुरु ऐसा पश्चगामी क़दम क्यों उठा रहे थे? आदि शंकराचार्य अपने शिष्य को देखकर मुस्कराए और बोले, "ये कर्मकांड मृतक जन के लिए नहीं अपितु उनके पीछे छूट गए स्नेही जन के लिए होते हैं।"

इससे पता चलता है कि किस प्रकार आलोचनात्मक चिंतन ही हमारे दर्शन का आधार रहा है। हमारे यहाँ ईश-निंदा की कोई अवधारणा नहीं है। आलोचना के प्रति यह खुलापन ही हिंदू धर्म व इसकी परंपराओं को अनूठा बनाता है। व्यास कृष्ण की भूलों को नहीं छिपाते और न ही वाल्मीकि राम के दोषों के प्रति मौन रहे हैं। आपसी चर्चा और तर्क-वितर्क के प्रति खुलेपन ने ही हमें अपने समय से आगे आने, हज़ारों वर्षों के विदेशी शासनों का सामना करने तथा समय की माँग के अनुसार सुधार लाने में सहायता प्रदान की है। अन्यथा, हिंदुत्व बहुत पहले ही मृत व निष्प्राण हो चुका होता, जिस प्रकार यूनान व मिस्र के प्राचीन धर्मों के साथ हुआ। कहते हैं कि प्रत्येक ग्राम के लिए एक *रामायण* है और प्रत्येक व्यक्ति के लिए एक *गीता* है। भगवान कृष्ण अध्याय-18 के 63 वें श्लोक में कहते हैं :

इति ते ज्ञानम् आख्यातं
गुह्य गुह्यतरम् माया
विमर्शयैतद् अशेषेण
यथेच्छसि तथा कुरु

(इस प्रकार यह गोपनीय से भी अति गोपनीय ज्ञान मैंने तुमसे कह दिया। अब तू इस रहस्ययुक्त ज्ञान को पूर्णतया भली-भाँति विचार कर, और जैसे चाहता है, वैसे कर।)

कृष्ण अर्जुन को अंधानुकरण करने को नहीं कहते, वे उसे आज्ञापालन न करने पर, नर्क के भय से भी आतंकित नहीं करते। अपने ही संदेहों को स्वर देते हुए, मैंने स्वयं, *महाभारत* के विश्लेषणपरक अध्ययन के साथ कृष्ण के ही परामर्श का अनुसरण किया है। मैं आशा प्रकट करता हूँ कि महाकाव्य की गहरी समझ तथा ज्ञान रखने वाले ज्ञानीजन, मुझे उन प्रश्नों के उत्तरों का संधान करने में मदद करेंगे, जो मुझे व्याकुल करते रहे हैं। मैं मानता हूँ कि यदा-कदा सामने आने वाली इस उलझन के साथ मैं अकेला नहीं हूँ। मेरे कुछ पाठक भी निश्चित रूप से, मेरी तरह कुछ संदेह रखते होंगे। मैं आपको यह तथ्य स्मरण रखने का आग्रह करता हूँ कि यह श्रेष्ठ भारतीय परंपरा वाद-प्रतिवाद को आधार बनाकर, प्रस्तुत किया गया एक उपन्यास है। हमारे प्राचीन गुरुओं ने शिक्षा दी है कि यदि किसी बात के बारे में गहरी समझ विकसित करनी हो तो वाद-विवाद ही उसके लिए उत्तम उपाय है। मैंने इसी प्रार्थना के साथ अपने पाँसे चल दिए हैं :

वमर्शयैतद् अशेषेण
यथेच्छसि तथा कुरु

(अब तू इस रहस्ययुक्त ज्ञान को पूर्णतया भली-भाँति विचार कर, और जैसे चाहता है, वैसे कर।)

महाभारत की मूल कथा से प्रासंगिक वंशावली

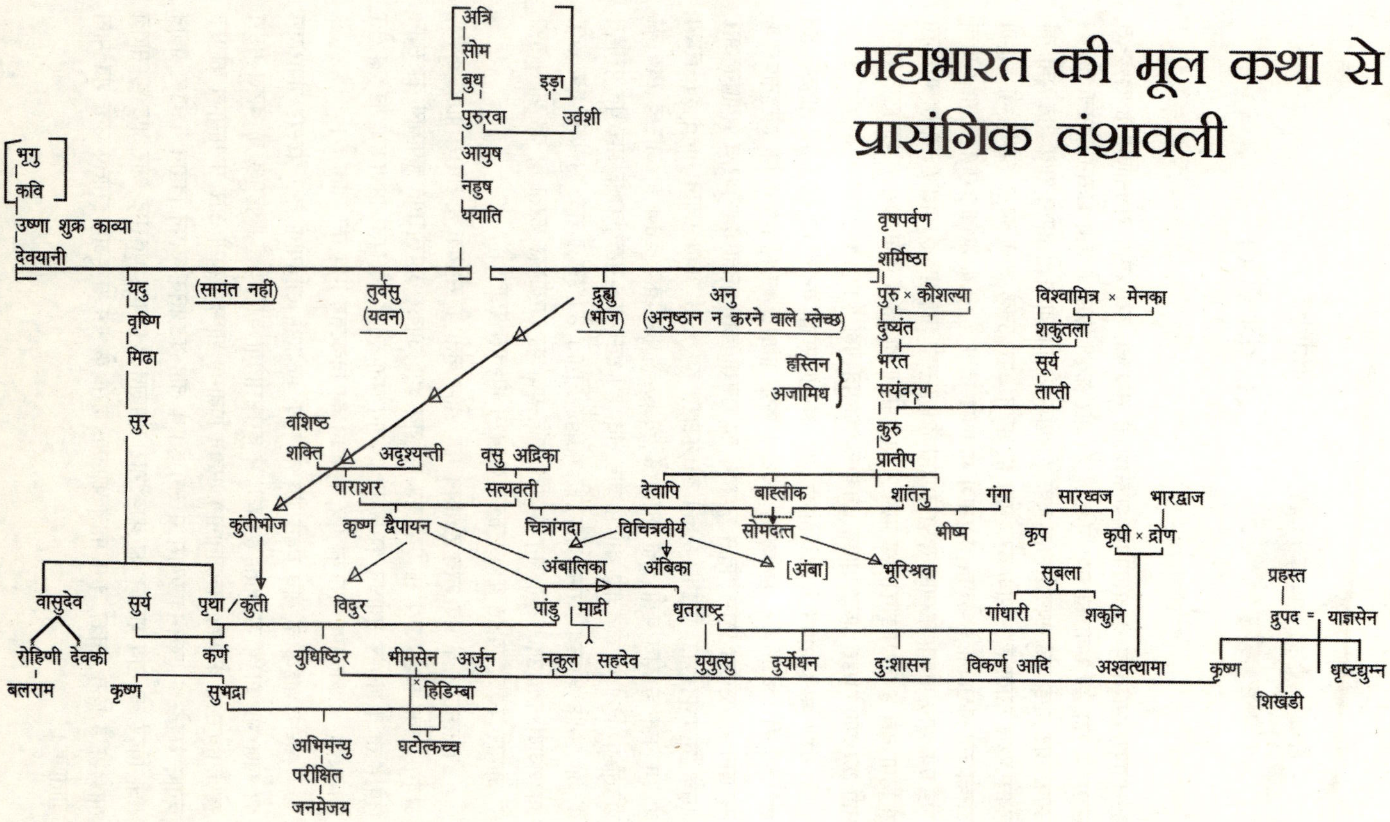

प्रस्तावना

पाँसों का खेल

हस्तिनापुर, भारतवर्ष का सर्वाधिक शक्तिशाली साम्राज्य, इस समय राजनीतिक उथल-पुथल से गुज़र रहा है। राजा धृतराष्ट्र नेत्रहीन हैं और केवल नाम के लिए शासन संभाल रहे हैं। उनके छोटे भाई पांडु स्वर्ग सिधार चुके हैं। पांडु की विधवा कुंती अपने साथ तीन पुत्रों को लेकर महल आती हैं - युधिष्ठिर, भीम व अर्जुन और उनके साथ नकुल-सहदेव भी हैं, जो उनकी सह-पत्नी माद्री के पुत्र हैं। माद्री पति की चिता के साथ जलकर सती हो गईं। पाँचों भाई एक साथ पांडवों के नाम से जाने जाते हैं। वे सभी पांडु पुत्र हैं। यद्यपि यह रहस्य किसी से छिपा नहीं है कि पांडु को एक ऋषि से शाप मिला था कि वे कभी नारी से शारीरिक संसर्ग नहीं कर पाएँगे। इस प्रकार पांडव उनके जैविक पुत्र नहीं हैं।

परंतु कुंती अपने पुत्र युधिष्ठिर को अगला राजा बनाने के लिए दृढ़ संकल्प हैं। धृतराष्ट्र की विदेशी मूल की पत्नी, सुंदर व हठी गांधारी, का मानना है कि हस्तिनापुर के सिंहासन पर उनकी प्रथम संतान सुयोधन का उत्तराधिकार बनता है। युवराज सुयोधन और उसके निन्यानवे भाई, पांडवों के दावे को नकारते हुए, उन्हें अवैध संतान मानते हैं। नैराश्य के इन पलों के बीच कुंती दावा करती हैं कि उनके पुत्र दैवीय वंशज हैं, और वे स्वयं को पंडितों-पुरोहितों के रूढ़िवादी वर्ग से जोड़ लेती हैं। धौम्य एक महत्त्वाकांक्षी और धूर्त पुरोहित हैं, जो उनके शीर्षस्थ परामर्शदाता की भूमिका निभाते हैं। इस दौरान, सुयोधन एक हठी, आदर्शवादी तथा उदार युवा होने के नाते जाति-प्रथा को अस्वीकार करता है, वह केवल गुणों के आधार पर ही व्यक्ति का आकलन करने में विश्वास रखता है।

हस्तिनापुर के नए शस्त्र संचालन गुरु, द्रोण कुंती के समर्थक हैं; तीसरा पांडव कुमार, अर्जुन उनका विशेष रूप से प्रिय छात्र है। जब द्रोण आकर अपरंपरागत कृपाचार्य का स्थान लेते हैं तो वे किशोर सुयोधन का जीवन दयनीय बना देते हैं। वे खुलेआम पांडवों का पक्ष लेते हैं। यद्यपि, अश्वत्थामा, गुरु का पुत्र, सुयोधन का निकटतम मित्र बन जाता है।

चचेरे भाइयों के बीच बढ़ते द्वेष के साथ; हत्याओं, अभियोगों तथा परस्पर दोषारोपण का खेल भी आरंभ हो जाता है। हवा में दुरभिसंधियों की गंध है। गृहयुद्ध के बादल मँडरा रहे हैं। कुरुओं के महा राजप्रतिनिधि, महान पितामह भीष्म, अपनी ओर से साम्राज्य को एक बनाए रखने के हरसंभव प्रयास में लगे हैं। वे लौह-दंड लिए, अपने विद्वान व योग्य प्रधान मंत्री विदुर के साथ शासन का कार्य भार संभालते हैं। विदुर धृतराष्ट्र और पांडु के सौतेले भाई ही हैं किंतु उनका जन्म महल की एक दासी के गर्भ से हुआ, इसलिए उन्हें शूद्र माना जाता है।

जब भीष्म ने कई वर्ष पूर्व, गांधार पर आक्रमण किया और गांधारी को अपने अंधे भतीजे से विवाह करने के लिए विवश कर दिया, पितामह ने उस समय नन्हे गांधार कुमार शकुनि के प्राण न लेकर भारी भूल की थी। शकुनि ने भारतवर्ष को नष्ट करने का संकल्प लिया है। वह विदेशी होने के नाते, अनेक व्यक्तियों की घृणा का पात्र है किंतु किसी न किसी तरह हस्तिनापुर दरबार में कष्ट व संकट को न्यौता देने के लिए कोई न कोई चाल चलता ही रहता है।

जब कट्टर ब्राह्मण वर्ग, जनता पर जाति प्रथा के कड़े नियम लागू कर रहा था तो भारतवर्ष के घने वनों में नाग नेता तक्षक के नेतृत्व में एक क्रांति का सूत्रपात हो रहा था। शकुनि अपराधों के शहंशाह दुर्जय को पुनः सक्रिय कर, गुप्त रूप से विघटनकारी तत्वों को सहायता दे रहा था।

एकलव्य और जरा अछूत निषाद हैं। एकलव्य एक महान धनुर्धर बनना चाहता है किंतु गुरु द्रोण उसकी जाति के कारण, उसे अपना शिष्य बनाने से इंकार कर देते हैं। वह गुरु को हस्तिनापुर के राजकुमारों को शिक्षा देते हुए, छिपकर देखता है और फिर उसके अनुसार ही अपना अभ्यास करता है। कुछ ही समय में उसका कौशल, गुरु के प्रिय अर्जुन से भी अधिक हो जाता है। जब एकलव्य अंततः गुरु के सम्मुख अपनी विद्या का प्रदर्शन करने का साहस जुटाता है, तो गुरु कहते हैं कि उसे गुरुदक्षिणा के रूप में अपने दाएँ हाथ का अँगूठा काट कर देना होगा, ताकि अर्जुन को चुनौती देने वाला कोई न रहे। एकलव्य घृणा से सुलग उठता है और मन ही मन संकल्प करता है कि वह अपनी विकलांगता के बावजूद एक श्रेष्ठ धनुर्धारी बनकर रहेगा।

जरा दुर्जय का साथी बन जाता है। उसका जीवन उन अंधेरों में ही बीत जाता किंतु उसे एक बार एक ब्राह्मण के घर में लूटपाट के लिए जाने का अवसर मिला और वह दिन उसके जीवन में एक नया सवेरा ले आया। जब जरा को पता चला कि ब्राह्मण और उसके परिवार की दुर्जय के आदमियों ने निर्दयता से हत्या कर दी थी तो उसका हृदय परिवर्तन हो जाता है। वह यादव कुमार, कृष्ण का परम भक्त बन जाता है, जिन्हें अब बहुत से लोग विष्णु भगवान का अवतार मान कर पूजने लगे हैं। उसके बाद से, जरा अपने नेत्रहीन श्वान धर्म के साथ हस्तिनापुर की गलियों में भटकता है और कृष्ण की कीर्ति का गुणगान करता है।

कृष्ण स्वयं स्थिर समाज का निर्माण चाहते हैं और उन्हें लगता है कि सुयोधन इसके लिए एक संकट है। यद्यपि वे वंशानुक्रम को प्रोत्साहित नहीं करते, परंतु उनका मानना है कि प्रत्येक व्यक्ति को अपने कुल-धर्म का पालन करना चाहिए, जो कि पहले से ही तय होता है। तभी यह समाज, शांतिपूर्ण, प्रसन्न और समृद्ध हो सकता है। वे एक चमत्कारी नेता हैं, जिन्हें लोग बहुत स्नेह देते हैं।

कृष्ण के बड़े भाई बलराम यादवों के प्रमुख हैं और साथ ही युवराज सुयोधन के गुरु भी हैं। वे जुताई और कृषि कर्म के विस्तार के साथ-साथ नए व्यापारिक मार्ग भी तैयार करना चाहते हैं। उन्होंने भारतवर्ष के पश्चिमी तट पर द्वारिका नामक आदर्श नगरी बसाई

है। शांतिप्रिय बलराम को सुयोधन प्रिय है और वे चाहते हैं कि वह सुभद्रा से विवाह कर ले क्योंकि दोनों ही एक-दूसरे से प्रेम करते हैं।

यादव वंश उत्तरी मैदानों से पश्चिमी तट की ओर इसलिए आया है ताकि यादवों के परम शत्रु, मगध नरेश जरासंध से प्रतिदिन के संघर्ष से बचाव हो सके। वे गुणों के आधार पर अपना शासन चलाते हैं। अछूत निषाद, एकलव्य के बिछुड़े हुए पिता हिरण्यधनुष, उनकी सेना के प्रमुख सेनापति हैं।

इस दौरान, कर्ण, निम्न जाति के सारथी अधिरथ का पुत्र है, जो धनुर्विद्या सीखकर एक योद्धा बनना चाहता है। द्रोण तथा राजदरबार के अन्य उच्च जाति वाले उसे दुत्कार देते हैं। परंतु कर्ण का निश्चय अटल है। वह दक्षिण तक पदयात्रा करते हुए पहुँच जाता है और वहाँ परशुराम जी का शिष्य बनकर, युद्धकला का प्रशिक्षण प्राप्त करता है। वे दक्षिणी मंडल के नेता हैं। दक्षिणी मंडल हस्तिनापुर को भी अपने वश में करना चाहता है, वह भीष्म को एक ऐसे उदारवादी के रूप में देखता है, जो जाति प्रथा के नियमों को पूरी तरह से लागू नहीं कर रहे। कर्ण परशुराम का शिष्य बनने के लिए झूठ बोलता है कि वह एक ब्राह्मण है। वह अपना प्रशिक्षण पाने के बाद, सर्वश्रेष्ठ महारथी उपाधि, धर्मवीर पाने में सफल होता है किंतु अपना रहस्य खुलने के बाद, उसे अपनी जान बचा कर भागना पड़ता है, और वह सदमे से बेसुध गुरु को उसी दिशा में छोड़कर भाग आता है।

कर्ण जिस दिन हस्तिनापुर पहुँचता है, उस दिन कुरु राजकुमारों का स्नातक समारोह आयोजित किया जा रहा था ताकि वे अपने अस्त्र-शस्त्र कौशल का प्रदर्शन कर सकें। वह भी अखाड़े में प्रवेश करता है और प्रत्येक प्रतियोगिता में अर्जुन को मात दे देता है परंतु द्रोण और अन्य ब्राह्मण उसे नीची जाति के कारण तिरस्कृत करते हैं। ऐसे में युवराज सुयोधन आगे आता है। वह रुढ़िवाद को चुनौती देते हुए, कर्ण को वहीं अंग देश का राजा बना देता है, इस तरह वह ब्राह्मणों के रोष तथा कर्ण की आजीवन मित्रता तथा निष्ठा का भागी होता है।

सुयोधन को अपने इस कृत्य की क़ीमत भी अदा करनी पड़ती है, उसकी प्रेयसी सुभद्रा उसे त्याग कर, अर्जुन के साथ भाग जाती है, जिन्हें कृष्ण का समर्थन व सहयोग मिलता है। सुयोधन बिखर कर रह जाता है और उसके व कृष्ण के बीच वैमनस्य और भी बढ़ जाता है।

गुरु द्रोण माँग करते हैं कि उनके छात्र गुरुदक्षिणा के रूप में, उनके शत्रु पांचाल राजा द्रुपद को परास्त कर, ज़ंजीरों में बाँधकर हस्तिनापुर घसीटता हुए लाएँ, जो कि कभी उनका मित्र था। इस प्रकार सुयोधन अपने मित्रों के साथ पांचाल जाता है। उसे यह देखकर आश्चर्य होता है कि पांचाल नरेश स्वयं ही अपने कुकृत्य पर लज्जित होकर क्षमा-याचना कर रहे हैं। वे मानते हैं कि उन्होंने सत्ता के मद में चूर होकर, द्रोण का अपमान किया था। पांचाल में ही, कर्ण की भेंट राजा की सुंदरी पुत्री द्रौपदी से होती है और उनके बीच प्रेम पनपने लगता है। सुयोधन हस्तिनापुर वापस आता और गुरु द्रोण से कहता है कि पांचाल नरेश ने उनसे क्षमा माँगी है और उनके लिए उपहार भिजवाए हैं। परंतु गुरु अपने हठ पर अटल हैं। वे

अपने प्रिय छात्र राजकुमार अर्जुन को आदेश देते हैं कि वह जाकर पांचाल नरेश को परास्त करे। अर्जुन अपनी सेना सहित अचानक ही पांचाल पर हमला कर देता है और पूरे नगर को विनष्ट कर देता है। राजा द्रुपद और उनके पुत्रों शिखंडी और धृष्टद्युम्न को घसीटकर हस्तिनापुर लाया जाता है। भीष्म हस्तक्षेप कर, उन्हें रिहा करवाते हैं परंतु धृष्टद्युम्न का मानना है कि यह सुयोधन की चाल थी कि पहले तो उसने शांति की अपील मान ली और फिर अचानक अपने चचेरे भाई को सेना सहित हमला करने भेज दिया। वह अश्वत्थामा को चुनौती भी देता है कि एक दिन द्रोण का वध करेगा।

पारिवारिक वैमनस्य को बढ़ने से रोकने के लिए, पितामह भीष्म कुंती और उनके पुत्रों को वार्णावत जाने का परामर्श देते हैं, जहाँ उनके लिए एक नया महल तैयार करवाया गया है। शकुनि इस परियोजना के प्रमुख पुरोचन को उत्कोच देता है और महल के निर्माण में ऐसी सामग्री लगवा देता है जो उच्च्य ज्वलनशील है। फिर शकुनि एक गुप्तचर के माध्यम से, यह बात कुंती तक भी पहुँचा देता है। पांडवों को विश्वास हो जाता है कि कौरवों ने ही उन्हें मारने के लिए यह षड्यंत्र रचा है।

कुंती सुयोधन को भी पीछे छोड़ देना चाहती है, वह एक निषाद महिला और उसके पाँच बच्चों को छल से महल में बुलवा लेती है, इसके बाद महल को आग लगा दी जाती है। पांडव तो बच निकलते हैं किंतु यह अफ़वाह प्रसारित कर दी जाती है कि कुंती और उनके पुत्र उस अग्निकांड में दिवंगत हो गए। जो निषाद महिला और उसकी संतानें जलकर राख हुई हैं, वे एकलव्य के संबंधी थे। एकलव्य प्रतिशोध का संकल्प लेता है। एकलव्य का मानना है कि कृष्ण ही सारे संकटों का कारण हैं।

राजकुमारी द्रौपदी के स्वयंवर वाले दिन, कर्ण को एक बार फिर उसकी जाति के नाम पर अपमानित किया जाता है जब कृष्ण द्रौपदी को समझाते हैं कि उसे कर्ण से विवाह करने के लिए इंकार कर देना चाहिए जबकि कर्ण प्रतियोगिता की सारी शर्तों को पूरा कर चुका था। द्रौपदी उसकी बजाए अर्जुन को अपने पति के रूप में वरती है। यद्यपि कुंती पारिवारिक एकता को ध्यान में रखते हुए, निर्णय लेती हैं कि पांडवों के लिए द्रौपदी ही पत्नी होगी। इस तरह द्रौपदी पाँचों पांडवों की पत्नी बन गई और बड़ा भाई होने के नाते, युधिष्ठिर को उसके साथ पहले वर्ष रहने का अधिकार दिया गया, इसके बाद अन्य शेष भाइयों की एक-एक वर्ष तक बारी आनी थी।

भाइयों के बीच सुंदरी द्रौपदी को ले कर कोई मन-मुटाव न हो इसलिए कृष्ण भीम और अर्जुन को अपने साथ मगध की यात्रा पर ले जाते हैं। वहाँ एक द्वंद्व में भीम जरासंध और एकलव्य के पिता हिरण्यधनुष का वध कर देता है।

इस दौरान, सुयोधन कलिंग के महाराज चित्रांगद की पुत्री भानुमती से विवाह करता है और उसके यहाँ एक पुत्र और पुत्री - लक्ष्मण कुमार और लक्ष्मणा जन्म लेते हैं। कर्ण भी एक सारथी की पुत्री वृशाली से विवाह करता है। अर्जुन और सुभद्रा के घर एक पुत्र अभिमन्यु का जन्म होता है, जो बचपन से ही सुयोधन के बहुत निकट है।

युद्ध को टालने के लिए, भीष्म राजा धृतराष्ट्र को मनाते हैं कि वे खांडवप्रस्थ के वन पांडवों को सौंप दें ताकि वे वहाँ अपने लिए नई नगरी बना सकें। कृष्ण अर्जुन को परामर्श देते हैं कि वन में आग लगा दी जाए और वहाँ रहने वाले हर छोटे-बड़े जीव की हत्या कर दी जाए ताकि वहाँ एक ऐसी नगरी बनाई जा सके, जो वैभव और सुंदरता में हस्तिनापुर को भी मात करे। अर्जुन और उसके सिपाही हज़ारों नाग स्त्री-पुरुषों की हत्या कर देते हैं किंतु वे युवा वास्तुशिल्पी मयासुर के प्राण बख़्श देते हैं जो अपने पालक पिता, देवों के पदच्युत राजा इंद्र और कुछ नाग स्त्री-पुरुषों के प्राणों की भी भीख माँग लेता है। मय बहुत भव्य महल और नगरी का निर्माण करता है किंतु उसे ही वहाँ से निष्कासित कर दिया जाता है, क्योंकि वह जाति से अछूत है। अर्जुन के जैविक पिता इंद्र उसके महल में रहने से इंकार कर देते हैं और मय के साथ वनवास में चले जाते हैं। हालाँकि इंद्र तय करते हैं कि वे मय की सहायता से एक भयानक अस्त्र तैयार करेंगे ताकि उसे अर्जुन को उपहार दिया जा सके। उन्हें लगता है कि उसके बिना उनके पुत्र पर अभिशाप का साया बना रहेगा।

नाग अपने लोगों के मारे जाने से क्षुब्ध हैं और बदला लेना चाहते हैं। शकुनि इस आग को और हवा देता है। कृष्ण के शत्रु शिशुपाल और शाल्व, एकलव्य को अपने साथ मिला लेते हैं और उनके बीच तय होता है कि वे युधिष्ठिर द्वारा, नए महल में गृहप्रवेश के अवसर पर किए जा रहे, राजसूय यज्ञ के दौरान कृष्ण को बंदी बना लेंगे। सुयोधन को भी युधिष्ठिर की ओर से राजसूय में भाग लेने का आमंत्रण मिलता है।

राजसूय यज्ञ के दौरान, शिशुपाल एकलव्य को पवित्र अग्नि के निकट बिठा कर ब्राह्मणों को कुपित कर देता है परंतु जब पांडव राजसूय यज्ञ के लिए कृष्ण को सम्मानित अतिथि के रूप में चुनते हैं तो वह कृष्ण पर नाना प्रकार के आरोप लगाने लगता है। कृष्ण वहीं शिशुपाल की हत्या कर देते हैं। इसके बाद हुए कोलाहल के बीच एकलव्य भाग निकलता है। वे और शाल्व सेना सहित द्वारिका चल देते हैं ताकि कृष्ण की नगरी को धूल में मिला सकें। कृष्ण को अपनी नगरी की रक्षा के लिए, विवश होकर यज्ञ के बीच से उठना पड़ता है। वे नहीं जानते किंतु तक्षक और उसकी नाग सेना ने उन्हें द्वारिका जाने के मार्ग में ही समाप्त करने की योजना बना रखी है।

सुयोधन कुपित भाव से इंद्रप्रस्थ पहुँचता है, उसने देख लिया है कि मयासुर और उसके साथियों के साथ पांडवों ने कैसा बुरा बर्ताव किया है। अचानक वह पांडवों से बहस करते-करते, फ़व्वारे के लिए भरे पानी के बीच गिर जाता है। सारी सभा में हँसी की लहर दौड़ जाती है। द्रौपदी उसके इस तरह गिरने और अर्धनग्न दिखने का उपहास करती है। सुयोधन अपने अपमान का प्रतिशोध लेने का संकल्प करता है और दनदनाता हुए हस्तिनापुर लौट आता है।

इधर परशुराम को होश आ गया है और उन्होंने दक्षिणी मंडल की सेनाओं को हस्तिनापुर रवाना कर दिया है ताकि वे कर्ण को बंदी बना सकें।

शकुनि अपनी चालें बहुत अच्छी तरह चलता है। वह सुयोधन को मना लेता है कि

युधिष्ठिर से बदला लेने के लिए, उससे युद्ध करने की बजाए, उसे द्यूत क्रीड़ा में पराजित करना कहीं बेहतर होगा। सुयोधन के निमंत्रण पर, युधिष्ठिर खेल के लिए हस्तिनापुर आते हैं। युधिष्ठिर एक-एक कर, अपनी सारी चल-अचल संपत्ति, नगर, भाई और यहाँ तक कि अपनी पत्नी को भी, धूर्त गांधार के हाथों हार देते हैं, उनके पास कुछ नहीं बचता। सुयोधन अपने भाई सुशासन को आदेश देता है कि वह द्रौपदी को सभा में घसीट लाए जिसने अपनी सभा में उसका अपमान और उपहास करने का दुःसाहस किया था। वह चाहता है कि द्रौपदी को भरी सभा में निर्वस्त्र किया जाए।

कथा आगे बढ़ती है...

1. लज्जा

द्रौपदी जानती थी कि वह लौट कर आएगा। उसने अपनी दंभपूर्ण दृष्टि से संदेशवाहक को देखते हुए वापस लौटा दिया था ताकि उसे अपने लिए कुछ समय मिल सके। उसने उसे वापस भेजते हुए, सभा में बैठे वयोवृद्ध जन के लिए एक प्रश्न भिजवाया था : उसके पतियों ने जब उसे दाँव पर लगाया तो क्या उस समय वे सब भी दास बन गए थे या दास बनने से पूर्व उसे दाँव पर लगाया गया था। अपने स्वामी के स्वामित्व में रहने वाले दास के पास न तो अपनी कोई संपत्ति होती है और न ही कोई अधिकार, इस प्रकार वे उसे दाँव पर रख ही नहीं सकते थे। संदेशवाहक ने भ्रमित होकर प्रणाम किया और उसके शब्दों को सभा तक पहुँचाने के लिए दौड़ता हुआ गया। द्वार अभी भले ही बंद हो गया था परंतु द्रौपदी के मन पर धीरे-धीरे युधिष्ठिर के इस कृत्य की विकरालता स्पष्ट होने लगी थी। वह भाँप सकती थी कि जब उसका प्रश्न सभा में पूछा जाएगा तो वहाँ कैसी निःशब्द चुप्पी छाई होगी।

जब उसने सीढ़ियों से भारी पदचाप की आहट सुनी तो जैसे वह श्वास लेना भी भूल गई। वे उसे लेने आ रहे थे। द्रौपदी के शब्द भी उन्हें रोक नहीं पाए। वह दीवार की ओर पीठ किए खड़ी थी, छाती में दिल तेज़ी से धड़क रहा था। सिर के केशों से लेकर, पैर की अंगुलियों तक भय रेंग उठा। उसने अपने तन पर पड़ी एकमात्र साड़ी को कसकर भींच लिया, जो यह संकेत देती थी वह उन दिनों रजस्वला थी। कक्ष की दूसरी महिलाएँ गहरी चुप्पी के बीच मुँह बाए खड़ी थीं। अचानक किसी ने लात मार कर द्वार खोला। राजकुमार सुशासन दहलीज़ के दोनों ओर एक-एक पैर जमाए खड़ा था, उसके तमतमाए हुए मुख पर तिरछी मुस्कान थी। वह द्रौपदी की ओर लपका किंतु सुभद्रा बीच में आ गई। सुशासन ने रुक्षता से सुभद्रा को परे धकेला और द्रौपदी को उसे घने, लंबे केशों से पकड़कर दुष्टता से खींचने लगा। वह मारे पीड़ा के, उसके पैरों पर गिर पड़ी।

'वह मेरे साथ ऐसा क्यों कर रहा है? मेरे पति कहाँ हैं?' द्रौपदी के मन में असंख्य विचारों का रेला उमड़ पड़ा। वह कष्ट तो सह सकती थी किंतु उससे अपमान सहन नहीं होता था। उसने पलंग का किनारा, द्वार आदि जो हाथ में आया, उसे पकड़ते हुए स्वयं को बचाना चाहा, ताकि सुशासन उसे इस तरह आधे-अधूरे वस्त्रों में घसीटते हुए सभा में न ले जा सके। किंतु सोमरस और वासना के मद में चूर कौरव राजकुमार के आगे उसके बल की कोई बिसात नहीं थी। राजपरिवार की स्त्रियाँ विस्फारित दृष्टि से, इस अमानवीय और क्रूर

तमाशे को देख रही थीं। एक शब्द तक नहीं कहा गया; केवल द्रौपदी की करुण विनती और राजकुमार की हास्यलहरी ही गलियारे में गूँज रही थी।

पूरी सभा में इस तरह बुदबुदाहट फैल गई, जैसे गेहूँ के खेत को पवन के झोंके झुला देते हैं। सबकी दृष्टि सुशासन और उस स्त्री पर थी जिसे वह संगमरमर के कक्ष में घसीटते हुए ला रहा था। उसका एक हाथ वक्षस्थल पर था और दूसरे हाथ से वह हर उस चीज़ को पकड़ने की चेष्टा कर रही थी, जिसे थाम कर स्वयं को घसीटे जाने से रोक सकती थी। उसके मुख और बाजुओं पर घसीटे जाने के निशान साक्षी थे कि उसकी सभा तक लाने की यात्रा कितनी यंत्रणादायक और विरोधपूर्ण रही होगी। द्रौपदी भाँप गई कि सभी पुरुष उसे ही ताक रहे थे, उसने एक बार भी अपना मुख नहीं उठाया। उसने अपने पैरों के नीचे संगमरमर के फ़र्श पर बने हर नमूने के एक-एक फूल-पत्ती को देखा। वह वायु में व्याप्त अगरबत्ती के धूम्र तथा भीड़ की दुर्गंध का अनुमान लगा सकती थी। वह उसकी झुकी हुई, अर्ध-विवस्त्र देह पर सैंकड़ों पुरुषों की वासनामयी कुदृष्टि को अनुभव कर सकती थी। उनके विचारों को पढ़ सकती थी।

फिर विशाल सभा में एक ठहाका गूँज उठा। द्रौपदी को अचानक ही विदा के समय अपने पिता के कहे शब्द स्मरण हो आए। 'मेरी पुत्री! नियति ने तुम्हारे भाग्य में जो भी लिखा हो, यह सदा स्मरण रखना कि तुम्हारी शिराओं में राजवंश का रक्त है, तुम एक राजा की पुत्री हो, एक राजकुमारी। सदा इसे मानकर ही आचरण करना, यह पदवी तो कोई तुमसे नहीं छीन सकता।' जब गर्वीले पिता को उसके इस अपमान का पता चलेगा तो उन पर क्या बीतेगी, द्रौपदी यह सोच सहन न कर सकी और धृष्टता से सभा में सिर ऊँचा कर खड़ी हो गई। कर्ण के सुलगते नेत्र उसे ही ताक रहे थे, उनकी अतल गहराइयों में तिरस्कार और सहानुभूति की लहर थी, उसके होंठ एक मौन भर्त्सना के साथ बंद थे।

सुशासन ने द्रौपदी को एक बाँह से पकड़ कर आगे खींचा। भय और क्रोध से थर-थर काँप रही द्रौपदी ने अपने वक्षों को ढाँपने वाली साड़ी को कसकर थाम लिया।

"यह घृणित है। यह किसी स्त्री से व्यवहार करने का तरीक़ा नहीं है। युधिष्ठिर भइया, मेरे भाई सुयोधन के दास हैं। कोई दास किसी वस्तु को दाँव पर कैसे धर सकता है?" सुयोधन के छोटे भाई विकर्ण का सुर सभा में गूँज उठा जिससे सारी हँसी और आपसी बातचीत पर रोक लग गई। सभा में घोर सन्नाटा छाया था। द्रौपदी ने राहत के मारे आँखें मूँद लीं। इस सभा में ऐसा कोई तो है, जो उसकी रक्षा करना चाहता है।

"राजकुमार विकर्ण! यह एक स्वामी और उसके दास का आपसी मामला है। इसमें किसी दूसरे को कुछ बोलने का अधिकार नहीं है।" कर्ण ने उठकर, युवा राजकुमार की ओर अंगुली उठा दी।

द्रौपदी अपने एकमात्र समर्थक के मुख से प्रत्युत्तर पाने के लिए दम साधे बैठी रही किंतु उसे एक परास्त मौन के अतिरिक्त कुछ नहीं मिला। यही नियम था।

अंततः विदुर ने कोमल स्वर में प्रतिवाद किया, "वे एक कुरु पत्नी और पुत्रवधु हैं..."

"आदरणीय! आप एक विद्वान हैं। क्या यह भी मुझे ही स्मरण करवाना होगा कि हमारे शास्त्र, चार से अधिक पुरुषों के साथ रमण करने वाली स्त्री को वेश्या की संज्ञा देते हैं? यह स्त्री पाँच पुरुषों के साथ रहती है। इसे इसके ही पति ने जुए के खेल में रेहन रखा था। राजकुमार सुयोधन ने इसे जुए के खेल में जीता है और हम सभी इस खेल के साक्षी रहे हैं। वही यह तय करने का अधिकारी है, इसके साथ क्या किया जाना चाहिए।"

'कर्ण! तुम इस खेल का हिस्सा कैसे हो सकते हो? तुम मेरे साथ ऐसा कैसे कर सकते हो?' द्रौपदी ने कर्ण को घूरा, ये शब्द उसके मन में ही घुमड़कर रह गए। वह गरजी, "बस, बहुत हुआ सूत!"

इससे पूर्व कि कर्ण कुछ कहता, वह अपने पतियों की ओर मुड़ी, वे उस स्थान के पास ही खड़े थे जहाँ वह भयानक खेल खेला गया था। "क्या मैं तुम्हारी चल संपत्ति हूँ, जिसे तुम जब जी चाहे रेहन रख सकते हो, जब जी चाहे बाँट सकते हो, जब जी चाहे बेच सकते हो?" उसने युधिष्ठिर के झुके हुए कंधों, काँपती अंगुलियों और तिरस्कार से झुके शीश को देखा। "बोलिए! कुछ कीजिए! क्या आप देख नहीं सकते कि यह क्या हो रहा है? जब आप पहले ही दास बन चुके थे तो ऐसे में आप मुझे दाँव पर कैसे रख सकते थे?"

जब इंद्रप्रस्थ के राजकुमार, अपनी आँखें झुकाए मूक होकर खड़े रहे, तो द्रौपदी ने निराश होकर अपनी आँखें बंद कर लीं। क्या यह वही व्यक्ति था, जिसने उसे बाँटने के नाम पर, अपने योद्धा भाई के रोष को चुनौती दी थी?

सिंध देश के राजा जयद्रथ की नज़रें द्रौपदी की देहयष्टि पर गड़ी जा रही थीं। वह दाँत निपोरते हुए बोला, "ये तो अब दास हैं, देवी। ये अपने स्वामी की अनुमति के बिना बोल तक नहीं सकते।" शकुनि की दबी हँसी भी सुनाई दी।

"अर्जुन! क्या आपको ये ताने और व्यंग्यबाण सुनाई नहीं देते?" द्रौपदी फुसफुसाई। परंतु उसके पाँचों योद्धा पति दम साधे खड़े रहे। मानो उनके नेत्र धरती से ही चिपक गए हों। "क्या आप सब क्षत्रिय हैं? आप सब पुरुष भी हैं या नहीं?" सारी सभा में खिलखिलाती हास्य लहरी के बीच द्रौपदी के हृदय की व्यथा कई गुना हो उठी।

"द्रौपदी, धीरज रखो। वे पवित्र ग्रंथों से परामर्श ले रहे हैं," जयद्रथ के इतना कहते ही, फिर से ठहाके गूँज उठे।

द्रौपदी अपने घुटनों के बल गिर पड़ी और अपने सुलगते मुख को दोनों हाथों से ढाँप लिया। नहीं, वह इसलिए नहीं रोएगी कि उसके पाँच योद्धा पतियों ने उसे उस समय त्याग दिया था, जिस समय उसे उनकी सबसे अधिक आवश्यकता थी। वह अब भी एक राजा की पुत्री थी। उसने सुयोधन को देखा और आश्चर्य से पूछा, उसका कंठ जल रहा था, "युवराज! तुम ऐसा क्यों कर रहे हो?"

"क्या तुम्हें लगा था कि भरी सभा में मेरा अपमान करने के बाद, तुम दंड पाए बिना बच जाओगी? क्या तुम्हें लगा कि तुम कर्ण जैसे व्यक्ति का अपमान करके बच सकती हो? अब तुम हमारी दासी हो और तुम्हें भी अपने पतियों की तरह ही हमारी हर बात माननी चाहिए," सुयोधन ने कहा, उसके नेत्र मारे गुस्से के अंगारे हो रहे थे। उसने अपनी जंघा पर हाथ मारते हुए, आदेश दिया, "आओ, यहाँ बैठो, द्रौपदी! अन्यथा तुम्हें सभा के सम्मुख विवस्त्र कर दिया जाएगा।"

हास्य लहरी वहीं थम गई। पूरी सभा में एक व्याकुलता से भरे मौन का साम्राज्य हो गया।

शकुनि आगे झुककर बोला। "संभवतः देवी द्रौपदी कर्म के नियम से अनभिज्ञ हैं। उन्हें अपने पहले पति से निर्देश लेने चाहिए। हर क्रिया के लिए निश्चित रूप से..."

"अपनी बकवास बंद कर, म्लेच्छ!" द्रौपदी मारे रोष के चिल्लाई। परंतु शकुनि हँसते हुए अपनी श्वेत दाढ़ी में हाथ फिराता रहा।

"पितामह..." द्रौपदी भीष्म की ओर मुड़ी तो उसके होंठ थरथरा उठे। भीष्म पाषाणवत् बैठे थे और उनकी दृष्टि, छत के जाने किस अदृश्य बिंदु पर टिकी थी।

द्रौपदी प्रणाम की मुद्रा में, महाराज की ओर मुड़ी, "महाराज! मैं आपके वंश की पुत्रवधु हूँ।"

धृतराष्ट्र अपने लिपिक की ओर मुड़े और धीमे से पूछा, "गांधारी कहाँ है?"

"आचार्य द्रोण..." द्रौपदी ने गुरु की ओर मुख करते हुए विनती की, वे लज्जित भाव से धौम्य को ताकने लगे।

"गुरु धौम्य..." द्रौपदी चीत्कार कर उठी। राजपुरोहित पुरोहितों के एक दल के पीछे ओझल हो गए।

"आचार्य कृप?" द्रौपदी ने डूबते हुए हृदय से कहा। उसे आस थी कि शायद वे उसकी सहायता करेंगे। आचार्य ने पहले भी इसी तरह अनेक व्यक्तियों की सहायता की थी।

वे अपनी हास्यलहरी से सभा को गुँजायमान करते हुए बाहर निकल गए, उस हास्य में गहरी विडंबना छिपी थी। वे बाहर जाते-जाते द्रौपदी के सम्मुख ठिठके, "पुत्री! तुम्हें यह प्रश्न अपने पति से पूछना होगा कि उसने तुम्हें जुए में दाँव पर क्यों रखा। दोनों पक्षों के जुआरियों से पूछो कि क्या उन्हें एहसास था कि वे नियति से जुआ खेल रहे थे?"

"देवी द्रौपदी! क्या हम और विलंब किए बिना, अपने हाथ का काम निपटा सकते हैं?" शकुनि के शब्द सुनकर कुछ कुरु राजकुमार खिलखिला उठे। "राजकुमार सुशासन! किस बात की प्रतीक्षा कर रहे हो, इसे निर्वस्त्र कर दो!" उसने हथेलियों में पड़े पाँसे सहलाए।

द्रौपदी सकुचा कर, भागने के लिए मुड़ी, किंतु सुशासन ने झट से उसकी साड़ी का छोर पकड़ लिया। उसके पाँचों पति, उसे देखने की बजाए अपने हाथों को ताक रहे थे - पुरोहितों और प्राचीन शास्त्रों के हाथों की कठपुतलियाँ। 'कृष्ण आपने ही इन कायरों को

वरने के लिए कहा था।' वह अपने मन में छिपे रोष को छिपा न सकी और पुकार उठी, "कृष्ण... कृष्ण..."

सुशासन द्रौपदी की साड़ी का छोर खींचता रहा और वह अपनी मर्यादा बचाने के लिए संघर्ष करती रही। अंततः मदिरा के नशे में चूर और विस्मित सुशासन, वस्त्र के ढेर में उलझा और वहीं गिर गया। द्रौपदी फ़र्श पर ढेर थी, सिर घुटनों पर टिका था, उसके आसपास कई गज साड़ी का कपड़ा फैला हुआ था, वह सभा में मुँह नहीं उठा पा रही थी। हाय कैसी लज्जा! क्या उस सभा में एक भी पुरुष न था, जो एक स्त्री के प्रति हो रहे ऐसे घृणित अत्याचार के विरुद्ध आवाज़ उठाता?

अचानक ही जैसे उच्च शक्तियों द्वारा कुछ स्मरण करवा दिया गया हो, सभा में बुदबुदाहट के स्वर उठे और सुशासन और अन्य दरबारियों को कोसने लगे। जब महापुरोहित और महान क्षत्रिय शांत रहे, तो विदुर सभा के बीच, द्रौपदी के पास आ खड़े हुए। जीवन में पहली बार, दासी का पुत्र, क्षत्रियों और पवित्र पंडे-पुरोहितों के बीच अपना उन्नत मस्तक लिए खड़ा हुआ था। वे उन्हें तिरस्कृत करते हुए बोले, "इस भद्र जन की सभा में एक असहाय स्त्री ने अधर्म के विषय में एक प्रश्न उठाया है और आपके पास उसके लिए अपने मौन के सिवा कोई उत्तर नहीं है?" ज्वलंत नेत्रों के साथ विदुर अपने स्वामी, भीष्म पितामह की ओर मुड़े, "आदरणीय! राजकुमार विकर्ण ने अपनी बुद्धि के अनुसार देवी द्रौपदी के प्रश्न का उत्तर देने का यथासंभव प्रयास किया। आप कुरुओं के महा राजप्रतिनिधि हैं, सभी क्षत्रियों में महारथी, तो आप ऐसे अधर्म के बीच मौन क्यों रहे? कुरुओं की पुत्रवधु को उसके प्रश्न का उत्तर दें। जब किसी वस्तु पर उनका स्वामित्व ही नहीं रहा तो पांडवों ने अपनी पत्नी को दाँव पर कैसे रखा?"

भीष्म ने अपने सदा के सहायक को ताका, जिसने आज उन्हें ऐसी कठिन परिस्थिति में डाल दिया था। सबके नेत्र उनकी ओर लगे थे। उन्होंने कंठ खँखारा और ऐसे सुर में बोले, जिसमें उनकी सदा गूँजने वाली हुँकार और शान का अभाव था, "मैं अधर्म के इस बिंदु पर निश्चित रूप से कुछ नहीं कह सकता। यह सत्य है कि युधिष्ठिर अपनी पत्नी को दाँव पर लगाने से पूर्व ही दास बन गया था, परंतु शास्त्रों का यह भी कहना है कि पत्नी अपने पति की संपत्ति होती है, यदि युधिष्ठिर दास बना तो उसकी पत्नी भी स्वयं ही दासी हो गई। मैं इस निर्णय को महाराज के विवेक पर छोड़ता हूँ।"

कर्ण अपने स्थान से उछल खड़ा हुआ, "सुयोधन! ये तीन महापुरुष; विदुर महाशय, भीष्म पितामह तथा गुरु द्रोण, ये सदा पांडु पुत्रों का ही साथ देंगे। तुम्हें पूरा अधिकार है, तुम अपने इन दासों से कोई मनचाहा कार्य करवा सकते हो।"

पांडवों के बीच एक विचित्र सी खलबली मच गई। सामान्य तौर पर शांत रहने वाला भीम भी अर्जुन पर उत्तेजित हो गया, जो उसे रोकने का प्रयत्न कर रहा था, "मेरा हाथ छोड़ो, अर्जुन! जाने दो मुझे। मैं कुछ अंगारे लाकर, युधिष्ठिर भइया के उस हाथ को ही जला देता हूँ, जो सदा जुआ खेलने को ललचाते रहते हैं। उन्होंने ऐसी पवित्र स्त्री की यह दयनीय

दशा करने का साहस कैसे किया? हमारे लिए कष्टों का न्यौता दुर्योधन नहीं लाया, यह तो उनकी देन है, जो सदा धर्म की बड़ी-बड़ी बातें किया करते हैं।"

ऐसी धृष्टता भरी बातें सुन सुयोधन और उसके मित्रों की हँसी छूट गई। सुयोधन ने सोचा कि धर्म का साक्षात रूप कहलाने वाला व्यक्ति आज अपनों के हाथों ही भरी सभा में अपमानित हो गया। युधिष्ठिर अब भी अपना सिर झुकाए खड़े थे।

विदुर युवराज की ओर मुड़े। उनका चेहरा क्रोध से लाल था। "सुयोधन! यहाँ जो भी हो रहा है, क्या उसे देखकर तुम्हें लज्जा नहीं आती, तुम तो सदा से ही सदाचार की बातें करते आए हो, तुम्हारी शिराओं में महान भारत का रक्त प्रवाहित हो रहा है। अब तुम एक असभ्य और आदिम व्यक्ति की तरह व्यवहार कर रहे हो। तुम्हारे उसूल और तुम्हारे हृदय की उदारता आज कहाँ गई?"

सुयोधन विदुर काका के शब्द सुन चिहुँक उठा। दरअसल, उसने सोचा नहीं था कि बात यहाँ तक पहुँच जाएगी। उसने अपने चचेरे भाई का राज्य जीतकर, उसे अपना दास बना लिया था। अब वह अपनी उदारता दर्शा सकता था परंतु जब उसने युधिष्ठिर को सिर झुकाए खड़ा देखा तो भीतर से रोष का सागर लहरा उठा। जब उसे युधिष्ठिर की सभा में अपमानित किया गया, उसका उपहास किया गया; तब विदुर काका और कोई भी ज्ञानी जन वहाँ उसे सहारा देने के लिए उपस्थित नहीं था। तब तो धर्म और अधर्म की कोई परिचर्चा नहीं हुई थी। शकुनि के बरजते हाथ को झटक, सुयोधन अपने स्थान से उठ खड़ा हुआ।

"द्रौपदी! मुझे तुम्हारा तर्क समझ आता है। युधिष्ठिर को मेरा दास बनने के बाद, तुम्हें दाँव पर लगाने का कोई अधिकार नहीं था। मैं कुरुओं की इस सभा में उच्च स्वर में कहता हूँ कि तुम्हें और अपने भाइयों को जुए में दाँव पर लगाना एक अधर्म था। उसे यह बात अपने मुख से कहने दो कि उसने तुम लोगों पर अपना दावा न होते हुए, सबको दाँव पर लगा कर असत्यवादन किया है। उसे कहने दो कि उसने वह सब पाने के लोभ में ऐसा अधर्म किया, जो उसका था ही नहीं - वह हस्तिनापुर का उत्तराधिकार, मुझसे पाना चाहता था, जो निश्चित रूप से उसका नहीं है। तुम सबको उसका त्याग करके, यह घोषणा कर देनी चाहिए कि तुम उससे कोई संबंध नहीं रखते। तब मैं उसे वह सब वापस दे दूँगा जो उसने खोया, यहाँ तक कि चचेरे भाई को अधीन राज्य के रूप में उसका इंद्रप्रस्थ भी लौटा दूँगा। यह एक क्षत्रिय का वचन है! बोलो, तुम वह सब कुछ पा सकते हो, जो तुमने गँवा दिया है।"

सभा में लज्जित सा मौन पसरा था। यहाँ तक कि थोड़ी देर पहले उत्तेजित हुआ भीम भी अब शांत था। सुयोधन के उदार प्रस्ताव को सुन युधिष्ठिर सकते में थे। उनके चारों भाइयों ने उनकी ओर देखा। द्रौपदी की आँखें उसके मुख पर किसी रत्न की तरह जगमगा रही थीं। निश्चित रूप से एक ऐसा व्यक्ति था जिसे पूरी गरिमा और मर्यादा के साथ अपनी भूल को स्वीकार करना आता था, क्या वे युधिष्ठिर थे?

"भाई, एक बार कह दो कि आपने अनुचित किया। एक बार इंद्रप्रस्थ हाथ आ जाए तो हम वापस जाकर, इस दुष्ट दुर्योधन के विरुद्ध युद्ध छेड़ देंगे और इसने द्रौपदी के साथ

जो बुरा बर्ताव किया, उसके लिए इसे दंडित करेंगे," भीम भाई के कान में बुदबुदाया। परंतु युधिष्ठिर ने इंकार में सिर हिला दिया। वे एक जुआरी थे जो हस्तिनापुर का राजसिंहासन पाना चाहते थे, परंतु वे अपने शब्दों से पीछे नहीं हटेंगे, "मेरे भाई और पत्नी कुछ नहीं कहेंगे। बड़ा होने के नाते, मुझे उनके लिए निर्णय लेने का पूरा अधिकार है। मैंने कोई अधर्म नहीं किया और न ही मैं नियति पर कोई सवाल उठाता हूँ। अगर अपने चचेरे भाई के हाथों कष्ट सहना ही मेरी नियति है, तो मैं पूरी गरिमा से अपनी पत्नी और भाइयों के साथ इसे सहन करूँगा।" युधिष्ठिर ने धीमे किंतु दृढ़ स्वर में कहा। भीम के कंठ से एक आदिम हुँकार निकली और नैराश्य के मारे द्रौपदी के कंधे ढुलक गए।

"दुर्योधन! तू अपनी दुष्ट बातों और नीची हरक़तों से मेरे भाई को जाल में फँसा रहा है। अगर साहस है तो सामने आकर, मुझसे दो-दो हाथ कर।" भीम गरजा।

"बड़बोले भीम," शकुनि ने बीच में कहा, "तुम्हारे शब्द किसी ख़ाली ढोल जैसी आवाज़ कर रहे हैं। स्वामी अपने दासों से नहीं लड़ा करते। अपने भाई से पूछ देखो।"

"मैं अपने भाई के ऐसे उत्तेजित स्वभाव के लिए सारी सभा में क्षमा चाहता हूँ।" युधिष्ठिर ने भीम के नेत्रों में जलती अपमान की ज्वाला को उपेक्षित करते हुए कहा।

तभी द्वार पर आहट हुई और गांधारी ने तीव्रता से प्रवेश किया। उनके पीछे सुभद्रा और भानुमती भी चली आ रही थीं। महारानी अपने पुत्र सुयोधन के पास पहुँचीं और उसके मुख को छूकर आश्वस्त हुईं कि वे अपने पुत्र को ही स्पर्श कर रही थीं। उसने उठना चाहा किंतु उसके ऐसा करने से पूर्व ही, उसकी माँ ने भरी सभा में उसके गाल पर करारा तमाचा लगा दिया। गांधारी के हाथ की छाप सुयोधन के गाल पर उभर आई थी।

सभा में सामूहिक उसाँस सुनाई दी और फिर सन्नाटा छा गया। भानुमती द्रौपदी की ओर दौड़ी और उसे अपने वस्त्र से ढाँपना चाहा, पर उसने उसे गुस्से से पीछे धकेल दिया।

फिर वह सुशासन की ओर मुड़ी जो किसी मदमत्त पियक्कड़ की तरह वहीं पड़ा था। द्रौपदी ने अपने नग्न पैरों से उसे ठोकर दे मारी। वह हिला तक नहीं। उसने उसके बिखरे बालों से उसे पकड़ा, और भावुक सुर में बोली, "तुम सभी आज मेरी बात सुन लो... मैं अपने पैरों पर गिरे इस शूकर के स्पर्श से अपवित्र हुए बालों को तब तक नहीं बाँधूगी, जब तक मेरे पति पुरुष बनकर, इनका वध नहीं कर देते। तब मैं इन चार दुष्टों - दुर्योधन, दुशासन, कर्ण व जयद्रथ के रक्त में भिगोकर अपने बालों को बाँधूगी।"

भीम एक क़दम आगे आ गया, "द्रौपदी! मैं तुम्हारे लिए इनका वध करूँगा।" उसने फुफकार भरी और अपने हाथ को ऐसे झटका मानो भीम कोई मक्खी हो, जिसे वह अपने हाथ से परे हटा देना चाह रही हो।

"मैं इस सारे घटनाक्रम से लज्जित हूँ।" गांधारी के स्वर ने सभा में हो रही हलचल को शांत कर दिया। "जब हमारी ही सभा में एक स्त्री को अपमानित किया जा रहा था, तो आचार्य और गुरु कहाँ थे?"

द्रौपदी दरबारियों को खा जाने वाले नज़रों से घूर रही थी, उसने रोने या सहानुभूति

का पात्र बनने से इंकार कर दिया था। वह एक राजकुमारी थी : वह अपना सिर नहीं झुकाएगी। उसने कोई अनुचित कार्य नहीं किया। भरी सभा में क्षत्रिय, दरबारी, भद्रजन, उच्च जाति के ब्राह्मण तथा पुरोहित व आचार्य सिर झुकाए खड़े थे। जैसे सबको चुप्पी का अभिशाप लगा हो। राजप्रतिनिधि यूँ बैठ थे मानो उन्हें आसन पर पाषाण प्रतिमा बना दिया गया हो।

गांधारी अपने नेत्रहीन पति की ओर मुड़ीं, "संभवतः घमंड और दर्प ने उन्हें नेत्रहीन कर दिया हो किंतु आप, स्वामी, आप तो हमारे महाराज हैं? द्रौपदी एक स्त्री है। वह आपसे दया की याचना करती रही। आप मौन क्यों रहे?"

विदुर आगे आए और उन्हें महाराज के निकट आसन तक ले गए। जब गांधारी ने पति की भुजा का स्पर्श किया तो उनकी आँखों में दिखाई न देने वाले अश्रु थे। उनके पास कोई शब्द नहीं थे। उनसे घृणित अपराध हो गया। उन्होंने अपने ही राजमुकुट को लांछित कर दिया।

महल के उद्यान से एक अभिशप्त चीत्कार सुनाई दी। दरबारी परस्पर देखने लगे, कुछ के मुख पर भय था तो कुछ उलझन में थे। गांधारी अपने पति की ओर मुड़ीं, "प्रभु, हमारे पुत्र ने हमें अपने कार्यों से लज्जित कर दिया। क्या आपको ये अपशकुन सुनाई नहीं देते? सियारों ने दिन के उजले प्रकाश में, महल मे निकट आने का साहस किया है। वे गहरे अंधकारमय भविष्य के सूचक हैं। मुझे युद्ध और मृत्यु की गंध आ रही है। कुरु वंश को इसकी स्त्रियों के अश्रुओं का श्राप लगा है और अब हमारी कलंकित सूची में द्रौपदी का नाम भी जुड़ गया है। मेरे प्रभु! मैं जानती हूँ कि आप न्यायी और सदा धर्म का पालन करने वाले हैं।"

महाराज महारानी के वचन सुन कटुता व क्रोध से भर उठे। उनके पुत्र ने जुए का खेल जीता था। सुयोधन तो उन्हें उनका राज्य लौटाने का प्रस्ताव भी रख चुका था। बस उसके भाई के उसूलों वाले पुत्र को केवल इतना स्वीकार करना था कि उसने अपनी पत्नी और भाइयों को रेहन रखकर, अधर्म किया था; परंतु उसने ऐसा करने से इंकार कर दिया। उसे किसी ने भी खेलने के लिए विवश नहीं किया था। अब उन्हें, धृतराष्ट्र को सभा की इस सारी कार्यवाही के लिए दोषी ठहराया जा रहा था। वे सारे पुरोहित कहाँ गए जो बिना माँगे ही अपने परामर्श देने आते रहते हैं, आज क्या सब चले गए? सारे शांत बैठे रहे और सारा दोष उनके सिर डाला जा रहा है। उनका पुत्र भी उन्हें लज्जित कर, मूर्ख बनाकर, अब उदार और दरियादिल बनने का दिखावा कर रहा है। नहीं, जो धृतराष्ट्र नंगे हाथों से हाथियों से भिड़ने और अपने हाथों से चट्टानों को चूर्ण करने का साहस रखते थे, वे उदारता और भलमनसाहत दिखाने से भी कभी पीछे नहीं हटते। वे एक महान क्षत्रिय थे और उन्हें अपने अभिशप्त भाई पांडु के पुत्रों के प्रति उदारता दिखानी ही चाहिए, जिसने उनकी नेत्रहीनता के कारण उनसे सिंहासन छीन लिया था। धृतराष्ट्र अपनी उदारता व करुणा के बल पर, अपने दिवंगत भाई की आत्मा को लज्जित कर देंगे।

सभा में हो रही बुदबुदाहट एकदम शांत हो गई और महाराज ने उठकर भावविभोर

स्वर में कहा, “आज सभा में कुछ ऐसा घटा, जो कभी भी होना नहीं चाहिए था। द्रौपदी, मेरी पुत्री! तुम्हारे साथ जो भी हुआ, पश्चाताप के शब्दों से उसकी पीड़ा को घटाया नहीं जा सकता। फिर भी मैं तुमसे याचना करता हूँ कि तुम सबको अपने हृदय से क्षमा कर दो।”

सुयोधन घटनाओं के इस नए रुख़ को देख दंग था। वह तो सदा अपने नीति सम्मत पक्ष पर गर्व करता आया था, जो प्रायः सारे नियमों पर भारी पड़ता था। अब वह उस उच्च नैतिक आधार का दावा नहीं कर सकता था। उसने न्याय की एक भारी भूल की थी। परंतु पिता के शब्द सुनते ही, भीतर बैठा क्रोध अपना फन उठाकर खड़ा हो गया।

“पुत्री! तुम मुझसे तीन वरदान ले सकती हो और भारत वंश का सम्राट होने के नाते, मैं वादा करता हूँ कि तुम जो चाहोगी, मैं उसे पूरा करूँगा। माँगो, इस नेत्रहीन को अवसर दो कि वह तुम्हारे प्रति हुए अन्याय का प्रतिकार कर सके।”

द्रौपदी ने महाराज के इन वचनों को सुन, आश्चर्य से देखा। शकुनि का हाथ पाँसों को कसकर थामे था और सारा हाथ सफ़ेद पड़ गया था। उसकी बहन ने बना-बनाया खेल बिगाड़ दिया। अब वह धृतराष्ट्र अपनी उदारता का परिचय देते हुए, सारे किए-किराए पर पानी फेरने जा रहा था। परंतु जब शकुनि ने सुयोधन का तमतमाया चेहरा देखा तो उसकी मुस्कान लौट आई। वह अब भी अपनी बाज़ी खेल सकता था। बस, उसे थोड़ी प्रतीक्षा करनी होगी।

“हे महाराज! कुरुओं में सर्वश्रेष्ठ!” द्रौपदी दोनों हाथ जोड़कर बोली। धृतराष्ट्र के होंठों पर संतुष्टि से भरी मुस्कान नाच उठी। “मेरे पतियों को अपने पुत्र के दासत्व से मुक्त करें।”

“द्रौपदी! तुम्हारी इच्छा पूरी हुई,” धृतराष्ट्र बोले। सभा में भी स्वीकृति के स्वर उठे। वे हस्तिनापुर की गलियों में उनकी प्रशंसा के गीत गाएँगे। उनका यश दिग-दिगंत तक फैलेगा और प्रजा उनकी गणना, महानतम नरेशों में करेगी।

“मेरे पतियों का खोया हुआ राज-पाट और सब कुछ वापस लौटाया जाए,” द्रौपदी ने अपने पतियों को तिरस्कारसूचक दृष्टि से देखते हुए कहा। युधिष्ठिर ने अपनी पत्नी को आश्चर्य से ताका।

“मैं पांडवों को खेल में खोया हुआ राज-पाट वापस सौंपता हूँ। मैं अपने भतीजे युधिष्ठिर को अपना आधा राज्य भी सौंपता हूँ ताकि वह उस पर स्वतंत्र भाव से शासन कर सके।”

सभा के कोलाहल के बीच महाराज आसन पर बैठ गए। युधिष्ठिर का चेहरा दमक उठा। सुयोधन की आँखें मारे गुस्से के जल रही थीं। उसके पिता ने पांडवों को इंद्रप्रस्थ कैसे वापस किया? राज्य, संपदा और सत्ता; वह सब तो अब उसके अधिकार में था। वे अवैध संतानें... वे सब कुछ वापस कैसे ले सकते थे?

“पांडवों ने एक स्त्री के हाथों अपना खोया राजपाट वापस पाया और फिर भी स्वयं को क्षत्रिय कहने का दम भरते हैं। देवी द्रौपदी! तुम तो अकेली ही इन पाँच के बराबर हो,”

कर्ण ने कहा। उसकी आँखें उस व्यक्ति का उपहास कर रही थीं जो हमेशा उसे उसकी जाति के लिए तिरस्कृत करता आया था।

अर्जुन मारे रोष के उछलकर खड़ा हो गया। "सूत! अब मैं दास नहीं रहा। अगर पुरुष है तो आगे आ और मुझसे दो-दो हाथ कर।"

"अर्जुन! मैं तुमसे क्यों लड़ने लगा। अगर तुम हार गए तो तुम्हारी पत्नी महाराज से विनती करके तुम्हें बचा लेगी।"

युधिष्ठिर ने कलाई थाम कर अुर्जन को रोकना चाहा। इससे पूर्व कि सारा वातावरण और भी कलुषित होता। भीष्म उठे और सारी आँखें उनकी ओर मुड़ गईं। "सभा समाप्त होती है। महाराज युधिष्ठिर की इंद्रप्रस्थ वापसी के लिए व्यवस्था की जाए।"

शकुनि भयभीत हो उठा। अगर उसकी बहन ने आकर खेल न बिगाड़ा होता तो आज सफलता का सेहरा उसके सिर था। अब जल्दी ही कुछ करना था वरना सब व्यर्थ चला जाता। उसने अपने मुख से सारे संदेह को पोंछा और युधिष्ठिर की ओर मुड़ा जो अपने त्यागे गए वस्त्र उठा रहे थे। "महाराज! आप स्वयं को सुयोधन और एक स्त्री की दया का पात्र और ऋणी क्यों बनाते हैं? क्या आप नहीं चाहेंगे कि एक सच्चे क्षत्रिय की तरह एक और अंतिम दाँव खेला जाए और आप पूरे अधिकार के साथ सब कुछ जीतकर वापस जा सकें?"

"शकुनि! मैं जानती हूँ कि तुम्हारे दिल में क्या है..." गांधारी चिल्लाईं।

"बहना! यह तो जुए के दो खिलाड़ियों के बीच आपसी अनुबंध है। मेरा कर्तव्य बनता है कि मैं सामने वाले खिलाड़ी को एक अवसर दूँ कि वह पूरे अधिकार और मर्यादा के साथ जीतकर वापस जाए। यही जुए के खेल का नियम है। हाँ, यदि इंद्रप्रस्थ के महाराज यह चुनौती न लेना चाहें तो यह दूसरी बात है।" शकुनि के चेहरे पर कुटिल मुस्कान थी।

"मैं खेलूँगा।" युधिष्ठिर एक क्षण में उछलकर फिर से बिछी हुई बाजी के पास आ गए। उन्होंने अपनी अंजलि में शकुनि के दिए पाँसे थाम लिए।

"कुछ लोग कभी नहीं सुधरते।" दरबारी आपस में बात करने लगे।

"महाराज! आप दाँव पर क्या रखना चाहेंगे?" शकुनि ने कुछ ज़्यादा ही विनम्रता दिखाते हुए कहा।

इससे पूर्व कि युधिष्ठिर कुछ कहते, महा राजप्रतिनिधि उठ खड़े हुए। चारों ओर सन्नाटा था। "राजकुमार सुयोधन और युधिष्ठिर ने यह चुना है कि वे भरी सभा के सामने प्रमाणित कर देंगे कि इन दोनों में से कोई भी एक देश पर शासन करने की परिपक्वता या विवेक नहीं रखता। एक शासक, अपनी धरती का अभिभावक होता है, वह उसका स्वामी नहीं होता। ठीक उसी प्रकार, एक पति वैवाहिक संबंध में बराबर का साझेदार है; वह अपनी पत्नी पर स्वामित्व नहीं रखता। यह उनके लिए बहुत ही लज्जा और हमारे लिए खेद की बात है कि कुरु वंश के राजकुमार, एक सभ्य व्यक्ति से जुड़े सारे आचार और नियमों को भुला बैठे

हैं।" भीष्म पितामह के नेत्र सभा में नहीं बल्कि वातायन से सुदूर जगमगा रही नदी को देख रहे थे। सभा प्रतीक्षा करने लगी।

"इन दोनों ने फिर से जुआ खेलने का निर्णय लिया है, आज जो भी हुआ, उसके बावजूद अब मैं तय करूँगा कि खेल की शर्तें क्या होंगी। जो हारेगा, वह विजेता को अपना राज्य सौंप देगा और उसे बारह वर्ष का वनवास भोगना होगा। वनवास के तेरहवें वर्ष में उसे अज्ञातवास में समय बिताना होगा। अगर उस समय वह दूसरे पक्ष द्वारा पहचान लिया गया तो वनवास तथा अज्ञातवास की अवधि फिर से पूरी करनी होगी।"

सभा में गहन सन्नाटा था। बारह साल का वनवास और फिर एक वर्ष का अज्ञातवास?

"मुझे शर्तें मंजूर हैं।" युधिष्ठिर झट से बोले।

सारी सभा में अविश्वास से भरी उसाँसें सुनाई दीं किंतु पांडव कुमार के माथे पर शिकन तक नहीं थी। वे सहज और शांत भाव से पितामह को देख रहे थे। उन्हें पूरा विश्वास था कि जीत उनकी ही होगी। एक ही बाज़ी में वे हस्तिनापुर के सम्राट होंगे और उन्हें दुर्योधन और उनके चाटुकारों को निष्कासित करने में देर नहीं लगेगी।

द्रौपदी स्तब्ध खड़ी थी। युधिष्ठिर कर क्या रहे थे? क्या वे उसकी पीड़ा नहीं देख पा रहे थे? क्या अभी उसे और कष्ट भोगना था? भीम बाहर जाने लगा और अर्जुन से कहा कि जब वन जाने का समय हो तो उसे बता दिया जाए। अर्जुन ने हाथ थामकर, उसे वहीं ठहरने की विनती की।

जुए के नशे और सार्वजनिक अपमान से चूर युधिष्ठिर का वर्षों का बौद्धिक अभ्यास भी उनका साथ नहीं दे सका। वे अपने सौभाग्यसूचक चिन्ह को छूकर बोले, 'इस बार यह मेरा रक्षक होगा। मैंने सदा धर्म का पक्ष लिया है। धर्म दुष्टता से मेरा बचाव करेगा। मेरे भाइयो, मेरा विश्वास करो। इस बार जीत हमारी होगी। हम सभी इस घटना के साक्षी होंगे कि इस शुभ मुहूर्त में दुर्योधन अपना सब कुछ गँवा देगा।'

शकुनि ने मुस्कराकर पाँसे चले। हड्डियाँ एक बार फिर आपस में टकराईं। जुए के खेल में रणनीति के स्वामी से, अंधविश्वासी देश में बने सौभाग्यसूचक चिन्ह का मुक़ाबला था। "आह! मेरी जीत हुई।" शकुनि ने अपना एक हाथ ऊँचा करते हुए कहा।

युधिष्ठिर निस्तब्ध भाव से बैठे ही रह गए। वे सब कुछ हार गए थे। फिर से हार गए थे। राजमहल के उद्यान में एक कौआ आ बैठा और अपने कर्कश स्वर में उनका उपहास करने लगा। कौए को शनि का वाहन माना जाता था; दुर्भाग्य का देवता उन्हें पुकार रहा था। यह उनकी नियति थी कि अब वे सहज भाव उसे स्वीकारें। उन्हें उन असंख्य घंटों की गिनती पर कटुता होने लगी जो उन्होंने प्रार्थना, उपवास या धर्म ग्रंथों के अध्ययन में बिताए थे। जिन क्षणों में वे सब मायने रखते थे, उन्हीं क्षणों में देवों ने उनका त्याग कर दिया था। *धर्मो रक्षति रक्षिताः* (*धर्म* उसकी रक्षा करेगा, जो धर्म की रक्षा करता है) – उनके गुरु के शब्द कानों में गूँज रहे थे। वे अनुभव कर सकते थे कि द्रौपदी का अभियोग का ताप किस तरह उनकी त्वचा को भेद रहा था; वे अपनी उथली श्वास में भीम के रोष को अनुभव कर सकते

थे। वे धर्म पुत्र होने के बावजूद, एक विदेशी के आगे सब गँवा बैठे। सूत उनका उपहास कर रहा था, पुरुष उनकी पत्नी को ताक रहे थे और उनके भाई सिर झुकाए बैठे थे। 'हे स्वर्ग के देवता! ये आप मुझे किस पाप का दंड दे रहे हैं?'

अविश्वास के कुछ क्षण बीतने के बाद, युधिष्ठिर ने उठकर अपनी धोती झाड़ी, जो संभवतः उनकी एकमात्र संपत्ति रह गई थी। भीम ने मारे गुस्से के लाल-पीले होते हुए सभा में ऐलान किया कि जब वे वापस आएँगे तो वह स्वयं अपने हाथों से दुर्योधन और उसके भाइयों की छाती चीर देगा।

अर्जुन ने सबको उपेक्षित करते हुए, अपने हाथ की अँगुली कर्ण की ओर उठाई। "भले ही आज तू विजयी रहा। पर अभी हमारा मिलना शेष है। हम एक दिन युद्ध भूमि में मिलेंगे और शेष निर्णय वहीं होगा।"

कर्ण ने झुककर कहा, "चिंता मत करो। मैं तुम्हारी प्रतीक्षा करूँगा।"

सभा के विशाल द्वारों के पास जाते ही युधिष्ठिर ठिठके। मन में कहीं एक आस थी कि शायद भीष्म वापस बुला लेंगे या महाराज द्रौपदी से उसका तीसरा वरदान माँगने को कह देंगे या फिर गुरु द्रोण ही कुछ बोल पड़ें। उन्होंने अपने कान के पास द्रौपदी का हिमशीतल स्वर सुना, "चलिए!" युधिष्ठिर भरी दोपहरी में सिर झुकाए बाहर निकल आए। दोनों ओर खड़े द्वारपाल सीधे खड़े रहे। कहीं दूर से तूफ़ान की तरह कुछ गरजने की आवाज आ रही थी, जाने कैसी आवाज़ थी।

द्रौपदी अपने पतियों के पीछे सभा से बाहर निकली, वह एकवस्त्रा थी, उसने अपना सिर गर्व से उठा रखा था और खुले केश हवा में लहरा रहे थे। उसने वहाँ से निकलते हुए दुर्योधन और कर्ण को ताका। उसकी आँखों से झलकती घृणा ने उन्हें झुलसा कर रख दिया।

शकुनि ने चैन की साँस ली। सभा समाप्त हो गई थी किंतु दरबारी जाने को तैयार नहीं थे। वे अलग-अलग गुट बना, उचित-अनुचित की परिचर्चा में मग्न थे। शकुनि ने उन्हें तिरस्कार से देखा। भले ही उसे पूरी विजय नहीं मिली थी पर कुल मिलाकर, आज सब उसके हक़ में ही हुआ। गांधारी के आते ही सारा खेल बिगड़ गया था। यदि मूर्ख युधिष्ठिर ने बात न मानी होती तो उसके पल्ले कुछ नहीं पड़ने वाला था। वह अब भी पांडवों के नगर से बाहर जाने वाले जुलूस की आवाज़ें सुन सकता था। गांधारी सुयोधन से बात कर रही थी, परंतु शकुनि वहाँ खड़े होकर, अपनी बहन के कठोर शब्द नहीं सुनना चाहता था। वह आलस्यवश, उस विशाल मेहराब की ओर चल दिया, जो सभा को बरामदे से अलग करती थी। वह छत पर की गई अनूठी कारीगरी को देखने लगा। हालाँकि दोपहर ढलने को थी पर अभी हवा में ताप था और किले के बाहर धूल उड़ रही थी, जिसने चारों ओर धुंध सी फैला दी थी।

स्त्रैण भारतीय! कौन सा पति होगा जो अपनी पत्नी को भरी सभा में निर्वस्त्र होता देख शांत रहेगा? कौन सा पति अपनी पत्नी को जुए में दाँव पर लगाता है? उसके देश में तो मर्द औरतों के सम्मान के लिए प्राण न्यौछावर कर देते हैं। उसके गांधारवासी नागरिक तो कभी

विश्वास ही न करेंगे कि ऐसा भी कहीं होता होगा। फिर भारतीयों की धृष्टता तो देखो, स्वयं को विश्व की सबसे महान संस्कृति भी कहते हैं! अब यहाँ से निकलने और अपनी मातृभूमि के दर्शन करने का समय हो गया था। उसे कुछ ज़रूरी काम निपटाने होंगे, फिर वह गांधार जाएगा। वहाँ शीत ऋतु आरंभ हो गई होगी, हर तरफ बर्फ़ की चादर बिछी होगी। विशुद्धता का रंग, ईश्वर का रंग - वहाँ भारत की तरह धूल और कालिख़ नहीं छाई रहती।

अचानक ही शकुनि की आँखें किसी अजनबी से टकराईं, जो जयद्रथ से बात कर रहा था। उसे देख कर लगता था कि वह लंबी यात्रा से क्लांत था। वह सिंध नरेश से क्या कह रहा था? जब उसने अपनी निगाहें घुमाईं तो उसकी निगाहें शकुनि के चेहरे पर जम गईं और मुँह खुला का खुला रह गया। जयद्रथ ने भी उसी ओर देखा और उसके माथे पर बल आ गए।

शकुनि ने देखा कि अश्वत्थामा भी जयद्रथ के पास आ गया था और अब वे तीनों मिलकर, उसे ही घूर रहे थे। कुछ तो गड़बड़ थी!

***

2. पलायन

शकुनि का हृदय ऐसे हथौड़े बरसा रहा था मानो किसी पशु को शिकारी ने घेर लिया हो। उसे किसी भी दशा में तत्काल गांधार पहुँचना था। इस कार्य के लिए एक अश्व की आवश्यकता थी। वह झट से अस्तबल की ओर लपका, उसे सभा के बाहर झुंड बनाकर खड़े लोगों के बीच अपना रास्ता बनाना पड़ा, जो आज दिन में, सभा में घटी घटनाओं पर आपस में चर्चा कर रहे थे। वह सुन सकता था कि कोई पदचाप उसका पीछा कर रही थी और वह दुलकी चाल से चलते हुए लगभग भागने लगा। वह पीछे से आ रहे ख़तरे की गंध भाँप सकता था किंतु पीछे मुड़कर देखने का साहस न कर सका क्योंकि उसे झट से अस्तबल पहुँचना था।

अश्वों के मल और मूत्र की गंध ने उसकी इंद्रियों पर प्रहार किया। शाही अस्तबल का प्रमुख, अपना मुँह लटकाए यूँ बैठा था मानो किसी विषय में लज्जित हो, उसने दोनों हाथों से माथे को सहारा दे रखा था। सूर्य की जगमगाती धूप के बीच चेहरे पर चिंता की लकीरें साफ़ दिख रही थीं। दोपहर की चमकीली धूप में थके हुए नेत्र अश्रुस्नात थे किंतु शकुनि द्वारा अधीरता से, कंधे पकड़ कर हिलाए जाने पर भी अधिरथ की तंद्रा नहीं टूटी। फिर अचानक सारथी झटके से उठ बैठा, यह क्या!! वह सदमे में था कि एक कुलीन व्यक्ति ने उसका स्पर्श कर लिया था। जब अधिरथ ने स्पर्श करने वाले को देखा, तो उसने राहत की साँस ली।

"तुम्हें क्या हुआ?" शकुनि ने कर्ण के पिता से पूछा।

"स्वामी! आज मेरे पुत्र की मृत्यु हो गई। यदि आप शिक्षा और ज्ञान का सदुपयोग नहीं कर सकते, तो उन्हें सीखने से क्या लाभ? मैं कर्ण की माँ को कैसे बताऊँगा कि उसके पुत्र ने कैसा बर्ताव किया? वह एक स्त्री के साथ ऐसा व्यवहार कैसे कर सका। वह कभी मेरा पुत्र नहीं था... और न ही कभी होगा।"

जब अधिरथ अपने पुत्र के इस चारित्रिक पतन की गाथा बाँच रहा था, तो शकुनि की आँखें उस जगह पर ख़तरे की छानबीन कर रही थीं। जब उसने अश्वत्थामा को अपनी ओर भागकर आते देखा तो दिल की धड़कन मानो एक पल के लिए थम सी गई। "अधिरथ! मुझे शीघ्रता से एक अश्व दे दो।" शकुनि ने अपना सुवर्ण कंगन झट से विस्मित सारथी के आगे पटक दिया।

अधिरथ ने उसे लपका और फिर यूँ देखने लगा मानो उसने अपने हाथों में कोई जीवित सर्प थाम रखा हो। "स्वामी, क्या आप मेरे साथ उपहास कर रहे हैं, मुझमें भले ही

बहुत से दोष हैं किंतु मैंने कभी किसी उत्कोच का लोभ नहीं किया। मैंने सदा पूरी ईमानदारी व निष्ठा से अपना जीवन...”

“अधिरथ! जल्दी कर!” शकुनि ने अपनी दोनों मुट्ठियाँ अस्तबल की दीवार पर दे मारीं।

कर्ण का पिता, उस शांत व नियंत्रित रहने वाले विदेशी के इस अकस्मात् क्रोध प्रदर्शन से चिहुँका। “स्वामी! आप महारानी के भाई हैं। मेहरबानी करें, जो भी अश्व आपको भाए, उसे ले लें।” अधिरथ सपाट सुर में बोला।

अश्वत्थामा ने चिल्ला कर शकुनि को वहीं रुकने का संकेत किया। वह बहुत निकट आ गया था। शकुनि निकटतम खड़े अश्व की काठी पर कूदकर चढ़ा, ठीक तभी अश्वत्थामा चारदीवारी कूदकर भीतर आया, उसने शकुनि पर झपट्टा मारा और उसके अश्व की लगाम थाम ली। शकुनि ने उसके हाथों को ठोकर मारकर परे धकेला और उसका अश्व प्रवेश द्वार तीर की तरह बाहर हो गया। अश्वत्थामा कुछ गज तक उसके पीछे भागा, वह ऐड़ लगाकर दौड़ रहे अश्व के पैरों से उड़ती धूल के कारण निरंतर खाँस रहा था।

“वह कहाँ जा रहा था?” अश्वत्थामा ने अपनी उखड़ी हुई श्वास को वश में करते हुए अधिरथ से पूछा।

“मैं ऐसे अधम व्यक्तियों से बात नहीं करता, जो स्त्रियों के साथ अभद्र व्यवहार करते हैं।” अधिरथ ने अस्तबल का प्रवेश द्वार अश्वत्थामा के मुख पर ज़ोर से बंद कर दिया।

ब्राह्मण ने अस्तबल के द्वार पर अपनी पूरी ताक़त लगाकर लात मारी, उसे दोनों मुट्ठियों से ठोका भी लेकिन द्वार बंद ही रहा। नाकाम रहने पर वह मुड़ा और उसने शकुनि पर मुक्का ताना पर तब तक वह काफ़ी दूर जा चुका था।

* * *

दो दरबानों ने सिर झुकाया और चुपचाप बाहर निकल गए। वे जानते थे कि पितामह भीष्म किस समय एकांत में रहना चाहते हैं। उन्होंने विशालकाय द्वार बंद किए और बाहर खड़े हो गए, उनके भालों ने प्रवेश द्वार को एक काँटे की आकृति बनाते हुए बंद कर दिया था ताकि कोई भी कक्ष में क़दम न रख सके।

भीष्म एकांत में रहना चाहते थे। कोने में खड़े उस अकेले छह फुट के तैल दीपदान के कारण बहुत ही विशाल प्रतिबिंब बन रहे थे, जिनके कारण विशाल कुर्सियाँ, मनसद लगे हुए दीवान तथा सुसज्जित स्तंभ दीनतापूर्वक दुबके हुए पशुओं की भाँति दिख रहे थे। भीष्म अपनी ग्रीवा दयनीय भाव से हिलाते हुए, कक्ष में तेज़ी से चक्कर काट रहे थे। लाख चेष्टा करने पर भी वे अपने मस्तिष्क से, अनुनय-विनय करती द्रौपदी की छवि को दूर नहीं कर पा रहे थे। क्या उन्होंने कुरु वंश की प्रतिष्ठा को धूल-धूसरित कर दिया था? उन्होंने उस लज्जित कर देने वाले प्रसंग को वहीं क्यों नहीं समाप्त कर दिया? वे आदेश देकर ऐसा कर सकते थे और यहाँ तक कि उन दो मूर्खों को भी बंदी बनाने का आदेश दे सकते थे, जो उन चीज़ों को दाँव पर लगाकर खेल रहे थे, जो उनकी थी ही नहीं। यह देश तो उनसे संबंध रखता था, देवव्रत गंगादत्त भीष्म। धृतराष्ट्र और उसके पुत्र केवल उन उपहारों का आनंद ले रहे थे,

जो उनके ही दिए हुए थे।

कुरु वंश के क्षत्रिय कब से पक्षपात की भावना के साथ विचार करने लगे? एक स्त्री की मर्यादा खंडित हो रही थी और इससे कोई अंतर नहीं पड़ता था कि यह दुष्कृत्य कौन कर रहा था? उन्हें दोषियों को दंडित करना ही चाहिए था। संभवतः सुयोधन ने जो भी किया, वह उचित और न्यायपूर्ण ही था। पांडव भी उनके अपने ही थे, परंतु एक अंतर था। सुयोधन की तरह, उनकी रगों में कुरु वंश का रक्त नहीं प्रवाहित हो रहा था। पाँच पांडव भाइयों द्वारा एक ही पत्नी को आपस में बाँटने की कलंक-गाथा अभी भी शांत नहीं हुई थी। वे इस बात को कभी नहीं समझ सके। वर्षों के विवशतापूर्वक ढोए गए अविवाहित होने के दंश तथा हठधर्मिता के साथ लिए गए ब्रह्मचर्य ने उन्हें कटु स्वभाव का बना दिया था, यद्यपि वे सदा एक सज्जन व सुसंस्कृत व्यक्ति की तरह ही व्यवहार करते आए थे। वे सार्वजनिक रूप से महिलाओं का सम्मान करने में अग्रणी थे, उनका आचरण सबसे अधिक मर्यादित रहता और उनका कोई भी दरबारी उनसे अधिक विनीत व मृदुभाषी न था। वे सार्वजनिक रूप से, सदैव इस तथ्य को अपना समर्थन देते कि स्त्रियों को देश के प्रशासन कार्य में सक्रिय भूमिका निभानी चाहिए।

परंतु मन ही मन, वे सभी स्त्रियों का तिरस्कार करते थे। विशेष रूप से, उन्हें कुंती व गांधारी सरीख़ी स्त्रियों से घृणा थी, जो केवल अंतःपुर की सीमाओं में ही रहकर संतुष्ट न थीं और राजनीति की कुचालें रचने में सिद्धहस्त थीं। कुंती और गांधारी के आंतरिक वैमनस्य, कलह और बैर ने देश की जो दशा कर दी थी, उसे देखने के बाद उनका मन मानो और भी कठोर हो गया था। उन्हें आज भी उस दिन के लिए पश्चाताप था, जब उन्होंने उन स्त्रियों को सभा में सम्मिलित होने की अनुमति दी थी। आज तो गांधारी ने भरी सभा में महाराज तक को नीचा दिखा दिया। जिन शब्दों को उन्हें बोलना चाहिए था, वे एक स्त्री के मुख से निकले, यह सुनकर तो वे और भी कटुमना हो उठे। धृतराष्ट्र ने पांडवों को उनकी खोई हुई संपत्ति व मान लौटाकर, अपनी उदारता से भीष्म को आश्चर्यचकित कर दिया था। यदि वह मूर्ख नवयुवक शकुनि के जाल में न उलझा होता, तो आज सारा समाज और देश, उस महान नेत्रहीन नरेश की प्रशंसा के पुल बाँध रहा होता - एक ऐसा नरेश जो भीष्म पितामह जैसे महान व्यक्ति के मौन साध लेने पर भी, एक उचित निर्णय ले सका; एक ऐसा नरेश जो उस स्त्री के प्रति अनुग्रह भाव रखता था, जिसे भरी सभा में अपमानित व लांछित किया गया। भीष्म को कभी नहीं पता था कि धृतराष्ट्र भी इस तरह निर्णायक रूप से पेश आ सकता था और इसी बात ने उनके क्रोध की अग्नि को और भी भड़का दिया था। वे महाराज धृतराष्ट्र पर धीरे-धीरे अपनी पकड़ खो रहे थे। मानो सब कुछ उनके हाथ से निकला जा रहा था। भीष्म को द्रौपदी से घृणा थी क्योंकि उसके कारण ही वे एक ऐसे व्यक्ति के रूप में सामने आए, जो सही समय पर उचित निर्णय लेकर, उचित कार्रवाई नहीं कर सका। वे भयभीत थे कि इतिहास एक दिन उनके इस मौन की परख़ करेगा, उनके इस मौन का प्रत्युत्तर माँगेगा। उस स्त्री को पाँच पुरुषों के साथ रहने का कोई प्रयोजन नहीं था।

एक सदमे के साथ, उन्हें अचानक एहसास हुआ कि वे भी उस सूत की तरह ही सोच रहे थे, जिसका यह मानना था कि द्रौपदी अमर थी क्योंकि उसके पाँच पति थे। वे सब कुछ

सहन कर सकते थे, परंतु उस सूत का उपहासपूर्ण हास्य! उस कर्ण का ऐसा दुःसाहस, उसने उनकी ही सभा में आकर उनके वंश की पुत्रवधु का अपमान किया? अपने क्रोध के दावानल में झुलसते हुए, भीष्म यह भी भूल गए कि कर्ण वह कारण नहीं था, जिसके कारण उनके प्रिय सुयोधन ने एक राह चलते आवारा की तरह बर्ताव किया था। वे सुलग उठे, 'असभ्य, अशिष्ट, सारथी पुत्र!'

अचानक ही भीष्म को कुछ स्मरण हो आया और वे अपनी मेज़ की ओर लपके। वे बहुत सारे संदेशों को पलटने लगे और एक नज़र डालते हुए बहुत से ताम्रपत्रों व पांडुलिपियों को एक ओर कर दिया। वह संदेश कहाँ गया? जब उस सुबह उन्हें दक्षिणी मंडल की ओर से संदेश आया तो उन्होंने उस पर बहुत अधिक विचार नहीं किया था। यह उसी आडंबरपूर्ण भाषा में लिखा था, जैसा कि प्रायः दक्षिण से आए संदेशों में हुआ करती थी, प्रत्यक्ष रूप से प्रशंसात्मक वाक्यों के बीच छिपी चेतावनियाँ। उन्होंने दक्षिण द्वारा हस्तिनापुर पर आक्रमण करने की धमकी को प्रलाप समझकर टाल दिया था, वे लोग चाहते थे कि उन्हें कर्ण वापस सौंपा जाए, उन्होंने एक क्षण के लिए भी दक्षिणी मंडल की इस माँग पर विचार नहीं किया था। उन्हें वह संदेश इस योग्य भी नहीं लगा था कि उस पर सभा में चर्चा की जाए। अब उनके मस्तिष्क में एक योजना करवट लेने लगी। वह अब भी कुछ ऐसा कर सकते थे जिससे उनकी प्रतिष्ठा धूल में मिलने से बच सकती थी। वे उस सूत का त्याग कर स्वयं को नायक घोषित कर सकते थे। भीष्म भयभीत थे, एक दिन कौरव और पांडवों का युद्ध उनके देश को विनाश की ओर ले जाएगा। उस सूत का यह नया अहंकारी रूप दोनों ही पक्षों के लिए किसी संकट से कम न था।

एक क्षण के लिए, उनके मन में कर्ण का सुदर्शन मुख कौंध गया; एक सूत, जिसने क्षत्रियों को चुनौती देने का साहस दर्शाया था। अचानक ही उस नीच के लिए जाने क्यों मोह सा उपजने लगा, जो अपने बल पर आज यहाँ तक आया था और भीष्म के मन में अपने निर्णय के लिए दुविधा उत्पन्न हो गई। फिर उन्होंने उस संदेश-पत्र को मेज़ पर पटका और उसे पूरा खोल दिया। उन्हें अपने देश के लिए ऐसा त्याग करना ही होगा। इस सोच ने उन्हें बल दिया और वे स्वयं को उचित-अनुचित, न्याय व अन्याय की मानसिकता से परे ले जाने में सफल रहे। सूत का तो अंत करना ही होगा। कर्ण के जाने के बाद, वे दुर्योधन को अपने वश में रखते हुए, राजाओं के संरक्षक की भूमिका निभा सकते थे। नहीं, ऐसा नहीं कि उन्हें सत्ता की भूख थी; भीष्म ने झट से अपने मन में उभरे इस कलुषित विचार को परे झटक दिया। उनका जीवन तो त्याग की प्रतिमूर्ति था - उनकी युवावस्था में पिता के लिए किया गया त्याग, मध्यम आयु में अपने भतीजों के लिए किया गया त्याग, और जीवन की सांध्य-बेला में अपने पड़-भतीजों के लिए किया गया त्याग; एक ऐसा जीवन, जो सदा दूसरों के लिए ही जिया गया हो। वे इस सोच पर आनंदित हुए, और स्वयं ही मुदित हो उठे।

भीष्म ने रक्षकों को बुलाकर कहा कि वे सेनानायक महावीर को बुला लाएँ। उन्होंने चकित सेनानायक की ओर मुख किए बिना, एक ऐसे स्वर में अपनी बात कही, जिसमें

भावुकता का लेशमात्र तक न था, "अंग नरेश को बंदी बनाकर, दक्षिणी मंडल को सौंप दिया जाए।"

जब सेनानायक प्रणाम निवेदित कर लौट गया, तो रक्षकों ने द्वार पुनः बंद कर दिया ताकि पितामह भीष्म अपने एकांतवास का आनंद ले सकें।

* * *

3. बंदी

सुयोधन अंधकार को चीरकर आगे आ रहे अश्वत्थामा व जयद्रथ को देख चौंका। जब वे उसे परे धकेलते हुए, शकुनि के कक्ष में प्रवेश कर गए तो उसने उन्हें विस्फारित नेत्रों से देखा। द्वार पर लगी घंटियाँ प्रतिरोध जैसे सुर में बज उठीं। एक कीट, मशाल की तेज़ी से जल रही ज्वाला की ओर आकर्षित हुआ और उसके जलने की तीख़ी व कटु गंध पूरे कक्ष में मँडराने लगी।

"शकुनि बच निकला।" अश्वत्थामा ने चुनौती देने के से स्वर में कहा मानो चाहता हो कि सुयोधन उसकी बात काट दे।

"वे यूँ ही टहलने निकले होंगे।" सुयोधन ने क्रोध से भभक रहे ब्राह्मण की ओर सीधा देखे बिना कहा।

"हाँ, सच में लंबी सैर पर गए हैं। अब तक तो श्रीमान गांधार के आधे रास्ते तक पहुँच चुके होंगे।" अश्वत्थामा ने पलटवार किया।

कक्ष की ऊबी हुई सी गंध के बीच शकुनि के इत्र की गंध रच-बस गई थी। सुयोधन ने दीवार से जलती हुई मशाल खींच ली। ज्यों ही किसी ओर मशाल की रोशनी का घेरा बनता तो रात झट से विदा ले लेती और रोशनी के वहाँ से हटते ही वह फिर से डेरा डाल देती। कीट-पतंगे दीवारों की छोटी दरारों की ओर भागे ताकि रोशनी से अपने प्राण बचा सकें।

"नहीं! नहीं!" दबे हुए विक्षोभ तथा अस्वीकार के बीच उसका स्वर भर्रा सा गया। "शकुनि मामा श्री..." उसके हाथ काँप उठे, रोशनी का दायरा भी प्रकंपित हो उठा। कक्ष के पर्दे हवा में आकुलता से लहराने लगे और कमरे में कई छायाएँ नाचने लगीं।

अश्वत्थामा ने मित्र के कंधे पर अपना हाथ रखा। "उसने हमारे साथ छल किया। हमारे साथ चाल चली।"

सुयोधन ने अपने मित्र का हाथ झटका और अलमारी की तलाशी लेना शुरू कर दिया। उसे बिस्तर उलट-पुलट कर दिया, दराज़ें खाली कीं और फिर उन्हें तोड़ताड़ कर बंद कर दिया। यदि वह कुछ नहीं करता है तो वह पागल हो जाएगा। उसके शिकन भरे माथे पर पसीने की बूँदें छलछला आईं।

जयद्रथ खिड़की के पास खड़ा सब देख रहा था। आज उसे सुयोधन के व्यवहार

को देख आश्चर्य हो रहा था। सुयोधन की बहन सुशला के साथ विवाह कर उसने कोई बहुत लाभ वाला सौदा नहीं किया था। उसे अपेक्षा रही कि शायद हस्तिनापुर की राजसी सेना और सुयोधन की सहायता से वह अपने विस्तार की योजनाओं को पूरा कर सकेगा। द्वारिका की नई नगरी और कृष्ण की समृद्धि का लोभ भी तो कुछ कम न था। परंतु सुयोधन अपने चचेरे भाइयों के साथ बैर के खेल में इतना मग्न था कि उसके पास अपने जीजाश्री की ओर देखने का समय तक नहीं था। सुशला भी निरंतर अपने भाई सुयोधन के साथ उसकी तुलना करते हुए, उसके लिए सारी परिस्थितियों को और भी जटिल बनाने में कोई क़सर नहीं छोड़ती थी। अब उनका एक पुत्र था और वह चाहती थी कि उसे सुयोधन की तरह पाल-पोसकर बड़ा किया जाए। जयद्रथ अपनी पत्नी को यह बताने का लोभ संवरण नहीं कर पा रहा था कि आज उसके सभ्य और क्षत्रिय भाई ने सभा में कैसा व्यवहार किया। सुयोधन जिस तरह नीची जाति के कर्ण को इतना अपनापन देता था, उसे देखकर तो जयद्रथ का रोम-रोम सुलग उठता था। उसने अपने मुख से पान की पीक थूकी और बरामदे व फूलों की क्यारी के पास गिरी पीक की लाल रेखा को स्पष्ट रूप से देखा। एक धुँधला सा चाँद बादलों के साथ आँख मिचौली खेल रहा था और महल में गहन सन्नाटा पसरा हुआ था। वह दूर से कहीं क़दमताल करते पैरों की आहट सुन सकता था, जिसे सुन उसके माथे पर बल पड़ गए।

"तुम्हें याद है?" अश्वत्थामा ने एक हाथ में कुछ उठाकर दिखाया। सुयोधन ने उस ओर देखना ही नहीं चाहा। वह देखने से तो मानो सब कुछ सुनिश्चित हो जाता। उसने अपना माथा पोंछा, जाने कैसे कंठ अवरुद्ध हो आया था। अश्वत्थामा प्रकाश की ओर मुड़ा ओर एक सफ़ेद दुशाला उठा लाया। वह तो वही दुशाला था, जो वर्षों पूर्व भीम की हत्या के मामले में प्रस्तुत किया गया था।

सुयोधन के हाथों मशाल गिर पड़ी और उसके पैरों के पास गिरकर धुआँ देने लगी, उन सबकी आँखों में धुएँ से जलन होने लगी। "आज मैंने कितना घृणित कार्य किया।" सुयोधन का चेहरा और देह भावों से काँप उठे। "मैं भानुमती या अपनी माता श्री का सामना कैसे करूँगा? उन्हें अपना यह चेहरा कैसे दिखाऊँगा? मैं अपने देशवासियों की नज़रों का सामना कैसे करूँगा?"

"शकुनि ने हमें यह सब करने के लिए विवश किया। हम कितने मूर्ख थे!" जयद्रथ झपटा परंतु वह मन ही मन सुयोधन की मनःस्थिति का आनंद उठा रहा था। वह यही सोचकर आनंदित था कि जब वह अपनी पत्नी को उसके भाई के कुकृत्य के बारे में बताएगा तो उसके चेहरे पर कैसे भाव होंगे। उसका नेक भाई और उसके नेक कारनामे। जयद्रथ दिल खोलकर हँसना चाहता था।

अश्वत्थामा अब भी गांधार कुमार के सारे सामान की खोजबीन में मग्न था। "ये देखो... और ये... और ये भी।" उसने कुछ ताड़ पत्र धरती पर फेंक दिए। वे वहाँ पड़े सुयोधन के सीधेपन को मुँह चिढ़ा रहे थे। "क्या तुम समझते हो कि ये सब क्या है? ये हमारे देश में तस्करी करके लाए गए अस्त्र-शस्त्रों के दस्तावेज़ हैं। दुर्जय की ओर से मिले गुप्त

उत्तर हैं। अब सब कुछ साफ़-साफ़ समझ आने लगा है। जयद्रथ से पूछो! उससे पूछो कि उसके गुप्तचर ने उसे क्या बताया था। दुष्ट म्लेच्छ!"

"सुयोधन, दुर्जय और उसके व्यक्तियों को गांधार में प्रशिक्षित किया जा रहा है। वे शीघ्र ही हमारे नगरों में अपना आतंक बरसा देंगे। तुम्हारे मामा श्री..." सुयोधन के चेहरे को देखते ही जयद्रथ के सुर ने वहीं दम तोड़ दिया।

"बस, बहुत हुआ!" सुयोधन ने अपनी गर्दन हिलाई। उसकी आँखों के कोरों पर लालिमा उभर आई थी। उसने उन्हें मूँद लिया। नहीं, उसके मामा श्री उसके साथ कभी ऐसा नहीं करेंगे, परंतु...

"मैंने तो उसे लगभग पकड़ ही लिया था परंतु वह किसी तरह बच निकला। मुझे उसका पीछा करना चाहिए था किंतु उस आपातकाल में मुझे पीछा करने के लिए अश्व नहीं मिल सका। अधिरथ ने अस्तबल का दरवाज़ा मेरे सामने धड़ाम से बंद करते हुए कहा कि वह महिलाओं के साथ बुरा बर्ताव करने वालों से बात नहीं करता," अश्वत्थामा ने कटुता से कहा।

"कर्ण कहाँ है?" सुयोधन ने पूछा।

"वह वृशाली के साथ है। उसे अपनी आज की हरक़त के लिए कड़ा सबक़ मिल रहा है।"

सुयोधन बाहर की ओर भागा और उसके मित्र पीछे आने लगे। वे गलियारे में क़दमताल करते सिपाहियों की टुकड़ी देख चौंके। सुयोधन आगे की ओर लपका और उनके प्रमुख से रुकने को कहा परंतु उन्होंने उसके सुर को अनसुना किया और अपनी चाल चलते रहे। अश्वत्थामा और जयद्रथ ने उद्यान के रास्ते दौड़ लगाई और सैन्य टुकड़ी व सुयोधन के आने से ठीक पहले, कर्ण के कक्ष के द्वार तक पहुँच गए।

टुकड़ी एक ओर हो गई और सैन्य प्रमुख ने आगे आकर सुयोधन से कहा, "श्रीमान, आपसे प्रार्थना है कि आप एक ओर हो जाएँ। हम यहाँ महाराज वासुसेन कर्ण को बंदी बनाने आए हैं। हमें प्रधान राजप्रतिनिधि की ओर से ऐसा करने का आदेश मिला है।"

"ज़रा कोशिश करके तो देखो," अश्वत्थामा ने किसी लड़ाकू की तरह सेनापति की छाती की ओर संकेत किया।

सेनापति अपनी बात पर डटा रहा और फिर से बोला, "श्रीमान, प्रार्थना करता हूँ कि हमें हमारा कर्तव्य निभाने दिया जाए। हम यहाँ बल प्रयोग नहीं करना चाहेंगे।"

"जाओ, जाकर राजप्रतिनिधि से कह दो कि कर्ण कक्ष में नहीं है।" अश्वत्थामा ने सेनापति को पीछे की ओर धकेल दिया।

हर बीतते क्षण के साथ दृश्य और भी भद्दा होता जा रहा था। सैनिकों ने अपना मोर्चा संभाल लिया।

"यहाँ हो क्या रहा है?" सुयोधन ने विदुर का स्वर सुनकर चैन की श्वास ली।

प्रधानमंत्री झट से उस ओर आए और सिपाहियों ने उन्हें प्रणाम किया।

"श्रीमान, यह क्या हो रहा है?" अश्वत्थामा ने उनसे पूछना चाहा।

* * *

कर्ण जानता था कि उस महल की तो हवा भी वृशाली को अपने विरुद्ध जान पड़ती थी। जब उसकी दासी ने उसे बताया कि सभा में क्या कांड हुआ था तो वह मारे रोष के उबलने लगी। कर्ण जैसा व्यक्ति इतनी नीचता के स्तर तक कैसे उतर सकता है, उसने अपने पति से पूछा। कर्ण के पास कोई उत्तर न था। अंत में वह बोली, "तुम तो वह कर्ण नहीं। जिसे मैंने चाहा था।" उसने तो किसी आम लुटेरे की तरह बर्ताव किया जो किसी स्त्री को भरी सभा में विवस्त्र होने का आदेश दे रहा हो।

कर्ण ने अपनी सफ़ाई देते हुए कहना चाहा कि द्रौपदी किसी वेश्या से कम नहीं जो पाँच-पाँच पतियों के साथ भोग करती है परंतु वृशाली ने उसी समय अपनी भृकुटी उठाकर पूछा कि द्रौपदी ने उसे पति के रूप में वरण करने से इंकार कर दिया था, क्या उसी घटना के कारण कर्ण उस स्त्री से घृणा करने लगा है।

कर्ण दूसरी ओर देखने लगा, वह जानता था कि यही सत्य था किंतु वह स्वयं भी इस सत्य को स्वीकार करने से झिझकता था। कहीं न कहीं, अपने संतप्त हृदय के बीच, कर्ण ने कभी द्रौपदी को चाहा था, वह आज भी उसे चाहता था।

समय बीतता गया और कर्ण की दलीलें कमज़ोर पड़ने लगीं। जब उसने कहा कि उसने अपने मित्र के लिए यह सब किया है, तो भीतर ही भीतर चटाक से कुछ टूटा। क्या अपने कृत्य के लिए सुयोधन को दोषी ठहराना उचित था?

"चलो कर्ण, हम यह सब छोड़ दें और किसी ऐसे स्थान पर चलें, जहाँ हमें कोई न जानता हो। किसी को यह न पता हो कि हम कौन हैं?" वृशाली अपने पति के सम्मुख गिड़गिड़ाई।

इससे पूर्व कि वह कोई उत्तर दे पाता। ज़ोर-ज़ोर से द्वार खटखटाने की आवाज़ सुनाई दी। कर्ण झट से बाहर की ओर लपका, वह प्रसन्न था कि पत्नी के प्रश्न का उत्तर देने से बच गया। द्वार खुलते ही अश्वत्थामा का चेहरा दिखाई दिया। वह बाहर के मद्धिम प्रकाश में, अपने मित्र के पीछे खड़े सशस्त्र सिपाहियों को देख सकता था।

"कर्ण भागो! मैं इन दुष्टों से निपटता हूँ," अश्वत्थामा चिल्लाया, उसने सेनापति को और पीछे धकेल दिया। सिपाहियों ने चेतावनी देने की मुद्रा में अपनी तलवारें चमकाईं।

"भाग जाऊँ, पर क्यों?" कर्ण ने अपने सिर को पीछे झटकते हुए पूछा, "पर क्यों?"

कर्ण को सुयोधन का चिंतित चेहरा दिखाई दिया। उसने पीछे मुड़कर पत्नी का चेहरा देखा, जिस पर उसके मित्र को देखते ही अनगिनत घृणा की रेखाएँ उभर आई थीं, वह उन्हें देख सहम उठा। "नहीं, नहीं वृशाली! सुयोधन का कोई दोष नहीं है," वह कहना चाहता था। अभी तो अपनी पत्नी को कितना कुछ बताना शेष था। कर्ण ने उसके गर्भ भार से दोहरे हुए

शरीर को देखा, वह हर संकट से उसकी रक्षा करना चाहता था, परंतु सुयोधन ने उसकी बाँह थाम ली।

"तुम कहीं भागकर नहीं जा रहे। चलो, हम राजप्रतिनिधि से भेंट करके आते हैं।"

जब कर्ण अपने मित्र के साथ भीष्म पितामह के कक्ष की ओर चला तो हस्तिनापुर के सैनिकों की टुकड़ी, महा राजप्रतिनिधि के एक संकेत पर उसे बंदी बनाने के लिए वहीं खड़ी रही ताकि उसे दक्षिणी मंडल को सौंपा जा सके।

***

4. चुनौती

भीष्म ने अपने प्रहरियों को कक्ष के द्वार खोलने का आदेश दिया। राजकुमार सुयोधन ने प्रवेश किया, "पितामह! आपके विश्राम में बाधा डालने के लिए क्षमाप्रार्थी हूँ परंतु अंग राज कर्ण, इसी समय आपसे भेंट करना चाहते हैं।"

भीष्म कोई निर्णय नहीं ले सके और इसी ऊहापोह के बीच माथे पर सलवटें उभर आईं। उनका मस्तिष्क चकरा रहा था। वे जानते थे कि वे सूत के साथ अन्याय कर रहे थे। जब उन्होंने वह निर्णय लिया तो उस समय उन्हें अपनी प्रतिष्ठा बचानी थी किंतु अब वे कर्ण का प्रत्यक्ष सामना करने की संभावना से अकुला उठे। इस समय वे किसी भी अवस्था में सुयोधन और उसके दुष्ट साथियों से बात नहीं करना चाहते थे, 'दुष्ट! निर्लज्ज जीव!' उन्होंने मन ही मन दाँत पीसे। उन्होंने किसी तरह अपने भीतर पनप रहे क्रोध को वश में करना चाहा, जो दोपहर बाद से बारंबार उफान मार रहा था।

कर्ण कक्ष में आया और प्रणाम किया। वह सूत उनके कक्ष में क्या कर रहा था? उसे तो अविलंब किसी बोरे में बाँधकर दक्षिण भेज देना चाहिए था। वे कर्ण के जगमगाते नेत्रों की ओर नहीं देख सके। क्षण भर के लिए उनके मन में आया कि कर्ण की आँखें कितनी विचित्र थीं। वे उन्हें बाहर निकालने का आदेश देना ही चाह रहे थे कि विदुर ने प्रवेश किया।

"कहिए, आदरणीय राजकुमार! इसके बाद आपका अगला शिकार कौन सी स्त्री होने वाली है? क्या आपकी माता व बहन इस मुहिम में सुरक्षित रहेंगी?" भीष्म ने कटु शब्दों में सुयोधन की अगवानी की और इस दौरान कर्ण की ओर ताका तक नहीं। एक प्रहरी ने भीतर आकर कक्ष के दीपक जला दिए। भीष्म की दृष्टि कर्ण के कानों में चमक रहे हीरक कुंडलों पर पड़ी और वे फिर से एक अनाम क्षोभ से भर उठे। जाने क्यों वे स्वयं को कर्ण के सामने नीचा पा रहे थे। "हाँ?" भीष्म की एक भौंह ऊपर उठी और सारी घृणा पल भर में सम्मुख आ गई।

सुयोधन अपने पितामह के ऐसे कठोर वचनों को सुन चिहुँका। "आज जो भी हुआ, उसके लिए मुझे... मुझे बहुत पश्चाताप है परंतु आपने कर्ण को बंदी बनाने का आदेश क्यों दिया?"

"अच्छा! तुम्हें इससे अधिक कुछ नहीं कहना कि तुम्हें आज की घटना के लिए खेद और पश्चाताप है...?" भीष्म राजकुमार के और समीप आ गए।

"पितामह! आप जानते हैं कि उस स्त्री ने मेरा अपमान किया था। आपको पता है कि इंद्रप्रस्थ में मेरे साथ क्या हुआ? मैं एक क्षत्रिय हूँ। आप मुझसे अपेक्षा तो नहीं कर सकते कि मैं इस अपमान के घूँट को पी जाऊँ। मैं उनके दरबार में विवस्त्र खड़ा था। मेरा उपहास किया गया, मुझे लज्जित किया गया। मुझे इस प्रसंग को किस रूप में लेना चाहिए, आप क्या चाहते हैं?" सुयोधन का गुस्सा भड़क गया। सभी केवल उसे ही दोषी क्यों ठहरा रहे हैं? क्या यह उसका दोष था कि युधिष्ठिर जुए में अपना सब कुछ हार गया?

"तुम इस देश को नष्ट करने पर तुले हो।" भीष्म के नथुने काँप उठे। उनकी आँखें कठोर व भावनाहीन थीं।

"देश को नष्ट कर रहा हूँ? जब पांडवों ने खांडवप्रस्थ को नष्ट किया, तब तो मैंने आपका यह क्रोध नहीं देखा। जब कुंती काकी ने छह निषादों की हत्या की, तब आपने कोई क़दम क्यों नहीं उठाया?" बस बहुत हुआ, अब वह इन सभी दोषों को चुपचाप अपने सिर पर नहीं झेलेगा। वे सभी उसके चचेरे भाइयों के पक्ष में थे - पितामह, गुरु द्रोण सभी... केवल उसके मित्र ही उसके पक्ष में खड़े थे।

"सुयोधन! तुम्हारा इतना दुःसाहस! अपने से अधिक आयु के व्यक्ति से क्या ऐसे ही बात की जाती है?"

"पितामह! मैं कोई बालक नहीं हूँ। मैंने इस देश को जीता है।"

"देश को जीता है? क्या तुम्हें ऐसे मूर्खतापूर्ण विचार इस सूत से मिलते हैं? नवयुवक! जान लो, यह तुम्हें तबाह करके ही दम लेगा।"

"पितामह! आपको किस बात पर इतना क्रोध आ रहा है? हमने तो केवल उसे विवस्त्र करने की धमकी ही दी थी, हमने कुछ..."

"दंभी मूर्ख! तुम सभा में किए गए अपने व्यवहार को उचित ठहराने का प्रयत्न कर रहे हो?"

"आदरणीय! मैंने उस महिला को स्पर्श तक नहीं किया।"

"इस कक्ष से बाहर चले जाओ, अभी!"

"जैसी आपकी आज्ञा! परंतु मैं जानना चाहता हूँ कि आपने कर्ण को बंदी बनाने का आदेश क्यों दिया?"

"क्योंकि दक्षिणी मंडल इसका कटा हुआ शीश चाहता है। क्योंकि इसने अपने गुरु को छला है। उन्होंने हस्तिनापुर पर धावा बोलने का निर्णय लिया है। अगर मैंने इस सूत को उन्हें नहीं सौंपा, तो वे हस्तिनापुर को नष्ट-भ्रष्ट कर देंगे।"

"आदरणीय! मेरा अपराध क्या है?" कर्ण ने राजप्रतिनिधि की ओर अपनी दृष्टि उठाई।

भीष्म ने खाँसी के बहाने से अपने संकोच को छिपाया। उनके पास कोई उत्तर नहीं था। सूत की निगाहें मानो उनकी अंतरात्मा को भेद रही थीं। "मैं एक सूत के लिए अपने सिपाहियों का ख़ून नहीं बहाऊँगा।"

"आदरणीय, यह सत्य है कि मैं नीची जाति से हूँ किंतु क्या मैं एक क्षत्रिय नहीं हूँ? मैंने हस्तिनापुर के लिए शस्त्र उठाए हैं। जब कभी इस पर संकट आया है तो मैंने इसकी रक्षा की है। मैं एक अपराधी की मौत नहीं मरना चाहता, मुझे किसी क्षत्रिय की तरह मरने की अनुमति दें। यह एक क्षत्रिय की दूसरे क्षत्रिय के आगे की जा रही प्रार्थना है," कर्ण ने कहा।

"क्षत्रिय? एक व्यक्ति तो भरी सभा में एक स्त्री को विवस्त्र करने को उचित ठहराता है, वह और चाहे जो भी हो किंतु एक क्षत्रिय नहीं हो सकता।"

"जी, यह एक भारी भूल हुई है। परंतु क्या आप सदा हमारे लिए अपने मन में बैर रखेंगे? आदरणीय, क्या आप हमें इस भूल के लिए कभी क्षमा नहीं करेंगे।" कर्ण के सुर में निराशा छलक उठी।

"आप जानते हैं, उस स्त्री को वही मिला, जिसकी वह वास्तव में अधिकारिणी थी।" सुयोधन ने बड़े साहस से पितामह की आँखों में आँखें डालकर कहा।

कर्ण झट से पीछे मुड़ा और अपने क्रोधी मित्र को संभालना चाहा। उसने भीष्म पितामह को प्रणाम किया। उसने भीष्म को प्रणाम किया। "आदरणीय! मैं आपसे क्षमाप्रार्थी हूँ। मैं हमारे असम्मानजनक आचरण के लिए आपसे क्षमा याचना कर रहा हूँ। मुझे मेरे शत्रुओं से युद्ध करने का एक अवसर प्रदान करें।"

"युद्ध? क्या तुम्हें लगता है कि तुम परशुराम से युद्ध कर सकते हो?"

"जयद्रथ के पास तीन हज़ार सिपाही हैं और उसे कर्ण की वीरता में कोई संदेह नहीं है। कर्ण सिंध के सिपाहियों के साथ दक्षिणी मंडल पर धावा बोल सकता है। हमें केवल आपकी अनुमति चाहिए," सुयोधन बोला।

जयद्रथ, कक्ष के एक कोने में अश्वत्थामा के साथ खड़ा था, वह यह सुनकर स्तब्ध रह गया। वह उस सूत के लिए अपने सिपाहियों का बलिदान क्यों करे? उसका साला अपने दोस्त के लिए किसी ऐसी चीज़ का वचन कैसे दे सकता है, जो उसकी है ही नहीं। वह मन ही मन इस प्रस्ताव पर विचार करने लगा और इस रोचक वार्तालाप का निष्कर्ष सामने आने तक शांत रहने का निर्णय लिया। हो सकता है कि वह अपनी ओर से यह सुविधा देने के बदले में सुयोधन के साथ कोई समझौता कर सके।

भीष्म फुफकारे, "यह सूत तीन हज़ार की सेना का नेतृत्व करेगा? यह अपने उन आदमियों के साथ एक लाख आदमियों की सेना का सामना करेगा? वह भी ऐसी सेना, जिसका नेतृत्व परशुराम स्वयं कर रहे हों। क्या तुम नहीं जानते कि मैं पूरे छह माह तक उनके साथ युद्धरत रहा और उस समय संपूर्ण हस्तिनापुर का सैन्य-बल मेरे साथ था? क्या मैं विजय श्री का वरण कर सका? मुझे केवल एक ऐसी संधि के साथ समझौता करना पड़ा, जिसमें मेरा कोई लाभ न था। क्या तुम सिरफिरे नवयुवक जानते भी हो कि तुम क्या कह क्या रहे हो?"

सुयोधन ने महा राजप्रतिनिधि की ओर देखा व स्पष्ट शब्दों में कहा, "आदरणीय, कर्ण ने कुछ भी अनुचित नहीं किया।"

"विदुर ये पगला गए हैं या महामूर्ख हैं? मूर्खो! अब मेरी बात ध्यान से सुनो। अगर तुम यह युद्ध लड़ना ही चाहते हो, तो हस्तिनापुर की सीमाओं से दूर जाकर लड़ो। सूत तुम्हारा अहं व घमंड बहुत ही कष्टकारी है, परंतु मैं तुम्हें युद्ध करने से नहीं रोकूँगा। केवल मेरी नगरी से दूर रहो।"

"श्रीमान, हम अपने साथ...," भीष्म ने अचानक हाथ ऊँचा उठाते हुए, सुयोधन की बात बीच में ही काट दी।

"हम? ये 'हम' कौन है? सुयोधन, तुम कहीं नहीं जा रहे। मैं किसी भी दशा में, तुम्हें ऐसे आत्मघाती दस्ते पर नहीं भेज सकता। तुम यहीं हस्तिनापुर में रहोगे और शासन करने का प्रशिक्षण लोगे। तुमने आज बहुत ही लज्जाजनक कृत्य किया है। तुम्हें अपनी प्रजा का सामना करना सीखना होगा। तुम अपने उत्तरदायित्वों से मुँह छिपाकर भाग नहीं सकते। इस सूत को अकेले युद्ध पर जाने व दक्षिणी मंडल के हाथों मृत्यु पाने दो। मैं इसे नहीं रोकूँगा।"

"मैं चाहता भी नहीं कि राजकुमार सुयोधन इस मुहिम में मेरे साथ चलें," कर्ण ने कहा

भीष्म उन्हें भावविहीन मुख के साथ ताक़ते रहे और सुयोधन की ओर देखकर बोले, "कम से कम सूत में थोड़ी सामान्य बुद्धि तो है।"

"आदरणीय, आप मेरा अपमान कर रहे हैं।" सुयोधन ने पलटवार किया। उसकी आँखें मारे रोष के सुलग उठीं।

"जी हाँ, मैं यही कर रहा हूँ। तुम और तुम्हारा चचेरा भाई युधिष्ठिर, दोनों में से कोई भी शासन करने के योग्य नहीं है। तुमने आज सारे संसार को यह दिखा दिया है।"

"पितामह! आप भी तो आज तक सत्ता से चिपके बैठे हैं? आप भला बारंबार दूसरों पर मूर्ख होने का दोष कैसे लगा सकते हैं?"

भीष्म जस के तस खड़े रह गए, चेहरे पर कोई भाव न था। विदुर भीष्म की ओर दौड़े। महा राजप्रतिनिधि सुयोधन की ओर ताक़ते हुए, धीरे से बैठ गए, उनका सिर झुका हुआ था, वे नहीं चाहते थे कि सभी नवयुवक उनके इन दुर्बल क्षणों के साक्षी बनें। उन्होंने आज तक जो बलिदान किए, जितने भी युद्ध लड़े, जो भी कड़ा परिश्रम किया; उसके बदले में वे आज यह पा रहे थे; उन्होंने गहरी कटुता के साथ अपना होंठ काट लिया। सत्ता? भला वे सत्ता के लोभी कब रहे? उन्होंने तो सदा इसे एक भार की तरह वहन किया। वे भी सम्राट बन सकते थे किंतु उन्होंने अपनी प्रतिज्ञा का पालन किया, और उन्हें अपने बलिदानों के बदले में क्या मिला? वह भी उस लड़के की ओर से, जिससे वे हार्दिक स्नेह रखते आए हों? कृतघ्न लड़को! क्या सुयोधन के लिए यह सूत इतना महत्त्व रखता था कि वह उनसे ऐसा असभ्य आचरण कर बैठा? राजकुमार को कर्ण से किसी भी दशा में दूर रखना ही होगा। हस्तिनापुर को इस नीची जाति के युवक से बचाना होगा।

केवल आरामकुर्सी के हत्थे पर सफ़ेद हाथों की पकड़ ही महा राजप्रतिनिधि के भावों की चुगली कर रही थी। 'तीन दशकों की निःस्वार्थ सेवा और मैं आज का दिन देखने के लिए जीवित रहा।' उन्होंने गहरी कड़वाहट के साथ सोचा। भीष्म विदुर की आश्वस्ति से भरपूर

उपस्थिति को अनुभव कर सकते थे। कौन जाने, संभवतः एक दिन यही विदुर भी उनके विरुद्ध खड़े हो जाएँ।

उन्होंने अकस्मात् ऊर्जा के आवेग से विदुर को परे धकेला और तनकर खड़े हो गए। यद्यपि उनके नेत्र छिपाए गए अश्रुओं की नमी से भीगे हुए थे, किंतु वे एक बार फिर हस्तिनापुर के महा राजप्रतिनिधि के रूप में सम्मुख थे। वे सुयोधन की ओर मुड़े तो राजकुमार एक क़दम पीछे हट गया। परंतु कर्ण अपने स्थान पर अचल खड़ा रहा, वह सुयोधन तथा महा राजप्रतिनिधि के मध्य में था।

"सूत, तुम पीछे हटो। मैं अपने बच्चे से कुछ बात करना चाहता हूँ।"

कर्ण व भीष्म एक-दूसरे को घूर रहे थे। कर्ण ने ही अपनी दृष्टि परे की और सुयोधन के पीछे जा खड़ा हुआ।

"सुयोधन! मेरे मूर्ख पुत्र! तुम्हें लगा कि तुम मुझे अपराध बोध का अनुभव करवा दोगे और मैं अपनी सीमा लाँघ जाऊँगा? क्या तुम्हें लगता है कि सूत परशुराम से युद्ध करके विजय श्री का वरण कर सकता है? हाँ! आज भी केवल मैं ही एक ऐसा योद्धा हूँ जो परशुराम का सामना कर सकता है?"

"कर्ण परशुराम से लड़ेगा और उसकी निश्चित रूप से जीत होगी।" सुयोधन ने शांत भाव से कहा।

भीष्म पहले तो उसे ताक़ते रहे और फिर एक कड़वाहट से भरी खिलखिलाहट कक्ष में गूँज उठी, जिसके पोर-पोर से अपमान का गरल चू रहा था। "तुम कहना चाहते हो कि जहाँ मेरी पराजय हुई, वहीं यह सूत विजय श्री का वरण करेगा, सुयोधन! मैंने अपने जीवन में कभी जुआ नहीं खेला किंतु आज खेलना चाहता हूँ। केवल यह सूत जीवित वापस आकर ही दिखा दे, जीतने की बात तो बहुत दूर रही, यह अगर युद्ध से जीवित ही लौट आया, तो मैं वचन देता हूँ कि मैं महा राजप्रतिनिधि के पद से त्यागपत्र दे दूँगा।"

सुयोधन ने भीष्म को प्रणाम किया और कक्ष से बाहर निकल गया। कर्ण ने अपने समक्ष खड़े महान योद्धा को देखा, फिर घुटनों के बल बैठकर, उसके पैरों के पास की धरती को आदर-भाव से स्पर्श किया। फिर बहुत ही सम्मान से उस हाथ को अपने मस्तक से छुवाने के बाद, वह मर्यादित ढंग से उठा और बाहर निकल गया। कक्ष का द्वार बंद हुआ और फिर विदुर भी चुपचाप वहाँ से चले आए।

कुरुओं के महा राजप्रतिनिधि अपने सादे से पलंग पर ढेर हो गए। उन्होंने शकुनि को वह सब करने से क्यों नहीं रोका? जब उन्हें उस पाँच वर्षीय बालक के रक्तस्नात नेत्रों का स्मरण आया तो उनके नेत्र भीग गए, जिसे वे वर्षों पूर्व गांधार से अपने साथ ले आए थे। मनुष्य के स्वार्थ का क्या कहीं कोई अंत नहीं है? सुयोधन, शकुनि, युधिष्ठिर और सभी ने उन्हें छला है। वे सदा अपनी नेक प्रतिज्ञा का पालन करते हुए शासन करते आए और एक क्षण के लिए कहीं स्वार्थ के कारण अपनी न्याय क्षमता को धूमिल नहीं होने दिया।

उन्हें एक अनजाने से भय ने घेर लिया। क्या वे एक सूत द्वारा अपमानित होने के

बाद संसार को मुख दिखा सकेंगे? उन्होंने इस बात की उपेक्षा करनी चाही। वे अपने देश के नष्ट-भ्रष्ट होने से नहीं, अपितु उस सूत की विजय की आशंका से चिंतित थे। वह सूत उस स्थान से विजित हो कर लौटेगा, जहाँ क्षत्रियों के भी क्षत्रिय, कुरुओं के महानतम योद्धा पराजित होकर लौटे थे? उनका हृदय इसी आशंका में खोया था।

वे अपने गवाक्ष के नीचे से कर्ण की सेना की तैयारी के स्वर सुन सकते थे, जो दक्षिण की ओर कूच करने के लिए प्रस्तुत हो रही थी। महा राजप्रतिनिधि ने आह भरी। हस्तिनापुर पर संकट के बादल मँडरा रहे थे; जिस देश को उन्होंने अपने स्वेद व रक्त से खड़ा किया, क्या वह छिन्न-भिन्न हो जाएगा? वह अभिशापित सूत जाने कहाँ से सुयोधन के जीवन में आ गया? जब आँखों ने निद्रा देवी का कहा मानने से इंकार कर दिया तो उनके होंठों पर अनजाने में एक ही प्रार्थना के शब्द बार-बार आने लगे, 'यह सूत मृत्यु को प्राप्त हो...'

अकस्मात् भीष्म को कृष्ण का स्मरण हो आया। यदि वह कपटी यादव युधिष्ठिर के साथ होता तो बेशक लड़के ने ऐसी भूल न की होती। उसने जुआ खेलने के निमंत्रण को ही स्वीकार न किया होता। जब धीरे-धीरे तंद्रा छाने लगी, तब भी भीष्म यही विचार कर रहे थे कि यादव कहाँ लुप्त हो गया।

* * *

भीष्म कहाँ जानते थे कि कृष्ण द्वारिका वापसी के समय, उस निर्मम मरुस्थल में एक गहन संकट से जूझ रहे थे। वे उस स्थान से कुछ ही दूरी पर ठिठक गए, जहाँ तक्षक उनकी प्रतीक्षा में था। उनके शरीर की सहज प्रवृत्ति बारंबार यही संकेत दे रही थी कि उन्हें आगे नहीं जाना चाहिए। उन्होंने अपने अश्व की रासें खींचीं और अपने साथ चल रहे अश्वारोहियों को वहीं रुकने का निर्देश दिया।। अश्वारोही व अन्य सिपाही अचानक वहीं थम गए और अपने-अपने पशुओं को साधने का यत्न करने लगे, जो अचानक रोके जाने के कारण बौखला गए थे। जल्दी ही हवा में अश्वों के मल व मूत्र की तीखी गंध फैल गई। कृष्ण अपने अश्व से उतरे और रेत का निरीक्षण किया। वहाँ बहुत सारे पैरों के निशान थे, रेत के बदलते टीलों व झाड़ियों के बीच, पैरों के इतने निशानों का होना संदेहास्पद था। वे सुदूर गोल शिलाखंडों का ढेर भी देख पा रहे थे। वहाँ कितने व्यक्ति छिपे हो सकते थे? जिस भी व्यक्ति ने इस स्थान को अपने छिपने के लिए चुना है, वह अपना कार्य अच्छी तरह जानता है। क्या यह काम तक्षक या वासुकि का हो सकता है?

चट्टानों के पीछे से नागों की आँखें यादव सेना को ताक रही थीं, उनके बाण केवल एक इशारे की प्रतीक्षा में थे।

* * *

5. गांधार का संकेत

विदा के अंतिम क्षणों में मित्र आपस में सिर भिड़ाए खड़े थे। उनकी पीड़ा को शब्दों में व्यक्त नहीं किया जा सकता था। कर्ण ने बारी-बारी से सबको कंठ से लगाया। अश्वत्थामा मौन भाव से अपने मित्र को देख रहा था, जो पूर्व की ओर मुख किए, मन ही मन किसी प्रार्थना के शब्द दोहरा रहा था, यद्यपि अभी आकाश में पौ फटने में बहुत समय था।

कर्ण ने अपने अश्व पर सवार होकर, सेना के प्रस्थान के लिए शंख बजाया। सशस्त्र सेनाओं की पंक्तियों ने यूँ करवट ली मानो कोई विशालकाय सर्प अपनी निद्रा से जगा हो। वे जल्द ही आगे बढ़े और देखते ही देखते धुएँ के बादलों के पीछे विलीन हो गए। केवल अश्वों व हाथियों के मल व मूत्र की गंध ही पीछे छूट गई।

एक विस्तृत शून्य ने अश्वत्थामा के मन व मस्तिष्क को अपने अधीन कर लिया। 'कर्ण, क्या तुम्हें कभी देख सकूँगा?' उसने अपनी खड्ग से एक झाड़ी पर वार करते हुए कहा। उसके चारों ओर कटी हुई पत्तियाँ बिखर गईं। वह अपने होंठों पर एक प्रश्न लिए, सुयोधन की ओर मुड़ा, पर जब उसने मित्र के मुख के भाव देखे तो उसके पैर वहीं ठिठक गए। वह चंद्रमा के धूमिल प्रकाश में, सुयोधन के नेत्रों में छलक आए अश्रु देख सकता था, जाने उन नेत्रों का रक्तिम रोष कहाँ चला गया था? 'कर्ण यदि तुम वापस नहीं आए तो मैं इस वियोग को कैसे सहन करूँगा? सुयोधन का जीवन कैसे चलेगा?' अश्वत्थामा को लगा मानो उसकी भी नेत्र भर आए हों। नहीं, यह ईर्ष्या का भाव नहीं था। 'मैं युद्ध भूमि की ओर प्रयाण कर रहे मित्र के लिए ईर्ष्या का भाव नहीं रख सकता।' उसने अपना खड्ग एक बार फिर से लहराया, एक झाड़ी अपने स्थान पर नहीं रही पर उसके मन का भाव ज्यों का त्यों बना रहा।

जयद्रथ ने अपने पाँसे बड़ी चतुराई से खेले थे। उसने अपने सिपाहियों से यह तक पूछने की आवश्यकता नहीं समझी कि क्या वे दक्षिणी मंडल का सामना करने को प्रस्तुत हैं। वे उसके वेतनभोगी कर्मचारी थे और उनका कर्तव्य बनता था कि उसके लिए अपने प्राण दे दें। परंतु उसने अपनी सेना के बदले में सुयोधन से एक वचन ले लिया था - उसने वचन लिया कि यदि किसी भी कारणवश सुयोधन को हस्तिनापुर से बाहर जाना पड़ा, तो उसे उस अवधि के लिए प्रतिनिधि राजकुमार बना दिया जाए। उसने अपने इस अटपटे से प्रस्ताव को ढाँपने के लिए तर्क दिया कि सुयोधन की बहन ऐसा चाहती थी। जब अश्वत्थामा ने विरोध

किया, तो सुयोधन ने उसकी आशंकाओं को ख़ारिज करते हुए जयद्रथ को वचन दे दिया कि यदि भविष्य में ऐसा कोई अवसर उपस्थित हुआ तो उसकी बहन की इस इच्छा की पूर्ति अवश्य कर दी जाएगी। इस आदान-प्रदान से संतुष्ट जयद्रथ तीनों मित्रों से परे खड़ा मन ही मन मुदित होते हुए उनके भावुक व्यवहारों का उपहास कर रहा था। रात गहराने लगी तो जयद्रथ की विचारधारा ने रुख़ बदला, अब वह चिंतित हो उठा, "मैं यहाँ खड़ा हूँ और मेरी सेना अपनी नियति का सामना करने निकल पड़ी है। आएगा... वह समय भी आएगा मित्रों, जब हम मिलकर क़दमताल करेंगे और...," यह सोचते हुए वह अपने कक्ष की ओर चल दिया। आकाश में पौ फटने लगी थी।

पक्षियों ने झाड़ियों के बीच अपनी चहचहाहट आरंभ कर दी थी और घास के छोर केसरिया हो उठे। कहीं दूर से एक मैना अपने पर फड़फड़ाते हुए आई, उन्हें देखा और वहाँ से उड़ गई। एक अकेली मैना, कैसा अपशकुन! सुयोधन ने किसी भी तरह के अनिष्ट की आशंका को अपने से परे झटका और प्रार्थना की कि कर्ण विजयी होकर लौटे। दोनों मित्र बहुत देर तक यूँ ही खड़े रहे, उनके गहन भावों के लिए शब्दों का आश्रय पर्याप्त न था।

"मैं गांधार जाना चाहता हूँ ताकि उस कुतिया के बच्चे को घसीट कर यहाँ ला सकूँ।" अंततः अश्वत्थामा के मुख से निकला और वह सुयोधन के प्रत्युत्तर की प्रतीक्षा करने लगा। परंतु राजकुमार सुयोधन अब भी उसी दिशा में ताक रहा था, जिस ओर कर्ण गया था। "सुयोधन! मैं गांधार जा रहा हूँ। मुझे इसी समय सेना के कुछ सिपाहियों की आवश्यकता है।" उसके शब्द मौन में दमक उठे। 'क्या उसे अपने मित्र की इतनी सी भी परवाह नहीं है? मैं तो कर्ण व उसकी भेंट होने से वर्षों पहले से उसका बाल्यकाल का मित्र रहा हूँ।' संतप्त हृदय के साथ अश्वत्थामा वहाँ से जाने के लिए मुड़ा।

सुयोधन ने मित्र की बाँह थाम ली। "अश्वत्थामा! तुम भी मुझे अकेले छोड़ जाना चाहते हो?"

ब्राह्मण का कंठ अवरुद्ध हो उठा। उसने बड़ी कठिनाई से थूक निगला और अपने सूखे होंठों पर जीभ फिराई। एक दीर्घ मौन के बाद वह बोला, "सुयोधन! मैं उस दुष्ट को मज़ा चखाना चाहता हूँ। ऐसा करने के लिए मुझे गांधार जाना ही होगा। मुझे ऐसा करने की अनुमति दो। मुझे कुछ आदमी चाहिए ताकि मैं शकुनि और दुर्जय को उनकी गुफाओं से बाहर निकाल सकूँ।"

"अश्वत्थामा! सुयोधन के लिए कोई सिपाही नहीं हैं। मैं तो एक अछूत हूँ, एक परित्यक्त! यदि कर्ण की पराजय हुई तो मैं परित्यक्त ही बना रहूँगा और सारा राज्य दंभी युधिष्ठिर की झोली में चला जाएगा। महा राजप्रतिनिधि ऐसा ही करेंगे। इसका विकल्प और भी बदतर होगा। यदि किसी चमत्कारवश कर्ण जीत जाता है, तो मैं एक ऐसे अकृतज्ञ के रूप में जाना जाऊँगा, जिसने पितामह को पदत्याग करने के लिए विवश किया।"

अश्वत्थामा चुप्पी साधे खड़ा रहा। 'इन सभी बातों के बृहत्तर रूप में मैं कहाँ हूँ? दरबार का एक विदूषक भर? एक चतुर व हाजिरजवाब ब्राह्मण, जो कहानियों व लोकगाथाओं

में प्रकट होता है? मज़ाकिया किरदार, एक विदूषक, नायक का चाटुकार? आजीवन पिता मेरे विकास की राह में बाधा बनते रहे और अब मेरा मित्र भी यही कर रहा है। मैं अर्जुन और कर्ण से कहीं बेहतर योद्धा हूँ। जिस दिन राजकुमारों का स्नातक समारोह था, उस दिन कर्ण नामक नायक का जन्म हुआ। उन्होंने अपनी शक्ति का प्रदर्शन किया और उन्हें सार्वजनिक रूप से सराहा गया। मेरे पिता अपने छात्रों की कीर्ति से मुदित थे किंतु कर्ण ने आते ही जैसे सब कुछ मटियामेट कर दिया। वे सब अभी एक प्रसंग का हिस्सा बन चुके हैं, परंतु अश्वत्थामा को कोई स्मरण नहीं करता। मैं तो एक ब्राह्मण मात्र था, जो सूत के राज्याभिषेक समारोह के दौरान मंत्रपाठ करता दिखाई दिया।' अश्वत्थामा ने मारे खीझ के एक पत्थर दूर उछाल दिया। उसने अपनी पीठ मोड़ ली ताकि कहीं राजकुमार उसका मन न पढ़ ले।

"अश्वत्थामा! क्या तुम भी मुझे अकेला छोड़कर, संकट की तलाश में निकल जाना चाहते हो?" सुयोधन ने उसके कंधे पर एक हाथ रखकर कहा। "हम मेरे मामा श्री की खोज में एक साथ क्यों नहीं जा सकते?"

अश्वत्थामा ने अपनी गर्दन हिलाई।

"मित्र! मैं तुम्हें अपनी ओर से केवल शुभकामनाएँ ही दे सकता हूँ, परंतु मेरे पास कोई अतिरिक्त सेना नहीं है। न ही मैं तुम्हारी इस कीर्ति में सहभागी बनने के लिए तुम्हारे साथ चल सकता हूँ। यह तुम्हारी यात्रा है। जाओ अश्वत्थामा, यदि चाहते हो तो जाओ, यद्यपि ऐसा कहने में कलेजा फटा जा रहा है। आज मुझे और किसे खोना होगा?" सुयोधन ने आकाश में दिखने वाली उजास को निहारा।

"राजकुमार, मुझे क्षमा करना, परंतु मुझे अपने-आप को प्रमाणित करने कि लिए जाना ही होगा।" अश्वत्थामा ने किसी तरह अपने मुख से शब्द निकाले।

सुयोधन आसपास देखने लगा। कुछ घंटों पूर्व, जो सेनानायक और उसके सिपाही कर्ण को बंदी बनाने के लिए आए थे, वे वहीं किले के द्वार के पास डेरा डाले हुए थे। उसने उन्हें आने का संकेत किया तो सेनानायक दौड़ा चला आया और सुयोधन को प्रणाम किया। उसके सिपाही भी उसके पीछे भागते हुए आ गए। वे लगभग साठ लोग थे। जब सुयोधन ने उनसे कुछ स्वयंसेवियों की माँग की तो वे संकोच में पड़ गए किंतु जब राजकुमार ने मातृभूमि के नाम पर अपनी अपील की, तो पैंतीस सिपाहियों सहित सेनानायक महावीर ने अश्वत्थामा के साथ उसकी ख़तरनाक मुहिम पर साथ चलने के लिए हामी भर दी।

अश्वत्थामा के मन में अपराध बोध घिर आया। वह यह सब क्यों कर रहा था? वह इन लोगों को उस मृत्यु के पास क्यों ले जा रहा था, जो लगभग सुनिश्चित थी? क्यों? किसलिए? केवल अपने अहं की संतुष्टि के लिए?

मानो सुयोधन ने उसके मन के भाव पढ़ लिए हों, वह बोला, "अश्वत्थामा, मैं तुम्हारे लिए जो कर सकता था, मैंने कर दिया। हो सकता है कि इनमें से कुछ या सभी अपने प्राण त्याग दें, परंतु वे तुम्हारे साथ इसलिए जा रहे हैं क्योंकि इन्हें अपना देश अपने प्राणों के मोह से कहीं प्यारा है। मुझे पूरा विश्वास है कि तुम इनके लिए एक सुयोग्य नेता साबित होगे।"

"सुयोधन! तुम्हारे सभी मित्रों के बीच, केवल मैं ही ऐसा हूँ जिसने तुम्हारी मित्रता अर्जित नहीं की। मुझे इसे अर्जित करने का अवसर प्रदान करो।"

सुयोधन ने अश्वत्थामा को सीने से लगा लिया, "कैसी मूर्खों जैसी बातें करते हो मित्र। अश्वत्थामा! हालाँकि मुझे तुमसे ऐसी बात कहनी नहीं चाहिए किंतु कहे बिना रहा भी तो नहीं जाता। अगर कहीं मेरे शकुनि मामा मिलें, तो उनके प्राण मत लेना। मैं उनके आमने-सामने होकर, उनसे कुछ प्रश्न करना चाहता हूँ, उसके बाद ही यह निर्णय लिया जाएगा कि उनके साथ क्या किया जाना चाहिए।"

'ये क्या...,' अश्वत्थामा सुयोधन की विनती सुनकर चिहुँका और झट से उसके बाहुपाश से विलग हो गया। यदि अवसर मिला तो उसे अपने सारे आत्मसंयम का आश्रय लेना होगा ताकि उसके हाथों उस दुष्ट म्लेच्छ की हत्या न हो।

राजकुमार ने अपने महल की ओर क़दम बढ़ा दिए थे। अश्वत्थामा के पास उसे यह बताने का साहस नहीं था कि वह शकुनि के बारे में क्या विचार रखता था। वह सेनानायक की ओर मुड़ा और बोला, "हम यहाँ एक घंटे बाद एकत्र होंगे। सभी लोग अपने परिवारों से विदा ले आएँ।"

"आदरणीय।"

अश्वत्थामा झट से अपने घर की ओर चल दिया, उसने कुछ सिपाहियों की बातें सुन कर भी अनुसनी कर दीं, जो ये कहना चाह रहे थे कि उनके लिए एक घंटे के भीतर अपने परिवारजन से भेंट करके आना संभव नहीं था क्योंकि वे सुदूर गाँवों में रहते थे। उसे उन बुरे संबंधों के बारे में सुनने से घृणा थी, जो सैनिकों द्वारा वर्ष में एक बार भेजी गई थोड़ी सी धनराशि की प्रतीक्षा करते थे। वह उन युवा पत्नियों, बूढ़ी माताओं, नन्ही पुत्रियों व पुत्रों की कहानियाँ सुनना पसंद नहीं करता था, जो उनके घर लौटने की प्रतीक्षा करते थे। वह उन किसान पिताओं की बातें सुनने से घृणा करता था, जो अपने पुत्रों के विषय में डींगें हाँकते हुए, अपने भय को छिपाने की चेष्टा करते थे। उसे भय था कि कहीं उसने यह सब सुना, तो वह उन्हें अपने साथ गांधार नहीं ले जा सकेगा।

जब वह घर पहुँचा तो सुबह हो चुकी थी। वह कुएँ के पास गया, पानी खींचा और उसे अपने सिर पर उड़ेल लिया। जब शीतल जल उसकी पूरी देह को सिहराता चला गया तो वह उसकी शीतलता का आनंद लेने लगा। ठंडी हवा ने देह सहलाई तो वह उसकी शीतलता से आनंदित हुआ। गांधार में कड़कड़ाती सर्दी से सामना होने वाला था, इतनी सर्दी कि वहाँ बर्फ़ पड़ती है। ये हिमपात कैसा होता होगा, इसका अनुभव कैसा होगा? वह कभी पहले ऐसे सर्द इलाके में नहीं गया था। वहाँ के लोग अपना गुज़ारा कैसे चलाते होंगे? कैसे जीवित रह पाते होंगे? वह अकेले में ही मुस्कराया, उसने प्रयत्न किया कि वह उन सैनिकों के भाग्य के बारे में विचार न करे, जो उसके साथ गांधार चलने के लिए प्रस्तुत थे। नहीं, यह तो एक महान रोमांच होगा। "शकुनि! म्लेच्छ मैं तुझसे निपटने के लिए आ रहा हूँ!" उसने वस्त्र बदलने के लिए अपने कक्ष की ओर जाते हुए, तेज़ सुर में कहा।

उसकी माँ बरामदे में रंगोली बना रही थी, उसकी अंगुलियाँ पिसे चावलों के घोल में रंगी थीं। वह प्रार्थना कक्ष से टुनटुनाती घंटी का सुर सुन सकता था - उसके पिता पूजा के लिए बैठ गए होंगे। अश्वत्थामा अपनी माँ के पास जा कर ठिठक गया। उसकी देह से चूता पानी, गोबर से लीपे गए चौक पर नमूने बनाने लगा। माँ ने ऊपर की ओर देखा। उसके होंठ कसकर भिंचे थे, वह माँ के भीतर उबल रहे रोष को भाँप सकता था। वह जानता था कि माँ पिछले दिन सभा में घटी घटना को जानकर ही क्रोधित होगी। उसे अपने पर लज्जा का अनुभव हुआ, उसने पूरे शरीर का भार दूसरे पैर पर डाला और माँ के कठोर शब्दों का वार सहने के लिए प्रस्तुत हो गया। परंतु उसने कुछ नहीं कहा, केवल उसे देखा और अपने आटे सने हाथों से ही, माथे पर झूल आई लट को पीछे कर दिया। वह आगे जाकर, माँ के बालों में लगे सफ़ेद घोल को पोंछ देना चाहता था - वह घोल था या फिर उम्र की वजह से माँ के बालों में हल्की सी सफ़ेदी झाँकने लगी थी?

"माँ! मैं गांधार जा रहा हूँ।"

माँ के हाथों से सफ़ेद घोल से भरा कटोरा छूटा और धरती पर बनी रंगोली मटियामेट हो गई। जब अश्वत्थामा के नेत्रों में अश्रुओं की कड़वाहट भर गई और छाती में एक अनाम सी पीड़ा जगी तो उसे ऐसा लगा मानो रंगोली भी धुँधला गई हो। वह माँ के पैरों में गिर गया, वह उसके चेहरे का सामना नहीं करना चाहता था। "माँ! मुझे जाने से पहले अपना आशीर्वाद दो।"

वह अपने बालों पर माँ के हाथों के स्पर्श को अनुभव कर सकता था। उसकी काँपती अंगुलियाँ अश्वत्थामा के चेहरे पर मँडरा रही थीं और कुछ आँसू उसके कंधों पर ढुलक आए। परंतु उसने माँ के बैचेनी से पूछे गए प्रश्नों के उत्तर नहीं दिए, उसे अपने ही उत्तरों से भय लग रहा था। वह भाग कर अपनी कोठरी में गया और अपने अस्त्र-शस्त्र संजोने लगा। उसने एक कपड़े में अपनी तलवारें, धनुष-बाण, तूणीर व खंजर आदि पोटली की तरह बाँध लिए। इसके बाद उसने अपना कवच बाँधा व बाहर निकल आया।

पिता अभी भी पूजा कक्ष में थे और माँ आँखें मूँदे साथ ही बैठी थी। अश्वत्थामा ने अपनी पोटली बाहर ही रखी और उनके पास भीतर चला गया। अपनी पूरी गरिमा व मर्यादा के साथ नृत्यरत अद्भुत शिव प्रतिमा ने उसे ताका। अश्वत्थामा ने अपने दोनों हाथ मस्तक से लगाते हुए, उसे साष्टांग प्रणाम किया। यह तो उसके बालपन की गंध थी। अगरबत्ती और कपूर की परिचित गंध को अनुभव कर उसका मन रुआँसा सा हो उठा। उसने अपने पिता के समीप बैठकर, मंत्रों का उच्चारण सीखा था। उस समय उसे यह सब कितना बोझिल लगता था, बस यही लगता था किसी तरह मित्रों के साथ बाहर जाकर खेलने का अवसर हाथ आ जाए। अब वह उन्हीं दिनों को वापस लाने के लिए तरसता था। माँ ने अपने प्रश्नों की पहली बाढ़ के बाद से, अपने मुख से एक भी शब्द नहीं उच्चारा था। उसने उनके चरण स्पर्श किए परंतु वे अपने स्थान से ज़रा सा भी नहीं हिलीं। उसके पिता ध्यान की मुद्रा में आलथी-पालथी लगाए बैठे थे, उनका चेहरा पूरी तरह से सौम्य व शांत था। अश्वत्थामा

ने पिता के चरण स्पर्श किए, "पिता श्री! मुझे अपना आशीर्वाद दें। मैं गांधार जा रहा हूँ।" उसने मन ही मन कहा। निश्चित रूप से उसके पिता प्रत्युत्तर देते, उसे आशीर्वाद देते, उसकी सफलता की कामना भी करते परंतु वे यह सब तभी करते, जब वहाँ अश्वत्थामा के स्थान पर उनका प्रिय शिष्य अर्जुन खड़ा होता।

परंतु द्रोण तो अपने स्थान से हिले तक नहीं। 'बस, बहुत हुआ।' अश्वत्थामा ने कसैले मन के साथ अपनी पोटली उठाई और कोठरी से बाहर आ गया। वह अचानक दहलीज़ पर जा ठिठका और उसकी चौखट पर अँगुलियाँ फिराने लगा। कौन जाने वह इस घर को दोबारा देख भी सकेगा या नहीं? उसकी पोटली में बंधी तलवारें खनखना उठीं।

उसकी माँ भागती हुई बाहर आई। उसकी दबी हुई सिसकियों ने अश्वत्थामा का हृदय चीर दिया। पर पिता के सुर ने जैसे उसके पैर ही बाँध दिए और वह मुड़ने को विवश हो गया, "रोना बंद करो। उसे कुछ नहीं होगा। मैंने आज तक जितने भी योद्धाओं को जाना है, यह उनमें से सर्वश्रेष्ठ है। यह द्रोण का पुत्र है।"

अश्वत्थामा के दिल में आया अपनी पोटली दूर छोड़ दे और भागकर, उसी तरह पिता के कंठ से जा लगे, जैसे वह बालपन में किया करता था। 'पिता श्री! क्या आप सत्य कह रहे हैं? क्या मैं वास्तव में आपके अर्जुन से बेहतर योद्धा हूँ? वह अपने शीश पर आशीर्वाद मुद्रा में रखे पिता के हाथ को महसूस करना चाहता था। जाने कैसे, कहीं भी जाने की इच्छा कहाँ लुप्त हो गई। वह अपने पिता का पुत्र बनकर, हस्तिनापुर में ही रहना चाहता था किंतु नेत्रों के आगे शकुनि का मुस्कराता हुआ चेहरा नाच उठा और ब्राह्मण युवक ने अपना झुका हुआ शीश ऊँचा कर दिया। 'पिताश्री! यदि मैं जीवित लौटा तो आशा करता हूँ कि मेरे भीतर आपको यह बताने का साहस होगा कि मैं कैसा अनुभव करता हूँ - मैं आपको बताना चाहता हूँ कि संसार में किसी भी पुत्र ने अपने पिता से इतना स्नेह नहीं किया होगा, जितना अश्वत्थामा अपने पिता से करता है। परंतु अभी के लिए... गांधार मेरी प्रतीक्षा कर रहा है।'

* * *

हालाँकि शकुनि कई योजन यात्रा कर चुका था किंतु वह अब भी अपनी पीठ पर, ब्राह्मण लड़के की जलती आँखों के ताप को महसूस कर सकता था। पवन तेज़ स्वर में उसके कानों में बज रही थी और अश्व के मुख से झाग निकलने लगी थी, परंतु फिर भी वह अश्व को पूरी गति से जाने के लिए उकसा रहा था। वह निश्चित रूप से जानता था कि अश्वत्थामा उसके पीछे आएगा। वह अपनी हड्डियों में इस झनझनाहट को महसूस कर रहा था। उसका दिल घोड़े के खुरों से भी तेज़ सुर में धड़क रहा था।

जब अश्व अंततः कुछ झाड़ियों को पार करते हुए गांधार तक जा पहुँचा तो शकुनि ने अपना सीना ठोंका, 'अश्वत्थामा! हम तेरे स्वागत की पूरी तैयारी करके रखेंगे। गांधार में तेरा स्वागत है, ब्राह्मण लड़के!'

* * *

6. अंधकार

"भानु!" यह पुकार ऐसी लगी मानो कोई रोगी लंबे रोग के बाद की थकान से उबर रहा हो।

भानुमती ने अपनी सोई हुई बेटी को रजाई से ढाँपा और मन ही मन उपालंभ देने लगी। 'उसने ऐसा क्यों किया? सुयोधन! मैं तुम्हारा चेहरा तक नहीं देख सकती।' सुयोधन ने जो किया, उसके लिए जाने क्यों मन में घिन हो रही थी। पारिजात के पुष्पों की भीनी सी गंध पूरे कक्ष में मँडराने लगी। वह सोचने लगी, 'किसी मृतप्रायः व्यक्ति की तरह उसे पुकारते हुए आने की क्या आवश्यकता थी? वह कक्ष में सीधा भी तो आ सकता था। क्या वह चला गया? वह उसे यूँ ही छोड़कर कैसे जा सकता है?'

उसके चारों ओर चुप्पी का गहरा आवरण था। जब एक-एक क्षण भी भारी पड़ने लगा, तो भानुमती निःशब्द द्वार की ओर बढ़ी और उसे एक ही झटके में खोल दिया। उसने गलियारे के अंधकार के बीच एक साए को देखा। वह उसकी ओर बढ़ी, भय था कि कहीं उसकी आँखों से आँखें चार हो गईं, तो आजीवन उससे घृणा करने का संकल्प वहीं ढह जाएगा। ज्यों ही सुयोधन को भानुमती की उपस्थिति का एहसास हुआ, जैसे उसकी उथली श्वास आनी भी बंद हो गई। वह उसे छूना चाहती थी किंतु अंतिम क्षण में उसने अपना हाथ पीछे खींच लिया।

"भानु! मैंने कुछ भी अनुचित नहीं किया," सुयोधन ने मधुर सुर में कहा।

भानुमती मारे भय के जड़ हो उठी। "कुछ भी अनुचित नहीं किया? पतिदेव! आप ये क्या कह रहे हैं?"

"वह इसी के योग्य थी। वह स्त्री इसी योग्य थी कि उसके साथ ऐसा व्यवहार किया जाए।" धीमी फुसफुसाहट में कहे गए इन शब्दों ने भानु के कानों में गर्म लावा उड़ेल दिया। वह वहीं दम साधे थिर खड़ी रही, वह इस प्रतीक्षा में थी कि संभवतः सुयोधन के कुछ शब्दों से उसके पश्चाताप का भाव प्रकट हो सके।

"भानु! तुम मुझे इस तरह क्यों घूर रही हो? देखो, तुम समझती हो न? क्या उसे उसकी ही भाषा में उत्तर देना अनुचित था? मैंने नहीं, स्वयं उसके पति ने ही उसे जुए में दाँव पर लगाया।" सुयोधन ने अपनी मुट्ठी एक स्तंभ पर दे मारी। भानु चिहुँकी; ओह! उसके हाथ पर चोट आई होगी। वह अवाक खड़ी रही।

"मुझे एक बात बताओ, भला तुम मुझे मूर्खों की तरह क्यों ताक रही हो? मैं उन पाँचों को सबक़ सिखाऊँगा - वे पाँच खलनायक और उनकी घमंडी पत्नी। हरामी कहीं के!" सुयोधन निरंतर बोलता ही चला गया।

भानु अब बहुत सह चुकी थी। अब सुयोधन से इस बारे में बात करने की कोई तुक दिखाई नहीं दे रही थी।

"भानु! कहाँ जा रही हो?" सुयोधन ने उसे बाँह से थामा और अपनी ओर खींच लिया, फिर वह उसकी आँखों में झाँकने लगा। वह भी उसी तरह ताक रही थी और मन ही मन मना रही थी कि कहीं आँखें छलछला न उठें। "भानु! क्या मैं इतना बुरा हूँ?"

भानु ने उसके स्वर को काँपते हुए महसूस किया। ज्यों ही सुयोधन ने उसे अपनी बाँहों के घेरे में कसा तो वह अचानक उन सभी शब्दों को भुला बैठी, जिन्हें सुयोधन को कहने के लिए जाने कब से पूर्वाभ्यास कर रही थी। भानु ने उसकी चिबुक को हाथों में थामा और उसकी आँखों में झाँका। उनके संतप्त हृदयों में चंद्रमा की किरणें झिलमिला उठीं। 'संभवतः सारे संसार को वह एक दुष्ट दिखता होगा परंतु मेरे लिए तो संसार में इससे नेक मनुष्य कोई दूसरा नहीं है,' उसने सोचा।

सुयोधन ने अपने होंठों तले उसके होंठ दबा लिए और वह अपने होंठों पर उसके अश्रुओं के ख़ारेपन को महसूस करने लगी। यह सब बहुत देर तक नहीं चला। द्रौपदी का भयावह चेहरा अचानक आकाश के विस्तार में दिखाई देने लगा। तिरस्कृत महिला का सुर मानो पूरे महल में गुंजायमान हो उठा। भानुमती ने स्वयं को सुयोधन के बाहुपाश से विलग किया और बिस्तर की ओर भागी, उसने अपने दोनों कानों को हाथों से ढाँप रखा था ताकि उस स्वर से ख़ुद को दूर कर सके।

सुयोधन उसके निकट आया और उसका सिर अपने कंधे पर टिका दिया। जब वह मीठे शब्दों में दिलासा देने लगा तो उसकी बाँहों ने भानु को घेर लिया। जल्दी ही भानु इस प्रसन्नता में उमगने लगी कि उसका सिर उसके प्रिय के कंधे पर टिका था। वह संसार में प्रलय के आगमन तक इसी तरह उसके कंधे पर सिर टिकाए रखना चाहती थी। पूर्व में सूर्य देवता किसी गुड़हल के फूल की तरह लाली लिए उदित होने जा रहे थे।

उसके पति ने घाव को पुनः कुरेद कर, उन क्षणों की सुंदरता को चूर-चूर कर दिया। जब सुयोधन ने उसे बताया कि आज वह किस तरह कर्ण के लिए, पितामह भीष्म का भी सामना करके आया है, तो वह उसे मारे भय के ताकने लगी। 'इन्होंने ऐसा क्यों किया?' भानु का दिल ऐसे धड़क रहा था जैसे कहीं युद्ध में नगाड़े बज उठे हों।

"भानु! अब मेरे सारे मित्र जा चुके हैं। मैं बहुत अकेला महसूस कर रहा हूँ। संभवतः मुझे दक्षिणी मंडल के उन कट्टर योद्धाओं से निपटने के लिए कर्ण के साथ जाना चाहिए था या फिर अश्वत्थामा के साथ गांधार जाना चाहिए था। मैं अपने-आपको एक कायर क्यों महसूस कर रहा हूँ? भानु! मेरी स्थिति इतनी दयनीय क्यों है?"

"सुयोधन! देश की रक्षा करना उनका कर्तव्य है।" भानु को अपने-आप से घृणा होने

लगी, उसके मन में जाने कहाँ से पति के मित्रों के प्रति ईर्ष्या का भाव सुलग उठा था। रेशमी पर्दों के अंतराल से सूर्य की पहली रश्मि ने भीतर झाँकना आरंभ कर दिया था और वह गलियारों का बुहारते अनुचरों व बगीचों में पत्तियाँ छाँट रहे मालियों के सुर सुन सकती थी। संसार अपनी गति से चलायमान था, किसी को इस बात की परवाह नहीं थी कि कौन जिया या कौन मरा, किसका तिरस्कार हुआ और किसे सम्मान मिला। उसके कक्ष का सन्नाटा दमघोंटू होने लगा। सुयोधन ने अभी तक उसे उत्तर नहीं दिया था।

"भानु! क्या मैंने कर्ण के साथ अनुचित किया? क्या मैंने अपने लिए अश्वत्थामा का बलिदान कर दिया?"

'कर्ण! यही वह इंसान है, जिसने मेरे पति को बदल दिया है!' भानुमती के मुट्ठियाँ भिंच आईं। वह उसके लिए इतना महत्त्व क्यों रखता है? पितामह से भी अधिक, किसी भी दूसरे व्यक्ति से कहीं अधिक! जब भी वह उस सूत के बारे में विचार करती तो उसके मन में गहरी उथलपुथल होने लगती, निःसंदेह वह एक भला और सत्यनिष्ठ व्यक्ति था! 'संभवतः कर्ण की यह अमानवीय सत्यनिष्ठा व उदारता ही मुझे भयभीत करती है,' उसने सोचा।

सुयोधन ने जैसे उसके मन की बात जान ली और वहाँ से उठ गया। उसने रेशमी पर्दे पीछे खींच दिए और गवाक्ष से बाहर झाँकने लगा। सूर्य गंगा पर उदित हो रहा था, जिससे उसका जल सुवर्ण मंडित हो उठा। सुबह की ताज़ी हवा में फूलों की गंध, पक्षियों की चहचहाहट और नाविकों के धूमिल स्वर थे। "भानु! सूर्य को इसकी पूर्ण दिव्य आभा के बीच देखो। मैं इसमें कर्ण के मुख को देख सकता हूँ।" वह भानु की ओर मुड़ा। पवन के झोकों से उसके केश लहलहा रहे थे। "यह एक नया दिवस है, एक सुवर्ण भविष्य का उदय!"

उसने कोई उत्तर नहीं दिया परंतु उसके हाथों में एक विचित्र सी जकड़न आ गई। यदि दक्षिणी मंडल के साथ युद्ध में कर्ण मारा गया तो उसे उसका पति वापस मिल सकता है। वह इस विचार मात्र से ही कौंध उठी, जिसने उसकी आत्मा को भेदकर रख दिया था। 'हे ईश्वर! ऐसा सोचना भी पाप है। सारे संसार में केवल कर्ण ही मेरी ईर्ष्या का पात्र... क्यों? हे शिव! मुझे क्षमा करना।'

"भानु! मुझे पूरा विश्वास है कि वे लौट आएँगे। वे दोनों लौट आएँगे। मुझे अपने-आप को प्रमाणित करने में पूरे तेरह वर्ष लगे हैं। द्रौपदी और उसके पतियों के साथ हुए इस मूर्खतापूर्ण प्रसंग को हमारी प्रसन्नता के बीच मत आने दो। मेरे मन में कोई पश्चाताप नहीं है। वह स्त्री और उसके पति इसी योग्य हैं। ईश्वर करे कि वे कभी वापस ही न लौटें। मैं एक ऐसा संसार रचने के लिए कृतसंकल्प हूँ, जहाँ कोई दयनीय अवस्था में न हो, जहाँ शासक बिना किसी भेदभाव के अपना शासन चला सके; एक ऐसे देश की रचना कर सके, जहाँ कोई रात को भूखा सोने न जाए और स्त्री व पुरुषों, धनी व निर्धनों को एक सा न्याय मिल सके।"

"मुझे इस कार्य के लिए अपने मित्रों की आवश्यकता है और वे इस विषय में जानते हैं। वे लौटकर आएँगे और हम सारे संसार को यह सब साबित करके दिखा देंगे। भानु, हमारे राज्य में कर्ण जैसे व्यक्तियों को केवल जाति के नाम पर नकारा नहीं जाएगा, हम

निषाद व अछूतों के लिए निर्दयी व उपेक्षा भाव नहीं रखेंगे। मैं नागों से जुड़ी समस्या का समाधान करना चाहता हूँ, उसका कोई स्थायी हल चाहता हूँ। मुझे अभी सैकड़ों-हज़ारों कार्य पूरे करने हैं। मैं चाहता हूँ कि संसार मुझे मेरी निष्पक्षता के लिए सराहे; मैं एक ऐसे ईमानदार व सत्यनिष्ठ व्यक्ति के रूप में लोगों के सम्मुख आना चाहता हूँ, जो जाति-पाँति की परवाह नहीं करता; जिसने सबसे भले व्यक्ति कर्ण को अपना जीवन तक सौंप दिया। मैं अपनी प्रजा को यह विश्वास दिलाना चाहता हूँ कि सुयोधन से बेहतर कोई नहीं है। मैंने उस स्त्री के साथ जो भी किया, वे उसके लिए मुझसे घृणा नहीं करेंगे। केवल मैं ही इस सिंहासन का वास्तविक उत्तराधिकारी हूँ। यह एक नया दिन है, एक नया आरंभ है।"

भानुमती ने विस्मित होकर उसे ताका। उसने पहले भी कई बार अपने सपनों के बारे में बात की थी किंतु इस बार बात कुछ अलग सी दिखी। जैसे कुछ अपरिचित, कुछ अनजाना सा लगा, मानो सुयोधन के मन के अंधेरे से भरे कोनों में भी कोई गवाक्ष खुल गया हो और कोनों में जमी धूल भी चमक उठी हो। उसे लगा कि वह उसे समझती थी पर अब ऐसा लगा कि काश! उसने उसे न समझा होता। यहाँ तक कि कर्ण के प्रति प्रेम भी उसका अपने प्रति, अपनी कीर्ति व प्रसिद्धि के प्रति प्रेम का ही प्रतिबिंब था। तो वह उन पांडवों से कैसे अलग हुआ, जिनसे वह इतनी घृणा करता था? क्या सुयोधन के भीतर एक युधिष्ठिर और युधिष्ठिर के भीतर एक सुयोधन नहीं छिपा था? क्या सुयोधन पर दुर्योधन की काली छाया पड़ने लगी थी?

"तुम भी युधिष्ठिर से कुछ अलग नहीं हो," उसने कहा। यह कहते ही उसके अपने हाथ अपने ही मुख पर चले गए मानो स्वयं को यह कहने से रोकना चाहती हो।

सुयोधन का हाथ गुस्से और सदमे के कारण उसकी ओर झपटा। वह दूसरी ओर देखना चाहती थी परंतु यह भी जानती थी कि यह उसके जीवन का एक ऐसा क्षण था, जिसमें कोई न कोई निर्णय लेना ही था वह दरवाज़े की ओर बढ़ा, "मैं इस बात को न तो भूल सकता हूँ और न ही क्षमा कर सकता हूँ," वह बोला।

"तुम मुझे क्षमा नहीं कर सकते?" भानुमती का सुर सुबकियों के कारण रुँध गया था। "सुयोधन, क्षमा तो तुम्हें माँगनी चाहिए। जिस तरह तुम द्रौपदी के साथ पेश आए, तुम्हें क्षमा याचना करनी चाहिए।"

"बस, बहुत हुआ। तुम मेरी पत्नी हो। अपनी औकात मत भूलो। मैंने कुछ भी अनुचित नहीं किया। मैं एक क्षत्रिय हूँ।"

"क्षत्रिय! स्त्रियों को भरी सभा में निर्वस्त्र करना... क्षत्रियों का यह लक्षण कब से होने लगा? तुम एक जाति-विहीन समाज की बात करते हो और फिर भी क्षत्रिय दर्प से भरे हो?"

"उसने कर्ण का अपमान किया था," सुयोधन गरजा।

"ओह, कर्ण की बात मत करो। तुम और तुम्हारे मित्र! ईश्वर करे कि कर्ण दक्षिणी मंडल से हो रहे युद्ध से वापस ही न आए! ईश्वर करे कि वह ब्राह्मण गांधार में ही अपनी अंतिम श्वासें गिन ले।"

सुयोधन भानुमती की ओर लपका। उसने उसके केश पकड़े और उसके सिर को पीछे झटक दिया। भानु उसकी नेत्रों में छलछला उठे रक्त को देख सकती थी।

वह सुयोधन को दुर्बल बना देने वाले धीमे और मधुर स्वर में बोली, "सुयोधन! मार दो। मुझे जान से मार दो। ऐसा करने पर भी इस यथार्थ से मुँह नहीं मोड़ सकोगे कि तुमने जो भी किया, वह अनुचित था।"

उसके केशों पर हाथों की पकड़ ढीली हो गई। वह उससे मुँह फिरा कर खड़ा हो गया। उसने हाथ जोड़ कर विनती के सुर में कहा, "नाथ! ईश्वर के लिए उससे क्षमा माँग लें। अपने भाइयों को उनका दाय लौटा दें। कृपया एक बार फिर से उसी पति के रूप में लौट आएँ, जिसे मैं जानती थी।"

सुयोधन उसकी ओर झुका खड़ा था, उसका श्वेत दुशाला पवन के झकोरों से लहरा रहा था। कोने में रखा दीपक टिमटिमाते हुए, उसके मुख पर विचित्र से ढाँचे रच रहा था। अचानक हवा के तेज़ झोंके ने उसे बुझा दिया और कक्ष में बुझी हुई बत्ती की गंध तिर गई। सूर्योदय के सुनहरे प्रकाश ने ज्यों ही कक्ष में क़दम रखे, तो उस प्रकाश में अपने पति का मुख देखते ही, भानुमती की सारी आशा समाप्त हो गई।

* * *

कहीं दूर, द्वारिका में एकलव्य की सेना ने कृष्ण की नगरी को घेर लिया था। जब निषाद ने सर्योदय की सुनहरी आभा के बीच नगरी के चमकते गुंबद और मीनारें देखीं तो उसने मारे रोष के दाँत पीस लिए। जब लाखों निषाद और नाग मनुष्य पशुओं से भी बदतर जीवन जीने को विवश थे, ऐसे में द्वारिका की समृद्धि किसी कंटक से कम नहीं जान पड़ रही थी।

जब दुर्ग के द्वार खुले और बलराम की सेना नागों का सामना करने को बाहर आई तो बलराम की चिंता का अंत नहीं था। वे निषाद की सेना में छिपी ऊर्जा तथा रक्तपिपासा को अनुभव कर सकते थे। काश! वे इस युद्ध में हज़ारों निर्दोष प्राणों की बलि चढ़ने से पूर्व, एक बार एकलव्य से भेंट कर पाते। संभवतः वे उसे इस अनावश्यक हिंसा के विषय में समझा सकते थे। वे संधि नहीं कर सकते थे क्योंकि यह एक प्रकार से निर्लज्ज आत्मसमर्पण ही होता। यादवों का नरेश होने के नाते, उनका कर्तव्य बनता था कि वे अपनी प्रजा को विजय श्री की ओर ले जाएँ, उसका रक्षण करें। यदि युद्ध करना ही पड़ता तो वे युद्ध कर सकते थे किंतु वे चाहते थे कि किसी प्रकार कोई संधि हो जाए तो अनावश्यक हिंसा व रक्तपात से बचाव हो जाएगा।

बलराम की सेना को देखते ही एकलव्य के होंठों पर एक निर्दयी मुस्कान खेल गई। अंततः विजयश्री उसका वरण करने जा रही थी। बलराम ने जिस तरह अपना धनुष-बाण उठा रखा था, वह उनके व उनकी सेना के ठंडे पड़े हुए जोश का अनुमान लगा सकता था। द्वारिका में कृष्ण नहीं थे इसलिए उसे अपने वश में करना कठिन नहीं था। वह अपने साथियों की ओर मुड़ा, "यदि बलराम ने कोई संधि पेश की तो हम उसे मानने का दिखावा करेंगे किंतु एक बार नगर में प्रवेश करते ही उसका प्राणांत कर देंगे। हम नगरी को जला

कर राख़ कर देंगे, सारे पुरुषों को मार कर, स्त्रियों को उठा ले जाएँगे। उन्होंने दलितों को लूटकर जो ख़ज़ाने भरे हैं, उनकी चकाचौंध देखते ही बनती है। हम उसे अपने लोगों के बीच वितरित कर देंगे।

बलराम जाल में फँसने जा रहे थे!

* * *

7. सर्प का आखेट

तक्षक बहुत अधीर हुआ जा रहा था। कृष्ण की सेना ने अपनी गति धीमी क्यों कर ली थी? वह धूर्त यादव अपने अश्व से क्यों उतर गया? क्या उसे उनके षड्यंत्र की भनक पड़ गई या यह एक संयोग था? उसके व्यक्ति भी व्याकुल हो रहे थे। आकाश में एक अनमना सा चाँद चमक उठा। उसने अपने कान उसी ओर लगाए, जहाँ कृष्ण अपने साथियों से कुछ कह रहा था। हवा का रुख़ उस ओर नहीं था इसलिए वह नहीं सुन सका कि कृष्ण अपनी सेना से क्या कह रहा था? नागों में से एक व्यक्ति खाँसा और तक्षक का दिल धड़क उठा। कहीं यह सुनकर कृष्ण चौकन्ना तो नहीं हो गया? क्या उसने यह आवाज़ सुनी? उसने उस आदमी को संकेत से चुप रहने को कहा।

* * *

अपने अश्व पर घमंड से तन कर बैठे कृतवर्मा ने पूछा, "क्या हुआ?" वह नारायण सेना का सेनापति था, प्रसिद्ध कुलीन यादव योद्धाओं का सेनापति, जिन्हें निजी रूप से कृष्ण ने प्रशिक्षित किया था। कृतवर्मा कभी एक आत्मीय बंधु था किंतु इंद्रप्रस्थ के जनसंहार के बाद वे आपस में मित्र नहीं रहे।

"हमें यहीं ठहरना चाहिए।"

"कृष्ण, क्या पगला गए हो?" कृतवर्मा ने आश्चर्य से पूछा।

"मैं थक गया हूँ और हमारी सेना भी विश्राम करना चाहती है।" कृष्ण की आँखें सुदूर दिखाई दे रहे विशाल पत्थरों पर टिकी रहीं। 'जब हमें इंद्रप्रस्थ में वासुकि मिला था तो मुझे उसे किसी भी दशा में जीवित नहीं छोड़ना चाहिए था।' उन्होंने सोचा।

"तो क्या तुम यहाँ ठहरकर द्वारिका के खंडहरों में बदल जाने की प्रतीक्षा करना चाहते हो? हम यहाँ अपना समय नष्ट क्यों कर रहे हैं?" कृतवर्मा ने अपना स्वर ऊँचा करते हुए कहा।

"निषाद हमारा क्या बिगाड़ सकते हैं?" कृष्ण का हृदय तेज़ी से धड़क रहा था। यदि वे किसी तरह सेनापति को भड़का सकें, तो शायद कुछ बात बन जाए। "मैंने खांडव वन में बहुत से निषाद देखे हैं, जब मैं और अर्जुन सामने आए, तो वे इस तरह भागे थे जैसे बिल्ली को देखते ही चूहे..."

"कृष्ण! मैं खांडव वन में तुम्हारे अपमानजनक व्यवहार व आचरण के बारे में एक भी शब्द और नहीं सुनना चाहता।"

"नाग कायर होते हैं। कृतवर्मा तुम्हें तो निषाद से भयभीत नहीं होना चाहिए। हम तो इंद्रप्रस्थ में ही ठहरकर, आज की संध्या का आनंद उठा सकते थे।"

"अब अपने अनैतिक पांडव मित्रों का बख़ान मत शुरू कर देना।"

"कृतवर्मा तुम यह सब इसलिए कह रहे हो क्योंकि मेरे भाई बलराम के मन में उस दुर्योधन के लिए अगाध स्नेह है।"

"अब मैं जान गया कृष्ण! अब जान गया कि तुम इस बीहड़ वन में क्यों ठहरना चाहते हो। तुम्हारी दृष्टि द्वारिका के सिंहासन पर है। तुम द्वारिका की रक्षा नहीं करना चाहते।"

"भले ही मेरे भ्राताश्री एक नेक इंसान हैं परंतु यादवों को उनके जैसे नेता की आवश्यकता नहीं है। बेहतर यही होगा कि वे पराजित हो जाएँ। इसके बाद यादव अपने लिए किसी उचित नेता व राजा का चयन कर सकते हैं, एक ऐसा नेता..."

कृष्ण को कृतवर्मा की तलवार की नंगी नोक अपने कंठ पर अनुभव हुई। "बलराम के लिए एक भी शब्द अपने मुख से निकाला तो तुम्हें शव में बदलते देर नहीं लगेगी।"

कृष्ण ने बरबस अपनी मुस्कान को रोका। कृतवर्मा उनकी चाल में आ गया था। उन्होंने अचानक ही कृतवर्मा के अश्व की लगाम खींच ली, वह मारे पीड़ा के आगे की ओर बढ़ा और कृतवर्मा मुँह के बल मैदान में आ गिरा। कृष्ण उसे और भी उकसाने के लिए हँसने लगे।

क्या दूर से कोई सिर दिखाई दिया? अंधकार हो चला था और आकाश में यहाँ-वहाँ कुछ धूमिल सितारे दिख रहे थे। जब कृतवर्मा ने उठना चाहा तो कृष्ण उसे ठोकर मारकर, पुनः हँसने लगे। कोई भी योद्धा अपना इतना तिरस्कार नहीं सह सकता था। किसी गिरे हुए व्यक्ति को ठोकर मारना! वह भी कृतवर्मा सरीख़ा जाँबाज़ योद्धा!

"अपनी तलवार निकालो, तुम... तुम।" कृतवर्मा मारे रोष के बड़बड़ाते हुए उठ खड़ा हुआ, वह मारे क्रोध के अपने अपमान के प्रसंग को भी बता नहीं पा रहा था।

कृष्ण अपने अश्व के समीप आए और अपनी तलवार निकाल ली। उन्होंने उसे बहुत ही आराम से म्यान से निकाला और फिर उसे अलग-अलग तरीक़ों से भाँजने लगे मानो सारे संसार का समय उनकी ही झोली में आ गया हो। उनकी आँखें निरंतर सुदूर दिखाई दे रहे विशाल पत्थरों पर लगी थीं। एक और सिर ऊपर की ओर उठा और फिर अंधकार में लीन हो गया। कृष्ण ने अपना कँटीला चक्र धोती में खोंसा और कृतवर्मा की ओर बढ़े। जब तक वे नारायण सेना के सेनापति की ओर बढ़े, तब तक सेना दो भागों में विभक्त हो चली थी और अधिकतर अश्वारोही अपने अश्वों से उतर आए थे। एक दल ने उनके आगे प्रणाम निवेदित किया और उन्होंने उन्हें अभय प्रदान किया। दूसरा दल कृतवर्मा के पीछे खड़ा था और इस सारी कारवाई को बहुत ही द्वेष से ताक रहा था।

"हम स्वयं ही इस द्वंद्व युद्ध के नियम तय कर लेते हैं..." कृतवर्मा की बात पूरी भी नहीं हुई थी कि कृष्ण अचानक बोल उठे, "आक्रमण!"

मारे आश्चर्य के कृतवर्मा का मुख खुला का खुला रह गया। उन्होंने तो अपने द्वंद्व युद्ध के नियम तक तय नहीं किए थे और कृष्ण ने अचानक धावा बोलने का आदेश भी दे दिया! इससे पहले कि वह कोई प्रतिक्रिया दे पाता। कुछ लोग नंगी तलवारें लिए उसकी ओर दौड़े चले आए।

"इन निर्लज्ज यादवों के प्राणों का अंत कर दो।" कृतवर्मा गुस्से से अपनी तलवार लहराते हुए गरजा।

उसके व्यक्तियों ने कृष्ण की सेना पर धावा बोल दिया। शीघ्र ही, दो व्यक्तियों का एक नियमों से बँधा द्वंद्व युद्ध संपूर्ण युद्ध में बदल गया। कृष्ण ने स्वयं को युद्धरत व्यक्तियों व गुस्से से उबल रहे कृतवर्मा की पहुँच से दूर रखा। दोनों पक्षों के सिपाही धरा पर लोटने लगे। वे कृतवर्मा के रोष को बरकरार रखने के लिए उसे उसके वंश का ताना देते रहे। चारों ओर कटे हुए अंग और सिर दिखाई देने लगे। रक्त ही रक्त दिखाई दे रहा था। यादव एक-दूसरे को गाजर-मूली की तरह काट रहे थे। युद्ध की कराहों व स्वरों के बीच कृष्ण, छिपे हुए शत्रु की गतिविधियों की टोह ले रहे थे। वहाँ कोई हरक़त दिखाई नहीं दी। उन्होंने जो युद्ध छेड़ा था, उसमें उनके अपने ही सिपाही मारे जा रहे थे। क्या वे अपना दाँव हार गए थे?

* * *

"यहाँ से हिलो मत!" वासुकि ने तक्षक से फुसफुसा कर कहा, परंतु नाग नेता की व्याकुलता का अंत नहीं था। यादव एक-दूसरे को मौत के घाट उतार रहे थे और यह दुष्ट नारायण सेना के साथ-साथ कृष्ण को समाप्त करने का सबसे उत्तम अवसर था। वासुकि फिर से फुफकारा, "ये दुष्ट यादव और इसकी चालें!"

'संभवतः वह कोई चाल चल रहा है या फिर संभवतः नहीं चल रहा।' तक्षक विचार करने लगा। यादव हमेशा ही मदिरा के मद में चूर होकर, आपस में लड़ने-भिड़ने के लिए बदनाम रहे हैं।

"हमें केवल उन्हें केवल तब तक द्वारिका नहीं पहुँचने देना, जब तक एकलव्य वहाँ कब्ज़ा नहीं कर लेता। अपनी पलक तक मत झपकाओ और स्थिर भाव से बैठे रहो।" वासुकि के सुर की झुँझलाहट महसूस की जा सकती थी।

'ये सिरफिरा बूढ़ा! मुझसे क्यों उलझ रहा है?' अचानक ही तक्षक के दिमाग़ में बिजली की तरह इस प्रश्न का उत्तर कौंध गया। 'धूर्त हरामी बूढ़ा! उसे पता है कि अगर मैंने कृष्ण को पकड़ लिया तो वह एकलव्य को नाग नेता बनाने की योजना को पूरा नहीं कर सकेगा।'

"कृष्ण हमसे छल कर रहा है। यहीं बने रहो।" तक्षक ने अपने स्थान से उठना चाहा तो वासुकि ने सावधान किया।

'अगर मक्कार यादव हमसे छल ही कर रहा होता तो क्या वह अपने कुलीन सिपाहियों

को इस तरह मौत के घाट उतरते हुए देखता?' तक्षक मन ही मन सोचने लगा। नहीं, यह बात सच नहीं हो सकती।

वासुकि ने तक्षक की कलाई थामकर उसे रोकने का अंतिम असफल प्रयास किया। विद्रोही नेता ने तिरस्कृत भाव से अपनी बाँह छुड़ा ली और चिल्लाया, "आक्रमण!"

नाग चीख़ते व चिल्लाते हुए यादवों के डेरे की ओर लपके। उन्होंने नहीं देखा कि वासुकि उठा और सूखी झाड़ियों की ओर भागा, जितनी तेज़ी से वह अपनी बूढ़ी अशक्त टाँगों से भाग सकता था। उन्होंने कृष्ण को भी नहीं देखा, जो आपस में ही लड़-भिड़ रहे सैनिकों के दल से ओझल हो चुके थे।

* * *

अंततः! कृष्ण ने नागों को छिपने के स्थान से बाहर आकर, अपनी ओर आते देखा तो उन्होंने चैन की साँस ली। वे एक मृत अश्व के कंकाल के पीछे जा छिपे। हवा में चारों ओर मृत्यु की गंध मंडरा रही थी। उनके बीस कुलीन सिपाही मारे जा चुके थे और अनेक सिपाही इस आंतरिक द्वेष में घायल हो चुके थे।

जब कृष्ण अपने छिपने के स्थान से निकलकर, उसकी ओर भागे तो तक्षक कृतवर्मा से कुछ ही फ़ीट की दूरी पर था। उन्होंने अपने एक हाथ में सुदर्शन चक्र थामा और दूसरे हाथ में तलवार थामे हुए, निरंतर वार करते हुए, आगे की ओर बढ़े। इस दौरान उन्होंने यह परवाह नहीं की कि उनके शस्त्रों से नाग घायल हो रहे थे अथवा यादव! तक्षक और कृतवर्मा के बीच भयानक तलवारबाज़ी जारी थी। कृष्ण नाग नेता की ओर लपके। वे दोनों धरती पर गिरकर लोटने लगे। कृष्ण ने अवसर पाते ही तक्षक के हाथ से उसकी तलवार दूर छिटका दी। जब धूल छँटी तो तक्षक घुटनों के बल बैठा था और कृष्ण उसके पीछे खड़े थे। तक्षक के कंठ पर, सुदर्शन चक्र की तीखी धार चमक उठी। नागों की ओर से एक क्रुद्ध चीत्कार गूँज उठी और वे अपने नेता की रक्षा के लिए आगे बढ़े। उनके हाथों में खड्ग और भाले चमक रहे थे।

"अपने लोगों से कहो कि वे हथियार डाल दें।" कृष्ण ने शीतल स्वर में कहा। उनके होंठों पर एक मुस्कान खेल गई।

"मार दो इसे!" तक्षक चिल्लाया और कुछ नाग कृष्ण पर हमला करने के लिए आगे की ओर आ गए।

"तक्षक! मुझे उकसाओ मत। तुम मेरे हाथों मारे जाओगे," सुदर्शन चक्र की धार कंठ से और भी सटती चली गई और उसके कंठ पर रक्त की एक महीन रेखा दिखने लगी। जहाँ तक्षक घुटनों के बल बैठा था, वहाँ धरती पर रक्त की बूँदें थक्के बनकर गिरने लगीं। सारी नाग सेना ने चुपचाप आत्मसमर्पण कर दिया।

"बस, अब तू गया," कृष्ण ने भावहीन सुर में कहा।

पर इससे पहले कि वे तक्षक का गला रेत पाते, कृतवर्मा ने उनका हाथ पकड़ लिया

और सुदर्शन चक्र को उनसे छीनना चाहा। "कृष्ण! यह युद्ध के नियमों के विपरीत तथा अनैतिक है। तुमने उसकी प्राण रक्षा का वचन दिया है।"

"कृतवर्मा! मूर्ख कहीं के!! मुझे मेरा कर्तव्य पूरा करने दो।"

तक्षक ने यादवों की इस चर्चा के बीच अपने लिए अवसर पा लिया। उसने नीचे से कुछ धूल उठाई और कृष्ण की आँखों में झोंक दी। जिस एक क्षण के भीतर कृष्ण की पकड़ ढीली हुई, उसी एक क्षण में तक्षक ने खुद को मुक्त किया और अपने प्राण हथेली पर ले कर भागा।

"पकड़ो उसे!" कृष्ण कुंठित भाव से चिल्लाए। उनकी आँखें अब भी धूल की कड़वाहट से भरी थीं और वे साफ़ तौर पर कुछ नहीं देख पा रहे थे, परंतु वे जान गए थे कि नाग बचकर भाग चुके थे। जब तक उनकी दृष्टि कुछ देखने योग्य हुई, तब तक सभी महत्त्वपूर्ण नाग विद्रोही नेता ओझल हो चुके थे।

"बस, हो गई मन की शांति," कृष्ण ने कृतवर्मा से कहा जो अब भी मारे रोष के अपना सिर झटक रहा था।

"कृष्ण तुम जो भी कर रहे थे, वह अनुचित और छलपूर्ण था। योद्धा ऐसे नहीं लड़ते..."

"मेरे मित्र! वे हम सबको मौत के घाट उतारने के लिए प्रतीक्षा कर रहे थे। अगर हम आगे गए होते तो वे हम सबकी बलि चढ़ा चुके होते। मेरे पास तुम्हें उकसा कर युद्ध छेड़ने के अतिरिक्त कोई उपाय नहीं था..."

बूढ़े सिपाहियों में से एक कराहा, "आदरणीय! आप बहुत बुद्धिमान हैं। हम तो सोच भी नहीं सकते थे कि यह आपकी योजना का एक अंश था।"

कृष्ण के सिपाही उनका प्रशस्ति गान करने लगे और वे मंद-मंद मुस्कराते रहे। रात गहरी होती जा रही थी। काश! कृतवर्मा ने उन्हें उनका कर्तव्य निभाने से रोका न होता। वह इस बात को क्यों नहीं समझता कि वे युद्ध कर रहे थे और युद्ध में कुछ भी अनुचित नहीं होता परंतु सेनापति मारे रोष और अपमान के भीतर ही भीतर सुलग रहा था।

"चलो कृतवर्मा! हम यह सब भुलाकर आगे बढ़ें," कृष्ण ने अपना हाथ उसकी ओर बढ़ाते हुए कहा।

"क्या भूल जाऊँ, कृष्ण? मेरे बीस उत्कृष्ट योद्धाओं की असमय मृत्यु को भुला दूँ? जब द्वारिका वापस जाऊँगा तो उनके परिवार वालों को क्या उत्तर दूँगा? तुम आत्मसंतुष्ट हो कि तुमने अधिकतर को बचा लिया परंतु यह उन मृतकों के परिवारों के लिए सांत्वना नहीं हो सकती, जो सेना में अपने ही साथियों के हाथों मारे गए। मैं उनकी विधवाओं का सामना कैसे करूँगा? यह कैसी अपमानपूर्ण विजय है?"

कृष्ण ने मृत सैनिकों की चिताओं से उठते धूम्र को देख गहरी साँस भरी। फिर वे मुड़े और तेज़ सुर में चिल्लाए, "मित्रों! द्वारिका की ओर प्रस्थान करना है। हमारे पास अब

बिलकुल समय नहीं है।”

कुलीन अश्वारोही सेना ने तैयारी में पल भर की भी देर नहीं की। कृष्ण का अश्व तीर की तरह छूटा और नारायण सेना उनके पीछे लपकी। वे लगभग सारा दिन अपने अश्वों को दौड़ाते रहे। दिन में केवल कलेवा करने तथा अश्वों को कुछ समय तक विश्राम देने के लिए यात्रा में विराम दिया गया। कृष्ण ने सेनापति से बात करनी चाही किंतु वह कुछ भी सुनने को प्रस्तुत नहीं था। संध्या समय तक, वे द्वारिका की सीमाओं तक आ पहुँचे।

“हे ईश्वर!” कृष्ण मारे दुख के चिल्लाए। निषादों की विशाल सेना बलराम की सेनाओं से टक्कर ले रही थी।

“हमारी मातृभूमि, हमारी द्वारिका, हमारे बलराम के लिए...” कृतवर्मा ने अपनी तलवार ऊँची की और रणभूमि की ओर लपका। उसके व्यक्ति भी उसी वीरता के साथ रक्तपिपासु युद्धक्षेत्र में पहुँच गए।

कृष्ण ने विस्मित भाव से अपना सिर हिलाया। उनके लोग कब कुछ सीखेंगे? जिस सेना ने ऐसी नगरी पर हमला किया हो, जो सुरक्षा के घेरे में नहीं थी, ऐसे शत्रु के साथ भला वीरता दर्शाने की क्या आवश्यकता है? यदि उन्हें पराजित करने के लिए धूर्तता या कौशल की मदद ली जाती है तो उसे न तो निर्दयता कहा जाएगा और न ही वह कायरता कहलाएगी। इस खेल में कोई कानून या नियम नहीं होते, यहाँ केवल विजय ही महत्त्व रखती है। जो व्यक्ति पूरी वीरता व भलाई के साथ युद्धरत था, यदि उसे पता चल जाता कि उसके लिए भविष्य के गर्भ में क्या छिपा है, तो संभवतः वही नियम तोड़ने वाला पहला व्यक्ति होता। कृष्ण के मन में कृतवर्मा के लिए सहानुभूति उपजी किंतु उनके पास इतना समय कहाँ था कि वे वहाँ खड़े नागों के हाथों वीरगति पा रहे सिपाहियों को देख सकें। किसी भी क़ीमत पर द्वारिका की रक्षा करनी थी। उनके भाई को तो शत्रुओं में भी कोई अच्छाई ही दिखी होगी और वे कितनी सरलता से उनके जाल में जा फँसे। कृष्ण को फिर से एक वीरतापूर्ण क़दम उठाना था, कुछ ऐसा करना था जो भले ही लोगों को अरुचिकर लगे परंतु वे पूरी तसवीर का रुख़ एक बार देखने के योग्य हो जाएँ। लोग उनके तौर-तरीक़ों के बारे में क्या कहते हैं या उनके कार्य के क्या परिणाम होंगे, इन सभी बातों को उपेक्षित करते हुए, उन्हें केवल वही करना था, जो उन्हें उन परिस्थितियों में उचित जान पड़े। उन्हें तो अपना कर्म निभाना ही था।

कृष्ण ने अपना सुदर्शन चक्र निकाला और उसे शत्रुओं की ओर मुख करके घुमाने लगे। उनका आकार उन सायों के बीच एक होता चला गया। इससे पूर्व कि उनके भाई की भेंट उस निषाद से होती, उन्हें किसी भी दशा में एकलव्य से मिलना था।

* * *

8. शरण

"बहन! आप महल त्यागकर क्यों जा रही हैं?" गांधारी ने पूछा।

कुंती ने उसे द्वेषपूर्ण दृष्टि से ताका और उसके प्रश्न को अनुसना कर दिया। उन्होंने दासियों को आदेश दिया कि वे उनका कोई आभूषण साथ न रखें। केवल दो साड़ियों को ही पोटली में बाँध दिया जाए। वे उस महल से ऐसी कोई भी वस्तु नहीं ले जाना चाहती थीं जो उस द्रोही दुर्योधन या उसके नेत्रहीन पिता से संबंध रखती हो। वे महल से केवल उन्हीं वस्तुओं के साथ वापस लौटेंगी, जिन्हें लेकर उन्होंने महल में अपने पुत्रों सहित प्रवेश किया था। कुंती अपने लिए किसी की दया नहीं चाहती थीं, वे तो पाँच-पाँच महान योद्धाओं की माँ थीं।

गांधारी मार्ग टटोलते हुए अपनी भाभी श्री के पास पहुँचीं और उनके कँपकँपाते हाथों को अपने हाथों में थाम लिया। "आप महल का त्याग न करें। लोग महाराज के बारे में क्या कहेंगे? प्रजा मेरे बारे में क्या सोचेगी?"

"गांधारी तुम्हें लोगों की बातों की परवाह है। तुम्हें अपनी छवि की परवाह है? मैं तुम्हारे इस महल में बहुत कुछ सहन कर चुकी हूँ। क्या तुम दावा कर सकती हो कि इस महल में मुझे कोई विष नहीं देगा या आधी रात को चाकू घोंपकर मेरी हत्या नहीं की जाएगी? मैं बहुत सह चुकी हूँ, अब बहुत हुआ। मैं इस शापित महल में एक क्षण के लिए भी नहीं ठहर सकती।"

गांधारी ने उनके हाथ छोड़ दिए और स्वयं को स्थिर करने का प्रयास करने लगी। उसने बड़ी कठिनाई से अपने होंठों पर तिर आए कटु वचनों की बाढ़ को रोका। भला कुंती को यह अधिकार किसने दिया कि वह उन पर अभियोग लगाए? वह महान गांधार सम्राट सुबल की पुत्री थी, एक पतिव्रता थी, जिसने अपने पति की नेत्रहीनता को देखते हुए, स्वयं भी प्रकाश को देखने से इंकार कर दिया था; नहीं, उन्हें एक ऐसी स्त्री के मुख से अभियोग व उपालंभ सुनने की आवश्यकता नहीं थी जिसने अपने पति को छोड़ कर, दूसरे पुरुष से संतान उत्पन्न की हो। गांधारी के होंठ तिर्यक हो उठे। "बहन! यदि आप जाना ही चाहती हैं तो यह आपका चुनाव है। ये सभी अनुचर साक्षी रहे कि गांधार पुत्री ने अपना धर्म निभाने में कोई कोर-कसर नहीं रखी।"

इससे पूर्व कि कुंती कोई प्रश्न कर पातीं, गांधारी मुड़ीं और अपने कक्ष में चली गईं। जब वे शाही कक्ष के द्वार तक पहुँचीं तो भीतर से आ रहे कोलाहल को सुन चिहुँकी। धृतराष्ट्र अपनी गदा प्रहार से भीम की लौह मूर्ति पर अपना ज़ोर आज़मा रहे थे। वे चुपचाप कक्ष में चली गईं, कोई बात नहीं करना चाह रही थीं। वे एकांत चाहती थीं। उन्हें एक साथ जीत, भय तथा क्रोध का अनुभव हो रहा था। वे मन ही मन, उसी दिन से हस्तिनापुर दरबार की कड़ी औपचारिकताओं से घृणा करती आई थीं जिस दिन से उन्होंने हाथियों की उस नगरी में क़दम रखे थे। यद्यपि उन्होंने अपने पति से प्रेम करना सीख लिया था और उस स्थान को भी अपनी मातृभूमि के रूप में स्वीकारा था किंतु ज्यों ही वे एकांत के बीच होतीं तो उन्हें अपने गांधार की बेतरह याद सताने लगती। आज भी उन्हें स्वप्नों में उस दिन की यादें छलती थीं जब भीष्म के उस आक्रमण के दौरान उनके पिता और सारे भाई मारे गए। केवल शकुनि ही जीवित बचा। आज इतने वर्षों बाद भी, वे अक्सर नींद से उठ कर कराहने लगतीं। अपने पिता व भाइयों की असमय मृत्यु का शोक मनाने लगतीं। उनके पति अपनी तंद्रा से नहीं जगते थे और न ही महल की दासियाँ उनके उन दुःस्वप्नों के बारे में कोई कौतुहल प्रकट करतीं।

परंतु केवल वही ऐसे बुरे सपनों की क़ैद में नहीं थीं। कई बार, रातों को, गहरे अंधकार से भरे गलियारों के बीच धृतराष्ट्र की पुकार गूँज उठती जिसमें वे अपने बड़े मृतक भाई पांडु को द्वंद्व युद्ध के लिए आमंत्रण देते थे। वे डींग हाँकते कि किस तरह उन्होंने अपने बलशाली हाथों की मदद से एक हाथी को बीच रास्ते में ही रोक दिया था जो उनके भाई को कुचलने के लिए आगे आ रहा था, और वे अपनी अंधहीनता के बावजूद अपने गदा-कौशल से किसी को भी धूल चटा सकते थे। भीड़ से भरे महल के उस इत्रों से महकते शाही कक्ष के एकांत के बीच बैठी, गांधारी अपने पति को ऐसा करते हुए सुनतीं और सहसा ही उनका मन पति के लिए स्नेह व सहानुभूति के मिश्रित भावों से भर उठता।

वे कुंती से उतनी ही घृणा करतीं थीं, जितनी घृणा कुंती उनसे करती थीं। यह टक्कर बराबर की थी। वे अपनी तीक्ष्ण बुद्धिमत्ता के बल पर जान सकती थीं कि उन दोनों की घृणा कितनी बेमायने थी, वे दोनों ही तो पुरुषों के ऐसे जगत में रह रही थीं, जहाँ स्त्रियों को जबरन उठाया जाता था, दाँव पर लगाकर तिरस्कृत किया जाता था परंतु कभी भी समानता के स्तर पर व्यवहार नहीं किया जाता था। फिर भी वे जाल में फँसी बिल्लियों की तरह आपस में लड़ती थीं, उनका यह संघर्ष जाल के विरुद्ध नहीं, एक-दूसरे के लिए था, जहाँ वे निरंतर एक-दूसरे को गलियाँ देतीं, नोचती-खसोटतीं और भीषणता के साथ अपने छौनों की रक्षा करतीं; इन सबके बावजूद संसार को उनके स्नेह व सौम्यता से परिपूर्ण मुख ही देखने को मिलते।

एक प्रकार से गांधारी प्रसन्न ही थीं कि कुंती महल से जा रही थी, परंतु उनके तर्क का कहना था कि अगर कुंती बाहर जाने की बजाए महल में रह कर ही कष्ट पाती, तो कहीं बेहतर होता। वे जानती थीं कि कुंती क्या करने की चेष्टा में थी और वे उसकी इसी धूर्तता व छल के कारण उससे नफ़रत करती थीं, हालाँकि उन्हें कुंती की बुद्धिमत्ता व चतुराई पर

कोई संदेह नहीं था।

कुंती एक शहीद की भूमिका निभाकर, प्रजा के मन में दुर्योधन के प्रति वैमनस्य के बीज बो रही थी। वह प्रजा को दुर्योधन के ख़िलाफ़ करना चाहती थी। प्रजा की नज़रों में कुंती अब एक असहाय विधवा थी, जिसे दुष्ट दुर्योधन ने बीच मार्ग में ले जा पटका था। अब उनका पुत्र एक दुष्ट राक्षस था जिसने पहले कुंती की पुत्रवधु का भरी सभा में अपमान किया, फिर अपने चचेरे भाइयों को वन में भेज दिया और उनकी सारी संपत्ति भी छीन ली।

जब धृतराष्ट्र को कक्ष में गांधारी की उपस्थिति का भान हुआ तो उनके मुख कटुता से भरा हास खेल उठा। वे उसकी ओर मुड़ते हुए बोले, "उसे जाने दो, गांधारी! पांडु के पुत्र वहीं चले गए हैं, जहाँ से वे संबंध रखते थे। वे वनों में जन्मी संतानें, वनों में ही रहने के योग्य हैं। महल अवैध संतानों के लिए नहीं होते।"

यह व्यक्ति भला कहाँ जानता था कि आज उसके पुत्र ने सभा में कैसा पशुवत् व्यवहार किया? उसे उत्तर देने से भी कोई लाभ न था। वह गांधारी की बात कभी नहीं समझ पाता। हालाँकि वह स्वयं को इतना कहने से रोक सकी, "आपको जुए की पहली बाज़ी के बाद उसे जारी रखने की अनुमति नहीं देनी चाहिए थी।"

"ओह प्रिय! मैंने तो पहले दाँव के बाद उन्हें उनका सब कुछ वापस कर दिया था। मैंने तो ऐसे लोगों साथ भी उदारता दिखाई जिनका मेरे साथ रक्त का भी कोई संबंध नहीं है। मैंने तो धर्म के पुत्र को पुनः खेलने के लिए नहीं कहा था। वैसे भी, पितामह ने भी कोई आपत्ति नहीं की," धृतराष्ट्र ने चुटकी ली।

"क्या आप जानते हैं कि पितामह ने कोई आपत्ति क्यों नहीं की? यदि वह खेल वहीं समाप्त हो जाता तो आप अपनी उदारता के बल पर सबको अपने वश में कर लेते। हम युधिष्ठिर को एक ऐसे अक्षम व्यक्ति के रूप में प्रमाणित कर देते जिससे न तो अपना राज-काज संभला और न ही अपनी पत्नी की रक्षा करने की योग्यता आई। वे हमारे अधीन हो जाते। इस तरह पितामह का होना न होना ही अस्तित्वहीन हो जाता क्योंकि आप तो जानते हैं कि उन्हें आपका उनके परामर्श के बिना कोई भी निर्णय लेना नहीं सुहाता। परंतु अब, प्रत्येक आपकी उदारता को भूल गया, आपने जिस विनम्रता के साथ द्रौपदी से क्षमा चाही, आपने जिस उदारमन का परिचय दिया, वह सब भुला दिया गया है।"

"गांधारी! पितामह तो हमेशा से ही मुझे नापसंद करते आए हैं। उन्होंने मेरी भाई की मृत्यु तक मुझे राजसिंहासन पर भी नहीं बैठने दिया। क्या यह मेरा दोष है कि मैं देख नहीं सकता? पितामह के धर्म के अनुसार, मेरे मृतक भाई पांडु जैसा नपुंसक व्यक्ति तो राजा हो सकता है परंतु नेत्रहीन धृतराष्ट्र को राजा नहीं बनाया जा सकता था, जो द्वंद्व युद्ध में सैकड़ों व्यक्तियों को पराजित कर सकता था। उन्होंने मेरे लिए कभी कुछ नहीं किया।"

'बस उन्होंने एक मित्रवत् पड़ोसी देश पर धावा बोला, वहाँ के राजा व उसके पुत्रों को मौत के घाट उतारा और वहाँ की राजकुमारी को उठा लाए ताकि उससे आपका विवाह रचाया जा सके,' गांधारी ने गहरी कटुता के साथ मन ही मन सोचा। वह पति के मज़बूत

हाथों को अपने हाथों में थामकर हौले से बोली, "जो बीत गई, सो बात गई। अब उसे बदला नहीं जा सकता। आप सुयोधन को बुलाएँ। उसे कहना होगा कि अब वह कुछ समय के लिए शांत रहे। अगर वह बाहर गया तो प्रजा उसे धिक्कारेगी। मगध व सूतों ने उसके बुरे बर्ताव के बारे में चारों ओर बढ़ा-चढ़ाकर किस्से प्रचारित कर दिए हैं। काश! कुंती महल का त्याग न करती।"

* * *

युधिष्ठिर धरती पर दृष्टि गड़ाए चल रहा था। 'मैंने सब कुछ गँवा दिया। मैंने सदा धर्म का पालन किया है, ब्राह्मणों को दान-दक्षिणा देता आया हूँ। जीवन में कभी असत्यवादन नहीं किया। सारे धार्मिक अनुष्ठानों को नियम से निभाया है तो सौभाग्य ने मेरा परित्याग क्यों किया? माता श्री मुझे यह कहकर त्याग गईं कि उन्हें मुझ पर विश्वास नहीं रहा। उन्होंने कहा कि एक दिन मैं उन्हें भी जुए के खेल में दाँव पर लगा दूँगा। ओह, कैसी लज्जाजनक बात! जिन धूल से भरे मार्गों पर मेरे सुवर्ण रथ दौड़ा करते थे, उन्हीं पर नंगे पाँव चलने की लज्जा! मेरी पत्नी के असहाय मुख पर गड़ी लोगों की नज़रों को देखने की लज्जा! हाय! दुर्योधन के हाथों मात खाने की लज्जा!'

तभी एक नेत्रहीन कुत्ता उसके समीप आया और पूँछ हिलाने लगा। अचानक एक मधुर कंठ गूँज उठा, वह कृष्ण का भजन गा रहा था, जिसमें कृष्ण के संसार के अभागों के प्रति स्नेह का वर्णन था।

"भीम! मैं उस दिन की प्रतीक्षा करूँगी जब तुम मुझे दुःशासन का रक्त लाकर दोगे। मैं उसका पूरे स्वाद के साथ पान करूँगी।"

युधिष्ठिर द्रौपदी के शब्द सुनकर ठिठक गए। गीत का स्वर मंद होता चला गया। भागते हुए अश्व के खुरों का स्वर दूर होता चला गया। युधिष्ठिर ने इस कोलाहल के बीच अर्जुन का स्वर सुना जो भिंचे हुए दाँतों के साथ अश्वारोही के बारे में बता रहा था। उसने गांधार कुमार शकुनि को वहाँ से जाते हुए देखा। उसने सुना कि सहदेव ने एक दिन उस दुष्ट की खोपड़ी चकनाचूर करने का संकल्प लिया है। युधिष्ठिर ने एक भी शब्द नहीं कहा। ज्यों ही वे शाही मार्ग से एक ओर मुड़े, तो उन्होंने मुड़कर एक अंतिम बार महल की ओर निहारा!

"अब मुड़कर देखने से क्या लाभ? आपने तो जुए में सब कुछ गँवा दिया।" द्रौपदी के शब्द उसका सीना चीरते हुए निकल गए। "युधिष्ठिर, मेरे अपमान को कभी मत भुलाना। स्वामी! एक क्षण के लिए भरी सभा में हुए मेरे अपमान की स्मृति को विलीन मत होने देना।" द्रौपदी स्पष्ट शब्दों में बोलते हुए, पास से निकल गई। उनके भाई द्रौपदी के पीछे आ रहे थे।

पहले-पहल उनके साथ झुंड बना कर चलने वाली भीड़ अपने रोज़मर्रा के छोटे-मोटे काम निपटाने के लिए तितर-बितर हो गई। युधिष्ठिर एक मुट्ठी मिट्टी उठाने के लिए झुके। तभी उनकी दृष्टि उस भिक्षुक पर गई, जो वहीं पास के पेड़ के नीचे बैठा गा रहा था। उन्हें अपने किए पर लज्जा का अनुभव हुआ। क्या भिक्षुक ने उन्हें देखकर तिरस्कार से अपना सिर हिलाया था? युधिष्ठिर इस बारे में पक्के तौर पर नहीं कह सकते थे। जब उन्होंने

मुड़कर देखा तो वह भिक्षुक और उसका श्वान वहाँ से ओझल हो चुके थे।

***

विदुर अपने संकोच को मिटाने के लिए खाँसे, "देवी, मैं पुरोहितों को भेज दूँगा ताकि वे अनुष्ठान द्वारा इस घर की शुद्धि कर दें।" वे जानते थे कि यदि किसी क्षत्रिय महिला को किसी शूद्र के घर में रहना हो तो पहले उस घर को पवित्र करना होगा। कुंती ने धीमे से हामी भरी।

जब विदुर जाने लगे, तो कुंती ने धीरे से कहा, "भइया! मैं नहीं जानती कि आपको किन शब्दों में धन्यवाद दूँ, परंतु जब मेरा पुत्र युधिष्ठिर राजा होगा, तो मैं इस बात का पूरा ध्यान रखूँगी कि आपको यथेष्ट पुरस्कार मिले।"

उस एक क्षण तक, विदुर नहीं जानते थे कि उनके भीतर इतनी कुंठा कुंडली मारे बैठी थी। वे पलटे और अपने होंठों तक आ चुके उपालंभ को दबाते हुए बोले, "मैं सदा आपकी सेवा में उपस्थित हूँ। मैंने तो अपना कर्तव्य निभाया है।"

विदुर ने दाँत पीसते हुए, भीतर से घुमड़ आए रोष को दबाने का प्रयास किया। जब वे सभा से वापस आए तो उन्होंने कुंती को अपने द्वार पर प्रतीक्षा करते हुए पाया। उन्होंने कहा कि वे उस महल में नहीं रहना चाहती थीं। वे जानते थे कि कुंती की इच्छा क्या थी। उन्होंने एक भी शब्द कहे बिना, अपनी पत्नी को सामान बाँधने को कह दिया। वे जंगल में बन रहे अपने निर्माणाधीन घर में जाने वाले थे। उन्होंने अपनी पत्नी को प्रतिरोध तक करने का अवसर नहीं दिया।

"ईश्वर तुम्हारा कल्याण करें!" कुंती ने पुनः कहा।

विदुर के मन में कुंती के लिए सहानुभूति मिश्रित तिरस्कार के भाव उभरे। वे कुंती को और अधिक लज्जित नहीं करना चाहते थे। वे जो बलिदान कर रहे थे, उसका गर्व ही अपने-आप में उल्लासमयी था। उनका परिवार पहले ही पथ पर आगे निकल गया था। वे तेज़ क़दमों से उनकी ओर बढ़ चले। जब वे आगे बढ़े, तो बैलगाड़ी के पहियों से उड़ती धूल के बीच पत्ते उनके आसपास चक्कर काटने लगे। आकाश में पूरब की लाली घिर आई थी। पक्षी अपने घोंसलों में अंगड़ाइयाँ लेने लगे। रास्ते निर्जन हो गए थे किंतु वे कुछ घरों में भोजन पकने के स्वर सुन सकते थे। विदुर सारे दिन की घटनाओं की याद से भावुक हो उठे। उन्होंने अपनी ओर से हरसंभव प्रयास किया कि भरे दरबार में कुमारी द्रौपदी का अपमान न हो। भला उस समय पितामह शांत क्यों रहे और जब सारा प्रसंग समाप्त हो गया तो उस समय उन्हें सुयोधन पर बरसना क्यों याद आया? वे पहले भी तो अपनी प्रतिक्रिया प्रकट कर सकते थे। कर्ण के बलिदान की भी कोई आवश्यकता नहीं थी। क्या वे भीष्म पितामह के व्यक्तित्व का कोई और ही पक्ष देख रहे थे, एक निर्दयी रूप, जिसे भीष्म ने उनसे भी छिपा रखा था? वे सभा में घटी घटना के बारे में जितना सोचते, उनका रोष उतना ही बढ़ता जाता। किसी ने भी उनकी एक नहीं सुनी और अब उनमें से किसी को भी क्षमा नहीं किया जाएगा।

उस घटना से भी अधिक, इस तथ्य ने विदुर के शांत मन में तीव्र हलचल पैदा की थी कि उनकी उपेक्षा की गई। एक दासी का पुत्र होने के कारण उनकी आत्म-सजगता, उनके सारे छोटे-बड़े तिरस्कार, जिन्हें वे बाल्यकाल से आज तक सहते आए और आने वाले समय में अप्रासंगिक हो जाने से जुड़े उनके भय; इन सबने उनकी कुंठा को और भी बढ़ा दिया था। भीष्म, द्रोण, कृपा या धौम्य जैसे व्यक्तियों को क्या अधिकार था कि वे उन पर शासन करें, ऐसे लोग जिन्होंने कायरों की तरह एक स्त्री को भरी सभा में अपमानित होते देखा, उन्हें विदुर को अपने वश में रखने का कोई अधिकार नहीं रहा? उन्हें अपने ब्राह्मण तथा क्षत्रिय होने पर गर्व था, किंतु फिर भी वे अधर्म के विरुद्ध अपनी आवाज़ नहीं उठा सके। केवल एक दासी के पुत्र ने सुयोधन के विरुद्ध आवाज़ उठाई, पूरी सभा में युवा कुमार विकर्ण के अतिरिक्त किसी में भी उसकी अवज्ञा करने का साहस नहीं दिखा।

आज तक विदुर जिन महापुरुषों को आदर-मान देते आए थे, आज जाने क्यों उन सबके लिए मन में तीव्र घृणा का आवेग उमड़ रहा था। उन्होंने संकल्प लिया कि वे शूद्र कहलाए जाने के बावजूद, उन उच्चवंश में जन्मे व्यक्तियों से कहीं बेहतर तरीक़े से धर्म का पालन करेंगे। वे तो अपना घर तक त्याग चुके थे ताकि कुंती वहाँ रह सकें। वे संसार को दिखा देंगे कि किसी व्यक्ति के विचारों व कार्यों में दयालुता का अंश होना चाहिए, केवल किसी जाति विशेष से जुड़ा होना मायने नहीं रखता। वे उन्हें अपने कार्यों के माध्यम से दिखा देंगे कि सबसे श्रेष्ठ कौन रहा - लड़ने व जुआ खेलने वाले क्षत्रिय, या ग्रंथों के लेखन को ले कर निरंतर वाद-विवाद करने वाले ब्राह्मण या वे, एक दासी के पुत्र! अचानक उन्हें कुंती के वे शब्द याद आ गए, जब उन्होंने युधिष्ठिर के राजा बनने की बात कही थी। उनके पैर वहीं ठिठक गए। जाने एक विचित्र से अपशकुन की आहट ने उनके पैरों को वहीं रोक दिया। उन्हें पक्का विश्वास हो चला था कि भविष्य के गर्भ में एक विशाल युद्ध छिपा था। उन्होंने और भीष्म ने आज तक जो भी किया, उस पर पानी फिरने वाला था। मानो सब कुछ धूल में मिलने वाला हो।

अश्वारोहियों का छोटा सा दल तेज़ी से आ रहा था। उनके उभरते साए, उदित हो रहे सूर्य के प्रकाश में दिखने लगे। उसके बाद कुछ हाथी और कुछ दुर्बल से दिख रहे युद्ध रथ दिखाई दिए। जब कर्ण निकट से गया तो विदुर को पितामह का संकल्प स्मरण हो आया। कर्ण की विजय, पितामह को उनके राज कार्यों से विमुख करने का अंतिम दिवस होगी। क्या वे स्वयं सुयोधन के अधीन कार्य कर सकेंगे? क्या वे उस वृद्ध के अतिरिक्त किसी दूसरे व्यक्ति के साथ कार्य कर सकते थे? उन्हें उन पशुओं के विचार मात्र से ही भय हो रहा था, जो समय की अंधी तहों के बीच कहीं कुंडली मारे बैठे थे। संभवतः कर्ण समरांगन से वापस ही न आए।

जब विदुर वन के निकट पहुँचे तो उन्होंने एक और अश्वारोही सेना को उत्तर की ओर जाते देखा, जिसका नेतृत्व अश्वत्थामा के हाथों में था। वे जा कहाँ रहे थे? ये युवक अपने लिए इतने संकट की चाहना क्यों रखते हैं? वे किससे भाग रहे हैं? विदुर के कानों में अब भी शकुनि की हास्यलहरी और धरती पर लुढ़क रहे पाँसों की ध्वनि गूँज रही थी। कोई

बहुत ही कारीगरी से उसके दाँव खेल रहा था। वे मानो पाँसों के उस भयानक खेल के प्यादे भर थे। उन्होंने उसी दिशा में देखा, जिस ओर अश्वत्थामा अपनी टुकड़ी के साथ गया था और हौले से बोले, "द्रोण पुत्र! क्या तुम जानते हो कि गांधार के हिम से ढँके पर्वतों के बीच तुम्हारे लिए क्या प्रतीक्षा रत है? तुम अबोधों की तरह अश्व दौड़ाते हुए अपनी मृत्यु के पास क्यों भागे जा रहे हो?" वहीं पास में शाखा पर बैठे उल्लू ने अपने स्वर में मानो उनकी बात के लिए हामी भरी।

विदुर ने मुख पर छलक उठे स्वेद का पोंछा और अपनी पत्नी व पुत्रों के पास पहुँचने के लिए चाल तेज़ कर दी।

***

9. छल

कर्ण ने अपने सामने पसरी हुई विस्तृत सेना पर नज़र दौड़ाई। उसकी स्थिर दृष्टि मन में उठ रही निराशा को छिपाने में सफल रही किंतु वह कितनी देर तक उनके सामने टिक सकता था। उसकी अपनी नाममात्र की सेना, उस मनुष्यों के अथाह सागर, अश्वों तथा युद्ध करने वाले उन हाथियों की तुलना में कितनी बौनी थी, जो नर्मदा के दूसरे छोर पर प्रतीक्षा कर रहे थे। वह अपने अश्व से उतरा व एक रथ में सवार हो गया, इसका अर्थ था कि उसे सिंध के एक अज्ञात सारथी पर विश्वास रखना होगा परंतु अपने अस्त्र-शस्त्रों के समुचित उपयोग के लिए कोई और विकल्प भी तो न था।

पहला तीर, कर्ण के बहुत निकट से निकला, जहाँ कर्ण खड़ा था और उसके आसपास अग्नि की चिंगारियाँ निकलती दिखीं। सुदूर से, राजा उदयन ने चुनौती देते हुए, अपना धनुष ऊँचा उठा दिया। कर्ण ने अपने एक तीर से प्रत्युत्तर दिया जिसने चेर सम्राट की पताका छिन्न-भिन्न कर दी, जो अपने तीर की कलाकारी पर मुग्ध हो रहा था। वह चिल्लाया, "अग्नि वर्षक अगले मोर्चे पर जाओ।" उसका स्वर सुनते ही लगभग तीन दर्जन व्यक्ति आदेश पूरा करने में जुट गए।

दक्षिणी मंडल की सेना ने अग्नि की नोक वाले तीरों की वर्षा कर दी। चारों ओर अग्नि से झुलस रहे मनुष्यों, डरे हुए घोड़ों की हिनहिन तथा पगलाए हाथियों की चिंघाड़ गूँज उठी। दक्षिणी मंडल की सेना में क्या चला आ रहा था? वह हलचल तेज़ी से शत्रु की ओर बढ़ी। दक्षिण मंडल की सेना का बहुत सा हिस्सा नदी के इस ओर आने लगा। कर्ण को यह देखकर आश्चर्य हुआ कि वे लोग हस्तिनापुर की सेना पर धावा बोलने की बजाए अपने ही व्यक्तियों पर तीर बरसा रहे थे।

"तीर मत चलाओ।" कर्ण ने अपने सिपाहियों को आदेश दिया। जल्दी ही धावक, उसके आदेश को दूसरों तक पहुँचाने के लिए चारों दिशाओं में फैल गए।

दक्षिणी मंडल की सेना का बहुत बड़ा हिस्सा एक मेहराब के आकार में उनकी ओर चला आ रहा था। क्या यह एक छल था? पर उन लोगों ने हाथ में श्वेत पताकाएँ क्यों ले रखी थीं? ज्यों ही पहला अश्व पानी से बाहर आया, उनके मुख स्पष्ट रूप से दिखने लगे। कर्ण ने ईश्वर को धन्यवाद करते हुए प्रार्थना के शब्द बुदबदाए।

कलिंग सम्राट अपने अश्व से उतरा व उसके सामने झुक कर प्रणाम किया। कर्ण के घुटने

काँप उठे। एक बार पुनः सौभाग्य ने उसका वरण किया, "आदरणीय! आपसे क्षमा याचना करते हैं। आप सूर्य देव के चुने हुए योद्धा हैं। हम आपके विरुद्ध शस्त्र नहीं उठा सकते।"

सारा खेल मानो पल भर में पलट गया। परिस्थितियाँ पहले जैसी असंभव नहीं लग रही थीं। "मैं इस संवेदनशील वृद्ध कलिंग नरेश का आभार कैसे प्रकट कर सकता हूँ जो जात-पाँत से ऊपर उठ कर, ईश्वर में अधिक विश्वास रखता है?" कर्ण मन ही मन सोचने लगा।

"पहले इस देशद्रोही को पकड़ो और सूत को तो मैं देखता हूँ।"

कर्ण उदयन के स्वर को अपने इतना निकट पा कर चौंका। एक तीर सनसनाता हुआ कलिंग नरेश के पास से निकल गया। इससे पूर्व कि कर्ण कोई विचार कर पाता, दक्षिणी मंडल की अश्वारोही सेना ने उन्हें किसी सागर तरंग की तरह अपनी चपेट में ले लिया।

"सूर्य देव की जय हो!" धातु की धातु से टकराहट, अश्वों की हिनहिन और पीड़ा से कराहते मनुष्यों के बीच कर्ण चिल्लाया। वह अपने रथ पर सवार हुआ और धनुष उठा लिया। पहले ही तीर ने उदयन के धनुष को चूर-चूर कर दिया। अगले तीर से चेर नरेश की भुजा का अगला हिस्सा जख़्मी हो गया था।

मनुष्य व पशुओं के रक्त से नर्मदा का जल लाल हो गया। सुबह से कर्ण जिस अबूझ संदेह में घिरा था, अब उसका स्थान असीम उत्साह ने ले लिया था। उसे याद नहीं कि उसके बाणों की वर्षा ने कितने योद्धाओं के प्राण लिए। परंतु जो भी हो, दक्षिणी मंडल की सेना का दबाव भी कम न था।

"महाराज, आपकी अनुमति से..." अपने उस आवेग के बीच कर्ण नहीं समझ सका कि उसके निकट आया हुआ वह ब्राह्मण क्या कहना चाह रहा था। इससे पूर्व कि वह उसे कोई उत्तर दे पाता, उसका अश्व सारी बाधाओं व तीरों की वर्षा को लांघता हुआ आगे बढ़ गया। 'कहाँ देखा है इसे?' कर्ण ने एक क्षण के लिए सोचा। ज्यों ही वह जाबाँज़ दक्षिणी शत्रुओं के मध्य लुप्त हुआ, एक ही झटके में कर्ण की स्मृति ने अपने द्वार खोल दिए। यह तो वही कलिंग का ब्राह्मण योद्धा था, जो बहुत समय पूर्व मुज़रिस में अश्वों की दौड़ में प्रथम आया था। परंतु अब वह क्या करने जा रहा था?

दक्षिणी मंडल के सेनानायक वातापी नरेश का एक तीर, कर्ण के कवच से टकराया और रथ के फ़र्श पर आ गिरा। वह वहाँ पड़ा इस तरह काँप रहा था मानो अब भी उसमें प्राण शेष हों। कर्ण ने उसी एक क्षण में अपना जवाब दिया। उसने झट से अपने रथ से, तेल से भरा माटी का पात्र लिया और उसे निशाना साधकर, वातापी नरेश के रथ पर फेंक दिया। उसका पूरा रथ तेल से नहा गया। इसके बाद कर्ण ने तेल से भीगे कपड़े वाले तीर लिए, उन्हें जलती हुई मशाल का रूप देकर, उसके रथ की दिशा में रवाना कर दिया। वातापी का रथ अग्नि की लपटों में घिर गया और उसके अश्व उन्मादग्रस्त हो यहाँ-वहाँ भागने लगे। कुछ सिपाहियों ने अपने राजा को बचाने का प्रयास भी किया परंतु देखते ही देखते ही उसका रथ राख की ढेरी में बदल गया। जब वे सभी भयभीत होकर देख रहे थे तो राजा अपने अश्वों

सहित जीवित ही अग्नि में जल-भुनकर कोयला हो गया।

कर्ण को शीघ्र ही अनुभव हुआ कि उसके आकलन में भारी भूल हो गई थी। दक्षिणी मंडल की सेनाएँ अब तक अपारंपरिक अस्त्र-शस्त्रों के प्रयोग से बचती आई थी। अभी तक उनके युद्ध हस्तमुष्टिका तथा हाथ से चलाए जाने वाले अस्त्रों के भरोसे पर ही थे किंतु अब जब उसने यंत्रमुक्ता प्रक्षेपास्त्र का प्रयोग करके, योद्धाओं के अलिखित नियम को भंग कर दिया, तो अब उन्हें हस्तिनापुर की सेनाओं को अपने प्रक्षेपास्त्रों की मदद से कुचलने से कोई नहीं रोक सकता था। यह एक जाल था जिसमें वह उलझ चुका था। कर्ण ने स्वयं को कोसा कि उसने बिना विचार के ऐसा क़दम क्यों उठाया?

उसकी सेना पर विषैले लेपों वाले तीर बरसाए जाने लगे। नागास्त्र! वे तीर अपने साथ ऐसी धूम्ररेखा लाते थे, जिसमें हर श्वास के साथ मृत्यु सुनिश्चित थी। सेना के बीच धूम्र फैलते ही कर्ण के आदमी धरती पर लोटने लगे। वह शीघ्र ही उसका तोड़ पाना चाहता था। उसके गुरु ने उसे उन जड़ी-बूटियों की शिक्षा प्रदान की थी, जिनसे नागास्त्र को निरस्त किया जा सकता था! कहाँ गया वह सामान! खाँसता-खँखारता कर्ण अपने सामान में उसे तलाशने लगा। अग्निवर्षक तीर उसके सिर पर तनी छतरी में आकर लगा और वह धू-धू कर जल उठी। उसी धुएँ और अव्यवस्था के बीच उसने एक तैल पात्र को अपनी ओर आते देखा और साथ ही उदयन के होंठों पर खेलती मुस्कान भी दिखी। समय तेज़ी से बीत रहा था। कर्ण ने शीघ्र ही कुछ जड़ी-बूटियों के चूर्ण आपस में मिलाए और प्रार्थना कि उसका कार्य पूरा हो। अगर वह चूर्ण सही तरह से न बन पाता तो वह आगामी परिणामों की कल्पना तक नहीं करना चाहता था। उसने ईश्वर को धन्यवाद दिया कि, वह अभी तक अपने शरीर पर पड़े कवच की मदद से ही तीरों की सारी वर्षा झेलता आ रहा था। उसने प्रक्षेपक के साथ रखे तैल पात्र में वह चूर्ण मिलाया और उस पात्र एक विषैला सा धूम्र उठने लगा।

तभी एक तीर कर्ण के अश्व को आ लगा। उसके निकट ही एक विस्फोट हुआ और वहाँ आग लग गई। उसी एक क्षण में, विचित्र से कोण पर खड़े रथ के बीच एक तैल पात्र आकर फटा। सारथी वहीं मारा गया। एक तीर ने उसका गला चीर दिया था। घायल अश्व मारे पीड़ा के कराहने लगा जिससे पूरा रथ तेज़ी से हिलने लगा।

कर्ण पर मानो कोई आवेश सवार था, उसने मिश्रित चूर्ण वाले कुछ पात्र अपने व्यक्तियों की ओर उछाल दिए। जो व्यक्ति नागास्त्र के पहले प्रहार से बच गए थे, वे उसका विषहर पाते ही संभलने लगे। अब दक्षिणी मंडल को इसकी क़ीमत चुकाने का समय आ गया था किंतु इससे पूर्व अश्व को उसकी पीड़ा से मुक्ति देना आवश्यक था। ऐसा करने के लिए, उसका रथ से उतरना आवश्यक था - यह एक ऐसा क़दम था जो उसके लिए संकट का कारण बन सकता था। कर्ण कूदकर नीचे उतर आया। अचानक ही तीरों की वर्षा ने उसे झुकने को विवश कर दिया। उसने मुड़कर उदयन को देखा, जिसके नेत्र प्रतिहिंसा की अग्नि से सुलग रहे थे परंतु कर्ण के अपनी स्थिति में वापस आने तक चेर नरेश ने प्रतीक्षा की।

ज्यों ही कर्ण ने अपने रथ में क़दम रखा, एक तीर उसकी जंघा पर आ लगा और वहीं गिर गया। उसने भी क्रोधवश तीर चलाया और उदयन का हाथ उसके सिर पर तने चंदोवे

से चिपक कर रह गया। कर्ण उसके हाथ से छलछलाते रक्त को देख सकता था, असुर नरेश अपने हाथ को मुक्त करने के प्रयास में था। कर्ण के मन में तो आया कि शत्रु का गला तीर से चीर दे परंतु उसे स्मरण हो आया कि जब वह रथ से बाहर था तो उदयन ने भी उसे नहीं मारा था। फिर कर्ण के अगले तीर ने उदयन के दूसरे हाथ की भी वही दशा की और उसे मारे पीड़ा के अपनी आँखें मूँदनी पड़ीं। दक्षिणी मंडल की सेनाएँ उस ओर लपकीं ताकि अपने राजा को कर्ण के प्रकोप से बचा सकें। अपनी ऐसी स्थिति के बावजूद उदयन ने आदेश देने में ढील नहीं रखी और सेना उसके निकट आ गई। कलिंग के योद्धाओं ने कर्ण के आसपास घेरा डाल दिया। उसने उन्हें दूर रखना चाहा परंतु घेरा निरंतर सिकुड़ता जा रहा था।

जब ऐसा लगने लगा कि अब सब समाप्त हो चला तो कर्ण को अचानक वह ब्राह्मण योद्धा दिखा, वह कलिंग योद्धा हो शत्रुओं की सेना में घुसा था। वह शत्रुओं की सेना के पिछले हिस्से में जीवित पहुँच गया था। कर्ण ने देखा कि अग्निवर्षक बाण आकाश में ऊँचा उठा और दक्षिणी मंडल की हाथियों की सेना पर आ गिरा। एक क्षण के लिए कुछ नहीं हुआ और फिर हाथियों की पंक्ति के बीच धूम्र रेखा फैलती दिखाई दी। पहला हाथी काम का नहीं रहा और दूसरा हाथी तड़पकर लोगों के बीच भागा, उसने चारों ओर भगदड़ मचा दी। हड़बड़ाए हुए हाथी एक समान भाव से दुश्मनों व दोस्तों को कुचलने लगे। वायु में विषैली जड़ी-बूटियों व चूर्णों की गंध व्याप्त थी। चारों ओर विस्फोट हो रहे थे। तैल पात्र फूट रहे थे और प्रक्षेपकों से अग्निवर्षक छोड़े जा रहे थे, जिनके बीच घबराए हुए हाथियों ने अफरा-तफरी मचा दी थी।

अश्व मुक्त होने के लिए संघर्ष कर रहे थे और इसी दौरान वे कर्ण के रथ को यहाँ-वहाँ भटका रहे थे। एक हाथी उदयन के रथ से जा टकराया और उसे पलट दिया। हाथी ने उसके अश्वों से लोहा लेते हुए, चेर नरेश के रथ को चूर-चूर कर दिया। कर्ण ने सोचा कि अब तो किसी भी हाल में उदयन के बचने की कोई संभावना नहीं थी पर इससे पूर्व कि वह चैन की श्वास ले सकता, एक बौराए हाथी ने उसे उसके रथ से नीचे पटक दिया। लकड़ी का बक्सा पल भर के लिए, घातक रूप से उसके ऊपर झूल गया, मानो गिरने से पहले थोड़ा सकुचा रहा हो। इसके बाद, धड़ाम के साथ रथ उस पर आ गिरा, वह उसके गहरे अंधेरे के बीच उलझ कर रह गया।

कर्ण ने रथ को अपने ऊपर से हटाना चाहा, उसने अपने शक्तिशाली कंधों का पूरा ज़ोर लगा दिया। उसकी पूरी देह चरमरा उठी। वह बाहर की ओर से धीमा कोलाहल क्या था? अश्वों की हिनहिन और बौराए हाथियों की चिंघाड़ उसके ताबूत के भीतर छनकर आ रही थी। दक्षिणी मंडल के पगलाए हाथी अपने रास्ते में पड़े उसके रथ के बक्से को इस तरह पैरों से ठेलते जा रहे थे मानो बच्चे के झुनझुने में पड़े घुंघरू बज रहे हों।

अचानक विषैले अस्त्रों वाले संदूक का ढक्कन खुला और उस पर विषाक्त चूर्ण की वर्षा होने लगी। कर्ण की पूरी देह में तेज़ जलन व खुजली होने लगी और कंठ अवरुद्ध होने के साथ ही वह किसी गहरे अंधकार के साए में खो सा गया।

* * *

10. अहिंसा

“कृष्ण! तुमने ऐसा क्यों किया?” बलराम दंतवक्र और शाल्व के शवों के समीप घुटनों के बल जा बैठे।

“वे हम सबको, मुझे और आपको मारना चाहते थे, बलराम...”

“नहीं कृष्ण! वे ऐसा नहीं कर रहे थे। हम उन्हें पहले ही पराजित कर चुके हैं। वे तो आत्मसमर्पण करने ही वाले थे। उन्होंने अपने अस्त्र-शस्त्र भी नीचे रख दिए थे। बलराम ने उनके आगे एक सम्मानजनक आत्मसमर्पण का प्रस्ताव रखा था, परंतु तुमने...”

कृतवर्मा खड़ा कृष्ण को ताक रहा था, उसके मुख की रेखाओं के बीच भ्रम व तिरस्कार अपने ही संघर्षों में मग्न थे।

“कृतवर्मा! वे हमारे देश पर क़ब्ज़ा करने जा रहे थे। वे युद्ध में मारे गए और कैसे मारे गए, इस बात से क्या कोई अंतर पड़ता है? हाँ, मैंने पीछे से अपना सुदर्शन चक्र चलाकर उनके कंठ रेत दिए। एक दुश्मन मारा, एक दुश्मन घट गया। मारने का तरीक़ा कोई मायने नहीं रखता। मेरी नगरी और प्रजा सुरक्षित है और मेरे लिए इससे अधिक कोई बात महत्त्व नहीं रखती। इस बारे में वाद-विवाद करने से कोई लाभ? हमें समय व्यर्थ करने की बजाए उनके नेता की तलाश करनी चाहिए, आह... एकलव्य। वह कहाँ लुप्त हो गया है?”

बलराम चिंतामग्न खड़े थे, रक्त और मल-मूत्र स्नात बलराम युद्धक्षेत्र की ओर बढ़े। युद्ध समाप्त हो गया था, यादवों की जीत हुई परंतु उनके अपने कंधे उस विजय के भार से दोहरे हो गए। वे वहाँ खड़े रहकर, अपने सेनायक व भाई के बीच, उचित-अनुचित को लेकर चल रहे विवाद को सुनना नहीं चाहते थे। सारे युद्ध अनुचित ही होते हैं। नगर से विलाप करती आ रही स्त्रियाँ उनकी इस सोच का पुष्ट प्रमाण थीं, जो युद्ध के मैदान में अपने प्रियजन के शव तलाशने आ रही थीं। जिस बालक ने अपने पिता को खोया हो, उसे इस बात क्या अंतर पड़ता है कि युद्ध में किसकी जीत हुई और कौन हारा? ‘हे राम! ये मैंने क्या कर दिया?’ बलराम दुखी हृदय लिए आगे बढ़ते चले गए। वे हर निर्जीव देह को झुक कर देख रहे थे, उन्हें यह परवाह नहीं थी कि मृतक कोई यादव था या नाग? गिद्ध मारे क्रोध के अपने पंख फड़फड़ा रहे थे, वे अपना खाद्य लेने के लिए प्रतीक्षारत थे।

बलराम एक नाग की मृतप्रायः देह पर झुके, जो मरने से पहले कुछ कहना चाह रहा था। वे अपना कान उसके मुख के पास ले गए। दुर्बल स्वर ने कहा, “पानी!” मरणासन्न की

उस साधारण इच्छा ने जैसे बलराम के हृदय पर गहरी चोट की। वे विक्षिप्तों की तरह पानी की तलाश में भागे। उन्होंने कुछ दरबानों को चिल्लाकर पानी लाने को कहा। कृष्ण व कृतवर्मा अपना विवाद त्यागकर उन्हें ही ताकने लगे। कृष्ण अपने भाई की ओर भागे ताकि उनकी चिंता का शमन हो सके।

"कृष्ण! जल्दी पानी लाओ। वह बेचारा दम तोड़ रह है। जल्दी करो..."

"भइया! वह व्यक्ति अब मदद की सीमाओं से परे है। यह युद्ध था। उस व्यक्ति को एक योद्धा की भाँति प्राणों का त्याग करने दें। आपको हो क्या गया है?" कृष्ण ने मुड़कर एक दरबान को मृतप्रायः योद्धा के लिए पानी लाने का आदेश दिया।

ज्यों ही एक दरबान पानी से भरा पात्र लाया तो बलराम उसे छीनकर दम तोड़ रहे सिपाही की ओर बढ़े। परंतु जब वे वहाँ पहुँचे, नाग सिपाही को पानी की आवश्यकता नहीं रही थी। उसके निर्जीव नेत्र बलराम को ताक रहे थे। बलराम के हाथ से पात्र छूटा और टूट गया। रक्तस्नात धरती जल से नहा उठी। यादवों के नेता धरती पर गिरे जल से उठते बुलबुलों को देखते रहे। बलराम मुड़े और महल की ओर क्लांत भाव से चल दिए, उनकी गदा धरती पर घिसटती आ रही थी। वे स्वयं को मृतक व मृतप्रायः सिपाहियों के दृश्यों से दूर ले जाना चाहते थे। वे विलाप कर रही विधवाओं के निकट से गुज़रे और अपने सैनिकों के प्रणाम का भी प्रत्युत्तर नहीं दिया।

"वह निषाद कहाँ लुप्त हुआ? हमें उसे जीवित या मृत पकड़ना चाहिए।"

बलराम ने एक पल के लिए ठिठक कर अपने भाई की बात सुनी, जो वह सिपाहियों को कह रहा था। वे जानते थे कि एकलव्य कहाँ लुप्त हुआ परंतु वे कृष्ण को बताना नहीं चाहते थे। जब कृष्ण शाल्व का वध कर रहे थे तो उन्होंने एकलव्य को दुर्ग की प्राचीरों के निकट भागते हुए देखा था। पल भर के लिए बलराम को भी लगा कि उन्हें निषाद पर तीर बरसा देने चाहिए। वे जानते थे कि वे ऐसा कर सकते थे परंतु उन्होंने नहीं किया। एकलव्य ग़ायब हो चुका था। हो सकता है कि उसने सागर में छलाँग लगा दी हो। दुर्ग की चारदीवारी से कूदना सुरक्षित नहीं था। कौन जाने वह जीवित भी बचा होगा या नहीं? यदि वह जीवित बचा है तो वह जीने का अधिकार रखता हे। परंतु वह कभी उनके भाई के रास्ते में न आए।

बलराम सिर झुकाए, चलते जा रहे थे। वे स्वयं को एक अपराधी से कम नहीं समझ रहे थे। 'मैंने इतने लोगों की हत्या क्यों की? मैं दूसरे लोगों के प्राण लेने वाला कौन होता हूँ?' हिंसा व रक्तपात, अब वे इनसे तंग आ चुके थे। उन्होंने मार्ग पर विजय के मद में चूर नारे लगाने वालों के स्वर नहीं सुने। कृष्ण का रथ उनके निकट आकर रुका। बलराम ने अपने भाई को देखा, जो अपनी दिव्य कीर्ति के बीच दैदीप्यमान हो उठा था। जब उन्होंने अपनी गर्दन हिलाई तो कृष्ण का रथ झटके से आगे चल दिया। मार्ग के दोनों ओर से सिक्कों व पुष्पहारों की वर्षा हो रही थी। चारों ओर विजय श्री का उल्लास था। बलराम को कोई जयजयकार नहीं सुन रही थी। वे चलते-चलते बुदबुदाए, 'हे राम, मैंने क्या किया, राम!' उनके पैरों तले लोगों द्वारा बरसाए जा रहे पुष्प कुचले जा रहे थे।

कृष्ण की आँखें उस निषाद को खोज रही थीं। आख़िर वह गया कहाँ? वह ख़तरनाक हो सकता था। कृष्ण उस व्यक्ति के प्रशंसक थे जो जाति अनुक्रम के निचले पायदान से उठ कर, इतना दुर्दांत योद्धा बना। परंतु निषाद का मन कटुता से भरा था इसलिए वह समाज के लिए एक ख़तरा बन सकता था। उसे उचित वास्तविकता दिखानी ही होगी। ऐसे दृढ़ संकल्प के व्यक्ति को तो समाज के कल्याण के लिए उपयोग में लाया जा सकता है, बशर्ते उसे उसकी स्थिति का भान करा दिया जाए। वह जन्म से ही निषाद था; एक क्षत्रिय होने का निरर्थक प्रयास करने के स्थान पर वह अपने निषाद साथियों का ही जीवन बेहतर बनाने का प्रयास क्यों नहीं करता? वह स्वयं को अर्जुन से बेहतर योद्धा सिद्ध करने के लिए इतना आग्रही क्यों था? अगर प्रत्येक निषाद ऐसा ही अनुभव करने लगे तो क्या होगा? नहीं, यदि हम शांति की कामना करते हैं तो प्रत्येक को अपने ही कुलधर्म के अधीन श्रेष्ठ बनने का प्रयत्न करना होगा। यदि वह लोगों से आदर-मान ही पाना चाहता है तो एक संन्यासी क्यों नहीं बन जाता? आध्यात्मिकता के पथ में कोई वर्ण या जाति आड़े नहीं आती। वाल्मीकि भी तो एक साधु बनने से पूर्व दस्यु थे और उन्होंने *रामायण* की रचना की। व्यास मछुआरे के पुत्र थे; विश्वामित्र एक क्षत्रिय थे; यद्यपि वे सभी अपने पूर्वाश्रम की जाति के बावजूद समाज में आदरित हुए और पूजे गए। परंतु जब लोग उस व्यक्ति की आशा रखते हैं, जो उनके भाग्य में नहीं बदी, तो वे चारों ओर अस्त-व्यस्तता फैला देते हैं। परशुराम इसका ज्वलंत उदाहरण थे। ब्राह्मण ने भीषण रक्तपात के साथ स्वयं को एक क्षत्रिय सिद्ध करना चाहा। परंतु कर्ण की धृष्टता तो सर्वाधिक असहनीय थी। सारा समाज छिन्न-भिन्न हुआ जा रहा था। काश! उनके भाई ने एकलव्य को पकड़ लिया होता, वे निषाद को एक दिशा दिखा सकते थे। कौन जाने, वह अपनी बुद्धिमत्ता के बल पर ऐसा महान कवि ही बन जाता, जो ईश्वरों व अवतारों की जीवनगाथाओं की रचना करता! वह व्यक्ति गया कहाँ?

कृष्ण से अनजान, द्वारिका दुर्ग से केवल कुछ ही योजन की दूरी पर, एकलव्य अपनी उत्तरजीविता के संघर्ष में मग्न था। इस युद्ध में उसके सारे हथियार, उसके कौशल आदि व्यर्थ थे। एक गहरे, अनमने आकाश तले, जब वह लहरों से जूझते हुए बेसुध होने लगा, तो तरंगें नर्तन कर उठीं।

* * *

11. शिकार

“सावधान!” युवा नायक चिल्लाया।

अश्वत्थामा ने क्षणांश में अपने अश्व की लगाम खींच ली। एक विशालकाय पत्थर उससे कुछ ही इंच की दूरी पर गिरा और उस संकरे पथ पर, धड़ाम के साथ टकराया। वह खड़ी चट्टान से नीचे की ओर उछला और नीचे प्रवाहित हो रही नदी में ओझल हो गया, साथ ही जाते-जाते अपने मार्ग में कुछ वृक्षों को भी गिराता गया। पानी में विशालकाय पत्थर गिरने से उठा छपाक का स्वर जाने कैसे तीव्र सुर में सुनाई दिया।

जब धूल छँटी तो अश्वत्थामा अब भी अपने भयभीत अश्व को साधने का प्रयत्न कर रहा था। बस एक ग़लत क़दम और वह जानता था कि उसका भी वही हश्र होगा, जो उस बड़े पाषाण का हुआ और वह हज़ारों फुट नीचे जाकर, किसी अंडे के ख़ाली छिलके की तरह चूर-चूर हो जाएगा। अश्वत्थामा का कलेजा मुँह को आ गया। क्या वह लुढ़क कर आया, बड़ा सा पत्थर कोई दुर्घटना थी अथवा कोई उनका अनुसरण कर रहा था? उसने आसपास देखा; वह स्थान तो बिलकुल ही निर्जन और वीरान दिख रहा था। सब कुछ स्थिर व अचल खड़ा था। सुदूर नीचे, घाटी के देवदार वृक्ष बर्फ़ के कारण श्वेत हो चले थे। जब हवा चलनी बंद हो जाती तो वहाँ व्याप्त गहन सन्नाटा भयावह लगने लगता। वे पर्वत बहुत ही कठिनाई से ऐसे दुबके खड़े थे मानो कोई क्षत-विक्षत वन्य प्राणी हों। उसने यह सोचकर इस अभियान को अपने हाथ में लिया था कि अपने-आप में एक रोमांचक अभियान होगा। वह सदा से ही हिमालय की हिमाच्छादित चोटियों को देखने की इच्छा रखता आया था। यह सब एक़दम इतना लोभनीय लगा कि उसने अभियान के लिए अपनी स्वीकृति देने में विलंब नहीं किया। कहीं सुदूर, आकाश में लुप्त होती पर्वत श्रृंखलाएँ देखी जा सकती थीं। वह अपने हाथों को मलना चाहता था ताकि अपने हाथों का रक्तसंचार पुनः दुरुस्त किया जा सके परंतु अपने हाथ से लगाम छोड़ने में भय हो रहा था। हड्डियों को भी जमा देने वाला शीत था। शीत हवा उसकी त्वचा को भेद रही थी और हड्डियों को गलाने की हद तक निष्ठुर हो चली थी। परंतु इन सबसे अधिक तो वह निष्क्रियता व नीरसता से ऊब रहा था।

“ये हरामी छिपे कहाँ हैं?” अश्वत्थामा ने पूछा, यह प्रश्न उसने नायक से अधिक अपने-आप से ही किया था।

“श्रीमान! मुझे तो लगता है कि हम पुनः अपनी राह से भटक गए हैं।”

उसने सेनानायक के स्वर में छिपी पीड़ा व कुंठा को अनुभव किया और उसका क्रोध, एक ही झटके में लौट आया। "नहीं, हम अपनी राह नहीं भूले हैं!" उसने देखा कि मुख के शब्द श्वेत धूम्र के साथ बाहर आ रहे थे। आपस में तर्क-वितर्क करके मन को शांति मिलती परंतु कप्तान ने चुप्पी साध ली थी।

जब मौन पुनः स्थापित हुआ तो अश्वत्थामा ने लगाम ढीली कर दी और अश्व आगे की ओर जाने लगा। उसकी बीस व्यक्तियों की सेना, स्वयं को उस भयानक पर्वतीय पथ पर, उसके पीछे घसीटती ला रही थी। फिर से बर्फ़ पड़ने लगी थी।

"धड़ाम!" इस आवाज़ के बाद एक चीत्कार सुनाई दिया और अश्वत्थामा अपनी काठी से लगभग गिरते-गिरते बचा। उन पर धावा बोल दिया गया था। उसी क्षण में वह जान गया कि वह पहला भारी पत्थर कोई दुर्घटना नहीं था और अभी उन्हें ऐसे बहुत से विशाल पत्थरों को सहन करना था। दूसरे पाषाण ने पंक्ति के अग्रिम हिस्से पर वार किया और दो व्यक्तियों को उनके अश्वों सहित खींच ले गया। अश्वत्थामा जानता था कि इस युद्ध में उसका एक अच्छा धनुर्धर होने का दंभ व्यर्थ था। वह भारत के विस्तृत तथा धूल से भरे मैदानों में युद्ध नहीं कर रहा था। यह गांधार था और यह देश, शासन चला रही महाशक्तियों तथा साम्राज्यों को मुँहतोड़ प्रत्युत्तर तथा अविस्मरणीय कड़े सबक़ देने के लिए जाना जाता था।

इसके बाद अगला पत्थर, उसके ठीक पीछे आया, उसने कप्तान तथा उसके अश्व को चोट पहुँचाई। उसने देखा कि वे खड़ी पहाड़ी पर लुढ़के और नीचे कहीं गहराइयों में लुप्त हो गए। उस आंतकित व्यक्ति तथा उसके पशु की चीत्कारें उनके आसपास गुंजायमान हो उठीं, जिन्हें सुनकर बचे हुए लोगों का हौसला और भी पस्त होता चला गया। वह अपने साथियों में छिपे भय को भाँप सकता था। उसे कुछ न कुछ तो करना ही था। वहाँ क्या हिल रहा था? नहीं, नहीं, वह कुछ था क्या? अश्वत्थामा ने बड़ी ही कठिनाई से पर्वत के ऊपर झाँका, उसने लाल डोरों से भरी आँखों को दाएँ हाथ से ढाँप रखा था और बाएँ हाथ ने अश्व की लगाम कसकर थामी हुई थी। उसने किसी वस्तु को वहाँ हिलते देखा था। कहीं ऐसा तो नहीं था कि बर्फ़ ही हमेशा की तरह भ्रामक दृश्य उपस्थित कर रही थी? जब वह बहुत देर तक उस बिंदु को एकटक ताक़ता रहा तो उसके पेट से एक मूक चीत्कार उठने लगा। इससे पूर्व कि उसके नेत्र कुछ देख पाते, उसके भीतर के योद्धा ने वहाँ छिपे संकट को भाँप लिया था। शत्रु ने उनके, उस संकीर्ण पथ तक आने की प्रतीक्षा की थी और अब उनके एक ओर ऊँचे पहाड़ तथा तथा दूसरी ओर गहरी खाइयाँ थीं-गांधार योद्धाओं द्वारा आक्रमण करने के लिए एक संपूर्ण चौकी!

अश्वत्थामा का हाथ सावधानीपूर्वक अपनी तलवार पर गया। उसी क्षण में, सारा पर्वत प्रकंपित हो उठा क्योंकि वे पर्वतीय योद्धा उनकी ओर द्रुत वेग से आ रहे थे। "आगे बढ़ो!" वह चिल्लाया और किसी आवेशग्रस्त उन्मादी की भाँति अपने अश्व को ऐड़ लगा दी। उसे किसी तरह उस संकीर्ण पथ से बाहर आना था। अगर वे अभी कुछ न करते तो संभवतः फिर कुछ भी करने का कोई अवसर ही न मिलता। उनके पीछे की पर्वतीय ढलानों में विस्फोट होने लगे।

जब ब्राह्मण योद्धा तथा उसके साहसी साथी उस भयानक रूप से संकीर्ण पथ पर, अश्व दौड़ाने लगे तो उन्होंने स्वयं को बकरियों के संकरे पथ पर पाया। बड़े-बड़े पाषाण लुढ़ककर नीचे आते, अश्वों को भयभीत करते और उन्हें बार-बार धमकाते कि सबको नीचे प्रवाहित अतल जल की गहराइयों में अपने साथ खींच ले जाएँगे। उनके पीछे, अपने मुखों पर पगड़ियाँ लपेटे, कुछ लोग, उन्हें मौत के घाट उतारने को उतावले हो रहे थे।

"या तो आज हम उस हरामज़ादे को पकड़ेंगे या सभी यहीं दफ़न हो जाएँगे। हम सुयोधन तथा देश की सेवा के नाम पर इतना तो कर ही सकते हैं कि एक योद्धा की भाँति अपने प्राणों का त्याग करें।" अश्वत्थामा इस कोलाहल के मध्य, अपने साथियों को प्रोत्साहित करने के लिए चिल्लाया। वह यह सुनिश्चित नहीं कर सका कि उसके साथियों तक उसकी बात पहुँची भी या नहीं!

परंतु उसके अगले क़दम ने उन सबको उसके साथ आने के लिए प्रेरित कर दिया। यह एक निष्ठुर साहस था, यद्यपि उसकी मूर्खता की सीमा तक जाने की क्षमता ने उन्हें भी उन्मत्त कर दिया। अश्वत्थामा ने अपने अश्व की लगाम छोड़ी और अपनी काठी पर खड़ा हो गया, फिर उसने घूमकर, गांधार की ओर मुख कर लिया, द्रुत वेग से दौड़ रहे अश्व की ओर उसकी पीठ थी। उसने बड़ी सावधानीपूर्वक संतुलन साधते हुए, अपने धनुष की प्रत्यंचा तान दी। उसके व्यक्तियों ने भी यही किया। उसके पहले तीर ने, दल का नेतृत्व कर रहे नेता का गला चीर दिया व उसके साथियों ने दूसरे गांधार योद्धाओं से दो-दो हाथ किए।

"मारो, जान से मार दो। इनमें से कोई बच न पाए!" अश्वत्थामा अपने शत्रुओं पर प्राणघातक तीरों की वर्षा करते हुए चिल्लाया।

उन्होंने अपने आक्रमणकारियों की गति धीमी तो कर दी थी परंतु अश्वत्थामा जानता था कि वे उन्हें अधिक समय तक रोक नहीं सकते। उनके अश्वों में से, किसी एक का भी ग़लत क़दम या उनके आसपास गिर रहे बड़े पाषाणों में से एक भी, सब कुछ विनष्ट कर देता।

फिर उसने उसे देखा और वह अपनी काठी से लगभग फिसलते-फिसलते बचा। केवल एक क्षण के लिए ही उस व्यक्ति के मुख का कपड़ा फिसल गया था। यद्यपि उसने उस चेहरे को पहचानने में कोई भूल नहीं की। उसने कभी अपेक्षा नहीं थी कि उसकी व शकुनि की भेंट अग्रिम मोर्चे पर होगी। हालाँकि कहा यह जाता था कि वह एक महान योद्धा था, जिसे स्वयं भीष्म पितामह ने प्रशिक्षित किया था, फिर भी यह कल्पना करना कठिन था कि वह हरामी ऐसी परिस्थितियों में भी आगे आने से संकोच नहीं करेगा।

'बस, मुझे केवल एक अचूक निशाना चाहिए।' अश्वत्थामा ने मन ही मन सोचा। उसका अगला तीर शकुनि की गर्दन के पास से होकर निकला परंतु गांधार कुमार पल भर के लिए नहीं चिहुँका। जब वह तीर उसके पीछे आ रहे व्यक्ति को भेदता चला गया तो एक क्षण के लिए भी वे जलती हुई आँखें नहीं झपकीं। वह निरंतर अश्वत्थामा को ताक रहा था और अश्वत्थामा उन नेत्रों की गहराइयों से निकल रही घृणा को अनुभव कर सिहर उठा।

अब उस संकरे पथ को पार करने के लिए केवल दो सौ फ़ीट का ही फ़ासला शेष था। "ठहरो! ठहरो! संभलो! अश्वत्थामा ने अपने साथियों को एक और विशालकाय पाषाण से सचेत किया, जो उनके इतना निकट से निकला कि उनके ऊपर चूर्ण हो चुकी बर्फ़ गिरने लगी। हालाँकि अश्वत्थामा ने अपने साथियों को सचेत कर दिया था परंतु शकुनि बहुत ही जादुई तरीक़े से अपनी ओर आने वाले सारे तीरों से बचने में सफल रहा, उसकी नीली आँखें एक जुनून से लहक उठीं। एक और निशाना चूका... क्या ये आदमी अपने लिए नौ जानें लिखवा कर लाया था?

अश्वत्थामा को अपने पीछे तेज़ आवाज़ सुनाई दी और उसने मुड़कर देखा। उनके पथ में एक हिमाच्छादित पाषाण आ गिरा और बचाव के सारे मार्ग बंद हो गए।

"अलविदा ब्राह्मण!" उनके आसपास शकुनि की हास्यलहरी गुँजायमान थी।

जाल में कैसे उलझे! अश्वत्थामा की पूरी देह में भय दौड़ उठा किंतु वह अपने भय से, अपने लोगों, अपने देश या सुयोधन को लजाना नहीं चाहता था। उसने मन ही मन हाथ जोड़े, 'हे पिता।' उसकी आँखों के आगे मुस्कराते हुए कर्ण का चेहरा कौंध गया, जो संभवतः दक्षिण के किसी युद्ध क्षेत्र में कहीं निष्प्राण शव बना पड़ा होगा। 'सुयोधन मैंने तुम्हारी मित्रता अर्जित कर ली है, शायद कर्ण से भी अधिक की है, क्योंकि मैंने तो स्वयं का युद्ध चुनाव किया जबकि कर्ण पर युद्ध को थोपा गया था।' अश्वत्थामा ने हौले से कहा और अपनी विचार श्रृंखला से बाहर आना चाहा। यदि उन्हें अपने प्राणों का त्याग करना ही था, तो वह कम से कम व्यर्थ तो नहीं जाना चाहिए। उस हरामी को मिटाने के लिए कुछ तो करना ही होगा, जिसने उनके देश को तबाह कर दिया था।

ज्यों ही अगला तीर ब्राह्मण योद्धा को आकर लगा, तो समय मानो कहीं थम सा गया। उसने अपने कंधे से दो तीर खींचकर निकाले और मारे पीड़ा के कराह उठा। घावों से रक्त बलबला उठा और श्वेत बर्फ़ पर गिरने लगा। उसके पिता ने उसे बर्फ़ से ढँके पर्वतों के लिए क्या सबक़ दिया था? यह कुछ ऐसा ही था जो बालपन से उसकी कल्पना का एक अंश था। अश्वत्थामा के हाथ सीलबंद पात्र की ओर बढ़े जिसमें पिसा हुआ गंधक चूर्ण था, वह गरजा, 'गंधकास्त्र!' उसके सभी साथियों ने अपने अश्वों से वे पात्र खींच लिए, जिन्हें वे अपने साथ लाए थे।

"यह उन्हें बाहर लाने के लिए काफ़ी नहीं होगा," उसके पास वाले सिपाही ने हौले से कहा।

"हाँ, उन सबके लिए तो नहीं होगा।" अश्वत्थामा ने हामी भरी और इसके बाद उसने बाण को धनुष पर तान दिया जो उन पात्रों को उनके ठिकाने पर पहुँचा देता। उसने सारे पर्वतों को गौर से देखा ताकि बर्फ़ के बीच कहीं दरार दिखाई दे जाए। उसे एक दरार दिखी पर यह कहना मुश्किल था कि छोटे से विस्फोट से उसका काम बन पाएगा या नहीं। ज्यों ही उसका तीर पर्वत की ओर बढ़ा। वह चिल्लाया, "गंधकास्त्र दाग़ दो!" इसके बाद उसके आदमियों की ओर से भी लगभग ऐसे ही दर्जन तीर और छोड़े गए।

"नहीं, कमीने, क्या तुम पगला गए हो?"

शकुनि के आदमी पीछे की ओर खिसके और वापस जाने का प्रयत्न करने लगे। अश्वत्थामा को शकुनि के सुर में छिपा भय जानकर बहुत अच्छा लगा। वे पहाड़ी लोग थे और उन्हें पता था कि अब क्या होने वाला था क्योंकि उनके पैरों के नीचे की धरती काँपने लगी और अश्व हड़बड़ा गए। वे लोग नहीं जानते थे कि उस मूर्ख ब्राह्मण ने अपने विस्फोटक तीरों से पर्वत पर जो हड़कंप मचा दिया था, उसके कारण होने वाले पर्वतीय स्खलन के बाद वे लोग जीवित भी रहेंगे या नहीं?

पर्वत की बर्फ़ धीरे-धीरे खिसकने लगी और फिर उसने देखते ही देखते भयानक रूप धर लिया। हवा में मारे भय के हिनहिन करते अश्वों तथा मनुष्यों के आर्त चीत्कार भी शामिल थे।

"हर हर महादेव!" ज्यों ही पर्वत मारे रोष के प्रकंपित हुआ अश्वत्थामा ज़ोर से चिल्लाया।

उसके आदमियों ने भी पूरे हृदय से जयजयकार में उसका साथ दिया। जब पर्वत तेज़ी से उनकी ओर आने लगा तो शिव को अपने आलिंगन में भरने के लिए प्रतीक्षा करने लगे।

* * *

12. दिग्विजय

गहन अंधकार के बीच कर्ण की आँखें खुलीं। 'क्या मैं नेत्रहीन हो गया?' वह सोचने लगा। तीखे चूर्णों के कारण उसके कंठ में तेज़ जलन हो रही थी। उसने खाँसकर कड़वाहट को गले से बाहर निकालना चाहा। सब कुछ एक गहरे सन्नाटे में खो सा गया था। 'मेरे जीवन का इस प्रकार अंत नहीं हो सकता। ओह, हे सूर्य देवता! क्या आपने मेरी मृत्यु के समय मुझे त्याग दिया है?'

एक छोटी सी दरार के भीतर से पानी रिसकर आने लगा। पानी! यह कहाँ से आ सकता था? जहाँ तक कर्ण को स्मरण था, नदी तो थोड़ी दूरी पर थी; वहाँ जल कैसे प्रवाहित हो सकता था? उसने अपनी पूरी शक्ति के साथ उस दरार को तोड़ने की चेष्टा की। रथ चरमरा उठा। क्या वह बहुत हल्का हो गया था? वह जल धरती से रिसकर आ रहा था! बाहर से वर्षा का मध्यम सुर सुना जा सकता था। 'सूर्य! नदी में बाढ़ आ रही है।' जल ने रथ को हिला तो दिया था परंतु वह तेज़ी से पानी में डूब रहा था और यह किसी संकट से कम नहीं था।

कर्ण ने उस दरार पर अपना ज़ख्मी हाथ रखा और भारी रथ को हटाना चाहा। वह थोड़ा सा उठा और फिर वापस अपने स्थान पर आ गया, उसके चारों ओर पानी छलक उठा। वह सुन सकता था कि नदी का जल किस तरह भीतर आने के लिए संघर्ष कर रहा था। उसने अपना पूरा बल लगाकर धकेला और आख़िर में एक झटके के साथ रथ पलट गया। नदी का पानी बेहद वेग से भीतर घुस आया। मानो उसे गले से लगाना चाहता हो। उसने एक ठोकर मारी और खाँसते-खँखारते हुए नर्मदा की उफनती सतह पर आ गया। जब वह तैरकर किनारे गया, तो युद्ध में बौराए हाथियों के कारण हुई दुर्गति शोचनीय थी। जहाँ-तहाँ लोगों के अंग बिखरे थे और कई तो बुरी तरह कुचले गए थे। अश्वों व मनुष्यों के पिंजर पड़े सड़ रहे थे, जिन्हें भेड़ियों व कौओं ने आधा खाने के बाद छोड़ दिया था। कुछ लोग उस बूँदाबाँदी के बीच खड़े काँप रहे थे। युद्ध में जीत किसे मिली?

जिन लोगों ने कर्ण को नदी से बाहर आते देख लिया था, वे उसकी ओर आने लगे। नदी बड़ी तेज़ी से किनारों को लील रही थी और कर्ण घुटनों तक के पानी में छपाके भरते हुए चला जा रहा था। कुछ ही क्षण पूर्व तो वह स्थान पूरी तरह से सही-सलामत था। कर्ण उनकी पोशाकें देख कर अनुमान लगा सकता था कि वे सभी कलिंग योद्धा थे। वह अपने

साथ जयद्रथ की जो सेना उधार लाया था, उसका क्या हुआ? उनमें से कितनों ने प्राण त्याग दिए?

कर्ण को अपने आसपास हलचल का आभास हुआ। एक अधटूटा रथ दलदली भूमि में दबा पड़ा था। अश्व के कंकाल में चोंच मार रहे एक कौए ने तिरछी गर्दन के साथ, एक पल के लिए कर्ण को झाँका और फिर उड़ गया। क्या वहाँ भूमि में कोई दबा हुआ था? जब वह निकट गया तो एक मरणासन्न व्यक्ति की रुँधी हुई श्वास सुनाई दी। कर्ण ने नीचे देखा, वहाँ से एक परिचित चेहरे ने उसे ताका।

"सूत! अगर अपने जीवन का मान है, तो अपनी तलवार से मेरे दुखों का अंत कर दे... यदि तूने ऐसा नहीं किया तो यह तेरे जीवन की सबसे बड़ी भूल होगी..."

उदयन मलबे के नीचे दबा था। यहाँ तक कि यम के द्वार तक आने के बाद भी उसका घमंड टूटा नहीं था। ऐसे वीर की इस तरह मृत्यु नहीं होनी चाहिए। कर्ण ने चरमरा रहे रथ को अपने कंधे का सहारा दिया और उस भार को हटाने का प्रयत्न किया जो उदयन की जान लेने पर तुला था। कुछ सिपाही उन्हें दूर से देख रहे थे, वे भी सहायता के लिए आगे आ गए। उन्होंने मिलकर उदयन को वहाँ से निकाल लिया किंतु उसके हाथ अब भी रथ के लंबे लट्ठों के नीचे दबे थे। कर्ण ने अपने शत्रु की पीड़ा को अनुभव करते हुए, उसकी हथेलियों से वे तीर निकाले। उसने कनखियों से उदयन के मुख को निहारा, उसे लगा कि संभवतः शत्रु के मन में आभार के भाव प्रकट हो रहे हैं किंतु यह उसकी भूल थी, वह जिसके प्राणों की रक्षा कर रहा था। उस व्यक्ति के मन में उसके लिए असीम घृणा के अतिरिक्त कोई भाव नहीं था। उदयन अपने हाथों के मुक्त होते ही, विश्रांति और पीड़ा के मारे कर्ण के पैरों के समीप ही ढेर हो गया।

दोनों पक्षों के सिपाहियों के बीच कर्ण की वीरता के चर्चे होने लगे। कर्ण के मन में अपनी अद्‌भुत विजय के प्रति सजगता का बोध उत्पन्न हुआ। वह अपने कंधों पर उगते सूर्य की रश्मियों को अनुभव कर सकता था, जो उसकी थकी हुई माँसपेशियों को सहला रही थीं, मानो अभय का आशीर्वाद दे रही हों। वह तो सूर्य देवता द्वारा चुना गया योद्धा था। इस सोच के साथ ही मुख पर मुस्कान खेल उठी। "सुयोधन! मैंने कर दिखाया। जब सूत सभा में प्रवेश करेगा तो उस समय भीष्म पितामह का मुख देखने लायक होगा। अर्जुन! क्या तुम देख रहे हो? एक सूत, एक सारथी के पुत्र ने असंभव को संभव कर दिया। कृष्ण! कहाँ हो तुम?"

कर्ण ने अपने आसपास फैले विनाश पर एक दृष्टि डाली और ईश्वर का नाम लेकर उठ खड़ा हुआ। "यही पर्याप्त नहीं है। लोकगाथाओं के वीर नायकों की भाँति मुझे इस संपूर्ण धरा को विजित करना होगा - एक दिग्विजय - चारों दिशाओं में से मिलने वाली विजय श्री। सुयोधन! मेरे मित्र, तुमने मुझे शासन करने के लिए छोटा सा राज्य दिया था परंतु सूत तुम्हें पूरा भारतवर्ष देकर, उस एहसान का ऋण चुकाएगा। अब हमारी मित्रता, केवल तुम्हारी दया पर आश्रित नहीं होगी।"

कर्ण के आसपास खड़े व्यक्तियों ने पूरी निष्ठा के साथ झुककर प्रणाम किया। उसने

स्वयं को शक्तिशाली, अजेय व अविनाशी अनुभव किया।

उसी शाम, सभी मृतकों का अंतिम संस्कार करने के बाद, सूत ने दिग्विजय के लिए अभियान आरंभ कर दिया। कर्ण, अपने पीछे बैठे, एक प्राचीन वंश के घमंडी सम्राट को उपेक्षित करते हुए, दक्षिण की ओर चल दिया। सूत के मन में उस कलिंग ब्राह्मण योद्धा की उल्लेखनीय वीरता की स्मृति का अंश मात्र भी नहीं बचा था। जिस व्यक्ति के कारण उसकी विजय संभव हो पाई, वह तो अपनी चिता में दबकर अग्नि की भेंट चढ़ चुका था। अब ऐसी बातें कर्ण के लिए कोई महत्त्व नहीं रखती थीं। वह नियति का पीछा कर रहा था।

सूत के हाथों पराजित होने का समाचार परशुराम के पास पहुँचा, कर्ण अभी वहाँ पहुँचा ही नहीं था। परशुराम के सहायकों ने उनसे अगली रणनीति पूछी तो उन्होंने प्रतिआक्रमण करने से मना कर दिया और कहा, "नहीं, कर्ण को मेरी कुटीर में आने का आमंत्रण दो। हम अपनी ओर से कोई प्रतिरोध नहीं करेंगे।"

परशुराम के अधीनस्थ आश्चर्यचकित होकर आपस में बुदबुदाने लगे और परशुराम बैठे-बैठे, यही विचार करते रहे कि उनका यह पाँसा उल्टा तो नहीं पड़ेगा। यदि ऐसा न हुआ, तो यह उनके जीवन की सबसे बड़ी विजय होगी। वे एक भी बूँद रक्तपात किए बिना, उत्तर को सदा के लिए अपने वश में कर लेंगे।

रात्रि पूजा-पाठ के बाद मंदिर के द्वार बंद कर दिए गए थे। ज्यों ही मंदिर के गर्भगृह के द्वार तेज़ आवाज़ के साथ बंद हुए तो परशुराम ने प्रणाम की मुद्रा में हाथ जोड़े। सूत को आने दो। वह नहीं जानता कि भविष्य ने उसके लिए क्या रच रखा है। परशुराम अकेले में ही मुस्कराने लगे।

***

13. भोज

गहन पीड़ा की चीत्कार के साथ अश्वत्थामा को सुध आई। वह अपनी आँखें नहीं खोल पा रहा था। वह यह सोचकर भयभीत हो उठा कि नेत्र ज्योति नहीं रही। वह याद ही नहीं कर पा रहा था कि वह उस समय कहाँ था और क्यों था? उसे यह समझने में एक क्षण लगा कि उसके हाथ ऊँचे कर, एक स्तंभ से बाँधे गए थे। निकट ही कहीं आग जल रही थी, जिससे आसपास बहुत भी भयानक साए बने हुए दिख रहे थे। अग्नि के बावजूद शीत को जमा देने वाली सर्दी पड़ रही थी। एक दाढ़ी वाला व्यक्ति उसके पास आया और उसके मुँह पर ठंडा पानी उड़ेल दिया। अश्वत्थामा कराह उठा। उसके आसपास दल बनाकर बैठे लोग, हँसने लगे। उसके अपने व्यक्ति कहाँ गए, कहाँ गए वे वीर, जो अपने प्राणों की परवाह न करते हुए, आत्मघाती दस्ते पर उसके साथ आ गए थे। उसने आँखों पर ज़ोर देते हुए, अपने साथियों को खोजना चाहा।

"मेरे आदमी कहाँ हैं?" अश्वत्थामा ने कंठ में उभर आए दर्द को गटकते हुए हौले से पूछा; उसके चेहरे पर गरमाहट महसूस होने लगी।

"ब्राह्मण! जानना चाहता है कि तेरे आदमी कहाँ गए? क्या तू ये नहीं जानता कि उस बर्फ़ के तूफ़ान में हमारे कितने भाइयों की जानें गईं?"

अश्वत्थामा मुस्कराया। दाढ़ी वाले व्यक्ति ने ऐसा तमाचा मारा कि उसके होंठ से रक्त निकल आया। अश्वत्थामा ने अपनी गर्दन एक ओर झुकाई, थोड़ा रक्त थूका और पूछा, "क्या म्लेच्छ भी मारा गया?"

तभी एक व्यक्ति ने उठकर अपनी तलवार खींच ली। दाढ़ी वाले ने एक भरपूर ठोकर दे मारी। "सूअर कहीं के! हमारे राजा को म्लेच्छ कहने का साहस कैसे किया?" उसके दूसरे साथी भी बंदी को ठोकरों से मारने लगे।

"बस बहुत हुआ।" ज्यों ही कोलाहल आरंभ हुआ तभी किसी ने तेज़ सुर में आदेश दिया। अश्वत्थामा ने रक्तरंजित मुख उठाया तो पाया कि शकुनि एक लाठी का सहारा लिए कुछ ही दूरी पर खड़ा था। उसकी दृष्टि शकुनि की टाँगों तक गई और वह मुस्कराने लगा। गांधार कुमार लँगड़ाते हुए ब्राह्मण की ओर बढ़ा। दोनों ओर खड़े व्यक्तियों ने सम्मान दिखाते हुए, अपने सिर झुका दिए। अपने हमेशा के शांत सुर की तुलना में एक भयभीत कर देने

वाले सुर में गांधार कुमार बोला, "तुमने तीन हज़ार से अधिक गांधार योद्धाओं को मौत के घाट उतार दिया। तुमने मुझे हमेशा के लिए विकलांग बना दिया।"

"क्षमा करें, मैं इससे अधिक कुछ नहीं कर सकता था," अश्वत्थामा ने उत्तर दिया।

शकुनि हँसने लगा। "मैंने भी तुम्हारे सारे आदमियों को यम के पास पहुँचा दिया है। मैं तुझे भी एक मक्खी की तरह मार सकता था।" उसने अश्वत्थामा के कंठ पर अपनी अँगुली फिराई तो उसका चेहरा केवल एक इंच की दूरी पर ही था। "ब्राह्मण! क्या तू जानता है कि तुझे क्यों छोड़ दिया? मैं तुझे कुछ दिखाना चाहता हूँ। मैं चाहता हूँ कि तू देखे कि मैं कैसे तेरे देश का सत्यानाश करूँगा। कैसे उसे ख़ाक में मिलाकर छोड़ूँगा।"

"म्लेच्छ! अपनी बकवास बंद कर। तू सिंध के पार एक क़दम तक नहीं उठा सकता। तू वहाँ के लिए फ़रार घोषित किया गया है। मैं इस संतोष के साथ प्राणों का त्याग करूँगा कि सुयोधन तुझे देर-सवेर खोज ही लेगा।"

"ज़रा थमकर साँस तो ले ब्राह्मण। पाँसे ने तो अभी रंग दिखाना शुरू ही किया है। खेल अभी ख़त्म नहीं हुआ। अभी नहीं, इतनी जल्दी नहीं, इतनी सरलता से नहीं।"

"जब हस्तिनापुर की शाही सेनाएँ यहाँ आ पहुँचेंगी तो खेल ख़त्म होते देर भी नहीं लगेगी। क्या भूल गए कि भीष्म पितामह ने तुम्हारे इस अनमोल देश का क्या हश्र किया था? जब सुयोधन आएगा, तो उस समय तुम मन ही मन सोचोगे कि काश! भीष्म ही आ गए होते।"

शकुनि का चेहरा भीष्म पितामह का नाम सुनते ही स्याह हो गया। "हम्म!! मेरे भाँजे को आने दो। मैं चाहता हूँ कि वही आए। मैं चाहता हूँ कि उसका मित्र भी आए। मैं चाहता हूँ कि यहाँ सारा भारत आ जाए।" गांधार कुमार अपने साथियों की ओर मुड़कर बोला, "बकरे मारो। मेरा भाँजा आता ही होगा। सोम मँगवाओ। चलो जश्न मनाएँ।"

जब उसके आदमी आग में और लकड़ी डालने व बकरे मारने के लिए भागे, तो शकुनि फिर से अश्वत्थामा की ओर मुड़ा। उसने बहुत ही धीमे किंतु ठंडे स्वर में कहा। "तुम्हारे देश के हाथ जो चंद जीत आ गई हैं, उन्हें लेकर बहुत इतराओ मत। तुम लोग सूअरों की तरह बच्चे पैदा करके, बड़ी-बड़ी सेनाएँ बना लेते हो, पर आख़िरकर जीत हमारी होगी। वह दिन दूर नहीं, जब हम तुम पर राज करेंगे। अभिशापित ब्राह्मण के बेटे! क्या तू जानना चाहता है कि ऐसा क्यों है?" अश्वत्थामा अपनी ही नपुंसकता पर क्रुद्ध हो उठा और विदेशी को ताका। शीघ्र ही वहाँ चारों ओर भुने माँस की गंध फैल गई। ब्राह्मण ने घृणा से नाक सिकोड़ी। कहीं कोई संतूर बजाने लगा। वहीं रखे नगाड़ों पर कोई अजीब सी धुन बजाई जाने लगी। कुछ लोग नाच रहे थे, गा रहे थे। एक-दूसरे को आलिंगन में भरकर, चूम रहे थे। सोमरस की नदियाँ बह रही थीं। जो स्त्रियाँ कुछ दिन पूर्व ही विधवा हुईं, या जिन माँओं ने अपने लाल खोए, वे बिना किसी रोक-टोक के नाच में मग्न थीं। अश्वत्थामा गांधार के इन रीति-रिवाजों को अरुचि से तकता रहा। यह कैसा समाज था जो मृत्यु के बीच भी समारोह मनाता था? उसके पिता ने उसे जो भी सिखाया, यह तो उससे बिलकुल ही विपरीत था। गांधार मृत्यु के

बाद के जीवन या अनंत आत्मा की परवाह किए बिना, वर्तमान क्षण में जीते थे। उनके लिए कोई मोक्ष, संन्यास या ब्रह्मचर्य न था। उनके बीच कोई जिज्ञासु या दार्शनिक न थे। उनका जीवन जो भी था, आज और अभी था।

जब माँस पककर तैयार हुआ तो उसके सारे टुकड़ों को एक बड़े बर्तन में डालकर चावलों के साथ मिला दिया गया। वे सब मिलकर, उस बर्तन में अपने हाथ डुबो-डुबोकर खाने लगे। उनके बीच अमीर-ग़रीब या राजा-रंक का कोई भेद न था। वे सभी एक होकर, खा-पी रहे थे, नाच-गा रहे थे। म्लेच्छ ने कहा था कि वे एक दिन भारत पर राज करेंगे। अश्वत्थामा ने उन्हें निकट से जाना तो उसे लगा जैसे म्लेच्छ की बात में सच्चाई थी। भारतवर्ष अपने महान योद्धाओं, प्राचीन सभ्यता, परिष्कृत संस्कृति, कला, विज्ञान व वास्तुकला में अपनी उपलब्धियों के बावजूद, उसके सम्मुख खड़ी आदिम सभ्यता के एक ही वार से ताश के पत्तों से बने महल की तरह भरभरा कर गिर जाता। एक ऐसा देश, जो इन्हीं बातों से आक्रांत रहता कि कौन किसका स्पर्श कर सकता है, कौन नहीं कर सकता, कौन किसके साथ खा सकता है, कौन किससे प्यार कर सकता है, कौन किससे कितनी दूरी पर खड़ा हो सकता है और कौन क्या सीख सकता है, वह ऐसे लोगों के सामने कैसे टिक सकता था, जो हमप्याला और हमनिवाला थे।

ज्यों ही तापमान गिरने लगा और हिंदुकुश से आती सर्द हवाएँ उन्हें कँपकँपाने लगीं तो उनका नाच और भी आदिम और वन्य होता चला गया।

शकुनि अपने हाथ में माँस का टुकड़ा लाया और उसके आगे करते हुए बोला, "इसे खा!" उसकी आँखें ब्राह्मण को चुनौती दे रही थीं। अश्वत्थामा ने अपना मुख फिरा लिया। शकुनि की पूरी देह हँसी से हिलने लगी। "तुम लोगों के पास सुविधाओं की कमी नहीं। तुम लोग चुन सकते हो कि क्या खाएँ और क्या न खाएँ। तुम्हारी धरती उपजाऊ है। यहाँ तो हमें बस खाने को कुछ मिल जाए तो हम ख़ुद को क़िस्मतवाला मानते हैं। हम इस बारे में रिवाजों की परवाह नहीं कर सकते कि कौन क्या खा सकता है? हमें जो भी मिलता है, हम सब मिलकर खाते हैं।" शकुनि ने माँस का टुकड़ा दाँतों से नोचा। वह हस्तिनापुर में जिस शिष्टाचार का परिचय देता था, वह जाने कहाँ चला गया था। "हमारा देश युद्ध की विभीषिका झेल चुका है; इसे जाने कितनी बार लूटा गया है। गांधार! हम ईश्वर की अभागी संतानें हैं। बस तुम इंतज़ार करो और देखो, मैं तुम्हारा और तुम्हारे ब्राह्मणों का क्या हाल करता हूँ।"

"म्लेच्छ! सपने ही देखता रह। शाही सेना में पाँच लाख से अधिक की भर्ती है।"

"अश्वत्थामा दिमाग़ तो ठिकाने पर है। क्या मैं अपने भाँजे से लड़ूँगा? अरे नहीं, मैं तो चाहता हूँ कि उसकी जीत हो।" शकुनि ने अपने कपड़ों की तह से एक रत्न निकाला। वह आग की रोशनी में तेज़ी से चमक उठा। अश्वत्थामा ने अपने जीवन में इससे चमकीला रत्न कभी नहीं देखा था। "ब्राह्मण! क्या तुम जानते हो कि ये क्या है? यह मेरा सुयोधन के लिए उपहार है।" शकुनि उसे अश्वत्थामा के नेत्रों के निकट ले आया। उस रत्न की चकाचौंध से आँखें चौंधिया रही थीं। "यह हीरा अपनी सारी सुंदरता के बावजूद दुर्भाग्य को न्यौता देने

वाला और विनाशकारी माना जाता है। मैं अपनी जान बख़्शने के इनाम में अपने भाँजे को यह उपहार के तौर पर दूँगा। हो सकता है कि तुम्हें यह सब अंधविश्वास लगे। तुम्हें जो भी लगे, तुम वैसा ही सोचने के लिए मुक्त हो, परंतु इतना जान लो कि जब मेरे पिता को यह एक यवन से मिला तो उसके दो माह के भीतर ही, भीष्म ने हमारी भूमि पर धावा बोल दिया था। देखो, उसके बाद से हमारे देश की क्या दशा हुई। अब देखो, यह तुम्हारी धरती पर कैसा क़हर ढा देगा।" यह कहकर शकुनि खिलखिला कर हँसने लगा।

"कैसी मूर्खतापूर्ण बात है। रत्न हमारी नियति नहीं रचते। यह कार्य हम स्वयं करते हैं।"

"नवयुवक! बस प्रतीक्षा करो और देखते रहो।" अपनी छड़ी पर लँगड़ाता शकुनि, नाचने वालों के दल में शामिल हो गया।

अश्वत्थामा नहीं समझ पा रहा था कि म्लेच्छ कैसी पहेली बुझा गया था। वह चाहता था कि सुयोधन की जीत हो। वह उसे संसार के क़ीमती रत्नों से एक, उपहार में देना चाहता था? हरामी कहीं का! अगर सुयोधन ने वह अनमोल रत्न लेना स्वीकार कर लिया तो इसका अर्थ होगा कि उसने अपने मामा को क्षमा कर दिया और इस तरह शकुनि अपनी वापसी का मार्ग भी पा सकता था। वह रत्न हस्तिनापुर की सारे शाही ख़ज़ाने से भी कहीं बढ़कर था। हो सकता है कि उसकी विनाशक प्रवृत्ति के बारे में कही गई बात भी सत्य हो। इसमें कोई संदेह नहीं कि संभवतः इसी कारणवश भीष्म ने उस समय, गांधार पर आक्रमण करने के बाद, वह रत्न वहाँ से नहीं लिया था। यदि वे ऐसी संपत्ति को अपने साथ ले जाते तो सारे राज्य के लिए संकट पैदा हो सकता था।

शकुनि फिर से जुआ खेल रहा था। वह रत्न इतना अनूठा और विचित्र था कि उसे चुराने के लिए कोई भी ललचा सकता था किंतु वह रत्न जिसके पास जाता, वह व्यक्ति दुर्भाग्य का शिकार हो जाता। वह रत्न लुटेरों व आक्रमणकारियों को उसकी धरती पर आने के लिए उकसा सकता था। अश्वत्थामा ने मन ही मन ईश्वर से प्रार्थना की कि सुयोधन उसकी तलाश में वहाँ न आए। जहाँ तक उसे अपने मित्र के बारे में पता था, वह एक न एक दिन, उसकी तलाश में वहाँ आने ही वाला था। उसके देश के लिए इससे अधिक दुर्भाग्यपूर्ण कुछ और हो ही नहीं सकता था। अश्वत्थामा अपने बंदी बनने के बाद, पहली बार बुक्का फाड़कर रोने लगा।

* * *

14. गुरु व शिष्य

कर्ण की सेना ने दक्षिणी मंडली की अंतिम बचाव पंक्ति को कुचला और दक्षिण के मध्य भाग की ओर चल दी। जब कर्ण एक के बाद एक, सारे राज्यों को विजित करते हुए आगे जा रहा था तो चेर नरेश शृंखलाओं में बँधा, रथ में साथ-साथ चल रहा था। जिस प्रकार सूर्य गहन अंधकार को भेद कर मिटा देता है, उसी प्रकार कर्ण का लक्ष्य था कि प्रगति की मशाल को दक्षिणी मंडल तक ले जाए, जो कट्टरता और रूढ़िवाद के सायों के बीच कहीं सो रहा था। सूत का लक्ष्य यही था कि एक प्राचीन सभ्यता को सभी मनुष्यों की समानता के विषय में स्मरण करवाया जाए, जो कि महाबली व रावण जैसे योद्धा सभ्यता के उदय के साथ ही घोषित कर चुके थे। कर्ण की सेना, पूरे वेग के साथ दक्षिणी मंडल को रौंदते हुए, राज्यों को जीतते हुए, साम्राज्यों का तख़्ता पलटते हुए, असमानता की महामारी व जाति-पाँति के भेदभाव को रौंदती चली गई। कर्ण की विशाल सेना कांचीपुरम व मदुरई को अपने अधीन करने के बाद, मुज़रिस की ओर बढ़ी। भयभीत चेर सेना का बचा हुआ अंश, इसी प्रतीक्षा में था कि महान सूत योद्धा उनके बंदी सम्राट को लेकर, प्राचीन नगरी में कब पहुँचेगा।

"सूत, मेरे प्राण ले लो किंतु मुझे शृंखलाओं में बाँधकर पशुओं जैसा आचरण मत करो।"

कर्ण ने उदयन की विनती पर कोई ध्यान नहीं दिया। उसके पास एक पराजित शत्रु की भावनाओं को समझने का समय नहीं था। उसने उसके प्राण नहीं लिए, बस यही पर्याप्त न था? जब उसकी सेना पहाड़ियों को पार करते हुए, मुज़रिस में पहुँची तो उसका दिल बल्लियों उछलने लगा। उसे अचानक ही स्मरण हो आया कि वह पहली बार उस नगर में कैसे आया था, एक आशंकित नवयुवक का चित्र उसकी आँखों के आगे नाच गया। पिछले वर्षों के दौरान वह कितना बदल गया था। मार्ग के दोनों ओर खड़ी प्रजा, शांत भाव से उसे जाते हुए देख रही थी। किसी ने भी अभिवादन के लिए हाथ नहीं हिलाया। वह परशुराम के प्रासाद के चमकीले गुंबद तथा उससे परे समुद्र की रुपहली चादर को देख सकता था। उस दृश्य ने, जाने कब से दबे भावों को फिर से जागृत कर दिया। कर्ण ने एकटक नज़रों से आगे ताका तो जैसे कंठ में खारे अश्रुओं का स्वाद सा महसूस हुआ। 'मेरे गुरु! क्या आपने ज्ञान पाने के इस जिज्ञासु को क्षमा कर दिया?'

"सूत! तुम्हारे छल के कारण हमारे पूज्य गुरुदेव लगभग यमलोक के द्वार जा पहुँचे

थे। वे अभी कठिनाई से संभल रहे हैं। दोबारा उनके जीवन के साथ खेलने की धृष्टता न करना, नीची जाति की औलाद!" उदयन मारे क्रोध के अपनी जंज़ीरें ख़नकाते हुए, दाँत पीसकर बोला।

कर्ण ने मुड़कर उदयन को देखा व मुस्कराया। "मेरे गुरु को मुझसे बेहतर कोई नहीं जानता, महाराज।" वह रथ के रुकने से पूर्व ही कूदकर उतर गया और महल की सीढ़ियों की ओर लपका। वह सुन सकता था कि उसके सिपाही पराजित नरेश को घसीटकर ला रहे थे किंतु वह यह सब देखने के लिए नहीं रुका। ऐसी बातों के लिए प्रतीक्षा की जा सकती थी। उसने देखा कि उसके भीतर प्रवेश करते ही सारे पुजारी एक ओट में हो गए। कर्ण प्रसन्न था कि वह उनके लिए सम्मान का पात्र बन गया था। विजय का फल कितना मधुर होता है।

"सूत! वहीं ठहर जा! गुरु के पवित्र धाम को अपवित्र मत कर!" उदयन जहाँ खड़ा था, वहीं से चिल्लाया, अपने ही महल में बंदी बना खड़ा, एक सम्राट।

जब कर्ण को यह अनुभव हुआ कि वे पुजारी उसे आदर देने के लिए नहीं अपितु अपवित्र होने के भय से पीछे हटे थे तो उसे लगा कि किसी ने सीने पर गदा से वार किया हो। उन्हें भय था कि कहीं व नीची जाति का अछूत उन्हें छूकर अपावन न कर दे। कर्ण ने स्वयं को असहाय अनुभव किया। एक सारथी पुत्र के रूप में जन्म पाने की सारी असुरक्षा ने मानो फिर से सिर उठा लिया। उसने सारे दक्षिणी मंडल को पराजित कर दिया था, किंतु फिर भी वह एक सूत मात्र ही था?

पुरोहितों का एक दल प्रवेश द्वार के पास खड़ा मंत्रजाप कर रहा था। वे सूत को चुनौती दे रहे थे कि उसे उनके गुरु के पास जाने से पूर्व उन सबके प्राण लेने होंगे। कर्ण जानता था कि इन अंधेरे कक्षों में वीरता कोई महत्त्व नहीं रखती थी। वह उन निहत्थे लोगों पर बल प्रयोग कर भी कैसे सकता था? वह तो कर्म से एक क्षत्रिय था। उसने कंठ में किसी पाषाण की तरह अड़े थूक को गटका। वह समाज के इन दबावों का सामना कितनी देर तक कर सकता था?

"आदरणीय ब्राह्मण समाज! मैं अपने गुरु से क्षमायाचना करने आया हूँ। कृपया मुझे जाने दें।" कर्ण अपने घुटनों के बल झुका व प्रणाम किया।

उनकी बुदबुदाहट एक पल के लिए शांत हुई और फिर तेज़ सुर में बजने लगी, इस बार वे सब आपस में गहन चर्चा में मग्न थे। 'यह एक छलिया है। सूत पर विश्वास मत करो। गुरु के पवित्र धाम को अपवित्र नहीं होना चाहिए।'

कर्ण ने सुना, ज़ंजीरों में बँधा उदयन पुरोहितों को वहीं से आदेश दे रहा था कि वे कर्ण को भीतर न जाने दें किंतु कर्ण उसी तरह घुटनों के बल झुका बैठा रहा। उसके मन में आया कि क्यों न उठे और किसी विजेता की तरह पेश आए। वह बहुत ही सरलता से उन सभी को पीछे धकिया कर, गुरु के कक्ष में प्रवेश कर सकता था। भीतर से, परशुराम का खाँसने का स्वर सुनाई दिया और कर्ण का हृदय काँप उठा। उनमें से पुरोहित भीतर गया। सूत किसी याचक की तरह उन ब्राह्मणों के सम्मुख घुटने टेके बैठा रहा।

ऐसा लगा मानो उस पुरोहित ने वापस आने में अनंत काल का समय लिया हो किंतु जब वह लौटा, तो उसने सूत को भीतर जाने का संकेत किया। कर्ण उसी मुद्रा में रहा, उसका सिर एक मौन प्रार्थना के बीच झुका था। उसकी बंद आँखों से कुछ आँसू टप-टप धरती पर गिरे। वह उन्हें अपनी दुर्बलता का भान नहीं होने देना चाहता था। एक पुरोहित ने कहा कि उनके गुरुदेव सारा दिन प्रतीक्षा नहीं कर सकते। उदयन ने ज़ोर से प्रतिवाद किया और कहा कि पहले उसे गुरु के पास ले जाया जाए। कर्ण चिंतित भाव के साथ गुरुदेव के कक्ष की ओर बढ़ा। पुरोहित पीछे की ओर खिसके ताकि अपना बचाव कर सकें।

कक्ष में पसरे अंधकार के बीच, कर्ण को बिस्तर पर पड़ी देह को पहचानने में समय लगा। वह गुरु परशुराम को देख स्तब्ध हो उठा। दिल में आया कि काश! वह वहाँ आया ही न होता। चौड़े स्कंधों व विशाल माँसपेशियों वाले अंगों वाला योद्धा एक दुर्बल क्षीणकाय में बदल गया था। 'मैंने इनकी क्या दशा बना दी?' परशुराम की देह खाँसने से हिली तो कर्ण को अपराध बोध का अनुभव हुआ। अंततः गुरु ने उसे निकट आने का संकेत किया। परशुराम ने कर्ण को स्पर्श करने के लिए अपना हाथ आगे बढ़ाया और जैसे इस स्मरण के साथ थोड़ा सकुचा गए कि उनका प्रिय शिष्य केवल एक सूत जाति का युवक था, जिसके स्पर्श से उनकी अँगुलियाँ अपवित्र हो जातीं। कर्ण को लगा मानो किसी ने कलेजे में चाकू घोंप दिया हो। वह कटुता के साथ पलटने ही वाला था, तभी गुरु परशुराम की काँपती हथेली, उसके झुके हुए सिर पर आ टिकी।

कर्ण ने आँखें मूँद लीं। हृदय भर गया। मानो किसी बालक को अपने पिता से किसी भूल पर माफ़ी मिल गई हो, वह अपना सिर गुरु की छाती से टिकाए रोने लगा। वृद्ध की अँगुलियाँ उसके सिर को स्नेह से सहलाती रहीं। उस एक क्षण में वे सूत तथा श्रेष्ठ ब्राह्मण योद्धा-गुरु नहीं अपितु, पिता व पुत्र की भूमिका में थे। जाति व भेदभाव की सीमाएँ कोई मायने नहीं रखती थीं। कर्ण ने चाहा कि काश! वे क्षण वहीं थम जाएँ। वह अपने गुरु के हृदय की मधुर धड़कन को सुन सकता था। 'क्या उन्होंने मुझे क्षमा कर दिया?' सूत पुत्र यही विचार कर रहा था। उसने धीरे से अपना सिर उठाया तो गुरुदेव के नेत्रों में अश्रु दिखाई दिए।

"कर्ण! तुमने जो पथ चुना है, वह अनुचित है," परशुराम हौले से बोले।

कर्ण उठ खड़ा हुआ। उसके हाथ भावों के भार से प्रकंपित थे। "गुरु! मैं..."

"नहीं, मैं तुम्हारे उस झूठ के विषय में बात नहीं कर रहा, जो तुमने मुझे अपनी जाति के बारे में बोला था। यदि तुम असत्य वादन कर मेरे शिष्य न बने होते, तो मैं तुमसे कभी भेंट नहीं कर पाता। मेरे पुत्र! मैं उस बात के लिए तुम्हें बहुत पहले ही क्षमा दे चुका हूँ।" परशुराम रुके व अपनी उखड़ी श्वास को वश में करना चाहा। फिर वे कर्कश स्वर में बोले, "मैं तो तुम्हारी संगति के बारे में बात कर रहा हूँ। तुम एक धर्मवीर हो। तो तुमने दुर्योधन को अपना मित्र क्यों चुना?"

कर्ण की धड़कन जैसे वहीं थम गई। वह मन ही मन प्रार्थना करने लगा कि कहीं उसके

गुरु उससे यही माँग न कर दें कि उसे अपने मित्र का साथ छोड़ देना चाहिए। वह जानता था कि उसे सुयोधन के पक्ष में कुछ कहना होगा किंतु जाने कैसे शब्द उसका साथ नहीं दे पा रहे थे।

"कर्ण! वह एक दुष्ट है। वह परंपराओं का आदर नहीं करता और उसके इसके लिए क़ीमत चुकानी होगी। तुम वह नहीं, जो तुम स्वयं को समझते हो। तुम्हारी नियति सबसे अलग है। मैं एक वचन से बँधा न होता तो संभवतः तुम्हें सब कुछ बता देता।"

कर्ण चकरा गया परंतु वह अपनी ओर से आश्वस्त था कि वह कभी अपने मित्र सुयोधन का पक्ष नहीं त्यागेगा। 'केवल वही एक व्यक्ति था, जब सारा संसार उस सूत का उपहास कर रहा था, जिसने एक योद्धा बनने का बड़ा सा स्वप्न देखने का साहस किया था।' वह इस बात को कहना चाहता था किंतु शब्द कंठ में ही अटककर रह गए।

"तुम्हारी नियति पांडवों के साथ बदी है। जाओ, युधिष्ठिर से क्षमा याचना करो।"

"नहीं!! कर्ण एक झटके से उठ खड़ा हुआ। यह चिर-प्रतीक्षित भेंट जैसे गहरी कड़वाहट से भर गई। उसके गुरु ऐसा सुझाव दे भी कैसे सके। वह, कर्ण, उस घमंडी अर्जुन से मित्रता करेगा? "गुरुदेव मुझे क्षमा करें, किंतु मैं सुयोधन का कभी त्याग नहीं कर सकता..."

"कर्ण! मेरे पुत्र! तुम्हें एक दिन ऐसा करने के लिए पश्चाताप होगा।"

"मैं अकृतज्ञ कहलाने की अपेक्षा, दुष्ट कहलाना अधिक पसंद करूँगा।"

परशुराम ने आह भरी और पूरे कक्ष में गहरी धुँध की तरह सन्नाटा पसर गया। कर्ण उस कक्ष व उस वृद्ध से अति शीघ्र दूर होना चाह रहा था, जो उसके उसके प्रिय मित्र को त्याग, कट्टर शत्रु के साथ मित्रता करने को कह रहे थे। वह ऐसा सोच भी कैसे सकता था, क्या वह सुयोधन के साथ छल करेगा? 'इससे तो यही बेहतर था उन्होंने मुझे क्षमा न किया होता और एक सूत कहकर, अपने कक्ष से धकिया कर बाहर निकाल दिया होता।' कर्ण ने उदासी के साथ सोचा।

"कर्ण! क्या तुम इस बूढ़े से एक वादा करोगे?"

"गुरु जी! कुछ भी, आप मुझसे कोई भी वचन ले लें किंतु सुयोधन से छल करने को न कहें।"

"तुमने दक्षिण मंडल को विनष्ट कर दिया और अब ये सभी राज्य हस्तिनापुर के संरक्षण में चलने वाले अधीन राज्य हो गए हैं। इस भूमि के लोग एक प्राचीन सभ्यता तथा परंपराओं का अनुपालन करते आए हैं। हो सकता है कि तुम्हारा मित्र अपने नए विचारों को यहाँ भी थोपने का प्रयत्न करे। मुझे भय है कि वह भ्रष्ट ब्राह्मण कृपा भी उसे ऐसा करने में सहायता देगा। इस धरा पर, ज्ञान का आदर है, विद्या का सम्मान है, वेदों का अनुसरण होता है और ब्राह्मणों को ईश्वर के प्रतिनिधि माना जाता है। सभी अपना-अपना स्थान जानते हैं। समाज स्थिर है। अपने दुष्ट मित्र को इस स्थान से सदा दूर रखना।" खाँसी के दौरे के बीच गुरु के शब्द कहीं खोकर रह गए। कर्ण उस गहरे मौन के बीच स्थिर खड़ा था, उसके मन व मस्तिष्क के बीच गहरा संघर्ष छिड़ा था।

"यदि ब्राह्मण का आदर-मान पाना चाहते हो तो निर्दयी बल-प्रयोग किसी काम न आएगा, तुम्हें निष्ठावान बनना होगा। एक राजा होने नाते, तुम्हें यह ज्ञात होना चाहिए कि विद्या को सम्मान कैसे दिया जाता है। तुम अपनी जाति के कारण, लोगों से दूर नहीं, ऐसा नहीं कि वे निम्न जाति के कारण तुम्हारा सम्मान नहीं करते, तुम्हारा विद्रोही आचरण, उन्हें तुमसे दूर रखे हुए है। ऐसे बहुत से उदाहरण मिलते हैं, जिनमें विभिन्न वर्णों के व्यक्ति राजा बने हैं, परंतु उन सभी ने सदैव हमारी परंपराओं को मान दिया। अभी भी, बहुत देर नहीं हुई। मुझे वचन दो कि तुम कभी अपने द्वार से किसी ब्राह्मण को ख़ाली हाथ नहीं भेजोगे। उसकी हर बात पूरी करोगे, पूरे आदर-मान के साथ हमारी परंपराओं को निभाओगे और वचन दो कि तुम अपने दुष्ट मित्र को हमारी पवित्र धरती से दूर रखोगे..."

"किंतु गुरु! मैं अब भी आजीवन एक सूत के रूप में ही जाना जाऊँगा।" दूसरे ही पल कर्ण को ख़ेद हुआ कि उसने क्या बोल दिया था।

परशुराम के होंठों पर एक मुस्कान खेल गई। "मेरा आशीर्वाद सदा तुम्हारे साथ होगा। मेरे आशीर्वाद को अभी पूरे भारतवर्ष तक जाना है। मेरे शब्दों को स्मरण रखना और फिर देखना कि लोग तुमसे कैसे पेश आते हैं। तुम दो प्रकार से अपने लिए मान-सम्मान अर्जित कर सकते हो - अपने कर्मों से या बल प्रयोग से। चुनाव तुम्हारा अपना है। दोनों ही प्रकार से तुम्हें स्मरण किया जाएगा।"

कर्ण के मन में संदेह सिर उठाने लगा। यह कोई आशीर्वाद था कोई सौदेबाज़ी? क्या यह बात वाक़ई बहुत मायने रखती थी कि पुरोहितों के कुछ समूह उसे सम्मान दें? उसका कर्तव्य तो उसके मित्र के प्रति बनता था। तो गुरु उसे दूसरी ओर क्यों लुभाना चाह रहे थे? उसने पूरा जीवन एक सूत होने का दंश झेला था और अब...? "मैं वचन देता हूँ कि मैं किसी ब्राह्मण की माँग को ठुकराऊँगा नहीं। मैं परंपराओं व सभ्यता का आदर करूँगा। मैं... मैं एक क्षत्रिय हूँ..."

"भले ही संसार इसे जाने, न जाने तुम मेरे पुत्र हो। मैं जानता हूँ कि कोई भी क्षत्रिय तुमसे बढ़कर नहीं है। बेहतर यही होता कि तुम पांडवों के पक्ष में मिल जाते। हो सकता है कि तुम सच्चाई जानने के बाद, सही समय आने पर उनके बीच शामिल हो जाओगे। आओ, मेरे निकट आओ, मैं तुम्हें बाँहों में भरना चाहता हूँ।"

कर्ण उनकी ओर बढ़ा और पूरी मर्यादा के साथ झुका। गुरु स्नेहवश, बहुत देर तक उसके घने केशों में अपनी अँगुलियाँ फिराते रहे। "कर्ण! मैंने तुम्हें उस दिन श्राप दिया था। मुझे इसका परिष्कार करना ही होगा।" उन्होंने उठने की चेष्टा करते हुए कहा। ज्यों ही किसी ने द्वार पर आहट की तो वे क्लांत हो कर पुनः लेट गए। उन्होंने बेदम होते हुए कर्ण से कहा, "द्वार खोल दो।" कुछ ब्राह्मणों ने भीतर प्रवेश किया, वे कर्ण को सशंकित नेत्रों से देख रहे थे। "उदयन कहाँ है?" परशुराम ने पूछा।

ब्राह्मण मारे लज्जा के एक-दूसरे को ताकने लगे। उदयन भीतर आया। उसके दोनों हाथ बंदी थे, किंतु शीश उसी दर्प व घमंड के साथ तना था।

"कर्ण! तुमने उसे किसी गुलाम की तरह बाँध रखा है?" परशुराम बोलकर हँसने लगे किंतु उनकी हँसी उसी क्षण खाँसी के दौरे में बदल गई।

कर्ण ने उदयन के झुके हुए कंधे देखे तो उसके मन में अचानक ही चेर नरेश के प्रति सहानुभूति की लहर उमड़ आई।

"उसे मुक्त करो," परशुराम ने आदेश दिया।

कर्ण उसे खोलने के लिए आगे बढ़ा। उदयन उसके कान में बोला, "तुझे एक दिन इसकी क़ीमत अदा करनी होगी!" कर्ण ने उसकी बात को अनसुना कर दिया। ज़ंजीरें ढेर बन कर गिरीं व उदयन आजाद हो गया। "सूत का भाग्य अच्छा था।" उसने गुरु को प्रणाम किया।

"वह तुम्हारे लिए सूत होगा किंतु मेरे लिए भारतवर्ष का सबसे श्रेष्ठ क्षत्रिय है।" उदयन और पुरोहितों का दल आश्चर्य के मारे दम साधे खड़े रहे। "इतने आश्चर्य से क्यों देख रहे हो? यह मेरा आदेश है। इसे सुनिश्चित करो कि पूरे भारतवर्ष में तब तक इसे माना जाए, जब तक कर्ण अपने धर्म का प्रचार करता रहे, ब्राह्मणों को मुँहमाँगा दान देता रहे, जब तक वह स्मृति तथा वेदों का आदर करता रहे। तब तक उसे उसी प्रकार मान-सम्मान मिलता रहना चाहिए, जिस प्रकार एक क्षत्रिय को दिया जाता है। इस संकल्प के साथ ही मैं उसे भार्गव अस्त्र तथा अपना धनुष, विजय उपहार में देता हूँ।"

"नहीं!" उदयन चिल्लाया, "परंतु गुरुदेव, क्यों?"

कर्ण भी ऐसी बात सुन कर विस्मित हो उठा। क्या वास्तव में उस अस्त्र का कोई अस्तित्व था? उसने भी उस अस्त्र के बारे में बहुत कुछ सुन रखा था, अद्भुत विस्फोटक शक्तियों से संपन्न एक शक्तिशाली प्रक्षेपास्त्र। उसे यंत्र मुक्त कहते थे, एक रथ से छोड़ा जाने वाला यंत्र! उसने परशुराम का शिष्य होने के नाते, उनसे उस अस्त्र के विषय में कई बार पूछा था परंतु गुरु ने कभी कोई प्रत्युत्तर नहीं दिया।

"मैंने उसे अपने हाथों से गढ़ा था। दर्जनों सालों तक अनेक कौशलयुक्त कारीगरों ने उस पर कार्य किया। उस अस्त्र से अधिक भयानक किंतु सुंदर, कुछ और हो ही नहीं सकता," परशुराम ने गर्व से कहा।

"गुरु! आप उस अस्त्र को सूत को नहीं दे सकते। आप हमारे संरक्षक हैं, हमारे गुरु! हमने आपके साथ सदैव निष्ठा निभाई है। आप उत्तर से आए नीची जाति के इस धोखेबाज़ सूत को अपना सबसे बहुमूल्य व दुर्लभ अस्त्र क्यों दे रहे हैं?" उदयन का स्वर मारे रोष के काँप उठा।

परशुराम ने उत्तर देना चाहा किंतु बेदम होती श्वास ने साथ नहीं दिया। कर्ण सभी ब्राह्मणों के नेत्रों में एक से भाव को देख सकता था। वे सब ठगे से खड़े थे। सारे देश का सबसे भयभीत कर देने वाला अस्त्र! भार्गव अस्त्र!! वह विश्वास नहीं कर पा रहा था कि कुछ ही देर में उस अस्त्र का स्वामित्व उसके पास होगा? अचानक उसके मन में अर्जुन का चेहरा कौंध गया। कर्ण मन ही मन मुस्करा उठा।

"गुरु! क्या आपने पूर्वजों के संकल्प को भुला दिया? क्या आप भूल गए कि आपका वंश पिछली चौबीस पीढ़ियों से क्षत्रियों का विनाश करता आया है? परशुराम इस देश के शासन को चलाने के लिए ब्राह्मणों की प्रज्ञा तथा विवेक को लाए और अब आप एक निम्न जाति के युवक का पक्ष ले रहे हैं, जिसने आपको छला, आपसे झूठ बोला, दक्षिणी मंडल के सम्राटों को अपमानित किया। सारा असुर देश, सदैव आपकी प्रज्ञा के आगे शीश झुकाता आया है। गुरु! उसने आपको एक ईश्वर की तरह पूजा है। यह आप न्याय नहीं कर रहे। आप अपना सबसे श्रेष्ठ दाय, एक सूत को सौंप रहे हैं।"

"राजा उदयन! युद्ध में हारे हुए राजा को कुछ भी कहने का अधिकार नहीं होता। यदि तुमने कर्ण को पराजित किया होता, तो मेरी दृष्टि में तुम सबसे श्रेष्ठ होते, परंतु तुम हार गए और सारा भारतवर्ष कर्ण के आगे सौंप दिया। उसने मेरे प्रति जो भी पाप किया, उसके लिए मैं उसे क्षमा दे चुका हूँ। उसने भी वचन दिया है कि वह सदा धर्म का पालन करेगा।"

"मैं वचन देता हूँ कि मेरे द्वार से कोई याचक ख़ाली हाथ नहीं जाएगा," कर्ण ने हौले से कहा।

परशुराम ने अपने एक सहायक पुरोहित से कहा कि वह कर्ण को वहाँ ले जाए, जहाँ सभी गुप्त अस्त्र रखे जाते थे। कर्ण ने पूरे आदर-मान के साथ गुरु को प्रणाम किया और उदयन की घृणा से भरी दृष्टि को अपनी पीठ पर अनुभव किया। यह विजय भी कैसी मधुरता व कटुता के मेल से तैयार होकर हाथ आई थी। अपनी शत्रुता के बावजूद वह एक निर्भीक योद्धा तथा गर्वीले सम्राट के रूप में उदयन की योग्यताओं को सराहता था, उनका सम्मान करता था। कर्ण मौन भाव से मुड़ा तथा पुरोहित के साथ चल दिया।

* * *

जब द्वार बंद हुआ तो उदयन ने गुरु से कहा, "मैं असफल हो गया। गुरु जी, मुझे अनुमति दें कि मै अपने इस निष्फल जीवन का अंत कर सकूँ।"

परशुराम बहुत देर तक शांत रहे, वे खिड़की से बाहर, कहीं दूर ताक रहे थे। जब उदयन प्रणाम कर बाहर जाने लगा तो गुरु ने बहुत ही मधुर स्वर में उसे निकट बुलाया।

"पुत्र! तुम केवल लड़ाई में हारे हो, युद्ध अभी शेष है। मात्र अस्त्रों से नहीं रणनीति से युद्धों में विजय श्री वरण करती है। हम एक महती काज के लिए संघर्ष कर रहे हैं। क्या तुम अब भी नहीं समझे कि मैंने क्या किया है? नहीं, मैं कपटी नहीं हूँ। कर्ण मेरे लिए पुत्र के समान है, इस संसार में किसी से भी अधिक प्रिय। यद्यपि मैंने उसे जो उपहार दिया, वह उस स्नेह का प्रतिफल नहीं है। यह एक युद्ध कर्म है। इस पर विचार करो और तुम सब समझ जाओगे।"

"गुरु..." उदयन ने प्रतिवाद किया; और तभी युद्ध से जर्जर, अश्वेत मुख पर गहरी मुस्कान खिल गई। "गुरु! मेरा प्रणाम स्वीकार करें! यह वास्तव में अद्‍भुत है।"

परशुराम हँसे पर साथ ही खाँसी के दौरे ने बेदम कर दिया। जब वह थमा तो वे

खिड़की के बाहर देखकर मुस्कराए। सारे वायुमंडल में शंख की पवित्र ध्वनि गुँजायमान हो उठी। वे अगरबत्ती और धूम की गंध अनुभव कर सकते थे और उनका हृदय, मंदिर से आते घंटियों के स्वर सुनकर, बल्लियों उछलने लगा। बाहर, चमकते सूर्य के तले, उनका प्रिय शिष्य, धरती पर साष्टांग प्रणाम करते हुए, सभी पुरोहितों व ब्राह्मणों के प्रति अपना प्रणाम निवेदित कर रहा था। वे सभी उस सूत से कुछ फ़ीट की दूरी पर खड़े थे क्योंकि अभी भी सूत को मंदिर में प्रवेश करने की अनुमति नहीं थी, परंतु यह तो एक आरंभ था। समय बदल रहा था और सदा यही अपेक्षा नहीं की जा सकती थी कि जो लोग बहुत पहले से शासन करते आ रहे थे, शासन की बागडोर सदा उनके हाथ ही रहेगी। यदि किसी विचार को उत्तरजीवी बनना था तो यह आवश्यक था कि उसे बदलते हुए समय के साथ अनुकूल किया जाए - उसे तोड़ा नहीं मोड़ा जाए, ऐसे दिखाया जाए कि वह बदल रहा है, हालाँकि वह सही मायनों में कभी नहीं बदलता। कई बार तो जैसे कृपा का दर्शन भी उचित लगने लगता। केवल जन्म से ही यह कैसे तय कर सकते हैं कि कोई राजा होगा या कोई राजा नहीं बन सकता? यहाँ तक कि एक सूत भी नरेश हो सकता है, बशर्ते उसने सारी सेना को विजित कर लिया हो। केवल यही बात सुनिश्चित करनी आवश्यक थी कि शासक भले ही किसी भी जाति से हो, उसे परंपराओं व जाति प्रथा को मान-सम्मान देना होगा। इस तरह उसे क्षत्रिय के रूप में स्वीकार किया जा सकता था। क्या यह धर्म नहीं था?

'बेचारा मूर्ख' परशुराम उदयन के मुख को देख मन ही मन बोले। "एक बार तुम्हारे पूर्वजों ने हमसे युद्ध किया था और देखो, क्या परिणाम रहा। रावण और महाबलि जैसे असुरों को अपनी जान से हाथ धोना पड़ा या निष्कासन का दंश झेलना पड़ा और तुम हमारे लिए प्राणों का त्याग करने को प्रस्तुत हो। उन सरीख़े महाकायों के सम्मुख तो सूत की तुलना तक नहीं की जा सकती। परंतु हमें केवल इतना ध्यान रखना होगा कि नेत्रहीन राजा का वह धृष्ट पुत्र दक्षिण की पावन धरती से दूर रहे। जब किसी सभ्यता का जन्म या मृत्यु संतुलन पाने के लिए अंतिम श्वासें गिन रहा होगा तो, उस समय महत्त्वाकांक्षी सूत से लिया गया यह वचन बहुत ही क़ारगर होगा। कर्ण ने भौतिक रूप से भले ही दक्षिण मंडल को जीत लिया परंतु, आध्यात्मिक विजय किसने प्राप्त की? ज़रा देखो तो, कौन किसके चरणों में गिरकर साष्टांग कर रहा है? यहाँ कौन पराजित है और कौन विजेता के पद पर सुशोभित हुआ है? कर्ण, मेरे पुत्र, तुमने तो बस अभी यह जानना आरंभ ही किया है कि धर्म क्या है और अधर्म किसे कहते हैं। धर्मवीर कर्ण, जब उचित समय आए तो अपने भीतर यह साहस व आत्मबल रखना कि तुम अपने दुष्ट मित्र सुयोधन का साथ त्याग कर, धर्मपुत्र युधिष्ठिर के महान कार्य में अपना सहयोग दे सको जो भी हो, सभी पांडव तुम्हारे अपने ही भाई तो हैं।"

कर्ण जैसे विद्रोहियों को अपने हाथों का खिलौना बनाकर, संभाला जा सकता था, परंतु अपनी विजय को अंतिम रूप देने के लिए, निषाद व नाग जैसे व्यक्तियों को मिटाना ज़रूरी होता जा रहा था, जो वर्ण-व्यवस्था के विरुद्ध आवाज़ उठा रहे थे। ऐसा करने के लिए परशुराम को दैवीय मध्यस्थता की आवश्यकता थी। जब राजा उदयन उनके थके व क्लांत पैरों की मालिश करने लगा तो परशुराम ध्यानस्थ हो गए, उन्होंने प्रार्थना की कि अधर्म पर

धर्म की विजय हो निषाद जैसे दुष्टों का नाश हो। उनके गुप्तचरों के माध्यम से सूचना मिल चुकी थी कि नाग द्वारिका की पवित्र नगरी पर धावा बोलने का दुःसाहस कर चुके थे।

***

कहीं सुदूर, द्वारिका के निकट, उत्तरी सागर में, देवता अपनी भरसक शक्ति लगा रहे थे कि एक मछुआरों की छोटी सी नाव को उत्ताल तरंगों पर पटका जा सके। उस भयानक तरीक़े से डोल रही नाव में वह निषाद सवार था, जिसने द्वारिका पर हमला करने का साहस किया। अचानक एक बड़ी सी लहर ने एकलव्य को अपने भीतर समेट लिया और उसकी श्वास अटक गई। वह नहीं जानता था कि उसे इसी तरह सागर की उद्दंड लहरों से अपना बचाव करते-करते कितने घंटे बीत गए थे, एक के बाद एक, लहरें उसे मिटाने पर तुली थीं। सागर एक गहरे काले पशु के समान उसके चारों ओर फुफकार रहा था। वह मारे पीड़ा के कराह उठा। ज्यों ही सागर अपनी खारी जीभ से उसके खुले जख़्मों को चाटता तो उसकी पूरी देह मारे दर्द के थरथरा जाती। ज्यों ही एक ओर लहर ने नाव को हिचकोला दिया, उसने सोचा, 'मुझे तो बहुत पहले ही मर जाना चाहिए था।' उसी समय नाव लगभग पलटने को हो गई। कुछ ही क्षणों में सौभाग्य ने साथ दिया और उसका आश्रय स्थिर होने लगा। उसने अपने रक्तिम नेत्रों से खारे पानी को साफ़ किया। आकाश में तीव्र गर्जना होने लगी और सागर फिर से क्रुद्ध हो उठा।

वे युद्ध में लगभग जीत ही चुके थे, यादव नेता की वीरता भी कुछ कम नहीं थी। बलराम की दुर्बलता के सारे किस्से मनगढ़ंत थे और उसकी देह पर खुले घाव, बलराम की वीरता की साक्षी दे रहे थे। जब उसे द्वारिका में कृष्ण की अनुपस्थिति का पता चला तो उसे लगा कि द्वारिका को अपने वश में करना इतना कठिन नहीं होगा। शाल्व और दंतवक्र ने अपने शीश दे कर क़ीमत अदा की थी। 'पर मैं तो अभी और कुछ देर तक डटा रह सकता था।' एकलव्य ने गहरी कटुता के साथ सोचा। बलराम संधि का संदेश चुके थे किंतु एकलव्य की योजना यही थी कि आमना-सामना होते ही वह उनका गला रेत देगा। उसका खंजर तैयार था। इस तरह द्वारिका उसके अधीन हो जाती; नाग विद्रोह एक वास्तविकता बन जाता, वे अंततः हस्तिनापुर व दक्षिण मंडल दोनों को ही परास्त कर देते। परंतु कृष्ण ने बीच में आकर, सारी योजना पर पानी फेर दिया। किसने सोचा था कि वह पीछे से वार करेगा और शाल्व और दंतवक्र पर इस तरह धावा बोलेगा, जैसे कोई चोर रात को दबे पाँव सेंध मारने आता है। फिर तक्षक उस संघर्ष में कृष्ण को क्यों नहीं मार सका, जो उनकी पूर्वनिर्धारित योजना का एक अंग था?

'हे शिव!' एकलव्य ने ज्यों ही, बीस फ़ीट से ऊँची तरंग को आते देखा तो वह भयभीत हो उठा। उस लहर ने नाव को तिनके की तरह ऊँचा उठा दिया। वह कुछ क्षण तक उसी उभरी सतह पर बनी रही और फिर दूसरी लहर के साथ अतल गहराइयों की ओर चल दी। इधर वर्षा भी होने लगी थी। वहाँ देह को गला देने वाला शीत था, निष्ठुर शीत! एकलव्य अथाह जल के नीचे जीवित रहने के लिए हाथ-पैर मार रहा था। उसे किस ओर तैरना है,

कौन सा मार्ग नीचे जा रहा है, किस मार्ग से ऊपर जाना होगा? उसे लगा मानो उसके फेफड़े फटने वाले हों। 'मुख में पानी मत जाने दो। अपनी साँस रोको। मुख बंद रखो।' उसने स्वयं से कहा और सागर उसे अपनी निम्नतम गहराइयों तक उतारते हुए ले गया। उसने अपना गला खँखारते हुए, खाँसते हुए संघर्ष किया, नथुने ख़ारे पानी के असर से जल रहे थे। ज्यों ही वह थोड़ा ऊपर आता तो अगली लहर का थपेड़ा खाने से पहले एक लंबी श्वास ले लेता। उसकी नाव कहाँ गई?

जब एकलव्य को जन्म से ही जीवन ने छला या गुरु ने उसके सपनों पर कुठाराघात करना चाहा तो भी उसने हार नहीं मानी। वह अब भी हार नहीं मानेगा। निषाद का संघर्ष जारी था। वह लगातार जूझता ही रहा। मैं इतनी सरलता से जीवन से हार नहीं मान सकता। 'मैं मर नहीं सकता। मैं मरने से इंकार करता हूँ। यदि मुझे हराना है तो प्रकृति को और भी कड़ा बलप्रयोग करना होगा,' एकलव्य चिल्लाया। समुद्र ठाठें मारते हुए, चीत्कार कर रहा था, मारे रोष के फेन उगल रहा था, उसे बारंबार पटकते हुए घसीट रहा था, किंतु इस जल प्रलय के बीच निषाद अपने प्राणों की रक्षा के लिए कृतसंकल्प था। वह वनपुत्र इसके बाद भी पूरे एक घंटे तक सागर के साथ जीवन और मृत्यु का यह भयानक खेल खेलता रहा। सागर देखना चाहता था कि निषाद उत्तरजीविता की कितनी अदम्य लालसा रखता है। अंत में एक फुँफकार के साथ सागर ने हार मान ली, आकाश से होने वाली वर्षा थम गई और कुछ ही देर में रह-रहकर डराने वाली आकाशीय बिजली भी दिखनी बंद हो गई।

एकलव्य कुछ देर तक अपनी पीठ के बल तैरता रहा। उसकी नाव गई कहाँ? वह जानता था कि इस तरह निरंतर तैरना संभव नहीं था, परंतु उसमें इतनी भी शक्ति शेष नहीं थी कि अपने आसपास देख सकता। एक अकेला तारा आकाश में उदित हुआ, गहरे बादल के पीछे ओझल हो गया और फिर कुछ ही क्षणों में लौट आया। 'तुम और मैं, इस गहरे काले संसार में अकेले हैं।' एकलव्य ने उसे देख कर सोचा और वह तारा टिमटिमाने लगा। उसकी क्लांत देह में जैसे प्राण लौट आए और वह मुड़कर क्षितिज में, अपनी जर्जर हो चुकी नाव का नामोनिशान तलाश करने लगा। उसका दूर-दूर तक कोई अता-पता न था। जब वह उसने लगभग उम्मीद छोड़ दी तो आकाश में तेज़ बिजली चमकी और उसे अपने से कुछ दूरी पर कुछ दिखाई दिया। क्या वह नाव थी? अगर वह कुछ और निकलता, तो उस दिन निश्चित रूप से सागर की जीत मानी जाती। वह क्षितिज के दूसरे छोर तक तैरकर जाने लगा, उसने अपने अंगों में उठ रही पीड़ा को उपेक्षित कर दिया।

यह तो उसकी ही नाव थी। उसे वहाँ तक जाने में लगभग एक घंटा लगा और वह उस पर चढ़ गया। वहाँ पहुँचते ही, वह नाव में भरे पानी की परवाह न करते हुए, उसमें बेसुध हो गया। वह नहीं जानता था कि वह वहाँ तक जीवित बचकर कैसे आ गया था? न ही उसे यह पता था कि वह इसके बाद भी जीवित रह सकेगा या नहीं। दुर्ग की चारदीवारी से छलांग लगाना बहुत घातक क़दम साबित हुआ। वह सोचने लगा कि जब बलराम ने उसे वहाँ से जाते हुए देख लिया था तो उसने उसे तीर क्यों नहीं मारा। एकलव्य कूदने को तैयार था और यादव नेता बलराम का तीर भी प्रत्यंचा पर तना था। जाने उस एक क्षण में ऐसा क्या

हुआ कि बलराम ने तीर नहीं छोड़ा और धनुष रथ में ही गिर गया, उसने अपनी दृष्टि दूसरी ओर घुमा ली। उस समय हाहाकार करते सागर में कूदने से ही एकलव्य को बहुत राहत मिली, उसे लगा कि मनुष्यों के बीच रहकर जीवित रहने कर संभावना से लड़ने की बजाए उसे प्राकृतिक तत्वों की मदद लेनी चाहिए। बाद में उसे गहरी कड़वाहट के बीच एहसास हुआ कि उसका जीवन, उस व्यक्ति की देन था, जिसे मारने की योजना के साथ उसने द्वारिका में क़दम रखा था। गहरे उफनते हुए समुद्र में कूदने के बाद, एकलव्य उतनी देर तक पानी में अधडूबी एक गुहा में छिपा रहा, जितनी देर यादवों के सिपाही उसकी खोज-बीन करते रहे। देर रात, उसने एक छोटी सी नाव को पानी में उतारा और दिशाहीन सागर में चल पड़ा।

अब, सागर के साथ हुए इस यातनामयी संघर्ष के बाद, वह अपनी बदहाल नाव में निष्प्राण शव की तरह पड़ा था, निषाद ने ईश्वर को उसकी जान बचाने के लिए धन्यवाद दिया। परंतु धीरे-धीरे, ज्यों ही शीत ऋतु की धुँध गहराने लगी तो उसका मन गहरी कटुता से भरता चला गया। बलराम का उसके प्रति ये एहसान, मानो छाती पर भारी बोझ बनकर आ पड़ा। एकलव्य उठ खड़ा हुआ, नाव डोलने लगी। उसे किसी न किसी तरह धरती पर पहुँचना था ताकि अपने युद्ध को जारी रख सके। उसका चप्पू कहाँ गया। वह उसे खोजने लगा पर शायद यह भी जानता था कि सागर उसे कबका लील गया होगा। नाव डगमगाने लगी। वह असहाय हो उठा। ऐसे लगा मानो जीवन और नियति अब उसके वश में नहीं रहे। उसने कृष्ण, पांडवों तथा उन सभी तथाकथित निष्ठावान पुरुषों के प्रति अपने रोष को स्मरण करते हुए, स्वयं को निद्रा से दूर रखना चाहा, जो अपने लोगों को पैरों की धूल से अधिक नहीं मानते थे; परंतु पैरों के पास ढेर हुआ गंदा जल और उसकी कठोर शीतलता उसे धीरे-धीरे मौत के निकट ले जा रहे थे। नाव अपनी इच्छा से चल रही थी। अगले दिन तक, निषाद निद्रा की गोद में सो चुका था।

जब उसकी आँख खुली तो उसने पाया कि उसके मुँह में कपड़ा ठुँसा था और उसे ज़ंजीरों से बाँधकर रखा गया था।

* * *

15. एक राक्षसी का पुत्र

"धर्मपुत्र! मैं समझ नहीं पाता कि आप युद्ध करने से इंकार क्यों करते हैं?"

युधिष्ठिर ने धौम्य के सुर में उभर आए अधैर्य को अनुभव किया। वे अपने पीछे से द्रौपदी की व्यंग्यात्मक मुस्कान को भी महसूस कर सकते थे। वह सदा इतनी कठोरता के साथ उनकी परख क्यों करती है? यह ब्राह्मण उन्हें अकेला क्यों नहीं छोड़ देता?

"मैं एक मूर्ख हूँ। मैंने जुए के खेल में सब कुछ गँवा दिया। संभवतः मैं इसका ही अधिकारी था। दुर्योधन को ही शासन करने दें। वही उस सिंहासन का असली दावेदार है। आख़िर हम हैं क्या?"

"अर्जुन! तुम अपने भाई से बात करो।" धौम्य का चेहरा मारे रोष के लाल हो गया। एक कुटकुट करती गिलहरी उनके बीच से होते हुए पेड़ों पर चली गई, जैसे उनका उपहास कर रही हो।

"मुझे कुछ नहीं कहना," अर्जुन ने अपने धनुष को चमकाते हुए कहा।

"निर्वासन की यह अवधि बहुत लंबी है और युधिष्ठिर तुम उन्हें विशेष परिस्थितियों का हवाला दे कर तर्क कर सकते हो। तुम्हारी माताश्री का स्वास्थ्य अच्छा नहीं है। अब वे एक शूद्र के घर में रह रही हैं।"

"वह उनकी नियति है और यह मेरी नियति है," युधिष्ठिर ने हौले से कहा। वह जानता था कि इसके बाद उसे क्या सुनने को मिलने वाला है।

द्रौपदी ने उपहास करती हुई हँसी के साथ कहा, "नियति! वास्तव में यह नियति ही तो है!"

"द्रौपदी! क्या यह अनिवार्य है कि तुम सदा मुझे क्षण-प्रतिक्षण प्रताड़ित करती रहो? हाँ, मुझसे भूल हुई..."

"मुझे उस दुष्ट दुर्योधन ने भरी सभा में निर्वस्त्र करना चाहा।"

"द्रौपदी, बस बहुत हुआ!"

"बहुत हो गया! मेरे वीर और निष्ठावान पति, आपने विरोध में एक भी स्वर नहीं निकाला?"

"यह धर्म नहीं था। मैं पहले ही पराजित हो चुका था। तुम दुर्योधन की दास थीं इसलिए मैं कुछ नहीं कह सका।"

"भ्राता श्री! बेहतर यही होगा कि हम इस विषय में बात न करें," इससे पूर्व कि द्रौपदी पलटवार करती, अर्जुन ने हस्तक्षेप किया।

"तो आप युद्ध नहीं करेंगे। क्या यह आपका अंतिम निर्णय है?" धौम्य ने कड़े शब्दों में पूछा और इस बार उन्होंने अपने भीतर उबल रहे रोष को भी छिपाने की चेष्टा नहीं की।

युधिष्ठिर ने अपने आसपास देखा। उसके भाई कौतुहल से उसे ही ताक रहे थे। वे उन्हें लड़ने के लिए कह सकते थे पर वे इस बारे में आश्वस्त नहीं थे कि उन्हें अपने लिए कितना सहयोग मिलेगा। इसमें कोई संदेह नहीं था कि वे शासन करना चाहते थे, परंतु भीतर ही भीतर से एक नकार का सुर बारंबार उभर रहा था। जब उन्होंने एक मुट्ठी मिट्टी उठाई थी तो उस समय उस भिक्षुक ने उन्हें जिस दृष्टि से देखा था, वह उन्हें अब भी सता रही थी। क्या एक मुट्ठी धूल के लिए लड़ना आवश्यक था? क्या सिंहासन पाने के लिए लड़ना आवश्यक था? उस दुर्भाग्यपूर्ण द्यूत क्रीड़ा के आरंभ होने तक, उनके सभी राजनीतिक निर्णयों के पीछे गुरु व उनकी माता श्री का हाथ होता था, जो कि एक खेल बन गया था। परंतु सत्ता एक बहुत बड़ा व्यसन था। अब, कुछ माह का समय मार्गों व निर्जन वन प्रांत में बिताने के बाद वे जीवन को एक नई दृष्टि से देख पा रहे थे। कोई भी बात जैसे मायने ही नहीं रखती थी। वह धर्म के बारे में बड़ी-बड़ी बातें, आत्मा, कर्म, नर्क, स्वर्ग तथा पुनर्जन्म के बारे में किए गए सारे अनुमान - जैसे सब कुछ अब खोखला व सारहीन लगने लगा था।

यहाँ तक कि अब उस भव्य इंद्रप्रस्थ का वैभव भी उन्हें नहीं लुभाता था, जिसे जुए के दाँव में दुर्योधन से हार चुके थे। वे उन नाग स्त्रियों से भेंट कर चुके थे, जिन्होंने अपनी जान लगाकर महल तैयार किया और फिर उन्हें ही नगरी से निष्कासित कर दिया गया। फिर भी जब वे अपने भाइयों के साथ वन में आए, तो वही लोग उनकी सहायता करने आगे आ गए, वे पांडवों के भोजन के लिए फल लाते और सदा एक सम्मानजनक दूरी बनाकर खड़े रहते। उसने उन्हें अपनी नगरी में कोई स्थान नहीं दिया था, यद्यपि वे अपना सब कुछ उनके साथ बाँट रहे थे। ये सभी बातें बहुत ही भ्रमित कर देने वाली थीं।

'युद्ध! मुझे किसके विरुद्ध युद्ध करना चाहिए?' वे सोचने लगे। उनके बीच केवल अर्जुन ही ऐसा था, जो बात-बात पर अपने संदेह व प्रश्नों को ला खड़ा करता। वे तो सदा हर बात के लिए पूरी तरह से आश्वस्त रहते थे। उन्होंने तो शासन को अपना दैवीय अधिकार मान रखा था, वे इसे धर्म मानते थे। अब मानो भूमिकाएँ बदल गई थीं। उनके भाई दुर्योधन से प्रतिकार के लिए व्याकुल थे। उन्हें लगता था कि दुर्योधन व उसके उन मित्रों को जान से मारने के बाद ही वे अपना खोया हुआ सम्मान वापस पा सकते थे, वे उन लोगों को हमेशा के लिए मौत की नींद सुला देना चाहते थे, जिन्होंने उनकी पत्नी का अपमान किया और उन्हें भिक्षुक बना दिया। जैसा कि गुरु धौम्य ने कहा, उसे युद्ध का नेतृत्व करना चाहिए, यद्यपि...

"मैं अपने वचन से पीछे नहीं हटूँगा। हम वनवास के कष्टों को सहन करेंगे। यदि निर्धारित अवधि पूरी होने के बाद युद्ध की नौबत आई तो हम पीछे नहीं हटेंगे। तब तक, राजा के बेटे को शासन करने दो," युधिष्ठिर ने कहीं दूर ताकते हुए कहा।

उन्होंने अपने पीछे चरमराहट सुनी तो मुड़कर देखा। भीम अपनी विशाल गदा से एक वृक्ष पर प्रहार कर रहा था, चेहरे पर विषाद के भाव थे और माँसपेशियों में जकड़न आ गई थी। अर्जुन द्रौपदी के समीप बैठा, उसे सांत्वना दे रहा था। वह अपनी असाधारण जीवट वाली पत्नी को रोते देख बहुत निराश हो गया था। यह तो उसके विद्रोही स्वभाव तथा कटु वचनों के प्रहार से भी कहीं अधिक पीड़ादायी था। दोनों जुड़वाँ कहीं भटकने निकल गए थे और धौम्य भी उनके पीछे चल दिए। युधिष्ठिर जानते थे कि धौम्य एक बार फिर उन्हें अपने निर्णय पर विचार करने के लिए कहेंगे। गुरु अपनी ओर से सारी उचित बातें ही कहेंगे जैसे उन्हें दुर्योधन को मार देना चाहिए क्योंकि उसने द्रौपदी को निर्वस्त्र करने का साहस किया है। वे उनके क्रोध को उभारने की चेष्टा करेंगे। उन्हें अपने मन में किसी भी प्रकार के विक्षोभ का अनुभव क्यों नहीं हो रहा? अगर उनके साथ कुछ अनुचित हुआ हो तो उनके मन में तो रोष उमड़ना चाहिए, उन्हें तो हर बीतते क्षण के साथ एक ज्वलंत पीड़ा के बीच होना चाहिए, परंतु फिर भी वह ऐसा महसूस कर रहे हैं मानो पूरा शरीर ही सुन्न हो गया हो। 'क्या ऐसा इसलिए है कि मेरे भीतर क्षत्रिय रक्त का अंश बहुत कम है?' वे सोचने लगे। उनके पिता कौन थे? वे मृत्यु के देवता यम की ओर से, उनकी माता श्री को दिया गया एक दैवीय उपहार हैं, इस प्रसंग को कितना विश्वसनीय माना जा सकता है? क्या ऐसे कोई देवता अस्तित्व रखते हैं? यम तो कोई और नहीं, केवल काल का ही प्रतीक है। 'क्या मैं समय का पुत्र हूँ?' युधिष्ठिर हँसना चाहते थे। संभवतः यह वनवास आत्म अन्वेषण की एक यात्रा है, ताकि वे धर्म का वास्तविक स्वरूप जान सकें। वे उस धर्म को जानने की इच्छा नहीं रखते, जिसके बारे में धौम्य या मधुर वाणी वाले कृष्ण समय-समय पर बताते रहते हैं।

भीम ने अचानक आकर उनकी विचारधारा भंग कर दी। उनका विशालकाय भाई, उनके आगे मस्तक नवाए खड़ा था। "भ्राता श्री! मैं अपने पुत्र से भेंट करना चाहता हूँ। आज मैंने अपनी पत्नी व पुत्र को दूर से देखा। वनवासियों का कहना है कि हिडम्बी व मेरा पुत्र भी इसी वन में निवास करते हैं।"

युधिष्ठिर एकटक भीम को ताक़ते रहे, वे समझ नहीं सके कि भीम किस पुत्र की बात कर रहा है? पुत्र? कौन सा पुत्र? तब उन्हें याद आया, उस अछूत राक्षस का पुत्र, असुर स्त्री हिडम्बी। वे नहीं जानते थे कि उन्हें क्या उत्तर देना चाहिए।

"युधिष्ठिर, वह पुत्र तो तुम्हारे भाई की युवावस्था की एक भूल का परिणाम है। मैं भीम को समझाने की चेष्टा कर रहा हूँ, परंतु इस पर कोई असर नहीं हो रहा। यह स्वीकृत है कि क्षत्रिय अलग-अलग पुष्पों से किसी मधुमक्खी की तरह मधु पाने की अपेक्षा रखते हैं, परंतु फल सदा पौधे का ही होता है, मधुमक्खी का नहीं।" धौम्य ने झट से आकर कहा। उन्हें भय था कि कहीं युधिष्ठिर भावुक होकर अपने धर्म से विमुख न हो जाएँ।

"भइया! आज मैंने अपने पुत्र को देखा। मैं केवल एक बार उसका हाथ थामना चाहता हूँ। वह मेरे मस्तिष्क में छाया हुआ है," भीम ने विनती की।

युधिष्ठिर ने धौम्य को देखा। कुछ दिन पूर्व, वे स्वयं ही ऐसे आग्रह को ठुकरा देते। उनका भाई नीची जाति के अछूतों से अपना संबंध कैसे रख सकता था? यद्यपि क्षत्रिय लड़कों को ऐसे प्रसंगों में लिप्त होने की अनुमति थी किंतु उन्होंने स्वयं कभी ऐसा कोई क़दम नहीं उठाया। यद्यपि अपने भाई की आँखों में ताक़ते हुए, वे उसके आग्रह को ठुकराने का साहस नहीं कर पा रहे थे। उन्होंने कोई उपाय जानने के लिए धौम्य की ओर निहारा।

"भीम! वे अछूत हैं, राक्षस हैं!" धौम्य ने अस्वीकार की मुद्रा में तेज़ी से अपना सिर हिलाते हुए कहा।

"हिडम्बी मेरी पत्नी है और घटोत्कच मेरा पुत्र है।" भीम ने साफ़ शब्दों में कहा हालाँकि उसे अपने कंठ से उन शब्दों को निकालने में कठिनाई हुई।

युधिष्ठिर भीम द्वारा भावुकता के ऐसे प्रदर्शन को देख विस्मित हो उठे। उन्होंने तो सदैव अपने भाई को मस्तक पर भृकुटियाँ डाले ही देखा था और उन्हें लगता था कि क्या उनके भाई के मन में क्रोध के अतिरिक्त कोई दूसरा भाव नहीं उमड़ता? वन का वह जीवन उन सबको ही धीरे-धीरे बदल रहा था। वे उसे अनुमति देने ही वाले थे कि अचानक उनकी नज़रें धौम्य से टकराईं। वे आज के दिन के लिए अपने गुरु को पहले ही बहुत नाराज़ कर चुके थे।

"भीम, मेरे भाई! जीवन में किसी भी वस्तु के लिए मोह रखना उचित नहीं है। मोह से ही दुःख उत्पन्न होता है। भीम, मत जाओ, ठहरो।" युधिष्ठिर ने देखा कि भीम उनकी पूरी बात सुनने की प्रतीक्षा किए बिना ही वहाँ से जा रहा है। भीम ने अपनी गदा ली और एक बार फिर से वृक्ष पर ताबड़-तोड़ प्रहार करने लगा। उन्होंने द्रौपदी को भीम की ओर जाता देखा तो उनके मन में ईर्ष्या की भावना सुलग उठी। वे जानते थे कि धौम्य के नेत्र उनके मुख पर उभर आए भावों को पढ़ सकते थे, उन्होंने मन ही मन मनाया कि कहीं धौम्य ने उनके भावों को पढ़ न लिया हो। वे द्रौपदी का स्वर स्पष्ट रूप से सुन पा रहे थे, जो भीम से आवश्यकता से अधिक तेज़ सुर में कह रही थी कि वह उस वृक्ष को दुर्योधन समझकर, उस पर वार करे। भीम की गदा के प्रहार से वृक्ष बारंबार प्रकंपित हो उठता, मूक प्रहार से उसके पत्ते धीरे-धीरे झरते जा रहे थे। वायु में व्याप्त हिंसा भयावह थी और युधिष्ठिर ने गुरु के हँसने का स्वर सुना तो वे काँप गए।

धौम्य ने युधिष्ठिर की ओर मुड़कर कहा, "कुमार अपने भीतर के रोष को समाप्त मत होने दो। राजा के उस दुष्ट पुत्र को एक न एक दिन मरना ही होगा। वह और उसके मित्र हमारे धर्म का विनाश कर रहे हैं।"

"मेरा भाई भीम दुर्योधन को संभाल लेगा," अर्जुन ने अपने तूणीर से एक बाण निकाला और एक तीव्र संचालन के साथ, सुदूर दिखाई दे रहे वृक्ष पर तान दिया। इसके बाद, पूरी सटीकता के साथ दूसरा तीर सनसनाता हुआ आया। क्षणांश में तीसरा तीर सनसनाता

हुआ आ गया। अर्जुन अपने भाई की ओर मुड़ा। "यह दुर्योधन का शीश नहीं है, जिसे पाने की मैं इच्छा करता हूँ। चाहे जो भी कहा जाए, वह हमारा रक्त संबंधी है, हमारा अपना भाई है। परंतु मुझसे उस निम्न जाति के सूत का दर्प नहीं सहा जाता। एक दिन, मेरा तीर उस घमंडी कर्ण का कलेजा छलनी कर देगा।"

गुरु धौम्य एक मुस्कान के साथ अपने कुटीर की ओर चल दिए। वे अगली सुबह प्रस्थान करने वाले थे किंतु उन्होंने शीध्र ही कृष्ण के साथ लौटने का वचन दिया था। युधिष्ठिर को पूरा विश्वास था कि कृष्ण भी उन्हें युद्ध करने के लिए उकसा नहीं सकते थे। वे अपने निर्वासन की अवधि पूरी होने तक किसी भी प्रकार के युद्ध में लिप्त नहीं होना चाहते थे। सूर्य वृक्षों के पीछे डूब रहा था और वन-प्रांत, वानरों व पक्षियों की चहचहाहट से गूँज उठा।

जब युधिष्ठिर अर्जुन को मारे रोष के, एक के बाद एक तीर छोड़ते देख रहे थे तो उनके मन में एक व्याकुल कर देने वाला भाव उत्पन्न हुआ। संभवतः यह अस्त होते सूर्य का कोई कोण था या फिर भूख लगने के कारण वे भ्रम की स्थिति में थे।

अर्जुन युधिष्ठिर की ओर देखकर मुस्कराया, "भइया! आप इस प्रकार क्यों घूर रहे हैं?" अर्जुन ने एक और तीर छोड़ा। वही विचार एक बार फिर से सामने आ गया! अर्जुन मुड़ा व चुटकी ली। "भाई! आपका भाव, आपके दुष्ट भाई दुर्योधन से मिलता है।"

युधिष्ठिर ने मौन भाव से अर्जुन को देखा और अपनी कुटीर की ओर लौट गए। उनके संध्या जप का समय हो गया था। वे अर्जुन के शब्द सुन अवाक हो गए थे। क्या भाव भी मन के विचारों का प्रतिबिंब होते हैं? वे अक्सर दुर्योधन के भ्रमित मुख का उपहास किया करते थे। उस समय वे उचित या अनुचित के बारे में पूरी तरह से आश्वस्त होते और अपने भाई का उपहास करते थे कि उसे धर्म का सत्य व उचित पथ नहीं पता था। अब वे तय नहीं कर पा रहे थे कि उचित क्या था, अनुचित क्या था। उन्हें भी तो उसी तरह गुस्सा आना चाहिए जैसे अर्जुन या भीम अनुभव कर रहे हैं, वे अपने प्रति हुए अनुचित व्यवहार के लिए रोष प्रकट कर रहे हैं। उन्हें ऐसा क्यों महसूस नहीं हो रहा, वे इसी बात पर लज्जित व आश्चर्यचकित थे। उन्हें इस विषय में मंथन करने की आवश्यकता थी।

जब युधिष्ठिर कुटीर में जाने से पहले अपने पैर धो रहे थे, तो उन्होंने एक बार फिर से अर्जुन को मुड़कर देखा। एक ही झटके में, उनके मस्तिष्क में वही बात चक्कर काटने लगी, इस बार वह पूरे वेग के साथ सामने थी। उनके भाई का मुख, उस निम्न जाति के सूत से कितना मिलता था! कर्ण! कुरु वंश का एक कुमार और उसका चेहरा एक सूत पुत्र से साम्य रखता हो, भला यह कैसे संभव हो सकता है। अंततः क्या दुर्योधन, युधिष्ठिर, अर्जुन व कर्ण में कोई अंतर नहीं था? वन में रात गहराने लगी और केवल झींगुरों के सुर ही सन्नाटे पर हावी होने लगे। युधिष्ठिर ने फूस से बनी चटाई को गोबर पुते फ़र्श पर बिछाया और ध्यान मग्न हो गए पर आज उनका मन वश में न था। उचित, अनुचित, धर्म, अधर्म, कर्तव्य, समर्पण, अच्छा, बुरा, कुमार, भिखारी, नाग, कृष्ण; मानो सब कुछ आपस में मिलकर एक भ्रमपूर्ण कोहरे की तरह उन्हें घेरे जा रहे थे।

कुछ ही फ़ीट की दूरी पर, द्रौपदी भीम से आग्रह कर रही थी कि वह वृक्ष पर और भी तीव्रता से प्रहार करे। उन्हें भीम को अनुमति दे देनी चाहिए थी कि वह अपनी राक्षसी पत्नी और पुत्र से भेंटकर आए। संभवतः उनके भाई ने अगली बार पूछा तो वे उसे उसके पुत्र घटोत्कच से भेंट के लिए जाने देंगे। परंतु युधिष्ठिर यह भी जानते थे कि भीम उनसे इस बारे में दोबारा नहीं पूछेगा। एक झटके से चरमराते हुए विशाल वृक्ष धराशायी हुआ और सारे रात्रि पक्षी भयभीत हो गए। युधिष्ठिर ने ध्यान भंग होने पर ऊपर देखा। द्रौपदी की हास्य लहर रात्रि के सन्नाटे में गूँज उठी और युधिष्ठिर भीतर ही भीतर काँपकर रह गए। वे हौले से बोले, "ईश्वर से प्रार्थना करो कि ये वनवास कभी समाप्त न हो, इस तरह मैं और तुम, हम दोनों उस अनिवार्य नियति का सामना करने से बचे रहेंगे।" जब उन्होंने सिर उठाया तो गुरु धौम्य को अपने सिर पर खड़ा पाया। उनके हाथ छाती पर बँधे थे और मस्तक पर भृकुटी तनी दिख रही थी। युधिष्ठिर चुपचाप सिर झुकाए, एक भी शब्द कहे बिना, वहाँ से अपनी कुटिया के भीतर चल दिए, जैसे किसी बालक को चोरी करते रंगे हाथों पकड़ लिया गया हो।

परंतु उस दिन, देर रात, युधिष्ठिर सूत और उनके भाई अर्जुन के बीच के उस विचित्र साम्य पर ही विचार करते रहे। जब वे कर्ण को याद करते तो भरी सभा में उसकी हँसी की प्रतिध्वनि उनके कानों में गूँज उठती। सूत हस्तिनापुर में अपने मित्र के साथ राजसी जीवन का ऐश्वर्य भोग रहा था और यहाँ वह धर्म पुत्र, प्रत्येक धार्मिक अनुष्ठान को हृदय से निभाने वाला व्यक्ति, ब्राह्मणों व गौओं को सम्मान देने वाला व्यक्ति, सदैव उचित को प्रश्रय देने वाला तथा असत्य वादन न करने वाला व्यक्ति, एकमात्र धोती में लिपटा वन में बैठा है। कर्ण जैसे अनाधिकारी व्यक्तियों को अपने वरदानों से सराबोर करने वाला जीवन उनके प्रति कितना अन्यायी रहा था। परंतु वे अपने मन को कटुता के गरल से सराबोर नहीं होने देंगे, वे अपनी नियति को स्वीकार करेंगे। वे घृणा से ऊपर उठते हुए, ऐसे विडंबनाओं को अर्थ जानने की चेष्टा करेंगे। पांडवों के सबसे बड़े भाई ने अपने-आप से संकल्प किया। परंतु किसी कड़वी दवा को निगलने के बाद मुख के स्वाद की तरह, कर्ण की वह हास्य लहरी कानों में गूँज उठी, जो उसने द्रौपदी को भरी सभा में अपमानित होते देख उत्पन्न की थी। वह सुर जैसे कानों से हटने को राज़ी ही नहीं था। कर्ण जैसे व्यक्ति कितने भाग्यशाली होते हैं! उन्होंने अपने मन को ध्यान में रमाना चाहा किंतु सूत की हँसी लगातार कानों में बजती ही रही।

* * *

उनमें से उसके पिता कौन से थे? घटोत्कच ने उन्हें दूर से देखकर पहचानना चाहा। उसकी माता ने एक लंबे से दिख रहे व्यक्ति की ओर संकेत किया जो अन्य पांडवों से थोड़ी दूरी पर खड़ा था। वह अपने बाल्यकाल से ही, इस क्षण की जाने कितनी कल्पनाएँ संजोता आया था, जब उसके प्रसिद्ध पिता, आदिवासियों के गाँव में उससे मिलने आएँगे, उसे उपहारों से लाद कर, अपने कंठ से लगा लेंगे। सभी बड़े लोग उससे बहुत सम्मान से पेश आते, उनका कहना था कि वह पांडव भीम का पुत्र था परंतु अपनी आयु के लड़कों के बीच वह उपहास का पात्र

बनता। उसकी छोटी कद-काठी आड़े आती और जब बड़े लड़के उसे हरामी कहकर चिढ़ाते तो वह उनसे लड़ाई में लगभग हार ही जाता। एक बार लड़ाई के दौरान नासिका से रक्त आया और आँख पर काला निशान उभर आया। उसने अपने आँसुओं को भरसक छिपाया और माँ से हरामी का अर्थ जानना चाहा। उस दिन उसकी माँ बहुत देर रोती रही पर उसने उसे इस शब्द का अर्थ नहीं बताया।

बाद में, जब गाँव में आख़िरी दीपक भी बुझ गया और वे अपने आँगन में एक साथ लेटे थे, तो उसकी माँ ने उसे उसके पिता भीम और मामा हिडम्ब की कहानी सुनाई, जिनका उसके पिता ने वध कर दिया था। उसने पुत्र को भीम की वीरता के कारनामे सुनाए। उसने बताया कि वह किस प्रकार अपने दुष्ट चचेरे भाई दुर्योधन को मज़ा चखा देता। नन्हे घटोत्कच का हृदय गर्व से फूल उठा। अगर हरामी शब्द का अर्थ है कि आप इतने महान व्यक्ति की संतान हैं, तो वह अपने मित्रों के हर प्रकार के व्यंग्य बाण सहने के तत्पर था। उसने बहुत ही भोलेपन के साथ माँ से पूछा कि क्या उसके पिता उससे मिलने आएँगे परंतु उसे लंबे समय तक अपने प्रश्न का उत्तर नहीं मिला। वह सुदूर दिखाई दे रहे, छोटे से तारे को एकटक ताक़ता रह गया। वहाँ उस प्रश्न के लिए कोई उत्तर नहीं था और शायद आने वाली रातों में भी नहीं होने वाला था। पर वह अक्सर अपने सपनों में, पिता की गोदी में चढ़कर हुलसता और वे उसके साथ खेलते। बस उसके लिए यही बहुत था।

"श्शश... घटोत्कच, तुमने वादा किया था कि तुम कोई आवाज़ नहीं करोगे," हिडम्बी ने कहा और पुत्र की कलाई पर उसकी पकड़ कसती चली गई।

"परंतु वे मेरे पिता हैं। आपने कहा था कि वे बहुत से उपहारों के साथ मुझसे मिलने आएँगे। वे लोग एक छोटी सी पहाड़ी पर थे और भोर से ही प्रतीक्षा कर रहे थे। अंततः, उन्होंने वन्य पगडंडी पर पाँच पुरुषों के साथ एक स्त्री को चलते हुए देखा। उसने अपनी माँ की पकड़ से छूटना चाहा पर उसने कस कर कलाई थाम रखी थी। जब वे अजनबी वहाँ से ओझल होने ही वाले थे, वह किसी तरह छूटा और उनके पास जा पहुँचा।

हिडम्बी ने किसी तरह अपनी सुबकी को रोका व पुकारा, "घटोत्कच ठहरो।"

वह झाड़ियों के पीछे से निकला और अपने सामने से आ रहे लंबे आदमी को चौंका दिया। घटोत्कच को अचानक लगा कि उसे अपनी माता के पास वापस चले जाना चाहिए पर उसकी टाँगों ने हिलने से इंकार कर दिया। उसका दिल पसलियों में बजने लगा और कंठ सूख गया। उनमें से एक आदमी ने अपनी तलवार निकाल ली थी।

"भीम, यह फटेहाल लड़का तो जाना-पहचाना दिखता है," भीम के पीछे खड़े व्यक्ति ने कहा।

घटोत्कच के कंधों की अकड़न निकल गई। उसे पूरा विश्वास था कि पिता आगे आकर, उसे गोद में उठा लेंगे। उसी समय, उसे कंधों पर माता के हाथों का स्पर्श अनुभव हुआ, जो काम की मार से जर्जर हो चुके थे। वह उसके पिता को ताक रही थी। वे उसे देखकर मुस्करा क्यों नहीं रहे थे?

"पिता..." घटोत्कच मन ही मन बुदबुदाया। भीम ने हिचकिचा कर क़दम आगे बढ़ाया।

"राक्षस! भीम, बचो, कहीं खुद को अपवित्र न कर लेना," युधिष्ठिर बोला।

भीम के क़दम वहीं थम गए। हिडम्बी की पकड़ अपने पुत्र के कंधे पर कसती चली गई। जब उनके साथ खड़ी महिला ने कहा, "उन्हें मत छूना। भीम इसके पिता कैसे हो सकते हैं? क्या यह एक और दैवीय जन्म है?"

युधिष्ठिर द्रौपदी की ओर मुड़े, "तुम इन बातों की परवाह मत करो। वह विवाह मेरी माता श्री की सहानुभूति की उपज है। भीम ने इस महिला के भाई हिडिम्ब की हत्या कर दी थी इसलिए माता श्री के कहने पर भीम को इस राक्षसी से विवाह करना पड़ा। आज हम इस पाप का बदला चुका रहे हैं।"

भीम अपने पैर के अँगूठों पर दृष्टि टिकाए खड़ा था।

घटोत्कच की ओर इशारा करते हुए द्रौपदी ने कहा, "पाप? यह छोटा बालक तुम्हारे लिए पाप है?" द्रौपदी की उदासी भरी हँसी ने हिडम्बी के हृदय की टीस को प्रतिबिम्बित कर रही थी।

"द्रौपदी! जब महिला उपहास करती है, तो दुर्भाग्य उसके पीछे आता है," युधिष्ठिर ने कड़ाई से कहा।

द्रौपदी एक बार फिर से हँसी, वृक्षों पर बैठे पक्षी उड़ गए। "निःसंदेह! स्वामी! हम मेरी हँसी के कारण ही तो दुर्भाग्य की चपेट में आए हैं। यह आपके जुआ खेलने के कारण नहीं हुआ। हम सभी यह जानते हैं।"

घटोत्कच को भीम के पास खड़े व्यक्ति के होंठों के कोरों पर मुस्कान दिखी पर तभी युधिष्ठिर ने उससे कहा, "अर्जुन! हमें इन व्यर्थ की बातों में समय नष्ट नहीं करना चाहिए। इस राक्षसी व उसके पुत्र से कहो कि हमारे पथ से हट जाएँ और हमें आगे जाने दें।"

हिडम्बी एक भी शब्द कहे बिना पीछे हट गई, उसने घटोत्कच को भी अपने साथ घसीट लिया। एक अश्रु उसके सिर पर गिरा तो उसने ऊपर देखा। उसकी माता अपनी आँखें पोंछ रही थी। क्या वह इसलिए रो रही थी कि वह बहुत अच्छी तरह से पेश नहीं आया, क्या उसे अपने पिता के चरण छूकर, उनसे आशीर्वाद माँगना चाहिए था?"

"पिताजी!" घटोत्कच ने पुकारा।

भीम वहीं थम गया। उसके साथी पीछे देखने के लिए मुड़े। घटोत्कच ने लज्जित होकर थूक गटका। उसके पिता उसे ही देख रहे थे। उसने अपनी चिबुक की कँपकँपाहट को रोकना चाहा। "पिता जी! मैंने सुना है कि कुमार दुर्योधन ने छल से आपका महल छीन लिया है। जब भी आप उस दुष्ट से लड़ाई करें, तो मुझे बुला लें, मैं आपकी सहायता करने आ जाऊँगा।"

"अब बस यही लज्जा शेष रह गई। मार्गों के भिखारी और अछूत पांडवों को अपनी सहायता देने आएँगे," अर्जुन ने कहा। अन्य सभी इस विडंबना पर हँसने लगे। यहाँ तक कि भीम की भी हँसी नहीं थमी।

यह देख घटोत्कच का दिल टूट गया। उसकी माता उसे घसीटकर ले गई। वह बहुत छोटा था, नन्हे हाथ और गहरा काला रंग। किस पिता को ऐसे पुत्र को देख लज्जा का अनुभव नहीं होगा? संभवतः हरामी उस पुत्र को ही कहते होंगे जिसे स्वीकार करने में पिता को शर्म महसूस होती हो। घटोत्कच ने मन ही मन संकल्प लिया कि वह एक दिन बहुत बड़ा योद्धा बनेगा। वह कभी अपने लंबे और ताक़तवर पिता को लज्जित नहीं होने देगा। वह चाहता था कि उसका यह संकल्प गुँजायमान होकर भीम के कानों तक भी पहुँच जाए। उसने धरती पर अपने पैरों से दबाव दिया और वह अपने पिता को आख़िरी बार देखने के लिए मुड़ा। जंगल के चंदोवे में से सूर्य की धूप छनकर आ रही थी और हवा में पत्ते खड़खड़ा रहे थे। उसके पिता व काका ओझल हो चुके थे, पर उनका हास्य अब भी वातावरण में गूँज रहा था।

***

16. छोटे व्यक्ति

विदुर एक भी शब्द मुख से कहे बिना खड़े रहे। उन्होंने अपने शरीर का भार, एक से दूसरे पैर पर डाला। दिल में तो यही आ रहा था कि काश! बैठने का अवसर मिल जाता। आज उन्हें अपनी ढलती आयु का भान हो रहा था। भीष्म शाम से कुछ नहीं बोले थे। वे लगातार गवाक्ष से बाहर झाँक रहे थे, उनके हाथ पीछे बँधे थे और वे गहरी विचारधारा में मग्न थे। बाहर, हस्तिनापुर नगरी को तैल दीपकों व रंगीन कंदीलों से सजाया गया था। जबकि महा राजप्रतिनिधि के कक्ष का वातावरण ऐसा लगा रहा था मानो वहाँ किसी समारोह की बजाए किसी का अंतिम संस्कार किया जाना हो। बाहर, बेतहाशा ढोल-नगाड़े पीटे जा रहे थे। कभी दूर, तो कभी पास से अश्वों की टापों के स्वर, घंटियों की टनटनाहट व बार-बार उठते-गिरते स्वर सुने जा सकते थे। अचानक एक बेमन से आई हवा ने कक्ष में जल रहे एकमात्र दीपक की लौ को टिमटिमा दिया, और महा राजप्रतिनिधि की लंबी लहराती हुई दाढ़ी के साथ प्यार से खेलने लगी। दाढ़ी अब पूरी तरह श्वेत हो चली थी। वे दोनों ही वृद्ध हो रहे थे। विदुर ने यह सोचकर आह भरी।

"विदुर, सूत ने इसे कैसे हासिल किया?" भीष्म ने उनसे पूछा।

विदुर ने सोचा कि काश! उसे पितामह के सुर में ईर्ष्या का पुट न दिखा होता। उनके पास कोई उत्तर न था। उन्होंने कक्ष में एक अँधेरे कोने पर अपनी आँखें गड़ा लीं। वे भीष्म की आँखों में तिर आई पीड़ा को नहीं देख सकते थे। बाहर से करतल ध्वनि सुनाई देने लगी और ढोल-नगाड़ों के स्वर तेज़ होते चले गए। सूत की शोभा यात्रा महल में प्रवेश कर चुकी थी। कर्ण, एक सारथी के पुत्र ने वह प्राप्त कर लिया, जिसे कुरु कुमारों की पीढ़ियाँ भी हासिल नहीं कर सकी थीं। उसने शक्तिशाली दक्षिण मंडल को पराजित किया था और दक्षिण से मिली अकूत धन-संपदा सहित वापस आ रहा था। 'दानवीर', 'धर्मवीर' व 'दिग्विजय' जैसी जय-जयकार से सारा दुर्ग गूँज रहा था, कक्ष में दो उपस्थित दो व्यक्तियों के लिए उनका मौन असहनीय होता जा रहा था।

"मैंने कभी कल्पना तक नहीं की थी कि दक्षिण को जीता जा सकता था और वह भी केवल एक सूत योद्धा के हाथों!" भीष्म के दोनों हाथ खिड़की पर कसते चले गए। "मुझे ऐसा लगता है कि आँखों को जो दिख रहा है, बात उससे कहीं अधिक है। तुम्हें क्या लगता है कि परशुराम ने बिना कुछ सोचे, अपना भार्गव अस्त्र इस सूत को सौंप दिया होगा? सूत ने

उनके साथ छल किया होगा। मैं विश्वास नहीं कर सकता कि यह छल का प्रयोग किए बिना दक्षिण को इतनी सरलता से परास्त कर सकता है। मुझे भी तो एक अर्थहीन संधि से अधिक कुछ नहीं मिल पाया था।

विदुर ने कोई उत्तर नहीं दिया। भीष्म बहुत तेज़ी से कमरे में चक्कर काट रहे थे। विदुर ने अपना ध्यान उनकी परछाईं पर केंद्रित कर रखा था, जो एक ही क्षण में विशालकाय हो जाती और जब वे मुड़ते, तो उसी क्षण में बहुत छोटी दिखने लगती।

"विदुर! यह कोई जाल भी हो सकता है। मूर्ख सुयोधन को लगता है कि दक्षिण अब मित्र है। ये ऐसे लोग हैं जो इतनी सी झड़प तक नहीं भूलते और एक सूत ने इन्हें जीत लिया। सूत अपने साथ जो भी लूट का माल लाया है, वह किसी काम नहीं आने वाला। जब समय आएगा तो दक्षिण फिर से हमारे विरोध में खड़ा होगा, मैं पूरे दावे से यह बात कह सकता हूँ।"

बाहर से उठता कोलाहल चरम सीमा पर आ गया था और भीष्म उसे सुनने के लिए थमे। "मुझे सुयोधन को सावधान कर देना चाहिए। मेरे लिए उस सूत का सामना करना कठिन होगा। मैंने कभी उसे पुनः देखने की अपेक्षा नहीं की थी। परंतु मुझे अब अपमान का घूँट पीना होगा, है न विदुर? कहीं कोई ये न कह दे कि गंगा पुत्र ने एक योद्धा का सम्मान नहीं किया? हाँ, वह लड़का बहुत अच्छा है, परंतु कर्ण केवल अपने लिए ही अच्छा है। अधिरथ! तूने कैसे पुत्र को जन्म दिया है!"

विदुर ने उनकी ओर देखा तो होंठों पर छोटी सी मुस्कान दिखी। उन्होंने चैन की साँस ली।

"जब मैं नहीं जीत सका तो उसने यह जीत कैसे हासिल की?" भीष्म ने एक बार फिर से पूछा। "विदुर! मैंने सूत से जो भी कहा था, उसके बाद, उन सबका सामना करना कठिन होगा परंतु मैं पीछे नहीं हटूँगा। मैं कभी युद्ध के मैदान से भी नहीं भागा और अब अपमान सहने से भी पीछे नहीं हटूँगा।" अचानक भीष्म ने अपना हाथ प्रधानमंत्री के कंधे पर रखा और कहा, "अगर मैं सूत के प्रति अपने शिष्टाचार में कहीं चूक जाऊँ तो मुझे सजग कर देना। मेरे कर्तव्य का स्मरण करवा देना।"

विदुर ने मुख घुमा लिया। वे उन वृद्ध हो चले नेत्रों को नहीं देख सके। उनका हृदय इस तरह भारी हो रहा था मानो किसी ने पाषाण रख दिया हो। उस एक क्षण में, विदुर को अपने जीवन में सबसे अधिक घृणा सूत और उसकी विजय से ही हो रही थी।

भीष्म जाकर अपने आसन पर बैठे और विदुर को भी निकट बैठने का संकेत किया। विदुर ने चैन की साँस लेते हुए, अपना स्थान ग्रहण किया। भीष्म मेज़ पर रखे ताड़पत्रों को पलटने लगे किंतु साफ़ दिख रहा था कि उनका मन काम में नहीं रम रहा था। शोभा यात्रा महल में आ चुकी थी इसलिए बाहरी शोर-शराबा बिना किसी रोक-टोक के उनके कक्ष में भी आ रहा था। ज्यों ही उन्हें बाहर से पदचिन्हों का स्वर सुनाई देता तो वे दोनों पहले एक-दूसरे को और फिर बाहरी द्वार को एक साथ देखते। मानो एक लंबी प्रतीक्षा के बाद, किसी ने

द्वार खटखटाया। भीष्म अपनी कुर्सी पर टेक लगाकर बैठ गए। उनके चेहरे के भाव कड़े व हिमशीतल थे, "सुयोधन व उसका मित्र हमें अपनी विजय श्री का समाचार देने आए होंगे।"

विदुर द्वार की ओर बढ़े। द्वार पर एक द्वारपाल था। उसके हाथ में एक तश्तरी थी जिसमें दूध से भरा गिलास और एक कटोरे में सूखे मेवे थे। वह उसे चुपचाप मेज़ पर रख कर लौट गया। साम्राज्य के सबसे शक्तिशाली दो व्यक्ति निशब्द भाव से एक-दूसरे को ताक़ते रह गए।

भीष्म ने विदुर को संकेत किया और वे तरह-तरह के प्रशासनिक कार्यों में उनका परामर्श लेने लगे। समय बीतता गया। महल की दावत भी समाप्त हो गई किंतु महा राजप्रतिनिधि के लिए कोई निमंत्रण नहीं आया। अंततः जब आकाश में सूर्यास्त के आसार दिखने लगे, भीष्म चिंतित भाव से उठ गए।

विदुर ने ऊपर नहीं देखा। वे जानते थे कि अब क्या होने वाला था। जब उनके सम्मुख कुरु साम्राज्य की राजसी मुहर रखी गई, तो प्रधान मंत्री ने अश्रुस्नात नेत्रों के साथ मुख फिरा लिया, "नहीं स्वामी, नहीं, ऐसा न करें..."

"विदुर! मेरा समय अब बीत गया है। कुमार सुयोधन बहुत दयालु है। विदुर, मेरे शब्द याद हैं न? मैंने उससे कहा था कि यदि सूत जीवित वापस आया तो मैं साम्राज्य का कार्यभार सुयोधन को सौंप दूँगा। वह न केवल जीवित वापस आया है, बल्कि विजयी बनकर लौटा है। अब हस्तिनापुर को इस वृद्ध की सेवाओं की आवश्यकता नहीं। कुमार ने अप्रत्यक्ष रूप से मुझे मेरी ही महत्त्वहीनता का परिचय दे दिया है।"

"नहीं, स्वामी, नहीं।" विदुर क्रोध के आवेश में उठ खड़े हुए। "मैं इन मूर्ख युवकों को अक्ल सिखा दूँगा। वे आपके साथ ऐसे पेश नहीं आ सकते। मैं किसी को भी यह अनुमति नहीं दे सकता कि वह आपके साथ इस तरह व्यवहार करे।"

"विदुर! कोई भी मनुष्य इस संसार के काज में अनिवार्य नहीं होता - न ही तुम और न ही मैं। अगर कोई अन्यथा सोचता है तो वह मूर्ख है। हमसे पहले भी इस संसार का अस्तित्व था और हमारे बाद भी बना रहने वाला है। मेरा समय समाप्त हो गया है, बस बात यही है। मैं अब युवा नहीं रहा। मैंने बहुत लंबी अवधि तक इस राज्य का शासन भार अपने कंधों पर ढोया है। मैं पिछली तीन पीढ़ियों से बिना किसी आंतरिक कलह, महल में होने वाले संघर्षों या दंगों के बगैर इस राज्य को पोषित करता आया हूँ। मुझसे पूर्व, सत्ता के इन गलियारों में सत्ता की भूख में कड़ा संघर्ष था, सिंहासन के लिए भाई-भाई की हत्या कर देता था। उद्यान में खिले पुष्पों ने जल की बजाए रक्त पिया है। पिछली तीन पीढ़ियों से, मैंने इस धरती का संरक्षण किया है। अब कुमार बड़े हो गए हैं। मेरा कर्तव्य पूरा हुआ। अब इस वृद्ध के लिए विश्राम करने का समय हो गया है।"

"आदरणीय! जिस राजसिंहासन को पाने के लिए ये सभी मूर्ख आपस में संघर्षरत हैं, वह वास्तव में आपका है... यह बस इसलिए है क्योंकि आपने त्याग किया..."

"विदुर! मैंने वह त्याग स्वेच्छा से किया। यह कार्य भी मैं अपनी इच्छा से ही कर रहा

हूँ। मुझे अपने वचन का पालन करना ही चाहिए। सुयोधन को यह शासन संभालने दो। उसे सीखने दो किसी देश या उसकी प्रजा पर शासन करना कितना सरल या कठिन होता है। मैं अब बैठकर, सब देखना चाहता हूँ। यह एक नया दिन है। अतीत बीते कल के साथ दफ़न हो गया। अब नई पीढ़ी का सूर्य उदित हो रहा है। सूर्य देवता ने उस सूत को अपना आशीर्वाद दिया है तो ऐसा ही होने दो। मैं उसकी नियति पर प्रश्नचिन्ह लगाने वाला कौन?"

"स्वामी! वे युवा व निरंकुश हैं, हो सकता है कि वे भूल गए हों..."

"विदुर! अतीत केवल भूलने के लिए ही होता है। हम अतीत हैं। जब मेरे मन में कटुता नहीं है तो तुम इतना दुःखी क्यों हो रहे हो? यह राजसी मुहर राजकुमार के हाथों में सौंप दो और मेरी सेवानिवृत्ति का ऐलान कर दो। अभी उसे मत जगाना। वे सभी समारोह मनाने के बाद थककर सोए होंगे। तुम भी घर जाओ, थोड़ी नींद ले लो। अब मैं अपने विशुद्ध अंतःकरण के साथ सो सकता हूँ। अब मेरा हृदय मुक्त है। आह! इस स्वतंत्रता की मधुरता कितनी मादक है। मुझे बहुत पहले ही ऐसा कर देना चाहिए था।"

विदुर ने डूबे हृदय से, राजसी मुहर राजप्रतिनिधि भीष्म पितामह के हाथों से ली और द्वार की ओर चल दिए।

"विदुर!" पुकार इतनी मधुर और कोमल थी कि विदुर को लगा कि वे वहीं गिरकर बेसुध होने वाले हैं। "पुत्र! शीघ्रता से कोई क़दम मत उठाना। तुम्हें अपने परिवार का पालन करना है। बच्चे अभी छोटे हैं। अपने पद से त्यागपत्र मत देना। नई पीढ़ी को तुम्हारे विवेकपूर्ण परामर्श की आवश्यकता है।"

"सुयोधन आज से अपने दरबार के लिए नए प्रधानमंत्री की तलाश कर सकता है। यदि निर्धनता मेरी राह तक रही है, तो ऐसा ही सही, परंतु मैं आपके अतिरिक्त किसी दूसरे व्यक्ति के आगे अपना सिर नहीं झुकाऊँगा।"

विदुर ने जीवन में पहली बार महा राजप्रतिनिधि भीष्म पितामह की बात काटी और कक्ष से बाहर चले गए। वे नहीं जानते थे कि परिवार का पालन कैसे होगा और वे बच्चों को कैसे पालेंगे, परंतु उन्हें इतना तो पक्का पता था कि वे पुनः उस महल में क़दम नहीं रखेंगे।

बाहर एक शानदार दिन आने को था।

***

17. दुष्ट राजकुमार

अनुचरों की एक लंबी पंक्ति ने तश्तरियों में दक्षिण मंडल से लूट में मिला धन व बंधक धन संजोया और उसे दरबार में लाकर ढेर कर दिया। कर्ण चलते हुए विशाल कक्ष के मध्य में आया और एक मुट्ठी भरकर बहुमूल्य रत्न उठा लिए। वह ब्राह्मणों के एक दल की ओर मुड़ा, जो सूजे हुए मुँह लिए एक कोने में झुंड बनाए खड़े थे। उसने कहा, "आदरणीय जन! एक सूत की ओर से तुच्छ भेंट स्वीकार करें।" उसने हाथ के रत्न वहीं धरा पर रखे और स्वयं कई क़दम पीछे हट गया ताकि उसकी छाया से भी कुछ अपवित्र न हो जाए। फिर वह बड़ी विनम्रता से वहीं सिर झुकाए खड़ा रहा।

ब्राह्मण पुरोहितों ने परस्पर देखा। उनमें से एक, रत्न उठाने के लिए झट से आगे बढ़ा। यह देखकर कि सूत का दर्शाया गया आदर मान कोई छल नहीं है, वे आपस में नाटकीय सुर में चर्चा करने लगे। अंत में उनमें से एक ने कहा, "दानवीर कर्ण! धर्मवीर कर्ण!"

इसके बाद एक गहन सन्नाटा छा गया। कर्ण तनावग्रस्त मुद्रा में खड़ा था। इसके बाद सारे ब्राह्मणों ने समवेत स्वर में यही शब्द कहे और उनके शब्दों से पूरा राजदरबार गुंजायमान हो उठा। कर्ण का मनोहारी मुख किसी दैदीप्यमान सूर्य की भाँति खिल गया। अंततः उसे उसका दाय मिल रहा था। गणमान्य व्यक्ति उसे एक नायक के रूप में स्वीकृति दे रहे थे।

"कर्ण! यह सब क्या है?" सुयोधन उसके कान में हौले से बोला किंतु कर्ण ने उसकी बात अनसुनी कर दी। उसे भय था कि कहीं उसका मित्र कुछ अप्रिय न कह दे।

उसी समय भानुमती अपने जुड़वाँ बच्चों को लेकर प्रकट हो गई। लक्ष्मण कुमार कर्ण की ओर दौड़ा व उसके पीछे उसकी बहन भागने लगी। वे कर्ण की भुजाओं में समा गए, भानुमती मुस्करा रही थी किंतु ज्यों ही कर्ण ने उसे देखा तो उसने अपने होंठ दबा लिए और उसकी आँखों में आँसू भर आए। सुयोधन एक ओर खड़ा रहा। कर्ण भाँप गया कि उसके मित्र व उसकी पत्नी के बीच कुछ तो अनबन है। क्या हुआ?

"अश्वत्थामा कहाँ है?" कर्ण ने पूछा।

सुयोधन खिड़की के बाहर ताकने लगा। कर्ण के नेत्र भीड़ में उस उद्दंड ब्राह्मण को तलाश रही थीं। क्या वह अभी गांधार से वापस नहीं आया था?

"वह वापस नहीं आया," भानुमती ने हौले से कहा।

"वापस नहीं आया! और तुम यहाँ बैठकर समय बर्बाद कर रहे हो?" कर्ण अपने मित्र की ओर मुड़ा किंतु उसने उसकी ओर देखने से इंकार कर दिया।

"भीष्म पितामह ने हर वस्तु पर अपनी दुष्टों जैसी पकड़ बना रखी है। वे और विदुर काका कभी भी गांधार के लिए बचाव अभियान सेना ले जाने की अनुमति नहीं देंगे। सुयोधन को दोष देने से क्या लाभ?" सुशासन ने कहा और अपने भाई के निकट आ गया।

"सुयोधन, हमें उसकी रक्षा करनी ही होगी," कर्ण की आँखें ख़तरनाक ढंग से चमक रही थीं।

एक सिपाही भीतर आया और सिंध के महाराज के आने की घोषणा की।

"जयद्रथ! हमारे पास तुम्हारे आगमन की कोई पूर्व सूचना नहीं थी!" सुयोधन अपनी भुजाएँ फैलाए, घमंडी राजा की ओर बढ़ा।

जयद्रथ ने दरबार में ढेर की गई संपदा व अपने उपहारों को छाती से सटाकर खड़े ब्राह्मणों को देखा तो ज़ोर-ज़ोर से हँसने लगा। कर्ण के गालों पर रक्तिम आभा दौड़ गई।

"बधाई हो मेरे मित्र! तुम तो दानवीर दिग्विजय कर्ण बन गए हो," जयद्रथ ने कहा और उसके सुर में छिपा व्यंग्य भी किसी से छिपा न रहा।

"महाराज! यह आपके व्यक्तियों की सहायता के कारण संभव हो सका। आपने मुझे जो सिपाही उधार दिए थे, यह उन्हीं की मेहरबानी का ही प्रतिफल है," कर्ण ने बेहद नम्रता के साथ झुकते हुए कहा। जब दक्षिण मंडल की सेनाओं ने अपना क़हर बरपा किया तो सिंध की सेना ही सबसे पहले सिर पर पैर रखकर वहाँ से भागी थी।

"सुयोधन! मेरे पास तुम्हारे लिए एक उपहार है। मैंने नागों के नेता - तक्षक को बंदी बना लिया है," जयद्रथ ने घोषणा की।

सारी सभा में ऐसा सन्नाटा छा गया कि सुई भी गिरे तो पता चल जाए।

"उसे भीतर लाओ!" जयद्रथ ने कहा, उसके नेत्र निरंतर गर्वीले सूत के मुख पर टिके रहे। केवल वही नहीं था, जिसे विस्मयकारी कार्य करने आते थे।

जब सारी सभा व्यग्रता से प्रतीक्षा कर रही थी, तो सिपाही एक लंबे व काले रंग के व्यक्ति को ज़ंजीरों में बाँधकर, सभा में घसीटते हुए लाए।

"ये देखो, तक्षक!" जयद्रथ सुयोधन की ओर मुड़ा और उसकी ओर से प्रशंसात्मक शब्दों को सुनने की आस में कान लगाए खड़ा रहा।

सारी सभा करतल ध्वनि से गूँज उठी। जब कोलाहल थमा तो सुयोधन बंदी बनाए गए व्यक्ति की ओर बैठा। उसके नेत्र उस व्यक्ति के दाएँ हाथ पर जा टिके। उसमें केवल चार ही अँगुलियाँ थीं। बंदी ने सीधा उसकी आँखों में झाँका और उसके होंठों के कोनों पर मुस्कान खेल गई।

"एकलव्य! दुष्ट राजकुमार दुर्योधन की सभा में तुम्हारा स्वागत है," सुयोधन ने कहा।

* * *

18. निषाद की पुत्री

एकलव्य ने राजकुमार को दर्प से देखा। वह जानता था कि उसका यह प्रयास व्यर्थ था, वह अपने पीछे खनक रही उन ज़ंजीरों के लिए कुछ नहीं कर सकता था, जिसमें उसे बाँध दिया गया था। 'ये सभी प्रसन्न हैं, ये उच्च जाति में जन्मे सुविधाभोगी हरामी; मुझे इस रूप में देखकर आनंदित हो रहे हैं। इन्होंने मुझे अपनी सभा में यूँ ला खड़ा किया है मानो किसी बंदर को भरे बाज़ार में तमाशा दिखाने खड़ा किया गया हो।' उसके मन में कटु पाचक रस की तरह गरल उमड़ पड़ा। 'वह द्रोण पुत्र कहाँ गया? ये सूत हँसा क्यों? निःसंदेह मुझे यहाँ से ले जाने के बाद इन्हें अपने सारे राजसी गलियारों को गोबर से पोत कर पवित्र करना होगा। मुझे अपमान का ऐसा कड़वा घूँट पिलाने से तो कहीं बेहतर होता कि ये मेरे प्राण ही ले लेते।'

"खोल दो इसे।"

एकलव्य अपने कानों पर विश्वास नहीं कर सका। उसके सिपाही उसे मुक्त करने के लिए ज़ंजीरों से जूझने लगा। एक नन्ही लड़की, सिंहासन के पास ही खड़ी थी। वह उसे देख खिलखिलाने लगी। एकलव्य ने उसे ताका और आँखों में रक्त उतर आया। 'यहाँ तक कि इन ऊँची जाति वालों के बालक भी हमारी खिल्ली उड़ाते हैं,' उसने सोचा। परंतु नन्ही लड़की उसे देखकर मुस्कराई और उसके गालों के गड्ढे और भी गहरा गए। ज़ंजीरें खुलते ही एकलव्य के मन में वहाँ से निकल भागने की इच्छा प्रबल हो उठी। नहीं, वह बहुत क्लांत था। महीनों की इस क़ैद ने देह की सारी ताक़त सोख ली थी। अब उसका शरीर, उतनी तत्परता से उसके मन का कहा नहीं मानता था, जैसा पहले हुआ करता था। उसे कुछ देर के लिए अपमान के इस गरल को पीना ही होगा।

"एकलव्य! मैं तो जाने कब से तुम्हें ही तलाश रहा था। यह तलाश उसी दिन से जारी है, जब तुमने गुरु द्रोण को गुरुदक्षिणा में अपनी अँगूठा भेंट किया था," सुयोधन ने कहा।

एकलव्य ने झट से अपना कटा अधूरा हाथ, पीछे को दुबका लिया। "ओह! तो अभी हमारा उपहास करने का सिलसिला थमा नहीं, हुँह?" एकलव्य मुस्कराया और सारी सभा स्तब्ध हो उठी। इस घमंडी राजकुमार के आगे बोलकर मन की भड़ास निकलने से बेहतर महसूस होने लगा। संभवतः उसके पास जीवित रहने के लिए कुछ ही क्षण होंगे परंतु वह दृढ़ संकल्प था कि अपना सिर ऊँचा करके ही इस संसार से विदा लेगा। "तुम सोचते हो कि तुम

लोगों ने हमें परास्त कर दिया? कृष्ण को लगता है कि वह बच गया? तुम मुझे मार सकते हो परंतु एक दिन मेरे लोग जागेंगे और तुम्हें गंगा में बहाकर ही दम लेंगे। तुम मुझे अभी मार सकते हो, पर दुर्योधन! कितने एकलव्यों की हत्या करोगे? इस देश के वन-प्रांत क्रांति के गर्भ भार से दोहरे हो रहे हैं। हज़ारों एकलव्य सामने आने के लिए प्रस्तुत हैं।"

"एकलव्य! मैं इस क्रांति को रोकना चाहता हूँ।"

"राजकुमार! हस्तिनापुर की सारी सेना तथा महान योद्धा मिलकर भी अपना यह सपना पूरा नहीं कर सकते, इस आँधी को कोई नहीं रोक सकता।"

"मैं इसे बलप्रयोग से रोकने की इच्छा नहीं रखता। मैं जानता हूँ कि मैं ऐसा नहीं कर सकता। मैं चाहता हूँ कि इसे..."

"अच्छा! इसे रोकना चाहता हो। हमारे साथ भलमनसाहत का व्यवहार करके और चंद टुकड़े हमारे आगे फेंककर? हा!! मैं तुम्हारा संरक्षण पाने की बजाए तुम्हारे चचेरे भाई अर्जुन के बाणों का सामना करना कहीं बेहतर समझता हूँ।"

"निषाद! तुम भले ही अपने इस रूखे बर्ताव पर गर्व अनुभव करो। मैं तो केवल मित्रता का हाथ आगे बढ़ा रहा हूँ।"

"क्या तुम सचमुच स्वयं को एक अच्छा व नेकदिल व्यक्ति साबित करने के लिए इतने उत्सुक हो? तुमने क्या सोचा, मैं ऐसी बातों के जाल में उलझने वाला हूँ? तुम अपने ही भाइयों के ख़िलाफ़ जंग की तैयारी कर रहे हो। तुम्हें लगा कि एक और योद्धा अर्जुन के विरुद्ध जुट जाएगा, फिर चाहे उसका एक हाथ अँगूठे के बिना ही क्यों न हो? क्या तुम जानते हो कि हम तुम्हारे भाइयों के साथ होने वाले इस भावी युद्ध के बारे में क्या सोचते हैं? हमें लगता है कि यह एक पाखंड है। जीत चाहे किसी की भी हो, हमारे दुःखों का कहीं अंत नहीं है। ये तो ज्यों के त्यों ही रहेंगे।"

"मैं ही एकमात्र ऐसा व्यक्ति हूँ, जिसने सदैव तुम्हारे लोगों का साथ दिया है।"

एकलव्य ने देखा कि सुयोधन मारे क्रोध के आग बबूला हो गया। उसके कटे अँगूठे का भूत सिर पर सवार हो गया। "कुमार! तब तुम कहाँ थे, जब तुम्हारे लिए रचे गए अग्निकांड के उस जाल में मेरी काकी और उनके बच्चों को जीवित मुर्गियों की तरह भून दिया गया? जब अर्जुन ने इंद्रप्रस्थ के निर्माण के लिए हज़ारों असहाय स्त्री-पुरुषों को मौत के घाट उतारा, तब तुमने क्या कर लिया? क्या उस समय तुम्हारी सज्जनता कहीं मुख छिपाए बैठी थी? कहाँ थे उस समय सारे बलशाली योद्धा - सत्यनिष्ठ भीष्म, महान गुरु द्रोणाचार्य और दानवीर, धर्मवीर कर्ण? तुम सब कहाँ थे, जब हमारे लोग, अर्जुन के तीरों से लगी जंगल की आग में झुलस कर दम तोड़ रहे थे। एक भी व्यक्ति ने अपना विरोध प्रकट नहीं किया, किसी ने नहीं कहा कि यह अधर्म है, इस महान धरती की एक भी महिला ने अपने आँसू नहीं बहाए!"

"मैंने अपनी ओर से सुधार करने का प्रयास किया है। पांडवों को वनवास दे दिया गया है।"

"ओह! तुमने उनके साथ छल किया। तुम्हारे मन में हमारे लोगों के लिए कोई दुःख

नहीं था, तुमने जो किया, वह सब इसलिए किया क्योंकि उस स्त्री ने तुम्हारा उपहास किया था। भाइयों के साथ होने वाले अपने इस युद्ध को धर्म व अधर्म के बीच होने वाले ब्रह्माण्डीय युद्ध का नाम मत दो। क्या तुम्हें लगता है कि साधारण जन इस कहानी की सच्चाई नहीं समझते? ये सभी सत्ता की घटिया चालें हैं ताकि दुर्बलों, सताए हुओं व शोषितों को कुचला जा सके। पांडव ब्राह्मणों के आगे सिर झुकाते हैं क्योंकि उन्हें लगता है कि तुम्हारे विरुद्ध युद्ध में वे उनका साथ देंगे। तुम पहले ही पुरोहित वर्ग का सहयोग खो चुके हो इसलिए तुम हमारे पास आए हो। तुम्हें लगता है कि हम तुम्हारे लिए अपना रक्त बहा देंगे, जिसका तुम्हारी दृष्टि में दो कौड़ी का भी मोल नहीं है। क्या तुम्हें लगता है कि तुम सिंहासन पर बैठकर, हमें अपना मुक्तिदाता घोषित कर सकते हो? युवराज! एक बार फिर से विचार करो; हम दोनों अलग-अलग संसारों के रहने वाले हैं।"

"निषाद! तुम्हारे इस घृणित मुख से एक भी शब्द और निकला तो तुम यहीं तड़पते दिखोगे।" कर्ण की तलवार एकलव्य के कंठ से आ सटी और वह उसकी आँखें चमक उठीं। उसने सुयोधन की ओर अनुमति पाने के लिए देखा ताकि एकलव्य के सुर को हमेशा के लिए मिटा दिया जाए, परंतु सुयोधन दूसरी ओर देख रहा था। उसकी आँखें लज्जा के भार से नत थीं।

"हाँ, हाँ, सूत! अपनी निष्ठा का प्रदर्शन करो।" एकलव्य ने बहुत शांत भाव से कर्ण का सामना किया। तलवार निषाद की चमड़ी में धँसती चली गई और वहाँ से एक बूंद रक्त छलछला उठा।

"कर्ण! अपना खड्ग फेंक दो! उसे इस सभा में अपने मन की बात करने का पूरा अधिकार है। यदि मैं ही अपने लोगों की बात नहीं सुनूँगा, तो मैं कैसा राजा हूँ? इसे छोड़ दो!" सुयोधन ने तब तक प्रतीक्षा की, जब तक कर्ण बेमन से अपनी तलवार म्यान में डालकर पीछे नहीं हट गया। इसके बाद सुयोधन ने एकलव्य से कहा, "मैं नहीं जानता कि मैंने जो भी किया, किस बल के अधीन होकर किया। संभवतः मैं एक स्वार्थी हूँ जिसने शक्ति अर्जित करने के लिए बहुत से अनुचित कार्य किए हैं। परंतु सत्ता मेरा जन्मसिद्ध अधिकार है। मैं राजा की पहली संतान हूँ और कोई भी मुझसे वह अधिकार नहीं छीन सकता। मैंने द्रौपदी को भरी सभा में विवस्त्र किया, मैं ग़लत था, यह एक अनुचित कर्म था, मैं अपनी लज्जा के भार से दबा हूँ परंतु मैं नहीं चाहता कि मेरे चचेरे भाई और उनके चाटुकार मुझे दुष्ट कहकर पुकारें। मैं उनकी भाँति अपने हाथ मासूम और निर्दोषों के रक्त से नहीं रंगना चाहता। तुम्हारी काकी व उनकी संतानें, खांडवप्रस्थ में बलि चढ़ाए गए हज़ारों मासूम, राजा जरासंध का वध, तुम्हार पिता हिरण्यधनुष, यह सूची अंतहीन है, हालाँकि फिर भी पांडवों की बजाए मुझे दुष्ट कहकर बुलाया जाता है। कैसी विडंबना है न?"

"क्या तुम मुझे अपनी सफ़ाई देने के लिए यहाँ तक घसीट लाए हो, युवराज? हम कुरु भाइयों के आपसी वैमनस्य तथा सत्ता की भूख के लिए पहले ही बहुत सह चुके हैं। हमारे लोग व्यथित हैं और उनमें से अनेक को लगता है कि तक्षक ही हमारी समस्याओं का एकमात्र

उत्तर है। मैं तक्षक को जानता हूँ और यह भी अच्छी तरह जानता हूँ कि अगर उसका विद्रोह सफल रहा, तो क्या होगा। हम तुम्हारे बीच फँसे हुए हैं।"

"जब मेरे चचेरे भाई खांडवप्रस्थ को रौंद रहे थे, मैं उस समय की अपनी चुप्पी तथा तुम्हारे लोगों के प्रति किए गए अनुचित व्यवहार के लिए अपनी आवाज़ उठाऊँगा। मैं तुम्हें हस्तिनापुर प्रांत में आने वाले सारे वनों की धरती का राजा बना दूँगा।"

सारी सभा में हलचल मच गई। यहाँ तक कि कर्ण भी स्तब्ध दिखा। एकलव्य ने कोई उत्तर देने से पूर्व कर्ण की प्रतिक्रिया देखी। संभवतः सूत सोच रहा था, वह उतना महत्त्वपूर्ण नहीं है, जितना वह स्वयं को मानता आया था। सुयोधन ने सूत के साथ जो भी किया, आज वह उससे भी एक क़दम आगे आ गया और एक निषाद के सम्मुख राजा बनने का प्रस्ताव रख दिया। 'परंतु मैं सूत की तरह नहीं जो अपने स्वामी के सामने किसी श्वान की तरह दुम हिलाता हो।' एकलव्य ने सोचा। उसने अपने कटे हाथ से चिबुक मली और जब सुयोधन को आह भरते देखा तो मुस्कराने लगा। अक्सर लोग उसके हाथ को देख ऐसे ही तरस खाते थे।

"युवराज! क्या तुम मुझे ख़रीदना चाहते हो? तुम मेरी ही धरती के लिए मुझे राजा बनाने वाले कौन होते हो? इस देश के घने जंगलों में तुम्हारा राज नहीं चलता। तुम्हारे पास केवल इतनी ही शक्ति है कि तुम मेरे प्राण ले सकते हो। तुम मुझे जो अपमान या मृत्यु दे सकते हो, मैं उससे कहीं अधिक सहन कर चुका हूँ। तुम मुझे अपने अधीन नहीं कर सकते। तुम मुझे कोई पुरस्कार नहीं दे सकते।"

"सुयोधन! क्या तुम इस इसी तरह घमंडी निषाद के हाथों अपमानित होते रहोगे?" कर्ण का हाथ एक बार फिर तलवार की मूठ पर चला गया। जयद्रथ और सुशासन भी निषाद के और निकट आ गए ताकि सुयोधन से ज़रा सा संकेत पाते ही उस पर टूट पड़ें।

"कर्ण! हम यहाँ सभा में इस निषाद का मुख बंद कर सकते हैं। क्या हम सारे देश का मुख बंद कर सकते हैं? मेरे चचेरे भाई आकर अपने सिंहासन के लिए दावा करें, तब तक हमारे पास तेरह वर्ष का समय है। मैं जानता हूँ कि युद्ध अवश्यंभावी है, परंतु मैं नहीं चाहता कि वे उसे भी ले जाएँ, जिस पर उनका कोई अधिकार नहीं बनता। इस दौरान मैं यह प्रमाणित करने के लिए दृढ़ संकल्प हूँ कि मैं इस धरती का शासन चलाने के लिए उपयुक्त हूँ। मैं निरर्थक नियमों तथा परंपराओं में बंधकर नहीं रहूँगा। मैं अपनी प्रजा की बात सुनूँगा। एकलव्य का स्वर, वही स्वर है। मैं इसे शांत होने को नहीं कहूँगा। हाँ, मैं सत्ता चाहता हूँ। मैं कोई देवता नहीं, और न ही किसी देवता का पुत्र होने का दावा रखता हूँ। मेरे माता-पिता नश्वर प्राणी हैं, नेत्रहीन हैं। एकलव्य के शब्दों को सुन मुझे एहसास हो गया है कि मैं अर्जुन द्वारा खांडवप्रस्थ में किए गए जनसंहार की अपेक्षा द्रौपदी के हाथों मिले अपमान से अधिक त्रस्त था; लाक्षागृह कांड में जलकर मरी निषाद युवती तथा उसकी संतानों के विषय में विचार करने की अपेक्षा मुझे उस प्रसंग से स्वयं को निष्कलंक निकालने की अधिक चिंता थी। क्या इन्हीं बातों की वजह से मैं दुष्ट हो गया? संभवतः ऐसा ही होता है। क्या ऐसा होने से मैं उनसे भी अधिक दुष्ट हो गया, जिन्होंने वास्तव में वे जघन्य अपराध किए? यह तो आने

वाली संतति ही निर्णय लेगी।

"कर्ण, हमारी मित्रता सहित, मेरे सभी कर्म स्वार्थ से परिपूर्ण रहे हैं। मेरा सारा प्रेम स्वार्थ की ही देन है। मेरा मानना था कि जब उचित समय आएगा, तब मेरे पक्ष में खड़े होंगे। इसी तरह जयद्रथ, सुशासन व अश्वत्थामा भी मेरा साथ देंगे। मेरा यह मानना है कि मेरे सारे भाई मेरा साथ देंगे, ऐसा इसलिए नहीं होगा कि मैं बहुत ही सदाचारी या धर्म का मूर्तिमान रूप हूँ, जो कि मैं नहीं हूँ। वे मेरा साथ देंगे क्योंकि तुम सब एक मित्र और व्यक्ति के रूप में मुझसे स्नेह रखते हो। एकलव्य! मैं तुम्हारे सम्मुख भी इसी प्रकार की मित्रता का प्रस्ताव रखता हूँ। यह तुम पर निर्भर करता है कि तुम इसे स्वीकार करो या ठुकरा दो। तुम्हारा निर्णय चाहे जो भी हो, इसके बाद तुम स्वतंत्र होकर यहाँ से जा सकते हो। मैं यह वादा नहीं कर सकता कि आने वाले कल में क्या होगा, संभवतः एक शासक के रूप में मैं तुम्हें प्राणदंड दे दूँ या जीवित ही पकड़ने का ऐलान करवा दूँ, परंतु आज तुम्हारे पास यह चुनाव है।"

एकलव्य उलझन में पड़ गया। क्या यह कोई जाल था? क्या मित्रता का प्रस्ताव, युवराज की ओर से कोई ऐसा चुग्गा था जो प्रायः संभ्रांत वर्ग द्वारा निर्धनों के लिए फेंका जाता है? एकलव्य ने अपने भावों को छिपाना चाहा किंतु प्रसन्नता पर वश न रहा। क्या वह हमेशा से यही चाहना नहीं रखता आया? वह चाहता था कि कर्ण तरह उसे भी वही समाज मान्यता दे जिसने उसकी सारी महत्त्वाकांक्षाओं को कुचल कर रख दिया था? हालाँकि, मन के किसी एक कोने में अब भी दुविधा शेष थी; उसकी आदिम प्रवृत्ति कह रही थी कि युवराज के साथ संधि करना उसके लिए बड़ी भूल होगी।

"मैं अपनी ही शर्तों पर तुम्हारी मित्रता स्वीकार करूँगा - तुम हमारे मामलों में हस्तक्षेप नहीं करोगे; नाग, निषाद, किरात और अन्य वनवासियों की हत्या नहीं की जाएगी; तुम मुझे उसी रूप में शासन करने की स्वतंत्रता दोगे, जैसे मैं करना चाहता हूँ, और जिन इलाकों पर मेरा प्रभुत्व होगा, वहाँ किसी भी प्रकार की वर्ण या जाति प्रथा स्वीकृत नहीं होगी।"

"मैं स्वीकार करता हूँ, परंतु मेरी भी एक शर्त है। जब समय आएगा, तब तुम और तुम्हारे लोग मुझे अपना सहयोग प्रदान करेंगे।"

"युवराज! तुम्हें इसे अपने लिए अर्जित करना होगा। तुम अपने स्वार्थी हितों की पूर्ति में लगे हो और मैं अपने हितों की पूर्ति चाहता हूँ।"

"सुयोधन! इस व्यक्ति के साथ ऐसी शर्तों पर हामी मत दो। यह हमारा बंदी है। तुम समाज के सभी स्वीकृत नियम व क़ानूनों के विपरीत नहीं जा सकते। मैंने अपने गुरु परशुराम को वचन दिया है कि हम सुधार का प्रयत्न करेंगे ताकि ब्राह्मणों का खोया हुआ विश्वास पुनः अर्जित कर सकें। हम पहले ही द्रौपदी को सभा में विवस्त्र करके, और पांडवों को वन में भेज कर, प्रजा के लिए ख़लनायक बन गए हैं।" कर्ण ने भयभीत सुर में कहा।

"कर्ण! तुम्हें किस बात का भय है? क्या तुम्हारे लिए मेरी मित्रता ही पर्याप्त नहीं? तुम सारे संसार की स्वीकृति के लिए इतना व्यथित क्यों हो? जब से तुम दक्षिण से लौटे हो तब

से तुम्हारा सुर ही बदला हुआ दिख रहा है, जो मेरे लिए दुखद प्रसंग है। मुझे समाज का भय नहीं है। हमें नए नियम बनाने चाहिए। मैंने द्रौपदी के साथ बुरा किया किंतु नहीं चाहता कि केवल उसी एक बात के लिए मुझ पर हमेशा एक दुष्ट होने का ठप्पा लगा दिया जाए। मुझे कोई पश्चाताप नहीं। मैंने तुम्हारे लिए ऐसा किया। मैंने अपने आहत अहं को सहलाने के लिए ऐसा किया। युधिष्ठिर एक मूर्ख था, जो एक जुए के दाँव में अपनी सारी संपत्ति के साथ-साथ अपनी पत्नी को भी हार गया। मैं एक मूर्ख कहलाने की अपेक्षा दुष्ट कहलाने को अधिक प्राथमिकता दूँगा।"

"क्या मैंने तुम्हें सुझाव दिया था कि भरी सभा में द्रौपदी का चीरहरण करवा दो?" कर्ण ने रुक्षता से कहा

"ये सब बातें बंद करो और यह तय करो कि इस निषाद का क्या करना है?" सुशासन ने सुयोधन और कर्ण के बीच आते हुए कहा।

"मुझे तुम्हारी शर्तें मंज़ूर हैं। मैं सारी वन्य भूमि और वहाँ के निवासियों के लिए अधीन राजा के रूप में तुम्हारा राज्याभिषेक करवाऊँगा। तुम्हारा राज्याभिषेक समारोह, यहीं और अभी होगा।" सभा में होने वाली उथल-पुथल को उपेक्षित करते हुए, सुयोधन एक द्वारपाल की ओर मुड़ा, "आचार्य कृप को बुलवाओ। उन्हें बता दो कि सुयोधन एक निषाद को राजा बनाना चाहता है। उनसे आग्रह करो कि वे वैदिक रीति से अनुष्ठान को संपन्न करें।"

"भाई! हम भूल गए हैं कि हममें से एक अभी गांधार से वापस नहीं आया। हम इस बारे में क्या करने जा रहे हैं?" सुशासन ने एक प्रश्न पूछा और सारी सभा शांत हो गई।

"कर्ण लौट आया है और दक्षिण मंडल का दर्प चूर-चूर कर दिया गया है। पितामह मुझे दिया गया वचन पूरा करेंगे। हम शीघ्र ही गांधार के लिए प्रस्थान करेंगे। अश्वत्थामा से अधिक तो मैं मामा शकुनि से भेंट करने के लिए तड़प रहा हूँ। मुझे उनसे अपने कुछ प्रश्नों के उत्तर चाहिए।"

प्रधानमंत्री के आगमन से सुयोधन की बात बीच में ही रह गई। विदुर दरबार के विशाल मेहराब के नीचे खड़े थे, आँखें थकान व क्रोध के मारे लाल थीं। एकलव्य देख सकता था कि प्रधानमंत्री किस प्रकार भीतर ही भीतर सुलग रहे थे। उन्होंने भीतर प्रवेश किया और सारी सभा को अरुचि से ताका। सुयोधन ने झुककर प्रणाम किया। यह संकेत पाते ही सारी सभा ने भी प्रणाम निवेदित किया।

विदुर ने अपने साथ लाया हुआ थैला मेज़ पर उलट दिया, "महाराज! ये सारी राजसी मोहरें हैं।"

"काका! इन बातों का क्या अर्थ है?"

"महाराज! ये हस्तिनापुर के महा राजप्रतिनिधि तथा प्रधानमंत्री की राजसी मोहरें हैं। इन्हें आप संभालें। ईश्वर आपके सहाय हों।" विदुर उसी तरह तने हुए मस्तक के साथ सभा से बाहर निकल गए।

एक पल के लिए सन्नाटा सा छाया रहा। इसके बाद सुयोधन एकलव्य को परे धकेल, तेजी से ओझल हो रहे भूतपूर्व प्रधानमंत्री के पीछे लपका। परंतु विदुर वहाँ से बाहर निकल गए, न तो कोई उत्तर दिया और न ही मुड़कर देखा।

"पितामह कहाँ हैं?" सुयोधन खीझकर उनके पीछे भागा।

सभा तेज़ी से ख़ाली होने लगी। केवल एकलव्य ही वहाँ खड़ा रह गया, उसने स्वयं को उपेक्षित व महत्त्वहीन पाया। वह कर्ण तथा सुयोधन के बीच के विचित्र संबंध के बारे में विचार कर रहा था। क्या कर्ण कभी स्वयं को उच्च वंश में जन्मे युवराज के समकक्ष अनुभव कर सकेगा? क्या सुयोधन ने केवल अपने स्वार्थी हितों की पूर्ति के लिए कर्ण का भविष्य रचा है? यह सुनकर एकलव्य हिल गया कि सुयोधन ने उसके द्वारा लगाए गए, स्वार्थ के सभी अभियोगों को वहन कर लिया था। सुयोधन ने सबके सामने स्वीकारा कि उसने बहुत से कार्य अपने स्वार्थ के लिए किए हैं। यह देखकर एकलव्य को वह कुछ भला लगने लगा था। परंतु वह कर्ण की तरह, सुयोधन का दास बनकर नहीं रहने वाला। वे तो भावुकता से भरे हुए मूर्ख हैं।

पेट में लगे तीखे घूँसे की पीड़ा से एकलव्य की तंद्रा भग्न हुई। "मेरे पिता श्री बहुत अच्छे हैं। उसकी कमर की ऊँचाई जितनी नन्ही लड़की अपनी मुट्ठियाँ ताने पास खड़ी थी। वह उसे अपने से विपरीत जाने की चुनौती दे रही थी और अगला घूँसा पूरी तरह से तैयार था।" एकलव्य ठहाका मारकर हँसने लगा। उस लड़की ने अपनी पूरी ताक़त से एक और घूँसा दे मारा।

"कौन हो, नन्ही राजकुमारी? तुम मुझे क्यों मार रही हो? आह, दुखता है; तुम तो बड़ी ताक़तवर हो।" एकलव्य ने कहा और अपने पेट को दोनों हाथों से दबाते हुए, चोट लगने का अभिनय किया।

"अगर मेरे पिता से लड़ाई की तो ऐसे पिटाई होगी। मैं तुम्हारी चटनी बना दूँगी। मेरे पिता को अपशब्द क्यों कह रहे थे, काले राक्षस कहीं के? भूत, तुम भूत हो न, काले भूत!"

"बच्ची! कौन हैं तुम्हारे पिता?"

"सुयोधन, हस्तिनापुर के युवराज। मैं इस नगरी की राजकुमारी लक्ष्मणा हूँ। मेरे साथ इस तरह बात मत करो। अदब से सिर झुकाओ।"

"राजकुमारी लक्ष्मणा! क्षमा चाहता हूँ।" एकलव्य ने दोनों घुटनों के बल झुककर प्रणाम किया। "मैं कभी किसी के आगे नहीं झुका। तुम्हारे पिता या राजा के आगे तक नहीं किंतु आज तुम्हारे सामने झुकूँगा, मेरी प्यारी राजकुमारी!"

"हम्म, चलो माफ़ किया। अगली बार जब भी मिलो तो प्रणाम करना मत भूलना। तुमने मेरे पिता को दुष्ट क्यों कहा?"

"राजकुमारी जी! मैंने तो ऐसा नहीं कहा।"

"क्या तुम सचमुच भूत हो?"

"हाँ, मैं घने जंगलों का भूत हूँ।"

"क्या तुम भगवान शिव के भूतगणों से संबंध रखते हो?"

"राजकुमारी! मैं ही भगवान शिव हूँ।"

लक्ष्मणा ने उसे ग़ौर से देखा और एकलव्य ने अपनी हँसी रोकने के प्रयास में होंठ काट लिया। एक नन्हा सा लड़का वहीं खड़ा खिलौना गाड़ी से खेल रहा था। उन दोनों के वार्तालाप के बीच शिव का नाम सुन, वह भी वहीं आ गया।

"नहीं, तुम झूठ बोल रहे हो। तुमने तो गले में साँपों की माला भी नहीं पहन रखी।" लक्ष्मणा ने कहा।

"ओह! उसे तो वन में ही भूल आया। वह दूसरे नागों से भेंट करने गया है।"

लक्ष्मणा की नज़रें एकलव्य के भग्न हाथ से जा टकराईं। निषाद ने अपने अधूरेपन से लज्जित होते हुए, उसे तत्काल छिपाना चाहा। अचानक ही उसे अपनी अवस्था का भान हो आया। वह एक निम्न जाति का अछूत था और भरी सभा में खड़ा राजकुमारी से बातें कर रहा था। यदि पहले वाला समय रहा होता तो संभवतः उन्होंने उस स्थान को भी गोबर से शुद्ध किया होता, जहाँ उसके पैर पड़े थे। अब वह संपूर्ण भारतवर्ष के सबसे महत्त्वपूर्ण भवन के सबसे विशाल कक्ष में मुक्त भाव से खड़ा था।

"तुम्हारे हाथ में अँगूठा नहीं है, नहीं है। मुझे दिखाओ, दिखाओ।"

"नहीं।"

"कृपया दिखाओ न।" लक्ष्मणा ने एकलव्य का हाथ थाम लिया।

निषाद को न चाहते हुए भी अपनी हथेली आगे करनी पड़ी। उसे खीझ होने लगी; राजकुमारी उसका उपहास कर रही थी। वह उस महल से कहीं दूर भाग जाना चाहता था।

"इसमें तो बड़ा दर्द होता होगा न!"

राजकुमारी! तुम सोच तक नहीं सकतीं, तुम महसूस तक नहीं कर सकतीं, इतना दर्द होता था। एकलव्य ने हाथ पीछे लेना चाहा परंतु नन्ही बच्ची ने उसका हाथ अपने हाथों में कसकर थाम रखा था। उसने लज्जित भाव से आसपास देखा। वह एक अछूत था और राजकुमारी ने उसका हाथ थाम रखा था। वह हाथ... निषाद ने मन ही मन सोचा कि अगर अभी कोई आकर उसे कुछ कहेगा तो वह सच में उसकी हत्या कर देगा। एक क्षण के लिए मन में यह भी आया कि क्यों न उस बच्ची को धकेल दे और वहाँ से कहीं दूर भाग जाए। अँगूठे का भूत टीस देने लगा था।

लक्ष्मणा ने अचानक उसे स्तंभित करते हुए, हाथ चूम लिया। निषाद चाहकर भी अपने अश्रु नहीं रोक सका। "इस तरह तुम्हें आराम आ जाएगा। जब मुझे दर्द होता है तो माँ ऐसा ही करती है।"

"मेरी राजकुमारी! मैं तुम्हें आजीवन आहत नहीं होने दूँगा।" एकलव्य ने रुँधे कंठ से कहा। वह दूसरी ओर देखने लगा ताकि उसकी छलछलाई आँखें बच्ची की निगाह में न आएँ।

वह कड़वाहट से मुस्कराया। कड़े संघर्ष व युद्धों के वे सभी कठिन वर्ष, और आज एक नन्ही सी बच्ची ने अपनी गड्ढों से भरी मुस्कान से सभी चारदीवारी तोड़ दीं।

"ये कैसे हुआ?" लक्ष्मणा ने भोलेपन से पूछा।

"ये एक लंबी कहानी है। तुम्हें नींद आ जाएगी।"

"ओह! पर मुझे तो प्रेम कहानियाँ अच्छी लगती हैं। मुझे कहानी सुनाओ न।"

"यह तो दुख भरी कथा है और तुम उसे सुनना नहीं चाहोगी।"

"नहीं, मैं सुनना चाहती हूँ।" उसने अपनी दिलचस्पी ज़ाहिर करने के लिए भाई को पीछे धकेल दिया, जो कहानी सुनने के लोभ में आगे आ गया था, उसकी आँखें किसी कहानी को सुनने की प्रत्याशा में विस्फारित हो उठीं।

"अरे, इसकी परवाह मत करो। ये मेरा भाई है, लक्ष्मण कुमार। तुम मुझे कहानी सुनाओ न!" लक्ष्मणा वहीं बैठ गई और उसके भाई ने भी वही किया। बच्चे निषाद को उत्सुकता से निहार रहे थे। एकलव्य भी बेमन से बैठ गया। बच्चे एक-दूसरे को देखकर मुस्कराए और मारे प्रसन्नता के ताली पीटने लगे।

जब सुयोधन, महल के एक और कक्ष में भीष्म का सामना कर रहा था, उसी समय दरबार के बीच बैठे निषाद ने बच्चों को अपनी कथा सुनानी आरंभ की। "बहुत पहले की बात है, एक निषाद युवक धनुर्धर बनना चाहता था, परंतु वह इतना निर्धन था कि अधिकतर दिन ख़ाली पेट ही बीतते। एक दिन, जब उसे लगा कि वह मारे भूख के दम तोड़ देगा, उसने कुछ आम चुराने के लिए महल के बाग में प्रवेश किया। वहाँ उसकी भेंट एक राजकुमार से हुई, दुष्ट राजकुमार..."

***

19. व्यापारी

सुयोधन ने अपनी ओर से लाख प्रयत्न किए किंतु भीष्म तथा विदुर अपने पदों से त्याग-पत्र देने के निर्णय पर अटल रहे। तब भीष्म ने सुयोधन को सुझाव दिया कि वह गांधार की ओर गए अश्वत्थामा को भुला दे और शासन का कार्य-भार संभाले। इस तरह पितामह और गर्म खून वाले राजकुमार के बीच पुनः तर्क-वितर्क आरंभ हो गया।

अंततः, जब भीष्म को एहसास हो गया कि सुयोधन किसी भी दशा में उनके इस सुझाव पर अमल नहीं करेगा, तो उन्होंने गहरी आह भरी और बोले, "अगर तुम्हारी शकुनि से भेंट हो, तो उससे कोई सवाल मत करना; उसका सिर काट कर मेरे पास ले आना। मैंने इतने वर्षों तक इस देश की जो सेवा की है, उसके बदले में मैं तुमसे केवल इतना ही चाहता हूँ।"

सुयोधन भीष्म के ऐसे क्रोध को देख दंग रह गया। परंतु वह छले जाने की पीड़ा को समझता था; शकुनि ने उसके साथ भी तो यही किया था। अब उसके पास नष्ट करने के लिए समय नहीं था, उसे अपने पिता से भेंट करनी थी और उनसे अनुमति लेनी थी कि वह हस्तिनापुर की सेना ले जाकर गांधार पर धावा बोल दे। सुयोधन पितामह को प्रणाम कर, तेज़ी से पिता के कक्ष की ओर चल दिया। जब वह भीष्म के कहे शब्दों पर विचार करने लगा तो मन अचानक संदेहों के बीच घिर गया। क्या वह ऐसे व्यक्ति का सिर काटने का साहस कर सकेगा, जिसे वह बाल्यकाल से इतना स्नेह व विश्वास देता आया है? संभवतः यदि अश्वत्थामा नहीं रहा तो यह काम करना सरल होगा किंतु यदि अवश्त्थामा भी अगर जीवित है? सुयोधन के पास अपने ही प्रश्न का कोई उत्तर नहीं था।

* * *

"कोई भी मेरे पुत्र को छूने का साहस तक नहीं कर पाएगा। गांधारी, वह युवराज है। मैं उसे अपनी नियति का दंश भोगने की अनुमति नहीं दूँगा। कोई भी अपने मधुर वचनों तथा विषाक्त हृदय के साथ उससे उसका जन्मसिद्ध अधिकार नहीं छीन सकेगा, जैसे उन्होंने मेरे साथ किया था। क्या तुमने सुना, सूत सारे भारतवर्ष को विजित कर लौट आया है? मेरे पुत्र ने उसे अपने मित्र के रूप में चयन कर बहुत अच्छा किया, उसने उसकी जाति और वंश की परवाह न करते हुए उसे अपना मित्र चुना। कर्ण विजयी होकर लौटा और अब मैं हिमाच्छादित हिमालय से लेकर सागर के चरण पखारने वाली कुमारी तक के विशाल

साम्राज्य का अखंड सम्राट हूँ।"

"काश! सुयोधन ने उस सूत को अपना मित्र न चुना होता। इस तरह उसने स्वयं को अनेक बलशाली व्यक्तियों से अस्वीकार्य बना लिया है। अब उसने एक निषाद को वन-प्रांत का राजा बना दिया है।"

"ओह! गांधारी! कुछ पुरोहितों के मत-अभिमत की परवाह किसे है, जो युद्ध कला के विषय में कुछ नहीं जानते? ऐसे विषय केवल क्षत्रियों से ही संबंध रखते हैं। मैं सूत के साहस की प्रशंसा करता हूँ, उसने अर्जुन को चुनौती दी। मैं उसके साथ सहानुभूति रखता हूँ क्योंकि उसमें मुझे अपना प्रतिबिंब दिखाई देता है। मैंने तुम्हें पहले भी बताया है किंतु एक बार फिर बता रहा हूँ, जब मैं बहुत छोटा था तो वे मुझे अस्त्र-शस्त्रों से दूर रखते; मेरे आने से पूर्व ही तलवारें, गदा, धनुष और बाण छिपा दिए जाते। मैं अभ्यास मैदान के एक कोने में, माँ काली की प्रतिमा के सम्मुख बैठा, अनुचर द्वारा लाई गईं मिठाइयाँ कुतरता रहता ताकि मेरे भाई पांडु के अभ्यास में खलल न आए। उनका कहना था कि मैं नेत्रहीन था और अभ्यास के दौरान चोटिल हो सकता था। इसलिए मुझे हमेशा दूर ही रखा गया और मेरे भाई पांडु को स्वयं पितामह भीष्म ने युद्ध कला का प्रशिक्षण दिया।"

धृतराष्ट्र उठे व भीम की लौह प्रतिमा के निकट पहुँच गए। वे उसे सहलाने लगे और उस प्रतिमा पर गदा की मार से पड़े गड्ढों को महसूस किया, "जब भी पितामह हमें अकेला छोड़कर जाते, तो पांडु मुझे चुनौती देता, मेरी अकर्मण्यता का ताना देता। वह निर्दयी नहीं था किंतु तब वह भी एक बालक था और उस समय मुझे वह उपहास सहन नहीं होता था। आज भी मैं ऐसे उपहास से आहत हो जाता हूँ। मेरा भी कोई मान था और मैं चुनौती से पीछे हटने वालों में से न था। पांडु की तरह, मेरी रगों में भी तो महान सम्राट भरत का रक्त हिलोरें भरता था। पहले कुछ वर्षों के दौरान, वह मुझे हर युद्ध में धूल चटा देता और मेरी छाती पर बैठकर, उल्लास के साथ ठहाके लगाता। अनुचर विस्मित होकर सब देखते और मेरे सुंदर व वीर भाई की प्रशंसा करते हुए, मेरी नेत्रहीनता पर सहानुभूति प्रकट करते। और सभी बातों से परे, मुझे इस सहानुभूति से असहनीय पीड़ा होती। मैंने किसी के भी जाने बिना, एकांत में अपना अभ्यास करना आरंभ कर दिया। जब गदा मेरे ही पैरों पर गिरती, जब तलवार या खंजर से मेरी अपनी ही अँगुलियाँ कट जातीं, या धनुष की डोरी मेरे मुख पर वार करती, तो मैं रोने से इंकार कर देता। मैं एक क्षत्रिय था! मैं कोई ज्ञानी नहीं किंतु मैंने अपने भाई को पराजित करने का संकल्प लिया था और मेरी विकलांगता इस संकल्प के आड़े नहीं आ सकती थी। जो भी हो, मैं तो राजा बनने वाला था और राजा ही सर्वश्रेष्ठ योद्धा होता है।"

गांधारी ने एक भी शब्द नहीं कहा। वे पहले भी ये सब असंख्य बार सुन चुकी थीं। ये गाथा सुनकर सदा उनके नेत्र अश्रुस्नात हो उठते। यदि उन्होंने ये सब न सुना होता तो जाने कब की गांधार लौट चुकी होतीं।

"मेरे अभ्यास में दिन-ब-दिन निखार आता गया। पाँच वर्ष बाद, मैं एक बैल की तरह

बलशाली बन चुका था, मैं उससे बेहतर निशाना लगा सकता था, उससे बेहतर गदा संचालन कर सकता था और उसे आमने-सामने के द्वंद्व युद्ध में पराजित भी कर सकता था। मेरे पास नेत्रहीनता का जो अभाव था, मैंने अपनी अन्य इंद्रियों तथा लौह संकल्प शक्ति से उसकी पूर्ति कर ली थी। हमारे स्नातक समारोह दिवस पर, मैंने हस्तिनापुर के सभी निवासियों के सम्मुख अपने कौशलों का प्रदर्शन किया। उस दिन एक हाथी मदमस्त होकर दौड़ने लगा, वह अपने पैरों तले अश्वों व प्रजाजन को रौंदता आ रहा था। मैं अखाड़े के बीचों-बीच खड़ा था, एक नेत्रहीन हाथ में गदा लिए, बिलकुल अकेला था। यहाँ तक कि आज भी भयभीत दर्शकों की चीख़-पुकार मेरे कानों को सुनाई देते हैं। पांडु उस मदमस्त गजराज और मेरे बीच आने के लिए लपका ताकि मेरी रक्षा की जा सके। ज्यों ही हाथी के मस्तक से उसका निशाना चूका, लोगों की आह सुनाई दी। वह हाथी मेरे इतना निकट था कि मैं उसकी गंध ले सकता था। मैं अपने भाई के कंधों से कूदा और अपनी गदा से गज के मस्तक पर भरपूर प्रहार किया। गज वहीं ढेर हो गया। मैं प्रजा की ओर से आने वाले हर्षोल्लास की प्रतीक्षा कर रहा था। उन्होंने जयजयकार किया भी किंतु वह पांडु के लिए था। मेरे वार और गज के नीचे गिरने के बीच के क्षणांश में, उसने अपनी तलवार गज के मुख में घुसा दी थी। पितामह ने घोषणा कर दी कि पांडु की तलवार से गज का अंत हुआ और उसने एक नेत्रहीन की रक्षा की थी, एक असहाय नेत्रहीन भाई की रक्षा! वे मगध और सूत पांडु की वीरता का गुणगान करने लगे, जबकि हाथी के विषय में थोड़ी सी भी जानकारी रखने वाले जानते थे कि इतने बड़े आकार के पशु को केवल मुख में तलवार घोंपकर ही नहीं मारा जा सकता था, निश्चित तौर पर यह कार्य इतना शीघ्र तो नहीं हो सकता था। मेरी गदा के वार ने उस गजराज का अंत किया था।"

धृतराष्ट्र ने एक गहरी श्वास ली। वे कुछ देर तक नहीं बोले। तभी अचानक भीतर से क्रोध का लावा उमड़ा और उन्होंने दीवार पर मुट्ठी दे मारी। "मैंने अपने भाई के प्राणों की रक्षा की किंतु मेरे साहस के लिए कहीं कोई स्तुति गान नहीं था। वह एक नायक था। वह तो जैसे एक आरंभ था। मैं नेत्रहीनता का शिकार था, उनका कहना था कि मैं वंश की पहली संतान होने के बावजूद सिंहासन का दावेदार नहीं हो सकता था। वे कहते कि एक नेत्रहीन युद्ध के समय देश का संचालन कैसे कर सकेगा? मेरा भाई मुझे लोगों की सहानुभूति का पात्र बना कर वहाँ से चल देता। मैं तो जन्म से ही छला गया था, परंतु अंततः यह बात मुझे राजा बनने से रोक नहीं सकी। नियति और भाग्य ने रहस्यमयी तरीक़ों से हस्तक्षेप किया।

धृतराष्ट्र के होंठों पर दुष्टता से भरी मुस्कान खेल गई, "गांधारी! ईश्वर हम जैसे लोगों पर भी अपनी कृपा दृष्टि बनाए रखता है, जिन्हें बिना किसी दोष के ही दूसरों द्वारा त्याग दिया जाता है। कर्ण जैसे व्यक्ति तब तक इस संसार से नहीं जा सकते, जब तक वे अपने भीतर से नहीं टूटते। हमें अपने-आप को ऊपर उठाने के लिए शास्त्रों व ग्रंथों की बैसाखियों की आवश्यकता नहीं होती। मुझे सुयोधन पर गर्व है कि उसने कर्ण का साथ दिया। मैं जानता हूँ, पितामह सहित अनेक व्यक्ति मन ही मन कर्ण की असमय मृत्यु की कामना रखते हैं। जब

मैंने ऐसा कहा तो प्रिय तुमने अपनी गर्दन क्यों मोड़ ली? मैं तुम्हारे शरीर की गतिविधि से अनुमान लगा सकता हूँ। गांधारी! तुम चकित हो? मैं तो बहुत कुछ जानता हूँ, मैं केवल ऐसा दिखावा करता हूँ कि मैं एक ऐसा मूर्ख हूँ जो पितामह व अन्य सभासदों के बिना असहाय है। वे सभी यही कल्पना करते हैं कि मैं किसी भटके हुए बछड़े की तरह असहाय हूँ, और इस निर्दयी संसार में न तो कभी जीवित रह सकूँगा और न ही कभी जीत पाऊँगा। पर मेरे पास अपने गुप्तचर हैं और मैं अपने आसपास चल रही गतिविधियों का सूक्ष्मता से निरीक्षण करता हूँ। हँसो मत, आँखों के बिना भी सब कुछ देखने के सौ तरीक़े होते हैं।"

धृतराष्ट्र अपनी पत्नी की ओर झुके। उनका मुख उसके मुख से कुछ ही दूरी पर था। "क्या तुम जानती हो कि मैं एक दुर्बल व्यक्ति की तरह अभिनय क्यों करता हूँ? जिस क्षण में मैंने यह जता दिया कि मैं उनके सहारे के बिना, अपने पैरों पर खड़ा हो सकता हूँ, वे मेरे विरुद्ध षड्यंत्र रचना आरंभ कर देंगे। मैं यह अभिनय इसलिए कर रहा हूँ ताकि उन्हें लगे कि वे ही इस राज्य को संभाल रहे हैं। मैं भीष्म को जानता हूँ, उन्हें आज भी उस दिन के लिए पश्चाताप है जब उन्होंने राजसिंहासन का त्याग किया। मैं मूर्खतापूर्ण बातों से उनका मन बहलाता हूँ और इस तरह दिखावा करता हूँ मानो मैं कोई महत्त्वपूर्ण निर्णय ले ही नहीं सकता, ताकि उनके मन में अपने बलशाली व महत्त्वपूर्ण होने का भ्रम बना रहे। इस तरह मैं दरबारियों को भी अपने से परे रखता हूँ ताकि वे मेरे स्थान पर किसी और को लाने के बारे में सोच ही न सकें। कौन जाने, यदि वे जान जाते कि मैं उनके बारे में क्या सोचता हूँ तो वे विदुर को ही अपना राजा बना देते। जो भी हो, मेरे और विदुर के पिता तो एक ही हैं। वे इस बात को उचित ठहराने के लिए भी कोई न कोई शास्त्र सम्मत तर्क खोज ही लेते। निःसंदेह, मुझे पता है कि विदुर ऐसे निर्णय से कभी प्रसन्न न होते। वे सही मायनों में एक विशुद्ध आत्मा हैं। हमारे शास्त्रों व ग्रंथों को पुरोहितों व पंडितों की इच्छानुसार तोड़ा-मरोड़ा जा सकता है, उनके संदर्भ बदले जा सकते हैं इसलिए मैं कोई संकट मोल नहीं लेना चाहता, कम से कम तब तक तो बिलकुल निरापद रहना चाहता हूँ, जब तक सुयोधन इस गद्दी को संभाल नहीं लेता। अब उसे बुलाओ और उसे अपना अनमोल परामर्श दो, मैं फिर से अपने मूर्खों वाले अवतार में लौट आता हूँ।"

धृतराष्ट्र ने गदा उठाई और फिर से लौह प्रतिमा पर वार करने लगे। गांधारी को पहली बार एहसास हुआ कि उन्होंने किसी मूर्ख से विवाह नहीं किया, परंतु यह एहसास भी उनके मन को प्रसन्नता नहीं दे सका। यह जानकर तो सब कुछ और भी कठिन लगने लगा। उन्होंने एक द्वारपाल से कहा कि वह युवराज को उनके कक्ष में भेजे। जब सुयोधन आया, तो माँ और पुत्र के बीच तीख़ी बहस छिड़ गई।

धृतराष्ट्र उन बातों को जितना अधिक सुन रहे थे, उनकी चिंता उतनी ही बढ़ती जा रही थी। उनका पुत्र व्यावहारिक बुद्धि नहीं रखता था। वह उन आदर्शवादी मूर्खों में से था, जो मित्रता व संबंध जैसी अमूर्त बातों को रणनीति व व्यावहारिकता के ठोस धरातल से भी ऊपर मानते हैं। उन्हें अपने पुत्र से स्नेह था, किंतु उनके चतुर मन ने उन्हें चेताया कि जो लोग धर्म को एक हथियार के रूप में प्रयुक्त करते हैं, वे उनके पुत्र को छलने को कोई न

कोई उपाय अवश्य तलाश लेंगे। वे उसे कलुषित रूप देकर, सभा में अपनी भाभी के प्रति किए गए बुरे बर्ताव का हवाला देंगे और उनके युद्ध को धर्म व अधर्म के संघर्ष में बदल देंगे।

जिन लोगों ने एक बार पहले भी अपने ग्रंथों के उदाहरण दे-देकर, उन्हें राजसिंहासन से दूर किया था, एक बार फिर वही लोग उनके पुत्र के साथ भी यही करेंगे। उनका एकनिष्ठ व निष्पाप पुत्र अपने भाइयों व मित्रो को भी विनाश की ओर खींच ले जाएगा। फिर वे पांडु के पुत्र को सिंहासन पर बैठने का आमंत्रण देंगे, उनके राजसिंहासन पर! वे अपने इस आदर्शवादी पुत्र पर ही सारा दाँव नहीं लगाएँगे। उन्हें बड़ी सावधानी से अपनी चालें चलनी होंगी। हस्तिनापुर पर कोई और नहीं, केवल उनकी संतान ही राज करेगी। किसी भी क़ीमत पर पांडु के उन अवैध पुत्रों को यह राज्य नहीं मिलेगा। यदि उन्होंने सुयोधन को उसका पैतृक अधिकार नहीं दिया, तो धृतराष्ट्र उन्हें अपनी चालों से खदेड़ देंगे। वे जानते थे कि उन्होंने जो भी करने की योजना बनाई थी, वे उन्हें सबकी दृष्टि में उपहास का पात्र बना देगी किंतु वे इससे पार पाने के लिए ही तो बरसों से मूर्ख होने का अभिनय करते आए थे। उनके व उनके भाई के पुत्रों के बीच का यह खेल दिन-ब-दिन भयानक होता जा रहा था। वे आपस में सिंहों की तरह युद्ध करते थे और अब उन्हें उनके बीच किसी गिद्ध को लाना था।

दोनों ही पक्षों में ब्राह्मण, क्षत्रिय और शूद्र शामिल थे। अब इस खेल में एक वैश्य को लाना आवश्यक हो गया था और इस चुनाव के लिए युयुत्सु से बेहतर नाम कौन सा हो सकता था? सर्वश्रेष्ठ व्यापारी युयुत्सु! दरअसल, वे अपने उस पुत्र को पहले ही बुलावा भेज चुके थे, जो उनकी वैश्य पत्नी की संतान था। उन्होंने सुन लिया था कि युयुत्सु के पोत प्रभास तक आ पहुँचे थे और यह काफ़िला हस्तिनापुर पहुँचने ही वाला था। ऐसा नहीं कि युयुत्सु उनके पास पहली बार आ रहा था, परंतु इस बार धृतराष्ट्र उसे सबके बीच अपने पुत्र के रूप में मान्यता देने जा रहे थे। बेशक़ यह जानकर गांधारी को बहुत कष्ट होने वाला था कि जो वैश्य दासी उनकी सेवा के लिए नियुक्त की गई थी, उससे उनका एक पुत्र भी था परंतु वे जानते थे कि वे उस तूफ़ान का सामना कर लेंगे। गांधारी भी बहुत कुछ दाँव पर लगा चुकी थी। इससे भी अधिक बेहतर बात यह थी कि युयुत्सु आयु में सुयोधन और युधिष्ठिर दोनों से ही बड़ा था। दूसरे शब्दों में, वह हस्तिनापुर की गद्दी पाने का दावा भी कर सकता था। धृतराष्ट्र मन ही मन हँसे। यह नेत्रहीन मूर्ख एक कोने में बैठा यह देखेगा कि गुरुजन उसके इस तुरुप के पत्ते का क्या उत्तर देते हैं। 'पांडु! देखते हैं कि युद्ध में अंतिम विजय किसकी होगी और किसके पुत्र राजसिंहासन पर बैठेंगे।' धृतराष्ट्र हँसने लगे।

गांधारी और सुयोधन अपनी बहस को बीच में रोक, उन्हें आश्चर्य से देखने लगे। उन्होंने दबी हँसी से कहा, "गांधारी! हस्तिनापुर के राजसिंहासन पर मेरा पुत्र ही बैठेगा।"

***

सुयोधन ने पास बैठी माता को कनखियों से देखते हुए कहा, "पिताश्री! हमारे लिए इस समय गांधार जाना बहुत महत्त्व रखता है।" होंठों को थोड़ा सा मोड़ने की भंगिमा ने ही जता दिया था कि गांधारी ने अपने जन्मस्थान के उल्लेख के बारे में सुन लिया है।

"हाँ! कर्ण ने हमारे लिए भारतवर्ष को तो जीत ही लिया है। तुम गांधार जाओ, और फिर चीन देश और यवन जाओ, जो पीले बालों वाले म्लेच्छों से भरा हुआ है। उन सबको बंदी बना लो। तब हम सारे संसार पर शासन करेंगे। मैं भीष्म पितामह से आग्रह करूँगा कि वे सेनाओं का संचालन करें," धृतराष्ट्र ने अपनी उदारता का परिचय देते हुए कहा।

"पिताश्री! महा राजप्रतिनिधि ने अपने पद से त्यागपत्र दे दिया है और साथ ही विदुर काका भी अपना पद नहीं संभालेंगे," सुयोधन को बताना ही पड़ा।

"त्यागपत्र! ऐसा कैसे हो सकता है कि मुझे ही इस विषय में जानकारी नहीं है?" धृतराष्ट्र ने घबराहट और व्याकुलता के बीच गांधारी की ओर मुड़ते हुए कहा। "उन्होंने त्यागपत्र क्यों दे दिया? नहीं, मैं इस बात पर विश्वास नहीं कर सकता।" वे चुप हो गए और अपना सिर थाम लिया। 'वह बूढ़ा हमसे जलता है। उसने सोचा था कि वह आजीवन मेरे नाम से ही शासन चलाता रहेगा। उसने सदा पांडु का पक्ष लिया है। सभी उस नपुंसक पांडु का ही पक्ष लेते आए हैं। वह तो संतान तक नहीं पैदा कर सका किंतु फिर भी सभी उसका व उसके अवैध पुत्रों का पक्ष लेते हैं! पांडव! वे कुंती और माद्री की संतानों के अतिरिक्त कुछ नहीं! मैं उन्हें दिखा दूँगा कि मेरे पुत्र क्या-क्या कर सकते हैं!' धृतराष्ट्र ने अपना सिर ऊँचा करते हुए छड़ी को फ़र्श पर पटका और अधीरता से आदेश दिया, "युयुत्सु को बुलाओ!"

"युयुत्सु? वह कौन है?" सुयोधन सोचने लगा। उसने चकरा कर माँ की ओर देखा। गांधारी की अँगुलियों ने भिंचकर मुट्ठी का रूप ले लिया था परंतु चेहरा भावहीन ही रहा।

धृतराष्ट्र अपनी छड़ी के सहारे, कक्ष में यहाँ से वहाँ चक्कर काट रहे थे। पदचाप सुनते ही वे ठिठके, उन्होंने नवागंतुक की उपस्थिति को कक्ष में प्रवेश से पूर्व ही जान लिया। सुयोधन आश्चर्य से तकता ही रह गया। उस दिखने में मोटा-ताज़ा व्यक्ति था, जिसके सिर के बाल झड़ने लगे थे, जिससे उसका माथा काफ़ी हद तक गंजा दिख रहा था।

"हैरानी की बात है, सुयोधन! इसके चेहरे का तुम्हारे चेहरे से इतना साम्य कैसे है?" कर्ण ने हौले से मित्र के कान में कहा।

धृतराष्ट्र अपने पुत्रों की ओर मुड़े। "सुयोधन और सुशासन! यह तुम्हारा सौतेला भाई युयुत्सु है। वह मेरा पुत्र है। इसकी माता एक वैश्य महिला है। मैंने आज तक तुम्हारी माँ से भी यह रहस्य छिपाए रखा। अब वह यहाँ आ गया है। क्या तुम जानते हो कि यह कितने पोतों का स्वामी है, इसके काफ़िले में कितने ऊँट व हाथी शामिल हैं, इसने कितने देशों की यात्राएँ की हैं। मैं सबसे महान क्षत्रिय पुत्रों तथा वैश्य पुत्र का पिता हूँ। मुझे महान पुत्र पाने के लिए किसी भी प्रकार की दैवीय मध्यस्थता की अपेक्षा नहीं है।" धृतराष्ट्र ज़ोर-ज़ोर से हँसने लगे।

युयुत्सु गांधारी के चरण स्पर्श करने के लिए झुका। उन्होंने अपने अनुमान से हाथ आगे बढ़ाकर, उसे आशीर्वाद दिया।

सुयोधन इस दृश्य को देखते हुए मन ही मन सोच रहा था कि उसके पिता के भीतर

जाने कितने भयानक रहस्य छिपे थे। क्या आज राजसिंहासन का एक और दावेदार सामने आ गया था?

"युवराज! मैं इस परिवार का सबसे बड़ा पुत्र हूँ। यहाँ तक कि मैं युधिष्ठिर से भी बड़ा हूँ," युयुत्सु ने एक कुटिल मुस्कान के साथ कहा।

सुयोधन की आँखें एक विचित्र सी वितृष्णा से चमक उठीं। वह व्यापारी की सहजता, नेत्रों की छवि तथा खोखली मुस्कान पर विश्वास नहीं कर सका।

"मैं तो एक विनीत व्यापारी हूँ, एक वैश्य, जो व्यापार से अपनी आजीविका चलाता है," युयुत्सु ने अपना भाषण जारी रखा।

"बहुत अच्छे, युयुत्सु! यह अपने लिए सिंहासन का दावा कर सकता था क्योंकि यह मेरा सबसे बड़ा पुत्र है। अगर मैं इसे सामने ले आऊँ तो पांडवों के समर्थक क्या तर्क देंगे? परंतु युयुत्सु अपने कुलधर्म को जानता है और वह राजसिंहासन पर अपना दावा नहीं जताएगा," धृतराष्ट्र बोले।

"मैं आपसे अनुमति चाहता हूँ कि आप मुझे शाही सेना को गांधार ले जाने दें। हमें वहाँ धावा बोलना है," सुयोधन ने युयुत्सु को पूरी तरह से उपेक्षित करते हुए कहा।

"जाओ मेरे पुत्र! यदि आवश्यकता पड़े तो युयुत्सु की मदद भी ले सकते हो। उसके पास अपनी व्यापारी सेना है, जो पाँच-छह योजन लंबे कारवाँ की रक्षा का भार संभालती है। उसके पास एक लक्ष सैनिक तथा अश्वारोही सेना है।"

सुयोधन दूसरी ओर देखने लगा। ईर्ष्या की ज्वाला सही नहीं जा रही थी। एक और पुत्र! परिवार का बड़ा पुत्र! चुनौती देने वाला संभावित व्यक्ति!... नहीं! वह राजसिंहासन उसका है और उसका ही रहेगा, वह किसी व्यापारी के लिए उसका त्याग नहीं करेगा और न ही उसे युधिष्ठिर के हाथों में जाने देगा। सुयोधन मन ही मन सोचने लगा कि ऐसा व्यक्ति जो धन व बल से संपन्न हो, वह आने वाले समय में उसके लिए संकट का कारण बन सकता है।

युयुत्सु मुस्कराया, मानो उसने कौरव युवराज के मन के भावों को जान लिया हो। सुयोधन ने अपने पिता से आशीर्वाद पाने के लिए सिर झुकाया।

"जब तुम गांधार को अपने अधीन कर लो तो अपने मामा शकुनि को कोई हानि मत पहुँचाना। उसने चाहे जो भी किया हो, उसे मेरे पास यहाँ लाना। भले ही अनुचित हो परंतु वह एकमात्र ऐसा व्यक्ति है जिसने सदा मेरी पीड़ा को समझा है। बाक़ी सभी तो पांडु के पुत्रों की सहायता के लिए ही इच्छुक रहे हैं," धृतराष्ट्र ने हौले से कहा।

सुयोधन गांधारी का आशीर्वाद लेने के लिए आगे बढ़ा। वह उससे धीरे से बोला, "माता श्री! आपने इस धूर्त पुत्र को अपने सौतेले पुत्र के रूप में क्यों स्वीकारा?"

"पुत्र! जब तक इस संसार में मैं जीवित हूँ, तुम्हारे पिता के बाद हस्तिनापुर के राजसिंहासन पर तुम्हारे सिवा कोई और नहीं बैठ सकता," गांधारी हौले से उसके कान में

फुसफुसाई। सुयोधन ने माँ का मस्तक चूमा और पलटा तो अचानक ही युयुत्सु से टकरा गया, जो उनके बहुत निकट खड़ा था। क्या उसने गांधारी के शब्द सुन लिए थे?

व्यापारी ने युवराज को स्नेहमयी मुस्कान दी। "यदि धन, बल या शस्त्रों के लिए मेरी सहायता की आवश्यकता हो तो कहने में संकोच मत करना। मैं यथासंभव सहायता प्रदान करूँगा।"

सुयोधन ने विचारा कि क्या उसने अपने अंतिम शब्दों को कुछ बल देते हए कहा था? वह व्यापारी के शब्दों का उत्तर दिए बिना ही, कक्ष से बाहर निकल गया और साथ ही सैनिकों को आदेश देने लगा कि शाही सेना को कूच के लिए तैयार किया जाए।

कर्ण अपनी पत्नी को सूचित करने के लिए घर गया किंतु प्रसन्नता से दमकते हुए, शीघ्र ही लौट आया। वह एक पुत्र का पिता बन गया था। देवगण उस पर मुदित थे। वह जाने के लिए अधीर हो रहा था, युद्ध करने की कल्पना ही उसे रोमांचित कर रही थी।

एकलव्य वहीं पास खड़ा, अस्तबल के सबसे होनहार अश्व पर हाथ फिरा रहा था और अपने आसपास की गतिविधियों को ग़ौर से देख रहा था।

अगली सुबह, जयद्रथ व उसके आदमी भी उनसे आ मिले। शाही सेना ने गांधार की ओर अपनी यात्रा आरंभ की। जब सुयोधन अपने अश्व पर सवार होकर सेना का निरीक्षण कर रहा था तो जाने कहाँ से एक भटका हुआ ख़याल सामने आ खड़ा हुआ - उसने अपनी पत्नी और संतान से विदा नहीं ली थी। वह युद्ध की तैयारी में इतना व्यस्त रहा कि उनसे भेंट करना स्मरण ही नहीं रहा। इन दिनों भानुमती से बात करना भी कष्टदायी होता जा रहा था... चौबीसों प्रहर अंतहीन परामर्श ही परामर्श!

जहाँ तक आँखें देख सकती थीं, वहाँ तक रेगिस्तान से हस्तिनापुर की ओर एक विशाल काफ़िला आता हुआ दिखाई दे रहा था। उसके पास इतना धन था, जिसकी कभी किसी ने कल्पना तक नहीं की थी। कई घंटों तक वह सेना की विपरीत दिशा में चलता रहा। अंततः युयुत्सु के व्यापारियों के काफ़िले ने नगर में प्रवेश किया। जब वे भागते हुए भीतर गए तो सुयोधन मन ही मन सोचने लगा कि जब वह गांधार की चोटियों को विजित कर वापस आएगा, क्या उसके पास शासन करने के लिए देश बचेगा?

* * *

20. दरार

एकलव्य का खंजर शकुनि की आँखों से केवल कुछ इंच की दूरी पर था। यह सब इतना आसान नहीं था किंतु धूर्त गांधार किसी तरह अपने लोगों को यह समझाने में सफल रहे कि उन्हें एक निरर्थक प्रतिरोध के बाद राजसी सेना के समक्ष आत्मसमर्पण करना होगा। सब कुछ उनकी ही योजना के अनुसार चल रहा था। उनका छल पूरी तरह से सफल रहा परंतु एकलव्य का यह हमला अप्रत्याशित था क्योंकि शकुनि को सुयोधन की सेना में एकलव्य की उपस्थिति के बारे में कुछ पता न था।

"दानवीर कर्ण! मेहरबानी करके अपने मित्र से कहो।"

"म्लेच्छ! अपनी बकवाद बंद कर!" एकलव्य ने उसकी गर्दन पर अपने खंजर की नोक चुभो दी, जिससे रक्त रिसने लगा।

महान रणनीतिज्ञ मन ही मन सोचने लगा कि यह निर्दयी निषाद सारी योजना के बीच कहाँ से टपक पड़ा?

"मार दो! निषाद! इसके प्राण ले लो," अश्वत्थामा चिल्लाया।

"मैंने तुम्हारे लिए पांडवों का देश जीता। सुयोधन! मैंने तुम्हारे लिए इंद्रप्रस्थ जीता। मैंने उन्हें तुम्हारा दास बना दिया," शकुनि ने सुयोधन के आगे हाथ जोड़ते हुए भयभीत स्वर में कहा, जो कि उसकी योजना का ही एक अंग था।

"यह तुम्हें इसी तरह अपनी मीठी बातों के जाल में उलझा लेगा। इससे पूछो कि इसने दुर्जय को कहाँ छिपा रखा है?" अश्वत्थामा ने कटुता से कहा।

"मेरे प्रिय भांजे! मेहरबानी करके पूरी बात तो सुनो..." शकुनि ने आगे झुकते हुए कहा और ज़ोर से चिल्लाया क्योंकि एकलव्य ने उदर में एक ज़ोरदार ठोकर दे मारी थी। शकुनि ने मन ही मन कहा, 'अछूत कीट कहीं के! तू ठहर जा! तुझसे भी मैं ही निपटूँगा।'

"एकलव्य! छोड़ दो उसे।" कर्ण ने आदेश दिया। शकुनि ने चैन की श्वास लेते हुए आँखें मूँद लीं।

"सुयोधन इससे वारणावत और दुर्जय के बारे में पूछो," अश्वत्थामा ने बल देकर कहा।

"मेरी बात तो सुनो भांजे! वारणावत से मेरा कोई लेन-देन नहीं है। वह तो पुरोचन का किया-धरा था।"

अश्वत्थामा आगे को लपका और शकुनि को नीचे पटक दिया। कर्ण आगे आया और चिल्लाते हुए ब्राह्मण को घसीट कर गांधार युवराज से दूर ले गया। शकुनि ने मन ही मन सोचा कि कहीं उसके लोग उसे इस दशा में देख कर भड़क न जाएँ। यदि ऐसा होता तो बना-बनाया खेल बिगड़ जाता। वे कब तक अपने युवराज को इन गौ-पूजकों के बीच लुढ़कते हुए देखते रहेंगे?

शकुनि ने कर्ण के पैर पकड़ लिए, "अंग नरेश! दया करो। तुमने दक्षिण को जीता। तुमने गांधार को जीता, तुम्हारे समकक्ष कोई नहीं ठहर सकता!। सुयोधन केवल तुम्हारी सुनेगा, मेहरबानी करो..."

एकलव्य घुटनों के बल झुका, उसके घुटने शकुनि की रीढ़ की हड्डी को दबा रहे थे। उसने गांधार युवराज के बाल खींचे और उसका खंजर उसकी गर्दन पर जा टिका। मारे भय के शकुनि का कंठ रुँध गया और उसने कर्ण के पैर पकड़ लिए।

"निषाद! इसे जाने दो," कर्ण चिल्लाया।

"क्या तुम मुझे हुक़्म दे रहे हो?" एकलव्य ने अपने खंजर की नोक को और चुभोते हुए कर्ण को ताका।

"उन्हें छोड़ दो," सुयोधन बोला।

शकुनि का तनाव बना रहा। उसकी गर्दन से जिस तरह खंजर सटाया गया था, उसे देखकर तो यही लग रहा था कि निषाद युवराज की बात को भी टाल देगा। फिर उसके बालों से दबाव हटा और गर्दन पर तना खंजर भी हटा लिया गया। शकुनि ने कर्ण के पैरों से अपने मस्तक का स्पर्श किया। कर्ण ने उसे उठाया किंतु अपना मुख घुमा लिया; उसने कभी उस व्यक्ति की परवाह नहीं की थी।

ज्यों ही सुयोधन उस ओर आया तो शकुनि ने अपना आभार प्रकट करने के लिए दोनों हाथ जोड़ दिए। "अपने मामा को क्षमा कर दो, सुयोधन! मैंने सदा तुम्हारे ही हित को ध्यान में रखा है। मैं चाहता था कि तुम हस्तिनापुर के राजसिंहासन पर विराजो। मैंने जुए के खेल में तुम्हारे लिए राज्य जीता और तुमने अपनी सेनाएँ भेजकर, मेरी ही धरती का विनाश करके, इस उपकार का बदला चुकाया? क्या यही न्याय है?"

"सुयोधन! इसकी बातों में मत आना," अश्वत्थामा दूर से ही चिल्लाया।

'हरामी ब्राह्मण! अगर इसे दस-दस योद्धाओं ने अपने वश में किया होता तो यह मुझे कब का कुचल चुका होता,' शकुनि ने क्रुद्ध भाव से मन ही मन सोचा। सुयोधन किसी भी क्षण में अपना मन बदल सकता था। शकुनि ने सोचा कि उसे उचित अवसर मिलते ही अश्वत्थामा का अंत कर देना चाहिए था।

सुयोधन वहाँ से जाने लगा। शकुनि ने अपने भाषण का अगला अंश आरंभ किया। "भांजे! याद करो कि तुम्हारे मामा श्री ने तुम्हारे लिए क्या-क्या किया है? ज्यों ही जुए का खेल समाप्त हुआ तो मुझे ऐसा लगा कि दुर्जय तुम्हारे लिए एक बड़ा ख़तरा बन सकता था -

वह दुष्ट देश का विनाश करने पर तुला था। मुझे सूचना मिली कि वह गांधार में था और मैं उसे पकड़कर तुम्हारे सामने लाना चाहता था। मेरे पास अलविदा लेने का भी समय न था। मैं बहुत जल्दी में था और महाराज कर्ण के आदरणीय पिता अधिरथ ने दयालुतापूर्वक मुझे झट से काठी और अश्व दे दिए। मैं इस ओर दौड़ा चला आया। पर तुम्हारा अधीर ब्राह्मण मित्र मेरा पीछा करते हुए यहाँ तक आ पहुँचा, उसे लगा कि मैं एक देशद्रोही हूँ। भांजे! क्या तुम कल्पना कर सकते हो कि मैंने तुम्हारे लिए जो भी किया, उसके बाद मेरे लिए यह सब सहन करना कितना पीड़ादायी था?"

"झूठा पाखंडी, कमीना कहीं का।" अश्वत्थामा ने दाँत पीसे और लोगों के चंगुल से छूटकर उस पर लपका। उसने उस लंबे गांधार को अपने घूँसे का स्वाद चखाना चाहा किंतु सुयोधन ने बीच में अपनी बाँह अड़ाकर उसे रोक दिया।

"जान पड़ता है कि अश्वत्थामा मुझसे अब भी नाराज़ है। बेचारा ब्राह्मण! मैं इसकी कुंठा का अनुमान लगा सकता हूँ। वह हस्तिनापुर में एक अवांछित व्यक्ति की तरह सड़ रहा था और वह स्वयं को एक योद्धा प्रमाणित करना चाहता था। उसने मेरे बेचारे देश पर हमला करने का निर्णय किया और मुझे एक बर्फ़ीले तूफ़ान से इसके प्राणों की रक्षा करनी पड़ी। वह स्वीकार क्यों नहीं कर लेता कि कर्ण से श्रेष्ठ योद्धा कोई हो ही नहीं सकता! यदि अश्वत्थामा के पिता ने निषाद से उससे उसका भाग्य न छीना होता तो संभवतः यह भी एक महान योद्धा हो सकता था।" शकुनि अपनी बात कहते-कहते थमा और सारे समूह पर अपने शब्दों का प्रभाव देखने लगा। पहली बार ऐसा लगा कि एकलव्य भी कंपित हो उठा। अश्वत्थामा मुँह बाए खड़ा था और कर्ण यूँ खड़ा था मानो मन ही मन यह मना रहा हो कि काश! वह उस दिन वहाँ न होकर, किसी और स्थान पर होता।

शकुनि अपनी अगली बाज़ी खेलने के लिए तैयार था। "जुआ खेलना क्षत्रिय का धर्म है। मेरा एकमात्र पाप यही है कि मैंने अपने भांजे को अपने-आप से भी अधिक स्नेह किया। सुयोधन! क्या तुम नहीं चाहते कि जब तुम हस्तिनापुर लौटो तो दुर्जय तुम्हारे साथ ज़ंजीरों में बँधा हो? जरा याद रखो कि उसने हस्तिनापुर में विनाश और मृत्यु का कैसा तांडव रचा था? क्या तुम नहीं चाहते कि उसने तुम्हारी प्रजा के साथ जो भी अत्याचार किया, उससे उसकी क़ीमत वसूल की जाए?"

"दुर्जय कहाँ है?" सुयोधन ने आख़िरकार पूछ ही लिया।

शकुनि वहाँ से छूटकर भागा। अब वह अपने प्राणों की भिक्षा चाहने वाला याचक नहीं रहा था, वह पुनः अपनी प्रजा का युवराज बन गया था। ज्यों ही वह वहाँ से निकला तो उसके सैनिकों ने आदर सहित अपने सिर झुका लिए। शकुनि आभारस्वरूप उन सबकी पीठ थपथपाना भी नहीं भूला।

वह छोटा सा दल जल्दी ही एक गुफा के पास पहुँचा, जिसके बाहर दो पहरेदार पहरा दे रहे थे। शकुनिने उन्हें दुर्जय को बाहर लाने का संकेत किया। दरबान एक व्यक्ति को जबरन बाहर लाते हुए दिखाई दिए।

"धोखेबाज़, शकुनि! तूने मेरे साथ छल किया," दुर्जय चिल्लाया।

सुयोधन एक क़दम आगे आया और अपने क़दमों पर बिलबिला रहे व्यक्ति को घृणा से देखा। वह दुर्जय को तब तक लातों और घूँसों से मारता रहा, जब तक कि ठग बेसुध नहीं हो गया। शकुनि अपने भांजे के इस क्रोध को देख मुस्कराया। जब सुयोधन का पारा उतरा तो शकुनि ने उसे पास वाले बड़े पाषाण पर बैठने का आग्रह किया। उसने अपने कपड़े की गठरियों से वह क़ीमती रत्न निकाला, जो उसने अश्वत्थामा को दिखाया था। उसने उसे अपनी हथेली पर ऊँचा किया ताकि सुयोधन देख सके। उसकी चमक से सुयोधन की आँखें चौंधिया गईं। शकुनि मुस्कराया।

"ये क्या है?" सुयोधन ने आश्चर्य से पूछा।

"तुम्हारे मामा के कारण तुम्हें जो भी कष्ट सहना पड़ा, उसके बदले में उनकी ओर से एक छोटा सा उपहार है। यद्यपि मेरे नीयत में कोई खोट नहीं था, जो भी हुआ, वह अनजाने में हुआ," शकुनि ने कहा।

"मुझे ऐसे मनोहारी रत्नों का कोई मोह नहीं है," सुयोधन ने किसी तरह स्वयं को उस रत्न के प्रलोभन से दूर रखने का प्रयत्न करते हुए कहा।

"जानता हूँ भांजे! परंतु तुम इसे किसी भी ऐसे व्यक्ति को भेंट कर सकते हो, जो तुम्हें बहुत प्रिय रहा हो। संभवतः कर्ण, जिसने तुम्हारे लिए साम्राज्य जीता, या निषाद के विषाद को मिटाने के लिए भी यह उपहार दिया जा सकता है।"

"यह रत्न तो बहुमूल्य है।"

"भांजे! मैं प्रसन्नतापूर्वक इसे तुम्हें देना चाहता हूँ।"

सुयोधन ने बेमन से रत्न को अपनी हथेली पर लिया। वह अपनी त्वचा पर उसकी जलन को महसूस कर सकता था। उसने पास ही खड़े कर्ण को देखा। वह जानता था कि कर्ण को रत्न से नहीं केवल उसकी मित्रता और प्रशंसा से ही मतलब था। निषाद भी कुछ ही दूरी पर बैठा, एक कुटिल मुस्कान के साथ घास का तिनका चबा रहा था। जब सुयोधन ने उसे देखा तो उसने तिनका थूक दिया। उसे किसी रत्न की नहीं केवल न्याय की दरकार थी। सुयोधन जानता था कि वह उन दोनों को उनके पुरस्कार दे चुका था। उसने कर्ण को अंग देश और निषाद को वन-प्रांत का राजा बना दिया था। एक व्यक्ति ऐसा था, जिसने बिना किसी अपेक्षा के, सदा उसका साथ दिया, सदा उसके पक्ष में खड़ा रहा, वह था अश्वत्थामा! सुयोधन ब्राह्मण की ओर गया और उसका हाथ अपने हाथ में थाम लिया। फिर उसने वह दैदीप्यमान रत्न अपने मित्र की कठोर हथेली पर रख दिया।

शकुनि ने पहले कर्ण और फिर निषाद को देखा और मुस्कराने लगा।

***

21. विजेता और परास्त

विजयी सेना ने राजधानी में प्रवेश किया तो ऐसा लगा मानो सूत दूसरी बार विजयी होकर अपने घर लौट रहा हो। प्रजा कौरव सेना को देखने के लिए उमड़ पड़ी, जो दुर्जय को ज़ंजीरों में बाँधे अपने साथ ला रही थी। जयजयकार करती प्रजा पर सुयोधन और कर्ण मुट्ठियाँ भर-भर कर सिक्के लुटा रहे थे। सारे राजमार्ग हर-हर महादेव के नारों से गुंजायमान थे। संसार का सबसे धनी व्यक्ति युयुत्सु, महल के प्रवेश द्वार पर खड़ा, विजयी युवराज और उसके योद्धा मित्र के स्वागत के लिए प्रस्तुत था। व्यापारी ने उन वीरों का अनेक प्रकार के इत्रों व पुष्पों से स्वागत व अभिनंदन किया।

भीष्म प्रतीक्षा करते रहे कि संभवतः सुयोधन उनसे भेंट करने आएगा, परंतु दिन और रात बीतने के साथ-साथ वह कटु सत्य एक बार फिर से आँखों के आगे आ गया कि अब किसी को उनकी आवश्यकता न थी। वे विदुर का साथ पाने को तरस रहे थे। वे जानते थे कि एक युग का अंत हो चुका था और दूसरा युग आरंभ हो गया था। वे सुयोधन को परामर्श देना चाहते थे कि किसी भी दशा में दुर्जय को जीवित न छोड़ा जाए किंतु पितामह इस विषय में आश्वस्त नहीं थे कि युवराज उनके परामर्श पर ध्यान भी देगा या नहीं। अब वे कोई महा राजप्रतिनिधि नहीं बल्कि एक ऐसे वृद्ध थे, जिसे भुला दिया गया था, जिसकी किसी को आवश्यकता न थी। भीष्म ने महल के उद्यान में कर्ण का स्वर सुना और ईर्ष्या उनके कलेजे को बींध गई। वे उससे जितना उलझ रहे थे, वह उतना ही मज़बूत होती जा रही थी। यह कैसे संभव था कि सूत जिस काम को हाथ में लेता, उसमें ही सफल हो जाता?

* * *

भानुमती अपने कक्ष में पति के आने की प्रतीक्षा कर रही थी। वह उसकी एक छुअन, एक सुखद आलिंगन, उसकी गंध और उसके पास आने से मिलने वाली सहज प्रशांति के लिए तरस रही थी। भले ही अब वे यादें धुँधला गई थीं किंतु अब भी वे उसे बहुत प्रिय थीं। जब वह गांधार के लिए जाते समय उससे विदा तक नहीं लेने आया तो उसके दिल को ठेस लगी और क्रोध भी आया किंतु पति की सुरक्षा के प्रति उद्वेग ने कुछ ही समय में क्रोध को पछाड़ दिया। उसे सुयोधन के प्राणों के लिए भय सताने लगा। ज्यों ही वह राजमार्ग पर किसी अश्व के दौड़ने का स्वर सुनती तो हिमशीतल हाथों से हृदय थाम लेती। वह निरंतर यही मना रही थी कि उसका पति चोटिल हुए बिना, सही-सलामत गांधार से वापस आ जाए।

भानुमती इस आशा में गलियारे की ओर दौड़ी, काश! सुयोधन एक बार उनकी ओर देख ले। उसने उसे एक भव्य अश्व पर सवार होकर आते देखा। वह अपने ही संसार में कितना मग्न व प्रसन्न दिख रहा था - मुस्कराते हुए, प्रजा की ओर देखकर हाथ हिलाते हुए, उन लोगों की ओर सिक्के उछाल कर, अपनी विजयश्री की कीर्ति का आनंद लेते हुए। उसने उनकी ओर नहीं देखा। एक छोटी सी मुस्कान ही पर्याप्त होती, यह नहीं तो केवल सिर भर हिला देता, परंतु ऐसा लगा मानो सुयोधन के उस संसार में कर्ण और उसके अतिरिक्त किसी और की उपस्थिति नहीं थी, जैसे वहाँ कोई तीसरा अस्तित्व ही नहीं रखता था। भानुमती के बच्चे अपने पिता को देख उछलने लगे। वे बहुत ही रोमांचित हो रहे थे। 'सुयोधन! कम से कम अपने बच्चों की ओर तो देखो। इन्हें देखकर तो एक मुस्कान दो।'

भानुमती मन ही मन प्रार्थना करती रही। मानो उसकी प्रार्थना के प्रत्युत्तर में विजय की शोभा यात्रा के बीच चल रहे एक व्यक्ति ने बच्चों की ओर देखकर अपना हाथ हिलाया। उसके अश्वेत मुख पर मोतियों जैसे दाँत दमक उठे। वह तो एकलव्य था, वह निषाद, जिसे उसके निराले पति ने वनराज बना दिया था। वही उसे और उसके बच्चों को देख, दूर से हाथ हिला रहा था। निषाद की धृष्टता असहनीय थी। उसका पति जाने किस-किस को अपना मित्र बनाएगा? क्या उसे परवाह नहीं कि लोग उसके बारे में कैसी-कैसी बातें करते हैं? उसने विरोध कर रहे बच्चों को भीतर घसीटा और द्वार बंद कर लिया। वह अपने लिए एकांत चाहती थी।

भानुमती को पता नहीं चला और वह ऊँघने लगी। रात को वह एक झटके से उठी और अपना हाथ फैलाया, आस तो यही थी कि पति का सामीप्य अनुभव होगा किंतु सुबह होने को थी, उसके बिस्तर पर सुयोधन नहीं था और बाहर से अनुचरों के स्वर सुनाई दे रहे थे। वह क्यों नहीं आया? लक्ष्मण नींद में ही कुनमुनाया और उसने उसे रेशमी रजाई अच्छी तरह ओढ़ा दी।

क्या बाहर से किसी के खाँसने का स्वर सुनाई दिया? भानुमती द्वार खोलने के लिए लपकी, उसकी आँखें किसी सुखद प्रत्याशा से दमक उठीं। बाहर तो एक अश्वेत मुख उसे ताक रहा था। वह चिल्लाना चाहती थी। निषाद ने वहाँ तक आकर, उसके महल को अपवित्र करने का साहस कैसे किया? युवराज के महल व कक्ष में आने का साहस...?

परंतु एकलव्य अपनी सलज्ज मुस्कान के साथ एक क़दम पीछे हट गया। भानुमती द्वार खोले असहज भाव से, बाहर खड़े व्यक्ति की उपस्थिति के सत्य को स्वीकारने की चेष्टा में थी। वह अभी उसे कहने के लिए उपयुक्त शब्दों का चयन कर ही रही थी कि लक्ष्मणा जाग गई और एकलव्य के पास दौड़ी चली आई। निषाद ने झुककर नन्ही राजकुमारी को प्रणाम किया। यह देखकर भानुमती के विस्मय की सीमा न रही कि उसकी नन्ही बिटिया उस व्यक्ति की बाँहों में प्रसन्नतापूर्वक उछल-कूद रही थी। यह हलचल सुनकर लक्ष्मण भी आ गया और जल्दी ही वे तीनों कालीन पर लोटपोट होते हुए, हँस रहे थे। भानुमती उन्हें खींचकर उस व्यक्ति से अलग कर देना चाहती थी, वह चाहती थी कि द्वारपालों को बुलाकर

उस अस्पृश्य को महल से बाहर खदेड़ दे या उसे कोड़े लगवाए, परंतु वह वहीं स्तंभित भाव से खड़ी रही, मानो देह में हिलने की भी ताक़त न रही हो। उसने अचानक ही एकलव्य के मस्तक के बीचोंबीच एक तीसरा नेत्र देखा था, जो किसी धधकते कोयले की तरह दहक रहा था। वह वहीं था और फिर अचानक किसी भ्रम की तरह ओझल हो गया। यद्यपि वह पूरे विश्वास से कह सकती थी कि उसने उसे वहाँ देखा था। वह व्यक्ति उसके बच्चों के साथ भागकर उद्यान की ओर जा रहा था। क्या आज उसने कुछ ऐसा देखा, जो उसकी समझ की सीमा से परे था? वास्तव में वह निषाद कौन था?

***

द्रोण के घर में, अश्वत्थामा मुँह फुलाए बैठा था। जब से वह वापस आया था, पिता ने मुख से एक भी शब्द नहीं उच्चारा था। जैसे अश्वत्थामा उस घर में आया ही न हो। द्रोण अपने पूजा कक्ष में ध्यानस्थ थे। अश्वत्थामा काँसे के उस पात्र को अपने हाथों से गोल-गोल घुमा रहा था, जिसे उसकी माँ काँपते हाथों से उसके पास रख गई थी और इसी प्रक्रिया में जल की कुछ बूँदें वहाँ छलक गई थीं।

पिता की उस उदासीनता का एक-एक क्षण अश्वत्थामा पर भारी पड़ रहा था। "मैं गांधार से लौट आया हूँ।" उसने ज़ोर से कहा और पिता की ओर से उत्तर आने की बाट देखने लगा।

"इससे पूछो कि इसने पगड़ी पर जो रत्न सजा रखा है, वह इसे कहाँ से मिला? पूछो इससे कि वह पापयुक्त रत्न को इस ब्राह्मण के घर तक कैसे ले आया?" द्रोण ने कृपी से कहा।

अश्वत्थामा अपने पिता को ताक रहा था, "यह मेरे मित्र की ओर से एक उपहार है।"

द्रोण ने पुत्र की ओर एक बार भी नहीं देखा व पत्नी से बोले, "कृपी! अपने पुत्र से कहो कि यह गांधार में की गई लूट का माल है। उससे कहो कि ब्राह्मण को ऐसे पापयुक्त धन का लोभ नहीं करना चाहिए। ब्राह्मण के लिए किसी भी प्रकार की संपत्ति का संचय पाप के समान है। इससे कहो कि किसी भी प्रकार का मोह या लगाव हमें विनाश व टूटन की ओर ले जाता है।"

"सुयोधन ने मुझे मेरी सेवाओं के लिए उपहार दिया है।"

ऐसा लगा मानो द्रोण को उत्तर देने में सदियाँ लग गई हों, अंततः वे बोले, "कृपी! क्या तुम जानती हो कि गांधार में तुम्हारे पुत्र के प्राणों की रक्षा तभी संभव हुई, जब वहाँ एक सूत ने अपनी वीरता व कौशल का प्रदर्शन किया? यदि, इसके स्थान पर अर्जुन होता..."

अश्वत्थामा आपे से बाहर हो गया और पात्र को ठोकर दे मारी, चारों ओर जल ही जल बिखर गया। अब तो जैसे उसके पिता के घर का अन्न भी उसके लिए विषाक्त और त्याज्य हो गया था। अश्वत्थामा केले के पत्ते पर परोसे गए भोजन को भी ठोकर मारने लगा था कि माँ की कोमल पुकार सुनाई दी।

"पुत्र! भोजन अन्नपूर्णा देवी होता है। हमने अपने जीवन में भूख से नग्न साक्षात्कार किया है। अन्नपूर्णा देवी का अनादर मत करो," कृपी ने केवल इतना ही कहा।

अश्वत्थामा अपने कानों पर विश्वास नहीं कर सका। इस सारे प्रसंग के दौरान उसकी माँ को केवल इतना ही कहना था? उसने अपने सामने परोसे गए कदली पत्र को बहुत सावधानी से लपेट ताकि अन्न का एक भी दाना धरती पर न गिरे और नदी की ओर बढ़ता चला गया। नदी के किनारे उसने जरा भिक्षुक को अपने में ही मग्न गुनगुनाते पाया। उसने अपना भोजन भिक्षुक के आगे रख दिया। जरा का मुख दमक उठा। ब्राह्मण का मन अपराध बोध से बींध गया।

"कृष्ण! तुम मेरे लिए भोजन लाए हो?"

"कृष्ण! अजीब इंसान हो तुम, दिखाई नहीं देता क्या? मैं वह गौपालक नहीं बल्कि अश्वत्थामा हूँ।"

"हर व्यक्ति कृष्ण है, हर वस्तु कृष्णमयी है।" भिक्षुक ने शांत भाव से कहा और अपने कुत्ते को भोजन देने लगा।

अश्वत्थामा के व्याकुल मस्तिष्क में खलबली मची हुई थी। "जरा! तुम हमेशा कृष्ण की स्तुति गाते रहते हो, क्या तुमने कभी एक दिन भी कड़ा परिश्रम किया? दूसरों के आगे हाथ पसार कर लज्जा का भागी क्यों बनते हो? तुम स्वयं काम करके अपना पेट क्यों नहीं भरते? क्या तुम्हारा कृष्ण नहीं कहता कि कर्म ही सबसे बड़ी पूजा है?"

"मेरा जीवन प्रभु के प्रति भक्ति के लिए समर्पित है। मैं गाता हूँ क्योंकि मेरे भीतर उनके प्रति भक्ति का भाव उमड़ने लगता है। मैं केवल उतनी ही भिक्षा लेता हूँ, जो मुझे जीवित रखने के लिए पर्याप्त हो। मुझे तब तक ऐसा करना होगा, जब तक प्रभु मुझे दयापूर्वक मोक्ष देने के लिए तत्पर नहीं होते। मैं आने वाले कल के लिए कोई बचत नहीं करता, मेरे पास रहने के लिए कोई घर नहीं, डेरा डालने के लिए कोई स्थान नहीं, मुझे किसी पत्नी के तन ढाँपने के लिए वस्त्रों का प्रबंध नहीं करना और न ही मेरी संतान भूखी मर रही है। मैं और मेरा श्वान दिन में केवल एक बार खाते हैं। मेरे पास अपनी नग्नता को ढँकने के लिए वस्त्र हैं। मेरे पास कोई अभाव नहीं। मैं अपने लिए भिक्षा नहीं माँगता, मैं एक याचक बना हूँ ताकि लोग दयालुता व करुणा के पाठ को भुला न दें। अनेक प्रकार के कार्य होते हैं। केवल परिणाम की चाहना से किया गया कार्य पूजा नहीं कहलाता। जब आप परिणाम की परवाह न करते हुए, प्रभु की पूजा करते हैं तो वही सच्चे मायनों में पूजा कहलाती है।"

अश्वत्थामा ने भिक्षुक को अरुचि से ताका। उसके मस्तिष्क में केवल एक ही शब्द आया, 'मूर्ख कहीं का।' अचानक उसके मस्तिष्क में एक छवि कौंधी और उसने उसे परे हटाने के लिए सिर झटक दिया। उसे मतिभ्रम हो रहा था, नींद लेना ज़रूरी था। परंतु वह उस घर में वापस नहीं जाना चाहता था, जहाँ उसके पिता रहते थे। वही छवि एक बार फिर से कौंधी, भिक्षुक अपने बैठे कुत्ते, अश्वत्थामा को भोजन करवा रहा था। अश्वत्थामा काँप उठा। इससे पूर्व कि वही छवि फिर से प्रकंपित करती, उसने नदी में छलाँग लगा दी। द्रोण

पुत्र कर्ण के प्रति ईर्ष्या तथा एक असुरक्षा भाव से त्रस्त था। वह बहुत भारी अपेक्षाओं के साथ गांधार गया और वहाँ से असफल हो कर लौटा। उसके जाने से पूर्व पिता ने जो कुछ मधुर शब्द कहे थे, वे जाने कहाँ लुप्त हो गए। 'हे ईश्वर! तुम मेरे प्रति इतने निर्दयी क्यों हो?' ब्राह्मण ने गहन पीड़ा के बीच कहा। उसने अपनी हथेलियों में जल भरा व बोला, 'हे गंगा माँ! मेरे पापों का प्रक्षालन कर दो...'

अश्वत्थामा कर्ण के लिए अपने मन में उमड़ रहे क्षुद्र विचारों को बहा देने का प्रयास कर रहा था। क्या वे सब उस सर्वज्ञ ईश्वर के हाथों की कठपुतलियाँ मात्र थे? क्या यह जीवन उस निर्दयी ईश्वर को प्रसन्न करने का एक प्रहसन भर है? भिक्षुक के गीत ने उसकी आहत आत्मा को सहलाया किंतु उसके मस्तिष्क को विश्रांत नहीं कर सका। उसकी पगड़ी वह अनमोल रत्न जगमगा रहा था। उसके पेट से पाचक रस की तरह पुनः ईर्ष्या का आवेग उमड़ा और अश्वत्थामा ने अपना सिर उस हिमशीतल जल में डुबो दिया। उसने गंगा के आगे हाथ जोड़े, "कर्ण, मेरे मित्र, तुम सदा विजयी रहो! माँ गंगा! मेरे मित्र की कीर्ति अक्षय हो!"

परंतु गंगा का पावन जल भी उसके भीतर उबाल खा रही ईर्ष्या की पिपासा को शांत नहीं कर सका।

* * *

22. म्लेच्छ की वापसी

बारह वर्षों की दीर्घ अवधि समाप्त हो गई। सुयोधन का खोया हुआ विश्वास पुनः अर्जित करना इतना सरल भी नहीं था। जब अश्वत्थामा ने गांधार पर धावा बोला, उसके बाद आने वाले आठ वर्षों तक शकुनि ने हस्तिनापुर में क़दम तक नहीं रखा। इसकी बजाए उसने अपनी प्रजा की खोई समृद्धि और वैभव को वापस लाने के प्रयत्नों पर बल दिया। उस देश में उसकी लोकप्रियता चरम सीमा तक जा पहुँची। प्रजा उसे उसकी न्यायप्रियता और ईमानदारी के लिए सराहती। बढ़ती आयु के साथ वह गरिमामयी दिखने लगा, लहराती हुई दाढ़ी लगभग श्वेत हो गई थी। उसके पुत्र बड़े हो गए थे। गांधार युवराज के लिए जीवन बहुत भला रहा।

अब शकुनि अपने पिछले वर्षों के घनघोर शत्रु के सारे प्रसंगों को मुड़कर सरलता से देख सकता था। ज्यों ही वह अपने देश को छोड़कर हस्तिनापुर वापस आया तो मानो बिलकुल ही बदल गया। वे पिछले चार साल जैसे हस्तिनापुर की राजनीति में फिर से पैर जमाने के लिए कठोर संघर्ष का काल रहे। उसने पूरी धृष्टता के साथ, पाखंडियों के झूठे अहं को पोषित किया, उन्हें रिश्वत व अन्य प्रकार के उत्कोचों से लुभाया। उसने एक बार फिर महल व सत्ता के गलियारों के बीच अपने लिए स्थान बना लिया। पांडवों के वनवास की अवधि अब अंत की ओर आ रही थी। आने वाले चार माह में वे अज्ञातवास काल में जाने वाले थे। उन्हें यह एक वर्ष अज्ञातवास में बिताना था। यही सब पर प्रहार करने का उचित समय होगा।

शकुनि का मस्तिष्क निरंतर नई योजनाओं व षड्यंत्रों में व्यस्त रहता। युयुत्सु अर्थव्यवस्था पर अपना शिकंजा कसता जा रहा था और उसके प्रति चुपके-चुपके रोष सुलगने लगा था, शकुनि ने इसे ही अपना सहारा बना कर एक भयानक गृहयुद्ध का सूत्रपात करने की योजना बनाई थी। हाल ही में पड़े सूखे कारण भी सहायता मिल सकती थी। परंतु भारतीय इतने निष्क्रिय थे कि अपने शासकों के विरुद्ध आवाज़ उठाने की बजाए मार्गों पर भूखे मरना कहीं अधिक पसंद करते थे।

तक्षक तो किसी काम का नहीं रहा। वह मूर्ख विंध्य के दक्षिण में चला गया और नागों के लिए एक नगर की स्थापना कर ली, जिसे उसने नागपुर का नाम दिया। वह केवल ब्राह्मणों तथा अ-नागों को सताने का ही कार्य कर रहा था। परंतु उसके ख़िलाफ़ अभी कोई आवाज़ नहीं उठी थी। उसने किसी तरह अपने लिए कुछ अनुयायी भी जुटा लिए थे। नागपुर

भले ही भारत के मध्य में स्थित था किंतु यह निराश्रितों के एक विकासशील ग्राम से अधिक कुछ न था। अधिकतर नागों ने तक्षक के स्थान पर एकलव्य को अपना नेता चुन लिया। वनों में रहने वाले लोग या तो अपने राजा से संतुष्ट थे अथवा उससे भयभीत रहते।

शकुनि जानता था कि उसे नागों की एकता भंग करनी होगी। हर जाति व समुदाय को आपस में किसी न किसी बहाने से लड़वाना होगा। जब वह गांधार में था तो छोटे-मोटे संघर्षों के अतिरिक्त कुछ भी करवाना संभव नहीं हो सका। वे संघर्ष भी कोई हानि नहीं कर सके और भारत प्रगति करता चला गया। शकुनि ने मेज़ पर अपने सारे पाँसे बिखरा दिए। वे आपस में टकराए, लुढ़के और कुर्सी के नीचे पहुँच गए। वह उन्हें कोसते हुए, नीचे से उठाने झुका। अचानक उसे दुर्जय का स्मरण हो आया। शकुनि ने चाहा कि काश अपराध की दुनिया का वह बादशाह आज मुक्त होता। यद्यपि उसने अनेक अपराधियों से साठ-गाँठ की थी किंतु उनमें से कोई भी दुर्जय की तरह घनघोर आतंकी और दुष्ट न था। यह भी बड़ा सौभाग्य रहा कि सुयोधन ने उस ठग के प्राण नहीं लिए। क्या वह उस कालकोठरी में बंदी रहकर पागल हो गया? क्या उसका सारा गर्व चकनाचूर हो चुका होगा? यदि यह सब जानना था तो किसी तरह उस कालकोठरी में जाना ही होगा, जहाँ उसे कड़े सुरक्षा प्रबंधों के बीच रखा गया था। यह बहुत ही ख़तरनाक मामला था।

ऐसा क्या किया जा सकता था कि कुरु भ्राता आपस में लड़ने लगें? जब निर्लज्ज पांडवों ने अपनी पत्नी की मान की रक्षा की ख़ातिर ही लड़ने से इंकार कर दिया तो वे अब किस प्रयोजन से युद्ध करेंगे? काश! वह किसी तरह इस युद्ध में कृष्ण को शामिल कर पाता, तब तो बहुत कुछ बदल जाता। परंतु कृष्ण को ऐसा कोई क़दम उठाने के लिए विवश करना इतना सरल न था। जहाँ तक चतुराई और सूक्ष्म बुद्धि का प्रश्न था, शकुनि को शत्रु पक्ष में केवल यादव कुमार ही ऐसा दिखाई देता था, जो उसके समकक्ष था। परंतु महान व्यक्तियों की भी अपनी कुछ दुर्बलताएँ होती हैं। कृष्ण क्या था? वह व्यक्ति बाघ को भी लुभा सकता था कि वह स्वयं अपने दाँत तोड़कर सामने धर दे, वह पूरी सेना का संहार कर सकता था। नहीं, उसे कृष्ण के पैरों तले की धरती इस तरह खिसकानी होगी कि उसे पता तक न चले। उसे कृष्ण व सुयोधन के बीच के बैर को बढ़ाना होगा और इसके साथ ही, उन दोनों को यह विश्वास दिलवाना होगा कि वे एक महान प्रयोजन के लिए युद्ध करने जा रहे थे। सबसे भयानक युद्ध तभी होते हैं, जब दोनों ही पक्ष इस भ्रम में होते हैं कि वे धर्मनिष्ठ हैं। उसे एक ऐसे युद्ध की रचना करनी थी जिसमें धर्म की व्यक्तिगत परिभाषाएँ आत्मसंतुष्टि के द्वेष में टकरा जाएँ तथा एक-दूसरे को नष्ट कर दें।

शकुनि के मन में कोई योजना नहीं आ रही थी, परंतु लगभग एक घंटे तक अपनी तंद्रा में रहने के बाद, उसके मन पर शांति इस तरह छा गई मानो किसी ने शीतल प्रलेप कर दिया हो। उसे सुयोधन को दक्षिण यात्रा के लिए लुभाना होगा। एक बार युवराज को हस्तिनापुर भेजकर, जयद्रथ को राजप्रतिनिधि बना दिया जाए, तो वह कोई न कोई उपाय निकाल सकेगा। संभवतः सुयोधन ही उस कट्टरपंथी दक्षिण की यात्रा के दौरान कोई ऐसा क़दम उठा ले, जो उसके लिए घातक सिद्ध हो। परंतु सारी कहानी सुयोधन व कृष्ण के

आपसी बैर पर अटकी थी। शकुनि ने काँपते हाथों से पाँसे हिलाए और उन्हें मन ही मन 'बारह' बुदबुदाते हुए धरती पर उछाल दिया। वे उलटे-पलटे और उसके सामने पाँसों पर बारह का जोड़ उपस्थित था।

"कृष्ण!" वह एक तिर्यक मुस्कान के साथ चिल्लाया। आकर्षक यादव कुमार का कोई भक्त भी इस नाम को इतने गहन आवेग से नहीं ले पाता होगा, जैसे उसने पुकारा था। निश्चित रूप से कोई बड़ा प्रहसन सामने आने वाला था।

* * *

जब घटोत्कच एक दुर्बलकाय किशोर को एकलव्य के पास लाया तो वह अपने धनुष को चमका रहा था। थोड़ा सा झुँझलाते हुए वनवासी राजा एकलव्य ने भीम के पुत्र से पूछा, "यह किशोर क्या चाहता है?"

"गुरु! यह आपसे अस्त्र-शस्त्र संचालन की कला सीखना चाहता है।"

एकलव्य ने अपना काम जारी रखा। वह उन दो किशोरों की बढ़ती व्याकुलता को भाँप सकता था। वह पिछले बारह वर्षों के दौरान भारी-भरकम राक्षस घटोत्कच को चाहने लगा था। उसे आज भी वह दिन याद है, जब उसने वन प्रांत का राजकाज संभाला तो हिडम्बी अपने पाँच-छह वर्ष के पुत्र को उसके पास लाई थी। वह चाहती थी कि एकलव्य उसका गुरु बने। उसने कौतुहलवश उसके पिता का नाम जानना चाहा। जब उसे पता चला कि वह भीम का पुत्र था तो उसने किसी भी प्रकार की सहायता देने से साफ़ इंकार कर दिया परंतु उस लड़के ने हार नहीं मानी। छह माह तक, हर सुबह, एकलव्य को प्रातःकाल भीम के पुत्र का मुख दिखाई देता। अंत में जब उसे लगा कि वास्तव में घटोत्कच के हृदय में कुछ सीखने की उतनी ही प्रबल इच्छा थी, जैसी कभी उसके मन में हुआ करती थी तो उसने हथियार डाल दिए। बारह साल बाद, एकलव्य को अपने उस निर्णय पर कोई पश्चाताप नहीं था।

"यह कौन है?" एकलव्य ने रुखाई से पूछा। उसने वह मुख कहाँ देखा था?

"इरावान्, एक नाग।" घटोत्कच ने संक्षिप्त उत्तर दिया। एकलव्य की निगाहें उस लड़के के मुख पर जमी रहीं।

"एकलव्य! यह नवयुवक कौन है?" वासुकि के सुर से उसकी तंद्रा टूटी।

वह युवक वासुकि की ओर मुड़ा और प्रणाम कर बोला, "मैं इरावान् हूँ।"

"यह तो तुम्हारा नाम हुआ किंतु तुम्हारे माता-पिता कौन हैं? तुम किसी क़बीले या वंश से संबंध रखते हो? तुम कहाँ से आए हो?" अपने दंड पर झुका वासुकि उसके मुख को ग़ौर से देखने लगा।

"मेरी माता एक नाग स्त्री है। उसका नाम उलूपी है।"

"और तुम्हारे पिता, वे कौन हैं?"

इरावान् ने कोई उत्तर नहीं दिया। उसके नेत्र झुके और वह धरती को ताकने लगा।

एकलव्य ने उसके कंधों को अपनी हिमशीतल जकड़न में कसा और ठंडे स्वर में कहा,

"बताओ मुझे!"

"मेरे पिता पांडव अर्जुन हैं।" उसका स्वर एक बुदबुदाहट मात्र था मानो पिता का नाम लेना ही उसके लिए भारी लज्जा का कारण हो।

एकलव्य ने उस लड़के को छोड़ दिया। अब समझ आया कि चेहरा इतना परिचित क्यों लग रहा था। "तुमने मेरे पास आने का साहस कैसे किया? क्या यह मेरा कर्तव्य है कि पांडवों के उन सभी अवैध पुत्रों की शिक्षा-दीक्षा का प्रबंध करूँ, जिन्हें वे प्रत्येक ग्राम से गुज़रने वाले मार्गों पर तजते जाते हैं? पहले घटोत्कच और अब तुम? क्या तुम जानते भी हो कि तुम्हारे पिता ने क्या किया?" एकलव्य ने अपना अंगूठारहित हाथ उसके आगे लहराया।

"मेरा कोई आश्रय नहीं है।" इरावान् की पलकें झपकीं और उसने एकलव्य के उस अनुपस्थित अंगूठे की ओर ताकने से भी इंकार कर दिया। उसने दृढ़ निश्चय के साथ अपनी चिबुक उठाई और बोला, "मैंने तो सोचा कि आप एक ऐसे व्यक्ति हैं जिनके पास कौशल, ज्ञान व योग्यता के लिए कोई सीमा नहीं है। मैंने ग़लत सोचा था। मैं यहाँ से चला जाऊँगा।" उसने प्रणाम किया और वहाँ से चल दिया।

लड़के के शब्द एकलव्य के मुख पर किसी तमाचे की तरह आन पड़े। मानो इरावान् के बीच उसे अपना रूप दिखाई दिया - कुछ सीखने की वही ललक, कुछ सीखने व सफल होने की वही संकल्प शक्ति। एकलव्य ने शुष्क कंठ से पुकारा, "पुत्र!" इरावान् थमा तो एकलव्य निषाद उसे दूर से ही देखते हुए बोला, "दिखाओ पुत्र! तुम्हें क्या आता है?"

लड़के ने अपने हाथ में थामा हल्का व अनगढ़ धनुष लिया और निशाना साधा। वासुकि एकलव्य के समीप अपने दंड पर झुका खड़ा था। वह तीर उन दोनों के सिरों के बीच से सनसनाते हुए निकला और उस संकरे पथ को पार करते हुए, पीछे उगे वृक्ष में जा धँसा। जब इरावान् ने फिर से अपने धनुष पर दूसरा तीर ताना, तब तक वे दोनों वहीं स्तंभित खड़े रहे। एक बार फिर वह तीर उसी मार्ग से होते हुए गया और पूरी सटीकता के साथ पहले तीर को काट दिया।

"शाबाश!" वासुकि चिल्लाया और अपनी बूढ़ी टाँगों को यथासंभव तेज़ी से इरावान् की ओर घसीट ले चला।

एकलव्य ने जो भी देखा, उसे विस्मित करने के लिए पर्याप्त था। वह इस युवक को सिखा भी क्या सकता था? उसके मन में ईर्ष्या का सर्प सिर उठाने लगा। क्या इरावान् की अविश्वसनीय प्रतिभा इस बात पर आश्रित है कि वह अर्जुन का पुत्र है?

"गुरु! मुझे अपने शिष्य के रूप में स्वीकार करें। मुझे भी अपने चचेरे भाई घटोत्कच की तरह एक सुयोग्य योद्धा बना दें।"

इससे पूर्व कि एकलव्य कुछ कह पाता, इरावान् ने आगे झुककर उसके चरण छू लिए। ज्यों ही युवक ने उसके चरण छुए तो अनुपस्थित अंगूठे का भूत सताने आ गया। क्या ये भूमिकाएँ बदलकर, नियति उसके साथ कोई छल कर रही थी? 'हे शिव! मुझे सब कुछ भुलाकर क्षमा करने व भूलने की पात्रता प्रदान करो।' उसने प्रार्थना की और अर्जुन के पुत्र

को उठा लिया। विशुद्ध रक्त वाले क्षत्रियों के अवैध पुत्रों को उनसे भी श्रेष्ठ योद्धा बनाने से बेहतर प्रतिशोध हो भी क्या सकता था? निषाद अपने प्रतिशोध के रूप में इससे अधिक चाह भी क्या सकता था!

वासुकि ने धरती पर अपनी छड़ी से प्रहार किया। "यह सब तो ठीक है। किंतु सावधान! स्वयं को कौरवों और पांडवों के निजी प्रसंग से दूर ही रखना।" वासुकि के अधिकतर महत्त्वपूर्ण शब्दों की तरह, इन्हें भी उपेक्षित कर दिया गया, अंततः इन सभी उपेक्षित शब्दों के लिए आगे चलकर उसे भारी क़ीमत चुकानी पड़ी।

एकलव्य ने सोचा कि कौन जाने भविष्य के गर्भ में क्या छिपा है। वह केवल उस शांति को ही सर्वोपरि मानता था, जो उसे उस समय अनुभव हो रही थी। उसने स्वयं को देवता सरीखा अनुभव किया, मानो वह शिव हो गया हो।

इस दौरान, वन के किसी दूसरे भाग में, एक शिकारी दल प्रकट हुआ। उनमें से एक ने ऐसा क्या किया कि उसके बाद अनेक भयानक गतिविधियों की शृंखला आरंभ हो गई।

* * *

23. कवि

"भानु! हमारा पुत्र इस तरह का व्यवहार क्यों करता है?"

भानुमती ने अपनी मुट्ठियाँ भींच लीं, जैसे उसके होंठों पर ताला जड़ दिया गया हो। वह जानती थी कि सुयोधन तनावग्रस्त व चिंतित था, परंतु इसे अपने पुत्र के साथ इस तरह पेश आने का बहाना तो नहीं माना जा सकता था। राजकोष लगभग रिक्त हो चला था और दूसरे वर्ष में भी वर्षा का नामोनिशान तक नहीं था। चारों ओर अकाल व सूखे की मार थी, परंतु उसके पति की चिंता का एकमात्र कारण यही था कि पांडव हस्तिनापुर वापस आने वाले थे। पांडवों का बारह वर्ष का वनवास काल समाप्त होने का था और शीघ्र ही वे छद्म वेषों में अज्ञातवास में जाने वाले थे ताकि कोई उन्हें पहचान न ले।

"कुछ तो कहो, मूर्ख शिरोमणि!" सुयोधन ने अपने पुत्र से ऊँचे सुर में कहा।

लक्ष्मण कुमार के समीप खड़े अभिमन्यु ने किसी तरह अपनी हँसी को वश में किया। उसका चचेरा भाई आज फिर संकट में पड़ गया था। भानुमती ने लाख चाहा कि उसका पुत्र अर्जुन व सुभद्रा के पुत्र अभिमन्यु से मित्रता न रखे किंतु उसकी एक न चली। कुमार अपने उस प्रतिभाशाली भाई का भक्त था। जब भी अभिमन्यु पितामह भीष्म तथा द्रोण से भेंट करने हस्तिनापुर आता तो वह उनके पास भी अवश्य आता। उसने एक कौशल संपन्न योद्धा के रूप में सुयोधन का मन मोह लिया था। इससे कोई अंतर नहीं पड़ा कि सुभद्रा भी अपने पुत्र के साथ आया करती। भानु ने देखा कि सुयोधन सुभद्रा को किस दृष्टि से देखता था। नहीं, उसे कोई ईर्ष्या नहीं थी, किंतु किसी भी पति को, किसी परायी स्त्री को ऐसे नहीं देखना चाहिए। भानु ने स्वयं को आश्वस्त किया कि वह ईर्ष्यालु नहीं था, किंतु उसका पुत्र निश्चित रूप से धृष्ट था!

"क्या तुम्हें साँप सूँघ गया है?" सुयोधन ने उसकी जंघा पर फटकार देते हुए कहा। "तुम अस्त्र व शस्त्र के अभ्यास में क्यों नहीं जाते? आचार्य का कहना है कि तुम केवल एक लेखा अधिकारी बनने के ही योग्य हो। कुमार, तुम एक क्षत्रिय हो। बड़े हो जाओ और इस बात को समझने की चेष्टा करो। बताओ, तुम अपनी सफ़ाई में क्या कहना चाहते हो?"

अभिमन्यु ने अपनी बरबस रोकी गई हँसी के बीच हस्तक्षेप किया। "चाचा जी, मेरा भाई एक योद्धा नहीं बनना चाहता।"

"वह कभी एक योद्धा बन भी नहीं सकता। ज़रा इसके अंगों को देखो। यह कोई युवक है या युवती?"

भानुमती सुयोधन के ऐसे कड़े शब्द सुनकर चिहुँकी। कुमार के अपनी बहन सरीखे कोमल भूरे नेत्रों में जल भर आया। भानुमती ने सोचा कि काश वह अभिमन्यु के मुख पर खेल रही उस गर्वीली मुस्कान को मिटा पाती। वह युवा योद्धा वहाँ सिर ताने खड़ा, अपनी नग्न तलवार की धार पर अंगूठा फिरा रहा था।

"पुत्र! तुम जीवन में करना क्या चाहते हो?" हारकर सुयोधन ने पूछा। भानुमती चाहती थी कि अपने पुत्र का हाथ थामे और उसे कक्ष से भगा ले जाए। वह जानती थी कि इसके बाद प्रहसन का कौन सा भाग सामने आने वाला था।

"कुमार! क्या मैं चाचा श्री को बता दूँ कि तुम चाहते क्या हो?" अभिमन्यु के मुख पर नटखट मुस्कान थी। कुमार ने आँखों ही आँखों में अभिमन्यु से शांत रहने का आग्रह किया। जब अभिमन्यु के लिए इस कौतुक को दबाना कठिन हो गया तो वह बोला, "चाचा श्री! मेरा मित्र कुमार कवि बनना चाहता है।"

वहाँ एक अभेद चुप्पी छा गई। कुमार ने भयभीत होकर पिता की ओर देखा। भानुमती ने चाहा कि भागकर पुत्र को अपने सुरक्षा से भरे आलिंगन में बाँध ले। परंतु इससे तो वह और अधिक लज्जा का अनुभव करता। वह लगभग पंद्रह का हो चला था और वह उसके होंठों पर मूँछों की उभरती रेखा का आभास देख सकती थी। बच्चे भी कितनी जल्दी बड़े हो जाते हैं!

"संभवतः बेहतर यही होगा कि तुम कुछ समय के लिए मेरे किसी परिचित के पास चले जाओ। उन्होंने मेरा जीवन बदल दिया; हो सकता है कि वे तुम्हारे जीवन को भी इसी प्रकार बदल दें।" सुयोधन ने चिंतित सुर में कहा। उसके सुर का उपहास जाने कहाँ चला गया था।

"यह कहीं नहीं जा रहा है।" भानुमती अपने स्थान से उठ खड़ी हुई।

"भानु! क्या तुम यही चाहती हो कि तुम्हारा पुत्र आजीवन एक स्त्रैण कहलाए। यह एक क्षत्रिय है। इसे एक दिन अपने देश का शासन चलाना होगा।"

"अगर तुम निरंतर इस तरह उसे अपमानित करना बंद कर दो तो वह स्वयं ही ठीक हो जाएगा।"

"बस, बहुत हुआ। जब मुझे तुम्हारे परामर्श की आवश्यकता होगी, तब मैं तुमसे माँग लूँगा। यह पिता व पुत्र की आपसी बात है। भानु! तुम इससे परे रहो।"

"सुयोधन! वह मेरा पुत्र भी है," भानु धृष्टता से अपने पक्ष पर डटी रही।

"भानु! तुम इस बारे में बहस क्यों करना चाहती हो। यह कितना भीरू है। लोग पीठ पीछे हमारी खिल्ली उड़ाते हैं। क्या तुम यही चाहती हो? इसे अपने चचेरे भाइयों से कुछ सीखना चाहिए। ज़रा अभिमन्यु को देखो।"

"अभिमन्यु महान योद्धा अर्जुन का पुत्र है।" न चाहते हुए भी भानु के मुख से ये शब्द

निकल ही गए। वह अपनी सीमा पार कर चुकी थी। उसने प्रतीक्षा की कि अभी सुयोधन अपने कड़े शब्दों से उसका सत्कार करेगा और यह तो उससे भी अधिक पीड़ादायी रहा, जब वह उसे उपेक्षित कर, अपने पुत्र की ओर मुड़ गया।

"तुम द्वारिका जाओगे। मैं आज ही बलराम को लिख दूँगा।"

"मेरा भाई द्वारिका जा रहा है!" लक्ष्मणा बोली और उसका प्यारा सा मुख मारे उत्सुकता के दमक उठा। वह इस सारी बातचीत के दौरान अपनी माँ के पीछे चुपचाप बैठी थी।

'जब भी सुयोधन अपनी पुत्री की ओर देखता है तो उसके चेहरे के कड़े भाव अकस्मात कोमल हो जाते हैं।' भानु ने सोचा। वह कितनी सुंदर थी! वह संसार की भूखी नज़रों से अपनी पुत्री की रक्षा कैसे करेगी? लक्ष्मणा बहुत भोली व चंचल थी। उसके पिता उस पर जान छिड़कते थे। उसे अपने भाई के हिस्से का भी सारा दुलार मिलता था।

"मैं भी भाई के साथ द्वारिका जाऊँगी," लक्ष्मणा ने कनखियों से माँ को देखा व पिता की ओर देख मुस्कराई।

"नहीं! तुम नहीं जा रहीं। अब तुम छोटी बच्ची नहीं रहीं। लक्ष्मणा! तुम्हारी विवाह योग्य आयु हो गई है और मैं इस तरह तुम्हें देश-देशांतर में भटकने नहीं दे सकती।"

"माँ! क्या आपको लगता है कि मैं अपनी देख-रेख नहीं कर सकती? जब आपका विवाह हुआ तो उस समय आपकी आयु क्या थी? मैं तो अभी पंद्रह वर्ष की हूँ।"

"लक्ष्मणा! समय बदल रहा है। मेरे समय में युवती को बीस वर्ष की आयु तक भी अविवाहित रहने की अनुमति थी। वह अपना मनपसंद वर मिलने तक अविवाहित रह सकती थी। अब तो माता-पिता बारह वर्ष की आयु में ही अपनी बिटिया का ब्याह कर देते हैं।"

लक्ष्मणा जानती थी कि माँ को शब्दों में हराना आसान नहीं था इसलिए वह पिता की प्रिय मुखमुद्रा बनाकर, सिर को थोड़ा सा झुकाते हुए उनके पास जा पहुँची और मनुहार करने लगी, "पिता श्री! मुझे जाने दें। मैं भ्राता के साथ रहना चाहती हूँ।"

भानुमती जानती थी कि अब उसका कुछ भी कहना व्यर्थ था। सुयोधन अपनी पुत्री को इंकार कर ही नहीं सकता था। एक अंतिम प्रयास के रूप में वह बोली, "वे मार्ग लुटेरों से निरापद नहीं हैं।" जाने क्यों उसे इस सारे प्रसंग के लिए भीतर से स्वीकृति नहीं आ रही थी।

"भानु! क्या तुम्हें लगता है कि कोई हस्तिनापुर की राजकुमारी को हानि पहुँचाने का साहस कर सकता है?" पिता व पुत्री एक साथ खिलखिलाने लगे। यह सोच ही कितनी हास्यासपद थी।

भानुमती और सहन नहीं कर सकी। "जो जी में आए करो। क्या तुम लोगों ने पहले कभी मेरी सुनी है, जो आज सुन लोगे? क्या तुम्हारे लिए मेरा कोई अस्तित्व भी है?" वह मारे कुंठा के, असहाय अवस्था में गवाक्ष से बाहर झाँकने लगी, वह अप्रसन्न थी कि जब उसे सांत्वना की आवश्यकता होती थी तो पति उसके पति उसका साथ नहीं देता था, वह

उदास थी कि क्योंकि अब सुयोधन कभी उससे अपने सपनों के बारे में चर्चा नहीं करता था। क्या अब उसके पास राजसिंहासन से चिपके रहने के सिवा कोई दूसरा कार्य शेष नहीं था? कुमार उसके पास आया और चुपके से अपनी बाँहें उसके गले में डाल दीं, वह अपनी माँ को दिलासा देना चाह रहा था। वह उसके भावों को समझ सकती थी।

"क्या तुम पाँच साल के बालक हो जो अपनी माँ का पल्लू पकड़कर बिसूरने चले गए?" सुयोधन खीझकर बोला।

अपनी हँसी रोकने के प्रयास में अभिमन्यु का गला रुँध गया। उसका भाई बड़ा मज़ेदार था।

"कुमार! क्या तुम्हें अपने भाई का दुःख देखकर आनंद हो रहा है?" भानुमती ने अभिमन्यु से पूछा।

अभिमन्यु लज्जित होकर, दूसरी ओर ताकने लगा। वह मुड़ा और फिर कक्ष से झटपट बाहर निकल गया।

कुमार ने अपनी पिता को देखा, चेहरा चाहे भावविहीन था किंतु उसने अपनी माँ के कंधों पर रखा हाथ नहीं हटाया।

"माँ, अभिमन्यु कुमार का एक इकलौता मित्र है। वह उसके लिए चचेरे भाई की बजाए सगे भाई से भी बढ़कर है," लक्ष्मणा बोली।

"अभिमन्यु पर भरोसा नहीं कर सकते," भानुमती ऐसे बोली मानो उसे अपने शब्दों पर पूरा भरोसा हो। वह प्रतीक्षा करती रही कि शायद कुमार कुछ कहे किंतु वह कुछ नहीं बोला।

परंतु लक्ष्मणा किसी भी बात को अधूरा नहीं छोड़ती थी। "माँ! सभी अभिमन्यु से प्यार करते हैं। आप उसके बारे में ऐसी बातें कैसे कह सकती हैं?"

"इससे कोई अंतर नहीं पड़ता कि दूसरे लोग क्या कहते हैं। मैं जानती हूँ कि उस पर भरोसा नहीं किया जा सकता," भानुमती ने सुयोधन की आँखों में ताक़ते हुए कहा जैसे उसे प्रतिरोध करने की चुनौती दे रही हो।

"आप अभिमन्यु से घृणा करती हो क्योंकि आप सुभद्रा चाची से ईर्ष्या रखती हो..." लक्ष्मणा बोली किंतु भानु के चेहरे के स्तंभित भाव देख उसकी बात बीच में ही रह गई।

भानुमती सोचने लगी कि उसने जिन बातों को सारे संसार से छिपा रखा है, जब उसकी पुत्री उन्हें सबके बीच बोलती है तो हृदय को कितना कष्ट होता है। उसने अपने पति, पुत्री और पुत्र की ओर पीठ कर ली।

तभी एक स्थूलकाय व्यक्ति अपने आने की सूचना दिए बिना ही कक्ष में दाख़िल हो गया। उसकी आँखें जैसे सूजे हुए मुख के बीच कहीं धंस गई थीं, परंतु चेहरे पर एक चौड़ी सी मुकान देखी जा सकती थी। भानुमती ने झट से अपने सिर पर पल्लू खींच लिया।

"युयुत्सु, राजकुमार व राजकुमारी के लिए द्वारिका प्रस्थान का प्रबंध करो," सुयोधन ने

कहा और आगंतुक की ओर से पीठ फेर ली।

"तो मेरी नन्ही राजकुमारी द्वारिका जा रही है? मैं तुम्हारे लिए सबसे अच्छे रथों का प्रबंध करूँगा। क्या तुम्हें मार्ग में आरामदेह रखने के लिए दो सौ अनुचर पर्याप्त होंगे?" युयुत्सु ने सिर झुकाते हुए पूछा।

"हस्तिनापुर के पास पर्याप्त संख्या में अपने रथ हैं। मेरे पिता को एक व्यापारी से रथ उधार लेने की आवश्यकता क्यों पड़े?" लक्ष्मणा ने धृष्टता से उत्तर दिया।

"राजकुमारी! हम सब एक परिवार हैं। मेरे पास जो भी है, वह तुम्हारे पिता का है और जो तुम्हारे पिता का है... उस पर सारे परिवार का अधिकार बनता है।" युयुत्सु ने दमकते हुए कहा। "आप इस निर्धन व्यापारी से क्यों रुष्ट हैं, राजकुमारी जी! मैं आपके पिता का बड़ा भाई हूँ और रिश्ते में आपका काका लगता हूँ। हस्तिनापुर मेरा ऋणी है किंतु मैं सदा इसकी प्रगति का ही विचार करता हूँ। यद्यपि मैं सबसे बड़ा हूँ किंतु मैं अपने इस छोटे से लाभांश से ही संतुष्ट हूँ, जो कि एक वैश्य का धर्म है। आपके पिता इसे जानते हैं।"

भानुमती ने अपने पति की ओर देखा किंतु उस पर चिंता के अतिरिक्त कोई और रेखाएँ नहीं दिखीं। अब उसका सारा गुस्सा कहाँ गया? व्यापारी मुस्कराया और कक्ष से बाहर हो गया।

सुयोधन एक गहरी आह भरते हुए पुत्र की ओर मुड़ा। "अभिमन्यु के साथ द्वारिका जाने की तैयारी करो। मैं बलराम को लिख दूँगा। केवल ख़याली पुलाव पकाने वाले किशोर के रूप में नहीं, एक योद्धा और वीर बनकर वापस आना। अपनी बहन को भी साथ ले जाओ। मैं दक्षिण की ओर जा रहा हूँ। आशा करता हूँ कि वापस आकर तुम्हें एक योद्धा के रूप में देख सकूँगा।"

"ओह धन्यवाद पिता श्री!" लक्ष्मणा भागकर पिता के गले से लिपट गई। अपनी पुत्री के केश सहलाते हुए सुयोधन के मुख से तनाव की सारी रेखाएँ छँटती चली गईं।

इससे पूर्व कि भानुमती कोई प्रतिरोध कर पाती, सुयोधन कक्ष से बाहर निकल गया। उसके कड़े शब्दों से मन आहत होता था पर ये उदासीनता तो जैसे दिल को ही चीर देती। उसने अपनी पुत्री को देखा, वह अपने ही आनंद में मग्न थी। भानु के मातृत्व ने उसे भीतर ही भीतर संकेत दिया कि भविष्य में उसकी पुत्री के साथ कुछ भयानक अनहोनी घटने वाली थी, काश! उसके उसके पास अपनी दुलारी को द्वारिका जाने से रोकने की शक्ति होती।

* * *

24. विविध देवता

जब वे मुज़रिस पहुँचे तो कर्ण गुरु परशुराम से भेंट करने गया परंतु सुयोधन ने गुरुजी से भेंट करने से इंकार कर दिया। परशुराम ने कर्ण को चेतावनी दी की कहीं वह अपने दिए गए वचन के साथ विश्वासघात न करे और सुयोधन दक्षिण मंडल के राज्यों की मान्यताओं से खिलवाड़ करने का दुःसाहस न कर बैठे।

एक दिन, ग्रीष्म की एक कड़कड़ाती दोपहरी में वही घटित हुआ, जिसका कर्ण को भय था। उसके लाख मना करने पर भी सुयोधन ने दक्षिण के ग्रामीण इलाके का दौरा करने की ठान ली। वे शाही सेना को सूखी हुई पूर्णा नदी के तट पर छोड़, दक्षिणी ग्रामों की ओर अश्व दौड़ाते हुए निकल गए। सुयोधन ने जो देखा, उसने उसका मन आहत कर दिया।

"कर्ण! तुम इतने अत्याचार कैसे होने देते हो? मैंने तो पूरे जीवन में ऐसा पागलखाना नहीं देखा। इंसानों को तो छोड़ो, इन्होंने पशुओं व वृक्षों को भी छूत व अछूत की श्रेणी में डाल रखा है।"

कर्ण व्याकुल होकर सोचने लगा कि यदि सुयोधन ने अपने ही उसूलों के अनुसार चलना चाहा, तो वह अपने गुरु को क्या उत्तर देगा? "मैंने गुरु को वचन दिया है कि मैं उनके मामलों में हस्तक्षेप नहीं करूँगा।" उसने कहा, परंतु वह बहाना उसके अपने ही कानों को झूठा जान पड़ा।

"भला तुम्हें ऐसे गुरु से क्या प्रयोजन हो सकता है?" सुयोधन ने क्रुद्ध सुर में कहा।

कर्ण की आँखें अश्वत्थामा की आँखों से टकराईं और उसे वहाँ भी उपालंभ दिखाई दिया। कर्ण का रोष जाग उठा। क्या यह उसका दोष था कि दक्षिणी मंडल के लोग कठोर नियमों का पालन करते थे? क्या वह स्वयं भी इन सभी जाति से जुड़े भेदभावों का शिकार नहीं रहा था? उसे क्या करना चाहिए था? शायद उसने हस्तिनापुर में भी यही सब सहा था, जब उसे सबके बीच अपमान और लज्जा का सामना करना पड़ा। उसने एक आहत चुप्पी के बीच होंठ भींच लिए। वह इस समय किसी भी क़ीमत पर अपने मित्रों से वाद-विवाद नहीं करना चाहता था। वह अपने परिवार के पास वापस लौटना चाहता था, अपनी पत्नी व पुत्र से भेंट करना चाहता था। यह जगह उसका दम घोंट रही थी, उसे जो करना चाहिए था, संभवतः उसकी स्मृति ही उसे अपराध-बोध में डुबो रही थी।

दक्षिण में उनकी यात्रा के तीसरे दिन, दोपहरी में, जब सूरज उनके सिर पर आग उगलने लगा और वे पसीने से तर-ब-तर हो गए तो उन्होंने स्वयं को एक वीरान से दिख रहे ग्राम के बीच पाया। भूखा-प्यासा दल अपनी राह भटक गया था। सभी गाँव एक जैसे दिखते थे, सूखे हुए तालाब और धूल से भरे पेड़! अकाल ने इस हरियाली से भरे स्थान की सारी श्री हर ली थी। छप्पर से छाई झोंपड़ियों को देख लगता था मानो अभी ढह जाएँगी। गलियों में खेल रहे अधनंगे बालक, अपनी धूल भरी गलियों से गुज़र रहे उन अश्वारोहियों को विस्फारित दृष्टि से ताकने लगे। कुछ महिलाएँ भाग कर आगे आईं और अपने छोटे बच्चों को ओट में आकर, झुंड बनाकर खड़ी हो गईं। अपने कच्चे बरामदों में बैठे पुरुष सतर्क होकर उन योद्धाओं को ताकने लगे।

"क्या हमें पीने के लिए थोड़ा जल मिल सकता है?" सुयोधन ने एक दुबले से युवक से पूछा, पर उसे कोई उत्तर नहीं मिला। सुयोधन ने हाथों से पानी पीने की मुद्रा बनाई जिसे देख वह युवक भयभीत होकर दो क़दम पीछे हट गया, मानो उसने कुछ ऐसे शब्द सुन लिए हों जिन्हें मुख से भी उच्चारने की अनुमति न हो। "हम केवल पीने के लिए थोड़ा पानी चाहते हैं। क्या आप लोग प्यासे राहगीरों को पानी तक नहीं पिला सकते? हम अपनी राह भूल गए हैं और... "

उन लोगों के बीच खुसर-पुसर होने लगी। कर्ण जानता था कि वे ग्रामीण क्यों भयभीत थे। वह यह भी जानता था कि उसका मित्र उन दुखियारों को कभी भी और दुख देने के बारे में सोच तक नहीं सकता किंतु जब तक वह सुयोधन को इस विषय में चेताता, तब तक एक बूढ़ी औरत ने मिट्टी का मटका सुयोधन को थमा दिया। उसने आभार सहित उसे लिया और उसे इस तरह मुख से लगा लिया मानो किसी मृतप्रायः व्यक्ति को संजीवनी मिल गई हो। भीड़ के बीच खुसर-पुसर के स्वर और भी तीव्र हो उठे।

"स्वामी! मुझे दंडित करें," उस स्त्री ने काँपते हुए होंठों से कहा। एक नन्ही सी लड़की उनके पास आ खड़ी हुई और गोल-गोल आँखों से ताकने लगी।

"आपको दंड दूँ? क्यों माता, मुझे आपको दंड क्यों देना चाहिए?" सुयोधन ने अपने हाथ का पात्र अश्वत्थामा को देते हुए कहा।

ब्राह्मण ने उस पेय को एक नज़र से देखा और अरुचि से मुँह बनाया। कर्ण अपने कवच के तले उस दिल को महसूस कर सकता था, जो तेज़ी से धड़क रहा था। वह जानता था कि महिला क्यों भयभीत थी, उसने सुयोधन को पीने के लिए ताड़ी दी थी, जो कि अछूतों व छोटी जातियों का पेय पदार्थ माना जाता है। यदि क्षत्रिय किसी अछूत जाति के व्यक्ति के हाथों का छुआ खा-पी ले तो उसकी जाति चली जाती है। सुयोधन उस स्त्री के प्राण लेकर तथा यथेष्ट मात्रा में प्रायश्चित करने के बाद ही अपनी खोई हुई जाति वापस पा सकता था। ईश्वर जाने उसे ब्राह्मणों को कितनी दान-दक्षिणा देनी होगी और अपने पाप का प्रक्षालन करने के लिए कितने अनुष्ठान करने होंगे।

"स्वामी! मैं एक अछूत हूँ। मेरे हाथों से ताड़ी का पात्र लेकर, आप भी अछूत हो गए

हैं। अगर आप चाहें तो मुझे जान से मार दें, किंतु इस गाँव का अहित न करें। हमारे पास बहुत थोड़ा...” बूढ़ी औरत ने ज्यों ही नन्ही बच्ची को अपनी ओर खींचा तो उसका स्वर भर्रा गया।

सुयोधन ने उसे देखा और यह जानने की कोशिश की कि वह क्या कहना चाह रही थी। जब कर्ण ने उसे विस्तार से बताया तो वह अपनी काठी से कूदा और काँपती बूढ़ी के हाथों को अपने हाथों में थाम लिया। उसने उसकी आँखों में देखते हुए कहा, “माँ, मैं आपको सज़ा क्यों दूँगा? आपने एक प्यासे राहगीर की प्यास को अपने प्राणों से भी बढ़कर माना। मुझे उसी तरह आशीर्वाद दें, जिस तरह आप अपने पुत्र को आशीर्वाद देतीं।”

वह महिला उसके शब्द नहीं समझी किंतु इससे कोई अंतर नहीं पड़ता था। उसने अपने दुबले हाथ सुयोधन के श्वेत केशों पर टिकाकर पूछा, “कौन हो तुम पुत्र? इस दुःखों से भरे जीवन में हम पहली बार किसी उच्च जाति के इंसान को इस तरह व्यवहार करते हुए देख रहे हैं।”

“यह पूछ रही है कि तुम कौन हो,” कर्ण कहकर दूसरी ओर देखने लगा। उसके मस्तिष्क में कई तरह के विचार चक्कर काट रहे थे।

“मैं सुयोधन हूँ और अपनी कुख्याति के कारण दुर्योधन कहलाता हूँ,” युवराज ने उत्तर दिया।

चारों ओर असहज सी चुप्पी पसर गई। कुछ स्त्रियाँ यह सब देखने के लिए झोंपड़ियों से बाहर आ गई थीं, उन्होंने अपने बच्चों को पीछे खींच लिया। मर्द भी अपने घरों की ओर जाते दिखे, उनके चेहरों पर भय के साए देखे जा सकते थे।

बूढ़ी औरत ने सुयोधन की आँखों में झाँका। वह वहाँ से खिसक रहे ग्रामीणों की ओर मुड़ी और तेज़ सुर में बोली। “उन्होंने हमसे झूठ कहा था। इस क्षत्रिय ने हमसे मनुष्यों की तरह व्यवहार किया है। हमारे लिए, यह मनुष्य धर्म के समान है।”

गाँववाले धीरे-धीरे वापस आने लगे और उन्होंने सुयोधन और उसके मित्र के आसपास घेरा डाल दिया। जब उनके आसपास की चर्चा और कोलाहल बढ़ने लगा तो सुयोधन ने कर्ण से पूछा कि माज़रा क्या है।

कर्ण बोला, “वे तुम्हारे सम्मान में एक मंदिर बनवाना चाहते हैं... और तुम्हारी पूजा करना चाहते हैं।”

“क्या?” सुयोधन दिल खोलकर हँसा। “मेरी पूजा? पगला गए हैं क्या ये लोग?”

परंतु कर्ण देख सकता था कि इस प्रस्ताव से उसका मित्र प्रसन्न हुआ था। सुयोधन ने दिखावे भर का प्रतिरोध किया और उनसे कहा कि उन्हें शिव का मंदिर बनवाना चाहिए, यद्यपि यह साफ़ देखा जा सकता था कि वह अपने नाम समर्पित मंदिर की कल्पना से मुदित था। क्या उसके द्वारा किया गया प्रत्येक विद्रोही कार्य, अवचेतन द्वारा केवल एक अच्छा व्यक्ति कहलाने का प्रयत्न मात्र था?

अश्वत्थामा ने ताड़ी से भरा पात्र कर्ण की ओर बढ़ा दिया। उसकी चमकती आँखों में एक चुनौती थी। ज्यों ही कर्ण ने पात्र को मुख से लगाया, ऐसा लगा कि उसकी तीख़ी गंध से वमन हो जाएगा। यदि यह समाचार प्रचारित हो जाएगा तो उसका एक क्षत्रिय बनने का सारा संघर्ष एक ही झटके में समाप्त हो जाएगा। अगर वह अपनी जाति खोकर, फिर से अछूत बन गया तो उसके आजीवन किए गए संघर्ष के मायने ही क्या रह जाएँगे। कैसा पतन होगा... यहाँ तक कि एक सूत के लिए यह पतन ही कहलाएगा। उसने अपनी आँखें मूँदकर घूँट भरा। ताड़ी का स्वाद मीठा था। ज्यों-ज्यों वह पेय धार कंठ से भीतर उतरने लगी, भीड़ का कोलाहल चरम सीमा पर आने लगा। गुरु परशुराम की परिभाषा के अनुसार कर्ण अब कुछ नहीं रहा था, वह न तो कोई क्षत्रिय था और यहाँ तक कि सूत भी नहीं रहा था। वह अपनी जाति गँवा चुका था। यह एक विचित्र सी बात थी, उसने स्वयं को मुक्त अनुभव किया। इससे कोई अंतर नहीं पड़ा। अन्य बातें व्यर्थ थीं, केवल उसके कंधे पर सुयोधन के हाथ का स्पर्श ही सबसे ज़्यादा अहमियत रखता था।

उसके आसपास के ग्रामीण आपस में वाद-विवाद पर उतर आए थे। एक मंदिर बनाने पर सहमति हो चुकी थी। बंद खाड़ी की ओर से आ रही हवा ने, सूर्यास्त को सहला दिया। उसने चाहा कि काश सुयोधन का दक्षिण रोमांच वहीं समाप्त हो जाए और वह इस तरह स्थान-स्थान पर लज्जित होने की पीड़ा सहने से बच जाए। तभी जैसे उसकी प्रार्थना का उत्तर भी सामने दिखाई दे गया, एक संदेशवाहक युवराज के लिए संदेश लाया था। उन्हें तत्काल हस्तिनापुर वापस बुलवाया गया था। वहाँ एक विनाशकारी प्रसंग घट चुका था।

***

25. प्रस्ताव

जब युवराज ने अपने वचन का मान रखा और अपनी दक्षिण यात्रा की अवधि के लिए, जयद्रथ को महा राजप्रतिनिधि का पद सौंप दिया तो उसके जीजा के घमंड का ठिकाना न रहा। वह अपने साथ पत्नी सुशला व पुत्र सुरथ को भी हस्तिनापुर ले आया। उसका पुत्र बारह वर्ष का हो चला था किंतु अब भी उसे अस्त्र-शस्त्र में कोई रुचि नहीं थी। सुशला किसी भी दशा में अपने पुत्र को एक महान योद्धा के रूप में देखने के लिए तरस रही थी, परंतु एक पिता के रूप में जयद्रथ को अपने पुत्र में ऐसी कोई संभावना दिखाई नहीं देती थी। उसे नहीं लगता था कि उसके पुत्र में एक अच्छा योद्धा बनने का एक भी गुण मौजूद था। वह जानता था कि जब तक वह सुयोधन को प्रसन्न कर, अधीन सिंधु देश पर राज करने की बजाए अपने लिए बड़ा इलाक़ा नहीं माँग लेता, तब तक भारतवर्ष के महान राज्यों के बीच उसकी हैसियत छोटी ही बनी रहेगी।

जयद्रथ का जन्म अनेक वर्षों की प्रार्थना के बाद हुआ था। परंतु तब तक उसके पिता में इतना दम नहीं रहा था कि वे विस्तार के रोमांच को पूरा कर पाते। जब तक जयद्रथ युवा हुआ, तब तक हस्तिनापुर का साम्राज्य सिंधु देश तथा उसके जैसे अन्य देशों की नियति को अपने वश में कर चुका था। उनके पूर्वजों का इतिहास स्वयं भगवान विष्णु तक जाता था और अब वे भीष्म के अधीन एक संरक्षणप्राप्त राज्य से अधिक कुछ नहीं थे। जयद्रथ ने कुरु वंश की एकमात्र राजकुमारी से ब्याह कर, अपने लिए थोड़ा महत्त्व चाहे हासिल कर लिया था किंतु अयोग्यता का यह भाव कभी उसका पीछा नहीं छोड़ता था। सुशला निरंतर सिंधु देश की हीनता के साथ अपने पिता के राज्य की समृद्धि की तुलना करती रहती, जिससे जयद्रथ का अभिमान और भी आहत हो जाता। परंतु यदि उसने अपने पाँसे सही तरह से खेले तो वह सुयोधन को बहला सकता था कि वह अन्य अधीन पड़ोसी राज्यों को जयद्रथ के हवाले कर दे। फिर कौन जाने कि भविष्य के गर्भ में क्या छिपा है? हो सकता है कि यह लड़का ही बड़ा होकर उसे आश्चर्यचकित कर दे। यदि एक दिन इन चचेरे भाइयों के बीच जंग हुई और साम्राज्य दुर्बल हुआ तो वह स्वयं भी बहुत कुछ कर सकता था। आने वाले समय में हस्तिनापुर सिंधु देश का अधीन देश होगा, यह सोच ही मन को कितना तरो-ताज़ा कर देती थी।

जयद्रथ अपनी भव्यता के सारे सपनों के बावजूद, अपनी प्रजा के बीच एक लोकप्रिय

राजा नहीं था। अब उसे पिता लगभग अस्सी वर्ष के हो चले थे, उन्होंने बड़ी सतर्कता के साथ लोगों के बीच प्रचारित कर दिया था कि उसे भगवान शिव से एक वरदान मिला हुआ था। जयद्रथ को वरदान मिला हुआ है कि यदि किसी ने जयद्रथ को मारा तो जिस क्षण उसका सिर कट कर धरा पर गिरेगा, उसका हत्यारा भी उसी क्षण मारा जाएगा। सिंधु के सुतों ने इस गप्प को मसाला लगाकर परोस दिया और जल्दी ही अंधविश्वासी प्रजा यह मानने लगी कि अगर जयद्रथ का वध किया गया और उसका सिर धरती पर गिरा तो हत्यारे के सिर के हज़ार टुकड़े हो जाएँगे। यही एक कारण था कि सिंधु देश गृहयुद्ध से बचा हुआ था। जयद्रथ ने इसी वरदान में एक और वरदान भी जोड़ दिया था - उसे अर्जुन के अतिरिक्त कोई दूसरा पांडव परास्त नहीं कर सकता था।

उसे राजप्रतिनिधि का पद संभाले तीन दिन हो गए थे और उसके मन में एक बार भी पितामह भीष्म से भेंट करने की इच्छा नहीं जागी। वह उनके ही पद पर विराजमान था, जिसे उन्होंने अनेक वर्षों तक सुशोभित किया था। जब जयद्रथ ने कक्ष के वैभव पर नज़र मारी तो उसका मन कटुता से भर उठा। यहाँ तो राजप्रतिनिधि के कक्ष भी उसके सिंध देश के राजसी कक्षों से कहीं भव्य थे। चाँदी के बने बारह फुट ऊँचे तैल स्तंभ पर बने मोर की आँखों में मरकत मणि जगमगा रही थीं, मोर की कारीगरी देखते ही बनती थी; अभ्यागतों की कुर्सियाँ भी हाथी दाँत से बनी थीं जिसके आगे, सिंध देश का राजसिंहासन बच्चों के खेलने के कमरे में रखे सामान जैसा दिखता था; पर्दों पर सुनहरी झालरें लटक रही थीं; कालीनों का वैभव मुँह से बोलता था; वायुमंडल में चारों ओर दुर्लभ इत्रों व तैलों की गंध महकती, जिसे देख-देख कर वह मारे गुस्से और जलन के पगला गया था। इसमें कोई संदेह नहीं, सुशला ग़लत नहीं कहती थी, हस्तिनापुर के वैभव के आगे सिंध देश क्या है।

"यह सब लूट का माल है," जयद्रथ ने स्वयं से कहा। काश! यह सब उसका हो पाता, परंतु वह जानता था कि वह दूर-दूर तक हस्तिनापुर का मुक़ाबला नहीं कर सकता था। हालाँकि अगर वह सुयोधन को अपने वश कर ले तो भाग्य भी साथ दे सकता था। उसके पास स्वयं को सुयोग्य प्रमाणित करने के लिए छह माह का समय था। उसे तत्काल परिणाम अच्छे लगते थे। उसने अपनी ओर से वांछित परिणाम पाने के लिए बहुत सी योजनाएँ बनाईं किंतु कुछ भी कारगर नहीं हो सका।

तभी एक दरबान ने आकर, नए राजप्रतिनिधि के आगे मस्तक झुकाया। उसने कहा कि गांधार के युवराज उनसे मिलने की अनुमति चाहते हैं। आह, शकुनि! जयद्रथ का मन मारे अभिमान के उछलने लगा। यद्यपि उसे शकुनि पसंद नहीं था किंतु शकुनि को प्रतीक्षा करवाने से उसे अहंकार को संतुष्टि मिल रही थी कि एक ऐसे देश का युवराज उससे मिलने के लिए प्रतीक्षा कर रहा है, जो सिंधुदेश से कहीं विस्तृत और समृद्ध है। जयद्रथ ने शकुनि को तब तक प्रतीक्षा करवाई, जब तक महल में दूसरे प्रहर का घंटा नहीं बज गया। वह कुछ देर तक नहीं बोला और इस तरह दिखावा करता रहा मानो ताड़पत्र देख रहा हो, साथ ही वह अपने अनुचरों को तरह-तरह के आदेश भी देता रहा। इस दौरान शकुनि अपना सिर झुकाए, आदर सहित खड़ा रहा। जब जयद्रथ को अनुभव हुआ कि उसने शकुनि को उसका

स्थान दिखा दिया है तो उसने उसे बैठने के लिए स्थान दिया। शकुनि ने उसके सामने बैठने से इंकार करते हुए कहा, अधीन देशों के राजा राजप्रतिनिधि के समकक्ष नहीं बैठते। जयद्रथ ने प्रसन्न होकर, शकुनि से बैठने आग्रह किया।

"ऐसा नहीं कि मुझे इस उत्तरदायित्व से कोई प्रसन्नता हुई है, शकुनि। मेरे पास तो अपने देश का ही बहुत काम-काज होता है पर सुयोधन की मदद भी तो करनी है।"

"ओह! आदरणीय सिंधु राज, मैं समझ सकता हूँ कि आपके कंधों पर महती भार है। परंतु आपके सिवा इस पद का कोई और दावेदार नहीं था। अब वह पहले जैसा समय नहीं रहा, जब अधीन देशों के राजाओं को उस नीच बूढ़े के आगे रोना-गिड़गिड़ाना पड़ता था। मगध, मिथिला व अन्य देशों के राजागण इस बात के लिए बहुत प्रसन्नता प्रकट कर रहे थे कि अब यहाँ कोई तो है, जो हमारी समस्याओं को समझ सकता है। ऐसा नहीं कि सुयोधन उदार नहीं किंतु जब से पितामह भीष्म ने अपना पद त्यागा, तब से यह पद रिक्त था और तुम तो जानते ही हो कि मेरा भाँजा कर्ण का कितना पक्ष लेता है। अंग नरेश को ही सबसे अधिक और श्रेष्ठ मिलता है।"

"मैं जब तक इस पद पर रहूँगा, सबके प्रति निष्पक्ष भाव से न्यायी रहूँगा।"

"मैं इसे जानता हूँ, तभी तो आपके पास अपना सम्मान प्रकट करने आया हूँ। वैसे, महाराज, अगर आपकी व्यस्त दिनचर्या में ख़लल न आए तो क्या मैं आपको वन में पांडवों की गतिविधियों से अवगत करवा सकता हूँ? मैं हस्तिनापुर के गुप्तचर विभाग का प्रमुख था और..."

"हाँ, निश्चित रूप से, अब वे क्या कर रहे हैं?" जयद्रथ आगे की ओर होकर बैठ गया, वह किसी भी तरह से अपनी उत्सुकता को दर्शाना नहीं चाहता था।

"दरअसल, वे द्रौपदी को छोड़कर गुप्त शस्त्रों व संधियों की तलाश में निकले हैं। केवल गुरु धौम्य व उनके कुछ शिष्य ही द्रौपदी के साथ वन में हैं।"

"उसके पाँच पुत्र कहाँ हैं?"

"पांडव अपने पुत्रों को भी संग ले गए हैं।"

जयद्रथ के मस्तिष्क में एक तरकीब चक्कर काटने लगी। द्रौपदी वन में अकेली थी। वह भी द्रौपदी के स्वयंवर में शामिल हुआ था परंतु उसे अपना कौशल तक दिखाने का अवसर नहीं मिला। वह एक राजा के रूप में इतना मामूली था कि राजाओं का वर्णन करने वाले चारण ने उसका नामोल्लेख तक नहीं किया था। कर्ण द्रौपदी के प्रेम में था। जयद्रथ सुयोधन और अश्वत्थामा के साथ मिलकर कर्ण की भावनाओं की खिल्ली उड़ाया करता। उसने सोचा था कि कर्ण स्वयंवर में द्रौपदी को जीत लेगा पर उसने कर्ण का अपमान कर दिया और वहाँ युद्ध होने लगा। अंत में, द्रौपदी ने अर्जुन से विवाह कर लिया और फिर उसके चार भाइयों की भी पत्नी बन गई। जयद्रथ मन ही मन हमेशा से द्रौपदी की सुंदरता पर मोहित रहा। जिस स्त्री ने पाँच पुरुषों से विवाह किया हो, आप उसे पवित्र या निष्कलंक तो नहीं कह सकते। जब वह भरी सभा में धृष्टता से कर्ण पर हँसी व सुयोधन का अपमान

किया, यह देखकर तो जयद्रथ उस पर पूरी तरह से मुग्ध हो गया। उन्होंने जुए के खेल वाले दिन, सभा में द्रौपदी का पर्याप्त अपमान नहीं किया था।

शकुनि ने किसी खुली क़िताब की तरह जयद्रथ के मुख पर आए भावों को पढ़ लिया। "महाराज! पता नहीं, मैं ऐसा कह कर अपनी मर्यादा लांघ रहा हूँ या नहीं, परंतु आपके जैसे महान सम्राट को तो द्रौपदी से विवाह करना चाहिए था। कहाँ वह उन कंगले और बेघर पांडवों के पल्ले पड़ गई। राजकुमारी द्रौपदी उन पांडवों से कहीं बेहतर की अधिकारिणी थी।"

जयद्रथ ने कनखियों से शकुनि को ताका। उसका दिमाग़ चकरघिन्नी की तरह घूम रहा था।

"मुझे पूरा यक़ीन है कि वह पूरे मन से आपके प्रस्ताव पर विचार करेगी।"

जयद्रथ का दिमाग़ गर्म होता चला गया। काश! द्रौपदी उसकी पिपासा संतुष्ट करने के प्रस्ताव पर हामी भर दे! यदि वह प्रतिरोध करे तो वह उसे कहीं ले जा सकता है, सिंधु देश ले जाकर अपने अंतःपुर में रख सकता है। ऐसा पहली बार नहीं होगा कि किसी राजा ने अपनी पसंद की स्त्री को अपने वश में किया हो और न ही ऐसा अंतिम बार होगा। हो सकता है कि वह उसकी पत्नी बनने के लिए मान जाए, या वह पांडवों से उसकी आजादी का सौदा कर सकता है। उसे पूरा यक़ीन था कि सुयोधन द्रौपदी से घृणा करता है और वह पांडवों को नीचा दिखाने से जुड़ी किसी भी योजना में उसका पूरा साथ देगा। अब तो शाही सेना भी उसके अधीन थी, पांडव उसके ख़िलाफ़ जाने का साहस ही नहीं कर सकेंगे। अगर सुयोधन ने भी कोई चूँ-चपड़ की, तो शाही सेना तो उसके ही अधीन है!!

"क्या तुम मुझे आश्रम ले जा सकते हो?" जयद्रथ के हाथ मारे उत्तेजना के काँप रहे थे।

"महाराज! मुझे यात्रा के लिए आवश्यक प्रबंध करने की अनुमति प्रदान करें!"

विदेशी ने प्रणाम किया और झट से बाहर निकल गया। महाराज - जयद्रथ को अपने लिए यह संबोधन सुनकर बहुत अच्छा लगा। उसने कुर्सी के हत्थे पर अपनी अँगुलियाँ फिराईं। द्रौपदी... आख़िरकर वह बस में आ ही गई।

***

शकुनि अपने कक्ष की ओर लपका। वहीं बाहर खड़ा व्यक्ति उसकी प्रतीक्षा कर रहा था। गांधार ने सिक्कों से खनखन करती थैली निकाली और उसके फैले हुए हाथों में उलट दी।

"जल्दी! पांडवों का पता लगाओ और उन्हें सही समय पर बताना कि जयद्रथ ने द्रौपदी के साथ क्या किया।"

वह आदमी सिर झुका कर बाहर निकल गया। शकुनि उसे महल के बाहरी द्वार की ओर जाता देखता रहा और मुस्कराया। उसने पाँसे फेंक दिए थे और अब नतीजे आने का इंतज़ार करना भी भारी पड़ रहा था।

***

"भइया! क्या मुझे इसकी गर्दन तोड़ देनी चाहिए?" भीम ने जयद्रथ के कंठ पर अपना शिकंजा कसते हुए, युधिष्ठिर से पूछा।

जयद्रथ की आँखें बाहर आने को थीं, उसने उस कीचड़ को अपनी मुट्ठियों में भर रखा था, जिस पर वह औंधे मुँह पड़ा था। भीम उस पर झुका, उसके घुटने जयद्रथ की पीठ को बुरी तरह से दबा रहे थे।

द्रौपदी व्यंग्य से भरी हँसी के बीच बोली, "अरे नहीं, इतनी भी क्या शीघ्रता है?"

वहाँ खड़े युधिष्ठिर उस व्यक्ति का चेहरा देख रहे थे जिसने स्नानरत द्रौपदी का हाथ थामने का दुस्साहस किया था। जब एक घबराए हुए, आदिवासी ने हाँफते सुर में उन्हें समाचार दिया कि जयद्रथ ने द्रौपदी का अपहरण कर लिया तो वे उसके शब्दों पर विश्वास नहीं कर सके। जयद्रथ उनका जीजा था, उनकी चचेरी बहन सुशला का पति; भले ही भाइयों के बीच कितने भी आपसी मतभेद हों परंतु सभी पांडव अपनी छोटी बहन से बहुत लगाव रखते थे।

भीम अपने भाइयों सहित वहाँ से भागा और बड़े भाई से अनुमति तक लेने की आवश्यकता तक नहीं समझी। विवश होकर युधिष्ठिर को भी उनका साथ देना पड़ा। अगर उस क़बीले वाले की कहानी में सच्चाई थी तो वे द्रौपदी के उपालंभों का सामना नहीं करना चाहते थे।

"मुझे क्षमा करो। जाने दो यहाँ से..." जयद्रथ ने दोनों हाथ जोड़े। जाने उसका सारा गर्व और दर्प कहाँ ओझल हो गया था।

द्रौपदी पुनः हँसने लगी। उसकी हँसी के सुर से भयभीत पक्षी शाखों से उड़ गए। युधिष्ठिर ने सोचा कि यह द्रौपदी भला इस तरह क्यों हँसती है और उनके सामने एक घमंडी राजकुमारी का चित्र उभर आया जिसे वे अपनी माँ कुंती के पास घर ले गए थे। जब भीम ने जयद्रथ की रीढ़ की हड्डी पर दबाव दिया तो वह ज़ोर से कराहा।

"वैसे तो यही ठीक होगा कि हम इसका सिर ही काट दें।" अर्जुन ने अपनी तलवार खींची और उसी ओर बढ़ा, जहाँ जयद्रथ माटी में लथपथ हुआ पड़ा था।

"नहीं, इसे जाने दो।" युधिष्ठिर ने हौले से कहा, यद्यपि वे जानते थे कि दूसरे लोग कभी उनकी बात पर सहमति नहीं देंगे।

"इसे जाने दो? अच्छा तो कुरु वंश के पुरुष ऐसे लंपटों से इसी तरह पेश आते हैं जो उनकी पत्नियों के साथ बुरा बर्ताव करते हैं?" द्रौपदी ने उपहास करते हुए, एक भौंह ऊँची की। "मैं तो भूल ही गई थी कि यह तो परिवार की परंपरा रही है। पितामह ने भी तो स्त्रियों का अपहरण किया था ताकि..."

"बस, बहुत हुआ," युधिष्ठिर ने लौह जैसे दृढ़ स्वर में कहा। "द्रौपदी! पितामह या किसी और के बारे में एक भी शब्द अपनी जिह्वा से मत निकालना।"

"निःसंदेह! मैं एक स्त्री हूँ इसलिए मेरे लिए मुख से कुछ कहना मना है। वे मुझे सभा

में निर्वस्त्र कर रहे थे और तुम सब ग्रंथों से उद्धरण देने के बाद चुप्पी साधे बैठे रहे? इस दुष्ट ने मेरा अपहरण करना चाहा और तुम इसे छोड़ देना चाहते हो क्योंकि यह तुम्हारी प्रिय चचेरी बहन का पति है? परंतु मुझे इस बात का मान होना चाहिए कि मेरा विवाह कुरु वंश में हुआ, जहाँ स्त्रियों को देवी मानकर पूजा जाता है।"

"द्रौपदी मुझे इस बात से कोई अंतर नहीं पड़ेगा कि भइया क्या कहते हैं। अगर तुम कहो तो मैं अभी इसकी गर्दन दबा दूँ," भीम ने जयद्रथ का चेहरा कीचड़ में लथेड़ते हुए कहा। सिंध नरेश के मुख से एक आह निकली।

"भीम! इसे जाने दो। केवल तुम ही हो जो मुझे समझते हो। मेरे मन में सुशला के लिए कोई बैर भाव नहीं है। वह बहुत प्यारी बच्ची है। पर खेद होता है कि ऐसा दुष्ट उसका पति है।" द्रौपदी ने दुखद स्वर में कहा। उसके पति विस्मित हो कर एक-दूसरे को ताकने लगे। जयद्रथ के कंठ पर भीम के हाथों का दबाव घट गया।

"तुम्हारी उदारता का धन्यवाद! तुमने उसे क्षमा कर दिया," युधिष्ठिर बोले।

"क्षमा कर दिया? मैं कभी किसी ऐसे पुरुष को क्षमा नहीं कर सकती जो केवल इसलिए किसी स्त्री को हानि पहुँचाने का प्रयास करता है क्योंकि उसकी प्रकृति ने उसे इतना बलशाली बनाया है। मैंने सुशला व उसके पुत्र के लिए उपहारस्वरूप इस व्यक्ति को मुक्त किया है। परंतु संसार को इसकी करनी अवश्य पता लगनी चाहिए। अगर सुशला इसके कुकृत्य को जानने के बाद भी इसकी पत्नी के रूप में रहना चाहे, तब तो ईश्वर ही उसका कल्याण करें। मैं जानती हूँ कि वह अंततः उसे क्षमा कर देगी, जैसे कि सभी स्त्रियाँ कर देती हैं। यही तो सबसे बड़ी त्रासदी है। मैंने भी अन्य स्त्रियों की तरह ऐसा किया है। काश! हम यह सीख जाते कि क्षमा करने से भी ऐसे दुष्टों को और प्रोत्साहन मिलता है तो... हम ऐसे दुष्ट को कभी न छोड़ते। उसके पुत्र को पता होना चाहिए कि उसके पिता ने कैसा लज्जाजनक कार्य किया है, ताकि जब भी वह किसी स्त्री को देखे तो वह उसके केवल उपभोग की वस्तु न दिखाई दे।"

"द्रौपदी! वह क्षमा माँग चुका है..."

द्रौपदी ने अपना हाथ उठाते हुए, युधिष्ठिर की बात बीच में ही काट दी।

"भीम! इसे गंजा कर दो और सिर पर केवल पाँच बाल रहने दो। इसे बाँधो व गधे पर उल्टा बिठा दो, इसके बाद इसे सभी गाँवों में घुमाओ ताकि सारा संसार इसके बुरे कारनामों को जान सके।"

"नहीं, या तो हमें इसके प्राण ले लेने चाहिए या इसे छोड़ देना चाहिए। यदि इसे अपमानित करने के बाद यूँ ही छोड़ दिया गया तो यह हमारे लिए एक भयानक शत्रु बन सकता है," अर्जुन ने कहा।

"मैं पाँच योद्धाओं की पत्नी हूँ। मुझे ऐसे व्यक्ति का क्या भय, जो इस समय भीम के हाथों में किसी निरीह कीट की तरह तड़प रहा है?" द्रौपदी बोली, उसकी आँखें तिरस्कार भाव से आग उगल रही थीं।

युधिष्ठिर के अतिरिक्त, उसके अन्य सभी पति खिलखिला कर हँसने लगे। वे अपना सिर हिलाकर, अपने हाथ में पकड़ी गई जपमाला के मनके घुमाते हुए, वहाँ से हट गए।

"संत महोदय को जाकर प्रार्थना करने दो। अर्जुन, अपनी तलवार तो देना। आशा करता हूँ कि हमारे प्रिय जीजा श्री बुरा नहीं मानेंगे, यदि मैं इनके बाल उतारते समय सिर से थोड़ी चमड़ी भी छील दूँ!" भीम ने कहा। उसके भाई उल्लास में मग्न हो खिलखिलाने लगे।

बाद में, जयद्रथ को मुँह पर कालिख पोत कर, गंजा कर दिया गया और गधे पर उल्टा बिठाकर, आसपास के गाँवों से उसका भद्दा जुलूस निकाला गया। अधनंगे बच्चे उसके आसपास नाचते हुए हल्ला मचा रहे थे, और गाँव वाले गदर्भराज के आने की सूचना देने के लिए ढोल पीट रहे थे।

***

शकुनि ने संदेशवाहक को देखा और अपनी श्वेत दाढ़ी पर हाथ फिराया। फिर उसने सुयोधन के पास संदेशवाहक भेज दिया ताकि उसे बताया जा सके कि उसके जीजाश्री के साथ पांडवों ने कैसा बुरा बर्ताव किया था।

***

गांधारी के कक्ष की ओर जाते समय, शकुनि सुयोधन के कान में हौले से बोला, "याद रखना, पांडवों ने कानून को अपने हाथ में लिया है। उन्हें जयद्रथ को दंडित करने का कोई अधिकार नहीं था। उन्हें तुम्हारे या महाराज के सम्मुख इस मामले को लाना चाहिए था।"

सुयोधन को ज्यों ही यह समाचार मिला तो उसे अपनी दक्षिण यात्रा को बीच में ही स्थगित कर, हस्तिनापुर वापस आना पड़ा। जयद्रथ इतनी बड़ी मूर्खता कैसे कर बैठा? सुयोधन के पास भरोसा करने के लिए केवल शकुनि के बताए हुए प्रसंग का ही संस्करण था, जिसके अनुसार जयद्रथ ने द्रौपदी के लिए कुछ अपशब्दों का प्रयोग भर किया था परंतु उस हिसाब से तो पांडवों ने जो दंड दिया था, वह किसी ज़्यादती से कम नहीं लग रहा था। शकुनि ने बल दिया कि जयद्रथ द्वारा द्रौपदी के अपहरण की अफ़वाह तो स्वयं पांडवों ने ही प्रचारित की है ताकि जयद्रथ को एक दुष्ट तथा सुयोधन को एक अयोग्य शासक प्रमाणित किया जा सके।

जब सुयोधन ने राजसी कक्ष में प्रवेश किया, तो उसके पिता पीठ किए खड़े थे और गांधारी एक वातायन में बैठी थीं। सुयोधन ने अपने मामा को शांत रहने का संकेत किया और शकुनि एक ओर हो गया।

"सुयोधन, क्या मेरा भाई भी तुम्हारे साथ आया है?" गांधारी ने पूछा।

"नहीं माता श्री!" उसके पुत्र ने तनिक संकोच के बाद उत्तर दिया।

गांधारी उसी ओर मुड़ी, जिस ओर उसका भाई खड़ा था। "शकुनि! हमें अकेला छोड़ दो!" उसने तब तक प्रतीक्षा की, जब तक उसे यह विश्वास नहीं हो गया कि उसका भाई बाहर चला गया। इसके बाद वह सुयोधन की ओर मुड़ी। "बेटा! तुम अब भी बहुत अच्छी

तरह असत्य नहीं बोल पाते इसलिए हमारी उम्मीद क़ायम है।"

"आपने मुझे क्यों बुलाया?" सुयोधन ने चिढ़कर कहा।

"क्या तुम पगला गए हो, तुमने कुंती को विदुर के पुराने घर को छोड़ने का आदेश दिया है?"

"मेरी माँ को कुंती काकी की इतनी चिंता क्यों रहती है?"

"मेरे प्रश्न का उत्तर दो, पुत्र!"

"हम उस मार्ग में आने वाले सभी घरों को ख़ाली करवा रहे हैं। युयुत्सु वहाँ एक नया बाज़ार बनवा रहा है," सुयोधन ने झट से उत्तर दिया।

गांधारी ने अपने होंठ कसकर भींच लिए। खिड़की पर अचानक काँव-काँव करने वाले कौए का कर्कश स्वर कानों को चुभ रहा था। "पुत्र! अनावश्यक रूप से सामने वाले को उत्तेजित करने में कोई समझदारी नहीं होती। तुम महाराज के आदेश के साथ उन्हें फिर से वहीं बसाओगे। क्या बात अच्छी तरह समझ आ गई?" गांधारी के शब्द किसी चट्टान की तरह कड़े थे।

"माँ, मैं इस खेल से तंग आ गया हूँ। पांडवों ने मेरे जीजाश्री के साथ कैसा बुरा बर्ताव किया और मुझे उनकी माँ के साथ नेकी दिखानी चाहिए, क्यों?"

"तुम कौन से आदरणीय जीजाश्री की बात कर रहे हो? वही, जिसने हस्तिनापुर की कुलवधु पर कुदृष्टि डाली?" गांधारी ने हिमशीतल स्वर में पूछा।

"पांडव कानून व न्याय को अपने हाथों में लेकर अपनी मनमर्ज़ी नहीं कर सकते। उन्हें न्याय करवाने के लिए मेरे पास आना चाहिए था। मैं जयद्रथ को दंडित करता। वे ऐसी धृष्टता दिखाने वाले कौन होते हैं?"

"यह तो युधिष्ठिर की दयालुता थी कि उसने जयद्रथ के प्राण नहीं लिए। मुझे पूरा विश्वास है कि इस घृणित प्रसंग में कहीं न कहीं मेरे ही भाई का हाथ है। मेरे पुत्र, कुंती के पुत्र! जैसे सभी उसके हाथों की कठपुतली बनकर नाच रहे हों। महाराज! उसे गांधार वापस भेज दें!"

"माता श्री! आपके मन में यह बात आई भी कैसे कि मामा जी मुझे अपनी अँगुलियों पर नचा सकते हैं? मैं गांधार को धूल में मिला चुका हूँ। मेरे मामा श्री अब पहले जैसे नहीं रहे, वे बदल गए हैं। पर पांडवों ने नियम और कानून को अपने हाथों में लेकर, मुझे चुनौती दी है। मैंने कुंती काकी को वहाँ से निकलने का आदेश इसलिए दिया क्योंकि मैंने निर्णय ले लिया है कि अब मैं अपने चचेरे भाइयों पर अपनी और दयादृष्टि नहीं रखना चाहता। बस, अब बहुत हो चुका!"

"परंतु तुम्हें उन्हें भड़काने के लिए अपने रास्ते से भटकने की क्या आवश्यकता है? बस उन्हें उनके अज्ञातवास के दौरान खोज लो और फिर से बारह वर्ष तक निर्जन वन प्रांत में भटकने के लिए विवश कर दो।"

"वे हर बार धर्म के नाम पर ही बचकर निकल जाते हैं..." सुयोधन ने कटुता से कहा।

"सुयोधन! तुम किसे मूर्ख बना रहे हो? तुम दोनों में से कोई भी पूरी तरह से सही नहीं है। तुम दोनों ने ही न्याय करने में भारी भूलें की हैं।"

"माँ! मैं अपने अधिकारों के लिए लड़ रहा हूँ। मैं हाल ही में दक्षिण से लौटा हूँ, जहाँ मैं भारी बदलावों का साक्षी रहा। मेरी प्रजा मुझसे स्नेह रखती है क्योंकि मैं एक न्यायी शासक हूँ।" सुयोधन ने तर्क दिया, उसकी आँखें एक प्रबल आवेग से ज्वलंत हो उठीं।

"तो मेरे पुत्र! विचार करो। यह वर्ष कितना महत्त्व रखता है। तुम्हें किसी भी दशा में पांडवों की तलाश करनी ही होगी। कृष्ण पर एक नज़र रखो। शकुनि तो उसके आगे कुछ नहीं। कृष्ण अपनी ओर से हर प्रयास करेंगे कि तुम्हें उनके पथ से हटाया जा सके। तुम मूर्खों की तरह यहाँ की सारी व्यवस्था जयद्रथ और शकुनि के भरोसे छोड़कर दक्षिण निकल गए जिससे यहाँ कोहराम मच गया।"

"माँ! मैंने वही किया, जो उचित था। वे मेरी प्रजा से ऐसे पेश आ रहे थे मानो वे कीचड़ में लोट रहे सूअर हों।"

"वास्तव में एक महान और भला काज किया! पुत्र! एक बात तो बताओ, कल अगर युद्ध हुआ तो यह दक्षिणी मंडल किस पक्ष के साथ होगा?"

"प्रजा मेरा साथ देगी।"

"एक अच्छा राजनीतिज्ञ जानता है कि उसे कब भलाई करनी चाहिए और कब कड़ाई से काम लेना चाहिए। राजनीति वह कला है, जिसमें आप दूसरों के माध्यम से अपने लक्ष्य प्राप्त करते हैं।"

निःसंदेह उसकी माँ ने जो भी किया, वह एक नृशंस सत्य था किंतु ऐसा कैसे हो सकता था कि वह अपनी दक्षिण में अपनी प्रजा की दुर्दशा देखकर भी कुछ न करता? वह अपनी आदर्शवादी युवावस्था को बहुत याद करता था, जब वह मनचाहे तरीक़े से जीता था। पर माँ का कहना भी ठीक था। बारह वर्ष तक सत्ता को अपने हाथ में लेने के बाद उसे अपने चचेरे भाइयों के साथ बाँटना इतना आसान नहीं रहा था।

"पुत्र!" धृतराष्ट्र ने पुकारा। सुयोधन ने पिता को आश्चर्य से ताका। उनके स्वर में अचानक सख़्ती आ गई थी। "अपनी माँ की बात ध्यान से सुनो। कुंती को वहीं रहने दो, जहाँ वह पहले रह रही थी। जहाँ तक जयद्रथ का प्रश्न है, इस सारे प्रसंग को भूल जाओ। मेरे गुप्तचरों ने बताया कि वह सौभाग्यशाली था कि उसके प्राण बच गए। जब वह बहुत शीघ्रता में मेरी बेटी और नाती को लेकर हस्तिनापुर से निकला, यदि उसके जाने से पूर्व मुझे सारा प्रसंग विदित होता, तो मैं उसी समय तहख़ाने में फिंकवाने का आदेश दे देता। सुयोधन! अभी तुम्हें बहुत कुछ सीखना है। अभी तुम नहीं जानते कि तुम्हें किस पर विश्वास करना चाहिए और किस पर नहीं करना चाहिए। यदि तुम अंधे बूढ़े की बात सुनना चाहो, तो मैं तुम्हें एक अच्छा परामर्श देना चाहूँगा। जयद्रथ को वापस लाओ और ऐसा दंड दो

जिसे देखकर संसार चकित रह जाए। सुशला के बारे में मत सोचना। वह मेरी पुत्री है और सब कुछ स्वयं समझ जाएगी। यही एक उपाय है जिसके बल पर तुम प्रजा के बीच अपनी खोई हुई साख़ पा सकते हो। मैं ऐसा तब भी कर सकता था, जब तुम यहाँ नहीं थे, परंतु मैं चाहता था कि यह कार्य तुम्हारे हाथों संपन्न हो ताकि प्रजा को विश्वास हो जाए कि जब न्याय करने की बात आती है तो सुयोधन यह उचित न्याय करते समय यह नहीं देखता कि अपराधी उसका कोई संबंधी या मित्र है या कोई अनजान व्यक्ति!"

"परंतु पिता श्री! मुझे नहीं लगता कि..."

"सुयोधन पहले मुझे इस बात के लिए खेद हुआ करता था कि उन्होंने मुझे पांडु की मृत्यु से पूर्व राजा क्यों नहीं बनने दिया। परंतु जिस दिन तुमने भरी सभा में द्रौपदी का अपमान करते हुए उसे विवस्त्र करना चाहा, उस दिन मुझे अपना उत्तर मिल गया। तुम्हारी माँ चाहती थी कि मैं उसी समय तुम्हें बंदी बनाने का आदेश दूँ, यथेष्ट सज़ा सुना दूँ; कर्ण से उसका राज्य छीन लूँ। मुझे यह गर्व था कि वहाँ मैं एकमात्र ऐसा व्यक्ति था जिसने सही को सही और ग़लत को ग़लत कहने का साहस रखा। मैंने तुम्हारी माँ से बहस की कि पांडु के जुआ खेलने वाले पुत्र का यही हश्र होना चाहिए, वे इसके ही अधिकारी हैं; मैंने बीते वर्षों में अपनी नेत्रहीनता के कारण जो अपमान सहा, उसके आगे तो यह कुछ भी नहीं था। तब उसने मुझसे कहा कि वह धर्म की या उच्च नैतिक पक्ष लेने की नहीं, अपितु विशुद्ध रणनीति की बात कर रही थी। यदि मैंने उसके परामर्श का पालन किया होता, तो मैं कुरु वंश के इतिहास में एक सत्यनिष्ठ सम्राट के रूप में अपनी पद प्रतिष्ठा कर पाता। परंतु मैंने ऐसा नहीं किया; इसलिए नहीं कि वह ग़लत थी, तुम्हारी माँ शायद ही कभी ग़लत होती होगी; मैंने इंकार इसलिए किया क्योंकि मेरे पुत्र, ऐसा करना तुम्हारे लिए विनाशकारी होता। सुयोधन, मुझे तुमसे अधिक प्रिय कुछ भी नहीं, यहाँ तक कि हस्तिनापुर की राजगद्दी भी नहीं। अब मैं चाहता हूँ कि तुम उसे अर्जित करो, जिसे मैं नहीं पा सका। मेरा जीवन तो बीत चुका किंतु तुम भारतवर्ष के महान शासक बन सकते हो। पुत्र, जैसा मैंने कहा, वैसा ही करो। जयद्रथ को यहाँ बुलवाओ।"

"पिता श्री! हो सकता है आपका कहा उचित ही हो। मैं जानता हूँ कि मुझे यही करना चाहिए। परंतु मैं ऐसा नहीं कर सकता। जयद्रथ मेरा मित्र है। भले ही उसने कुछ अनुचित किया हो, क्या मेरा कर्तव्य नहीं बनता कि मैं उसका पक्ष लूँ?"

"पुत्र! तुम हस्तिनापुर के भावी शासक हो। एक राजा के लिए कोई स्थायी मित्र या शत्रु नहीं होते।" धृतराष्ट्र ने अपनी छड़ी को अधीरता से फ़र्श पर ठोकते हुए कहा।

"क्षमा करें पिता श्री! पांडवों ने जयद्रथ के साथ जो भी किया, उसके लिए मैं उनसे कोई प्रतिशोध नहीं लूँगा, परंतु मैं उसे दंडित नहीं कर सकता। वह उस समय से मेरा साथ देता आया है, जब मुझे इसकी आवश्यकता थी। उसके तीन हज़ार आदमियों के अभाव में कर्ण दक्षिण पर विजय नहीं पा सकता था। मैं उसके प्रति अकृतज्ञ नहीं हो सकता।"

"तुम्हारा पुत्र निरंकुश है; उससे भी बदतर बात यह है कि वह एक भावुक मूर्ख है।"

गांधारी वातायन से ही खीझकर बोली। "इसके मित्र ही इसका विनाश करेंगे। अब जयद्रथ के विरुद्ध कोई भी क़दम उठाने के लिए बहुत देर हो गई है और सुयोधन की दक्षिण यात्रा भी कोई सुखद नहीं रही।"

"माँ! मैंने प्रजा के लिए वह किया, जो आज तक कोई भी शासक नहीं कर सका। वे मुझसे स्नेह रखते हैं। उन्होंने मेरे नाम से एक मंदिर का निर्माण करवाया है।"

"एक दिन तुम्हें अपनी भूल का एहसास होगा, किंतु बड़े खेद से कहना पड़ता है कि तब तक बहुत देर हो चुकी होगी।" गांधारी ने आह भरी। "इसे पढ़ो!" गांधारी ने एक ताड़पत्र उसके आगे कर दिया। उस पर बलराम की शाही मुहर अंकित थी।

जब सुयोधन ने उसे पढ़ लिया तो वह बोला, "किंतु कुमार तो अभी छोटा है। वह तो केवल सोलह वर्ष का है।"

"इस बात का किसी दूसरी बात से क्या प्रयोजन है? मैंने सुना है, बलराम की पुत्री वत्सला बहुत सुंदर है। वह हमारे लक्ष्मण कुमार के लिए उपयुक्त वधु होगी।"

"परंतु माँ, आपने सोचा क्या..."

"सुयोधन! यदि इस विवाह प्रस्ताव के माध्यम से बलराम तुम्हारे पक्ष में आ जाता है, तो इससे तुम्हें कोई हानि नहीं होगी।"

"क्या बालक द्वारिका से लौट आए हैं?"

"नहीं, अभी नहीं लौटे। तुम्हारा पुत्र इतना भोला और छोटा भी नहीं रहा, जितना तुम्हें लगता है। वह बलराम की पुत्री वत्सला को लुभाने तथा यादवों को प्रभावित करने में सफल रहा।"

"क्या कृष्ण ने भी इस प्रस्ताव के लिए अपनी सहमति दे दी है? वह तो मुझसे घृणा करता है।"

"पुत्र! तुम सदा की तरह कृष्ण का उचित मूल्यांकन नहीं कर सके। उसके पास कोई स्थायी मित्र या शत्रु नहीं हैं," गांधारी ने मुस्कराते हुए उत्तर दिया।

"मुझे इस विषय में विचार करने दें। मुझे इस बारे में भानु से भी बात करनी चाहिए।" सुयोधन ने माता-पिता को प्रणाम किया और अपने कक्ष की ओर चल दिया।

"कुंती से वह घर रिक्त करवाने का आदेश वापस ले लो।" गांधारी ने अपने पुत्र को पुकारा। सुयोधन ने बेमन से हामी भर दी, वह जानता था कि माँ नेत्रों पर बँधी पट्टी के बावजूद जान लेंगी कि उसने उनकी बात के लिए अपनी मंज़ूरी दे दी है।

"लक्ष्मण कुमार और वत्सला की जोड़ी बहुत अच्छी लगेगी।" सुयोधन के पीछे दुलकी चाल से चलते शकुनि ने कहा।

"आपको इस प्रस्ताव के विषय में कैसे पता चला?" सुयोधन ने खीझकर पूछा।

"ओह! महल में शाही संदेशवाहक से मेरी भेंट हुई थी। उसने ही मुझे बताया। भाँजे, तुम्हें क्या हो गया है? तुम्हें क्या लगता है कि मैं तुम्हारे दरवाज़े पर कान लगाए खड़ा था?"

सुयोधन ने कोई उत्तर नहीं दिया। उसे भानुमती से बात करनी थी। वह पहले से ही जानता था कि वह मान जाएगी क्योंकि वह अपने पुत्र की इच्छा का बहुत मान करती थी।

"सुयोधन! लोग हमारा उपहास कर रहे हैं। पांडवों ने तुम्हारे जीजा का अपमान किया है। यदि हमने कुछ नहीं किया तो इसका सीधा सा अर्थ यही होगा कि हमने जयद्रथ के अपराध को मान लिया," शकुनि ने इसी आस में बात छेड़ी कि संभवतः युवराज का ध्यान अपनी ओर खींच सके।

"हम उनका पता लगाएँगे और उन्हें सबके सामने ला खड़ा करेंगे। शुभ रात्रि!" सुयोधन ने कहा और अपने कक्ष का द्वार बंद कर दिया।

शकुनि वहीं खड़ा द्वार को एकटक ताकता रहा। उसके मस्तिष्क में झंझावत चक्कर काट रहे थे। एक बार फिर उसकी बहन ने उसे अपनी बुद्धि से मात दे दी थी। उसने उम्मीद दी थी कि जयद्रथ प्रसंग की अग्नि को भड़काया जा सकता था, परंतु वह तो मात्र चिंगारी की तरह सुलगकर बुझ गया। वह राजा को समझ गया था; उसके जीजाजी भले ही मूर्खों की तरह दिखते और पेश आते हों, परंतु वे ऐसे हैं नहीं, वे छिपे रूप में वार करने वालों में से हैं, शकुनि ने मन ही मन सोचा। वह जानता था कि अंगारे अभी पूरी तरह से बुझे नहीं थे; वह सही समय आने पर उनमें फूँक मारकर आग को भड़का देगा। परंतु अभी के लिए तो उसे अपनी पराजय स्वीकार करनी होगी। वैसे हज़ारों लोगों की भीड़ के बीच, कोलाहल से भरा भारतीय विवाह समारोह भी अपनी अनंत संभावनाओं के साथ सामने था। इस तरह वह तहख़ाने में बंद अपने पुराने मित्र दुर्जय से भेंट करने का अवसर भी निकाल लेगा। यदि वह किसी तरह चचेरे भाइयों के वैमनस्य को भड़काने में कामयाब रहा, तो यह उसके लिए अतिरिक्त लाभ होगा। एक बार फिर से पाँसे उसके पक्ष में होंगे।

***

26. ईश्वर पुत्र

द्वारिका की सज-धज देखते ही बनती थी। वह नवरात्रि की पहली रात्रि थी। कृष्ण आने वाली नौ रातों तक अपनी बाँसुरी की जादुई धुनों व प्रवचनों से श्रोताओं को मंत्रमुग्ध करने के लिए प्रस्तुत थे। सभी आयु की स्त्रियाँ उस सुकुमार युवराज के साथ नृत्य करने के लिए आपस में लड़तीं। वह सभी पर एक सा सम्मोहन भाव रखता था, प्रत्येक स्त्री को यही लगता कि वही सबसे सुंदर है, वही सबसे ख़ास है। वह तो चिर प्रेमी और अनंत सखा था। वे रातें मद से भरी थीं, और राजकुमारी लक्ष्मणा को लगा मानो वह किसी जादुई संसार में आ गई हो।

सुभद्रा लक्ष्मणा से पूछने आई कि उसने कुछ खाया या नहीं। नवयुवती ने आह भरी, सुभद्रा काकी कितनी सुंदर थी। वह इसी बारे में सोचने लगी कि क्या इस अफ़वाह में कोई सच्चाई हो सकती थी कि सुभद्रा कभी उसके पिता की प्रेमिका रही थी? यदि ऐसा था तो वह अपने पिता को दोष नहीं दे सकती थी। कई बार तो उसके मन में यह भी आता कि काश! वह अपनी अनुशासनप्रिय माँ के स्थान पर सुभद्रा की पुत्री होती। वह जानती थी कि वह ऐसे विचारों को मन ही मन शांत कर सकती थी। लक्ष्मणा को पिता की याद सता रही थी किंतु इससे भी अधिक, उसे उस व्यक्ति की याद आ रही थी, जिसने उसे सदा एक राजकुमारी के रूप में स्नेह और मान दिया।

जब भी कभी वह उदास और अप्रसन्न होती, तो उसे दिलासा देने और प्रसन्न करने के लिए एकलव्य सदैव उपस्थित हो जाता। वह उसे किसी भी परवाह किए बिना, झुककर प्रणाम करता और राजकुमारी कहकर पुकारता। उसे क़तई परवाह नहीं थी कि उसे ऐसा करते देख लोग क्या कहेंगे। 'नन्ही राजकुमारी' का संबोधन सुनते ही लक्ष्मण लजा उठती। वह तीन वर्ष की थी, जब उनके बीच यह विशेष मित्रता पनपी। निषाद की उपस्थिति में बहुत से लोगों की अँगुलियाँ उठतीं किंतु, उसके पिता कभी भी किसी की जाति या वंश की परवाह नहीं करते थे, उन्हें योग्यताओं व गुणों को सम्मान देना आता था। लक्ष्मणा तो तब यह तक नहीं जानती थी कि जाति या वंश कहते किसे हैं? लगभग बारह वर्ष पूर्व एकलव्य ने उसे वचन दिया था कि वह कभी उसे कोई हानि नहीं होने देगा। वह जानती थी कि वे शब्द किसी नन्ही बच्ची को बहलाने भर के लिए कहे गए शब्द नहीं थे, वह एक ऐसा वचन था जिसे पूरे गौरव, आदर व स्नेह के साथ दिया गया था।

बस, भगवान कृष्ण के विषय में उनके विचार नहीं मिलते थे। लक्ष्मणा को भी अपनी

समवयस्का युवतियों की तरह, सुकुमार यादव के बाल्यकाल की उन सभी रोमानी कथाओं को सुनने में बेहद रस आता था, जिन्हें भाट और चारणों ने रच रखा था। भगवान कृष्ण किसी पहेली से कम नहीं थे। जब सुभद्रा काकी ने अपने भाई से उसका प्रथम परिचय करवाया, तो लक्ष्मणा के मन में भी सबसे पहले यही विचार आया था कि वे कितने रूपवान थे। उनकी एक मुस्कान से जैसे सारा संसार आलोकित हो उठा, किंतु फिर भी उन्हें देखकर ऐसा लगा कि वे केवल उसके लिए ही मुस्करा रहे थे। वे बहुत ही दयालु और भले इंसान थे और उन्होंने उसे आशीर्वाद देते हुए, 'पुत्री' कहकर बुलाया। इसके बावजूद सुयोधन की पुत्री को लगा कि वह उनके मोहपाश में बँधती जा रही है, वह भी अन्य असहाय स्त्रियों की तरह कृष्ण के प्रेम में दीवानी हो गई थी। काकी सुभद्रा ने बाद में बताया भी था कि भले ही किसी स्त्री की आयु कितनी भी क्यों न हो, वह उनके भाई को चाहने लगती थी।

कृष्ण के बड़े भाई से लक्ष्मणा की भेंट, ठीक वैसी ही रही, जैसी उसने अपेक्षा की थी। उसने सुन रखा था कि भगवान बलराम भी उसके पिता के समान ही थे - स्नेही व दयालु। वह बलराम की पुत्री वत्सला से भी सौख्य भाव बना चुकी थी, जो उसकी ही आयु की थी। जब अभिमन्यु कुमार को धनुर्विद्या का अभ्यास करवाता, तो वे दीन-दुनिया की बातों का रस लेतीं। इसके बाद वे, चारों किसी बाग में लेटकर, तारों से भरे आसमान को ताका करते। कुमार अपनी रची कविताएँ गाता और लक्ष्मणा एक रोमानी दुनिया की कल्पना में मग्न हो जाती। जब कभी कुमार गाने लगता तो अभिमन्यु और लक्ष्मणा खिलखिला उठते और इस तरह वह उन दोनों के प्रति रोष से भर उठता।

यह शाम भी कुछ ऐसी ही थी। वे चारों घास पर बैठे, नवरात्रि के लिए किए जा रहे प्रबंधों को देख रहे थे। अभिमन्यु और वत्सला साथ बैठे खुसर-पुसर कर रहे थे और कुमार कविता गा रहा था। जब उसने अपना संगीत समाप्त किया तो अचानक समीप से ही, करतल ध्वनि सुनाई दी। "शाबाश, पुत्र!" वहाँ कृष्ण खड़े दिखाई दिए। उन लोगों ने तो उन्हें आते देखा ही नहीं था। वत्सला और अभिमन्यु की हँसी छूट गई। कुमार ने अपना सिर लज्जा से इस तरह झुका लिया मानो कृष्ण ने उसे कोई अनुचित कर्म करते हुए रंगे हाथों पकड़ लिया हो। कृष्ण ने कुमार के कंधे पर अपना हाथ रखा और उसके कान में हौले से कुछ कहा। कुमार का चेहरा आनंद से दमक उठा। इसके बाद कृष्ण ने अपनी धोती के फेंटे से बाँसुरी निकाली और उसे बजाने लगे। कुमार ने आनंदातिरेक में नयन मूँद लिए; धीरे-धीरे वह उनकी धुन के साथ अपना सुर मिलाने लगा और उसका सुर क्रमशः ऊँचा होता चला गया। जब उसने अपना गीत समाप्त कर, आँखें खोलीं, तो द्वारिका महल के सभी लोग उसके आसपास खड़े करतल ध्वनि से उसका स्वागत कर रहे थे। कुमार अपनी प्रतिभा के लिए मिली इस पहली शाबाशी से सकुचा उठा।

भगवान कृष्ण उसके निकट गए और हौले से पूछा, "क्या बात है, पुत्र?"

"मैं एक योद्धा नहीं बनना चाहता।"

भीड़ में एक भययुक्त बुदबुदाहट सुनाई दी। वत्सला अपने मुख पर हाथ रखकर

खिलखिलाने लगी। "इसने मेरे भाई का उपहास करने का साहस कैसे किया?" लक्ष्मणा ने मन ही मन क्रोधित होकर सोचा।

"पुत्र! अपने हृदय की सुनो। यही तुम्हारा धर्म है। यह चिंता मत करो कि संसार क्या कहेगा। यह संसार तो अस्थायी है, किंतु तुम शाश्वत हो।" उत्तर की प्रतीक्षा किए बिना कृष्ण भीड़ का हिस्सा बन गए और नृत्य पुनः चालू हो गया। लक्ष्मणा ने अपने भाई को इतना प्रसन्न तो पहले कभी नहीं देखा था। शीघ्र ही अभिमन्यु कुमार को भी उस उत्सव के नृत्य में घसीट ले गया।

बाद में, लक्ष्मणा ने भगवान बलराम को अपनी पत्नी रोहिणी से बात करते सुना, वे आशा रखते थे कि उनकी पुत्री वत्सला का विवाह कुमार से हो जाए। जब रोहिणी ने कहा कि युवा कुमार में क्षत्रिय बनने के कोई गुण नहीं थे, तो बलराम ने झट से उत्तर दिया कि संसार में पहले ही ऐसे बहुत से मूर्ख विद्यमान हैं, जो एक-दूसरे के रक्त के प्यासे बने घूम रहे हैं, यदि कुमार उनकी गिनती में शामिल नहीं भी हुआ तो उससे कोई बहुत बड़ा अंतर नहीं पड़ने वाला। हालाँकि लक्ष्मणा यह सुनने के बाद अपनी मुस्कान नहीं दबा सकी किंतु उसे यह प्रस्ताव नहीं जँचा। उसके चचेरे भाई अभिमन्यु और वत्सला के बीच कुछ तो ज़रूर चल रहा था। उसने बेला की झाड़ी के पास अपने स्वप्निल नेत्रों वाले भाई को देखा, उसकी आँखें सदा वत्सला पर ही टिकी रहतीं। वह एक ऐसी लड़की के प्रेम में पड़ चुका था, जो उसका उपहास करते हुए, दूसरे युवक पर मोहित थी। लक्ष्मणा ने सोचा कि उसे कुमार पर नज़र रखनी होगी।

परंतु कुछ और भी था जो उसे व्याकुल करने का कारण बन रहा था। मानो कोई निरंतर उस पर नज़र रखे हुए था, उसे देख रहा था, अपने वासनापूर्ण नेत्रों से पी रहा था। उसने स्वयं को नग्न और बहुत ही संवेदनशील अनुभव किया। जब अभिमन्यु नृत्य के लिए उसे भीड़ में घसीट ले गया, तो भी वह उस असहज से भाव से छुटकारा नहीं पा सकी। एक पल के लिए उसके मन में आया कि अपने चचेरे भाई से इस बारे में कुछ कहे, परंतु उसे यह भय भी था कि कहीं वह उसका मखौल न बना दे। हास्य और नर्तन से भरी उस भीड़ के बीच भला भयभीत होने की क्या आवश्यकता थी?

अचानक लोगों की धक्कम-पेल और भीड़ के बीच एक हाथ आगे आया और उसकी देह पर पड़ी चोली को नीचे खींचकर, वक्षस्थल को दबोचा। लक्ष्मणा तो जैसे सदमे में आ गई। उसने स्वयं को लज्जित और अपमानित अनुभव किया। इससे पहले कि वह चेहरा भीड़ के बीच ओझल होता, उसने उसकी एक झलक देख ली थी। लक्ष्मणा चिल्लाना चाहती थी। उसका इतना साहस हुआ कैसे? किंतु जैसे उसके होंठ भी स्तंभित हो उठे। वह नीचे बैठ गई, उसके आसपास सबकी भीड़ जुटने लगी, वह रोने से भी डर रही थी। संगीत वहीं थम गया। कई लोगों ने इस घटना को देखा था और बहुत से लोग अब उसे देखते हुए बारंबार यही प्रश्न पूछ रहे थे कि वहाँ कुछ देर पहले क्या हुआ। अंतहीन बेसिर-पैर के सवाल! उसने तो कुछ भी ग़लत नहीं किया था। किसी कमीने ने ज़बरन उसका स्पर्श किया। वह एक भयावह से सन्नाटे के बीच चुप लगाए बैठी थी। 'मैं सबका सामना कैसे करूँगी? माँ ने तो मुझे

पहले से ही ऐसी स्थितियों के बारे में सचेत किया था। मेरे वस्त्र, मेरी चाल-ढाल, मेरा बात करने का सलीका।' लक्ष्मणा ने पछतावे के बीच सोचा। वह हमेशा से किसी विद्रोहिणी की तरह, अपनी माँ को पुराने चलन का कहती आई थीं भला युवराज सुयोधन की पुत्री को हाथ लगा सके, ऐसा साहस किसमें हो सकता था? अब माँ के शब्द पूरी प्रखरता के साथ उसके सामने आ रहे थे, कि इस बात से कोई अंतर नहीं पड़ता था कि वह कोई राजकुमारी था या भिक्षुणी, गोरी थी या काली, आठ बरस की था या अस्सी बरस की, वह एक स्त्री थी और पुरुष हमेशा पुरुष ही होता है। यह उसका कर्तव्य था कि वह सावधान रहती। 'माँ! मैंने आज आपको लजा दिया। मुझे क्षमा कर दो। मुझे अपनी ओर से सावधान रहना चाहिए था। मैं आज अपने ही वस्त्रों, केशों व मुख से लज्जित हूँ...' लक्ष्मणा ने देह के ऊपरी वस्त्र को खींचा, उसे भय था कि लोग उसके चरित्र पर लांछन धरेंगे।

सुभद्रा काकी के हाथ ने उसकी चिबुक को ऊपर उठाया। लक्ष्मणा चाहती थी कि उठकर किसी ऐसी जगह भाग जाए, जहाँ उसे कोई न जानता हो, परंतु सुभद्रा ने उसे अपने निकट खींचकर अंक में भर लिया। लक्ष्मणा उसके वक्षस्थल में अपना मुख छिपाकर रोने लगी। वे सुन सकती थी बलराम किस तरह लोगों को आदेश दे रहे थे और लोग यहाँ-वहाँ भाग रहे थे। उसने लोगों की खुसर-पुसर के बीच सुना कि वे उसके बेतरतीब हो चुके वस्त्रों पर टीका-टिप्पणी कर रहे थे। लक्ष्मणा ने अपने कानों पर हाथ रख लिए। वह सुभद्रा के कंधे पर सिर टिकाए, ख़ुद को कक्ष तक घसीट ले गई। जब वह कक्ष में जाने ही लगी थी तो अचानक क़दम ठिठक गए। उसने जो देखा, वह आजीवन उसकी स्मृतियों में बना रहेगा। भगवान कृष्ण किसी को घूर रहे थे और जैसे उनके नेत्रों से ज्वाला सी निकल रही थी। लक्ष्मणा का हृदय जैसे स्तंभित हो गया। जिस व्यक्ति ने भरी सभा में उसके साथ ऐसी घिनौनी हरकत की, वह कोई और नहीं, भगवान कृष्ण का पुत्र सांब ही था। कृष्ण अपने पुत्र को गहरी घृणा से ताक रहे थे और फिर वे वहाँ से हट गए। अचानक उनकी नज़रें लक्ष्मणा की नज़रों से जा टकराईं। मानो वे उसके आगे गिड़गिड़ा रही थीं। वह महापुरुष उसके आगे भिक्षा माँग रहा था कि उसके पुत्र को सार्वजनिक रूप से लज्जित न किया जाए।

लक्ष्मणा अपने कक्ष में चली गई। द्वारिका में रहने का सारा आकर्षण जाने कहाँ चला गया था। सुभद्रा कुछ देर उसके साथ बैठकर, कुछ देर तक दिलासा देती रही, परंतु बाहरी धूमधाम ने शीघ्र ही उसे अपनी ओर खींच लिया। नाच-गाना फिर से चालू हो गया था। उत्सव की उस रात्रि में एक युवती की मर्यादा भंग करने की घटना एक ग़ैर-मामूली अवरोध से अधिक कुछ नहीं थी। अंत में सुभद्रा भी लौट गई, उसने लक्ष्मणा से कहा कि वह द्वार भीतर से बंद कर ले और सोने की चेष्टा करे।

बिस्तर पर बैठी लक्ष्मणा, दीपक के प्रकाश में, दीवार पर नाच रही अपनी परछाईं को देख रही थी। उसके गालों के अश्रु सूख चुके थे और फिर जाने कब वह बेचैनी से भरी नींद के आगोश में समा गई। वह नहीं जानती थी कि अब भी एक जोड़ा आँखें, द्वार की दरार से भीतर उसे ही ताक रही थीं।

27. कामुक नेत्र

जब लक्ष्मणा हस्तिनापुर पहुँची, तो सारे नगर में उत्साह की जैसे सीमा ही नहीं थी। कुमार का विवाह एक विशाल समारोह था और नगर के मार्गों पर रंग-बिरंगी सज्जा की धूम थी। सारे देश भर से लोग नगरी में आ चुके थे और हर जगह नाच-गाने का समाँ बँधा हुआ था। वह अब भी द्वारिका में घटी घटना के लिए मन ही मन लज्जित थी। वह अपनी माँ को इस बारे में बताना चाहती थी किंतु अब भी यह तय नहीं कर पा रही थी कि वे इस दुखद प्रसंग को किस रूप में लेंगी। वह नहीं चाहती थी कि यह जानने के बाद माँ बतौर अभिभावक हर स्थान पर उसके साथ जाने लगे। पिता भी निरंतर व्यस्त दिखाई दिए, वे सदा अपने मामा शकुनि के साथ दिखाई देते। परंतु एकलव्य कहाँ था?

उस शाम, द्वारिका से वधु का परिवार पधारा। कृष्ण अपनी प्रिय पत्नी रुक्मिणी के साथ पधारे, उनके बाद बलराम रोहिणी के साथ आए। सुयोधन ने सभी कौरवों की भाँति सम्मान देने के लिए बलराम के चरण-स्पर्श किए। सुयोधन और कृष्ण ने परस्पर थोड़ा झुकते हुए प्रणाम किया और इसके बाद क्षणांश के लिए आपस में गले भी मिले। शकुनि सुयोधन के पीछे खड़ा था, उसने भी झुककर कृष्ण को प्रणाम किया, उन्होंने एक मुस्कान के साथ अभिवादन का प्रत्युत्तर दिया - एक चुनौती दी गई और स्वीकार कर ली गई।

भानुमती वत्सला को परखने की कोशिश कर रही थी। उसके पुत्र की भलमनसाहत के आगे कोई भी युवती बहुत अच्छी नहीं हो सकती थी। अभिमन्यु ने उपहास करना चाहा किंतु जाने क्यों उसके सुर की जीवंतता ग़ायब थी। उसकी लंबी अँगुलियों ने एक पल के लिए वत्सला के हाथ का स्पर्श किया। लक्ष्मणा ने उनके बीच नज़रों के इस खेल को देखा तो उसकी साँसें जैसे थम सी गईं। अगर वत्सला अभिमन्यु को चाहती थी तो उसने इस विवाह प्रस्ताव के लिए अपनी सहमति क्यों दी? वह रोष में भरकर सोचने लगी। उसे किसी से तो इस बारे में बात करनी ही होगी। माँ कृष्ण की अनेक पत्नियों के स्वागत में व्यस्त थी। लक्ष्मणा को अपने भाई को चेताना ही होगा।

अचानक उसे अपनी गर्दन पर किसी गर्म श्वास की अनुभूति हुई। उससे मज़ाक कौन कर सकता है? वह खीझ कर पीछे मुड़ी और पिछले कुछ सप्ताह से दबाया गया भय, एक बार फिर से सिर उठा कर सामने आ गया। उसने दोनों हाथों से अपने वक्षस्थल को ढाँपा और अपनी माँ की तलाश में चल दी। भानुमती झट से कृष्ण की पत्नियों से अपनी

पुत्री का परिचय करवाने लगी, वे सब मुस्कराईं और महल की भव्यता की प्रशंसा की। उन्होंने कहा कि महल के उद्यान और कुल मिलाकर सारा परिदृश्य बहुत ही मनोहारी था। लक्ष्मणा उस अंतहीन कोलाहल और व्यर्थ की बातों के बीच उलझ कर, अभिवादन ही करती रही गई, वह किसी तरह अपनी मुस्कान को मुख पर चिपकाए रखने की भरसक कोशिश कर रही थी। परंतु अपने आसपास सांब की उपस्थिति का भय भी कुछ कम न था। उसे उपेक्षित नहीं किया जा सकता था। निश्चित रूप से भय की बात तो नहीं थी? वह लगातार अपने-आप को यही समझाती आ रही थी कि उसके अपने महल में उसे हाथ लगाने का दुःसाहस कौन कर सकता है? फिर उसने देखा कि वह एक खंभे का सहारा लिए खड़ा, अपने वासनापूर्ण लंपट नेत्रों से उसे ही घूर रहा था। सांब ने उसे देखकर आँख मारी और एक भद्दा सा संकेत किया। लक्ष्मणा अपने पिता के महल में भी स्वयं को असुरक्षित अनुभव करने लगी। अब वह बिलकुल सुरक्षित नहीं थी!

***

28. ख़तरनाक मुहिम

“तुम कहना क्या चाहते हो? तुम एक-दूसरे से प्रेम करते हो? तब तुमने कुमार से विवाह करने के लिए अपनी स्वीकृति क्यों दी?” कृष्ण ने अपनी भतीजी से पूछा।

“पिताजी को इस विवाह प्रस्ताव से बेहद प्रसन्नता थी,” वल्सला ने अपनी सुबकियों से रुँधे कंठ से कहा।

यह सब तो बहुत ही कठिन होता जा रहा था। हालाँकि कृष्ण तो पहले भी इस प्रस्ताव के लिए तैयार नहीं थे किंतु बलराम अपने हठ पर अड़े थे। इसके अतिरिक्त, कुमार उन्हें भी प्रिय था, वह अपने पिता की तरह अहंकारी नहीं था। यदि उसे उचित प्रशिक्षण दिया जाता तो वह भी धर्म को उसके सच्चे अर्थों में समझ जाता। परंतु वल्सला की स्वीकारोक्ति ने तो जैसे सब कुछ ही बदलकर रख दिया।

“तुम यह सब मुझ पर छोड़ दो,” अंततः कृष्ण ने कहा।

अभिमन्यु और वल्सला ने इक-दूजे को देखते हुए चैन की साँस ली। “आप ही हमारी एकमात्र आशा हैं,” वल्सला अपने काका से बोली।

कृष्ण ने उन्हें चिंतापूर्वक देखा और स्नेह से अपना हाथ, भतीजी के सिर पर रख दिया। युवा प्रेमी तो वहाँ से चले गए किंतु कृष्ण को गहरी चिंता में डाल गए। क्या वे ऐसा वचन दे चुके थे, जिसे पूरा करना उनके वश में नहीं था? कई वर्ष पूर्व, उन्होंने सुयोधन और अपनी बहन सुभद्रा के विवाह की संध्या पर, सुयोधन से सुभद्रा को बचाया था। अब सुभद्रा के पुत्र की बारी थी। उन्हें सबके सामने कुमार को मूर्ख घोषित करना होगा और बलराम व दुर्योधन के बीच वैर उत्पन्न करना होगा ताकि दुर्योधन स्वयं ही इस विवाह प्रस्ताव को रद्द कर दे। क्या वे ऐसा कर सकेंगे? उन्हें पश्चाताप था कि वे दुर्योधन के ऐसे मृदुभाषी पुत्र के साथ यह सब करने जा रहे थे, परंतु कोई और उपाय भी तो नहीं था। केवल कृष्ण उन गिने-चुने लोगों में से थे, जो यह जानते थे कि पांडव कहाँ छिपे थे। अब अर्जुन से बात करना और भीम की सहायता लेना आवश्यक हो गया था। उनके दिमाग़ में कई योजनाएँ करवट लेने लगीं, वे पांडवों की खोज में घोड़े पर सवार होकर चल दिए। अब उनके पास गँवाने के लिए समय नहीं था।

***

"अर्जुन! मैं जानता हूँ कि यह कोई आदर्श परिस्थिति नहीं है, परंतु हमें अभिमन्यु और वत्सला की प्रसन्नता के बारे में भी सोचना चाहिए। दूसरी बात यह भी है कि यदि यह विवाह हुआ तो दुर्योधन का पक्ष और भी सशक्त हो जाएगा। इस विवाह को रोकना, हमारे भी हित में होगा।"

"अभिमन्यु को इस बारे में हमें पहले सूचित करना चाहिए था। ऐसा करना कितना अपमानजनक होगा," युधिष्ठिर हौले से बोले। चंद्रमा के धुँधले प्रकाश में उनके मुख के भाव नहीं पढ़े जा सकते थे।

कृष्ण ने अधीरता से अपनी ज़ुबान चटकाई, "क्या तुम सदैव एक घुमक्कड़ ही बने रहना चाहते हो? क्या आप हस्तिनापुर के राजसिंहासन पर विराज कर, धर्म के नियमों के अनुसार भारतवर्ष का शासन नहीं करना चाहते?"

युधिष्ठिर तो शांत रहे किंतु उनके समीप से ही एक नारी खिलखिलाहट का स्वर गूँज उठा। द्रौपदी घने साए से बाहर निकल आई। "अपमानजनक? आदर मान तो हस्तिनापुर की सभा में दम तोड़ चुका है। दुर्योधन और उसके दरबारी ऐसा दयापूर्ण आचरण पाने के अधिकारी नहीं।"

कृष्ण द्रौपदी को देख मुस्कराए, "हमें बेचारे युवक को लज्जित करना होगा किंतु इसके सिवा कोई उपाय भी नहीं है। लोगों के मुख से यही बात कहलवानी होगी कि लक्ष्मण कुमार बलराम की पुत्री वत्सला के लिए उपयुक्त वर नहीं है।"

"आप ऐसा कैसे करेंगे, कृष्ण? यह तो बहुत ही ख़तरनाक खेल है," नकुल ने कहा।

"ख़तरनाक? कायर कहीं के!" द्रौपदी तेज़ सुर में बोली। उसके पाँचों पति उससे नज़रें मिलाने का साहस नहीं जुटा सके। "कृष्ण! ये पुरुष, यदि ये पुरुष कहलाने के अधिकारी हैं, तो ये वन के बेर और कंद-मूल खाकर कोमल हो गए हैं। इस काम के लिए मैं आपके साथ चलूँगी।"

"नहीं द्रौपदी!" कृष्ण ने स्नेह से अपनी गर्दन हिलाई। "तुम नियमों व शर्तों को मत भूलो। यदि उन्होंने तुम्हें पहचान लिया तो इसका अर्थ होगा कि तुम्हें अगले बारह वर्ष तक पुनः वनवास करना होगा।"

"छि:!! एक घिसे-पिटे जुए की शर्तें!! चुनौती पूरी नहीं हो सकी, क्योंकि मेरे पतियों में इसे लेने का साहस नहीं था। कृष्ण! आप मुझे अपने साथ महल में चलो, मैं अपनी यह कटार उस दुर्योधन के कंठ से नीचे उतार दूँगी।"

"शांति! द्रौपदी देवी! शांति," कृष्ण ने कहा और भीम की ओर मुड़े। "मुझे तुम्हारी सहायता चाहिए।"

"आप केवल आदेश करें," भीम ने झुकते हुए तत्काल उत्तर दिया।

"बहुत अच्छे! मेरे साथ आओ। हमें पर्वत पर किसी से भेंट करने जाना है जो तुम्हारे नाम पर कुछ भी करने को तैयार बैठा है।"

"कृष्ण! मैं तो उस पर्वत पर रहने वाले किसी व्यक्ति को नहीं जानता," भीम के सुंदर मुख पर उलझन के भाव थे।

"ओह! परंतु भीम, वह तो तुम्हें जानता है," कृष्ण एक छोटी सी मुस्कान के साथ बोले।

"परंतु यह तो उस अधम एकलव्य का राज्य है," अर्जुन चिल्लाया।

"निषाद विवाह समारोह का हिस्सा बनने के लिए निकल चुका होगा। मैं और भीम चुपके से जाएँगे और अपना काम निपटाकर, झट से वापस आ जाएँगे। बेहतर होगा कि तुम सब छद्म भेष में मेरे संरक्षण में रहने वाले विराट राज्य की ओर प्रस्थान करो। वह स्थान अज्ञातवास की एक वर्ष की अवधि के लिए आदर्श रहेगा।"

"दुर्योधन के गुप्तचर हर ओर फैले हैं। छिपना कठिन होगा।" युधिष्ठिर के सुर में चिंता का पुट था।

"युधिष्ठिर! विराट की राजधानी मत्स्य नगरी में अकेले-अकेले प्रवेश करना। तुम स्वयं को एक जुआ खेलने में सिद्धहस्त खिलाड़ी की तरह प्रस्तुत करना। विराट नरेश को इस खेल से बहुत प्रेम है। तुम्हारे लिए नरेश के सलाहकार की भूमिका पाना बहुत सरल होगा।"

"अरे हाँ! युधिष्ठिर तो यूँ भी जुए के खेल में सिद्धहस्त हैं," द्रौपदी के स्वर का व्यंग्य छिपा नहीं रह सका। सभी हँसने लगे और इस बार युधिष्ठिर के मुख पर भी मुस्कान खेल गई।

"अर्जुन एक नपुंसक का रूप ले सकता है - यह नृत्य तथा अन्य कलाओं का शिक्षक होगा।"

"कृष्ण! आप ऐसा प्रस्ताव कैसे रख सकते हैं?" अर्जुन ने झट से कहा। भाइयों के बीच खिलखिलाहट गूँज उठी और द्रौपदी ने सहमति में सिर हिलाया।

कृष्ण ने अर्जुन के विरोध को उपेक्षित करते हुए कहा, "नकुल और सहदेव शाही अस्तबल में काम कर सकते हैं।"

"और मैं?" द्रौपदी ने पूछा। उसे लगा कि सारी योजनाओं के बीच कहीं उसे भुला ही दिया गया था।

"सखी! तुम रानी की मुख्य दासी, सैरंध्री बनोगी।"

"यह दासी कैसे बन सकती है, द्रौपदी तो एक राजकुमारी है," भीम ने प्रतिरोध किया।

"राजकुमारी! हुँह!!" द्रौपदी ने पलटवार किया। "कृष्ण! यदि मुझे वह स्थान मिल सका तो मैं दासी बन कर ही प्रसन्न हूँ। कम से कम खाने के लिए भोजन और सिर ढाँपने को एक छत तो मिलेगी।"

"भीम का क्या होगा?" युधिष्ठिर ने झट से पूछा।

"हम एक बार अपनी यात्रा से लौट आएँ तो यह शाही रसोईघर में रसोइए की नियुक्ति के लिए आवेदन-पत्र दे देगा," कृष्ण की बात सुनकर भीम ने खीसें निपोरीं; उसे ऐसी भूमिका

दी जा रही थी, जिसे निभाने में उसे बहुत आनंद आएगा। "परंतु याद रहे, तुममें से कोई भी कभी एक साथ दिखाई न दे," कृष्ण ने चेतावनी दी। "अब तुम यहाँ से जल्दी निकल जाओ। इससे पहले कि किसी को संदेह हो कि तुम सब यहाँ थे और सभी अचानक कहाँ गए?"

चार पांडवों और द्रौपदी के वहाँ से जाने के बाद भी कृष्ण बहुत देर तक यही विचार करते रहे कि वे अपने दिमाग़ में चल रही दुःसाहसी योजना को मूर्त रूप कैसे दे सकते थे। यह सब भीम पर निर्भर करता था और यह भी अनिवार्य था कि वहाँ एकलव्य उपस्थित न हो।

ज्यों ही पूर्वी क्षितिज में पौ फटी, तो कृष्ण और भीम अपने अश्वों पर सवार होकर, उत्तर में खड़े पर्वत की ओर प्रस्थान कर गए, वे निषाद के राज्य की ओर जा रहे थे ताकि वहाँ जाकर, एक राक्षसी के पुत्र की तलाश कर सकें।

* * *

29. सौभाग्य के पुत्र

सुशला अपने पुत्र को आचार्य कृपा के पास घसीट ले गई। उसके पति जयद्रथ के साथ घटी उस शर्मनाक घटना के बाद, जैसे उसके लिए उसका अस्तित्व ही शेष न रहा। वह अपशब्द कहने लगा और उसका अधिकतर समय अंतःपुर में उन स्त्रियों के बीच बीतता, जिन्हें उसने ख़रीदा था या जबरन अपने वश में कर रखा था। परंतु वह इसी भय से उसे त्यागने का साहस नहीं कर सकी क्योंकि वह लोगों के मुँह से यह नहीं सुनना चाहती थी कि वह अपने पति को संतुष्ट नहीं कर सकी। वह अपने भाई के क्रोध को जानती थी इसलिए उसके आगे भी अपने जीवन की सत्यता प्रकट नहीं कर सकती थी। अब उसकी सारी आशाओं का एकमात्र केंद्र बिंदु उसका पुत्र सुरथ ही था। दुर्भाग्यवश, बालक अपनी माँ की सारी अपेक्षाओं पर ख़रा नहीं उतरा, वह एक साहसी योद्धा बनने के लक्षण व गुणों से रहित था। वह अपनी सख़्त स्वभाव वाली माँ तथा अनुचित व्यवहार करने वाले पिता के भय से, मुख से एक शब्द तक नहीं उच्चार पाता था। वह अपने भाई लक्ष्मण कुमार की तरह कवि हृदय नहीं था, वह एक ऐसा किशोर था, जिसे सारे संसार से भय लगता था।

"आचार्य कृप! केवल आप ही इसके सहाय हो सकते हैं," सुशला ने विद्रोही ब्राह्मण गुरु के सम्मुख, सम्मान से हाथ जोड़ते हुए कहा।

कृप ने उस लजाते किशोर को दया व अरुचि से ताका। वे नदी के समीप, अपने चिर-परिचित वृक्ष के नीचे बैठे थे। पास से जाते हुए लोग, उन्हें व सिंध की महारानी को प्रणाम करते हुए मंदिर की ओर बढ़ते। पास ही, एक गाय केले के उन पत्तों को चबा रही थी, जिन्हें पंडित ने प्रसाद वितरण के बाद प्रमादवश वहीं फेंक दिया था।

"क्या सिंध में पर्याप्त गुरु नहीं, जो इसकी शिक्षा-दीक्षा कर सकें?"

"गुरु! उनमें से कोई भी आपके जैसा योग्य नहीं है। वे इसे अच्छी तरह नहीं पढ़ा सके।" सुशला ने कहा और मन ही मन मनाने लगी कि आचार्य कृपा उसके पुत्र को शिक्षा देने के लिए राज़ी हो जाएँ। इस तरह उसे हस्तिनापुर में ही रहने का बहाना मिल जाएगा और लोगों की जुबानों पर भी ताले लग जाएँगे।

कृप अपने स्थान से लपके और लड़के की पीठ पर धौल दे मारा। सुशला गुरु को ऐसा करते देख स्तंभित हो उठी। सुरथ मारे भय के बिसूरने लगा, उसने कसकर अपनी माँ का पल्लू थाम लिया। सुशला ने पुत्र को अपनी ओर खींचा और सिरफिरे गुरु को खा जाने

वाली नज़रों से घूरने लगी।

"राजकुमारी! यह पीड़ा को सहन नहीं कर सकता। तुमने इसे बहुत कोमल बना दिया है। इसे योद्धा बनाना अपने-आप में एक बड़ा काम होगा। बेहतर यही होगा कि तुम इसे प्रशासन और गणित की शिक्षा दिलवाओ। इसे विदुर के पास ले जाओ। मैं उसे संदेश भिजवा देता हूँ।"

"नहीं, गुरु! मैं चाहती हूँ कि ये बड़ा होकर, एक महान योद्धा बने। मैं आपसे प्रार्थना करती हूँ कि आप इसे अपने शिष्य के तौर पर पर स्वीकार लें। आप जो भी कहेंगे, मैं देने के लिए तैयार हूँ," सुशला को हृदयहीन गुरु के सामने अश्रु बहाने से घृणा हो रही थी।

कृप हँस दिए, "कुछ भी दे सकती हो? क्या तुम उसमें से भुगतान करोगी, जो तुम्हारे पति ने सिंध की प्रजा को लूटकर भरा है? मैं ऐसा धन लेने की अपेक्षा भूखा मरना अधिक पसंद करूँगा। वैसे भी, मैं ऐसे काम के लिए धन नहीं ले सकता, जिसके बारे में मुझे पता हो कि उससे न तो गुरु को कोई लाभ होगा और न ही शिष्य को कोई लाभ होगा। पुत्री! तुम्हारे पुत्र के भाग में एक योद्धा बनना नहीं लिखा। प्रत्येक व्यक्ति को एक योद्धा ही क्यों होना चाहिए? मुझे पूरा विश्वास है कि यह एक भला इंसान होगा और यदि तुम बनने दो, तो यह एक अच्छा राजा भी बन सकता है।"

"मैं चाहती हूँ कि यह दिग्विजयी हो, सही समय आने पर भारतवर्ष का शासक बने," सुशला कह तो गई किंतु मुख से निकले शब्दों ने उसे ही लज्जित कर दिया। उसका पुत्र उसे ज़ोर से पकड़े, सुबकियाँ भर रहा था। कृप ने उसे विस्मित भाव से देखकर मुस्कान दी और सुशला ने अपनी नज़रें घुमा लीं।

"ऐसे पाखंडी गुरुओं का अभाव नहीं, जो तुमसे तुम्हारा धन ले लेंगे और तुम्हारे पुत्र को प्रताड़ित करेंगे, उसे वह बनने के लिए उकसाएँगे, जो वह नहीं है। वह एक योद्धा बनने के लिए नहीं जन्मा। अपने सितारों को इसके लिए धन्यवाद दो और इसे शिक्षा-दीक्षा के लिए विदुर के पास भेजो।"

"मैं नहीं चाहती कि मेरा पुत्र एक शूद्र से शिक्षा ग्रहण करे। क्या आप चाहते हैं कि सारा संसार उसका उपहास करे? गुरु! मैं जानती हूँ कि आप उसे शिक्षा क्यों नहीं देना चाहते। आपने सदा से ही पांडवों का पक्ष लिया है। आपको लगता है कि एक दिन मेरा पुत्र अर्जुन के लिए ही ख़तरा बन जाएगा और यही कारण है कि आप मुझे निरुत्साहित कर रहे हैं।"

"मुझे नहीं लगता कि तुम्हारा पुत्र कभी अर्जुन को परास्त कर सकेगा? सुनो, राजकुमारी, सूरज सिर पर चढ़ आया है और जिन्हें इसके ताप की आदत नहीं होती, यह उनके दिमाग़ चकरा देता है। तुम महल लौट जाओ, इसमें ही तुम्हारी भलाई है।"

"गुरु! आप अपने तिरस्कारपूर्ण शब्दों से मेरा अपमान कर रहे हैं।"

"क्षमा करना, राजकुमारी, मैं तुम्हारा अपमान नहीं करना चाहता था। यहाँ तो एक बूढ़ा गुरु अपनी पुत्री जैसी राजकुमारी को परामर्श दे रहा था। अपने बेचारे बच्चे को वह

बनने के लिए विवश मत करो, जो वह कभी नहीं बन सकता।"

"आचार्य कृप! केवल आप ही अकेले गुरु नहीं हैं। मैं भारतवर्ष या दूसरे देशों से भी सर्वश्रेष्ठ गुरुओं को यह काम सौंपूँगी। आप मेरे शब्दों को कहीं लिख लें, एक दिन मेरा पुत्र सुरथ अर्जुन को परास्त करेगा। प्रणाम गुरु। क्षमा चाहती हूँ कि आपका अमूल्य समय नष्ट किया," सुशला एक झटके से मुड़ी और अपने पुत्र को घसीटती ले गई।

कुछ ही दूरी पर उसकी प्रतीक्षा में खड़ा रथ, धूल उड़ाता हुआ, उसके सामने आ गया। गुरु की ओर देखे बिना, सुशला रथ पर सवार हुई और पुत्र को भी ऊपर खींच लिया। उसने सारथी से कहा कि उन्हें महल वापस ले चले। सुरथ की देह में पीड़ा थी और वह अब भी सुबक रहा था। सुशला ने उस कंधे को सहलाया, जहाँ कृप ने वार किया था। वह जगह नीली पड़ गई थी और वहाँ सूजन दिखाई दे रही थी। गुरु का इतना साहस, एक राजकुमार पर हाथ उठाया? कृप का दिमाग़ चल गया है। अनेक पीढ़ियों से, कुरु नरेश उसे अनुमति देते आए हैं कि वह शाही लोगों का सम्मान न करे। वह इस बारे में तो कुछ नहीं कर सकती थी, परंतु उसने मन ही मन संकल्प लिया कि वह उसे और सारे संसार को दिखा देगी कि उसका बेटा एक महान योद्धा बन सकता था। वह अब हस्तिनापुर में नहीं रहना चाहती थी; वह सिंध वापस जाकर, अपने पुत्र के लिए सर्वश्रेष्ठ गुरु का चयन करेगी। वह इस बात का ध्यान रखेगी कि कोई भूल से भी उसके पुत्र को कायर की संज्ञा से विभूषित न करे।

ज्यों ही रथ को झटका लगा तो सुरथ ने आह भरी। सुशला ने उसे मुख पर तमाचा दे मारा। "कायर कहीं के! पुरुषों की तरह पेश आना सीख। ख़बरदार जो रोने का एक भी सुर सुनाई दिया!" उसने गरजते हुए कहा, हालाँकि जब उसने अपने बेटे को भय के मारे, रथ के दूसरे कोने में सिकुड़ते हुए देखा तो उसका दिल दो टूक हो गया। उसके होंठ काँपे और गाल पर अश्रु चमक उठा। "मूर्ख! लड़कियों की तरह रोना बंद कर। तू एक क्षत्रिय है; एक क्षत्रिय की तरह पेश आ।"

सड़क पर जाते हुए लोग उन्हें देखने लगे पर सुशला को किसी की परवाह नहीं थी। बच्चा रथ के फ़र्श पर किसी कीट की तरह लेटा, अपना अँगूठा चूसने लगा। जब रथ महल के प्रवेश द्वार से भीतर जाने लगा तो सुशला को अपने किए पर लज्जा आई और उसे अपने पुत्र के प्रति किए गए बर्ताव के लिए ग्लानि होने लगी। उसने उसे कंठ से लगाकर, दिलासा देना चाहा, परंतु वह उससे छिटक कर, चलते रथ से ही कूद गया। वह भागता-भागता पितामह के कक्ष की ओर जा रहा था। सुशला ने झट से रथ रोकने का आदेश दिया और रथ से कूदकर, पुत्र के पीछे भागी। उसका क्रोध सातवें आसमान पर था।

सुरथ सीधा वृद्ध पितामह से जो टकराया, वे एक गवाक्ष के निकट खड़े, दीमक लगी पांडुलिपि को पढ़ने के प्रयास में खीझते हुए जुबान चटका रहे थे। सुरथ को देखते ही उनकी भाव-भंगिमा से स्नेह झलक उठा। सुरथ ने सिसकते हुए, उन्हें बताना चाहा कि आज क्या हुआ था।

सुशला उस कक्ष में भागती हुई आई किंतु अपने पुत्र को पितामह की धोती थामे,

बात करते देखा तो संकुचित हो उठी। उसने थोड़ा झुककर प्रणाम किया और अपने पुत्र को पकड़ना चाहा।

"सुशला! तुमने इस पर हाथ उठाया?"

कुरु राजकुमारी लज्जित हो उठी, वह उनके सामने एक भी शब्द भी नहीं कह सकी, जो उसके लिए सबसे अधिक पूजनीय व आदरणीय थे। वह उनकी नज़रों की तीक्ष्णता नहीं झेल सकी तो दूसरी ओर देखने लगी। इसके बाद उसका गुस्सा लौट आया। उसने अपना सिर उठाया और भीष्म को देखकर बोली, "जी, मैंने इसे मारा। यह कौरवों वंश के नाम पर कलंक है, चंद्रवंश के नाम पर धब्बा है।"

एक क्षण के लिए भीष्म की आँखों के आगे सुयोधन का चेहरा नाच उठा। वही दर्प, वही नियति से टकराव। वे कोमल सुर में बोले, "सुशला! यह कुरु वंश का नहीं, यह सिंध देश का राजकुमार है।"

उनके शब्द किसी नश्तर की तरह सुशला के हृदय को चाक़ कर गए। क्या वह कुरु वंश से नहीं थी? परंतु पितामह उचित ही तो कह रहे थे, सुरथ तो जयद्रथ का पुत्र था और वह हस्तिनापुर में एक अतिथि की हैसियत से रह रही थी। अब वह कुरु वंश की राजकुमारी नहीं थी। वह और उसका पुत्र; दोनों में से कोई भी भारत के महान राज्य पर कोई दावा नहीं रखते थे। वह तो एक तुच्छ संरक्षण प्राप्त राज्य की रानी थी, एक ऐसे राजा की पत्नी, जिसने दूसरे पुरुष की पत्नी का अपहरण किया, जिसका सिर मुँडवाकर, उसे लोगों के बीच सार्वजनिक तौर पर लज्जित किया गया। वह अब हस्तिनापुर में नहीं रहना चाहती थी। वह चाहती थी कि जल्दी से सिंध लौट जाए और यह व्यवस्था करे कि आने वाले समय में उसका पुत्र कुरुओं से भी श्रेष्ठ राज्य की स्थापना कर सके। उसने पुत्र को थामा और घसीटते हुए पितामह के कक्ष से बाहर ले गई। भयभीत बालक एक पल के लिए थमा, उसे लगा कि संभवतः पितामह क्रोधित माँ से उसे बचा लेंगे, परंतु पितामह किसी पाषाण प्रतिमा की तरह निष्प्राण और निश्चेष्ट खड़े ही रहे।

"सुरथ, एक दिन तुम अपने मामा अर्जुन को परास्त करोगे और सारे भारतवर्ष पर शासन करोगे। मैं तुम्हें दोबारा रोते हुए नहीं देखना चाहती," सुशला ने कहा और पुत्र को महल के गलियारों से बाहर खींचती हुई ले गई।

सुरथ, अदब से सिर झुकाए खड़े दरबानों के मुख पर छाए कौतुक को देख सकता था और इसे देख कर वह हिचक गया; आपस में खुसर-पुसर करती दासियों को देख उसकी लज्जा की सीमा न रही, वे सब उसकी ओर ही संकेत कर रहे थे। वह सिंध वापस नहीं जाना चाहता था। वह यहाँ हस्तिनापुर में पितामह और अपने नाना के पास ही रहना चाहता था, जो उसे मिठाइयाँ देते और उसकी कहानियों को इतने ध्यान से सुनते, जितने ध्यान से उसे कभी किसी ने नहीं सुना था। वह अपनी नानी के पास रहना चाहता था, जो उसे दूर पर्वतों पर बसे अपने पिता के राज्य के किस्से सुनाया करतीं।

सुशला अब भी उसे बता रही थी कि उसे किस तरह एक दिन अर्जुन से लड़ना होगा।

सुरथ डरा हुआ था। वह जानता था कि उसके वे मामा एक भारी योद्धा थे और उन्होंने उसके पिता को उनके किसी अनुचित कर्म के लिए दंडित भी किया था। वह सिंध जाने से भयभीत था; एक दिन अर्जुन का सामना करने के नाम से ही भयभीत था। काश! उसकी माँ उसके मन की बात जान पातीं।

* * *

"पिता जी!" घटोत्कच अपनी आँखों पर विश्वास नहीं कर सका। भीम उसकी तलाश करते-करते, उस तक आ पहुँचा था। आज उसकी माँ कितनी प्रसन्न होगी! यह सब उस साँवले से दिखते मनोहारी युवक की कृपा थी। संभवतः वह युवक वही था, जो सभी उसके बारे में कहते थे, विष्णु का अवतार; घटोत्कच कृष्ण के पैरों में गिर पड़ा।

"नहीं, मेरे बच्चे, पहले उठकर अपने पिता से आशीर्वाद लो!" कृष्ण ने अपने सम्मुख धरती पर साष्टांग कर रहे राक्षस से कहा।

घटोत्कच उठा और भीम की ओर बढ़ा, जो मूक भाव से खड़ा था। घटोत्कच उसके चरण छूने के लिए झुका। उसका चचेरा भाई इरावान् दूर से ही सब देख रहा था अब तक वे दोनों अपने पिताओं की अवांछित संतान थे, परंतु आज घटोत्कच के लिए जैसे सब कुछ अचानक बदल गया था। इरावान् ने अपने नेत्रों में उमड़ते गर्म आँसुओं के सैलाब को महसूस किया।

कृष्ण ने झट से घटोत्कच को समझाया कि भीम उससे कैसी सहायता की अपेक्षा रखता था। जब उन्होंने अपनी बात समाप्त की तो घटोत्कच ने उन दोनों को गहरी उलझन के साथ देखा। "परंतु मेरा तो राजकुमार दुर्योधन या उनके पुत्र से कोई बैर नहीं है। मैं उस विवाह में बाधा क्यों दूँ?"

"पुत्र, हमारे मन में भी लक्ष्मण कुमार के लिए कोई बैर नहीं है। परंतु हमें यह सब उन दो लोगों के लिए करना पड़ रहा है, जो आपस में प्रेम करते हैं," कृष्ण ने झट से बीच में आकर भीष्म के मौन को भरना चाहा।

"पिता जी! क्या आप सचमुच मुझसे यही करवाना चाहते हैं?" घटोत्कच ने पूछा।

भीम ने वहाँ पहुँचने के बाद से, एक शब्द तक नहीं कहा था। वह केवल कृष्ण के पीछे मुँह बाए खड़ा था। अब उसने छोटी सी हामी भरी।

घटोत्कच कृष्ण की ओर मुड़ा। "स्वामी! मैं इसे अपने पिता के लिए करूँगा।"

"क्या तुम जानते हो कि अगर उन्होंने तुम्हें पकड़ लिया तो दुर्योधन तुम्हारी खाल उतरवा देगा।"

"मैं अपने पिता के लिए यह कार्य करूँगा। यह मेरा धर्म है।" घटोत्कच ने मन ही मन चाहा कि काश! उसके पिता उसे एक बार देख लें किंतु भीम तो पत्थर का पुतला बना खड़ा था और उसकी दृष्टि कहीं दूर क्षितिज पर टिकी थी।

"क्या आप मेरी माँ से मिलना चाहते हैं?" घटोत्कच ने भीम से पूछा।

कृष्ण ने भीम के चेहरे पर इंकार पढ़ लिया। उन्होंने कोमलता से किशोर के आगे गर्दन हिलाई। एक पल के लिए, उनका हृदय उसके लिए सहानुभूति से भर उठा।

घटोत्कच जानता था कि उसे यह प्रश्न करना ही नहीं चाहिए था। इससे पूर्व कि वह कुछ और पूछता, कृष्ण और भीम मुड़े और चल दिए। "पिताजी! रुकिए।" उसने मूक शब्दों में पुकारा। 'मैं आपको अपना निशाना दिखाना चाहता हूँ। गदा के साथ अपना बल दिखाना चाहता हूँ। आप अभी मत जाओ!' वे शब्द के उसके होंठों से नहीं निकले। वह चुपचाप अपने पिता को किसी सपने की तरह विलीन होते देखता रहा।

"भाई! तुम तो भाग्यवान निकले!" इरावान् ने अपने शब्दों को ईर्ष्या की आग से भरसक बचाते हुए कहा।

"भले ही हम अछूत हों पर एक दिन हमारे पिताओं को हमारी ज़रूरत होगी।" घटोत्कच ने कहा।

"क्या मैं तुम्हारे साथ आ सकता हूँ?"

"यह बहुत ही ख़तरनाक खेल है।"

"फिर तो मुझे तुम्हारे साथ होना ही चाहिए।"

घटोत्कच ने अपने भाई को हैरानी से देखा। इरावान् भले ही ईर्ष्या रखता हो किंतु उसकी जलन, उसे भाई की मदद के लिए जान को ख़तरे में डालने से नहीं रोक सकी। घटोत्कच ने हामी भरी। उसके भाई के चेहरे पर किसी जंगली पुष्प सी मुस्कान नाच उठी।

बाद में, जब वह घने अंधकार के बीच घोड़ा दौड़ाते हुए हस्तिनापुर चला, तो एक अनजाने से भय ने उसे अपनी जकड़ में ले लिया। क्या वासुकि ने उसे नहीं चेताया था कि उसे पांडवों व कौरवों के बीच दख़ल देने से बचना होगा? उसने अपने-आप को याद दिलाया कि उसका धर्म यह नहीं कहता कि वह इस कृत्य के परिणाम के बारे में सोचे, बस उसे वही करना है, जो उसके पिता उससे करवाना चाहते हैं। वे दोनों प्रकाश से जगमगाते हस्तिनापुर महल की ओर बढ़ते चले गए। वे दोनों ही इस बात की संभावना को नकार देना चाहते थे कि वे एक ख़तरनाक मुहिम पर थे।

***

30. प्रेमी युवक

सुयोधन ने तेज़ी से सभा की ओर क़दम बढ़ाए। ज्यों ही वह भानुमती और लक्ष्मणा के साथ वहाँ पहुँचा तो सारे दरबारी उठ खड़े हुए। उन्होंने बड़ों को प्रणाम किया और दरबार में वर के आने की प्रतीक्षा करने लगे। अचानक ही मंत्रों की बुदबुदाहट के बीच कोलाहल सा सुनाई दिया और सारे सिर अचानक द्वार की ओर घूम गए। बलराम कुमार के हाथ को अपनी लोहे जैसी जकड़न में कसे, सभा में ला रहे थे। युवा राजकुमार के गालों पर अश्रु की धाराएँ प्रवाहित हो रही थीं।

भानुमती ने भागकर पुत्र के पास जाना चाहा किंतु सुयोधन ने उसे बीच में ही रोक यिा। "गुरु बलराम! इस सबका क्या अर्थ है?"

"सुयोधन! तुम अर्थ जानना चाहते हो? इसका अर्थ है कि मैं एक मूर्ख था। मेरी पत्नी इस विवाह के ख़िलाफ़ थी, मेरा भाई नहीं चाहता था कि यह विवाह हो, फिर भी मैंने उन सबके विरोध को दरकिनार करते हुए, इस विवाह के लिए हामी दी क्योंकि मुझे लगा कि आज से कई वर्ष पूर्व तुम्हारे साथ जो हुआ था, उसका सुधार हो सकता था।"

"मेरे पुत्र ने किया क्या है?" भानुमती ने अश्रुसिक्त नेत्रों के साथ चिल्लाकर पूछा।

"बहन! आप इसे सार्वजनिक तौर पर नहीं सुन सकेंगी। मैं आपको बाद में बता दूँगा। बस खेद से कहना पड़ता है कि हमें यह विवाह संबंध को तोड़ना होगा," कृष्ण ने कहा।

"कृष्ण! आपके प्रपंच बहुत हुए। आप कोई भी कारण दिए बिना इस संबंध को तोड़ना चाहते हैं?" सुयोधन ने मुड़कर छोटे यादव कुमार से कहा।

"मेरे मित्र, सुयोधन! क्या मैंने कहा नहीं कि मैं बाद में बता दूँगा, मैं यहाँ सबके बीच यह बात नहीं खोलना चाहता। अगर तुमने मुझे ऐसा करने के लिए विवश किया तो जान लो कि तुम्हें ही बाद में पछतावा होगा," कृष्ण ने विवेकसम्मत उत्तर देना चाहा।

"मेरा अपमान करके, कहा जा रहा है कि इसका कारण बाद में बताया जाएगा। मुझे अभी बताया जाए!"

"ऐसी बातें यदि पर्दे में ही हों, तो सही रहता है," कृष्ण ने उत्तर दिया।

"मैं अपने पुत्र को जानता हूँ, कृष्ण। मैं भी तो जानूँ कि उसने ऐसा क्या क़हर बरपा दिया है?"

"याद रखना, तुमने ही सार्वजनिक तौर पर यह बात करने के लिए मुझे विवश किया था। तुम्हारा पुत्र बिस्तर में एक युवक के साथ पाया गया।"

"क्या?" पहले तो सुयोधन मारे अविश्वास के काँप उठा और फिर क्रोध से लाल मुख लिए, पुत्र की ओर दौड़ा। भानुमती ने उसकी कलाई थाम कर उसे रोकना चाहा, परंतु उसने उसे कठोरता से परे धकेल दिया। उसने कुमार को एक करारा तमाचा दे मारा और उसके गाल पर उसकी अँगुलियों की छाप उभर आई। "कौन था वह युवक? उसे अभी मेरे पास लाया जाए!" सुयोधन चिल्लाया। मारे अपमान और रोष के उसका स्वर काँप रहा था। सिपाही उस अपराधी की तलाश में बाहर भागे।

"सुयोधन! पहले सुन तो लो कि तुम्हारा पुत्र क्या कहना चाहता है?" भीष्म ने कहा किंतु उसने अपनी गर्दन हिला दी। नहीं, उसे किसी तरह की सफ़ाई या बहानेबाज़ी नहीं सुननी। भानु रो रही थी, लक्ष्मणा विनती कर रही थी। बस कहना और सुनना बहुत हुआ। बस वह चाहता था कि दोनों हाथों से अपने पुत्र के प्रेमी का गला टीप दे। सुयोधन ने अपनी मुट्ठियाँ भींचते हुए, नेत्र मूँद लिए। उसके साए में पलने वाले छोटे राज्य और ये पुरोहित कैसे उसके साथ दिल्लगी करेंगे। भगवान शत्रु को भी ऐसी नामुराद औलाद न दे। उसे तो इसे बहुत पहले ही मार देना चाहिए था। इसमें कोई संदेह नहीं कि कुमार की धनुर्विद्या में कोई रुचि नहीं थी, कोई संदेह नहीं कि उसे शस्त्रों से भय लगता था, वह केवल एक स्त्रैण समलैंगिक मात्र था। वह सही समय आने पर, ऐसे पुत्र के हाथों में अपने राज्य की बागडोर कैसे सौंप सकता था? कैसी लज्जाजनक बात! सारे भारतवर्ष में यह प्रचारित हो जाएगा कि सुयोधन का पुत्र ऐसा निकला।

सभा पल भर में ही ख़ाली हो गई। सुयोधन उन बुदबुदाहटों के सुरों को दूर जाते सुन सकता था। कुछ लोग अपनी ओर से सहानुभूति देने आए भी परंतु अधिकतर पीछे हट गए। कर्ण ने दिलासा दिया और भीष्म ने चिढ़ाना चाहा। अश्वत्थामा ने कहा कि वह उस दूसरे युवक को खोज निकालेगा। भानुमती चुपचाप खड़ी रही। सुयोधन को किसी का भी एक भी शब्द समझ नहीं आया। उसे किसी की भी परवाह नहीं थी।

जल्द ही वह उस विशाल सभा में अकेला रह गया। अचानक उसके कानों में पड़ा कि वह दूसरा युवक बच निकला था। उन्होंने उसे शाही रसोईघर में पाया। उसने वहाँ के छह कर्मचारियों के मुख में कपड़ा ठूँस कर उन्हें बाँधा और फिर बड़े मज़े से, विवाह की दावत के लिए बने पकवान उड़ाने लगा। मानो वह इसी प्रतीक्षा में था कि एक बार कोई उसे खोजता हुआ वहाँ तक आ जाए। जब सिपाही वहाँ पहुँचे, तो उसने रसोईघर को तहस-नहस किया, बर्तन और चूल्हे पलटे और सारे सामान को आग की लपटों के हवाले कर दिया। जब वे सिपाही आग से जूझ रहे थे तो वह दुर्ग की दीवार पर किसी वानर की तरह चढ़ा और ओझल हो गया। कोई बाहर एक अश्व के साथ उसकी प्रतीक्षा में था। उसकी तलाश अब भी जारी थी।

"कौन था वह?" सुयोधन ने अपने आगे खड़े सिपाही से पूछा।

"महाराज! हम नहीं जानते। वह बहुत ही काले रंग का किसी राक्षस जैसा दिखता था।"

"ओह! हद हो गई। उसके पुत्र ने उसके गुरु की सुंदरी पुत्री को छोड़कर, अपने लिए एक राक्षस को चुन लिया।"

अंततः सारी मशालें बुझ गईं और चारों ओर घने अंधकार का साम्राज्य छा गया।

***

31. किरातार्जुनीयम्

एकलव्य ने अपनी धर्म पुत्री का पत्र पुनः पढ़ा। उस पत्र में कुछ तो कमी थी, जो उसे खल रही थी। उस पत्र में पहले जैसी जीवंतता नहीं थी, जिसे पढ़कर उसके होंठों पर मुस्कान खेल जाया करती थी। उसने तय किया था कि कुमार के विवाह में नहीं जाएगा, वह नहीं चाहता था कि अपने लिए अपमान का कोई अवसर पैदा करे। परंतु उस पत्र को पाते ही उसे अपना इरादा बदलना पड़ा। लक्ष्मणा ने पत्र में लिखा था कि उसका भाई एक ग़लत युवती से विवाह कर रहा था, जो उसके चचेरे भाई अभिमन्यु से प्रेम करती है। वह पत्र के अंत में लिखी पंक्तियों को पढ़कर चिंतित था। उसने लिखा था कि कोई उसका पीछा कर रहा है और वह इसी बात से बहुत डर गई है। उसे जाना ही होगा।

एकलव्य ने सुबह-सुबह हस्तिनापुर के लिए प्रस्थान किया। उसे याद नहीं था कि उसने आख़िरी बार वन-प्रांत को इतना सूखा हुआ कब देखा था। जब वह सूखे पहाड़ी नालों के पास खड़े पहाड़ों से अश्व दौड़ाता हुआ निकला तो वह चिंतित था। उसकी मानसपुत्री लक्ष्मणा भयभीत क्यों थी? अचानक उसका अश्व व्याकुल हो उठा। उसने अपना सिर उठा कर, हवा को सूँघा। कान बिलकुल सीधे खड़े हो गए थे। आगे की झाड़ियों में अचानक कहीं कोई हिला, शायद कोई जंगली भालू था। किसी भड़के हुए वन्य सूअर के रास्ते में आने से अधिक ख़तरनाक तो कुछ हो ही नहीं सकता था। एकलव्य ने अपने अश्व को एक कोने में किया और वृक्ष की ओट में आ गया।

आगे वाली झाड़ी हिली और फिर सन्नाटा छा गया। एकलव्य ने सावधानी से अपने कंधे से धनुष उतारा और उस पर तीर चढ़ाया। अचानक एक व्यक्ति उसकी दाईं ओर से सामने आया और उसी झाड़ी की ओर चल दिया। मूर्ख! क्या वह वन के इन संकेतों को नहीं समझता? उस अजनबी के हाथों में एक धनुष और बाणों से भरा तूणीर था। उसने कमर में एक तलवार अटका रखी थी परंतु क्या उसे अपने अस्त्र-शस्त्रों के प्रयोग का समय मिलेगा? संभवतः वह कोई ऐसा सिपाही रहा होगा, जिसे काम से निकाल दिया गया है, निषाद ने सोचा। वह नगरों से वनों में सैर के लिए आने वाले इन मूर्खों से तंग आ गया था जिनके लिए वन सैरगाह से अधिक कुछ नहीं थे। उसकी याद में, यह अब तक सबसे बड़ा अकाल था और जंतु भोजन और पानी के लिए अकुलाए घूम रहे थे।

एकलव्य चिल्लाकर चेतावनी देना चाहता था किंतु ऐसा करने से वह जंगली सूअर और

भी भड़क सकता था। वह झाड़ी एक और बार हिली और अजनबी वहीं थम गया। सूअर की आवाज़ सुनाई देते ही एकलव्य ने अपनी तीर चला दिया। उसे पूरा यक़ीन था कि उसका तीर सूअर के कंठ को चीर देगा परंतु उस मूर्ख को तो सूअर के मार्ग से हटाना ही होगा। जंगली सूअर बहुत ही भयानक होते हैं। यदि कहीं तीर निशाने पर न लगा तो सूअर उन पर हल्ला बोल देगा जिससे स्थिति और भी विकट हो जाएगी। एकलव्य ने चिल्लाकर उस अजनबी को आगे से हटने को कहा और भागा ताकि उसे पीछे धकेल सके। तभी उसने देखा कि सूअर तो उस अजनबी के पैरों में मरा पड़ा था।

"मूर्ख! तुम क्या ताक रहे हो? अगर तेरा तीर लग जाता तो अभी तुम्हारी सारी अंतड़ियाँ यहीं धरा पर बिखरी होतीं।"

उस व्यक्ति ने निषाद को घूरा और फिर घुटनों के बल बैठते हुए, सूअर को पलट दिया। एकलव्य स्तंभित हो उठा। उसने तो उम्मीद की थी कि उसका तीर सूअर के गले को चीरते हुए निकल गया होगा, परंतु वहाँ तो एक बाल के बराबर दूरी पर दो तीर दिख रहे थे। यह दूसरा तीर किसने चलाया? इतना अच्छा निशाना कौन लगा सकता है?

"मरे हुए जानवरों पर तीर चलाकर डींगें हाँकते हो, किरात?" उस व्यक्ति ने सूअर के निष्प्राण शव से अपना तीर खींचकर बाहर निकालते हुए कहा।

अर्जुन! निःसंदेह एकलव्य ने उसे तीर चलाते हुए नहीं देखा। परंतु उसने उसी के वन-प्रांत में आकर, उसे अपशब्द कहने का दुःसाहस कैसे किया? "पांडव! मेरा आभार प्रकट करो। अगर मैंने इसे तीर न मारा होता..."

"जिस दिन अर्जुन को एक छोटे से जानवर से अपने बचाव के लिए एक किरात की मदद लेनी पड़ेगी, उस दिन को देखने से पहले अर्जुन अपने प्राण त्यागना पसंद करेगा।" अर्जुन ने अपने बाण की नोक को घास में पोंछते हुए अरुचि से कहा। "किरात! अपना तीर लेकर चलते बनो। अगर चाहो तो अपने पारिश्रमिक के रूप में यह सूअर भी ले जा सकते हो, जिसे मैंने मारा है।"

"इन शब्दों के लिए क्षमा माँगो, या मरने के लिए तैयार हो जाओ!" एकलव्य फुँफकारा और उसकी तलवार अर्जुन के गले पर गहरा दबाव देने लगी।

एक ही झटके में अर्जुन ने हाथ में थामे हुए तीर की नोक निषाद के पैर पर दे मारी। एकलव्य मारे दर्द के तिलमिला उठा। अर्जुन एक क़दम पीछे हट गया, उसका धनुष हाथों में चमचमा रहा था, आँखें निषाद का उपहास कर रही थीं, मानो उसे लड़ने की चुनौती दे रही हों।

एकलव्य ने उस दर्द से छुटकारा पाने के लिए अपने दाँत पीसे और अर्जुन को कोसा। उसके बाएँ पैर से रक्त की धारा बह निकली पर वह इसी बात से थमने नहीं वाला था। यदि यह युद्ध सभी संभ्रांत तथा महान पुरुषों के सामने होता तो कहीं बेहतर था, जो उससे आज तक किसी निकृष्ट कीट की तरह व्यवहार करते आए थे। आज पिछले दो दशकों से चले आ रहे बैर का अंत होना था। अर्जुन ने उसे पहचाना नहीं, एकलव्य ने कड़वी मुस्कान के साथ

सोचा। परंतु वह उसके प्राण लेने से पूर्व, उसे बता अवश्य देगा कि वह कौन है। शिव की सौगंध! आज वह इस घमंडी पांडव का अंत ही कर देगा। एकलव्य ने अपनी तलवार नीचे रखी और धनुष उठा लिया। वह अर्जुन से दो-दो हाथ करने के लिए प्रस्तुत था।

इसे पूर्व कि वह पलकें झपका सकता, एक तीर सनसनाते हुए उसके कंठ के पास से निकल गया। "अगला तीर इतना दयालु नहीं होगा," अर्जुन ने उससे कहा।

एकलव्य ने एक के बाद एक तीन तीरों से अपना प्रत्युत्तर दिया। पहले अर्जुन का धनुष टूटा और बाक़ी दो ने अर्जुन के कंधे छेद दिए। "इससे अगला तुम्हारे काले हृदय के लिए होगा," उसने उपहास किया।

अर्जुन ने वे तीर खींचकर निकाले और धरा पर फेंक दिए। उसने अपनी तलवार निकाली और निषाद की ओर लहराई। एकलव्य ने भी झट से धनुष नीचे रखा और अपनी तलवार उठा ली। 'हे वन के देवों! मेरे साक्षी रहना,' वह बुदबुदाया और अर्जुन पर धावा बोल दिया।

दोनों की तलवारें पूरे बल के साथ आपस में टकराईं, हर व्यक्ति अपने बैरी को मारने के लिए दृढसंकल्प था। वे दोनों बहुत ही शांत भाव से लड़ रहे किंतु उनके आसपास के वृक्षों से पक्षियों की चीत्कारें सुनाई देने लगीं। उनकी तलवारों से उठती चिंगारियों से, धरती पर पड़ी सूखी धास धू-धू कर जल उठी।

केवल चार अँगुलियों से तलवार संभालने में कठिनाई हो रही थी। एकलव्य के लुप्त अँगूठे में पुनः पीड़ा होने लगी परंतु वह इतनी आसानी से हिम्मत नहीं हारने वाला था। कम से कम अर्जुन से तो नहीं हारने वाला। वह जलने की गंध। एकलव्य जानता था कि इसके बाद क्या होने वाला था। जल्दी ही चारों ओर आग लग गई। उसे कुछ ही क्षण में इस काम को निपटाना होगा; एक पल के लिए भी एकाग्रता भंग हुई तो उसे अपनी जान से भी हाथ धोना पड़ सकता है। ज्यों ही एक पेड़ धड़ाम के स्वर के साथ गिरा तो उसका अश्व मारे भय के हिनहिना उठा। दोनों योद्धा, इन बातों से अनजान लड़े जा रहे थे। आसपास से आने वाली तपिश सहन नहीं हो रही थी। गहरे धूम्र ने उन्हें अपने में लपेट लिया और जल्दी ही वे श्वास लेने के लिए तरस रहे थे, ज़ोर-ज़ोर से खाँस रहे थे।

जाने नियति को क्या मंजूर था, अर्जुन अचानक एक सूखी जड़ से टकराया और पीठ के बल गिर गया। एकलव्य ने पैर की ठोकर से उसके हाथ की तलवार दूर छिटका दी और उसकी छाती पर पैर धर दिया। बस बात का निपटारा हो गया था। उसने दोनों हाथों से अपनी खड्ग आसमान में ऊँची उठा दी। परंतु अर्जुन को यह पता होना ज़रूरी था कि आज उसने किसके हाथों मात खाई थी।

"क्या तुम जानते हो कि मैं कौन हूँ?" एकलव्य ने अर्जुन की छाती पर अपने पैर से दबाव देते हुए पूछा।

अर्जुन का कंठ रुँध रहा था। "मैं जानता हूँ..."

सारे वन में एकलव्य का हास्य गुंजरित हो उठा। बस बहुत हुआ। उसकी विजय

संपूर्ण हुई। किंतु फिर भी वह उसे अर्जुन के मुख से सुनना चाहता था। "बताओ मुझे, मैं कौन हूँ?" वह अर्जुन के ऊपर झुका और अपनी तलवार उठाई।

"आप भगवान शिव हैं।"

"शिव! क्या मैं तुम्हें भगवान शिव दिखाई देता हूँ?" एकलव्य ने माँग की। अब उसके क्रोध का स्थान कौतुक ने ले लिया था।

"कोई भी अस्पृश्य किसी क्षत्रिय को परास्त नहीं कर सकता। आप देवताओं के भी देव महादेव के अतिरिक्त कोई और हो ही नहीं सकते," अर्जुन ने हौले से कहा।

"क्या इसे देखकर कुछ याद आया?" एकलव्य ने अपना कटा हाथ उसके आगे लहरा दिया।

जब अर्जुन ने उन चार अँगुलियों को देखा तो ऐसा लगा मानो उसके मुख का सारा रक्त किसी ने सोख लिया हो। उसने अपना सिर घुमा लिया और बोला, "आप शिव हैं! भगवान शिव!"

इस घने वन में किसी भी साक्षी के अभाव में अर्जुन के प्राण लेने का कोई अर्थ ही नहीं बनता था। यह संसार कभी नहीं जान सकेगा कि एक निषाद ने ईमानदारी से किए गए युद्ध में सबसे महान क्षत्रिय को पराजित किया। अर्जुन का दंड ही यह ज्ञान होगा कि एक निषाद ने उसे हराया - एक ऐसा निषाद, जिसके एक हाथ का अँगूठा कटा हुआ था।

"कोई भी किरात मुझे परास्त नहीं कर सकता," अर्जुन एक बार फिर धीरे से बोला।

एकलव्य ने उसकी छाती से अपना पैर हटा लिया। "तुमने ठीक कहा। मैं शिव हूँ। यहाँ कौन शिव नहीं है? मैं तुम्हें क्या वरदान दूँ?"

अर्जुन उठ खड़ा हुआ। वह इस अपमान और लज्जा के मारे गला जा रहा था। उसके आसपास वन में लगी अग्नि से अधिक अग्नि तो उसके भीतर धधक रही थी। "मुझे अपना धनुष दे दें।" उसका सुर सुनना भी कठिन हो रहा था।

"तुम्हें लगता है कि मेरी विजय इसलिए हुई क्योंकि मेरे धनुष में कोई जादू है? तुम एक जादू को स्वीकार कर सकते हो किंतु इस तथ्य को नहीं मान सकते कि एक निषाद तुमसे बेहतर कौशल रखता है, अर्जुन? ये लो, ये धनुष तुम्हारा हुआ। इसे शिव का दिव्य धनुष, पशुपात ही जानो। इसे लो और मेरे वन से बाहर निकल जाओ!" एकलव्य ने कहा और तिरस्कार से अपना धनुष अर्जुन के पैरों पर पटक दिया।

जैसे ही अर्जुन इसे उठाने के लिए झुका, वह हँसा। एकलव्य ने झूठी आशीर्वाद की मुद्रा में अपना हाथ उठाया। कुछ पल के लिए अर्जुन की नज़रें उसकी चार अंगुलियों और कटे हुए अंगूठे पर टिक गईं। फिर वह एकलव्य का धनुष लेकर धुएँ में से निकल गया।

जब वह अर्जुन की दूर होती परछाईं को देख रहा था तो जैसे उसके मन की प्रसन्नता का पारावार नहीं था। यही तो वह क्षण था, जिसके लिए वह आज तक जीता आया था। उसने अंत्तः महान पांडव अर्जुन को परास्त कर दिया था। अर्जुन, गुरु द्रोणाचार्य का प्रिय

अर्जुन। एक अछूत ने कुछ असंभव कर दिखाया! संभवतः अर्जुन ने सच ही कहा था। वह कोई नश्वर मनुष्य नहीं था। वह तो शिव था, साक्षात शिव, देवों का भी देव शिव! वह स्वयं को रोक नहीं सका, उसके पैर अपने-आप ही थिरक उठे। उसके आसपास दावानल दहक रहा था। वह अपने आसपास घुँघरू का स्वर सुन सकता था और अपने शरीर पर अग्नि की लपटों को महसूस कर सकता था। 'मैं ही सर्जक हूँ, मैं ही संरक्षक हूँ और मैं ही विनाशकर्ता हूँ। मैं शिव हूँ...' निषाद इस प्रकार तांडव कर रहा था मानो संसार का अंत निकट ही था।

वहाँ जब महल में लक्ष्मणा एकलव्य के आने की प्रतीक्षा कर रही थी, तो उस दौरान एक जोड़ी आँखें निरंतर उसके सौंदर्य और यौवन को लील रही थीं।

* * *

32. टोह लेने वाला शिकारी

उसके पिता ने उसकी बात क्यों नहीं सुनी? जब वे सभा में अकेले बैठे थे, तो लक्ष्मणा ने उनसे बात करनी चाही, परंतु सुयोधन ने उसे सभा से बाहर जाने का आदेश दे दिया था। वह सुबकियाँ भरते हुए वहाँ से चली आई। उसके पिता ने आज से पहले तो उससे ऐसा बर्ताव नहीं किया था। परंतु उसे सत्य का पता तो होना ही चाहिए। संभवतः उसे सुबह तक प्रतीक्षा करनी होगी, तब तक उनका रोष भी शांत हो जाएगा। तब वह सब कुछ विस्तार से बता देगी। उसका भाई निरपराध था; उसे जानकर जाल में फँसाया गया था।

लक्ष्मणा और उसकी माँ लक्ष्मण कुमार को उसके कक्ष में घसीट ले गए थे। अब भी उसके गाल से रक्त चू रहा था, जिस पर पिता ने करारा तमाचा मारा था। सुयोधन इतना निर्दयी कैसे हो गया? कुमार बात ही नहीं करना चाहता था। उसे अपने मन की बात कहने के लिए बहुत फुसलाना पड़ा।

उस शाम, जब सभी प्रार्थना कक्षा में थे तो अभिमन्यु ने कुमार के कान में कहा कि वत्सला उससे भेंट करना चाहती है। वत्सला के स्नेह और मोहपाश से बँधा कुमार बहुत सरलता से उनके जाल में आ गया। जब वह उसके पास गया तो वह बहुत ही आनंदित मिली और उसे अपने कक्ष में आने का न्यौता दिया। जब वह एक बार भीतर चला गया तो वह झट बाहर भाग गई और कमरे को बाहर से बंद कर दिया। उसने चिल्लाकर दरवाज़ा खुलवाना चाहा किंतु तभी दो बलिष्ठ हाथों ने उसे बिस्तर पर धकेल दिया। एक काले रंग के आदमी ने उसे अपने नीचे दबा लिया। इसके बाद तो उसे इतना ही याद है कि द्वार पर खड़े बलराम आग्नेय नेत्रों से उसे ताक रहे थे। उनके पीछे और भी बहुत से लोग थे। जिस आदमी ने उसे दबोच रखा था, उसने खीसें निपोरीं, उसके दोनों गाल चूमे और फिर खिड़की से कूदकर बाहर निकल गया। कुमार के लाख प्रतिरोध के बावजूद, बलराम उसे भरी सभा में घसीटकर ले आए।

अभिमन्यु का यह छल, कुमार को सबसे अधिक पीड़ा दे रहा था। लक्ष्मणा ने ज़ोर दिया कि उन्हें अपने पिता को यह सब बताना चाहिए किंतु कुमार ने एक न सुनी। उसके पिता कुमार को इतना नापसंद क्यों करते थे? जब वह अपने कक्ष में गई, तो रात लगभग बीतने को थी। वह कक्ष में घुसी और अपना सोने की कशीदाकारी वाला ऊपरी वस्त्र कुर्सी पर फेंककर, अपने बिस्तर में लेट गई। परंतु तकिए पर क्लांत सिर रखने के बावजूद भी

नींद का दूर-दूर तक नामोनिशान नहीं था। वह बिस्तर में लगातार करवटें बदलती रही। उसे अचानक इतना भय क्यों लगने लगा? उसने उठकर अपने आसपास देखा और अपना वस्त्र उठाकर, उसे देह के आसपास लपेट लिया। क्या कोई उसे चोरी से देख रहा था? उसे अपने नेत्र मूँदने में भी डर लग रहा था। वह अपने धर्मपिता एकलव्य को बहुत याद कर रही थी। वह अभी तक क्यों नहीं आया? उसने उसे अपने भय के बारे में भी लिखा था, फिर भी वह अभी तक नहीं आया। निषाद और राजकुमारी दोनों ही इस तथ्य से अनभिज्ञ थे कि यह देरी कितनी घातक और गंभीर होने जा रही थी।

* * *

सांब कई घंटों से प्रतीक्षा कर रहा था कि वह प्यारी सी युवती अपने कक्ष में वापस कब आएगी। ज्यों ही उसने उसे आते हुए देखा तो वह अंधकार में ओट में हो गया। वह कितनी सुंदर थी! उसने सुना कि वह व्याकुल होकर बिस्तर में करवटें ले रही थी। वह बड़े ही धीरज से उसके गहरी नींद में सोने की प्रतीक्षा करता रहा। जब केवल बाग में से झींगुरों के सुर सुनाई देने लगे तो वह दबे पाँव दरवाज़े की ओर बढ़ा, उसने यह ध्यान रखा कि कोई भी उसे ओर आते हुए न देख ले। वह द्वारिका से ही इस युवती का पीछा करता आ रहा था। जब यादव महल में कुछ माह पहले, उस पर नज़र पड़ी थी, तो उसने तय कर लिया था कि उसे किसी भी क़ीमत पर अपना बनाकर ही दम लेगा। वह कई दिनों तक, उसका पीछा करता रहा, उसकी कल्पनाओं की उड़ान आदिम होती चली गई, उसकी आँखें उसकी सुंदर देह का रसपान करतीं और वह कल्पना करता कि ज़ल्द ही वह उसके बाहुपाश में होगी। उसे पता चला कि वह उत्तरी प्रांत के एक युवराज की पुत्री थी और अफ़वाहों के अनुसार उसका पिता एक दुष्ट किंतु शक्तिशाली व्यक्ति था। अब, हस्तिनापुर की विशाल नगरी को देखने के बाद, उसे एहसास हुआ कि वह युवती एक अच्छा शिकार होगी। सांब को राजनीति में कोई दिलचस्पी नहीं थी। उसके पिता विष्णु के अवतार माने जाते थे। यह सोच ही उसके चेहरे पर मुस्कान ले आई। भला एक देवता के पुत्र को चुनौती देने का साहस कौन कर सकता था?

सांब ने कृष्ण को बलराम के कक्ष में प्रवेश करते देखा था। यह विवाह संबंध तोड़ दिया गया था क्योंकि वर को युवतियों की अपेक्षा युवक अधिक भाते थे। सांब का दिल किया कि दिल खोलकर ठहाका लगाए। उसके पिता अब भी काका के कक्ष में बैठे, वत्सला के भविष्य के बारे में चर्चा कर रहे होंगे। सभी जानते थे कि वह अभिमन्यु से नेह रखती थी, किंतु फिर भी वे चाहते थे कि उसका विवाह सुयोधन के स्त्रैण से दिखते पुत्र के साथ कर दिया जाए। राजनीति! संभवतः काका अब वत्सला और अभिमन्यु के विवाह के लिए राज़ी हो जाएँ। बलराम को कहीं तो मुँह छिपाना ही होगा। कहीं न कहीं इस सारे प्रसंग में उसके पिता का हाथ था, उसे पूरा विश्वास था।

उस दिन कृष्ण कुछ ज़्यादा ही रुष्ट हो गए थे। भला उन्हें उसे मारने या प्रताड़ित करने की क्या आवश्यकता थी, जब उसने इस प्यारी सी छोकरी को छुआ भर था। मन ही मन सांब इस बात से डरता भी था कि एक न एक दिन उसके पिता के धैर्य का बाँध टूट जाएगा

और उसके लिए तो जैसे क़हर बरपा जाएगा। उसे अपने पिता को वश में करने के लिए भी एक तरक़ीब लगानी पड़ती थी। उसकी माँ जांबवती, जांबवन क़बीले की एक वानर स्त्री थी। उसके पिता को इस बात का अपराधबोध सताता था कि उनकी अन्य पत्नियाँ उनकी वानर पत्नी के साथ सम्मान से पेश नहीं आती थीं। सांब अपनी वानर माँ और कृष्ण की पत्नियों के बीच कटुता और वैमनस्य से भरपूर बहसों के बीच ही पलकर बड़ा हुआ था। वे उसे वानरी और सांब को वानर पुत्र कहकर बुलाते। पिता उन दोनों के प्रति और अधिक कोमलता और सौम्यता से पेश आते हुए, इस व्यवहार की पूर्ति करने की चेष्टा करते।

सांब बड़ा होकर बिलकुल जंगलियों की तरह पेश आने लगा। उसे वश में करना सहज नहीं था। हालाँकि अभी उसकी आयु मुश्किल से बीस वर्ष की ही होगी किंतु वह मदिरा व्यसनी और कुपथगामी हो गया था। जब वह किसी को लुभा नहीं पाता था तो बल-प्रयोग करने से भी हिचकता नहीं था। कुछ स्त्रियाँ उसके आगे किसी तरह का प्रतिरोध नहीं कर पाती थीं। हालाँकि मदिरा के अधिक सेवन और कुटैवों के कारण वह पहले जैसे नहीं रहा था परंतु उसने अपने पिता जैसी काया और आकर्षण पाया था। वह सस्ते आभूषण और धन देने के मामले में उदार था। जब भी वह किसी मुश्किल में आता तो पिता उसे छुड़ा लेते और सारे प्रसंग को वहीं दबा दिया जाता। हर प्रसंग इसी तरह, उसके पिता के चिल्लाने और धमकी देने के साथ ही समाप्त होता। सांब पश्चाताप का दिखावा करते हुए, पिता से क्षमायाचना करता। उसकी माँ भी विनती करने आगे आ जाती और जब कोई टोटका न बचता तो उसकी माँ हमेशा की तरह अपने अस्त्र का प्रयोग करते हुए, कहती कि कृष्ण उनके साथ निर्दयता से पेश आते थे क्योंकि वे वानर थे। इस तरह असहाय पिता को उसे क्षमा देनी ही पड़ती।

सांब जानता था कि उसे अपने काका बलराम से दूसरी बनाकर रखनी होगी। वह बूढ़ा, उसे दो बार सबके बीच कोड़े लगवाने का आदेश दे चुका था। वह दोनों बार बच निकला क्योंकि उसके पिता यादव नरेश से विनती करके, उसे बचा लिया था। एक दिन वह उस बूढ़े से अपना बदला अवश्य लेगा। अभी तो उसे इस बात के सिवा कुछ नहीं सूझ रहा था कि वह सुंदरी युवती को अपने लिए चाहता था। उस दिन उसके आम जैसे आकार वाले स्तनों को दबोचने के बाद से तो वासना और भी भड़क गई थी। हालाँकि उसने रो-धोकर तमाशा बना दिया था पर उसे पूरा यक़ीन था कि युवती को भी उसके स्पर्श से अच्छा ही लगा होगा। उसने सोचा कि लड़कियाँ भी ऐसी ही होती हैं, जो वे चाहती हैं, जब कोई देने लगता है तो इसी तरह तूफ़ान खड़ा कर देती हैं।

सांब ने अपना चाकू निकाला और अपने आसपास देखा। वहाँ कोई नहीं था। बहुत खूब! उसने झट से चाकू लिया और दरवाज़े की दरार से भीतर घुसा दिया। उसे बहुत सावधानी से यह काम करना था पर उसे चिंता नहीं थी, वह पहले भी अन्य युवतियों तक जाने के लिए ऐसा काम कर चुका था। वे लोग पहले तो चौंकने का अभिनय करतीं पर जल्दी ही उसकी तरह आनंद लेने लगतीं। कौन सी युवती उसके जैसे पुरुष के आकर्षण से स्वयं को दूर रख सकती है?

उसकी गंध से सांब दीवाना हुआ जा रहा था। वह मन ही मन उसकी देह पर अपने हाथों को रेंगते हुए देख सकता था। सांब ने अपनी चाकू की नोक से कुंडी के छोर को खोजना चाहा। अचानक ही दरवाज़ा बिना किसी रुकावट के खुल गया। वहाँ वह बिस्तर पर आँखें मूँदे पड़ी थी। उसकी देह कैसे आमंत्रण सा दे रही थी। उसे पूरा यक़ीन था कि उस युवती ने उसके आने की आस में दरवाज़ा ख़ुला छोड़ दिया होगा। वह औरतों को जानता था। उसे उम्मीद थी कि कृष्ण और बलराम सारी रात चर्चा में मग्न रहेंगे सांब ने दरवाज़ा बंद कर दिया। वह अपने होंठ काटता हुआ सुयोधन की पुत्री की ओर बढ़ा।

***

33. प्रतिशोध

एकलव्य को अपने पर खीझ हो रही थी। उसने आत्म-गौरव में ही बहुत सा क़ीमती समय नष्ट कर दिया था। बस यह देवता होने का दिखावा बहुत हुआ। उसका अश्व दावानल से घबराकर कहीं निकल गया था और उसका आधा दिन उसे खोजने में ही निकल गया। निषाद को अपनी धर्म-पुत्री की चिंता होने लगी। जब तक वह हस्तिनापुर की सीमा तक पहुँचा, अश्व के मुख से फेन गिर रहा था और वह बेसुध होकर गिरने की क़गार पर था। जब वह नगर द्वार तक पहुँचा तक मार्गों पर रोशनी जल चुकी थी।

कुछ तो गड़बड़ थी। मार्गों पर रंगीन बंदनवार और झालरें तो लटकी थीं किंतु उत्सव की रौनक और चहल-पहल ग़ायब थी। सारा नगर कैसा सूना और वीरान सा दिख रहा था। एक अजीब सी ख़ामोशी पसरी हुई थी। क्या हो गया था? एकलव्य का दिल तेज़ी से धड़कने लगा। जब लोगों ने उसे अश्व दौड़ाते हुए महल की ओर जाते देखा तो वे उसके मार्ग से हट गए। उसने कुछ राह चलते लोगों से कुमार के विवाह के बारे में पूछना चाहा किंतु स्पष्ट उत्तर नहीं मिला। किसी कारण से विवाह संबंध टूट गया था और यादव कुछ ही घंटे पहले द्वारिका के लिए प्रस्थान कर चुके थे।

जब एकलव्य ने दुर्ग में प्रवेश किया, तो कर्ण का रथ धड़धड़ाते हुए पास से निकल गया, उसके पीछे सैनिकों का पूरा दल था। एकलव्य ने उसे पुकारा किंतु कर्ण नहीं रुका। वह अपने सैनिकों के साथ किसी धूल के बादल की तरह ओझल हो गया। इसके बाद अश्वत्थामा के नेतृत्व में सैनिकों का दूसरा दल आता दिखाई दिया। इस बार एकलव्य ने उनका मार्ग रोक लिया।

"हटो मेरे मार्ग से," अश्वत्थामा चिल्लाया, वह अपने वाहन की गति को धीमा करने के प्रयास में था।

"आख़िर हुआ क्या है? यह विवाह क्यों टूटा गया?" एकलव्य ने अपने मित्र से पूछा।

"तुम नहीं जानते। मार्ग से हटो। सुयोधन की पुत्री लापता है।"

"क्या?"

"कुछ प्रहर पहले उसकी माँ और भाई ने उसे अंतिम बार देखा था। हम सभी बहुत भयभीत हैं। संभवत वह अपने किसी प्रेमी के साथ भाग गई है। बेचारा सुयोधन! कल उसके

पुत्र ने सारे संसार के सामने उसकी नाक कटवा दी और आज उसकी पुत्री ने अब जाने कौन सा कांड किया है?"

"अश्वत्थामा! मेरी राजकुमारी के बारे में ऐसी अनर्गल बातें मत करो!" एकलव्य के हाथ काँप रहे थे और कंठ भी जाने कैसा सूखा-सूखा सा हो गया था। 'हे शिव! मैं अपनी ही पुत्री की सहायता नहीं कर सका। काश! मैंने वहाँ झूठे देवता होने का आडंबर न रचा होता।' उसने काँपते हाथों से अपनी भवों पर आया पसीना पोंछा। वह कहाँ हो सकती है? उसने अपने पत्र में लिखा था कि कोई उसका पीछा कर रहा है।

"मेरे पास बहस करने का समय नहीं है। सभी उसे तलाश रहे हैं। यह एक लोकापवाद है।"

"विवाह संबंध क्यों तोड़ दिया गया?" एकलव्य जानना चाहता था।

"यह साफ़ ही था कि सुयोधन का पुत्र युवतियों की अपेक्षा युवकों में रुचि रखता है। कैसी लज्जा की बात है! और अब उसकी पुत्री कहीं ग़ायब हो गई है!"

"वह कहीं नहीं भागी। कोई उसकी टोह में था। वह उसका पीछा कर रहा था।"

"क्या? उसने अपने पिता से क्यों नहीं कहा? उसे महल से अपहरण करके कौन ले जा सकता है?"

"कल मुझे उसका पत्र मिला। उसने उसे तीन-चार दिन पहले लिखा था परंतु यादवों के आने के बाद ही मुझे भेजा। अब हम जानते हैं कि हमें उसे कहाँ तलाशना चाहिए।"

"अगर वह कोई यादव है तो उसे बचाना इतना सरल भी नहीं होगा। वह उससे द्वारिका में ही मिली होगी और वहीं उनके बीच प्रेम हो गया होगा। अगर हमने कोई भूल की तो उसका अर्थ होगा, यादवों से बैर मोल लेना," अश्वत्थामा ने चेतावनी दी।

"युद्ध? ब्राह्मण! मेरी पुत्री की प्रतिष्ठा दाँव पर लगी है। वह किसी के साथ नहीं भागी। तुम और तुम्हारी राजनीति! मुझे लक्ष्मणा की तलाश में जाने दो। अगर मेरे कारण कोई युद्ध भी छिड़ता है तो होने दो। मैं उस हरामी के टुकड़े-टुकड़े कर दूँगा, जो मेरी पुत्री की ओर आँख भी उठाकर देखेगा। मुझे इससे कोई अंतर नहीं पड़ता कि वह कोई यादव है या गंधर्व, या फिर कोई देवता।"

एकलव्य ब्राह्मण की आपत्ति सुनने के लिए नहीं ठहरा। जिसने भी राजकुमारी की अवमानना की थी, उसे हस्तिनापुर घसीट कर लाना था और यहाँ ला कर उसका अंग-अंग चीरना था। निषाद राजमार्ग से होते हुए, द्वारिका की ओर चला दिया, उसे अब भी उम्मीद थी कि शायद अभी बहुत देर नहीं हुई और इससे पूर्व कि वह दुष्ट लक्ष्मणा के साथ... नहीं! नहीं! वह तो ऐसा सोच तक नहीं सकता।

* * *

34. वानरपुत्र

"मूर्ख! क्या तुझे पता भी है कि तूने क्या किया है?" कृष्ण बहुत ही गुस्से में थे।

सांब उदासीन भाव से घास का कतरा चबा रहा था और जांबवती अपने क्रोधित पति और उद्दंड पुत्र के बीच ढाल बनी खड़ी थी।

"पिताजी! इसमें इतना गुस्सा करने वाली कौन सी बात है? मुझे वह पसंद थी इसलिए मैं उसे ले गया। क्या आपने भी अपनी युवावस्था में ऐसा नहीं किया था?" सांब ने पलटवार किया।

"मुझसे इस तरह बात करने का साहस कैसे किया?"

"आपकी अपनी सोलह हज़ार आठ रानियाँ हैं और आप मुझे सलाह देने चले हैं?

"सांब! अपने पिता से क्षमा माँगो। उनसे दया की भीख माँगो," इससे पूर्व कि कृष्ण कुछ कहते, जांबवती बीच में बोल पड़ी।

जब कृष्ण ने कई वर्ष पूर्व नरकासुर का वध किया था, तो उन्होंने उसके अंतःपुर से सोलह हज़ार युवतियों का उद्धार किया था। पुरोहितों ने आदेश दिया कि उन सबको परंपरा के अनुसार सती होना होगा। तब करुणावश, कृष्ण उन्हें उनके दुर्भाग्य से बचाने के लिए अपने साथ द्वारिका ले आए थे। केवल आठ रानियों को छोड़कर, बाक़ी सभी सोलह हज़ार रानियाँ केवल इस अर्थ में उनकी पत्नियाँ कहलाती थीं कि उन्होंने उन्हें सरंक्षण दिया था। आज सांब ने अपने इस घृणित कार्य को उचित ठहराने के लिए उस प्रसंग को उठाने का दुःसाहस कैसे किया?

"हट जाओ, जांबवती। इस राक्षस को जीवित रहने का अधिकार नहीं है," कृष्ण धमकी देने के सुर में अपने पुत्र की ओर बढ़े।

जांबवती अश्रुसिक्त नेत्रों से, दोनों हाथ पसारे गिड़गिड़ाने लगी। "प्रभु! उसे क्षमा कर दें। वह आपका पुत्र है।"

"जांबवती! क्या तुम्हें दिखता है कि उसके मुख अपने किए का कोई पछतावा है? उसे कोई अपराध-बोध नहीं सता रहा। तुमने उस लड़की का किया क्या?"

"ओह! मैं उसे वन में ले गया। उसके साथ मौज-मस्ती की। जब मैं वापस आया तो वह गहरी नींद में थी। पता नहीं ये लड़कियाँ भी न..." सांब ने कटाक्ष किया।

"मूर्ख! क्या तुझे लगता है कि सुयोधन शांत बैठा रहेगा? क्या तुझे लगता है कि तेरे बलराम काका तुझे छोड़ देंगे? अगर मेरे भाई ने तेरा सिर कलम करने का इरादा किया तो मैं सबसे पहले उनके निर्णय पर सहमति की मुहर लगाऊँगा। जांबवती! बिसूरना बंद करो! मुझे इस दुर्जन का अंत करना ही होगा," यह कहते ही उन्होंने अपना सुदर्शन चक्र निकाल लिया।

"प्रभु! आप जो जी में आए, करें। उसे अपने हाथों से मार दें। जो भी हो, हम तो वानर मात्र ही हैं। यह मेरा भाग्य है कि आज मेरा ही पति मेरे पुत्र का वध करने जा रहा है। प्रभु! मेरे भी प्राण ले लें," जांबवती रोने लगी।

कृष्ण असहाय भाव से खड़े, अपनी पत्नी को विलाप करते और दोनों हाथों से छातियाँ कूटते देखते रहे। उनकी अन्य पत्नियाँ कौतुहल भाव से भीतर झाँक रही थीं। इस सार्वजनिक अपमान से कृष्ण का रोम-रोम सुलग उठा। निश्चित रूप से उनका यह पुत्र क़बीले के लिए मृत्यु तथा विनाश का कारण होगा। सांब ने एक बार फिर उन्हें अपने हाथों का खिलौना बना लिया था। ओह, अब उन्हें दुर्योधन के पैरों पर गिरकर अपनी मर्यादा का हनन करना होगा। उन्होंने ऐसे कौन से कर्म किए होंगे कि उनके यहाँ ऐसे कुपुत्र ने जन्म पाया?

"तुम्हारे पुत्र के पास अपने प्राणों की रक्षा का अब एक ही उपाय बचा है," कृष्ण का स्वर कंठ में ही अटक गया। उन्होंने पुत्र के मुख पर मुस्कान की झलक देख ली थी। "इसे दुर्योधन की पुत्री से विवाह करना होगा।"

"क्यों? मैं तो उसे पहले ही भोग चुका हूँ।"

कृष्ण ने जांबवती की फैली भुजाओं को धकेला और जांब को गर्दन से दबोच लिया। वह अभी अपने पिता के बल के आगे कुछ नहीं था। उन्होंने अपने चक्र की धार उसके कंठ पर रखी और बोले, "मैंने आज तक जितने भी राक्षसों का वध किया है, तुम उन सबमें से बदतर हो।"

मारे भय के सांब के नेत्र विस्फारित हो उठे। "क्षमा करें पिताजी! आप जो कहेंगे, मैं वही करूँगा। मैं उससे विवाह करूँगा। मुझे बलराम काका और राजकुमार दुर्योधन के कोप से बचा लीजिए। मैं आपकी आज्ञा का पालन करूँगा।"

उनका पुत्र मारे भय के थर-थर काँप रहा था। कायर! कृष्ण ने विरक्त भाव से, उसे धरती पर धकेल दिया। वह अपने पिता के चरणों से लिपटकर रोने लगा। जांबवती भी कृष्ण के पैरों में गिर गई और पुत्र के प्राणों की भीख माँगने लगी। अंततः कृष्ण की भिंची मुट्ठी खुली। उन्होंने माँ और बेटे से कहा कि वे उनके पैरों से उठें व रोना बंद करें। उन्हें कोई अनुमान नहीं था कि वे दुर्योधन से होने वाले संघर्ष का कैसे टाल सकेंगे। यह युद्ध का समय नहीं था और पांडवों साथ तो बिलकुल भी नहीं था। वे दुर्योधन के आगे विनती करके नीचे पड़ जाएँगे, किंतु उनके पास कोई और उपाय भी तो शेष नहीं है।

"यहीं रुको। मुझे बलराम से बात करनी होगी।" कृष्ण भारी मन से कक्ष से बाहर चले गए। यदि वे एक क्षण के लिए भी और रुके होते तो वहाँ हुई बातचीत को सुनने के बाद, यादवों व उनकी नगरी को विनाश से बचा सकते थे।

ज्यों ही वे बाहर निकले, सांब ने अपनी माँ से कहा, "मेरे पिता और इनकी गीदड़ भभकियाँ! मैं उस युवती से विवाह क्यों करूँ? मैंने क्या ग़लत किया है? वही तो यह चाहती थी... वह जिस तरह की पोशाक पहनती थी, जिस तरह उस दिन नाच रही थी... मैं उनसे कुछ दिन दूर रहूँगा। जब उनका गुस्सा शांत हो जाए तो मुझे ख़बर कर देना।"

सांब अपने माँ के उत्तर की प्रतीक्षा किए बिना ही, रात के अंधकार में कहीं विलीन हो गया।

***

35. दयनीय

पीड़ा, वह रक्त की गंध सूँघ सकती थी। उस धरती के सूखेपन को सूँघ सकती थी, जिस पर वह पड़ी थी। वह अब भी अपनी देह पर उसकी गंध को महसूस कर सकती है, उसने जिस तरह उसका मुख अपने हाथ से कसकर दाबा था। उसने जिस जगह वार किया, वहाँ अब भी पीड़ा हो रही है। उसने अपने सूजे हुए होंठ काटे और आह भरी। अश्रु तो बहुत पहले सूख चुके थे। उसने अश्वों की टापों के निकट आने का स्वर सुना। कोई उसकी तलाश में आ रहा था। वह चाहती थी कि निकट वाली झाड़ी के पास खिसककर दम तोड़ दे। उसने उठना चाहा, अपनी लज्जा को दोनों हाथों से ढाँपना चाहा और स्वयं को संसार की क्षमा न करने वाली नज़रों से परे ले जाना चाहा। लक्ष्मणा ने सोचा, 'कोई मुझे इस दशा में न देख ले। मैं मरना चाहती हूँ। इससे पहले कि कोई यहाँ आए और मुझे इस दयनीय दशा में देखे, मैं अपनी लज्जा और कलंक के साथ मर जाना चाहती हूँ।'

अचानक किसी ने उसे एक दुशाले से ढाँप दिया। उसने उसे लपका और अपने अंगुलियों के पोर तक छिपा लिए। कर्ण ने जब उसके काँपते शरीर को उठाया तो उसके चेहरे पर उदासी से भरी गंभीरता का आवरण था। 'ओह, वे जानते हैं कि मैं अपवित्र हो गई हूँ', लक्ष्मणा कर्ण की छाती में मुख छिपाए सिसकियाँ भरने लगी। उसे कर्ण के कवच के शीतल स्पर्श से राहत मिल रही थी। उसने उसे रथ के फ़र्श के निकट उतारा तो वह किसी गेंद की तरह सिमटकर, वहीं कोने में बैठ गई। ईश्वर का लाख-लाख धन्यवाद, कर्ण ने कोई सवाल नहीं पूछे। रथ हस्तिनापुर की ओर चल दिया। वह अपने माता-पिता, भाई और समाज का सामना कैसे करेगी?

जब रथ धीमे होकर थमा तो लक्ष्मणा ने एक चिर-परिचित स्वर सुना। एकलव्य काका! एक बार तो दिल में आनंद की लहर आई और वह फिर से उदासी के सागर में गोते लगाने लगी। वह उनकी ओर कैसे देख सकेगी!

कर्ण और एकलव्य के बीच छोटी सी बहस हुई। जब एक हाथ ने लक्ष्मणा के काँधे को स्पर्श किया तो वह चिहुँकी। "मेरी राजकुमारी! मुझे क्षमा कर देना बिटिया!" एकलव्य का कंठ मारे दुख के भर्रा उठा।

किसी बाढ़ की तरह लक्ष्मणा के अश्रु बह चले, "आपने आने में बहुत देर कर दी।"

इसके बाद वही प्रश्न सामने आया, जिससे वह सबसे अधिक भयभीत थी। "तुम्हारे साथ ये सब किसने किया?"

यह नाम एक अभिशाप था परंतु एकलव्य भी मानने वाला नहीं था। उसने उसके कंधे को अपनी एक भुजा से घेरा और दूसरी भुजा से उसकी चिबुक को ऊपर करते हुए पूछा, "राजकुमारी... बताओ मुझे, तुम्हारे साथ ऐसा किसने किया?"

लक्ष्मणा ने दूसरी ओर तकते हुए, हौले से कहा, "कृष्ण का पुत्र, सांब।"

एकलव्य उठ खड़ा हुआ और अपनी तलवार खींच ली। वह अपनी सुबकियों के बीच केवल यही सुन सकी, "राजकुमारी! सूर्योदय से पूर्व वह तुम्हारे सम्मुख होगा।" वह जा चुका था।

'मत जाओ। मुझे अकेला छोड़ कर मत जाओ!' उसके कंठ से सुर नहीं फूटा, केवल हृदय में टीस उठती रही।

रथ फिर से चलने लगा, जो उसे पिता के महल की ओर ले जा रहा था। लक्ष्मणा ने मन ही मन प्रार्थना पढ़ी। एकलव्य कृष्ण के दुष्ट पुत्र की तलाश में गया था। वह अपने कार्य में सफल होगा या असफल, उसे इस बारे में सोचने से भी भय हो रहा था। वह अपने दुशाले का कोना चबाने लगी। हाथ यूँ काँप रहे थे मानो कोई दौरा पड़ गया हो। 'हे शिव! मेरे प्राण ले लो।' उसने अपने नेत्र बंद किए और अपने मन से सांब की कुदृष्टि को दूर करना चाहा। जब एकलव्य द्वारिका की ओर चला जा रहा था तो वह कल्पना तक नहीं कर पा रही थी कि वहाँ उसके साथ क्या होगा?

रथ रुक क्यों गया? रक्त को जमा देने वाली चीख़ सुनाई दी। यह बारंबार तेज़ और धीमी हो रही थी। एक भिखारी अपने कुत्ते को उनके मार्ग से जबरन हटाना चाह रहा था। कर्ण ने रास खींची और धैर्य से उनके हटने की प्रतीक्षा करने लगा, उसने पूरा प्रयत्न किया कि करुणा के वशीभूत न हो। पर रथ के आगे जाने के बाद भी वह भिक्षुक और उसके श्वान का रुदन उसके मस्तिष्क में गूँजता रहा।

* * *

36. कठोर दंड

एक व्यक्ति ने बाहर झाँका, अपने आसपास देखा और फिर पेड़ों की ओट में चला गया। एकलव्य को लगा कि कोई सैनिक होगा। यह आदमी उसे सांब तक ले जा सकता था। वह चुपके से उसके पीछे गया और एक झाड़ी में घात लगाकर बैठ गया। वह इस तरह शांत था मानो कोई चीता अपने शिकार की टोह में हो। एक चमगादड़ उसके सिर के पास से चीत्कार करता हुआ निकल गया, किंतु उसने इसे कोई व्यावधान नहीं दिया। वह जंगल के आदमी को पहचानता था। एकलव्य ने शोर किए बिना, उस आदमी पर झपट्टा मारा और उसे मैदान में नीचे गिरा दिया। उस आदमी ने कराह भरी। एकलव्य ने उसके मुख पर एक घूँसा रसीद किया और उसके संभलने की प्रतीक्षा करने लगा। जब वह आदमी काँखने और कराहने के बाद संभला तो वह आदमी कुछ बोला, एकलव्य को उसे सुनने के लिए झुकना पड़ा।

“तुम... अछूत कहीं के! तुम जानते नहीं कि तुम आग से खेल रहे हो... ”

वह कोई साधारण सिपाही नहीं था। “कौन है तू?” एकलव्य फुँफकारा।

“निषाद! तू जानता नहीं कि मैं कौन हूँ? मैं कृष्ण का पुत्र हूँ... तुझे इसकी क़ीमत चुकानी होगी।”

सांब! एकलव्य अपने पूरे बल के साथ उसके मुख पर वार किया और उसकी नाक चपटी कर दी। उसने सांब की चीख़ों के थमने का इंतज़ार किया और फिर एक घूँसा जड़ा, इस बार उसके कुछ दाँत नीचे आ गिरे। “पिताजी! पिताजी... सहायता करें,” सांब चिल्लाया। एकलव्य प्रतीक्षा करने लगा।

कुछ सिपाही अचानक ही जंगल की ओर आते दिखाई दिए। एकलव्य जानता था कि अब उसके पास अधिक समय नहीं था परंतु उसने यह तय कर लिया था कि उस हरामी को इतनी आसान मौत तो नहीं मरने देगा। पहले उसने वह उस गंधाते राक्षस को घसीटकर हस्तिनापुर ले जाएगा और दिखाएगा कि जब वे सभा में बैठे उचित-अनुचित पर चर्चा कर रहे थे, उसी दौरान एक निषाद ने क्या कर दिखाया। इसके बाद वह धीरे-धीरे सांब को एक पीड़ादायी मृत्यु की ओर धकेल देगा।

“बचाओ!” सांब के चिल्लाते ही यादवों के डेरे से एक और व्यक्ति बाहर आ गया।

एकलव्य के दिल की धड़कन वहीं थम गई। कृष्ण! एक और लंबा आदमी बाहर आया

और उनके बीच बहस होने लगी। सांब ने चिल्लाना चाहा पर एकलव्य ने उसका मुख भींच दिया। उसने अपने दुशाले एक कपड़े का टुकड़ा फाड़कर सांब के मुख में घुसा दिया। इसके बाद वह सांब की पसलियों में तब तक ठोकर मारता रहा, जब तक कि वह बेसुध नहीं हो गया। एकलव्य सांब के लंबे केशों को पकड़कर, उसे अपने अश्व की ओर घसीटने लगा।

"अरे! कौन हो तुम!?" कृष्ण गरजे और अचानक उसी ओर दौड़ने लगे।

अब तो गँवाने के लिए एक क्षण भी नहीं था। एकलव्य ने सांब को कंधे पर डाला तो लड़खड़ा गया। सांब उसकी उम्मीद से कहीं भारी था। उसने सीटी बजाई और वन में चरता, अश्व कृष्ण से लगभग टकराते हुए, सामने आ खड़ा हुआ। यादव झट से अपने पैरों पर खड़ा हो गए। एकलव्य ने बेसुध सांब को अश्व पर लादा और स्वयं भी सवार हो गया। कृष्ण का सुदर्शन चक्र तेज़ी से उसके पास से निकल गया। एकलव्य ने अश्व को ऐड़ मारी और वह तीर की तरह छूटा। कृष्ण ने कूदकर अश्व की रास थामनी चाही किंतु वे उसे वश में नहीं कर सके।

एकलव्य अश्व पर सवार हो, हस्तिनापुर की ओर उड़ा जा रहा था। इससे पूर्व की नारायणी सेना उसे दबोच ले, उसका हस्तिनापुर पहुँचना ज़रूरी था। उसने अपना खंजर बेसुध सांब के गले से सटा रखा था। वह चाहता था कि अगर नारायणी सेना उसे बंदी बनाए तो वह अपने साथ-साथ सांब को भी यमलोक ले जाए।

कुछ ही समय में, एकलव्य को यह देखकर आश्चर्य होने लगा कि उसके पीछे से तीरों की कोई वर्षा नहीं हो रही थी और न ही उसे अश्वों के खुरों का स्वर सुनाई दे रहा था। उसका हृदय उसके अश्व से भी तेज़ी से दौड़ रहा था। जब उसने अंततः मुड़कर देखा तो उसे दूर क्षितिज तक पसरा सूनापन दिखाई दिया। कृष्ण की सेना कहाँ थी? जाने क्यों, यह सब अधिक भयावह लग रहा था।

***

सच कृतवर्मा को कुछ समझाना इतना सरल नहीं था। अगर यह सेनापति इतना अड़ियलपन न दिखाता तो निश्चित रूप से वे निषाद को पकड़कर, अपने पुत्र की प्राण रक्षा कर सकते थे।

"एकलव्य ने मेरे पुत्र का अपहरण कर लिया है और तुम यहाँ खड़े तर्क-वितर्क कर रहे हो? क्या तुम नहीं जानते कि अगर सांब दुर्योधन के हाथ लगा तो वह उसकी क्या दशा करेगा?"

"कृष्ण! शुक्र करें कि आपका पुत्र सुयोधन के हाथ लग रहा है, मेरे नहीं। वह तो ऐसी दर्दनाक मौत का अधिकारी है," कृतवर्मा ने रुक्षता से कहा।

सेनापति ने अनुचित नहीं कहा था। एक क्षण के लिए कृष्ण के मन में भी आया कि निषाद उनके पुत्र का वध कर दे तो उचित ही होगा। अचानक तीव्र रुदन उन्हें यथार्थ के धरातल पर खींच लाया। विलाप करती जांबवती उनकी ओर ही आ रही थी। 'हे ब्रह्मदेव! इस

स्त्री से मेरी रक्षा करें,' कृष्ण ने प्रार्थना की।

"प्रभु! आप उसके पिता हैं... आप सबके रक्षक हैं!"

"जांबवती! वह एक अपराधी है," कृष्ण ने उसाँस भरी।

"यदि वह सत्यभामा या रुक्मिणी का पुत्र होता तो क्या तब भी आप यही कहते? सांब एक वानर है और उसके मरने से किसी का कुछ नहीं जाएगा, यहाँ तक कि उसके पिता को भी कोई अंतर नहीं पड़ता..."

"बस, बहुत हुआ!" कृष्ण ने कहा और सेनापति की ओर पलटे। "कृतवर्मा मैं जानता हूँ, मैं जानता हूँ कि वह हमारे वंश के नाम पर कलंक है, परंतु फिर भी वह हमारा पुत्र है। मैं दुर्यो... नहीं सुयोधन के पास जाकर उसके लिए क्षमायाचना करूँगा। मैं यह सुनिश्चित करूँगा कि सांब सुयोधन की पुत्री से विवाह कर ले ताकि उसके मान की रक्षा हो सके।"

"बेहतर यही होगा कि आप इस विषय में महाराज बलराम से चर्चा कर लें। मैं ऐसे मर्यादाहीन काज के लिए अपने सिपाहियों का रक्त नहीं बहाने वाला।"

कृष्ण एक भी शब्द कहे बिना अपने भाई के डेरे की ओर चल दिए। वे अपने जीवन का सबसे कठिन वार्तालाप करने जा रहे थे।

* * *

37. एक पुत्री की मर्यादा

इन भारतीयों को एक-दूसरे के रक्त का प्यासा बनाने के लिए वह इससे अधिक और क्या कर सकता था? शकुनि को पूरी आस थी कि अब हस्तिनापुर और द्वारिका के बीच भीषण संग्राम छिड़ जाएगा। उसने पूरे ज़ोर-शोर से सुयोधन के मन में प्रतिहिंसा की अग्नि जला दी थी और शाही सेना द्वारिका की ओर कूच करने की तैयारी कर रही थी। उसने दक्षिण में परेशानी खड़ी करने के लिए भी अपने कुछ गुप्तचर लगा रखे थे। अब तो वे यही प्रचार कर रहे थे कि सुयोधन कृष्ण के विरुद्ध खड़ा हो गया है। उसकी मुहिम एक सुंदर से निष्कर्ष तक आने ही वाली थी कि वह निषाद कृष्ण के लंपट पुत्र सांब को घसीटते हुए सभा में ले आया। और इस तरह सारा बना-बनाया खेल बिगड़ गया।

'भारतीय बैठे-बैठे दुनिया-जहान की हाँकते रहेंगे पर करेंगे कुछ नहीं, यहाँ तक कि अपनी पुत्री के बलात्कार के बाद भी उनसे कुछ नहीं किया जाएगा, दुर्बल कायर कहीं के!' शकुनि ने मन ही मन सोचा। ज्यों ही एकलव्य सांब को लेकर आया, भीष्म ने सेना को वापस बुलवा लिया। सुयोधन कृष्ण के पुत्र का सिर कलम करवाना चाहता था परंतु उसी समय बलराम का संदेशवाहक वहाँ आ गया और उससे सांब के प्राण बच गए। लंबी बहस के बाद वे सांब को तहख़ाने में डालने के लिए मान गए और सुयोधन ने बलराम से मिलने के लिए सहमति दे दी।

जब बलराम और कृष्ण सांब के लिए क्षमा की विनती कर रहे थे तो शकुनि हाथ मलते हुए देखता रहा। भानुमती भी अपने पति को मनाने की चेष्टा कर रही थी कि उसकी पुत्री का विवाह सांब से ही कर दिया जाए। इस तरह युद्ध की आशंका टल जाएगी। एकलव्य ने प्रतिरोध करते हुए सभा त्याग दी परंतु उसकी ओर किसी ने ध्यान नहीं दिया। जो भी हो, एक निषाद की भला सुनता ही कौन था? बहुत सारी बहस के बाद उन्होंने तय किया कि सांब को लक्ष्मणा से विवाह कर लेना चाहिए ताकि उसके मान की रक्षा हो सके। शकुनि ने मारे कुंठा और रोष के, अपने हाथ में पाँसे धरती पर पटक दिए। उसकी मातृभूमि में तो ऐसा कभी नहीं होता कि बलात्कारी को उस लड़की से विवाह के लिए हामी भर के क्षमा मिल जाए, जिसका उसने शील भंग किया हो। चाहे इनकी पत्नियों को भरी सभा में निर्वस्त्र कर दिया जाए या इनकी पुत्रियों की इज़्ज़त से खिलवाड़ हो जाए, ये लोग तो तब भी संघर्ष नहीं करना चाहेंगे।

छिः! कायरों का निर्लज्ज आचरण! अगर भारत के लोग अपनी माँ के नाम पर भी लड़ने को तैयार नहीं होंगे तो वह भारत को नष्ट करने की अपनी प्रतिज्ञा कैसे पूरी कर सकेगा? सुयोधन ने कहा कि यदि उसकी पुत्री हामी देगी, तभी वह उसके विवाह के लिए सहमति देगा, यह सुनकर शकुनि की उम्मीद जाग गई। उसे पूरा यक़ीन था कि लक्ष्मणा इस बात के लिए कभी राज़ी नहीं होगी।

जब वे लक्ष्मणा को सभा में लाए तो उसका मुख घूँघट में छिपा था, मानो उससे कोई अपराध हो गया हो और वह अब संसार में किसी को अपना मुख दिखाने के योग्य नहीं रही।

बलराम ने उसके दोनों हाथ थाम लिए, "पुत्री! हम तुमसे जो माँग रहे हैं शायद किसी मनुष्य को तुमसे नहीं माँगना चाहिए, परंतु क्या तुम हृदय से मेरे भतीजे को क्षमा कर सकोगी?"

लक्ष्मणा की झुकी पलकों से अश्रुकण उभरे और उसके निष्पाप गालों को भिगोते चले गए। उसने अपना सिर हिलाया। चारों ओर आंतक से भरी उसाँसें सुनाई दीं। इसका अर्थ था, युद्ध! शकुनि का दिल चाहा कि उठकर करतल ध्वनि से इस निर्णय का स्वागत करे परंतु किसी तरह उसे अपने उल्लास को दबाना पड़ा।

बलराम फिर बोले, "पुत्री! मैं जानता हूँ कि मेरा भतीजा तुम्हारे योग्य नहीं है या यह कहना सत्य होगा कि वह किसी भी युवती के योग्य नहीं है। मैं तुमसे एक बलिदान माँग रहा हूँ, यह उन सभी स्त्रियों के नाम एक बलिदान होगा, जो एक और युद्ध की विभीषिका में अपने पति खोकर विधवा हो जाएँगी, उन बच्चों के नाम एक बलिदान होगा जो अपने पिता को खोकर अनाथों की तरह जीवन व्यतीत करेंगे। पुत्री, ज़रा विचार करो, तुम्हारा यह निर्णय उन हज़ारों-लाखों निष्पाप लोगों के लिए क्या अर्थ रखता है?"

लक्ष्मणा का मन मारे क्रोध के सुलग उठा। क्या अब उसे बलि का बकरा बनाकर, उसी दुष्ट के हाथों सौंप दिया जाएगा, उसने जो कुकर्म किया, उसके बावजूद यही सब होगा? क्या वहाँ ऐसा कोई नहीं था, जो उसके पक्ष में बोल सके? अचानक उसे याद आया, उसने द्रौपदी को भरी सभा में घसीटकर लाए जाने के बारे में क्या सुना था। उस समय भी सभा में यही लोग थे, यही सब थे न? उसने अपनी गर्दन फिर से हिला दी।

कृष्ण एक क़दम आगे आ गए। वे लक्ष्मणा के आगे खड़े हुए और उनके हाथ प्रणाम की मुद्रा में आ गए, "राजकुमारी यह तुम्हारे वश में हैं, तुम कितने लोगों के प्राणों की रक्षा कर सकती हो।"

लक्ष्मणा ने अंततः मुख उठाया और कृष्ण को ताका। एक दिन उसे वही कृष्ण कितने सलोने लगे थे। कृष्ण उन सुंदर अश्रुस्नात नेत्रों की ताब नहीं ला सके और दूसरी ओर देखने लगे। उसी क्षण में लक्ष्मणा के भीतर की युवावस्था, हास्य और जीवन की मृत्यु हो गई। उसने सोचा, "हज़ारों मौतों से बेहतर होगा कि एक ही मौत हो।" उसने कृष्ण के मुख से अपनी नज़रें हटाए बिना ही कहा, "मुझे स्वीकार है।"

शकुनि के दिल में आया कि वहीं कृष्ण का गला दबा दे। बड़ा आया अवतार कहीं का! वह मुड़ा और सभा से बाहर चला गया। कितना काम, कितना ख़तरा, कितनी योजना और

हाथ क्या आया? अब तो केवल यही आस बची थी कि पांडव लौटकर आएँ और सिंहासन पर अपना दावा ज़ाहिर करें। काश! दुर्जय मुक्त होता। उसने एकलव्य को महल के एक बाग में बैठा पाया, उसका सिर दोनों हाथों में था। संभवतः निषाद से कोई मदद मिल सके, शकुनि ने सोचा और उसकी ओर चल दिया।

"कितना घृणित! वे उस लड़की को विवश कर रहे हैं कि वह उस हरामी से विवाह कर ले।"

"क्या?" एकलव्य की श्वास थम सी गई। उसकी माँसपेशियों में ऐंठन आ गई।

"हम्म! उन्होंने बेचारी लड़की को लंपट से विवाह करने के लिए राज़ी कर लिया। तुम कृष्ण और बलराम को देखते ज़रा। सच! मेरा तो जी मिचला गया। बेचारी बच्ची! ख़ैर, उम्मीद करता हूँ कि विवाह का भोज तो शानदार होगा।"

"चुपकर म्लेच्छ!" एकलव्य ने शकुनि को पीछे धकेला और महल की ओर भागा।

"निषाद! यदि तुम कुछ करना चाहते हो मैं तुम्हारी सहायता के लिए प्रस्तुत हूँ। मैं भी इस प्रसंग से सहमति नहीं रखता," शकुनि पीछे से चिल्लाया।

एकलव्य थम गया। शकुनि झट से उसी ओर लपका। वह दूर क्षितिज को देखते हुए, हौले से बोला, "मैं जानता हूँ कि दुष्ट खलनायक को कहाँ रखा गया है।"

"तुम कहना क्या चाहते हो?" एकलव्य ने कहा, उसकी सभी इंद्रियाँ चौकन्नी हो उठीं।

"यदि लक्ष्मणा से विवाह के लिए सांब जीवित ही न रहे तो?" शकुनि ने धीमे से कहा।

एकलव्य के मुख से उसके मस्तिष्क में चल रहे झंझावात का कुछ पता नहीं चल रहा था। उसकी छठी इंद्रिय कह रही थी कि उसे इस व्यक्ति पर क़तई भरोसा नहीं करना चाहिए।

"हमारे देश में इसे गौरव रक्षा हेतु किया गया वध कहते हैं। परंतु यहाँ तो लोग बस बातें बनाना जानते हैं। मैं तो केवल उस युवती के साथ सहानुभूति ही जता सकता हूँ।

"उसे कहाँ रखा गया है?" एकलव्य का सुर ख़तरनाक तरीक़े से शांत था।

"वहाँ तो बहुत पहरा है। बहुत से पहरेदार पहरे पर हैं, सुरक्षा व्यवस्था कड़ी..."

"कहाँ है वह?"

"मेरे साथ आओ," शकुनि ने कहा और वहाँ से झट चल दिया।

एकलव्य निशब्द चलता रहा। शकुनि उसे प्रवेश द्वार तक ले गया और वहाँ से ग़ायब हो गया। उसे उम्मीद थी कि किसी ने उन्हें एक साथ देखा नहीं होगा। उसने देखा कि एकलव्य चुपचाप पहले पहरेदार के पास गया। उसने सोचा, 'शायद अब बात बन जाए।' किंतु उसे साथ ही कृष्ण को भी खोजना था। शकुनि महल वापस चल दिया।

* * *

"यह एक निरीक्षण है। तुम्हारा प्रमुख कहाँ है?" एकलव्य ने सिपाही से कहा। वह आदमी अपने से बड़े अधिकारी को बुलाने भागा।

प्रमुख ने आते ही एकलव्य को संदेह भरी दृष्टि से देखा। वह जानता था कि वह अश्वेत व्यक्ति एक छोटा राजा था इसलिए वह झुका तो सही किंतु उसका एक हाथ तलवार की मूठ पर ही रहा और उसने पूछा, "श्रीमान, क्या आपके पास इस निरीक्षण के लिए कोई औपचारिक दस्तावेज़ है?"

"मैं युवराज का आत्मीय मित्र और वन-प्रांत का नरेश एकलव्य हूँ," एकलव्य ने रौब से कहा, उसे लगा कि शायद बात बन जाए और वह अनावश्यक रक्तपात से बच जाए।

"क्षमा करें, श्रीमान। कृपया आप मेरे कक्ष में आएँ। अपने शस्त्र बाहर ही रख दें। अपनी तलवार, धनुष-बाण व तरकश आदि। यही नियम है।"

प्रमुख एकलव्य को भीतर ले गया। ज्यों ही वे भीतर गए तो एकलव्य ने द्वार भीतर से बंदकर, उसके सिर पर अपनी बंद मुट्ठी से प्रहार किया। वह आदमी चुपचाप वहीं ढेर हो गया। एकलव्य ने कुछ क्षण उसके जगने की प्रतीक्षा की और जब उसे विश्वास हो गया कि वह जल्दी नहीं उठने वाला तो वह उसे घसीटकर, उसकी मेज़ और कुर्सी के पास ले गया और इस मुद्रा में बिठा दिया मानो वह झपकी ले रहा हो। इसके बाद एकलव्य ने बाहर आकर दरवाज़ा बंद कर दिया, फिर वह बड़ी ठसक से आगे बढ़ा और वहाँ तैनात द्वारपाल उसे देख सिर झुकाने लगे। वहाँ की वायु नम थी। कोनों से बड़े-बड़े मकड़े झाँक रहे थे। कहीं से कोई चमगादड़ चीख़ा। जब वह भीतर पहुँचा तो अंधेरा घना हो चला था। कुछ मशालें तहख़ाने में रोशनी बिखेरने की बजाए धुआँ उगल रही थीं। यह हस्तिनापुर की सबसे भयानक क़ैद थी और इसमें दुर्जय के अनेक व्यक्ति बंदी बनाए गए थे। जब एकलव्य गंदी और लंबी दाढ़ियों वाले क़ैदियों के पास से निकला तो वे अपनी सलाखों और शृंखलाओं को बजाते हुए चिल्लाने लगे। दरबानों ने उन्हें लंबी लाठियों की मार से चुप कराना चाहा।

सांब कहाँ था? एकलव्य जानता था कि उसका इस तरह पूछना, संदेह का कारण बन सकता था। उसके पास बहुत वक़्त नहीं था। शकुनि वापस आने वाला था। कोई वर को लेने आए, उसे उससे पहले ही उसे खोजकर यमलोक भेजना था। वर शब्द उसके मुख में कीचड़ की तरह घुलता चला गया - वर! 'राजकुमारी, मैं उसे तुम्हें दोबारा स्पर्श तक नहीं करने दूँगा,' एकलव्य ने धरती की अतल गहराइयों में उतरते हुए, स्वयं से प्रण किया।

हवा और भी नम और धरती असमतल होती जा रही थी। वहाँ चट्टानें और कंकड़ फैले हुए थे। यह सबसे गहन कक्ष था, जिसमें सबसे भयानक अपराधी रखे जाते थे। एकलव्य ने खुद को शस्त्रों के बिना अधूरा पाया किंतु उसका गुस्सा ही किसी तलवार की धार से कम न था। वह एक ओर कोने में मुड़ा और एक मशाल की टिमटिमाती सी रोशनी में, उसने सांब को विपरीत कोठरी के बंदी से बात करते देखा। दुर्जय! संभवतः आज के दिन में दो हत्याएँ बदी थीं।

उसने अधिकारिक स्वर में दरबानों से कहा कि वे वहाँ से हट जाएँ। सांब शांत हो गया। उसके चेहरे का रक्त निचुड़ गया था। धूम्र से भरे टिमटिमाते प्रकाश के बीच, एकलव्य किसी यमदूत की तरह सांब की कोठरी की ओर बढ़ा।

* * *

38. अंधकार में अंत

"अब तुम क्या चाहते हो?" गांधारी ने अपने भाई से पूछा। वह उसकी ओर पीठ किए खड़ी थी।

"बहना! बस एक क्षण का काम है। मुझे महाराज से अनुमति चाहिए कि सांब को मुक्त कर दिया जाए। वर को क़ैद में रखना थोड़ा विचित्र लग रहा है।"

"शकुनि! जिस बात से तुम्हारा लेन-देन न हो, उससे दूर रहो," गांधारी तीख़े सुर में बोली।

"शकुनि! तुम्हारी बहन राज्य के संचालन के लिए कुछ अनूठे विचार रखती है," धृतराष्ट्र ने अपने स्थान से उठते हुए कहा। "मुझे प्रसन्नता है कि अब कृष्ण भी हमारे साथ है। सुयोधन की यह चाल बहुत कमाल रही। जाओ, जाकर कृष्ण के पुत्र को मुक्त करो। हम उसके प्रति अपमान का भाव नहीं दिखा सकते। शकुनि! घंटी बजाओ और मेरी शाही मुहर मँगवा लो।"

"जी, मैंने आदेश-पत्र भी तैयार करवा लिया है।" शकुनि दरबान की ओर मुड़ा और उसे राजसी मुहर लाने का आदेश दिया।

धृतराष्ट्र ने शकुनि से उस दस्तावेज़ को पढ़ने को कहा और उसके अंत में अपनी मुहर लगा दी, उसके चेहरे पर हर्ष और विषाद के मिले-जुले भाव थे। शकुनि जानता था कि उसके जीजाश्री असल में वैसे नहीं थे, जैसे दिखते थे, उनके मन की थाह पाना सरल न था। शाही आज्ञा पत्र थामे शकुनि ने झट से बाहर की राह ली। अगर सब कुछ उसकी योजना के अनुसार चला, तो वह जल्दी ही एक युद्ध को आरंभ करवा सकेगा और कृष्ण एक ऐसे मूर्ख के रूप में दिखेगा, जिसके कारण युद्ध का आरंभ हुआ।

* * *

"आपकी बड़ी कृपा है," कृष्ण ने सादे सुर में शकुनि से कहा और मेज़ पर अपनी अंगुलियों से तबले की थाप देते रहे।

"यह आपके पुत्र को क़ैद मुक्त करने का शाही फ़रमान है," शकुनि ने उनके सुर की उपेक्षा करते हुए अपनी बात कही।

"अरे! उसे एक रात वहीं रहने दें। उसके लिए इससे बेहतर जगह कोई नहीं हो सकती।"

यह सब तो और भी कठिन होता जा रहा था। शकुनि आज्ञा पत्र से खेलने लगा। उसका अमूल्य समय नष्ट हो रहा था। "श्रीमान! आपके पुत्र का जीवन भारी संकट में है। यदि उसे क़ैद में कुछ हो गया तो..."

कृष्ण हँस दिए। "वह भारतवर्ष की सबसे सुरक्षित जेल में बंद है। मेरे मित्र, तुम्हारी चिंता निरर्थक है। यदि तुम क्षमा करो तो मैं कुंती काकी से भेंट के लिए जाने को तैयार हो रहा था..."

"श्रीमान! बेहतर होगा कि आप पहले अपने पुत्र को वहाँ से बाहर ले आए। कहीं ऐसा करने में देर न हो जाए। जिस निषाद राज ने आपके पुत्र का अपहरण किया था, वह इस विवाह संबंध से प्रसन्न नहीं है।"

"इस विवाह संबंध से तो बहुत से लोग अप्रसन्न हैं। क्या हम सारे संसार की राय की चिंता कर सकते हैं?" कृष्ण ने एक मुस्कान के साथ उत्तर दिया।

"एकलव्य ख़तरनाक है। वह आपके पुत्र से घृणा करता है। अब सांब के लिए वह क़ैद सुरक्षित नहीं रही। यह आदेश उसे मुक्त कर देगा।"

कृष्ण की मुद्रा में बदलाव आते ही शकुनि जान गया कि उसका दाँव चल गया था। वह बिना प्रतीक्षा किए मुड़ा और चलने लगा। कृष्ण की पदचाप उसका पीछा करने लगी। शकुनि मुस्कराया। यादव ने उसका बिखेरा चुग्गा चुग ही लियाा।

जब वे क़ैद में पहुँचे तो शकुनि ने उप प्रमुख को आदेश दिया। "प्रमुख कहाँ है?" शकुनि ने पूछा तो उसने जवाब दिया कि वह झपकी ले रहा है।

"ये भगवान कृष्ण हैं, यादव राजकुमार," शकुनि ने अपने साथी का परिचय दिया।

यह नाम सुनते ही उप प्रमुख कृष्ण के चरणों में गिर गया और बोला, "प्रभु! अपना आशीर्वाद दें। हम तो भगवान विष्णु के अवतार को अपने नेत्रों से देख कर धन्य हो गए।"

शकुनि ने अपनी आँखें नचाईं। "अभी प्रभु जल्दी में हैं। वे अपने पुत्र को रिहा करवाने आए हैं जिसे किसी ग़लतफ़हमी के कारण बंदी बनाया गया था। कृपया हमें उसकी कोठरी तक ले चलें।"

"बड़ी प्रसन्नता से चलें, प्रभु।" अधिकारी उठ खड़ा हुआ।

"तुम यहीं ठहरो। हमें केवल मार्ग बता दो," शकुनि ने कहा।

अधिकारी का चेहरा बुझ गया किंतु उसने अपने हाथ की छड़ी से संकेत करते हुए, सांब की कोठरी का पता बता दिया। "प्रभु! क्षमा करें किंतु भीतर शस्त्र ले जाना वर्जित है," वह क्षमा के से सुर में हकलाया। उसने बड़े ही सम्मान से कृष्ण का सुदर्शन चक्र लिया और शकुनि की रत्नजटित कटार भी ले ली गई। जब वे दोनों भीतर जाने लगे तो वह पीछे से बोला, "श्रीमान! निषाद राज भी सभी सुविधाओं का निरीक्षण कर रहे हैं।"

शकुनि और कृष्ण ने परस्पर देखा। "तुमने उसकी सुरक्षा की परवाह किए बिना उसे अकेले ही भीतर जाने दिया?" कृष्ण अपने सुर में छिपे तनाव को सामने नहीं लाना चाहते थे।

वह अधिकारी लज्जित भाव से बोला, "श्रीमान, कोई भी सिपाही उसके साथ नहीं जाना चाहता था क्योंकि वह एक अछूत है।"

"मूर्ख! सारे के सारे मूर्ख!!" कृष्ण बोले और तहख़ाने की ओर दौड़े।

शकुनि उनके पीछे भागता आ रहा था। ज्यों ही वे भूमितगत तहख़ाने की ओर चले। कैदियों की चीख़-पुकार सुनाई देने लगी। ज्यों ही वे एक अंधेरे कोने की ओर बढ़े तो एक लययुक्त ध्वनि सुनाई दी मानो कोई किसी भारी चीज़ से धातु पर प्रहार कर रहा हो। अंधकार से रक्त को जमा देने वाली चीख़ उभरी और कृष्ण उसी ओर भागते हुए, पथरीली ज़मीन पर लड़खड़ा गए। शकुनि जानता था कि वह कैसी ध्वनि थी और उसने इसके लिए अपने सितारों का शुक्रिया अदा किया। वे बिलकुल सही समय पर आए थे।

सबसे आख़िरी कोठरी का दरवाज़ा सपाट खुला था। सामने वाली कोठरी में, लंबी दाढ़ी वाला घृणित सा दिखता व्यक्ति ख़ून-ख़ून चिल्ला रहा था। वह अपनी हथकड़ी और बेड़ियों को बार-बार सलाखों पर पटक रहा था। दुर्जय! शकुनि की देह में सिहरन दौड़ गई। तेरह सालों के उस क़ैद प्रवास ने दुर्जय को शैतान बना दिया था। वह शकुनि को देखते ही शांत हो गया और उस क्षणिक चुप्पी ने ही शकुनि के छक्के छुड़ा दिए।

"निषाद!" कृष्ण चिल्लाए।

शकुनि ने कोठरी की ओर देखा। एकलव्य सांब की छाती पर बैठा, उसका गला दबा रहा था। कृष्ण ने उसे परे धकेलना चाहा। सांब बुरी तरह से हाथ-पैर पटक रहा था। कृष्ण का हाथ अपने चक्र की ओर गया और उनके मुख से आह निकली। वे तो अपने शस्त्र द्वार पर ही छोड़ आए थे। कृष्ण ने अपनी सारी शक्ति के साथ निषाद पर वार किया परंतु निषाद को वह महसूस तक नहीं हुआ। सांब की जीवनडोर छूट रही थी। हालाँकि कृष्ण लाख चाहने पर भी कुछ नहीं कर पा रहे थे। एकलव्य के हाथों ने सांब की गर्दन पर बहुत कड़ी पकड़ बना रखी थी।

शकुनि उस ख़ुरदरे फ़र्श पर कुछ तलाशने लगा। काश! उसे कोई कठोर चीज़ जैसे कोई पत्थर ही मिल जाता। अचानक उसके हाथों में चट्टान का वह टुकड़ा आ गया, जिसकी मदद से एकलव्य ने सलाखों का ताला तोड़ा था। कृष्ण लगभग सारी आस खो चुके थे कि उसी समय शकुनि ने उनके हाथों में पत्थर थमा दिया। कृष्ण ने अपने दबे रोष व क्रोध के साथ आवेश में आते हुए, एकलव्य के सिर पर वार किया। खोपड़ी चटकने की आवाज़ आई और सांब की गर्दन पर एकलव्य की पकड़ ढीली होने लगी। कृष्ण उसके सिर पर तब तक वार करते रहे, जब तक कि वह वहीं गिरकर बेसुध नहीं हो गया। निषाद भावहीन नेत्रों से अपने हत्यारे को ताक रहा था। एक पल को कृष्ण को लगा कि उन्होंने अश्वेत मस्तक के बीच एक तीसरा नेत्र देखा हो। उन्होंने पलकें झपकाईं और भ्रम जाता रहा। शायद मशाल की

टिमटिमाती रोशनी ही ऐसे भ्रमजाल रच रही थी। सीले तहख़ाने में एक हवा सी कौंधी और मशाल को बुझा दिया। चारों ओर घने अंधकार का साम्राज्य हो गया।

कृष्ण के हाथों से पत्थर छूटकर लुढ़क गया। उनके हाथ चिपचिपा गए। वे न चाहने पर भी हाथों को नासिका के पास लाए। उसमें से रक्त और हत्या की गंध आ रही थी। 'हे ईश्वर! ये मैंने क्या किया?' कृष्ण सिहर उठे। उन्होंने पहले भी बहुत से वध किए थे, परंतु वे सब उनके शत्रु और दुष्ट लोग थे। उन्हें अपने जीवन में पहली बार ऐसा लगा मानो उनके हाथों कुछ बुरा हो गया हो। अब वे कर्म के नियमों से बच नहीं सकेंगे। उन्होंने सोचा कि कहीं इस विनाशकारी दंड में यादव वंश ही नष्ट न हो जाए।

"क्या वह मारा गया?" शकुनि हौले से बोला।

कृष्ण के पास कोई उत्तर नहीं था। वे तो यह भी नहीं जानते थे कि गांधार उनके सांब के बारे में पूछ रहा था या निषाद के बारे में। वे दोनों हाथों में सिर थामे, उसी नम धरती पर बैठ गए, छाती पर मानो अपराध बोध की शिला आ पड़ी हो।

"मैं मशाल ले आता हूँ," उन्होंने शकुनि को कहते सुना।

गांधार की पदचाप दूर होती सुनाई दी। कृष्ण ने किसी को खाँसते सुना। क्या निषाद जीवित था? उन्होंने सिर उठाया परंतु एकलव्य की देह तो निश्चेष्ट पड़ी थी। इसके बाद, फिर से खाँसने का स्वर सुनाई दिया। आँखें अंधेरे की अभ्यस्त हुईं तो उन्होंने अपने पुत्र को हिलते देखा। कृष्ण को यह जानकर कोई उछाह नहीं हुआ कि उनका पुत्र मरा नहीं था। वे किसी भी भाव से परे थे। वे अपने किए के लिए कोई सफ़ाई खोजने में मग्न थे। वे जानते थे कि यह ग्लानि चिता तक उनके साथ ही जाएगी।

जब शकुनि लौटा तो सांब उठ रहा था। गांधार ने थोड़ा मुँह बनाते हुए सोचा कि उसे कृष्ण के हाथों में पत्थर देने के लिए कुछ और क्षण प्रतीक्षा कर लेनी चाहिए थी। अपने हाथ में थामी मशाल की रोशनी में उसने सांब की आँखों को एक दुष्टता से भरी चमक के साथ चमकते देखा। वे प्रतिशोध की अग्नि में सुलग रही थीं।

"एकलव्य मारा गया। तुम सुरक्षित हो, पुत्र। सांब, हमने तुम्हें बचा लिया," शकुनि उस दृश्य से दो क़दम पीछे हटते हुए चिल्लाया।

कृष्ण मानो तंद्रा से जगे। "तुमने मेरे हाथों क्या करवा दिया?" वे अपने पुत्र की ओर देख चिल्लाए।

"एक निषाद कम यानी एक मुसीबत कम हुई," सांब ने पलटवार किया।

कृष्ण ने अपने पुत्र को देखा तो कंठ के समीप एक नस धड़क उठी।

"आपने मेरा जीवन बचाया किंतु पिता होने के नाते यह आपका कर्तव्य और आपका धर्म था। आप इतने शोकाकुल क्यों हैं?" सांब ने कोठरी से बाहर आते हुए कहा।

"आज तुम्हारे कारण कुछ ऐसा करना पड़ा जिसके लिए मुझे आजीवन खेद रहेगा। कृष्ण ने झट उत्तर दिया।

“आप यही क्यों नहीं मान लेते कि आपने एक राक्षस का अंत किया, जो संसार को कष्ट दे रहा था या कहें कि आपने उसे मोक्ष दे दिया और अब वह बैकुंठ में है, वह वहाँ वे सभी आनंद पाएगा, जो उसे इस धरती पर नहीं मिल सके। धौम्य को पता होगा कि ये अफ़वाह किस तरह प्रचारित करनी है। चिंता किस बात की? चलिए इस नर्क से निकलकर द्वारिका चलें। यह जीवन इतना छोटा है कि इसमें एक निषाद की हत्या पर चिंता करने का समय नहीं है।”

कृष्ण की आँखें कठोर हो आईं किंतु सांब के होंठों पर व्यंग्यपूर्ण मुस्कान थी। वह जानता था कि उसे अपने पिता को कैसे वश में करना है।

तभी दुर्जय दूसरी कोठरी से चिल्लाया, “मित्र! मित्र! क्या तुम हमारे अनुबंध के बारे में भूल गए? हमारे बीच तय हुआ था कि हममें से जो भी कालकोठरी से पहले बाहर आएगा, वह दूसरे को भी बाहर निकालेगा।”

“अरे, कभी नहीं! सांब हमेशा दोस्तों का साथ देता है,” सांब ने कृष्ण के फेंके पत्थर को उठाया, एकलव्य के शव के ऊपर से कूदा और कृष्ण को परे धकेलते हुए, दुर्जय की कालकोठरी की ओर भागा ताकि उसकी सलाखों पर लगा ताला तोड़ सके।

“तुम ये कर क्या रहे हो?” नतीजों से घबराए शकुनि ने सांब को रोकना चाहा। पिछले कुछ क्षणों के दौरान गांधार के लिए हालात बुरे होते जा रहे थे। अगर दुर्जय उसकी शर्तों के बाहर, स्वयं ही आजाद हो गया, तो वह जानता था कि वह फिर कभी अपराध के बादशाह को अपने वश में नहीं कर सकेगा।

सांब ने शकुनि को भी पीछे ठेल दिया। मशाल उसके हाथ से घूमी और उस रोशनी में परछाइयाँ नाच उठीं। सांब ने दो-तीन करारे वारों में ही कालकोठरी का ताला तोड़ दिया। दुर्जय उसके हाथ से पत्थर ले कर, दूसरी कालकोठरी की ओर भागा और उसने दूसरे ताले तोड़कर अपने साथियों को भी आज़ाद कर दिया।

कृष्ण ने अपनी ओर आते सिपाहियों और आपस में चीख़-पुकार मचाते हुए कैदियों के सुर सुने। शायद वे लोग जेल के दंगों के बीच फँस गए थे।

“मूर्ख! ये तूने क्या किया?” कृष्ण सांब पर चिल्लाए।

“दुर्जय भी मेरे लिए वैसा ही है, जैसे आपके लिए पांडव हैं। क्या हमें कष्ट के समय अपने मित्र की सहायता नहीं करनी चाहिए?” सांब ने पिता को पलटकर उत्तर दिया। सांब उस कोलाहल के बीच, एकलव्य के शव की ओर संकेतकर चिल्लाया, “दुर्जय! इस कचरे को कहीं वन में फिंकवा देना!” दुर्जय आने दो आदमियों के साथ उसी ओर लपका और एक आदमी ने एकलव्य की देह को अपने कंधे पर लाद लिया।

“वन के पशुओं का भोज हो जाएगा,” सांब एकलव्य के मुख पर घूँसा रसीद करते हुए गरजा।

कृष्ण अपने पुत्र के शब्दों व कृत्यों को देख भयभीत थे। क्या वह पशु वास्तव में उनका

पुत्र था? क्या उसकी रगों में उनका रक्त दौड़ता था?

"सभी पहरेदार मारे गए और हमने बीस आदमी खोए हैं। अब तो ख़तरे की चेतावनी देने के लिए भी कोई जीवित नहीं रहा," दुर्जय के आदमियों में से एक चिल्लाया।

"बहुत अच्छे!" दुर्जय सांब से गले मिला और कृष्ण को झुककर प्रणाम किया। इसके बाद वह शकुनि की ओर मुड़ा, जो एक कोने में खड़ा निर्दोष होने का अभिनय कर रहा था। "म्लेच्छ! अपने ईश्वर को याद कर ले," दुर्जय ने उल्लास के बीच कहा।

दो दर्ज़न आदमी शकुनि की ओर बढ़े। गांधार का हाथ अपनी कटार पर गया; जब वह नहीं मिली तो उसने खुद को कोसा। वह तो उससे बाहर ही रखवा ली गई थी।

"विदेशी हरामी! तूने मुझसे धोखा किया! मैं पिछले तेरह सालों से इस कालकोठरी में पड़ा सड़ रहा हूँ। तेरी दोस्ती से मुझे यह उपहार मिला। मेरे प्यारे दोस्त! तुझे भी इसके लिए क़ीमत अदा करनी होगी।" दुर्जय शकुनि की ओर बढ़ा। उसकी आँखों से उसकी मंशा साफ़ ज़ाहिर हो रही थी।

"दुर्जय! ठहरो। मैं सारी बात समझाता हूँ। कहीं ऐसा न हो कि तुम जल्दबाज़ी कर लो और बाद में पछताना पड़े।" शकुनि के सुर में भय के साए लहरा रहे थे। वह तब तक पीछे की ओर खिसकता चला गया, जब तक उसका सिर आगे की ओर लटक रही चट्टान से नहीं टकराया। "मेरे प्राण मत लो।" शकुनि ने अपने भीतर बैठे भय को कोसा। वह एक दुर्जय जैसे कीड़े के हाथों चूहे की मौत मरने जा रहा था। वह भारत को नष्ट करने की महत्त्वाकांक्षा को पूरा किए बिना ही इस संसार से विदा ले लेगा। 'हे! इस स्वर्ग और धरती के रक्षक, मुझे केवल एक और मौका दे दे,' वह मन ही मन दुआ माँगने लगा जैसे उसके रोम-रोम से केवल यही पुकार उठा रही थी।

"तुम्हारे प्राण? क्यों, इतनी जल्दी तुम्हारे प्राण कैसे ले सकता हूँ? तुम तो हमारे साथ चल रहे हो," दुर्जय ने उसे बालों से पकड़ कर हिला दिया।

कुछ लोग शकुनि पर टूट पड़े। वे उस पर लातों और घूँसों से वार करने लगे। गांधार जानता था कि वहाँ प्रतिरोध का कोई काम नहीं था, वह वहीं धरती पर गिरा और बेसुध होने का दिखावा किया।

"सांब फिर किसी दिन भेंट होगी। अभी तो मैं इस मृत निषाद और अपने पुराने मित्र, शकुनि को साथ ले जा रहा हूँ।" दुर्जय और उसके आदमी झट से, तहख़ाने से बाहर हो गए। वे एकलव्य के निष्प्राण और शकुनि के बेसुध शरीर को उनसे दूर ले गए।

जब कृष्ण और सांब मृतकों के शवों को लाँघते हुए, क़ैद से बाहर आए तो बाहर अंधकार छाया हुआ था। उन्हें बाद में पता चला कि दुर्जय ने अस्तबल के रक्षकों को मार दिया था और चुराए गए अश्वों पर सवार हो कर ओझल हो गए थे। उन अपराधियों की तलाश का कोई अर्थ नहीं था। दुर्जय और उसका दल, यादवों के लिए आतंक का कारण होगा, परंतु उस समय वे यह नहीं जानते थे। अपना बचाव ही सबसे बड़ा धर्म है, कृष्ण ने स्वयं को आश्वासन देना चाहा। इससे पहले कि दुर्योधन को सच का पता चले, उन्हें वहाँ से

हटना था। इससे पहले कि राज़ खुले, यह ज़रूरी था कि उनका उद्दंड बेटा, सुयोधन की पुत्री से विवाह कर ले। एक बार विवाह का अनुष्ठान संपन्न हो गया तो सुयोधन अपने दामाद की कोई हानि नहीं करेगा। एक पिता अपनी पुत्री के जीवन को वैधव्य का उपहार देने के बारे में कभी सोच तक नहीं सकता था। हालाँकि, सब कुछ योजना के अनुसार चलाने के लिए, सांब को विवाह के लिए तैयार करना आवश्यक था।

"मैंने तुम्हें जेल में बेसुध पाया और उठाकर बाहर लाया। वहाँ उपद्रव हो रहा था... जब मैं वहाँ पहुँचा तो रक्षकों को पहले ही मारा जा चुका था। हम यही कहानी कहेंगे। हमने शकुनि और एकलव्य को नहीं देखा," कृष्ण ने कहा और उनके मुख में जैसे भस्म का सा स्वाद भर गया।

"आप जैसा कहें, पिता जी। पर अब मेरा उस लड़की के प्रति कोई रुझान नहीं रहा। मैं उसे पा चुका हूँ इसलिए अब उस पर मोह नहीं है। वैसे, अगर आपको मेरे ऐसा करने से प्रसन्नता होगी, तो मैं इस विवाह के लिए तैयार हूँ। यह एक अच्छा राज्य है; बस एक बार उसके लौंडेनुमा भाई को अपने वश में कर लूँ, यह राज्य मेरा होगा। मैं आपके इस गंदे रहस्य को रहस्य ही रखूँगा, पर दोबारा कभी मुझ पर धौंस मत जमाना," सांब ने कहा और उसके खुरदुरे मुख पर एक मुस्कान खेल गई।

कृष्ण को लगा कि काश! उन्होंने निषाद की खोपड़ी के स्थान पर, अपने पुत्र का सिर चकनाचूर कर दिया होता। पर अब तो बहुत देर हो चुकी थी। सांब उनके लिए एक भार था, और जिन पिताओं की संतान अपने मार्ग से भटक जाती, उन दिशाविहीन पुत्रों के पिता को यह भार वहन करना ही होता है; 'कर्मफल, मेरे कर्मों का फल' उन्होंने उसाँस भरी और स्वयं को घसीटते हुए महल की ओर चल दिए, जहाँ दुर्योधन उनके लिए प्रतीक्षारत था।

***

39. एकांतवासी आत्मा

"स्वामी, स्वामी!" यह भय से भरा सुर सुनते ही विदुर अपनी व्याकुलता से भरी नींद से उठ बैठे। उन्होंने हाथ बढ़ा कर पत्नी का मस्तक स्पर्श किया। वह तो तवे की तरह जल रहा था। वह पिछले दिन से भी कहीं अधिक दुर्बल दिख रही थी परंतु किसी तरह उसने पिछली रात निकाल ली थी। ईश्वर की अनुकंपा बनी रहे।

"स्वामी!" सुर का उन्माद बढ़ता जा रहा था।

विदुर अपने बिस्तर से उठे, जर्जर द्वार को खोलकर बाहर झाँका।

जरा और उसका श्वान बाहर खड़े थे।

"स्वामी मेरे साथ आएँ," जरा विदुर के उत्तर की प्रतीक्षा किए बिना ही भागने लगा।

विदुर अपने गठिए से अधमरी हो रही टाँगों को घसीटते हुए, उसके पीछे चल दिए। वे एक ऐसी जगह पहुँचे, जहाँ कुछ क़बीले वाले किसी चीज़ के आसपास घेरा डाले खड़े थे। अचानक ही सड़े हुए माँस की गंध नाक से टकराई। विदुर ने उस शव को देखा। वह व्यक्ति दिखने में कोई योद्धा लगता था। जरा पास ही बैठा था, नेत्रों से झर-झर आँसू टपक रहे थें श्वान ने शव को सूँघा किंतु जरा ने उसे पीछे खींच लिया। वह आदमी बहुत पहले मर चुका था। उसके सूजे हुए चेहरे पर मक्खियाँ भिनभिना रही थीं। उसकी सूजी हुई काली चमड़ी पर जगह-जगह खुले घाव थे। उनसे पहले ही वहाँ वन्य पशु आ चुके थे।

विदुर ने अपने पेट से उठ रही उबकाई को दबाते हुए, पास जाकर देखना चाहा। उन्होंने उस आदमी को कहाँ देखा था? फिर अचानक जैसे एक बिजली सी कौंधी। एकलव्य! अचानक उनके मन में कई वर्षों पूर्व के एक गर्वीले बालक की छवि कौंध गई, जो उनके घर में बैठा था और दूसरी बार भोजन परोसने पर लेने से मना कर दिया था।

"मैं उसे भाई की तरह चाहता था। वह मेरा भाई था, स्वामी!" जरा रोने लगा। "परंतु सब कुछ माया है। कृष्ण हमारी परीक्षा ले रहे हैं। स्वामी! कोई भी, कभी नहीं मरता। यह आत्मा अमर है। कृष्ण सब कुछ जानते हैं। वे सब कुछ देखते हैं। वे बहुत ही दयालु हैं। वे कभी किसी भी काम को अकारण नहीं होने देते। स्वामी, हम ही मूर्ख हैं, जो उनके किए को समझ नहीं पाते। परंतु जब मैंने अपने भाई का चेहरा देखा तो अचानक कृष्ण के दिव्य उपदेशों को भुला दिया। मैं कृष्ण का भक्त होने का अधिकारी नहीं रहा, स्वामी।"

"मुझे एक कुदाल दो," विदुर ने आसपास खड़े लोगों से कहा। वे एकलव्य को उचित रूप से अंतिम संस्कार की व्यवस्था देने की स्थिति में नहीं थे। उसका अग्नि संस्कार करने से, कुछ लोगों का ध्यान आकर्षित हो सकता था। उन क़बीले वालों ने पहले ही उसे देख लिया था। उन्हें उनसे वादा लेना पड़ा कि वे इस बारे में कहीं मुँह नहीं खोलेंगे। एक न एक दिन, सच तो सामने आ ही जाएगा, परंतु वे इसे यथासंभव विलंबित करना चाहते थे। यह देश एक युद्ध को नहीं झेल सकता, ख़ासतौर पर तब, जब प्रजा अकाल पीड़ित होकर दम तोड़ रही हो।

वे लोग कुछ जंग खाए औजार लेकर लौटे और वे धरती को खोदने लगे। धरती बहुत कठोर थी और उन्हें उस निषाद के शव को गाड़ने योग्य गड्ढा तैयार करने में काफ़ी समय लग गया, जिसने कभी अर्जुन को चुनौती देने का सपना देखा था। विदुर सोचने लगे कि यदि वे समान स्तरों पर लड़े होते तो अर्जुन और एकलव्य में से, जीत किसकी होती? क्या एक हाथ के अँगूठे के बिना स्वयंसिद्ध योद्धा एकलव्य, भारतवर्ष के महानतम धनुर्धारी को परास्त कर सकता था? अब यह बात कोई महत्त्व नहीं रखती। निषाद मारा जा चुका था। वह अपने जीवन में इससे बहुत अधिक हासिल करने का हक़ रखता था। यहाँ तक कि मौत के बाद भी, उसे उसकी श्रेष्ठता के अधिकार से वंचित रखा जा रहा था। यदि उसका जन्म किसी दूसरे देश में, इस पवित्र भूमि से कहीं दूर हुआ होता तो चारण हज़ारों वर्षों तक उसकी वीरता की यशोगाथा सुनाते।

"इस बारे में किसी से भी बात मत करना," जरा अपने झुके कंधों को लिए चल दिया। विदुर ने उसे पीछे से आवाज़ देकर चेताया। वह अपने श्वान के साथ, अपनी ही धुन में चलने लगा।

"नहीं स्वामी! मैं ऐसा नहीं करूँगा। जीवन और मृत्यु तो दिन और रात के समान हैं, मानो प्रकृति का ही एक अंश हों। उसकी आत्मा अमर है। वह तो भगवान विष्णु के चरणों में, बैकुंठ पहुँच गई होगी। मैं तो इसलिए रोया क्योंकि मैं अज्ञानी और उदास हूँ। कृष्ण मुझे सद्बुद्धि प्रदान करें।"

जिस व्यक्ति ने एकलव्य को पाया था, वह शीघ्र ही ओझल हो गया। विदुर बहुत देर तक वन में अकेले ही खड़े रहे। उनके आसपास खड़े मुरझाए पेड़, वर्षा की आस में आसमान की ओर ताक रहे थे। पक्षियों के कलरव तो तैसे धुँधली यादों में बदल गए थे। सूरज आग के गोले की तरह दहकता था, मानो धरती के सारे प्राण ही सोख लेना चाहता हो। जब उसकी छाया लंबी होने लगी, तो विदुर अपनी कुटिया में लौट आए, उन्होंने अपने मैले अंगवस्त्र से देह का पसीना पोंछ लिया।

विदुर के लिए जीवन इतना सरल नहीं रहा था। उनकी पत्नी एक लंबे अरसे से बीमार पड़ी थी। कुछ छात्रों को पढ़ाने से जो मिलता था, वह इतना पर्याप्त न था कि उससे परिवार का पेट भरा जा सकता। प्रारंभ में वे सभी जाति के छात्रों को शिक्षा प्रदान करते और उन्हें जो भी आता था, उसे छात्रों के बीच बाँटकर उन्हें असीम आनंद की अनुभूति होती। परंतु

छात्र, उन्हें एक-एक कर छोड़ने लगे। कोई भी एक शूद्र से वेद नहीं सीखना चाहता था। केवल व्यास मुनि ही कभी-कभार जिन ब्रह्मचारियों को उनके पास शिक्षा ग्रहण करने भेजते थे, उनके सिवा अब कोई नहीं आता था। उच्च जाति को उनसे घृणा थी और नीची जाति को उनकी शिक्षा से कोई लेना-देना नहीं था। उनके बेटे उजड्ड, गँवार और अनपढ़ ही रहे। वे भी पांडव भाइयों की तरह आपस में एक ही पत्नी का उपभोग करते जिन्होंने द्रौपदी से विवाह किया था। विदुर का मन अपने पुत्रों के लिए बहुत तरसता था।

जब उन्होंने अपनी कुटिया का लाल द्वार खोला, तो पाया कि अब वे इस संसार में अकेले रह गए थे। पार्श्वी अपनी मृत्यु में भी कितनी शांत दिख रही थी। विदुर वहीं कच्चे फ़र्श पर बैठे, उसके दिव्य सौंदर्य को तकते रहे। वे एक पति के रूप में कभी उसके लिए कुछ नहीं कर सके। यहाँ तक कि वे उसकी अंतिम घड़ियों में भी उसके निकट नहीं थे। वे एक निषाद को दफ़नाने चले गए मानो वह काम उनकी उस पत्नी की मृत्यु से भी महत्त्वपूर्ण था, जो पिछले पच्चीस वर्षों से उनके सुख-दुख की साथी रही थी। वे उससे बहुत सी बातें कहना चाहते थे, उससे हर बात के लिए क्षमा माँगना चाहते थे, परंतु अब उनके शब्दों का उनके और पार्श्वी के लिए कोई मोल नहीं रह गया था। सारी कुटिया उसी तरह वीरान लग रही थी, जिस तरह उनका जीवन हो गया था। विदुर रोने लगे।

* * *

40. अपहरण धन

"क्या किसी भिखारी के लिए भीख जुटाई गई है?" दुर्जय ने पूछा और उसके साथी खिलखिलाने लगे। उसने लड़के के पास जाते हुए, अपनी कटार से उसकी चिबुक ऊँची की। "पूरे तेरह साल तक चूहों और बिच्छुओं के बीच, तहख़ाने में पड़ा सड़ता रहा, क्या मुझे तेरे बाप पर भरोसा करने का यही इनाम मिला?" उसने गुस्से में आकर वहीं थूक दिया।

उलूक अपनी लज्जा को छोड़, दुर्जय के पैरों में गिर गया। शकुनि ने आँखें फेर लीं। उसका पुत्र, गांधार का भावी शासक, दुर्जय जैसे अपराधी के पैरों में गिरा हुआ था। "क्षमा करें पिताजी! परंतु यह सब एक प्रयोजन के लिए किया जा रहा है। मैं भारत और इसकी धरती से दस गुना अधिक प्रतिशोध लूँगा और इसकी माटी को रक्त से लाल कर दूँगा।" उसने अपने पुत्र को दूसरों के सामने विनती करते देखा तो मन में स्वयं से संकल्प किया।

"श्रीमान, दया करें। हमने अपने पूजाघर ख़ाली कर दिए, ख़ज़ाने उलट लिए, गांधार के घर-घर से सोने की भीख माँगी। हमने अपनी महल सहित सारी संपत्ति, व्यापारी युयत्सु के पास रेहन रख दीं, केवल इसलिए कि आप मेरे पिता के प्राण बख़्श दें।"

उसका पुत्र गिड़गिड़ा रहा था, वह अपराधी के पैरों में घुटनों के बल बैठा था। अब शकुनि के लिए यह सब सहन करना कठिन होता जा रहा था। इससे तो यही बेहतर होता कि वह मारा जाता, कम से कम गांधार को इतना लज्जित तो न होना पड़ता। परंतु वह तो कायरों वाला काम होता। उसका देश, उसके अभिमान से कहीं बड़ा था।

"मेरे पैर चाटो," दुर्जय ने आदेश दिया।

एक पल के लिए सन्नाटा छा गया और फिर गगनभेदी ठहाके लगने लगे। उलूक ने दुर्जय के पैर चाटे। शकुनि ने अपनी ही जांघ में अंगुलियाँ गाड़ लीं। किसी ने उसकी रस्सियों को काट दिया और दुर्जन ने उलूक को मारते हुए उठाया।

"म्लेच्छ! अभी तो तुझे जीवनदान दे रहा हूँ। गांधार युवराज ने तेरे प्राणों के लिए मेरे पैर चाटे हैं।" वह हँसी जैसे पिघले सीसे की तरह शकुनि के कानों को चीरती चली गई। दुर्जय के हाथ उसकी गर्दन पर कस गए। "म्लेच्छ! मैं तेरे देश में घुसकर, फिर से तेरी पूँछ पर पाँव धरूँगा और तुझे पता भी नहीं चलेगा कि तुझ पर किसने वार किया।" दुर्जय ने शकुनि को तिरस्कार से पीछे धकेल दिया।

दुर्जय के आदमियों ने सारा धन बोरों में भर लिया। वह सारा गांधार का ख़ज़ाना था। जब उन्होंने धरती से आख़िरी सिक्का भी उठा लिया तो किसी ने शकुनि के चेहरे पर लात मारी। इसके बाद जल्दी ही सारे इस खेल में शामिल हो गए। शकुनि किसी नवजात शिशु की तरह कुंडली मारे लोटपोट हो गया। उसने पक्का इरादा कर लिया था कि अपने आँसुओं और कष्ट को उनके आनंद का माध्यम नहीं बनने देगा।

जब जुनून शांत हुआ तो वे आततायी अपने-आप ही इस खेल से उकताकर वहाँ से चले गए। उसने बेटे की सहायता से खुद को संभाला। उलूक किसी तरह अपने पिता को घसीटता हुआ ले चला। यदि शकुनि का पुत्र न होता तो वह अपने ही रक्त में फिसलकर गिर पड़ता। बाहर के उदासी से भरे आसमान में एक गिद्ध मंडरा रहा था। शकुनि उसे बहुत देर तक ताकता रहा और फिर उसे लगा कि जैसे उसकी खोई ताक़त लौट रही हो। "तुमने इतना धन कहाँ से एकत्र किया?"

"मैंने राजकोष रिक्त किया, अपने महल युयुत्सु के पास गिरवी रख दिए और जब बात नहीं बनी तो लोगों से विनती की।"

"क्या तुमने बल-प्रयोग से अपहरण धन एकत्र किया?" शकुनि ने पूछा। गिद्ध के चक्कर तंग होते जा रहे थे।

"नहीं ऐसा तो नहीं किया। हमारे देशवासी तो आपको मुझसे भी अधिक चाहते हैं।" उसके पुत्र के सुर में अजीब सा गर्व था।

शकुनि ने कंठ में आई हिचकी गुटक ली। उसने अपने लोगों का भरोसा नहीं खोया। गिद्ध हवा में चक्कर काटने लगा।

पुत्र ने कोमलता से कंधे पर हाथ रखा, "पिताजी! घर चलें।"

"यदि दुर्जय मुझे मार देता तो तुम क्या करते?"

"मैं गांधार सेना सहित हस्तिनापुर आता ताकि उसे पकड़कर मारा जा सके।"

शकुनि के नेत्र छलछला उठे। "पुत्र! मैं भी अपने पिता और भाइयों के संहार का प्रतिशोध ले रहा हूँ। यही मेरा धर्म है। जब घर जाओ तो लोगों से कहना कि किसी भी राजा ने अपनी प्रजा से इतना प्यार नहीं किया होगा, जितना शकुनि उन लोगों से करता है। मैंने उनके प्रति जो भी अनुचित किया हो, उसके लिए उनसे, मेरी ओर से क्षमा माँगना।"

शकुनि लंगड़ाते हुए आगे चल दिया। यदि एक भी शब्द और कहता तो किसी बच्चे की तरह बिलख उठता। उसने देखा कि गिद्ध ने किसी तीर की तरह वन में छलांग लगा दी थी। उसे अपना शिकार मिल गया होगा। उसने अपने होंठों पर छलक आए रक्त को पोंछा। उसे अपने पुत्र को सही तरह से विदा देनी चाहिए, उसे आख़िरी बार अपने कंठ से लगाना चाहिए। उसे यक़ीन नहीं था कि वह दोबारा उलूक को देख भी पाएगा या नहीं। अब पाँसों का आख़िरी दाँव चलने का समय निकट आ गया था।

* * *

41. विराट

शकुनि ने भाँजे के कक्ष में प्रवेश से पूर्व गहरी श्वास ली।

"कहाँ थे आप?" सुयोधन के चेहरे पर खीझ दिखी।

कर्ण और अश्वत्थामा ने एक-दूसरे को देखा।

शकुनि ने झुककर प्रणाम किया। क्या उसे अभी एकलव्य की मौत के बारे में बता देना चाहिए या इसे आगे के लिए छिपाकर रखा जाए? वैसे, बेहतर यही होगा कि इसे आगे जाकर बताया जाए क्योंकि उस समय इसका असर गहरा होगा। "गांधार में कुछ ज़रूरी काम आन पड़ा था। यवनों ने धावा बोल दिया था। मैंने सुना कि यहाँ जेल में दंगे हो गए। क्या तुमने दुर्जय को पकड़ लिया? क्षमा चाहता हूँ, लक्ष्मणा के विवाह में हिस्सा नहीं ले सका। सुयोधन, निश्चित रूप से तुमने पांडवों का रहस्य खोलने और युद्ध से बचने का जो उपाय सुझाया है, वह बेजोड़ है।" शकुनि अपने भाँजे को देख मुस्कराया।

"अभी हमारे पास दुर्जय के बारे में चिंता करने का समय नहीं है। हमारे सिपाही पांडवों की तलाश में निकले हैं किंतु उनके अज्ञातवास की अवधि के केवल पंद्रह दिन ही शेष हैं। हम उन्हें उनके छिपने के स्थान से बाहर आने के लिए कैसे लुभा सकते हैं?" सुशासन ने पूछा।

"अहह! सुशासन! मैंने तो तुम्हें अंधेरे कोने में बैठे देखा ही नहीं। प्यारे भाँजे, ज़रा सोचो कि ऐसा क्या हो सकता है, जो उन्हें विराट को छोड़ने के लिए विवश कर देगा? उनकी सबसे बड़ी ताक़त क्या है? यह सोचो कि उसे हम उनकी सबसे बड़ी कमज़ोरी में कैसे बदल सकते हैं," शकुनि ने उत्तर दिया।

"वे दावा करते हैं कि वे देवताओं की संतान हैं," सुशासन ने कहा।

"उन्हें अपने अस्त्र-शस्त्र कौशल पर बहुत अभिमान है," अश्वत्थामा ने कहा।

शकुनि अपनी खिचड़ी दाढ़ी के बाल खींचता रहा। अंत में, जब सब अपनी बात कह चुके तो वह बोला, "सुयोधन, उन्हें कट्टरपंथियों से जो सहयोग मिलता है, वही उनकी सबसे बड़ी ताक़त बनता है। किसी भी ऐसी चीज़ पर हमला कर दो, जिसे पंडित और पुरोहित पवित्र मानते हों, और इस तरह हम युधिष्ठिर को सामने आकर युद्ध करने के लिए विवश कर सकते हैं।"

“क्या आप खुलकर बताने वाले हैं कि आप कहना क्या चाहते हैं?” सुशासन ने अधीरता से कहा। वह अपने मामा की पहेलियाँ बुझाने की आदत से तंग आ गया था।

“भाँजे, धैर्य भी एक गुण है और तुम्हें इसका अभ्यास करना चाहिए। विराट नरेश के पास हज़ारों की संख्या में गौएँ हैं। बस, उन्हें ही चुरा लो और तुम्हारे सम्मुख युद्ध-युद्ध की गुहार लगाने वाले पंडितों का झुंड खड़ा हो जाएगा। उनके लिए किसी गौ का जीवन किसी मनुष्य के जीवन से कई गुना अनमोल है। पांडवों को गौओं की रक्षा के लिए सामने आना ही पड़ेगा।” शकुनि बैठकर, उनकी प्रतिक्रियाओं की प्रतीक्षा करने लगा।

“च्च-च्च!! पांडवों ने अपनी पत्नी के सम्मान तक के लिए तो शस्त्र नहीं उठाए; क्या आपको लगता है कि वे कुछ गौओं के लिए लड़ेंगे?” सुयोधन ने बात को ख़ारिज़ करना चाहा।

“भाँजे, ऐसे लोग भले ही पत्नी के मान को ताक पर धर दें किंतु गौओं के जीवन के साथ समझौता नहीं किया जा सकता। भारतवर्ष को जीतने का सबसे सरल उपाय यही है कि एक आक्रमणरत सेना के आगे कुछ गौओं को धकेल दिया जाए।”

“यह कोई सम्मानजनक कृत्य तो न हुआ,” कर्ण का स्वर कठोर था।

“तो ठीक है, जाकर विराट से युद्ध का डंका बजा दो। पांडव चूहों की तरह दुबके रहेंगे और तुम विराट से बेतुका युद्ध करते रहना। याद रखो, तुम्हारे पास उनका रहस्य उजागर करने के लिए केवल दो सप्ताह का समय शेष है। यदि तुम असफल रहे तो वे राज्य पर अपना दावा जताने के लिए आ पहुँचेंगे। क्या तुम सचमुच यही चाहते हो?” शकुनि ने सुयोधन के मुख को ध्यान से पढ़ा।

“आने दो उन्हें। मैं तो अर्जुन से दो-दो हाथ करने को उतावला हूँ,” कर्ण बोला।

“एक युद्ध अपने साथ विनाश का तांडव लाएगा। वर्षा हो नहीं रही और अनाज के गोदाम ख़ाली हैं। पहले ही देश की आधी संपत्ति युयुत्सु के पास रेहन रखी है। समझ नहीं आता कि हम कभी इस व्यापारी से अपनी जान छुड़ा भी पाएँगे या नहीं। परंतु हम यह ख़तरा मोल नहीं ले सकते कि वह जाकर पांडवों के दल में जा मिले। उसके पास अकूत धन और निजी सेना है। नहीं, मेरे मामाश्री ठीक कह रहे हैं इस तरह, हम एक भीषण युद्ध की विभीषिका से देश की रक्षा कर सकते हैं। हमें पांडवों को उनके छिपने के स्थान से बाहर लाने के लिए यह चाल चलनी ही होगी।” सुयोधन ने कुछ सोचकर कहा, उसने कर्ण और अश्वत्थामा के प्रतिरोध को उपेक्षित कर दिया।

जब सुयोधन और उसके मित्र इस विषय में विस्तार से चर्चा कर रहे थे, तो शकुनि मन ही मन कुछ जोड़-तोड़ लगाने लगा। बहुत खूब, बिलकुल सटीक!! अगर उसने थोड़ी सी भी अक्लमंदी से काम लिया, तो वह दोनों ही पक्षों को यह यक़ीन दिलाने में सफल रहेगा कि वे सही हैं। यह भी एक अपने तरह का युद्ध होगा, जिसमें दोनों ही पक्षों को लगेगा कि वे धर्म की रक्षा के लिए लड़ रहे हैं - एक धर्मयुद्ध!

एक पवित्र और सत्यनिष्ठा से ओत-प्रोत युद्ध, जिसे कोई भी पंडित और महंत अपनी

स्वीकृति देगा। ये सुयोधन ने अभी-अभी युयुत्सु के लिए क्या कहा? इस बात की तो तह में जाना ही होगा। अब दक्षिणी मंडल को भी किसी तरह बीच में घसीटकर लाने का अवसर आ रहा है। फिर अकाल और सूखे की मार का शोषण भी किया जा सकता है। बेशक सारे हालात दिलचस्प होते जा रहे थे।

* * *

“वह रहा!!” सुयोधन के लिए अपने उल्लास को छिपाना कठिन हो गया। वह अपने थोड़ी सी सेना के साथ विराट आया और उन्होंने रात के अंधकार में, शाही गौशाला के रक्षकों को अपने वश में कर लिया, फिर वे सारी गौओं को अपने साथ खदेड़ ले गए। सुबह तक, सुयोधन के गुप्तचरों ने चारों ओर यह अफ़वाह प्रसारित कर दी कि उनकी सेना गौमाँस का भोज करने वाली थी। यह सुनकर तो उन धर्मनिष्ठ ब्राह्मणों का रोष उमड़ना ही था, वे तो गौ को किसी मनुष्य के प्राणों से भी अधिक मूल्यवान मानते आए थे। यदि पांडव विराट में ही छिपे होंगे तो युधिष्ठिर को विवश होकर, गौओं की रक्षा के लिए सामने आना ही होगा। उसे पुरोहितों की नज़र में अपना सम्मान बनाए रखना है, उसके पास सामने आने के सिवा कोई चारा नहीं बचा। वे खांडवप्रस्थ के सारे लोगों को मारकर भी धर्मनिष्ठ कहला सकते थे, परंतु यदि उनके सामने एक भी गौ-वध होता तो उन्हें उसी समय शापित कर दिया जाएगा। सुयोधन की इच्छा यही थी कि आमने-सामने की भीषण लड़ाई न छेड़ी जाए, बस ज़रा सा धुआँ दिखाया जाए जिससे घबराकर, पांडव अपने छिपने के स्थान से बाहर आकर, सबके रक्षक बनकर खड़े हो जाएँ। शकुनि की यह चाल बिलकुल सादी और संपूर्ण थी। सुयोधन ने मन ही मन सोचा कि उसे अपने मामा को धन्यवाद देना होगा, जिनके कारण एक बड़ा युद्ध टल गया, जो भारतवर्ष के लिए विनाशकारी हो सकता था।

विराट सेना का नेतृत्व, एक युवक कर रहा था, जिसनें स्त्रियों की तरह साड़ी पहनी हुई थी। वह बृहन्नला वेषधारी अुर्जन के सिवा कोई और नहीं हो सकता। सुयोधन अपने सेनापतियों की ओर देख कर चिल्लाया, “हमने उन्हें खोज निकाला! अब पांडवों को पुनः तेरह वर्ष के लिए वनवास भोगना होगा।”

सुयोधन को यह देखकर आश्चर्य हुआ कि भीष्म और द्रोण उसकी प्रसन्नता में सहभागी नहीं बने। वे किसके पक्ष में थे? उसने उचित समय पर पांडवों का भेद खोलकर, इतने बड़े युद्ध को टाला था, बस उनके अज्ञातवास को समाप्त होने में बारह दिन ही शेष रह गए थे।

“हम इतनी दूरी से, पक्के तौर पर नहीं कह सकते कि वह अर्जुन है या कोई और? ऐसा लगता है कि उनका सेनापति कोई स्त्री है। हमें उचित रूप से यह प्रमाणित करना होगा कि वह पांडव ही है,” भीष्म ने तीव्र धूप की मार से अपनी आँखें बचाते हुए कहा। कौरवों की सेना के पीछे, चुराई गई गौएँ बहुत ही दुखदायी सुर में रंभा रही थीं।

“ओह, मैं इसे सिद्ध कर दूँगा,” कर्ण ने अपने धनुष से टंकार दी।

“कर्ण संभलो!” ज्यों ही तीर ने कर्ण के धनुष के दो टुकड़े किए, अश्वत्थामा चिल्लाया।

"यह अर्जुन है। उसके सिवा कोई और ऐसे तीर नहीं चला सकता," गुरु द्रोण ने निश्चित स्वर में कहा।

सुयोधन को यह सुनकर चैन आ गया। स्वयं द्रोण ने वहाँ अर्जुन के होने की पुष्टि कर दी थी। उसने अपना लक्ष्य पा लिया। वह शकुनि की ओर मुड़ा ताकि उसकी अद्‌भुत योजना के लिए धन्यवाद कर सके। उसे यह देखकर आश्चर्य हुआ कि शकुनि अपना स्थान छोड़कर, कर्ण के पास चला गया था। वह उससे क्या कह रहा है? अचानक सुयोधन ने देखा कि कर्ण ने व्यग्र होते हुए, अर्जुन की ओर धावा बोल दिया।

"कर्ण ठहरो! तुम वहाँ फँस जाओगे।" सुयोधन ने अश्वत्थामा को पीछे से चिल्लाते सुना।

सुयोधन के दिल की धड़कन थम सी गई। कर्ण क्या करने का प्रयत्न कर रहा था? क्या वह आत्मघात करना चाहता था? "कर्ण वापस आओ! लड़ने की आवश्यकता नहीं है। हमें अर्जुन मिल गया है।" सुयोधन चिल्लाया और ठीक उसी समय, उसकी बाजू पर आकर एक तीर लगा।

"वापस चलो!" सुयोधन ने भीष्म का स्वर सुना, जो सेना को शंख बजाकर वापस चलने का संकेत दे रहे थे। भीष्म को युद्ध में प्रधान सेनापति बनाया गया था और उनके शंख के आदेश को टालना किसी के भी वश से बाहर था।

ज्यों ही अर्जुन के नेतृत्व में विराट सेना ने हल्ला बोला, हस्तिनापुर की सेना वापस हो ली।

"पितामह! कर्ण वहाँ फँस जाएगा। उसके पास हमारी अश्वों या हाथियों की सेना का सहयोग भी नहीं है," सुयोधन ने प्रधान सेनापति से चिल्लाकर कहा। वह बमुश्किल अपने अश्व को मुड़ने से रोक रहा था।

जब सुयोधन की सेना अस्त-व्यस्त भाव से वापस आ रही थी तो उनके आसपास तीरों की वर्षा होने लगी, सेना सुयोधन को भी एक ज्वार की तरह साथ खींच ले गई।

"वापस चलो" भीष्म ने एक बार फिर से शंख बजाया और अब वापसी भगदड़ में बदल गई।

अश्व सुयोधन के निकट, धूल के बादल दौड़ाते हुए निकले। अर्जुन की सेना ने किसी बाढ़ की तरह धावा बोल दिया था। उसके सेनापति द्रोण और भीष्म, कर्ण को बचाने की चेष्टा क्यों नहीं कर रहे थे? उसने एक अक्षम्य अपराध किया था और युद्ध में तोड़े जाने वाले अनुशासन को किसी भी दृष्टि से क्षमा नहीं किया जा सकता, परंतु वह तो कर्ण को उसके भाग्य के भरोसे छोड़कर नहीं जा सकता था। एक अकेला आदमी इतनी बड़ी सेना का सामना नहीं कर सकता था, भले ही वह अजेय योद्धा, कर्ण ही क्यों न हो।

उसने अश्वत्थामा को देखा जो अपना अश्व दौड़ाते हुए कर्ण की ओर बढ़ा जा रहा था, वह अकेले ही अर्जुन के तीरों का सामना कर रहा था किंतु वह अकेला कब तक

टिकता? द्रोण ने अश्वत्थामा को वापस आने को कहा, परंतु गुरु का पुत्र अपने मित्र की सहायता के लिए आगे बढ़ता चला गया।

"सुयोधन अपने मित्र की चिंता मत करो। अगर तुम जीवित रहकर, फिर से युद्ध करना चाहते हो तो अभी सुरक्षित वापस चलो।" शकुनि ने अपने अश्व को ऐड़ लगाते हुए उसे सलाह दी और उसके उत्तर की प्रतीक्षा किए बिना ही हवा हो गया।

"मूर्ख! तुम सुयोधन को क्यों ताक रहे हो? वापस चलो।"

सुयोधन ने भीष्म के स्वर को अपने निकट सुना। पितामह अभी यहाँ क्या कर रहे थे? सुयोधन ने उन्हें देखे बिना ही उत्तर दिया, "मैं उन्हें यहाँ इस तरह मरने के लिए नहीं छोड़ सकता।"

"मैंने इस सेना का दायित्व केवल इसी शर्त पर संभाला था कि अनावश्यक रक्तपात नहीं होगा। हमने अर्जुन को खोज लिया; हम जीत गए। अगर किसी सूत का धनुष शत्रु के द्वारा तोड़ा जाता है, तो उसके लिए मैं ज़िम्मेदार नहीं हूँ। हम एक सूत के कुंठित और आहत अहं के लिए नहीं लड़ सकते।"

सुयोधन ने कोई उत्तर नहीं दिया। आज कर्ण ने जो भी किया। उसे किसी भी सेनापति के लिहाज़ क्षमा के योग्य नहीं माना जा सकता किंतु वह तो अपने मित्र को ऐसे समय में अकेला छोड़ कर नहीं जा सकता। तभी उसे द्रोण का भयभीत स्वर सुनाई दिया और उसने मुड़कर देखा।

"श्रीमान, मैं अपने पुत्र की सहायता करने के लिए आपकी अनुमति चाहता हूँ।" द्रोण अधैर्य से खड़े अपने सेनापति की ओर से आने वाले आदेश की प्रतीक्षा में थे।

"अनुमति नहीं मिल सकती," भीष्म ने सीधा देखते हुए कहा।

"श्रीमान! मेरा पुत्र गंभीर संकट में है। मुझे कुछ सिपाही दिए जाएँ ताकि मैं उसे सुरक्षित वापस ला सकूँ," द्रोण ने विनती की।

"नहीं, ऐसा नहीं हो सकता। तुम्हें अपनी सैन्य टुकड़ी के साथ वापस लौटने को आदेश दिया जाता है," भीष्म ने कहा और उनका रथ वहाँ से ओझल हो गया। उनके आसपास हस्तिनापुर सेना, अपने सुरक्षित ठिकाने की ओर लौट रही थी।

"यह सूत मेरे पुत्र को भी मरवाएगा," द्रोण बोले, उनका सिर मारे निराशा के झुका हुआ था।

सुयोधन द्रोण के भावों की गहनता देख चौंक गया। यदि पिता-पुत्र में आपस में इतना स्नेह था तो वे बात-बात पर उलझते क्यों रहते थे? "गुरु! आप मेरे साथ आएँ। मैं उनकी सहायता के लिए जा रहा हूँ," सुयोधन बोला।

गुरु द्रोण के नासापुट काँप उठे। "क्या तुम्हें लगता है कि युद्ध कोई उपहास है? सेनापति ने वापस लौटने का आदेश दिया है। इसका पालन न करने का तो कोई प्रश्न ही नहीं पैदा होता। तुमने उनके निर्णय के विरुद्ध जाने के बारे में सोचा भी कैसे?"

"श्रीमान! यह आपके पुत्र की सलामती के लिए है," सुयोधन गुरु के इस रूप को देख कर तो और भी विस्मित हो उठा।

"युद्ध क्षेत्र में आदेश एक आदेश ही होता है। इससे कोई अंतर नहीं पड़ता कि तुम्हारा पुत्र या भाई संकट में है।" द्रोण का रथ भी, भीष्म के रथ की दिशा में चल दिया।

सुयोधन एक पल के लिए हिचका और फिर कर्ण की सहायता के लिए चल दिया। वह सुन सकता था कि भीष्म उसे वापस आने के लिए आवाज़ें लगा रहे थे, परंतु उसे कोई परवाह नहीं थी। उसका मित्र संकट में था और यही सबसे बड़ी बात थी। सुयोधन को कर्ण की ओर जाते देख, भीष्म और द्रोण ने भी अपने रथ मोड़े और अर्जुन से लड़ने के लिए चल दिए।

* * *

"मैंने तुम्हारा सिर झुका दिया। तुम्हें मुझे वहाँ मरने के लिए छोड़ देना चाहिए था।" कर्ण ने बिस्तर के पास बैठे सुयोधन से रुँधे कंठ से कहा। कमरे के एक कोने में खड़ा अश्वत्थामा, चेहरे पर पथराए भाव लिए दोनों को देख रहा था।

"मैंने तुम्हें नहीं बचाया। भीष्म और द्रोण ने बचाया," सुयोधन बोला। वह कर्ण को यह बात कैसे बता सकता था कि जब भीष्म ने अपने भतीजे से कर्ण के प्राणों की भीख माँगी तो अर्जुन ने दया दिखाते हुए, उसके प्राण नहीं लिए? वास्तव में, अर्जुन ने उन सबके प्राण बख़्श दिए थे। उसने मारने की अपेक्षा सबको शिथिल करने के लिए सम्मोहन अस्त्र का प्रयोग किया। संभवतः वह भीष्म और द्रोण की उपस्थिति के कारण ही उन्हें मारने से हिचकिचा गया।

यह सुयोधन के जीवन का सबसे बुरा दिन था। अर्जुन के हाथों गहरी मात खाई थी। यह सच था कि वे अपने साथ थोड़ी सी सेना ले गए थे और वे लड़ने नहीं, केवल पांडवों को सामने लाने के उद्देश्य से गए थे परंतु यदि कर्ण ने बिना सोचे-समझे प्रहार न किया होता, तो वे बड़े ही आराम से भीष्म के सेनापतित्व में सुरक्षित वापस आ सकते थे। इस तरह दोनों पक्षों में, किसी की जान न जाती। कर्ण को इस तरह हड़बड़ाहट दिखाने की क्या ज़रूरत थी? वे पांडवों के अज्ञातवास को तो भंग कर ही चुके थे और विराट से होने वाली झड़प कोई बहुत महत्त्व नहीं रखती थी। कर्ण से शकुनि ने ऐसा क्या कहा कि वह मूर्खों की तरह अर्जुन से लड़ने चल दिया? वह तो बहुत ही शांत स्वभाव का है। आज ऐसा क्या हुआ?

वृशाली ने एक हिचकी गुटकी और कर्ण का चेहरा स्याह हो उठा। "युवराज! आपने हमारे लिए जो भी किया, उसके लिए हम आपके आभारी हैं, हम आपकी दयालुता का मोल नहीं चुका सकते।" वृशाली कर्ण के चेहरे पर कठोर भाव देख चुप लगा गई।

"हमें अकेला छोड़ दो!" कर्ण कोमल शब्दों में बोला किंतु वे भी फटकार की तरह लगे।

वृशाली का चेहरा पीला पड़ गया परंतु उसने सुयोधन की ओर देखा और दोनों हाथ जोड़कर बोली, "मैं इन्हें मृत नहीं देख सकती," उसने कहा और उसकी आँखें छलछला उठीं।

"मैं अर्जुन के हाथों ऐसी लज्जाजनक हार पाने की बजाए मरना कहीं अधिक पसंद करता। मैंने बिना सोचे-समझे क़दम उठाया और उसका परिणाम भुगता। सुयोधन! मैंने तुम्हें नीचा दिखा दिया। मैं तुम्हारे किसी काम का नहीं। मैं एक जोंक हूँ, जोंक!" कर्ण ने दीवार की ओर मुँह फेर लिया।

"परंतु कर्ण आख़िर ऐसा हुआ क्या कि तुमने ये क़दम उठाया?" अश्वत्थामा ने पूछा किंतु कर्ण कुछ नहीं बोला।

"शकुनि ने तुमसे क्या कहा था?" सुयोधन ने पूछा।

"यह मेरा दोष था। मेरा अहं। मैं किसी दूसरे को दोषी नहीं ठहरा सकता। उसने केवल इतना कहा कि स्त्री वेष होने के बावजूद, अर्जुन एक क्षत्रिय ही दिख रहा था।"

सुयोधन और अश्वत्थामा ने एक-दूसरे को देखा। क्या शकुनि ने एक बार फिर अपने खेल चालू कर दिए थे या यह केवल एक फ़ब्ती थी जिसने संवदेनशील कर्ण को भड़का दिया? वे शकुनि को दोषी कैसे ठहरा सकते थे? वैसे भी, उसकी हर योजना दोषरहित होती थी - भले ही वह पाँसे का खेल हो या फिर विराट का युद्ध।

"कर्ण! आज तुम्हारे शरीर के कवच ने तुम्हें बचा लिया, इसके साथ ही भीष्म और द्रोण के प्रयासों को भी नकारा नहीं जा सकता। इससे कोई अंतर नहीं पड़ता। जीत तो हमारी ही हुई है। पांडवों को पुनः तेरह वर्ष के लिए वनवास पर जाना होगा। विराट का युद्ध उनके साथ हमारा अंतिम युद्ध था," वह अपने मित्र को देख मुस्कराते हुए बोला।

अश्वत्थामा ने अपनी जीभ चटकाई। विराट, पांडवों के साथ अंतिम युद्ध? उसे इस बात पर पक्का यक़ीन नहीं था।

* * *

शकुनि सारा दिन वन में भटकता रहा ताकि किसी तरह धौम्य और उसके चेलों का पता मिल जाए। उसने उन्हें युद्ध समाप्त होने के बाद विराट की ओर जाते देखा था और अब बड़े ही धीरज से उनके लौटने की प्रतीक्षा में था। अंत में उसे विराट वन के एक छोर पर, ब्राह्मणों का दल दिखाई दे ही गया। गुरु धौम्य अपने दल के बीच, दोनों हाथों में सिर दिए बैठे थे। उनके चेले, आसपास खड़े एकटक ताक रहे थे।

शकुनि इतना भटक चुका था कि अब वास्तव में थका-माँदा और टूटा हुआ दिख रहा था। उसने अपनी पगड़ी उतारी और बाल व दाढ़ी थोड़े बिखरा लिए। उसने अपना अंगवस्त्र फाड़ लिया, अपनी एक जूती दूर खिसका दी और अपने कमरबंद से कटार निकालकर, कुछ जगहों पर घाव बना दिए। अब उसे देखकर लग रहा था मानो वह किसी युद्ध क्षेत्र से आया हो। इसके बाद वह अपने घोड़े पर सवार होकर, गिर गया और उसे उस दल की ओर चलने का संकेत दे दिया।

* * *

42. नियति की तिथियाँ

“एक योद्धा हमारी ओर आ रहा है!” शकुनि ने धौम्य के एक चेले के मुख से उत्साहपूर्ण चीत्कार सुनी। उसने अपनी आँखें बंद कर लीं। अश्व उसे उसी दल के बीच ले गया और वह वहाँ जाकर ढेर हो गया। धौम्य के दर्जनों चेले उसके आसपास जमा हो गए। शकुनि ने कराहते हुए अपने लिए जल माँगा।

उसके चेहरे पर पानी का स्पर्श हुआ तो वह अभिनय करते हुए, जैसे बेहोशी से उठा, मानो अचानक सुध आ गई हो। उसकी आँखें कई चेहरों से टकराते हुए, धौम्य पर जा टिकीं। “गुरु धौम्य! कृपया मेरे प्राण न लें, मेरे प्राण न लें...”

“शकुनि! म्लेच्छ... तुम यहाँ क्या कर रहे हो?” धौम्य चिल्लाए और उनके चेले मारे सदमे के पीछे हट गए। उन्हें तो लगा कि उन्होंने जिस योद्धा को पानी पिलाया, वह कोई सच्चा क्षत्रिय था किंतु वह तो एक म्लेच्छ निकला और उसके स्पर्श से वे भी अपवित्र हो जाते।

“गुरु! सब कुछ नष्ट हो गया।” शकुनि मारे पीड़ा के रोने का अभिनय करने लगा। “अर्जुन ने सब नष्ट कर दिया। उसने मेरे बेचारे भाँजे को हराकर, कर्ण को मार दिया। हम सब कुछ हार गए। मुझ पर दया करें। जब युधिष्ठिर इस धरती पर राज करेंगे तो मैं अपने देश वापस चला जाऊँगा। आप मुझे दंडित न करें।”

धौम्य ने अपने शिष्यों को विस्मय भाव से देखा। क्या म्लेच्छ उनका उपहास कर रहा था? “बर्बर प्राणी! अपनी बकबक को लगाम दे। अर्जुन ने किसी का वध नहीं किया। उसने उन सभी दुष्टों के प्राण बख़्श दिए क्योंकि वह भीष्म और द्रोण का सम्मान करता है।” धौम्य ने निराश होकर थूका, “रोना तो हमें चाहिए। पांडव खेल में हार गए। वे अपने अज्ञातवास काल के दौरान ही पकड़े गए हैं।”

“तो क्या मेरे भाँजों के शत्रुओं को फिर से तेरह वर्षों तक वन की ख़ाक छाननी होगी?” शकुनि ने कनखियों से धौम्य की प्रतिक्रिया देखनी चाही।

“दुष्ट म्लेच्छ! तू इस प्रसंग से इतना आनंदित मत हो। हम कोई न कोई मार्ग तो निकाल ही लेंगे,” धौम्य का स्वर विषाद से भारी हो उठा।

“गुरु! आपके पास चुनाव ही क्या रह जाता है? आप सौर पंचांग को मानते हैं और

गांधार में हम लोग चांद्र पंचांग के अनुसार चलते हैं।" अपनी बात को थोड़ा प्रभाव देने के लिए शकुनि खाँसा। उसने पुरोहित को विनती भाव से देखा, देखना चाहता था कि उसे संकेत समझ आया या नहीं।

धौम्य का मुख दमक उठा। "क्या रहे हो, म्लेच्छ?"

"अगर आप लोग भी चांद्र पंचांग का अनुसरण करते तो अज्ञातवास की अवधि बहुत पहले ही पूरी हो गई होती। परंतु कितने दुख से कहना पड़ता है..." शकुनि ने अपनी गर्दन हिलाई, उसने धरती से उठना चाहा।

धौम्य मुड़े और अपने शिष्यों से चर्चा करने लगे। शकुनि उनके बीच फैले उत्साह को अनुभव कर सकता था। गुरु ने दाना चुग लिया था। धौम्य और उसके शिष्य, उसकी ओर देखे बिना ही, झट से आगे चल दिए। शकुनि को लगा कि शायद वे पांडवों से या और भी बेहतर हो, तो कृष्ण से मिलने जा रहे होंगे। उसने चैन की साँस ली। उसने पांडवों को अपनी नग्न लज्जा ढाँपने के लिए एक पत्ते की ओट दे दी थी ताकि वे शर्त हारने के बाद भी, राज्य पर अपना दावा कर सकें। सुयोधन तो दंग ही रह जाएगा। शकुनि अपनी मुस्कान पर क़ाबू नहीं रख सका। अब ये भारतीय आपस में पंचांगों पर लड़ेंगे। शकुनि को लगा कि पूरे जीवन में पहली बार, वह स्वयं को लक्ष्य के इतना निकट पा रहा था। धर्मयुद्ध, एक रक्तपिपासु युद्ध सब कुछ तहस-नहस करके रख देगा। पुरोहित इसे उचित ठहराएँगे। कुरुओं को लगेगा कि अपने रक्त-संबंधियों को मारना ही धर्म है, पिता अपने पुत्र को मारेंगे, चाचा अपने भतीजों को मारेंगे - सारा देश अभिशापित हो उठेगा। 'गांधार मैं तुम्हें दोबारा अपमानित नहीं होने दूँगा। कृष्ण! तुम स्वयं को एक अवतार मानते हो, परंतु तुम मेरी चौपड़ की एक कौड़ी भर हो।'

* * *

युधिष्ठिर की आँखों में एक खोया-खोया सा भाव था। वे इस बात से निश्चिंत थे कि अब कोई युद्ध नहीं होगा, भले ही उन्हें दोबारा तेरह साल तक वन में ही क्यों न रहना पड़े। हालाँकि अज्ञातवास के अंतिम पंद्रह दिनों में उनका रहस्य सबके सामने आने की चोट कुछ कम नहीं थी। वे अपनी मुक्ति के कितने निकट थे। सभी उसे ही दोषी ठहरा रहे थे। 'मेरे पास चुनाव ही क्या था। मैं द्रौपदी से इस बारे में पूछना चाहता था, परंतु भय यही था कि वह क्या उत्तर देगी।' वे विराट राजप्रासाद के निकट वन में बैठे थे। सभी भाइयों के मुख पर उदासी और झल्लाहट देखी जा सकती थी। उन्होंने एक बार फिर उन सबको नीचा दिखा दिया।

"इस वनवास की चिंता मत करो। तुम पहले भी बहुत भुगत चुके हो। जाओ, जाकर राज्य में अपना अंश माँगो, युधिष्ठिर," उन्होंने कृष्ण को बोलते सुना।

हिस्सा? कैसा हिस्सा? युधिष्ठिर का दिल चाहा कि कृष्ण वहाँ से चले जाएँ और उन्हें अकेला छोड़ दें। उन्हें द्रौपदी का व्यंग्यपूर्ण हास्य सुनाई दिया। वे सुयोधन के साम्राज्य में क्या अधिकार रखते थे? वे एक महत्त्वाकांक्षी माँ के अवैध पुत्र थे। क्या यह कोई दावा बनता

था? यदि वे सुयोधन के स्थान पर होते तो क्या वे एक अवैध भाई के साथ अपना राज्य बाँटना चाहते? संभवतः सुदीर्घ वनवास ने युधिष्ठिर के भीतर से प्रतिशोध की ज्वाला को शांत कर दिया था। जीवन बहुत ही सुंदर और शांतिपूर्ण था। वे सत्ता के इन खेलों से उकता गए थे। फिर जब उन्होंने सुयोधन के उस रोमांच के बारे में सुना तो उन्होंने अर्जुन को यह आदेश क्यों दिया कि वह जाकर गौओं की रक्षा का भार संभाले? वे सभी अज्ञातवास की शर्तों से अच्छी तरह परिचित थे और उनके इस आदेश ने सबको सार्वजनिक रूप से प्रस्तुत कर दिया। क्या सत्ता ने सुयोधन को इतना बदल दिया कि जो लड़का एक पक्षी को मारने पर चीत्कार कर उठा था, आज वह गौओं का भोज करने जा रहा था? युधिष्ठिर को अब एहसास हुआ कि दरअसल सुयोधन के मन में ऐसी कोई मंशा थी ही नहीं; यह तो एक जाल था कि वे अपने छिपने के स्थान से स्वयं ही बाहर आ जाएँ।

"नहीं, मैं ऐसा नहीं कर सकता," उन्होंने कृष्ण से कहा। यादव ने अपना सिर हिलाया और आगे चल दिए।

धौम्य उसी वृक्ष के नीचे प्रतीक्षा कर रहे थे, जहाँ कृष्ण ने अपने अश्व को बाँधा था। उन्होंने व उनके चेलों ने झट से कृष्ण को घेर लिया, वे उनसे आगे की जानकारी चाहते थे।

"उसने युद्ध से इंकार कर दिया है। उसका कहना है कि वनवास की शर्तों को तोड़ना अधर्म होगा। मुझे समझ नहीं आ रहा कि उसे कैसे समझाऊँ?" कृष्ण ने अपने अश्व की लगाम खोलते हुए कहा।

"एक उपाय है," धौम्य के गोल मुख पर एक दंभी मुस्कान खेल उठी।

कृष्ण का हाथ काठी पर था। वे पीछे की ओर मुड़े, उन्होंने देखा कि धौम्य की फुसफुसाहट उनके शिष्यों के चेहरों पर मुस्कान लाने के लिए पर्याप्त थी। कृष्ण की भवें ऊँची उठीं और उनके चेहरे पर भी मुस्कान दमक उठी।

"गुरु! यह तो अद्भुत उपाय है। मैं तो जानता ही नहीं था कि आप इतने बड़े रणनीतिज्ञ हैं। हमें प्रेरणा मिली है, बुद्धिमान पुरोहित धौम्य!" कृष्ण ने प्रशंसात्मक सुर में कहा।

"प्रभु! धर्म की विजय के लिए मैं कुछ भी कर सकता हूँ," धौम्य ने अपना सिर झुकाया।

"मुझे लगता है कि इस तर्क से युधिष्ठिर को राज़ी किया जा सकता है।" कृष्ण झट से वहीं जा पहुँचे, जहाँ पांडव अब भी निराशा से घिरे बैठे थे।

धौम्य और उनके शिष्य भी पीछे चल दिए। जब वे सभी वृक्षों के बीच ओझल हो गए तो शकुनि ने अपने मुख से एक विशेष ध्वनि निकाली और उसका अश्व सामने आ खड़ा हुआ। अब अगला क़दम उठाने की बारी थी। अब सुयोधन को एकलव्य की मौत का समाचार देने का समय हो गया था। शकुनि का अश्व ऐड़ लगाते हुए, हस्तिनापुर के राजप्रासाद की ओर चल दिया।

* * *

43. हत्या

एक द्वारपाल ने आकर सुयोधन को सूचित किया कि राजकुमार कृष्ण उसकी प्रतीक्षा कर रहे हैं। युवराज ने कर्ण से विदा ली और झट से सभा की ओर चल दिया। कृष्ण को ऐसा क्या काम आ पड़ा, जो द्वारिका से भेंट करने आ गए? अश्वत्थामा अपने मित्र के पीछे भागा, उसने चेतावनी दी कि सुयोधन कहीं यादव की लुभावनी बातों और सम्मोहन में न जकड़ा जाए। वे कक्ष में प्रवेश करने ही वाले थे कि वहाँ शकुनि आ गया। वह अब तक ओट में खड़ा, उनकी प्रतीक्षा कर रहा था।

"बाद में मामाजी, अभी सभा में कृष्ण प्रतीक्षा कर रहे हैं।"

"सुयोधन! मेरे पास एक दुखद समाचार है।" शकुनि का स्वर सुनकर सुयोधन के पाँव ठिठक गए और वह उन्हें देखने लगा, "एकलव्य नहीं रहा।"

"क्या?" सुयोधन और अश्वत्थामा समवेत स्वर में बोले।

"उसे मार दिया गया। किसी ने निर्दयता से उसका क़त्ल कर दिया।"

"उसे किसने मारा?" अश्वत्थामा ने पूछा।

शकुनि के मुख के भाव बदले। "पता नहीं, किसने मारा पर एक क़बीले वालों के दल से इस बारे में पता चला। उन्हें उसका सड़ा हुआ शव मिला और विदुर ने उसे दफ़नाने में उनकी सहायता की।"

सुयोधन ने ख़ुद को सहारा देने के लिए स्तंभ को थाम लिया। यही कारण था कि निषाद उसकी पुत्री के विवाह में नहीं आ सका। वह यह समाचार लक्ष्मणा को कैसे देगा?

"आपको कैसे पता कि वह मारा गया?" अश्वत्थामा ने पूछा

"मैं तो केवल वही बता सकता हूँ, जो मैंने सुना। उसकी खोपड़ी फटी हुई थी, मानो किसी भारी पत्थर या भारी चीज़ से वार किया गया हो। यह अफ़वाहें भी सुनी जा रही हैं कि यह कृष्ण का किया-धरा है।"

"आप केवल अनुमान लगा रहे हैं।" अश्वत्थामा का सुर अवहेलना से कड़ा हो गया था।

"मैं निश्चित तौर पर कैसे कह सकता हूँ, मैं तो वहाँ मौजूद नहीं था?" शकुनि ने पलटकर जवाब दिया।

"आज मुझे कृष्ण से भेंट नहीं करनी चाहिए। एकलव्य की मौत की ख़बर..." सुयोधन ने हौले से कहा।

"भाँजे! मुझे नहीं लगता कि तुम्हारे पास कोई चुनाव है। कृष्ण अपने साथ युधिष्ठिर का संदेश लाए हैं," शकुनि बोला।

"मुझे तो मुसीबत की गंध आ रही है," अश्वत्थामा ने निश्चित शब्दों में कहा।

"चलिए, चलकर देखें कि कृष्ण क्या कहना चाहते हैं," शकुनि ने कहा और राजसभा की ओर चल दिया।

कृष्ण अपने होंठों पर मुस्कान लिए, सभा के बीचों-बीच खड़े थे। सुयोधन की तलवार की मूठ पर उसके हाथ की पकड़ कसती चली गई। उसके चचेरे भाइयों और उनके बढ़ाए गए वनवास की अवधि से या उस हत्यारे से कोई समझौता नहीं होगा, जिसने एकलव्य का वध किया।

कृष्ण की आँखें शकुनि को देखते ही चमक उठीं। भीष्म उदास मुख लिए बैठे थे। राजा धृतराष्ट्र हाथ में पहने गए रुद्राक्षों को घुमाते हुए प्रतीक्षा कर रहे थे। यादव क्या कहने आए हैं?

इससे पूर्व कि कृष्ण कुछ कहते, सुयोधन ने भावुक स्वर में कहा, "एकलव्य मारा गया।" यह सुनकर सभा सकते में आ गई।

"उसकी मौत कैसे हुई?" इस समाचार से चकित धृतराष्ट्र ने पूछा, उनके हाथ रुद्राक्ष पर ही स्थिर हो गए थे।

भीष्म का भावविहीन चेहरा बता रहा था कि उनके लिए यह समाचार नया नहीं था। द्रोण ने अचानक ऊपर देखा, चेहरे पर अपराध-बोध और कुछ खो देने का सा भाव था। उनकी आँखों के आगे, वही निडर बालक नाच उठा, जिसने उनके एक संकेत पर, अपने हाथ का अँगूठा काटकर, गुरुदक्षिणा के नाम पर दे दिया था। उनके हृदय ने गहरे मौन के बीच साक्षी दी कि एकलव्य के समान कोई धनुर्धारी न तो हुआ और न ही होगा।

सुयोधन कृष्ण को एकटक ताक रहा था, उनकी आँखें हमेशा की तरह शांत दिख रही थीं। यादव सभा के मध्य में खड़े, बारी-बारी से शकुनि और सुयोधन के मनोभावों को निरख रहे थे।

***

44. संदेशवाहक

"निषाद की हत्या मैंने की," कृष्ण ने कहा, उनका एक-एक शब्द, सभा के उस गहन सन्नाटे के बीच किसी वज्र की सी गर्जना सा गिरा।

सुयोधन ने हाथ से तलवार खींची और आक्रोश से भरकर, उनकी ओर लपका किंतु अश्वत्थामा ने उसे रोक लिया। उसने दोनों भुजाओं से मित्र की काँपती देह थाम ली।

"सुयोधन! यदि मैं निषाद को न मारता तो तुम्हारी पुत्री अविवाहित ही रह जाती। मैंने अपने पुत्र की रक्षा के लिए उसकी हत्या की," कृष्ण ने भीष्म के चेहरे से मानो अपने लिए संकेत पा लिया।

सुयोधन से भी छिपा नहीं रहा और उसका रोष शब्दों के माध्यम से फूटा, "कृष्ण! मैंने आपके दुष्ट पुत्र से अपनी पुत्री के विवाह की हामी भरी, यह मेरी भारी भूल थी। एकलव्य नहीं, आपके पुत्र को मरना चाहिए था। यहाँ आकर, भरी सभा में अपना अपराध क़बूल कर रहे हैं, आपका इतना दुस्साहस?"

"बुराई का नाश करना मेरा धर्म है," कृष्ण ने कोमलता से कहा।

"आप जिसे भी मारना चाहते हैं, उसे मारने के बाद यह दावा कर देते हैं कि आपका शिकार एक दुष्ट था। क्या यही धर्म है?" सुयोधन का सुर उन सभी भावों से भीग गया, जिस दिन कर्ण उसकी आहत और कौमार्य रहित प्यारी पुत्री को बाँहों में उठाए वापस लाया, उस दिन से जैसे उसके भीतर सभी भाव कहीं मर से गए थे।

"सुयोधन! हमें पहले यह सुनना चाहिए कि कृष्ण हमारे पास क्या संदेश लाए हैं जैसा कि मुझे पता चला है, वे हमारे पास युधिष्ठिर का कोई संदेश लाए हैं," उन्होंने शांत सुर में कहा।

"पितामह! इसमें आपसी वार्ता का कोई प्रश्न नहीं उठता। पांडवों को तेरह साल के लिए अपने वनवास की अवधि बढ़ानी ही होगी। आपने ही तो नियम व शर्तें तय की थीं। मैं इस छलिए से बात नहीं करना चाहता।"

अश्वत्थामा ने सुयोधन के कंधे पर हाथ रखकर, उसे बैठने का संकेत किया।

"मुझे खेद है कि युवराज इस देश के कल्याण से पहले, अपनी भावनाओं को प्रश्रय देते हैं," कृष्ण ने शांत भाव से कहा।

"तुमने मेरे मित्र को मारा..." सुयोधन घृणा से कृष्ण को एकटक ताक रहा था।

"यह निषाद की मृत्यु पर चर्चा करने का न तो समय है और न ही स्थान। हम यहाँ एक महत्त्वपूर्ण काम से आए हैं और अपने आदरणीय संदेशवाहक की बात सुनना हमारा कर्तव्य बनता है," भीष्म ने फिर से हस्तक्षेप किया।

"पितामह! एकलव्य केवल एक निषाद ही नहीं था।"

"सुयोधन! अपनी इन ओछी बातों में मुझे मत घसीटो। मैं यहाँ इसलिए हूँ क्योंकि महाराज धृतराष्ट्र ने मेरी उपस्थिति चाही। अब हमें सुनना चाहिए कि कृष्ण क्या कहने आए हैं," भीष्म के शब्दों में कठोरता का आभास था।

"महाराज! आपकी अनुमति से कुछ कहना चाहूँगा," कृष्ण ने धृतराष्ट्र के आगे झुकते हुए कह, "युवराज युधिष्ठिर ने मुझे भेजा है ताकि आपको बताया जा सके कि वे भी आधे साम्राज्य का दावा रखते हैं।" सभा में गहरा सन्नाटा छा गया।

सुयोधन किसी आवेशग्रस्त व्यक्ति की तरह उछल पड़ा। वह चिल्लाया, "यह कैसी मूर्खतापूर्ण बात है।" उसने गुस्से में आकर, अश्वत्थामा का हाथ कंधे से झटक दिया।

"सुयोधन! क्या तुम अपने पद की मर्यादा और गरिमा के अनुरूप आचरण करना चाहोगे? यह सभा सबकी बात सुनने और उत्तर देने के लिए एकत्र हुई है," भीष्म के इन शब्दों के आगे अब कुछ भी कहने के लिए शेष नहीं रहा। वे कृष्ण की ओर मुड़े, "वनवास और अज्ञातवास की शर्तों के अनुसार, पांडवों को पुनः बारह साल का वनवास और एक वर्ष का अज्ञातवास भुगतना होगा। दुर्भाग्यवश वे अपने अज्ञातवास की अवधि पूरी होने से पहले ही पहचाने गए और उनका भेद खुल गया।"

"आदरणीय पितामह भीष्म! वे अपने अज्ञातवास के दौरान नहीं पहचाने गए," कृष्ण के चेहरे पर वही स्मित मुस्कान खेल रही थी।

"यह कैसी असंगत बात है। वहाँ विराट में हम सभी थे। हमने उन्हें अपनी आँखों से देखा!" सुयोधन ने प्रतिरोध किया।

"पांडव अपने अज्ञातवास के दौरान नहीं पहचाने गए। वे उसके समाप्त होने के बाद ही सुयोधन से लड़ने के लिए सामने आए। दरअसल, अर्जुन ने हस्तिनापुर की सेनाओं को हराया, जिसका अर्थ यह होता है कि क़ायदे से अब सारा हस्तिनापुर ही युधिष्ठिर के अधीन होना चाहिए।"

"बस, बहुत हुआ!" सुयोधन अपने पैरों पर उठ खड़ा हुआ, वह मारे आवेश के काँप रहा था।

"मैं आपसे आग्रह करता हूँ कि शांति से मेरी बात सुनें। हालाँकि मैं सुयोधन की मनोदशा को समझ सकता हूँ, किंतु सत्य को छिपाया नहीं जा सकता," कृष्ण ने शांतिपूर्वक कहा।

"उन्हें बोलने दें," धृतराष्ट्र ने आदेश दिया।

कृष्ण सुयोधन को देख मुस्कराए और फिर भीष्म की ओर मुड़े, "श्रीमान, सुयोधन की बात ठीक है, परंतु पांडवों का कहना भी अनुचित नहीं है।"

"कृष्ण! कृपया पहेलियों में बात न करें," भीष्म ने कहा। वे अपने सुर में छिपी खीझ को छिपाने की भरसक चेष्टा कर रहे थे।

"महाराज! मुझे इसे विस्तार से बताने की अनुमति प्रदान करें। भारतवर्ष में दो प्रकार के पंचांग प्रयोग में लाए जाते हैं - सौर व चांद्र। जब सुयोधन कहता है कि पांडव अपने अज्ञातवास की अवधि पूरी होने से पूर्व ही पहचाने गए, तो वह सौर पंचांग के अनुसार कह रहा है। जब युधिष्ठिर कहते हैं कि पांडवों ने अपने वनवास तथा अज्ञातवास का काल पूरा कर लिया था, तब वे चांद्र पंचांग की बात कर रहे हैं। दोनों ही ठीक कह रहे हैं, किंतु पांडवों का दावा अधिक उचित है।"

"यह तो क़ोरी बक़वास है। पितामह, कृष्ण फिर से अपनी चालें चलने लगे।" सुयोधन का स्वर मारे रोष के आग उगल रहा था।

"आदरणीय पितामह भीष्म! कुरुवंशी सूर्यवंशी हैं या चंद्रवंशी?" कृष्ण ने विनीत स्वर में पूछा।

सभा में क्रुद्ध फुसफुसाहट गूँज उठी। कुरु तो चंद्रवंशी ही कहलाते आए हैं।

"कुरु कई पीढ़ियों से सौर पंचांग के अनुसार ही चलते आए हैं। केवल एकादशी उपवास या अन्य शुभ मुहूर्त देखने के लिए चांद्र पंचांग की सहायता ली जाती है," भीष्म ने कहा।

"चूँकि कुरु वंश सारे शुभ मुहूर्त देखने के लिए चांद्र पंचांग का ही उपयोग करता आया है इसलिए यह दोनों पंचांगों में से अधिक महत्त्वपूर्ण है। इस तरह पांडवों दावा सच्चा है। हमें इसी बिंदु के आधार पर चलना चाहिए," कृष्ण बोले मानो संसार का सबसे तार्किक प्रस्ताव रख रहे हों।

"अब तो आपसी बातचीत या समझौते का प्रश्न ही नहीं उठता। कृष्ण! हम किसी भी चाल में नहीं आने वाले," सुयोधन ने मुस्कराते हुए यादव की ओर एक अंगुली से संकेत किया।

"मैं आग्रह करता हूँ कि मुझे मेरी बात पूरी करने दी जाए," कृष्ण ने सुयोधन को उपेक्षित करते हुए कहा।

सुयोधन के कुछ कहने से पूर्व ही धृतराष्ट्र बोले, "आप एक संदेशवाहक के तौर पर आए हैं और परंपरा के अनुसार आपको पूरे सम्मान के साथ अपनी बात कहने का अधिकार है। सुयोधन, अपने स्थान पर बैठो और सुनो कि कृष्ण क्या कहना चाह रहे हैं।"

सुयोधन बैठ तो गया किंतु उसने एक क्षण के लिए अपनी दृष्टि कृष्ण के मुख से हटने नहीं दी। उसने कनखियों से शकुनि को देखा। कुछ तो ग़लत हो रहा था। क्या उसने अभी-अभी शकुनि के मुख पर एक मुस्कान नहीं देखी? वह मुड़ा और अपने मामा की ओर

देखा। नहीं, शायद उसे धोखा हुआ होगा; शकुनि के मुख से तो चिंता ही झलक रही थी।

"युधिष्ठिर अपना आधा राज्य सुयोधन को देने के लिए प्रस्तुत हैं," कृष्ण बोले। सारी सभा आवेश में आकर उठ गई।

"आदरणीय कृष्ण, कृपया ध्यान रहे कि अभी उत्तराधिकार का दावा सिद्ध नहीं हुआ। हमारे हस्तिनापुर के राजसिंहासन पर एक महाराज उपस्थित हैं।" पितामह भीष्म ने गुरुगंभीर सुर में कहा।

"आदरणीय पितामह भीष्म! क्षमा चाहूँगा। भूलवश कह बैठा। महाराज, मुझे क्षमा करें। क्या मैं युधिष्ठिर के पास यह संदेश ले जाऊँ कि महाराज ने कृपापूर्वक राज्य को दो हिस्सों में विभाजित करने की अनुमति दे दी है, वे उसे अपने और अपने भाई के पुत्र के बीच बाँट देंगे?"

"बस, ये सारा खेल ख़त्म करो!" सुयोधन ने हिमशीतल सुर में कहा। "मेरे पिता राजा हैं और मैं उनकी प्रथम संतान हूँ। एक जुआरी के साथ राज्य को बाँटने का प्रश्न ही नहीं पैदा होता।"

"युधिष्ठिर इस बारे में छूट देने के लिए भी राज़ी हैं : जब वे आधा राज्य शब्द का प्रयोग करते हैं, तो वे इसमें हस्तिनापुर के उस हिस्से को शामिल नहीं करते, जिसे कर्ण ने जीता। पांडव इंद्रप्रस्थ में ही रहेंगे, जिसे उन्होंने स्वयं बनवाया था।" कृष्ण के चेहरे पर कोई भाव नहीं थे।

"इंद्रप्रस्थ! नागों के शवों पर तैयार किया गया नगर? वर्ण और जाति के नियमों के आधार पर माया नगरी और उसके लोगों को बाहर धकिया दिया गया? वही नगर, जिसे उसका शासक जुए में हार गया और जहाँ मुझे नग्नावस्था में अपमानित किया गया? युधिष्ठिर ने उस नगरी का शासक बनने का प्रस्ताव रखा भी तो कैसे? यदि वे उतने ही सत्यनिष्ठ हैं, जितना स्वयं को मानते हैं तो उनसे कहें कि खेल में रखी गई शर्तों का पालन करें और अपनी हार मानकर, पुनः वनवास और अज्ञातवास के लिए जाएँ।"

"राजकुमार सुयोधन, यह अन्याय है। आप जो करने के लिए कह रहे हैं, वह अधर्म है।"

"कम से कम मुझे यादवों से तो धर्म का उपदेश लेने की आवश्यकता नहीं है। मैं जानता हूँ कि आपका धर्म क्या है और यह भी जानता हूँ कि आप अधर्म किसे कहते हैं। यदि आप अपने दावे के अनुसार, विष्णु के अवतार हैं तो आप ही मेरे हृदय में वास करते हैं और मैं अपने हृदय के कहे अनुसार ही चलता हूँ। यही मेरा धर्म है। कृष्ण! आपने कब किसी के साथ कभी न्याय किया है? क्या आपने जरासंध, शिशुपाल, हिरणयधनुष और खांडवप्रस्थ में मारे गए हज़ारों लोगों के प्रति न्याय कर सके? क्या आपने एकलव्य के साथ न्याय किया?" सुयोधन ने काँपती अंगुली से कृष्ण को संकेत करते हुए कहा।

यादव भीष्म की ओर मुड़े, "मैं तो एक युद्ध टालने का प्रयास मात्र कर रहा हूँ, परंतु सुयोधन समझ नहीं रहा। बहरे कानों को कोई तर्क सुनाई नहीं देता। पांडव एक संरक्षक राज्य

से समझौता कर लेंगे और कर्ण भी अंग देश का राजा बना रहेगा।"

"ताकि वे अपने नियम लागू कर सकें? ताकि उनके और धौम्य जैसे लोगों पर कोई प्रश्नचिन्ह लगानेवाला न रहे?" सुयोधन गरजा।

"केवल पाँच गाँव ही पर्याप्त होंगे," कृष्ण ने कोमल सुर में कहा।

"ताकि वे वहीं से क्रांति का बीज बो सकें?"

"सुयोधन, तुम तो शांति को असंभव बना रहे हो। ज़रा विचार करो कि ये अधीरता और क्रोध तुम्हारी कितनी हानि कर सकते हैं," कृष्ण बोले, इस बार उनके सुर में कुछ व्यग्रता दिखी। "यह अंतिम प्रस्ताव है : युधिष्ठिर एक घर लेकर भी समझौता कर लेंगे।"

"कृष्ण! हमने उन्हें कई वर्ष पूर्व एक घर दिया था। दरअसल, हमने उन्हें एक महल दिया था। सभा में उपस्थित सभी जन भूले नहीं होंगे कि धर्म के पुत्रों और उनकी पावन माता श्री ने उस घर की क्या दशा की थी। हमें बाद में उन सिपाहियों की विधवाओं के लिए विचार करना पड़ा, जो उस महल के अग्निकांड में जलकर स्वाहा हुए। हालाँकि उनके लिए यह भी कोई बड़ी बात नहीं रही होगी कि उन्होंने एक निषाद स्त्री और उसकी पाँच संतानों को भोजन का प्रलोभन देकर महल में बुलवाया और फिर उन्हें उस अग्नि में जीवित ही भस्म कर दिया। संभवतः ये उनकी भव्य धर्मगाथा की संक्षिप्त पाद-टिप्पणियाँ भर हैं," सुयोधन का सुर सन्नाटे में छा गया और सभा में उपस्थित कई लोगों ने हामी भरी।

"सुयोधन! सत्ता का मद तुम्हारे सिर चढ़कर बोल रहा है और तुम उचित-अनुचित का भेद नहीं कर पा रहे," कृष्ण ने संक्षेप में उत्तर दिया।

"बस कर! धूर्त यादव! अब तेरे मुख से एक शब्द भी और नहीं सुनना चाहता। याद रख, तू हस्तिनापुर की राजसभा में खड़ा है। तू मुझे सत्ता का भूखा कहता है? तू स्वयं क्या है? तू अपने शत्रुओं को समाप्त करने के लिए पांडवों और उनके भोलेपन का आश्रय ले रहा है। मुझे अपनी काकी के अवैध पुत्रों के साथ अपने जन्मसिद्ध अधिकार का बँटवारा क्यों करना चाहिए? बोल?"

"सुयोधन!" भीष्म अपने स्थान से उठ खड़े हुए, वे मारे गुस्से के आग उगल रहे थे। "अपने मुख से शब्द निकालने से पूर्व सोचो कि तुम कह क्या रहे हो? तुम किसी नाली में नहीं पले, अपने पद की मर्यादा मत त्यागो और यह मत भूलो कि कृष्ण हमारे अतिथि हैं..."

"पितामह! मैंने तो कुछ भी असत्य नहीं कहा। पांडव इस सिंहासन पर दावा कैसे रखते हैं, आप ही बताएँ?"

कृष्ण के चेहरे पर उपहासपूर्ण मुस्कान थी, "सुयोधन यदि तुमने बालपन में अपनी कक्षाओं से अनुपस्थित रहने की बजाए कुरु वंश के इतिहास का बारीक़ी से अध्ययन किया होता, तो कहीं बेहतर होता। निःसंदेह महर्षि वेदव्यास के पास तुम्हारे सारे प्रश्नों के उत्तर होते। संभवतः वे तुमसे पूछते कि आदरणीय महाराज धृतराष्ट्र तथा आदरणीय पांडु व महात्मा विदुर के पिता कौन थे। शायद इस तरह तुम्हें युधिष्ठिर का दावा समझने में मदद मिलती।"

सभा में गहन सन्नाटा था।

"मुझे नियोग प्रथा के जाल में मत उलझाओ। ऋषि वेदव्यास हमारे दादा जी थे और हमें उन पर गर्व है। नियोग को अपने घर के बड़ों की सहमति व आशीर्वाद से किया गया। मेरी काकी कुंती और माद्री की तरह गुप्त रूप से वन में कोई प्रयास नहीं किया गया। क्या युधिष्ठिर किसी भी एक व्यक्ति की ओर संकेत करके कह सकता है कि वह मेरे पिता हैं? कहते हैं कि युधिष्ठिर, मृत्यु के देवता, यमराज की संतान है; भीम पवन देवता, वायु का पुत्र; अर्जुन, इंद्र का पुत्र तथा नकुल और सहदेव अश्विनी कुमारों के पुत्र हैं। क्या आपको लगता है हम मूर्ख हैं जो ऐसी बेहूदी बातों पर विश्वास कर लेंगे? क्या आप इन्हें सच मानते हैं?

"तुम्हारे पास रक्तरंजित युद्ध को रोकने का अंतिम अवसर बचा है और दुर्योधन, तुम्हारे पास अपने वंश के संपूर्ण विनाश से बचाव का कोई और उपाय नहीं है," कृष्ण ने मुस्कराते होंठों से कहा किंतु उनके नेत्र मारे रोष के जल रहे थे।

"क्या तू मुझे धमका रहा है? चरवाहा कहीं का?"

"तू नहीं जानता कि मैं कौन हूँ।"

"मैं अच्छी तरह जानता हूँ कि तू कौन है और मैं वृंदावन की उन भोली गोपिकाओं की तरह तेरे सम्मोहन जाल में नहीं आने वाला। तेरे पास अपना एक प्रयोजन है और तू धर्म जैसे शब्दों की आड़ में अपना प्रयोजन सिद्ध करता है। मैं युद्ध से नहीं डरता, यदि युद्ध होना ही है, तो उसे होने दो। यादव सुन, जाकर मेरी काकी के उन अवैध पुत्रों से कह दे कि मैं उन्हें अपनी इस धरती का एक अंश भी नहीं दूँगा, जो वैध रूप से मेरी है, मैं उन्हें यहाँ सुई की नोक के बराबर भी जगह नहीं देने वाला।"

सारी सभा में हलचल मच गई। अब तो युद्ध अवश्यंभावी लगने लगा था।

"यादव को बंदी बना लो," सुयोधन ने शांत स्वर में कहा। सभा शोरगुल इतना बढ़ गया मानो बहरा कर देगा।

कृष्ण युवराज को देख मुस्कराए। "दुर्योधन! अब समय आ गया है कि तुम मेरे असली स्वरूप को देखो," अचानक प्रकाश कौंध उठा। ऐसा लगा मानो कहीं कोई विस्फोट हुआ हो। कृष्ण बोले, "महाराज धृतराष्ट्र! आपका पुत्र इस राज्य का सर्वनाश कर देगा और इसके साथ बाक़ी सब भी अभिशाप झेलेंगे। यह आपकी प्रजा को संपूर्ण विनाश की ओर ले जा रहा है। यह नहीं जानता कि यह किससे बात कर रहा है और क्या बात कर रहा है। यह अधर्म के पथ पर चल रहा है। यह युद्ध आपके वंश का नाश कर देगा। मैं आपको सजग व सावधान करता हूँ। यह ईश्वर की इच्छा को चुनौती दे रहा है। जान लें कि मैं ही जीवन और मृत्यु हूँ। मैं ही काल और काल से परे हूँ। मैं ही आरंभ और अंत हूँ। मैं ही ब्रह्मा, विष्णु और महेश हूँ। मेरे प्रताप को ध्यान से देखो।"

सुयोधन निश्चेष्ट खड़ा तकता रहा और सभा में अनेक व्यक्ति घुटनों के बल बैठकर, कृष्ण को प्रणाम निवेदित करने लगे। उन्होंने कृष्ण में ऐसा क्या देखा, जो उसे दिखाई नहीं दिया? क्या कृष्ण सदा की तरह अपना कोई छल दिखा रहा था। बस, अब इसका पाखंड

बहुत हो गया। सुयोधन ने निर्णय लिया।

"यह बाज़ीगरी बहुत हो गई, यादव। तुम एक बाज़ीगर और मायावी से अधिक कुछ नहीं हो। तुम किसे धमकी दे रहे हो? यदि युद्ध होता है तो होने दो। यदि मेरी मृत्यु हुई तो मैं एक सच्चे क्षत्रिय की तरह स्वर्ग में स्थान पाऊँगा परंतु अपना यह राज्य एक जुआरी के हाथों नहीं सौंपूँगा।"

जब सुयोधन ने कृष्ण को अवाक् पाया तो उसके चेहरे पर मुस्कान खेल गई। संभवतः यादव यही विचार कर रहा था कि उसका प्रसिद्ध विश्वरूप अभिनय सफल क्यों नहीं रहा? जब उसके पास कर्ण और अश्वत्थामा जैसे साथी थे तो उसे किसी से भी भयभीत होने की क्या ज़रूरत थी? पहले ईश्वर होने का दावा करो और फिर ऐसे कर्म करो कि कहने में भी लज्जा आए? इससे तो यही बेहतर है मनुष्य होकर जिया जाए और सिर ऊँचा रखते हुए, अपने ही विश्वास और मान्यताओं का पालन किया जाए।

"दुर्योधन! तुम्हें इसकी क़ीमत अदा करनी होगी। केवल तुम नहीं, बल्कि यह सारी कुरु सभा और सारा देश, तुम्हारा किया भुगतेगा। जब इस सभा में एक अबला के सम्मान को चूर-चूर किया गया, उस समय जो स्वर मौन रहे, वही अब भी कुछ नहीं कह रहे। बेहतर यही होगा कि तुम इनमें से किसी भी बात पर अपनी सहमति मत दो अन्यथा आने वाली पीढ़ियाँ मुझ पर दोष धरेंगी कि मैंने एक दुष्ट के साथ समझौता किया था। सभा में बैठे विज्ञजन! मेरी बात सुनें... यह व्यक्ति आप सबके लिए युद्ध का कारण बना है और अब कोई भी, कोई भी आप सबको युद्ध के दुष्परिणामों से बचा नहीं सकता। याद रखें, मैंने आपको चेता दिया है कि अब भविष्य के गर्भ में आपके लिए क्या छिपा है," कृष्ण किंकर्तव्यविमूढ़ बैठी सभा में गरजे।

"इस मायावी को बंदी बना लो!" सुयोधन ने अपने सिपाहियों को डपटा।

अपनी तंद्रा से जगे सिपाही, कृष्ण की ओर लपके किंतु वे हास्यासपद तरीक़े से उन्हें छलते हुए, धकिया कर बाहर निकल गए। हस्तिनापुर सभा से जाते-जाते कृष्ण ने सुयोधन को देख यूँ मुस्कान दी मानो वे मित्रों के साथ सुख-संवाद के बाद लौट रहे हों।

सभा के दरबारी आपस में बतियाते हुए बाहर निकल गए। इसी ऊहापोह के बीच युयुत्सु युवराज के पास आया, जो अभी तक स्वयं को इस वास्तविकता से जोड़ने के प्रयास में था, वे युद्ध की दहलीज़ तक आ पहुँचे थे और अब युद्ध करना अनिवार्य हो गया था।

"भाई, मुझे आपसे कुछ महत्त्वपूर्ण बिंदुओं पर चर्चा करनी है," युयुत्सु ने कहा। सुयोधन ने व्यापारी के मुख की कुटिल मुस्कान देखते ही भाँप लिया कि उसके लिए मुसीबतों का दौर बस शुरू ही हुआ था।

"मैं पूछ रहा था कि अब क्या सौदेबाज़ी की जाए?" युयुत्सु ने पूछा।

"ऐसी बात करने के लिए स्थान और समय, दोनों ही उचित नहीं हैं," सुयोधन खीझकर बोला।

"धंधे की बात करने के लिए कोई समय मंदा नहीं होता। मेरा ऋण दिन-ब-दिन बढ़ता जा रहा है। इस देश को मेरा बहुत सा धन देना है, बहुत सारा धन, सुयोधन।"

"राजकोष लगभग रिक्त है परंतु तुम्हें कर व राजस्व वसूली का अधिकार तो दे रखा है, न? इससे अधिक क्या चाहते हो?"

युयुत्सु ने चुटकी ली, "इन दिनों तो कर वसूली से भी कुछ हाथ नहीं आता। छोटे भाई, तुम्हारा देश बहुत निर्धन है।"

"इन दिनों देश पर सूखे की मार है। एक बार वर्षा होने दो, सब ठीक हो जाएगा।"

"वर्षा होने से पूर्व ही युद्ध छिड़ जाएगा। मेरे पैसे का क्या होगा? मेरे लिए मेरे धन की वसूली और सुरक्षा बहुत मायने रखती है। क्या तुम चाहते हो कि मैं जाकर पांडवों के दल में मिल जाऊँ?" युयुत्सु ने पूछा।

"इस युद्ध के बाद तुम्हारा सारा धन चुकता कर दिया जाएगा।"

"हम्म! अपनी जीत पर पूरा भरोसा है। परंतु मुझे इतना विश्वास नहीं है, मुझे तो अपना पैसा अभी वापस चाहिए।"

"ठग कहीं के! क्या इस देश के प्रति तुम्हारे मन में कोई आभार नहीं है?" सुयोधन मारे कुंठा के काँप उठा।

"मैं तो केवल अपने धर्म का पालन कर रहा हूँ। व्यापार करना ही मेरा धर्म है," युयुत्सु ने अपने अंगूठे और तर्जनी को हाथ से मलते हुए, संकेत किया। कुल मिलाकर, सुयोधन के साथ में अब दम नहीं था क्योंकि कृष्ण भी पांडवों के पक्ष में थे। उसकी कमरबंद में परशुराम की ओर से मिला संदेश भी कुंडली मारे पड़ा था। वह पांडवों का पक्ष लेकर भारी संकट मोल ले रहा था, किंतु परशुराम ने बेहतर सौदेबाज़ी का वादा किया था। यदि वह इस बाज़ी में जीता, तो आगे से वह कपड़ों और मसालों का धंधा नहीं बल्कि देशों और राज्यों के सौदे करेगा।

"क्या तुम्हें इस कठिन घड़ी में, ऐसी माँग रखते लज्जा नहीं आती?" सुयोधन बंद मुट्ठियों के साथ युयुत्सु पर लपका।

"मैं ऐसे भावों से परे हूँ। मैं परिणाम की परवाह नहीं करता। भाई, अनासक्ति ही मेरा मंत्र है।" युयत्सु अंतिम शब्द पर ज़ोर देते हुए मुस्कराया।

"मुझे अपना भाई मत कहो।"

"युवराज, डरते हो? डरो मत। मैं तुम्हारी गद्दी पर दावा नहीं करने जा रहा। मुझे सही समय पर, पूरा भुगतान करते रहो और मैं तुम्हारे लिए देश चलाता रहूँगा।"

सुयोधन ने युयुत्सु के मुख पर एक घूँसा दे मारा। मोटा व्यापारी अपने ही पैरों पर ढेर हो गया। परंतु युयुत्सु ठहाका लगाते हुए उठ खड़ा हुआ। उसने बहुत ही धीरे से, नाक से छलछला आए रक्त को पोंछ दिया।

"मुझे इस तरह मत घूरो जैसे मैं कोई कीट हूँ। मेरे प्यारे भाई, यह सारा महल और

तुम्हारा अधिकांश देश, इस समय मेरे ही अधीन है।"

"इससे पूर्व कि मैं तुम्हारे प्राण ले लूँ, यहाँ से दफ़ा हो जाओ!" सुयोधन ने एक-एक शब्द को चबाते हुए कहा।

"भाई, युधिष्ठिर, तुमसे कहीं अधिक व्यवसाय-मित्र शासक है।"

"सर्प कहीं के!" सुयोधन उसे चेतावनी देते हुए लपका।

"पैसे से तो सब कुछ ख़रीदा जा सकता है। इससे हम यह वीरता, यश, तुम्हारा राज्य और इसके अदने लोगों को भी ख़रीद सकते हैं।"

सुयोधन चिल्लाया कि युयुत्सु को सभा से बाहर निकाला जाए। उसके सौतेले भाई ने दबी हँसी के साथ उसका स्वागत किया। उसी समय, उसके अपने सिपाहियों ने आगे आकर, उसे अपने घेरे में ले लिया ताकि कोई उसे हानि न पहुँचा सके।

"मेरा छोटा भाई, जब देखो, तब लड़ने के बहाने खोजा करता है। क्या तुम किसी व्यापारी की भी क़द्र नही करते? अब मैं पांडवों की ओर चला। जब भी मेरी ज़रूरत हो, बुलवा लेना। मैं सबसे ज़्यादा बोली लगाने वाले के लिए हमेशा उपस्थित रहता हूँ।"

युयुत्सु दूसरी व्यावसायिक भेंट के लिए चल दिया। एक ही झटके में सुयोधन की जैसे आधी ताक़त रह गई और पांडवों की ताक़त दुगुनी हो गई। उसे अपने शब्दों के लिए थोड़ी सावधानी बरतनी चाहिए। वैसे जहाँ तक युद्ध का सवाल है, यदि वह लड़ना होगा तो वह अकेले भी लड़ सकता है। जब उसने आसपास देखा तो ख़ुद को अकेला ही पाया। अनेक षड्‌यंत्रों और दुरभिसंधियों के साक्षी रहे उस कक्ष में, सुयोधन का दम घुटने लगा। अब वह अपने भविष्य के लिए बहुत आश्वस्त नहीं था।

***

45. युद्ध की आहट

"कृपी!" द्रोण ने घर जाते ही पत्नी को पुकारा। सभा से मिली उस सूचना ने उन्हें भीतर तक हिलाकर रख दिया था। अब उन्हें पूरा विश्वास था कि युद्ध होकर रहेगा। उन्हें अपने पुत्र और प्रिय शिष्य, अर्जुन के मध्य किसी एक का चुनाव करना ही होगा। काश! वे अश्वत्थामा को उचित पथ दिखाकर, पांडवों के पक्ष में ले जा पाते।

कृपी ने द्वार खोला। उनके गंभीर और चिंतामग्न मुख को देख, उसने पति के कंधे पर हाथ रखा किंतु वे उसे परे झटक अपने पूजा कक्ष की ओर चल दिए। उनका जनेऊ अपने ही पसीने से लथपथ हो चला था। मन में जैसे गहरे भँवर उठ रहे थे। वे शिव की मूर्ति के सम्मुख साष्टांग करने लगे, "हे जगत नियंता, मुझे उचित पथ दिखाएँ; मुझे मेरा धर्म दिखा दें। मुझे अर्जुन या अपने पुत्र में से, किसके साथ खड़ा होना चाहिए?"

यदि वे अश्वत्थामा का साथ देते, तो द्रोण को पता था कि उन्हें न चाहने पर भी दुर्योधन का साथ देना होगा, जिसे वे पसंद नहीं करते थे। यदि वे अर्जुन का पक्ष लेंगे, तो उन्हें अपने ही पुत्र का बैरी बनना होगा। 'मेरा धर्म क्या है? क्या मैंने सदा एक विशुद्ध ब्राह्मण का कर्तव्य नहीं निभाया? क्या मैं एक कुलीन और उच्च वर्गीय ब्राह्मण के लिए बने सारे अनुष्ठान और कर्मकांड पूरे भक्ति भाव के साथ नहीं निभाता आया? तो फिर आपने मुझे ऐसे विकट धर्मसंकट में क्यों, डाला प्रभु?'

द्रोण ने पुत्र के आने की आहट सुनी। माँ-पुत्र के बीच धीमे शब्दों में कोई बात चल रही थी। वे अपनी पीठ पर पुत्र की जलती आँखें का ताप महसूस कर सकते थे। इसके बाद उन्होंने सुना कि अश्वत्थामा ने फटाक से द्वार बंद कर दिया। द्रोण ने सिर उठाकर, शिव की मूर्ति को देखा और उनकी श्वास जैसे वहीं थम सी गई। एकलव्य! वह अछूत उनके प्रार्थना कक्ष में कैसे आया? ऐसा कैसे हो सकता था, निषाद तो मर चुका है? क्या कृष्ण ने नहीं कहा कि उन्होंने ही निषाद की हत्या की है? तो शिव प्रतिमा के स्थान पर निषाद क्यों दिख रहा था?

द्रोण का कंठ सूख गया और हाथ काँपने लगे। "महादेव! क्या आप मेरी परीक्षा ले रहे हैं? क्या आप कहना चाहते हैं कि एकलव्य अमर है... मृत्यु के पार भी एक जीवन है? इस अज्ञानी ब्राह्मण को क्षमा कर दें।" द्रोण बारंबार अपने प्रभु का नाम जपने लगे और इस दौरान उनके होंठ काँप उठते। धीरे-धीरे मन शांत होने लगा। द्रोण ने निर्णय ले लिया था।

वे जानते थे कि युद्ध में वे किसके पक्ष में होंगे। यह निषाद के प्रति किए गए अपराध का प्रायश्चित था, जिसका भविष्य वे लील गए थे। वे अपने पुत्र के ऋणी थे। यह उनका धर्म था।

द्वार पर ज़ोर की खटखटाहट सुनाई दी। किसी ने बाहर से धौम्य को पुकारा। द्रोण बेमन से अपने स्थान से उठे और माथे पर लगी धूल पोंछ ली। जब उन्होंने द्वार खोला तो पाया मुख पर बड़ी सी मुस्कान लिए धौम्य आ रहे थे। द्रोण ने उन्हें आसन दिया और स्वयं आँगन में लगे झूले पर बैठ गए। उन्होंने समय बिताने के लिए पानबट्टा खोला और दो पत्तों पर चूना और सुपारी लगाने लगे।

"गुरु द्रोण! अब तो युद्ध सुनिश्चित हो चला है," धौम्य ने बात आरंभ की।

द्रोण ने हौले से सिर हिलाया और एक पान को अपने मुँह के हवाले करने से पहले, एक गिलौरी अतिथि को दी। उन्होंने पीकदान अपने पास खींचा और बोले, "जब कृष्ण ने अपनी बात कही तो मैं सभा में ही था।"

धौम्य ने प्रसन्न भाव से कहा, "इससे बेहतर तो कोई निर्णय हो ही नहीं सकता था। अब दुर्योधन का नाश होगा..." धौम्य ने जिस उत्साह से बात की, उसी उत्साह से द्रोण का प्रत्युत्तर नहीं आया।

"हम्म!"

"सारे कौरव मारे जाएँगे।"

"हम्म!"

"सूत भी नहीं बचेगा।"

"हम्म!"

"कृष्ण की नारायण सेना पांडवों के पक्ष में होगी। दक्षिणी मंडल भी अपनी स्वतंत्रता का ऐलान कर, पांडवों से आ मिलेगा।" धौम्य जैसे सब कुछ अंगुलियों पर गिनाने लगे।

"संभवतः," द्रोण दूर से चमचमाती नदी की लहरों को एकटक ताक रहे थे। बाहर बैठा एक कौआ काँव-काँव कर रहा था।

"धर्म की पुनः प्रतिष्ठा होगी," धौम्य ने कहा।

"हम्म!"

"निःसंदेह, आप पांडवों के सेनापति होंगे। अर्जुन आपको अपने प्रधान सेनापति के रूप में पाकर मुदित हो उठेगा," धौम्य अपने उल्लास को वश में करते हुए कहा।

द्रोण ने पान चबाना बंद किया और अपनी दृष्टि पुरोहित के मुख पर ले आए। "आपने कैसे सोचा कि मेरा यही निर्णय होगा?"

"क्यों नहीं? आप सभी ब्राह्मण योद्धाओं में सबसे महान हैं। निश्चित रूप से आप धर्म का ही पक्ष लेंगे," धौम्य के सुर से उनका विश्वास झलक रहा था।

"आपने सही कहा, मैं धर्म का पक्ष लूँगा।" द्रोण ने हामी भरते हुए, डिब्बे से एक और पान का पत्ता उठा लिया।

धौम्य ने गुरु की ओर देखा। उनके शब्दों को सुन वे एक पल को ठिठक गए। उन्होंने सकुचाते हुए पूछा, "परंतु आप पांडवों के लिए प्रधान सेनापति का दायित्व तो संभालेंगे न?"

"मैं धर्म का सिपाही हूँ। मैं कौरवों की सेना से लड़ूँगा।" द्रोण झूले को धीरे-धीरे झुलाने लगे। उस सन्नाटे के बीच झूले की किर्र-किर्र ध्वनि सुनाई दे रही थी। फूस के छप्पर पर बैठी कोई छिपकली बोल उठी। द्रोण धौम्य के भाव देख रहे थे, जो सदमे और अविश्वास से उबर कर क्रोध में बदल गए थे। उन्होंने पीकदान में थूका। कृपी उसी समय छाछ से भरे मटके लिए दाख़िल हुई, वह उन्हें हैरानी से ताकने लगीं।

"गुरु! क्या आप मुझसे उपहास कर रहे हैं?" धौम्य ने अंततः पूछ ही लिया।

"नहीं, मैं तो इतना गंभीर कभी नहीं रहा, गुरु धौम्य!"

"क्या आपकी मति मारी गई है? आप एक ब्राह्मण हैं, आपको तो धर्म की रक्षा करनी चाहिए।"

"मैं एक निश्चित रूप से एक ब्राह्मण हूँ और अपने धर्म को जानता हूँ। मैं अपनी ओर से हर संभव प्रयास करूँगा कि पांडव परास्त हों," द्रोण बोले।

"आप कौरवों के पक्ष में अकेले होंगे। आपको भीष्म से युद्ध करना होगा," धौम्य ने निराशा से कहा। वे अपने क्रोध तथा भय को छिपा नहीं पा रहे थे।

"ऐसा आपको लगता है। भीष्म कौरवों का प्रतिनिधित्व करेंगे। गुरु धौम्य! एक और पान लेंगे?"

"तुम भारी भूलकर रहे हो, पुत्र मोह ने तुम्हें अंधा बना दिया है। तुम्हें आजीवन इसके लिए पछताना होगा।"

"हो सकता है..."

"तुम अर्जुन के विरुद्ध लड़ोगे।"

द्रोण एक पल को हिचकिचा गए मानो कंठ में कुछ अटका हो। उन्होंने गहन स्वर में कहा, "प्रभु की यही इच्छा है।"

"तुम एक नीच ब्राह्मण हो।" धौम्य के होंठ मारे क्रोध के काँप उठे। "तुमने भगवान विष्णु के अवतार, भगवान कृष्ण के विरुद्ध लड़ने का निर्णय लिया है?"

"यही मेरी नियति है।"

"कृष्ण से विमुख हो जाओगे तो नर्क में सड़ोगे।"

"तो ऐसा ही हो।"

"तुम तो कृप से भी बदतर निकले! दुष्ट ब्राह्मण... राक्षस कहीं के! मैं अपनी शक्तियों के बल पर, तुम्हें और तुम्हारे परिवार को इसी समय और इसी स्थान पर, ब्राह्मण समुदाय से च्युत करता हूँ," धौम्य ने ऐलान किया, उनके शब्द आग उगल रहे थे।

"धौम्य! ब्राह्मणवाद कोई जाति नहीं बल्कि एक विचार करने की शैली है। मैं तो

अर्थहीन अनुष्ठानों और अंधविश्वास से भरी मान्यताओं के बीच जैसे जीते-जी ही मरा हुआ था। परंतु अब मैं परब्रह्म को जानता हूँ; मेरा दूसरी बार जन्म हुआ है - मैं सही मायनों में एक द्विज यानी ब्राह्मण हूँ।" द्रोण ने नेत्र मूँद लिए। उनके मन में, शिव अपनी दिव्य कीर्ति सहित नृत्यरत थे।

"तुम्हारी मृत्यु अपकीर्ति के बीच हो," धौम्य ने शाप दिया।

स्तंभित कृपी के हाथों से पात्र छूट गए। वह अपने पति के पास भागी और उनके चरणों से लिपट गई। द्रोण अपनी ध्यानपरक मुद्रा में बैठे रहे, झूले के झूलने का स्वर किसी अपशकुनी सुर की तरह बीच-बीच में सुनाई देता रहा। धौम्य एक भी शब्द और उच्चारे बिना, उनके घर से चले गए।

"रोना बंद करो," द्रोण ने सुबकियाँ भरती पत्नी से कहा। वे जानते थे कि वह अपने पुत्र के बारे में सोच रही होगी, उसकी निष्प्राण देह और निश्चेष्ट नेत्रों की कल्पना कर रही होगी। वे जानते थे कि उन्होंने कभी कृपी से समकक्ष व्यवहार नहीं किया, न ही अश्वत्थामा के प्रति अपने स्नेह का प्रदर्शन किया। वे सदैव एक कर्तव्यपारायण पति और सख़्त स्वभाव के पिता की भूमिका में रहे। अब उन्होंने अपने जीवन के सबसे निष्ठावान साथी को देखा और बोले, "मैंने सदैव तुम्हें अपनी लक्ष्मी के रूप में देखा, जो अपने प्रभु के चरणों पर लोटती हैं परंतु मुझे तुम्हें अपनी शक्ति, अपनी पार्वती, अपनी अर्धांगिनी के रूप में देखना चाहिए था, जैसे प्रभु अर्धनारीश्वर शक्ति को मानते हैं।"

कृपी की आँखें छिपे आँसुओं से भरी थीं। उनके लिए विश्वास करना भी कठिन था कि ये शब्द उनके पति के मुख से निकल रहे थे। उन्होंने तो कभी अपने पति से ऐसा सुनने की आस नहीं रखी थी।

द्रोण ने नेत्र मूँद लिए, "यदि इस युद्ध में जीवित रह गया तो मेरे लिए लज्जा की बात होगी।"

कृपी ने प्रतिरोध करना चाहा तो उन्होंने उसके सिर पर अपना हाथ रख दिया। "मेरी अर्धांगिनी! यह मेरा तुमसे वादा रहा, इस युद्ध में तुम्हारे पुत्र के प्राण नहीं जाएँगे। कम से कम मुझसे पहले तो उसकी मृत्यु नहीं होगी।"

कृपी उस व्यक्ति के लिए रोने लगी, जिससे वह आज तक स्नेह करने से अधिक भयभीत होती आई थी। उसे ग्लानि होने लगी कि वह अपने पति के प्राणों की परवाह किए बिना, अपने पुत्र की आसन्न मृत्यु के भय से त्रस्त थी।

द्रोण के चरण उसके अश्रुओं से भीग गए थे, कृपी का सिर पति के पैरों में धरा था। द्रोण का मन और मुख, दोनों ही शांत थे। प्रेम और युद्ध की कोई पुकार नहीं थी!

***

46. देवता का संगीत

"आप कहना चाहते हैं कि पांडवों को अपनी पत्नी के भरी सभा में हुए अपमान और अपने तेरह वर्ष के वनवास को भुलाकर, सबको क्षमा कर देना चाहिए?" कृष्ण कुछ देर से अपने बड़े भाई के साथ इस विषय में बहस कर रहे थे।

"इतने वर्षों का वनवास तो पांडवों का अपना किया-धरा था। उन्होंने जुआ खेला और सब कुछ हार गए। इसके लिए दुर्योधन को दोष नहीं दे सकते," बलराम भी झुकने को तैयार नहीं थे।

"दुर्योधन?" कृष्ण दबी हँसी हँसे, "तो क्या एक बलशाली व्यक्ति अपनी मनमानी कर सकता है? केवल दुर्योधन से युद्ध में विजय पाकर ही, पांडवों का प्रतिकार हो सकता है।"

"तुम्हें ऐसा क्यों लगता है कि पांडव ही विजयी होंगे?"

"भइया! यदि पांडवों की हार हुई, तो वे वीरों के स्वर्ग में जाएँगे। भावी पीढ़ियाँ उनकी गणना, उन वीरों में करेंगी, जो धर्म की रक्षा में शहीद हुए। यदि वे लड़ने से इंकार करते हैं, तो संसार उन्हें कायर मानेगा। एक क्षत्रिय के लिए इससे अधिक लज्जाजनक और क्या हो सकता है?"

"कृष्ण! युद्ध में हज़ारों जानें जाएँगी। युद्ध में अनेक महिलाएँ विधवा होंगी, बच्चे अनाथ होंगे। क्या तुम कल्पना भी सकते हो कि इसके बाद आने वाला अकाल कितना भयानक होने वाला है?" मारे कुंठा व रोष के, बलराम के नेत्र छलछला उठे।

कृष्ण खीझकर बोले, "भइया, एक क्षत्रिय का यही धर्म होता है कि वह दुष्ट का नाश करे और दुर्बल की रक्षा करे..."

"क्या किसी को मारना धर्म की श्रेणी में आता है? अहिंसा ही सबसे बड़ा धर्म है। ईश्वर के बनाए सभी जीव दिव्य हैं; किसी के प्राण लेना ही सबसे बड़ा पाप है।"

"यह जीवन एक भ्रम ही तो है।"

"कृष्ण! यह जीवन केवल तुम्हारे लिए एक भ्रम है।"

"यह सारा ब्रह्माण्ड एक माया है। यह जीवन एक भ्रम है।

"जीवन की पीड़ा यथार्थ है, जीने का आनंद यथार्थ है और जीवन को जीने योग्य बनाने वाले विविध भाव भी वास्तविक हैं।"

"भइया, ज्ञानीजन, मृतकों का शोक नहीं करते और न ही जीवित से प्रेम करते हैं। यह आत्मा नश्वर है और संपूर्ण जगत में व्याप्त है। जो यह सोचता है कि देह नष्ट होने पर उसकी आत्मा भी नष्ट हो जाएगी, वह अज्ञानी है। आत्मा न तो जन्म लेती है; और न ही कभी इसकी मृत्यु होती है; यह अजन्मा, अपरिवर्तनशील और शाश्वत है। केवल देह का नाश होता है। जिस प्रकार पुराने और जर्जर वस्त्र उतार देते हैं, आत्मा भी देह का चोला उतार देती है," कृष्ण मुस्कराते हुए बोले।

"ये शब्द उस माँ से कहो जिसने अपनी संतान को खोया हो। यह शब्द उससे कहो जिसने अपने प्रिय को गँवा दिया हो। कृष्ण, तुमने जो भी कहा, वह एक बौद्धिक खेल मात्र है, शब्दों का चमत्कार। इससे कुछ हल नहीं होता बल्कि हिंसा करने का बहाना मिलता है।" बलराम मुड़े और गवाक्ष की ओर चल दिए। वे इस जगत के लिए चिंतित थे।

कृष्ण ने बलराम के झुके हुए कंधे देखे और एक क्षण के लिए मन में सहानुभूति उमड़ी। वे अपने भाई से प्रेम करते थे किंतु अब वे अपने क़दम पीछे नहीं हटा सकते थे। बहुत कुछ दाँव पर लगा था। "भाई, जो जन्मा है, उसकी मृत्यु अवश्यंभावी है। जो नहीं रहा, उसका शीघ्र ही पुनर्जन्म होगा। दिन के बाद रात और रात के बाद दिन आता है। यही जीवन का अनंत चक्र है जिसे टाला नहीं जा सकता, उसके लिए शोक क्यों किया जाए?"

बलराम ने अपनी गर्दन हिलाई किंतु भाई की बात में बाधा नहीं दी। उन्होंने मन ही मन तय किया कि उसकी बातों में नहीं आएँगे।

"यही सांख्य का पथ है," कृष्ण बोले।

"भले ही तुम इसे कोई भी नाम दो किंतु हिंसा अनुचित है," बलराम ने इतने हौले से कहा कि कृष्ण को झुककर उनकी बात सुननी पड़ी।

"दुर्भाग्यवश! युद्ध अब अनिवार्य हो गया है। यदि हमने दुर्योधन को शासन चलाने की अनुमति दी, तो शीघ्र ही जातियों का परस्पर मिलन आरंभ हो जाएगा," कृष्ण बोले।

"क्या यह वास्तव में इतना बुरा होगा?"

"इससे समाज का नाश होगा। क़ानून की अवमानना होगी। कोई नहीं जान सकेगा कि उसका धर्म क्या है?"

बलराम मुस्कराए, "समाज का नाश, कृष्ण, क्योंकि कुछ पुरोहितों और पंडितों को उनके तरीक़े से जीने नहीं दिया जाएगा?"

"भइया! मैंने लोगों द्वारा किए जाने वाले कामों के अनुसार चार जातियों का विभाजन किया है। यही उनका धर्म है। जब तक लोग अपने धर्म को जानकर उसके अनुसार चलते रहेंगे तब तब समाज भी सबल और स्थिर बना रहेगा। जब भी अधर्म होगा, लोग अपनी जाति और कर्म को भूलेंगे, तब चारों ओर अराजकता का साम्राज्य होगा।"

"जो लोग इससे लाभन्वित होंगे, वे इसे दिव्य संदेश ही तरह स्वीकार कर लेंगे किंतु जो लोग इससे पीड़ित होंगे, उनका क्या? भूख या रोग की कोई जाति या वंश नहीं होता। हमारे

पास ऐसे कोई दिव्य जीव नहीं जो इन दुष्टों का अंत कर सकें?"

"भइया! मैंने कभी अनुमति नहीं दी कि एक जाति दूसरी जाति को दबाए। सुधार की इस प्रक्रिया में अगर ऐसा होगा तो इसे आगे जाकर संभाला जा सकता है। नियमों के बिना मुक्त समाज तो स्वयं ही नष्ट हो जाता है। कोई भी जीव परस्पर श्रेष्ठ या हीन नहीं होता, परंतु हर किसी को इस प्राकृतिक व्यवस्था में अपने अनुसार चलना होता है। जाति के साथ ही यही है।"

"यह सिद्धांत सुनने में भले ही अच्छा लगे किंतु व्यावहारिक नहीं है। विभाजन से आपसी भेदभाव पैदा होगा।"

"विभाजन प्राकृतिक हैं। ब्राह्मणों, वैश्यों, क्षत्रियों व शूद्रों को उनके काम सौंपे गए हैं। ब्राह्मण संयम और तप का पालन करते हुए ज्ञान की साधना करेंगे। क्षत्रियों को साहसी और वीर होना चाहिए ताकि वे शासन चला सकें। वैश्य कृषि कर्म, पशु-पालन तथा व्यापार आदि का कर्तव्य पूरा करेंगे और शूद्रों के लिए इन तीन वर्गों की सेवा में ही मोक्ष छिपा है।"

"कृष्ण! यहीं तो असली समस्या छिपी है।"

"भइया, जो अपने कर्तव्य का पालन करता है, मोक्ष पाता है। उसे अपने कर्म फल की चिंता किए बिना अपना काम करना चाहिए। अपना काम सही तरह से करने में कोई पाप नहीं होता।"

"यह कौन तय करता है कि किसका क्या कर्तव्य है?"

"ग्रंथ यह तय करने का अधिकार रखते हैं कि व्यक्ति को क्या करना चाहिए?"

"कृष्ण! ये ग्रंथ मनुष्यों के लिए बने हैं। मनुष्य इनके लिए नहीं बने। तुम अप्राकृतिक विभाजनों की बात कर रहे हो।"

"अप्राकृतिक! प्रकृति मनुष्य को छलती है, उसे कहती है कि उसे आवेगों के बीच जीना चाहिए। अगर सभी स्वाभाविक रूप से प्रकृति का पालन करेंगे तो आत्म-संयम के बिना विनाश होगा।"

दोनों भाइयों के बीच एक अभेद्य चुप्पी छा गई। अंत में कृष्ण बलराम की ओर मुड़े और बोल, "योगी के लिए आनंद और पीड़ा एक समान है। वह आत्म-तुष्ट होता है।"

"एक योगी?"

जब कोई व्यक्ति अपनी इच्छाओं का त्याग कर देता है, तो आनंद पाने की इच्छा से मुक्त हो जाता है। उसके भीतर कोई मोह या दर्प नहीं रहता, वह शांति प्राप्त करता है। वह आनंद और पीड़ा में समत्व भाव ग्रहण करता है। योगी ऐसे ही जीवन जीता है।"

"कृष्ण! तुम एक काल्पनिक रोग के लिए असंभव सी दवा लिख रहे हो। मन के लिए व्याकुल होना, कुछ चाहना, कुछ पाने का प्रयत्न करना और जो पा सकता हो, उसे पाना; एक स्वाभाविक प्रक्रिया है।"

"एक योगी यह जानता है और अपने मन को मुझमें स्थिर करता है। वह एक ब्राह्मण,

चांडाल, गाय और कुत्ते को समान भाव से देखना सीखता है। योगी अपने कर्मफल से विरक्त होता है। वह निष्काम कर्म करता है।"

"आजीवन प्रयास करने पर भी ऐसा संभव नहीं हो सकता।"

"भाई! किसने कहा कि यह एक जीवनकाल में होता है? ऐसे व्यक्ति को बार-बार जन्म लेना होगा और वहीं से आरंभ करना होगा, जहाँ पिछले जन्म में छोड़ा था। मुझ तक आने के परम लक्ष्य को पाने में कई जीवनकाल लग जाते हैं।"

बलराम मुस्करा दिए और उन्हें अपने नटखट छोटे भाई की याद आ गई जो सदा उनके साथ रहने का हठ किया करता था। "यदि वह सफल न हो सके तो?"

"जो असफल होते हैं वे कीट और पशुओं के रूप में बार-बार जन्म पाते हैं। उन्हें फिर से मनुष्य जन्म पाकर, अपना कल्याण करने के लिए प्रतीक्षा करनी होती है।"

"कृष्ण! मैं समझा नहीं। एक मनुष्य अनुचित कर्म करता है और फिर एक पशु, मान लेते हैं कि एक भैंस के रूप में जन्म पाता है परंतु क्या तुमने कभी एक भैंस से शांत और विरक्त जीव कहीं देखा है? वर्षा, गर्मी, सर्दी, गंदे पानी और सूखी घास से विरक्त। यह तो संपूर्ण संतुष्टि का चित्र है। भौतिक पीड़ा और आनंद के अतिरिक्त वह कभी अपने कर्मों के परिणामों की चिंता नहीं करती। क्या इससे वह पशु सर्वश्रेष्ठ योगी हो गया? यदि हाँ, तो उसे मोक्ष मिलना चाहिए और उसका पुनर्जन्म नहीं होना चाहिए।" बलराम सुनने की प्रतीक्षा में थे कि उनके दैवीय भाई की ओर से क्या उत्तर आने वाला है।

"आप तो केवल चर्चा करने के लिए ही वाद-विवाद कर रहे हैं। भइया, एक मनुष्य का कर्तव्य कर्मफल की बजाए अपने कर्म की ओर ही होना चाहिए। उसे अपने काम के प्रति समर्पित होना चाहिए, उसके प्रति कोई मोह नहीं रखना चाहिए। इसके साथ अपनी सफलता और असफलता के प्रति भी मोह नहीं पालना चाहिए।" कृष्ण के सुर में हल्की खीझ सुनाई दी।

"कृष्ण! तुम ऐसा व्यक्ति कहाँ पाओगे? मैं ऐसे स्थिरमति को कैसे पहचान सकता हूँ? ऐसा अजीब सा व्यक्ति उठने, बैठने या बोलने का काम कैसे करेगा?" बलराम ने पूछा।

कृष्ण बलराम के शब्दों में छिपे व्यंग्य से अछूते रहे। "अपने मन को सदा समत्व भाव में रखने वाला स्थितप्रज्ञ कहलाता है। वह न तो कष्टों और संकटों से परेशान होता है, न ही आनंद की इच्छा रखता है। वह मोह, भय और कष्ट से भी कहीं परे है।"

"कृष्ण! यह कैसे संभव है? हम तो नश्वर मनुष्य और जीव हैं।"

"जिस प्रकार कछुआ अपने अंगों को खोल के भीतर समेट लेता है, उसी प्रकार योगी भी वासना या इच्छा के साधनों से अपनी इंद्रियों को परे कर लेता है। जिस प्रकार ऐसा करने से कछुआ बलशाली होता है, उसी प्रकार मनुष्य का भी अपनी इच्छाओं से विरक्त होने तथा मन को ध्यान-मनन में लगाने से बल प्राप्त होता है।"

"कृष्ण! यदि तुम ऐसी ही अवस्था में आ गए हो तो इससे क्या अंतर पड़ता है कि

युधिष्ठिर की जीत हो या दुर्योधन जीते? तुम अपने मन को ध्यान-मनन में स्थिर क्यों नहीं करते?

"भइया, मैं मोह रहित होकर अपना कर्म करता हूँ, मैं परिणामों की परवाह नहीं करता। दुष्टता का नाश करना ही मेरा कर्तव्य है। मैं हिंसा का आनंद नहीं लेता, किंतु वही करता हूँ, जो करना अनिवार्य है।"

"कृष्ण! यह तो बहुत ही सुविधाजनक तर्क है। इसे हृदयहीन संसार का सूत्र कह सकते हैं। यह अंतःकरणहीन समाज का मंत्र है।"

"आपने ऐसा क्यों कहा?"

"कृष्ण! इस तरह कोई आतंकी सब पर अत्याचार ढहाते हुए कह सकता है कि एक शासक होने के नाते ऐसा करना तो उसका कर्तव्य बनता है। फिर तो धर्म के नाम पर किसी भी हिंसा को जायज ठहराया जा सकता है। कोई भी युद्ध जायज हो सकता है, जिसमें दोनों ही पक्ष अपने-आप को धर्म का पक्ष मान रहे हों? यहाँ तक कि कोई दस्यु भी कहेगा कि लूटपाट करना ही उसका धर्म है।"

"भइया! परिणाम की चिंता किए बिना कर्म करने वाला पापी नहीं होता। जो लोग पूरे आवेग के साथ कर्म करते हों उन्हें अपने कर्म के मीठे या कटु फल के लिए तैयार रहना चाहिए।"

"यह तो और भी ख़तरनाक तर्क हुआ। क्या दुखियों के कर्म से दुख ही उत्पन्न होगा? तब तो करुण का कोई अर्थ ही नहीं रहेगा।"

"भइया, आप समझे नहीं क्योंकि अभी तक आपके नेत्रों ने दिव्य दर्शन नहीं पाया।"

"कृष्ण! ऐसे विचार केवल समाज में भेदभाव और कलह उत्पन्न करेंगे। अगर कोई दयनीय है तो इसके लिए उसके पिछले या किसी और जन्म का हवाला दे सकते है। हम दयनीय की मदद करके, उसके कर्मजाल में क्यों उलझें?"

"भइया! आपने तो मेरे शब्दों को शाब्दिक रूप में ही ले लिया। मैं तो एक दृष्टांत दे रहा था।"

"कृष्ण! दार्शनिक और पैगंबर सदियों से दृष्टांत ही तो देते आ रहे हैं। उनके शब्द आकाश में बिखरे मेघों के समान हैं, कोई भी व्यक्ति अपनी कल्पना शक्ति के बल पर, मेघों में कई प्रकार की आकृतियाँ देख सकता है। दृष्टांत तो दार्शनिकों और पैगंबरों के लिए बचाव का माध्यम है। जब कोई उन्हें घेरता है तो वे कहते हैं कि उनका यह अर्थ नहीं था। अगर कुछ कहना चाहते हैं तो साफ़ शब्दों में कहें। इसे बिना किसी लाग-लपेट के स्पष्ट रूप से क्यों न कहा जाए।"

"तब सुनें, भइया! मैं दुर्योधन जैसे लोगों को लुभाता हूँ, जो अपने ही दुष्ट कर्मों से छले जा रहे हैं। उनके आवेगयुक्त कर्म ही दुख का मूल हैं।"

"तो इच्छा और आवेग ही मनुष्य के सबसे बड़े शत्रु हैं?"

"भइया! किसी वस्तु की इच्छा करने से मोह जन्मता है। मोह से रोष का जन्म होता है। रोष से भेदभाव उत्पन्न होता है, भेदभाव से बुद्धि का नाश होता है। बुद्धि के नाश से समझ का नाश होता है और मनुष्य विनष्ट हो जाता है।"

"कृष्ण! इच्छा से जीवन का जन्म होता है। मोह से प्रेम, आवेग से सौंदर्य, करुणा से मानवता का जन्म होता है। इच्छा ही प्रकृति का मूल है।"

"इच्छा मूल प्रकृति का अंकुर है। दुर्योधन तमो गुण का प्रतीक है। ऐसे व्यक्तियों का दावा होता है कि यह जीवन वासना से जन्मा है। वे अज्ञान और लाखों विचारों से ही छले जाते हैं।"

"कृष्ण! इन विचारों से ही तो हम बनते हैं।"

"भइया! विचार उत्तम होने चाहिए। दुर्योधन जैसे व्यक्ति केवल गर्त में गिर सकते हैं। वे दर्प, शक्ति, घमंड, वासना तथा रोष में लिप्त होते हैं। प्रत्येक जीवन में, वे एक जैसी भूलें दोहराते हैं और उनका पथ ऊपर जाने की बजाए नीचे ही नीचे उतरता चला जाता है।"

"कृष्ण! यदि तुम सर्वोच्च सत्ता होने के नाते इन दुर्भाग्यशाली नर-नारियों को अलग-अलग योनियों में डाल रहे हो तो इन्हें दोषी कैसे ठहरा सकते हैं? अपने ही इच्छा से, तुमने उन्हें ऐसा बनाया है।"

"भइया! प्रकृति में तीन गुण हैं - सत्व, रज और तम। ये तीनों हमारे भीतर उपस्थित हैं। परंतु यह हम पर निर्भर करता है कि हम किसे सबसे अधिक पोषित करते हैं। सत्व; ज्ञान, प्रकाश और समत्व का गुण है; रज वीरता, शौर्य और शक्ति से संबंध रखता है और तम आवेगों और इच्छाओं व वासनाओं से जुड़ा है।

"मुझे एक ऐसा व्यक्ति दिखा दो, जो किसी वस्तु के प्रति कोई आवेग न रखता हो?"

"युधिष्ठिर।"

"आह, वही जिसने अपनी पत्नी को दाँव पर रखा? क्या उसने ऐसा इसलिए किया कि वह हस्तिनापुर का सिंहासन पाने या जुए में जीतने नाम पर विरक्त है?"

"युधिष्ठिर एक सच्चा योगी है, एक ज्ञानी। मुझे ऐसे व्यक्तियों का रक्षण करना होता है, जो सच्चे पथ का अनुसरण करते हैं।"

"परंतु कृष्ण! तुमने मेरे प्रश्न का उत्तर नहीं दिया। मैं पांडवों को विरक्त योगियों या ज्ञानी जन के रूप में नहीं देख पाता। वे तो मुझे शक्ति के उपासकों से अधिक कुछ नहीं लगते।"

"भइया! आपने सत्य की ओर से मुख घुमा लिया है। पांडव मेरे भक्त हैं। उन्होंने सदा भक्ति का पथ चुना है। वे पूरे समर्पण और श्रद्धा भाव से मुझे पूजते हैं, मुझे ही अपना आश्रय मानते हैं। मैं ही उन्हें इस दुखरूपी सागर से तारने वाला हूँ। मैं आपको भी योग का यह पथ दे रहा हूँ, जो भक्ति व समर्पण का अक्षय साधन है। मैंने कई युग पूर्व विवस्वत को इसका ज्ञान दिया था, उन्होंने इसे मनु को सौंपा, उन्होंने इसे इक्ष्वाकु को दिया और इस तरह

यह इस युग में आया।"

"तुम तो बहुत प्राचीन नरेशों के नाम ले रहे हो, किंतु कृष्ण तुम तो वर्तमान में जी रहे हो। तुम तो आयु में मुझसे भी छोटे हो।"

"मेरे बहुत से जीवनकाल बीत चुके हैं। आपके भी बहुत से जीवनकाल बीत चुके हैं। मैं इसे जानता हूँ, आप इसे नहीं जानते।"

"कृष्ण! मैं तुम्हारे शब्दों को नहीं समझा। ऐसे में दूसरे कैसे समझेंगे?"

"वे जानते हैं कि मैं अजन्मा हूँ। मैं ही सारे जीवों का स्वामी हूँ। जब कभी अधर्म की हानि होगी और दुर्योधन जैसे दुष्टों की शक्ति बढ़ेगी, मेरा जन्म होगा, मेरा बार-बार, हर युग में जन्म होगा, मैं हर युग में जन्म लूँगा ताकि सत्यनिष्ठा की रक्षा करते हुए, दुष्टों का नाश कर सकूँ। संसार में धर्म तथा ईश्वर के प्रति समर्पण और भक्ति-भाव की स्थापना कर सकूँ।"

"कृष्ण! तुम केवल स्वयं को छल रहे हो। मैं तो तुम्हें तुम्हारे जन्म से जानता हूँ," बलराम ने गर्दन हिलाई। वे अपने छोटे नटखट भाई की संसार के रक्षक के रूप में कल्पना करके विस्मित हो रहे थे।

कृष्ण मुस्कराए, "भइया! मैं मनुष्य जाति को संकट से उबरने का अवसर दे रहा हूँ। जो इस सत्य को जानता है, वह मोक्ष पा लेगा। वह दोबारा जन्म न लेते हुए, मुझमें लीन हो जाएगा। भक्तों को अपना सब कुछ तज कर, मेरी शरण में आने दो और मैं उन्हें सभी पापों से मुक्त कर दूँगा। पूरे भक्तिभाव के साथ मेरे सम्मुख आत्म-समर्पण कर दो।"

"कृष्ण! यह संसार मनुष्य के कठोर परिश्रम से अनासक्त है। किसी व्यक्ति की बाहर या भीतर, ईश्वर की खोज, ब्रह्माण्ड के लिए एक गैर-मामूली घटना से अधिक महत्त्व नहीं रखती।"

"भइया! मुझे जानने वाले बहुत से लोग अपने आवेगों और मोह से मुक्त हो चुके हैं। लोग मेरे पास जिस भी रूप में आते हैं, मैं उन्हें स्वीकार करता हूँ। सारे पथ मेरी ओर ही आते हैं। आपका पथ भी मेरी ओर आता है।"

"व्यक्ति को ईश्वर की चाहना करते हुए, इस सुंदर संसार से क्यों भागना चाहिए? एक यथार्थ जगत को तज कर, काल्पनिक मोक्ष को पाने की आकांक्षा क्यों? *जगत सत्यं, ब्रह्म मिथ्या।*"

बलराम के मन में अपने भाई के लिए बहुत से प्रश्न थे किंतु उनके कुछ कहने से पूर्व ही कृष्ण बोले, "जो लोग मुझे किसी भी रूप में पूजते हैं, मैं उन्हें उपहार देता हूँ और वह सब कुछ देता हूँ, जिसे वे पाने के अधिकारी होते हैं। भले ही वे दूसरे देवों के उपासक हों और कभी-कभी मुझे पूजते हों, तो भी मैं उन्हें अपना आशीर्वाद देता हूँ। चूँकि उनकी भक्ति अधूरी होती है इसलिए उन्हें स्वर्ग का उपभोग करने के बाद बारंबार जन्म लेना होता है। तुम जो भी करते हो, उसे मुझे अर्पित कर दो। इस तरह तुम अपने कर्मों से विरक्त हो

कर, मुझ तक आओगे। भाई, जान लो यदि कोई दुष्ट भी मुझे पूजता है, तो उसे भी अच्छा ही माना जाएगा।"

"यदि तुम अपने कर्मफल से विरक्त सर्वशक्तिमान सत्ता हो, तो तुम्हें इससे क्या अंतर पड़ता है कि कोई तुम्हारी पूजा करता है या नहीं करता? और तुम कहते हो कि तुम्हारी पूजा करने वाला पापों से मुक्त होगा?"

कृष्ण ने अपने भाई के शब्दों में छिपे अविश्वास को उपेक्षित करते हुए कहा, "मुझे पूजने वाला कभी कष्ट नहीं पाता, भले ही वह पापी ही क्यों न हो। यहाँ तक कि महिलाएँ, वैश्य और शूद्र भी मुझे पूजकर, मोक्ष के भागी हो सकते हैं। इस अस्थायी और दुखदायी जगत में, मेरी उपासना में प्रवृत्त हो। अपने मन को मुझमें स्थिर करो, मेरे भक्त बनो, मुझे प्रणाम निवेदित करो, मेरा आश्रय लो और तुम मेरे पास आ जाओगे।"

"कृष्ण! तुम कौन हो?"

"भाई बलराम! आप नहीं जानते कि मैं कौन हूँ या आप कौन हैं। आप अनंत हैं परंतु मैं अनंत से भी परे हूँ। हम सब एक हैं किंतु हम सभी अलग हैं। बोध में ही भेद छिपा है।"

"कृष्ण! तुम जो भी हो, तुम हज़ारों लोगों के लिए कष्ट और मौत को न्यौता दे रहे हो," बलराम ने पराजय स्वीकारते हुए उसाँस भरी।

कृष्ण की आँखें बलराम को देख रही थीं किंतु दृष्टि कहीं दूर टिकी थी। "जानें कि मैंने ही कल्प के प्रारंभ में ब्रह्माण्ड की रचना की थी। जिस प्रकार सभी जीव जन्म व मृत्यु पाते हैं, उसी प्रकार ब्रह्माण्ड की जीवन अवधि भी होती है। आप जिस ब्रह्माण्ड में जी रहे हैं, यह प्रथम नहीं है और न ही यह अंतिम होगा। जब सही समय होगा तो मैं इसे नष्ट कर दूँगा और एक नए ब्रह्माण्ड की रचना करूँगा। वह भी उचित समय आने पर नष्ट कर दिया जाएगा। यही चक्र शाश्वत रूप से जारी रहेगा। मैं तो केवल अनासक्त भाव से, यहाँ अपना कर्म करता हूँ। इससे मुझे कोई अंतर नहीं पड़ता।"

"कृष्ण! प्रत्येक को अपने कर्मों का फल चखना ही होता है। इससे कोई अंतर नहीं पड़ता कि कोई आवेग में आकर कर्म कर रहा है या उसने विरक्त भाव से कर्म किया है। हमें अब भी कड़वा फल चखना है। भाई भाई का वध करेगा। तुमने इसे प्रोत्साहित किया है। कृष्ण, युद्ध होगा और उसमें कोई भी अलंकारिक शब्दावली काम नहीं आएगी। कृष्ण! युद्ध होगा और मैं भयभीत हूँ, उसके बाद क्या होगा..."

"भइया! आप मुझे और सभी जीवों की महान सर्वशक्तिमान सत्ता के रूप में नहीं जानते। अज्ञानी मेरा अपमान करते हैं। मैं ही सर्वोच्च आत्मा हूँ और मैंने यह मनुष्य का चोला धारण किया है। केवल महान आत्माएँ ही मुझे जानती हैं, वे मेरी कीर्ति का गुणगान करती हैं, मेरी दिव्यता के आगे नतमस्तक होती हैं।"

"क्या यह दुर्योधन का पाप है कि वह तुम्हारे दैवीय रूप को नहीं स्वीकारता? यदि तुम वास्तव में सर्वशतिक्तमान सत्ता हो तो उसे विवेक तथा समर्पण का उपहार क्यों नहीं देते? उन निर्दोषों को बीच में क्यों घसीटा जाए, जिनका इस बात से कोई संबंध तक नहीं है? सारे

भारतवर्ष को युद्ध की आग में झोंकने की बजाए केवल एक दुष्ट को ही दंडित क्यों न कर दिया जाए?" बलराम ने भाई से पूछा।

"मैं ही इस ब्रह्माण्ड का माता और पिता हूँ, और मैं ही रचयिता हूँ, मैं ही सर्जक हूँ। मैं मृत्यु हूँ। मेरे कारण ही यह सारा ब्रह्माण्ड टिका है। मैं ही जीवनी ऊर्जा हूँ, उद्भव और विलयन का मूल स्रोत! मुझसे महान कोई नहीं है। मैं ही ओ३म् हूँ।"

"कृष्ण! मेरे भाई, तुम्हें क्या हो गया है?" बलराम ज़ोर से बोले।

"जो मुझे सर्वशक्तिमान प्रभु के रूप में मान्यता देता है, वह जन्म और आरंभ पाए बिना ही सारे पापों से मुक्ति पा लेता है। सहस्रों प्रकाशमान सूर्यों की आभा के रूप में मेरी कीर्ति का दर्शन करो! मेरी अनंत ऊर्जा के दर्शन करो! मेरा न तो कोई आदि है, न ही मध्य और न ही कोई अंत है। मेरी दैवीय आभा और अनेक रंगों की आभा से युक्त नेत्रों को देखो।"

बलराम भययुक्त मौन के बीच खड़े देखते रहे।

"मैं ही मृत्यु हूँ, भुवनों का संहारक। धृतराष्ट्र के पुत्रों, द्रोण तथा महान महारथियों को देखो, जो दोनों ओर से काल के मुख में प्रवेश पा रहे हैं। देखो कैसे उनके शीश कुचले जा रहे हैं, उनके अंग क्षत-विक्षत हो रहे हैं। भविष्य और अतीत की झलकी देखो। मेरा दर्शन करो क्योंकि मैं ही काल हूँ, मैं समय हूँ।"

"कृष्ण..." बलराम का स्वर प्रकंपित था। "जाने क्यों ऐसा लगने लगा है कि तुम्हारी ही करनी से द्वारिका महान विनाश के द्वार पर जा रही है। यही कर्म का नियम है, यही ब्रह्माण्ड का नियम है। यही किसी मनुष्य को नहीं छोड़ेगा। यहाँ तक कि किसी अवतार को भी क्षमा नहीं किया जाएगा।" बलराम उठ खड़े हुए। वे कृष्ण से तर्कों में हार चुके थे। अब उनके जैसे अज्ञानी और भ्रमित व्यक्ति के पास तर्क करने के लिए कुछ नहीं बचा था। उनके पास ईश्वर का दैवीय संगीत समझने की बुद्धि नहीं थी। बाहर, सागर उनके भाई की साँवली त्वचा की तरह, नील और श्याम आभा में रंग गया था। जल की लहरें चट्टानों से पछाड़ें मार रही थीं।

"मैं समय हूँ..." कृष्ण का स्वर बलराम के कानों में गूँज रहा था और आगत के भय की कल्पना मात्र से वे उनका हृदय हिमशीतल हो उठा।

***

47. मनुष्य का संगीत

बलराम की दृष्टि छोटे से कक्ष के एक कोने में रखे हल पर जा टिकी। एक वह भी समय था, जब अपनी युवावस्था में वे सारा दिन उसे अपने काँधे पर लिए डोलते थे। वे अपने लोगों को कृषि और सिंचाई से जुड़ी जानकारी दिया करते। उन्होंने उसके लकड़ी के छोरों को सहलाया और उसे कंधों पर रखकर, उसी चिर-परिचित भार को अनुभव करना चाहा। वे भारत के धूल भरे मार्गों से होते हुए, हिमालय से लेकर देवी नगरी के उत्तर तक पैदल चलकर जाते, जहाँ दक्षिण में तीनों समुद्र आपस में मिलते हैं। उनका दिल चाहा कि वे उसी विस्तृत धरती के बीच स्वयं को एक बार फिर भुला दें, मनुष्यों के उन्माद और धर्मयुद्ध के लिए उनकी पुकार से दूर... कहीं बहुत दूर चले जाएँ।

बलराम ने अपने पीछे किसी की आहट सुनी और मुड़कर देखा। दहलीज़ पर दुर्योधन की पुत्री खड़ी थी। लंबी और गरिमामयी लक्ष्मणा। जब वह कृष्ण के दुष्ट पुत्र सांब से विवाह कर, द्वारिका आई थी, वह महल में एक मूक उपस्थिति से अधिक नहीं थी, मानो ऐसी परछाईं, जो रात को महल की प्राचीरों पर दिखाई देती।

लक्ष्मणा हौले से बोली, "काका! आप हमें छोड़कर क्यों जा रहे हैं?"

बलराम ने उसे दुख से देखा, "पता नहीं, बिटिया!"

"क्या मैं आपके साथ चल सकती हूँ?"

बलराम पूछना चाहते थे कि उसका पति क्या कहेगा। सांब के बारे में कुछ भी कहा नहीं जा सकता था। बहुत ही खूंखार इंसान था।

"मेरे पति तो इस बारे में जान ही नहीं सकेंगे," लक्ष्मणा ने जैसे उनके मन की बात भाँपकर जवाब दिया।

"पुत्री! मार्ग बहुत कठिन होगा, एक राजकुमारी के कोमल पैर उसे सहन नहीं कर सकेंगे।"

"आपके साथ नंगे पैर चलना भी मेरे लिए सम्मान की बात होगी।"

"बिटिया! मार्ग बहुत लंबा है। हो सकता है कि लोग हम पर पत्थर बरसाएँ या उपहास करें।"

"मुझे कोई भय नहीं।"

बलराम अपने गंजे सिर पर हाथ फिराते हुए मुस्कराए।

"कोई और भी हमारे साथ चलना चाहता है?" लक्ष्मणा बोली।

वत्सला, उनकी प्यारी बिटिया आड़ से बाहर आ गई और पिता के चरण छुए। "मुझे भी ले चलें, पिता जी।"

"परंतु अभिन्मयु?" बलराम ने पूछा।

"उनकी नई पत्नी उत्तरा बहुत ही सुंदर है। अब उनके पास मेरे लिए समय नहीं रहा।"

बलराम का हृदय पुत्री के लिए कचोट उठा। वह उनके सीने से लगी खड़ी थी। उन्होंने उसे अपनी बाँहों के घेरे में लिया और सोचा कि काश! हमेशा उसकी रक्षा कर सकते।

"पिताजी! मैंने लक्ष्मण कुमार के साथ बुरा किया। अब मैं अपने ही कर्मों का फल पा रही हूँ। कृष्ण काका को दोष नहीं दे सकते। मैं ही अभिमन्यु के प्रेम में होश गँवा बैठी थी और हमने ही उन्हें हमारी सहायता करने को उकसाया। तभी यह कांड हुआ। अब हमें देखें, अभिमन्यु और मेरे बीच भेंट तक नहीं होती। हम मिलते भी हैं तो मौन के अतिरिक्त हमारे बीच कोई भाषा नहीं होती।"

लक्ष्मण कुमार का तमतमाया चेहरा बलराम के आगे नाच उठा। क्या वे कभी स्वयं को क्षमा करते हुए, शांति पा सकेंगे? वे चलने लगे, उन्होंने सिर झुकाकर प्रणाम करते द्वारपालों को उपेक्षित कर दिया और सीधा देखते रहे। अब वे राजा नहीं रहे। वे दोनों युवतियाँ भी झट से उनके पीछे हो लीं।

मार्गों पर खड़े लोग उन्हें उत्सुकता भरी नज़रों से ताक रहे थे। इसके बाद उनके साथ एक पुरुष और एक स्त्री हो लिए। एक के बाद दो, दो के बाद दस, दस के बाद सौ और इस तरह हज़ारों नर-नारी उन तीनों के पीछे चल दिए, वे बिना कुछ पूछे बलराम के साथ जा रहे थे।

कुछ ही दिन बाद, एक अछूत और उसका अंधा कुत्ता भी उस दल में शामिल हो गए। विरोधाभास यह था कि वह कृष्ण के प्रेम में रंगे भजन गाता था। जब बलराम, कंधे पर हल लिए, देश के मार्गों से होते हुए चलते तो सारी भीड़ उसके साथ उन भजनों का जाप करती। वह भीड़ जब भी विश्राम के लिए डेरा डालती तो उनकी सेवा के लिए वही लोग सामने आते, जिन्हें उनके शासकों ने भुला दिया था और देवताओं ने त्याग दिया था। मनुष्य का संगीत शब्दों के बिना रचा जा रहा था।

यमुना नदी के किनारे, उनके दल को चार्वाक ऋषि का दल मिला। गुरु बलराम को देख हँस दिए। "कहाँ चल दिए आदरणीय?" उन्होंने बलराम के दल को देखकर पूछा।

"चार्वाक! मैं ईश्वर के संधान में हूँ संभवतः मैंने उसे आप के भीतर पाया है। आप कहाँ जा रहे हैं?" संत ने चार्वाक से पूछा।

"बलराम! मैं मनुष्य की तलाश में हूँ और उसे मैंने तुम्हारे भीतर पाया है।" चार्वाक ने

उत्तर दिया। वे दोनों ही ठहाका लगाने लगे। उनके आसपास खड़ी भीड़ भी, एक भी शब्द का अर्थ जाने बिना ही खिलखिला उठी।

"चार्वाक ! ऐसा करना ख़तरनाक होगा। ऐसी पवित्र भीड़ में आदमी की खोज, ये तुम्हें मार भी सकती है," बलराम ने चुटकी ली।

"परंतु बलराम! आप तो और भी ख़तरनाक पथ पर हैं। आपको तो एक नास्तिक में भी भगवान दिखने लगे।"

बलराम ने अपनी बाँहें बिटिया और भतीजी के गले में डाल कर सहारा लिया। "चार्वाक ! मेरे पास तो प्रेम के सिवा कोई दर्शन नहीं है। मैं शांति के सिवा कोई मंत्र नहीं जानता। मैं कोई अवतार नहीं; धोती पहने हुए एक बूढ़ा हूँ; इन जगमगाते देवों की दुनिया में एक अदना सा मनुष्य। परंतु मैं हार नहीं मानूँगा। मैं हर युग में अपनी संतान का साथ देने के लिए आऊँगा। मुझे अपने लिए मोक्ष नहीं चाहिए। मेरी केवल एक ही इच्छा है - जब भी देश को मेरी आवश्यकता हो, तो मैं इसकी सहायता करने आ सकूँ।"

"बलराम! वे तुम्हारे पीछे आएँगे। भले ही बुद्धि पथरा गई हो पर बाण अभी पैने हैं।"

"मैं अपनी संतानों के लिए प्रसन्नतापूर्वक कष्ट सहन करूँगा, परंतु उन्हें प्रेम और अहिंसा का धर्म समझाए बिना हार नहीं मानूँगा।"

संत और आस्तिक, दोनों ही जिज्ञासुओं ने परस्पर प्रणाम कया और अपने-अपने मार्ग पर चल दिए।

* * *

48. सबसे बड़ा रहस्य

"जरा, किसी और दिन।" विदुर ने वहाँ से बचकर निकलना चाहा।

परंतु भिखारी ने उनकी राह रोक ली और दोनों हाथ जोड़कर बोला, "कृपा करें स्वामी! देवी कुंती मारे चिंता के अधमरी हो गई हैं।"

विदुर काफ़ी समय से कुंती के आग्रह को टाल रहे थे। वे चाहती थीं कि विदुर उनसे भेंट करें। अब इस भेंट को टालने का कोई उपाय नहीं दिख रहा था। वे किसी तरह संभले और उसी रास्ते पर चल दिए, जहाँ पहले कभी उनका अपना घर हुआ करता था। सब कुछ कितना जाना-पहचाना किंतु विचित्र दिख रहा था। कुछ ही मकान रह गए थे और कोने वाला वह पेड़ भी बूढ़ा हो गया था। कुछ घरों में चूना-सफ़ेदी की सख़्त ज़रूरत थी और कुछ खंभे ख़तरनाक तरीक़े से झूल रहे थे। कचरे की गंध हवा में फैली थी और कचरे से भरे कचरेदान से एक बिल्ली झाँक रही थी। कुछ ख़ास नहीं बदला था, पर फिर भी सब कुछ बदल गया था।

"माँ," जरा ने पुकारा।

द्वार कर्कश ध्वनि के साथ खुला और विदुर कुंती की दशा देख जड़ हो उठे। वे तो उनकी कल्पना से कहीं अधिक बुढ़ा गई थीं। कभी ख़ूबसूरत रहे चेहरे पर झुर्रियों की रेखाएँ देखी जा सकती थीं। लंबे व काले चमकीले केश, रुपहले हो गए थे। उन्होंने उम्मीद की कि उनकी भेंट जल्दी ही पूरी होगी और वे अपने ठिकाने पर वापस लौट सकेंगे।

"विदुर! कितने बुढ़ा गए हो!" कुंती ने कहा और विदुर के चेहरे पर भी मुस्कान खेल गई।

विदुर ने गंजे हो रहे सिर पर हाथ फिराया और एक दरबारी की सी शिष्टता से बोले, "देवी, समय इतना दयालु नहीं रहा। वैसे आपको देखकर लगता है कि आप इसके हाथों अछूती रही हैं।"

"विदुर! अब भी वही मीठी-मीठी बातें करते हो। भीतर आओ। मैं बहुत समय से तुमसे मिलना चाह रही थी।"

जरा आगे चल दिया। उसके श्वान ने विदुर के हाथ सूँघे और अपने मालिक के पीछे चल दिया। विदुर बरामदे में आकर बैठ गए। एक बार शाम को उनका बेटा वहीं गिर गया

था और वे उसे महल के वैद्य के पास ले गए थे। बच्चा दो दिन तक दर्द के मारे कराहता रहा था...

"युद्ध होने जा रहा है।"

कुंती के शब्द सुनकर विदुर वर्तमान में लौट आए। "मैं इस बारे में कुछ नहीं कर सकता," वे बोले।

"तुम्हें कभी-कभी तो मिलने आना चाहिए। यहाँ कृष्ण के सिवा कोई नहीं आता।" कुंती ने साड़ी के छोर से छलछला आए नेत्र पोंछ लिए।

विदुर धरती पर देखते रहे, वे उनके मुख की ओर नहीं देखना चाहते थे। "देवी! मेरे लिए भी हालात बहुत बेहतर नहीं रहे," अंततः उन्होंने कहा।

"मैंने एक विशेष प्रयोजन से तुम्हें यहाँ बुलवाया है। एक समय था, जब मैं चाहती थी कि मेरे पुत्र गांधारी के पुत्रों से हर बात में आगे हों। मैं नहीं चाहती थी कि एक ऐसी स्त्री बनकर रह जाऊँ, जो संबंधियों के रहमो-करम पर जीती है परंतु आज जब मुड़कर देखती हूँ तो जैसे सब कुछ निरर्थक लगने लगता है।

"देवी, भाइयों के बीच का बैर गहरा है किंतु फिर भी यदि आप चाहें तो युद्ध को टाला जा सकता है।"

"मैं चाहती हूँ कि धृतराष्ट्र के बाद मेरा पुत्र राजा बने," कुंती सुदूर पहाड़ियों को ताक रही थीं।

"गांधारी सुयोधन को राजा बनाना चाहती हैं और आप चाहती हैं कि सिंहासन पर युधिष्ठिर बैठे।" विदुर ने उसाँस भरी। वे वहाँ अपना समय नष्ट कर रहे थे।

"मैं युधिष्ठिर की बात नहीं कर रही," कुंती ने विदुर की ओर से मुख घुमाया और सिर ढाँप लिया। उनका चेहरा आड़ में था किंतु विदुर उनके छलछलाए नेत्र देख सकते थे।

"मैं समझा नहीं।" जाने क्यों विदुर का दिल तेज़ी से धड़कने लगा। शायद वे यही बात कहना चाहती थीं।

"मैं कर्ण की बात कर रही हूँ।"

क्या उन्होंने अच्छी तरह सुना? विदुर का दिल ज़ोर से धड़क रहा था, मानो कहीं नगाड़े बज रहे हों। "सूतपुत्र का इस बात से क्या संबंध है?" विदुर ने अपनी भाभी को हैरानी से देखा।

"वह सूतपुत्र नहीं है।"

विदुर शांत भाव से बैठे रहे। वे चाहते थे कि कुंती कुछ और कहें।

"कर्ण मेरा पुत्र है," कुंती सुबक उठीं। उनके अश्रुओं से कंठ रुँध गया।

विदुर, बाँस के खंभे का सहारा लेकर खड़े हो गए। सारी दुनिया जैसे पल भर में उलट गई थी। जिस व्यक्ति को आजीवन जाति का ताना सुनना पड़ा। वह कुंती की पहली संतान है।

"परंतु कैसे?" यह समाचार जितना अविश्वसनीय था, उतना ही स्तंभित कर देने वाला भी था।

"पांडु से विवाह से पूर्व, मैंने उसे पाया। वह मेरी अवैध संतान है। किसी राजकुमारी के लिए विवाह किए बिना संतान उत्पन्न करना, विवाद का विषय होता। मैं केवल सोलह वर्ष की थी। मैंने उसे गंगा मैया को सौंप दिया। बेंत की टोकरी में डालकर, उसे जीने या मरने के लिए छोड़ दिया। तब से आज तक, उसके अच्छे स्वास्थ्य और प्रसन्नता के लिए प्रार्थना करती आई हूँ।"

"देवी! आप उस बालक और अपने प्रति इतनी निर्दयी कैसे हो सकीं?"

"विदुर! उस दिन से मैं हर दिन एक पीड़ा और ग्लानि के बीच जीती आई हूँ। मैंने उसे उस दिन देखा, जब वह स्नातक समारोह में अर्जुन को चुनौती देने आया। मैंने उसे सबके हाथों सार्वजनिक रूप से अपमानित होते देखा। केवल दुर्योधन ने मेरे पुत्र का साथ दिया। अब मेरे पुत्र आपस में ही लड़ेंगे और यही मेरे भय का कारण है।"

विदुर समझ नहीं पा रहे थे कि क्या प्रत्युत्तर दें। सामने बैठी वृद्धा के लिए मन में तिरस्कार और सहानुभूति एक साथ उमड़ रहे थे। भले कितने भी तर्क या कारण क्यों न हों किंतु इस सारे नाटक के बीच कर्ण वास्तविक पात्र था। "आपने मुझे अब इस बारे में बताने का निर्णय क्यों लिया?" अंत में उन्होंने हौले से पूछा।

"मैं जानती हूँ कि तुम मेरे बारे में क्या सोच रहे होगे, यहाँ तक कि अब भी मेरे भीतर इतना साहस नहीं कि सारे संसार के आगे यह रहस्य बता सकूँ। उन्हें कह सकूँ कि कर्ण मेरा पुत्र है।"

विदुर प्रतीक्षा करते रहे किंतु वे नहीं बोलीं। वे सोच रहे थे कि क्या देवी को इस बात का एहसास भी था कि उनका यह रहस्य सारे देश को रक्तरंजित युद्ध का उपहार दे देगा। हज़ारों जानें जाएँगीं, जाने कितने अनाथ होंगे। वे उन्हें चुप करवाना चाहते थे परंतु उनके मुख को देखकर कुछ नहीं कह सके। उन्हें कोई और उपाय तलाशना ही होगा।

"देवी, मैं इस बारे में भीष्म प्रभु से बात करता हूँ। वे कोई उपाय करेंगे। हो सकता है कि यह हमारे लिए युद्ध को रोकने का एक कारण बन जाए।"

कुंती एक विचित्र से भाव में मग्न थीं। विदुर प्रणाम कर बाहर आ गए। भविष्य भयावह दिख रहा था। इस युद्ध में भयानक विनाश होगा और दोनों पक्ष जीतने के लिए कोई कसर नहीं छोड़ेंगे। विदुर चिर-परिचत मार्ग से महल की ओर चल दिए। उन्हें विस्मृत वृद्ध से मिलना था ताकि कर्ण के बारे में बता सकें। यह उनके देश के लिए अंतिम आस थी।

* * *

कर्म का चक्र चल रहा था। सुयोधन अनेक दुखद घटनाओं का साक्षी रहा परंतु हमला करने का सबसे बेहतर समय वही होता है, जब शत्रु पस्त हो। दक्षिणी मंडल ने स्वयं को हस्तिनापुर से आज़ाद घोषित कर दिया था। परशुराम ने कर्ण से वादा लिया कि वह उनके मामलों में

दख़ल नहीं देगा। जब उसने कोई हस्तक्षेप नहीं किया तो वे और भी निर्भीक होते गए। गुरु ने सुयोधन के सारे उपायों पर पानी फेर कर, अपनी तरह से धर्म की स्थापना की। हालाँकि वे बहुत समय से किसी कुरुक्षेत्र की तलाश में थे किंतु उन्हें यह भी पता था कि अब उनके लड़ने की आयु नहीं रही थी। वे पर्दे के पीछे से ही अपनी कठपुतलियों को नचाएँगे।

"तक्षक की नई नगरी को क्या नाम दिया गया है?" परशुराम ने उदयन से कहा।

"नागपुर, नागों की नगरी। तक्षक ने जाति के सभी नियमों को विपरीत कर दिया है और नागों के अतिरिक्त बाक़ी सभी अछूत माने जाते हैं।"

"कलि का उदय अवश्यंभावी है।" परशुराम पान की पीक थूकते हुए बोले, "नागपुर भारतवर्ष के मध्य में स्थित है - जो कि धर्म के नियमों की स्थापना के लिए एक आदर्श स्थान है।"

"गुरु! नाग इंद्रप्रस्थ के पाठ भूल गए हैं परंतु हम उन्हें स्मरण करवा देंगे। क्या हम उसके बाद कुरुक्षेत्र प्रस्थान करेंगे?"

"कुरुक्षेत्र! यह तो सारे युद्धों की जननी होगी। क्या दक्षिणी मंडल के नरेश बुराई से लड़ने को तैयार हैं।"

"गुरु, कलिंग नहीं तैयार। वह देशद्रोही सूत के साथ है, उसका कहना है कि उस सूत को सूर्य देव ने चुना है।"

"परंतु कृष्ण पांडवों के साथ हैं, देखना बुराई का अंत हो जाएगा।"

* * *

दक्षिणी मंडल की सेना राह में आने वाली हर चीज़ को रौंदते हुए कुरुक्षेत्र की ओर चल दी। उन्होंने नागपुर को कुचला और हज़ारों नागों को मौत के घाट उतार दिया। तक्षक एक बार फिर हाथ से निकल गया। परशुराम आत्मसंतुष्ट थे। नागों की नगरी से ही वे भारतवर्ष के वर्तमान और भविष्य का निर्णय लेने वाले थे।

उदयन उत्तर की ओर बढ़ा और दक्षिणी मंडल के नरेशों को पांडवों के खेमे की ओर ले चला। वह कृष्ण तथा धौम्य के चरण स्पर्श के लिए झुका और फिर युधिष्ठिर को प्रणाम किया, "हम धर्म की रक्षा के लिए सुदूर दक्षिण से आए हैं।"

"आह, हम आप सबकी अपेक्षा कर रहे थे।" धौम्य ने कोमल सुर में कहा,"हम चाहेंगे कि दक्षिणी मंडल की सेना पांडवों के पक्ष के लिए भोजन व शस्त्रों का प्रबंध देखे।"

"परंतु हम तो दुर्योधन से युद्ध करने आए हैं," उदयन ने प्रतिवाद किया। वह उलझन में था। उसने अपनी सेना के लिए ऐसे व्यवहार की उम्मीद नहीं की थी। यह तो जैसे उसका अपमान किया जा रहा था। दक्षिण में तो इससे भी छोटी बातों पर आपस में झगड़े हो जाया करते थे।

"राजा उदयन! यह एक कठिन कार्य है। केवल आप ही इसे कर सकते हैं। यह देश अकाल की मार झेल रहा है। हाथी और अश्व तो दूर रहे, लोगों के पास भरपेट खाने को

भोजन तक नहीं है। इसे महान प्रशासनिक कौशल की आवश्यकता है और आप लोग इस काम में माहिर माने जाते हैं।" धौम्य मुस्कराए।

संभवतः पुरोहित की बातों में कुछ सार था। उदयन अपने सिपाहियों की ओर मुड़ा, "हर घर में जाओ और जबरन गोदाम में खुलवाकर अनाज निकालो। हमारे पास नष्ट करने के लिए समय नहीं है। हमें दुश्मनों से पहले ही, भोज्य सामग्री को अपने वश में करना होगा।" उदयन अपने आदमियों को आदेश देने लगा। दक्षिणी अनुशासन का एक उल्लेखनीय उदाहरण देते हुए, दक्षिणी मंडल की सेनाएँ लूटमार मचाने के लिए नगर के भीतरी हिस्सों में चल दीं।

"गुरु! आपने ऐसा क्यों किया?" अर्जुन ने पूछा। उसने दूसरे योद्धा के उस अपमान से स्वयं को लांछित अनुभव किया।

परंतु धौम्य केवल मुस्कराते रहे। "वे विशुद्ध क्षत्रिय नहीं। उनमें असुरों का रक्त है। केवल यही मायने नहीं रखता कि युद्ध में जीत हुई। यह बात भी मायने रखती है कि किसकी जीत हुई।" उन्होंने शब्दों का पांडवों के मस्तिष्क में बसने का पूरा समय दिया। वे नहीं चाहते थे कि उदयन कोई और असुर राज, उनके लिए यह युद्ध जीतें। वे सारी कीर्ति व उपलब्धि पांडवों के लिए ही सुरक्षित रखना चाहते थे। यदि उदयन भी अर्जुन जितना ही कौशलयुक्त होता तो सारा युद्ध ही अर्थहीन हो जाता। धर्म के मामलो में, ऐसे ख़तरे मोल लेना उचित नहीं होता।

धौम्य ने काले रंग के नवयुवक को जंगल के छोर पर खड़ा देखा। वह एक नाग दिख रहा था। परंतु एक नाग पांडवों के डेरे में क्या कर रहा था? जब गुरु क्रुद्ध भाव से देख रहे थे, तो नवयुवक ने झुककर प्रणाम किया। उन्हें पता लगाना ही था कि वह नवयुवक कौन था। उसका चेहरा पहचाना सा लगा। अचानक ही वे ठिठक गए। वह नाग तो अर्जुन जैसा दिखता था! तो क्या, उनका अनुमान उचित था? अगर ऐसा था तो उन्हें धर्म की रक्षा के लिए और भी कड़े प्रयास करने होंगे, उन्होंने सोचा।

* * *

49. युद्ध के खेल

भीष्म अपने सम्मुख खड़े विदुर की दुबली काया को ताक रहे थे। उन्होंने यह अपेक्षा तो की थी कि अब विदुर भी बुढ़ापे की ओर होंगे किंतु उन्होंने अपने सामने झुके हुए सिर के साथ, ऐसे जर्जर और वृद्ध काया को देखने के बारे में नहीं सोचा था।

"विदुर! आज इतने समय बाद तुम किस प्रयोजन से मुझसे भेंट करने आए हो?" वे चाहकर भी अपने स्वर की कर्कशता को छिपा नहीं सके।

"श्रीमान! क्षमा करें, परंतु मुझमें आपको इस दशा में देखने का साहस नहीं था।" विदुर ने धरती पर नज़रें गड़ाए हुए ही उत्तर दिया।

"मैं तो एक बूढ़ा हूँ, जिसे सबने भुला दिया है, अपने ही कक्ष में बंद, अपने ही देश और अपने पौत्रों-प्रपौत्रों द्वारा उपेक्षित एक बूढ़ा!" भीष्म का दिल चाहा कि विदुर अपने विवेक और संयम से पगे शब्दों से उन्हें सांत्वना दें, उनके प्रति होने वाले अन्याय का प्रतिकार करें, किंतु भूतपूर्व प्रधानमंत्री एक गहरे सन्नाटे के बीच खड़े रहे। भीष्म ने मेज़ पर रखे ताड़पत्रों को दूसरी ओर खिसका दिया। केवल मेज़ पर कुछ ताड़पत्र पड़े रहे गए, जिन पर *उपनिषदों* के कुछ श्लोक अंकित थे। कभी ऐसा भी समय था, जब उन्हें पूरे दिन के घंटे भी अपने काम को निपटाने के लिए थोड़े जान पड़ते थे।

विदुर का हृदय विषाद से भर उठा। क्या कोई देश अपने वीरों और नेक लोगों का अनादर करके फल-फूल सकता है? "हमारा देश क्षत-विक्षत हो रहा है।" वे हौले से बोले।

"हम इससे बेहतर की अपेक्षा भी नहीं कर सकते," भीष्म ने हाथ में थामे ताड़ पत्र को मेज़ पर पटकते हुए कहा।

"श्रीमान! आप सुयोधन को रोकते क्यों नहीं। उसने सारे देश को युयुत्सु के हाथों गिरवी रख छोड़ा है?" विदुर ने वह प्रश्न पूछ ही लिया, जो बहुत समय से उन्हें पीड़ा दे रहा था।

"एक युवराज ने अपनी पत्नी को दाँव पर लगाया और दूसरे ने देश को एक व्यापारी के पास रेहन रख दिया। मूर्खों में कोई अंतर है क्या?" भीष्म ने उठते हुए पूछा। इतनी आयु होने के बावजूद, उनके ढाँचे में अब भी एक योद्धा का गठन झलकता था।

"युद्ध होने जा रहा है," मानो विदुर ने अपने-आप से ही कहा हो।

"तो होने दो। इसका अंत होने तक, दो मूर्खों में से, एक ही मूर्ख जीवित रह जाएगा।"

"अकाल और सूखे की मार भयानक है। लोग भूखों मर रहे हैं," विदुर ने कहा। वे जानते थे कि यह सब भीष्म से बेहतर और कोई नहीं जानता।

"मैं इन बातों में क्या कर सकता हूँ? राजगद्दी पर राजा विराजमान है; इस धरती पर महात्मा, ऋषि और अवतारों का निवास है, जो निरंतर अपने उपदेश सुना रहे हैं। हमारी धरती तो पवित्र धरती कहलाती है, है न? हम धर्म की रक्षा के लिए रक्तरंजित युद्ध करते हैं। आम आदमी को मरने दो। हम उन्हें उनकी मौत के बाद मोक्ष दिलवा सकते हैं।" भीष्म के तिर्यक होंठों पर कटुता से भरी मुस्कान खेल गई।

"हमें इस युद्ध को रोकना ही होगा।" विदुर ने अंततः अपना सिर ऊँचा किया और भीष्म की आँखों में देखा।

"क्या तुम ऐसा करने का कोई उपाय जानते हो? क्योंकि मैं नहीं जानता। दोनों ही पक्ष एक-दूसरे को नष्ट करने पर तुले हैं। मैं जहाँ तक संभाल सकता था, मैंने संभाला। बस, बहुत हुआ! अब यह युद्ध होने दो। अब तो कोई भी मूर्ख, यहाँ तक कि मुझे भी बख़्शा न जाए। हमारी चिताओं की राख से ही एक नए भारतवर्ष का उदय होगा।"

"मैं कुंती से मिला था," विदुर इतने हौले से बोले मानो लगभग उस कक्ष की गूँज में खो ही गई।

"तो बेहतर होगा कि तुम जल्दी से जाकर गांधारी से भी भेंट कर लो। अन्यथा यही युद्ध का बड़ा कारण हो जाएगा।" भीष्म के मुख पर थकी हुई मुस्कान थी।

"उन्होंने मुझे कुछ ऐसा बताया, जिसे सुनकर मैं बुरी तरह से चौंक गया।"

भीष्म ने हुँकार भरी।

"कर्ण के विषय में।"

"मैं उस सूत के बारे में कुछ नहीं सुनना चाहता।"

"वह कोई सूत या सारथी पुत्र नहीं है।"

"मैं हमेशा से जानता था कि वह कोई अवैध संतान था। यह उसके दर्प से ही झलकता है।"

"श्रीमान! वह देवी कुंती की अवैध संतान है।"

भीष्म मानो कुछ क्षण के लिए पथरा गए। केवल उनके कनपटी की टपटप करती नस देखकर अनुमान लगाया जा सकता था कि जो भी कहा जा रहा था, वे उसे सुन रहे थे। इसके बाद वे मुड़कर बोले, "यह एक झूठ है। अवश्य ही कुंती कोई प्रपंच रच रही है।"

"कर्ण का जन्म कुंती व पांडु के जन्म से पूर्व हुआ। उसके पिता श्रीरामचंद्र के सूर्यवंश से थे।" विदुर ने सारे प्रसंग को सिलसिलेवार बताया।

बेमन से कई तरह के सवाल पूछने और अपनी जिज्ञासा शांत करने के बाद भीष्म बोले, "विदुर! यह जानकारी तो सब कुछ बदल देगी। मैंने कर्ण के साथ हमेशा रूखा बर्ताव

किया। अब ऐसा पता चल रहा है कि वही मेरे पड़-भतीजों में सबसे बड़ा है। परंतु इस तरह वह पांडव तो नहीं कहला सकता। वह हमारे घर की बहू का अवैध पुत्र है। निःसंदेह, कुछ शास्त्र इसकी अनुमति देते हैं परंतु यदि किसी पत्नी की विवाह से पूर्व कोई संतान रही हो तो उसे भी उसके पति द्वारा ही मान्यता दी जा सकती है। यहाँ तो ऐसा हुआ नहीं है।"

"श्रीमान! हमारे पास शांति स्थापना के लिए इसके अतिरिक्त कोई उपाय नहीं है। कर्ण को अगला उत्तराधिकारी बना दें और कोई भी आपत्ति दर्ज़ नहीं कर पाएगा," विदुर ने विनती की।

"मेरे बच्चे, तुम सुयोधन या युधिष्ठिर को इतना नहीं जानते, जितना मैं जानता हूँ। तुम कर्ण को भी नहीं जानते और तुमने अभी युयुत्सु के बारे में भी विचार नहीं किया। वह भी धृतराष्ट्र की अवैध संतान है। उसके पिता ने उसे सार्वजनिक रूप से अपना पुत्र माना है। वह भी सिंहासन के लिए अपना दावा कर सकता है। परंतु मुझे यह संदेह है कि क्या कर्ण, सुयोधन के ख़िलाफ़ खड़ा होने के लिए राज़ी होगा?"

"श्रीमान! हस्तिनापुर के सिंहासन के लिए भला कौन मना करेगा? कर्ण मान जाएगा। आप उसके सामने प्रस्ताव तो रखें।"

"विदुर! तुम इतने सयाने होकर भी दूरदर्शिता से काम नहीं ले रहे। हमें उत्तराधिकार के इस मसले को एक बार तो हल करना ही होगा और युद्ध ही इसे करने का सबसे बेहतर उपाय है।"

"श्रीमान! इस समय होने वाला यह युद्ध बहुत ही भयानक होगा। उन हज़ारों लोगों का क्या, जो इस युद्ध में अकारण ही मारे जाएँगे?"

"लड़ना ही क्षत्रियों का धर्म है।"

"पिछले तीन वर्षों से वर्षा नहीं हुई।"

"मैं सुयोधन की सेना का नेतृत्व करूँगा परंतु यह भी सुनिश्चित करूँगा कि किसी पांडव की मृत्यु न हो। हम शांति स्थापना के लिए अकाल और भुखमरी की दशा को सामने रख सकते हैं। तीन या चार दिन में ही भोजन की आपूर्ति समाप्त हो जाएगी। इस तरह हम संधि के लिए कोशिश कर सकेंगे।" भीष्म खिड़की के पास चले गए।

"श्रीमान! तीन या चार दिन में तो हजारों जानें जा चुकी होंगी।"

"युद्ध में किसी का भी व्यक्तिगत लेखा-जोखा नहीं होता। लोगों को तो मरना ही होगा किंतु मैं कुरु वंश को जीवित रखने की चेष्टा करूँगा।" भीष्म ने बल दिया। उन्हें खीझ होने लगी थी कि विदुर उनकी बात को गहराई से समझ क्यों नहीं पा रहे।

"कुछ ऐसे शत्रु भी हैं, जो बहुत ही बैर के साथ बदला लेने को तैयार हैं। द्रुपद के पुत्र धृष्टद्युम्न ने द्रोण को मारने का संकल्प लिया है।"

"द्रोण को कोई छू भी नहीं सकता।"

"कर्ण और अर्जुन आपस में लड़ने को उतावले हुए जा रहे हैं। एक बार युद्ध आरंभ

हो गया, तो आप इसे किसी भी दशा में रोक नहीं सकेंगे।" विदुर ने पूरी निश्चितता के साथ कहा। वे अपने पेट में भय के मारे हो रही उथल-पुथल को महसूस कर पा रहे थे।

"हम्म... बात में दम तो है। कर्ण का स्वभाव अधीर है। मैंने विराट में देखा था। हमें उसे युद्ध भूमि से परे रखने का कोई उपाय करना होगा।"

"श्रीमान! कृपया पुनः विचार करें... एक युद्ध सबके लिए विनाशक होगा।" विदुर ने बूढ़े योद्धा को खिड़की से बाहर ताकते पाया और वे जान गए कि अब बात करना बेकार था। जब भीष्म ने गहरी साँस भरी तो वे समझ चुके थे कि अब कहीं किसी समझौते की गुंजाइश नहीं रही।

"विदुर, अपनी वृद्धावस्था में भावुक हो रहे हो? यह एक मुठभेड़ होगी, जिसमें इन मूर्खों को केवल शस्त्र प्रदर्शन के साथ, युद्ध से जुड़ी मूर्खताओं का एहसास दिलाया जाएगा।" भीष्म विदुर की ओर आए और दोनों हाथ उनके वय भार से दुबले कंधों पर रख दिए।

विदुर ने उनके दोनों हाथों को अपने हाथों में लेकर दबाया। वे दोनों वहीं खड़े, मन ही मन प्रार्थना करते रहे। भीष्म ने विदुर के झुके सिर को देखा तो उनके प्रति मन दुखी हो उठा। अब वे एक सुगठित व्यक्ति की परछाईं भर रह गए थे। भीष्म ने जैसे उनकी आँखों में खुद को देखा। अब वे दोनों ही कितने ग़ैर-मामूली दिखने लगे थे। क्या वे कुछ ऐसा आरंभ करने जा रहे थे, जिसे बाद में वश करना उनके बस में नहीं होगा? नहीं, उनके पास तो सेनाओं के नेतृत्व का वर्षों का सुदीर्घ अनुभव रहा है। केवल वह सूत,... संभवतः सूत नहीं... बस उसे रणभूमि से दूर रखना होगा।

विदुर द्वार पर ठिठके, मानो कुछ ख़ास याद आ गया हो।

"श्रीमान! मुझे शिखंडी की चिंता है।"

"ओह! एक हिजड़ा मेरा क्या बिगाड़ सकता है?" भीष्म के सुर में कौतुक छिपा था।

विदुर एक पल को हिचके और फिर क्लांत क़दमों से बाहर चल दिए।

"बेचारा विदुर! लगता है कि अब यह सहना इसके बस में नहीं रहा। भीष्म ने सोचा और दीवार पर लगी तलवार को उतार कर, बहुत ही सलीक़े से लहराने लगे। उनके बूढ़े अंगों में अब भी लोच शेष थी। वे स्वयं ही हँस दिए। दोबारा कर्मभूमि में उतरना सुखद होगा। भीष्म को लगा जैसे उनके भीतर प्राण लौट आए हों।

* * *

जब सुयोधन ने सभा में प्रवेश किया, तो चारों और एक प्रत्याशा की गंध थी। भीष्म ने एक महत्त्वपूर्ण घोषणा करने के लिए सभा बुलवाई थी। सुयोधन कर्ण के निकट जाकर बैठ गया। भीष्म उससे नज़रें क्यों नहीं मिला रहे थे और उसके पिता के माथे पर चिंता की रेखाएँ क्यों थीं?

ज्यों ही भीष्म बोलने के लिए उठे तो सभा में हो रही बुदबुदाहट शांत हो गई। उनके सुर में हमेशा वाली ताक़त नहीं थी और वे चिंतित दिखे। "मैंने इस देश को अपने रक्त

से सींचा है। विदुर और मैं दिन-रात अथक परिश्रम करते रहे ताकि इस देश की प्रजा चैन की नींद सो सके। कितने खेद से कहना पड़ता है कि अब मेरे पड़-भतीजे आपस में लड़ना चाहते हैं। दोनों ही पक्षों ने अकथनीय अत्याचार किए हैं। मैं उनके मार्गदर्शक और उपदेशक की भूमिका में असफल रहा।"

सुयोधन मारे लज्जा के गड़ सा गया। भले ही द्रौपदी ने उससे कैसा भी व्यवहार क्यों न किया हो, कम से कम उसे तो द्रौपदी के साथ भरी सभा में ऐसा अशोभनीय व्यवहार नहीं करना चाहिए था। उसे बदले की भावना से क्या मिला? फिर अचानक ही मस्तिष्क में क्रोध उमड़ा। भीष्म पांडवों के अत्याचार और उसकी मूर्खताओं की तुलना कैसे कर सकते हैं? उसने तो केवल उस स्त्री का अपमान किया, जिसने उसे अपमानित किया था किंतु पांडवों ने तो हज़ारों निर्दोषों के प्राण लिए हैं।

"चूँकि युद्ध अवश्यंभावी हो गया है। मुझे विवश होकर, किसी एक पक्ष लेना ही होगा। एक ओर तो मेरा प्रिय अर्जुन है। मैं उसके विनय तथा शस्त्र कौशल का प्रशंसक हूँ। दूसरी ओर युधिष्ठिर है, जो बहुत संत स्वभाव का है, मैं द्रौपदी का भी ऋणी हूँ, जो भरी सभा में दुर्योधन के हाथों अपमान का घूँट भरने के बाद भी कुछ नहीं बोली।"

सुयोधन का दिल डूब गया। भीष्म तो पांडवों का पक्ष लेने जा रहे थे। उसे अपने जर्जर पितामह से युद्ध करना होगा और यदि भीष्म भी पांडवों की ओर गए तो इस बात के बारे में सोचा भी नहीं जा सकता कि द्रोण उसका साथ देंगे। अश्वत्थामा को भी अपने पिता के साथ जाना होगा और इस तरह उसके पास केवल कर्ण ही रह जाएगा।

"मुझे सुयोधन के बारे में भी विचार करना होगा। उसके अंदर अपनी कमियाँ हैं। वह अपने तेज़ स्वभाव और घमंड के चलते, बहुत से दुश्मन पैदा कर चुका है। उसने द्रौपदी के साथ जो किया, वह किसी भी दृष्टि से अक्षम्य है। हालाँकि मैं लोगों को केवल उनके एक कृत्य से नहीं परखता। सुयोधन एक शासक के रूप में कैसा है? राजकोष लगभग रिक्त है और हम भयानक सूखे को झेल रहे हैं। यह किसी महान प्रशासक का सूचक नहीं है। परंतु उसने जो भी भूलें कीं, वे सब अनुभवहीनता की उपज थीं। एक व्यक्ति अनुभव और विवेक पाने के बाद अपनी भूलें सुधार सकता है। उसने अपनी एक भूल सुधारी है, उसने देश को युयुत्सु के भरोसे नहीं सौंपा।"

सुयोधन गहराई से भीष्म को ताक रहा था। आख़िर वे क्या संकेत देना चाह रहे थे?

"केवल नेकनामी कहीं से पाई नहीं जा सकती। सुयोधन ने अपने बहुत से कामों से सिद्ध किया है कि वह दिल का नेक है, उसने ऐसे कई काम किए हैं, जिनमें से बहुत से तो आप लोगों को पता भी नहीं होंगे। एक सूत पुत्र को अंग देश का राज सौंपना; एकलव्य को अपना समकक्ष मानना; पूरे देश में स्त्री-पुरुषों को बराबरी के स्तर पर लाने का उसका कार्य, यद्यपि वह इसे सही तरह से निभा नहीं सका किंतु उसकी मंशा में कोई खोट न था; अन्याय के प्रति आवाज़ उठाना, इन सभी बातों से उसकी सहृदयता और दयालुता का परिचय मिलता है। यदि वह मुझे अनुमति दे तो मैं उसे प्रशासन का एक सबक़ देना चाहूँगा। मुझे उसे दलितों

व शोषितों के प्रति न्याय तथा निष्पक्षता का पाठ पढ़ाने की आवश्यकता नहीं है।"

सुयोधन के हाथ पसीने से भीग रहे थे। भीष्म ने बहुत ही कोमल शब्दों में कहा, "पुत्र, क्या तुम मेरे कहने से अपने भाइयों के साथ समझौता नहीं करोगे? क्या तुम अनावश्यक रक्तपात से बचाव के लिए अपने राज्य का एक छोटा सा हिस्सा उन्हें नहीं दे सकते?"

सुयोधन थरथरा उठा। उसके पास कोई उत्तर नहीं था। युद्ध में विजय पाना इतना सरल भी नहीं था। उसे यह भी पता नहीं था कि दूसरे पक्ष का दोष कौन तय करेगा। समझौता करके, वह हस्तिनापुर के अधिकांश भाग व देश को अपने पास रख सकता था। अंततः उसने पितामह को देखा व बोला, "पितामह, क्या आप यह वचन दे सकते हैं कि धौम्य पांडवों वाले इलाके में अपने क़ायदे-कानून और नियम लागू नहीं करेंगे?"

"पुत्र! कोई भी भविष्य का अनुमान नहीं लगा सकता।"

"यदि ऐसा है तो मेरी आधी प्रजा के साथ अन्याय हो जाएगा।"

"यदि तुम युद्ध करते हो तो शायद तुम्हें अपनी सारी प्रजा का त्याग करना पड़ सकता है।"

"नहीं पितामह! ऐसा नहीं होगा। धर्म मेरे साथ है।"

भीष्म ने अपनी गर्दन हिलाई। ऐसा क्यों होता है कि लोग अपने जीवन के पाठ पढ़ने के लिए कठिन राह चुन लेते हैं? उन्होंने गहरी उसाँस भरते हुए अपना फ़ैसला सुनाया, "मैं कौरवों के पक्ष में युद्ध करूँगा।"

सुयोधन को यक़ीन नहीं आ रहा था कि उसने सच सुना है। उसने भीष्म की ओर अविश्वास से ताका और फिर घुटनों के बल झुककर, पितामह को अपना आभार निवेदित किया। वह धृतराष्ट्र का प्रसन्नतादायक स्वर और सभा में उठ रही उल्लास ध्वनि को भी सुन सकता था।

द्रोण उठ खड़े हुए। "यदि भीष्म पितामह मुझे भी अपने साथ युद्ध में शामिल होने की अनुमति दें तो मेरे लिए यह आदर की बात होगी।"

सभा को द्रोण की यह बात समझने में थोड़ा समय लगा। उन्होंने तो अपेक्षा की थी कि गुरु सुयोधन का त्याग करने से पूर्व, तिरस्कारपूर्ण शब्दों से उसका सत्कार करेंगे। चारों ओर से उठती हर्षलहरी के बीच आश्चर्यजनक बुदबुदाहट के स्वर कहीं खो से गए। अश्वत्थामा ने अपने पिता को हैरत से देखा, उसका हृदय मारे प्रसन्नता के आंदोलित हो उठा।

इससे पूर्व कि दुर्योधन अपना आभार प्रकट करता, सभा में एक प्रबल हास्यलहरी गूँज उठी। कृप भीतर आए और अपने जीजाजी के पास जाकर बोले, "द्रोण! अचानक यह हृदय-परिवर्तन क्यों?"

गुरु ने कृपा को अरुचि से ताका और हिमशीतल स्वर में बोले, "मैं अपना कर्तव्य निभा रहा हूँ।"

"ओह, मुझे लगता कि आप पिछले समय में मिले भुगतानों की क्षतिपूर्ति कर रहे हैं।"

कृप ने चुटकी ली। वे सुयोधन की ओर मुड़े, “क्या तुम सड़क पर आवारा फिरते श्वान को अपनी सेना में भर्ती करोगे?”

सुयोधन ने अपने बूढ़े गुरु का हाथ कसकर थाम लिया। उसे अचानक वे दिन याद आ गए, जब द्रोण के आगमन से पूर्व कृपा ही कुरु राजकुमारों को शस्त्रों की शिक्षा दिया करते थे... युद्ध के ये खेल कितने निराले थे, किसी भी बात का पहले से अनुमान नहीं लगाया जा सकता था। वह युयुत्सु से मिली चोट से आहत होकर सभा में आया, और जिन्हें वह सदा पांडवों का समर्थक मानता आया, वही उसका पक्ष लेने के लिए उमड़े चले आ रहे थे।

“यादव इस विषय में क्या राय रखते हैं?” कृप ने पूछा।

“यादव? कृष्ण मुझसे घृणा करते हैं। सारी यादव सेना पांडवों के पक्ष में होगी।”

“हम्म! तुम ऐसा सोचते हो?” कृपा ने कहा और फिर पुकारा, “कृतवर्मा!”

लंबे-चौड़े बलिष्ठ यादव सेनापति ने सभा में प्रवेश किया और महाराज व भीष्म को प्रणाम किया। कृतवर्मा ने स्पष्ट शब्दों में भीष्म से कहा, “श्रीमान, सारी नारायण सेना धर्म के पक्ष में युद्ध करने के लिए प्रस्तुत है। हमें अपनी सेना का हिस्सा बनने की अनुमति प्रदान करें।”

कैसी विचित्र बातें हो रही थीं! सुयोधन के पास तो जैसे शब्द ही नहीं थे। कृष्ण का अपनी ही सेना पर वश नहीं रहा और वे लोग उसका पक्ष लेने आ गए हैं? क्या यह भी कोई जाल है?

“सेनापति कृतवर्मा! क्या कृष्ण आपके इस निर्णय से अवगत हैं?”

“श्रीमान! महाराज बलराम ने मुझे मेरे अंतःकरण के अनुसार निर्णय लेने की अनुमति दी और कृष्ण ने नारायण सेना से कहा कि वे अपना विकल्प चुन सकते हैं। उन्होंने मेरे साथ आने का विकल्प चुना।”

“और कृष्ण ने कोई आपत्ति नहीं की?” सुयोधन अब भी अपने सामने आ रही इन घटनाओं के प्रभाव से विस्मित था।

“जब मैंने उन्हें सूचित किया कि मैं आपका साथ देना चाहता हूँ, तो उन्होंने केवल इतना कहा कि प्रत्येक व्यक्ति अपने धर्म का पालन करता है।”

सुयोधन कृतवर्मा को ताकने लगा। कृष्ण में ऐसा क्या छिपा था, जिसे वह नहीं भाँप सका। कृष्ण किसी पहेली से कम नहीं थे।

“महाराज बलराम कहाँ हैं?” भीष्म ने पूछा।

“श्रीमान, वे भग्न हृदय लिए, किसी भिक्षुक की भाँति जाने कहाँ-कहाँ भटकते डोल रहे हैं। उन्होंने अपने सिंहासन को तज दिया है।”

सुयोधन विचार करने लगा कि जब इतने महान व्यक्ति उसका साथ देने आ गए थे तो उसके अपने ही गुरु ने तटस्थ रहने का निर्णय क्यों लिया? वे उसका साथ देने क्यों नहीं

आए? बलराम ने उसका साथ क्यों नहीं दिया?

भीष्म ने गला खँखारा, "प्रागज्योतिष, महिष्मती, अवंती, मध्यदेश, बाह्लीक, कंबोज, शक, त्रिलिंग, तुषार व अन्य राज्यों ने अपनी ओर से मैत्री प्रस्ताव भेजे हैं। अंग, गांधार व सिंधु देश की मैत्री बनी रहेगी; वे हमेशा ही हमारा साथ निभाते आए हैं। चेर, चोल व पांड्य आदि दक्षिणी मंडल के राज्य संभवतः पांडवों का साथ देने जा रहे हैं। मगध भी इसी सूची में शामिल हैं।"

"कलिंग?" कृप ने पूछा।

भीष्म ने कर्ण को देखा। "कलिंग का बूढ़ा नरेश, सूर्य देव द्वारा चुने गए योद्धा का साथ देगा।"

"कर्ण ही वह योद्धा है।" सुयोधन अपने मित्र को देख मुस्कराया।

"वैसे अभी से यह अनुमान भी नहीं लगाया जा सकता कि कर्ण किसके पक्ष में युद्ध करेगा।" भीष्म के इतना कहते ही चारों ओर से बुदबुदाहट गूँज उठी। इसमें तो संदेह का कोई प्रश्न ही नहीं था? कर्ण तो मृत्युपर्यंत अपने मित्र का ही साथ देता।

"आदरणीय! आप मेरी और युवराज सुयोधन के साथ मेरी मित्रता को अपमानित कर रहे हैं।" ज्यों ही कर्ण उठा तो जैसे उसके मुख पर अपमान की काली स्याही रेंग गई।

"जब कोई क्षत्रिय बोल रहा हो तो एक सूत पुत्र को बीच में नहीं बोलना चाहिए।" भीष्म बोले।

"पितामह," सुयोधन ने कहा, "केवल आप ही कर्ण जैसे महान योद्धा का सम्मान नहीं करते? यहाँ तक कि सूर्य देव ने भी स्वयं उसे चुना है।"

"युवराज! तुम्हें उसमें और मुझमें से किसी एक का चुनाव करना होगा। युद्ध क्षत्रियों के लिए होते हैं। सूत अभी अपरिपक्व और निरंकुश है। हम विराट में यह नज़ारा देख चुके हैं। उसे केवल रथचालन से ही संतुष्ट रहने दें।"

अपमान और द्वेष से झुलसते कर्ण ने सभा से बाहर जाना चाहा तो सुयोधन ने कलाई थाम ली। "कर्ण, मत जाओ।" कर्ण ने मित्र की आँखों में देखकर कहा, "क्या तुम मुझ पर विश्वास करते हो कि मैं तुम्हारे लिए युद्ध जीत सकता हूँ।"

सुयोधन दुविधा में था। यदि वह कर्ण को चुनेगा तो उसे निश्चित रूप से भीष्म और द्रोण का समर्थन भी खोना पड़ेगा। और भी कितने लोग होंगे जो एक सूत का साथ देने से इंकार कर देंगे? कर्ण ने अपने मित्र के चेहरे पर आई दुविधा पढ़ ली और धीरे-धीरे उसकी पकड़ से अपनी कलाई छुड़वाने लगा। उसने सभा में बैठे सभी महान व्यक्तियों को प्रणाम किया और बाहर चला गया।

भीष्म ने हौले से उसाँस भरी। चलो, यह काम भी निपटा।

***

50. अनिच्छुक योद्धा

"उलूक! अपने भाई का आशीर्वाद लो। वृक तुम भी आगे आओ।" सुयोधन शकुनि का स्वर सुनकर चौंका। उसके मामा उसे देखकर दमक रहे थे।

"आपने अपने पुत्रों को गांधार से क्यों बुलवाया? सुयोधन ने अपने पैरों में झुके किशोरों के सिर पर अपना हाथ रखते हुए कहा।

"क्या तुम्हें लगा कि युद्ध के समय, गांधार युवराज अपनी माँ के पल्लू में छिपे रहेंगे?" शकुनिने कहा और फिर एक मुस्कान के साथ बोला, "निःसंदेह, लक्ष्मण कुमार की बात अलग है।"

"मामा श्री! आप कहना क्या चाहते हैं?"

"ओह! हम सभी उसकी कविताओं का आनंद उठाते हैं। उसकी आवाज़ भी कितनी मधुर है।"

सुयोधन का चेहरा मारे गुस्से के आग हो गया। शकुनि ने तत्क्षण अपनी मुस्कान को एक चिंता से भरे भाव में बदला। "सुयोधन! तुम्हारा पुत्र जो नहीं करना चाहता, उसे वह करने के लिए विवश मत करो। हम सब तुम्हारी जीत सुनिश्चित करने के लिए मौजूद हैं। वह बच्चा अपनी माँ का दुलारा है। उसे उसकी गोद में ही रहने दो। पांडवों से जीतकर आने के बाद हम उसकी कविताओं का रसास्वादन करेंगे।"

शकुनि अपने पुत्रों के साथ चला गया। सुयोधन अपने चेहरे पर चिंतामग्न भाव लिए वहीं खड़ा रहा।

* * *

"भानुमती! यह भावी शासक है। तुम समझती क्यों नहीं?" सुयोधन ने अपने पर क़ाबू रखना चाहा। वह अपने पुत्र के बारे में भानुमती से किसी बहस में नहीं पड़ना चाहता था।

"माँ, मैं युद्ध में शामिल होना चाहता हूँ," लक्ष्मण कुमार ने अपने पिता के रोष से भयभीत होते हुए, धीमे सुर में कहा।

सुयोधन ने आह भरी, "ओह, मैं ऐसे लड़के का क्या करूँ?"

"लक्ष्मण! यह मेरे और तुम्हारे पिता श्री के बीच की बात है," भानुमती ने कहा।

“भानु! वह कोई दूध पीता बच्चा नहीं है। जब सारा देश युद्ध की आग में जल रहा हो, तो वह महल के किसी कोने में छिपकर कविता नहीं लिख सकता।”

“मेरा पुत्र तुम्हारे इस युद्ध में शामिल होकर अपने प्राण नहीं देगा। मैं इस बारे में और कोई बात नहीं करना चाहती।”

“क्या तुम समझ नहीं पा रहीं कि यहाँ क्या-क्या दाँव पर लगा है?”

“माँ! मैं भी पिताजी के लिए लड़ना चाहता हूँ।” कुमार ने कोमल किंतु दृढ़ स्वर में कहा।

“मैंने कहा, नहीं। हमें अकेला छोड़ दो। यह निर्णय तुम्हारे और मेरे पिताजी के बीच होगा।”

“कुमार! तुम यहीं ठहरो। भानु! यह एक क्षत्रिय है। तुम उसके और मेरे लिए ऐसा निर्णय क्यों ले रही हो, जो हमारे लिए लज्जा का कारण बने? क्या तुम सचमुच यही चाहती हो कि लोग इसे कायर कहें?”

“मृतक लक्ष्मण कुमार की बजाए कायर लक्ष्मण कुमार कहलाना कहीं श्रेयस्कर होगा।”

“वह अभिमन्यु का समवयस्क है। क्या तुमने नहीं सुना कि चारण और भाट, अर्जुन और सुभद्रा के पुत्र की वीरता का कितना बखान करते हैं?”

“हाँ, यही बात तो है। मेरा पुत्र उसके पुत्र जितना अच्छा नहीं है। मैं उसके जितनी...”

“बस बहुत हुआ, यह एक सच्चे क्षत्रिय की तरह मेरे साथ रणभूमि में जाएगा।”

“तुम कहीं नहीं जा रहे हो।” भानु अपने पुत्र की ओर मुड़ी।

कुमार ने उसे देख हौले से गर्दन हिलाई और पिता के पीछे जा खड़ा हुआ।

“मुझे क्षमा करना माँ, मुझे जाना ही होगा। मैं अपने पिता, अपने देश और अपने परिवार को लज्जित नहीं कर सकता...”

“पुत्र! तुम युद्ध के विषय में जानते ही क्या हो? तुम अर्जुन सरीखे योद्धाओं का सामना कैसे करोगे?” भानुमती का सुर रुँध गया। वह पुत्र के समीप गई और उसके कंधे पर अपना हाथ धर दिया।

“माँ! मैं अपनी ओर से कोई कमी नहीं रखूँगा।”

“बस, यही पर्याप्त नहीं होगा। तुम मारे जाओगे। मत जाओ! मेरे पास तुम्हारे अतिरिक्त कुछ नहीं है।”

“भानु! ये बातें बंद करो!” सुयोधन पुत्र के आगे आ गया किंतु अब भानु के चेहरे से दृढ़ता के भाव मिट चुके थे, वह किसी आहत चिरैया की तरह असहाय लग रही थी। सुयोधन ने उसकी चिबुक उठाकर, उसकी नम आँखों में झाँका। वह आज भी कितनी ख़ूबसूरत थी! “भानु! मुझ पर भरोसा नहीं है? क्या मुझ पर विश्वास नहीं रहा? क्या तुम्हें लगता है कि मैं किसी को भी इसे हाथ तक लगाने दूँगा? भानु, यह मेरा भी पुत्र है।”

"मुझे बहुत डर लग रहा है।" भानु ने अपना चेहरा पति की छाती में छिपा लिया।

सुयोधन उसके बालों पर हौले से हाथ फिराने लगा, "भानु, मैं भी भयभीत हूँ। इस भारतवर्ष के सभी माता-पिता इस समय इसी भय के साए में हैं। यह हमारे समय के युद्धों में से, ऐसा युद्ध होगा जो सारे युद्धों का अंत कर देगा।"

"हमारे पास केवल यही है। सुयोधन! क्या तुम राजगद्दी का दावा छोड़कर, इस युद्ध को टाल नहीं सकते?"

"भानु! यह सत्ता या राजसिंहासन का दावा नहीं है।"

"तुम अपने-आप से झूठ कह रहे हो। तुम्हारे लिए केवल सत्ता ही महत्त्व रखती है। तुम्हें इससे कोई अंतर नहीं पड़ता कि मेरा या मेरे पुत्र का क्या हुआ?"

"भानु! तुम मुझसे चाहती क्या हो? क्या मैं कुंती के पुत्रों के हाथों अपने देश को रौंदा जाते हुए देखता रहूँ? मैं चाहता हूँ कि लोग मुझे ऐसे राजा के रूप में याद रखें, जिसने उनके लिए आवाज़ उठाई।"

"क्या तुमने सोचा कि यदि तुम सफल नहीं रहे तो क्या होगा?"

"यह देश जाति और वर्ण के उपद्रव में कहीं खोकर रह जाएगा।"

"परंतु क्या आपने सोचा कि अगर आप असफल हो गए तो क्या होगा। आपको एक महान खलनायक रूप में प्रस्तुत किया जाएगा। क्या आप ऐसा चाहते हैं?"

"भानु! भावी पीढ़ी का भय मुझे उचित कर्म करने से नहीं रोक सकता।"

"तुम तो ऐसे बोल रहे हो जैसे तुम जानते हो कि तुम हार जाओगे।"

"नहीं भानु! मेरी हार नहीं होगी। धर्म मेरी ओर है। धर्म की कभी हार नहीं होती। इसके अतिरिक्त, भीष्म पितामह, गुरु द्रोण, कर्ण, अश्वत्थामा सब मेरे साथ हैं। मेरी जीत कैसे नहीं हो सकती? मेरा विश्वास करो, हमारे पुत्र को कुछ नहीं होगा। उसे भी निश्चित रूप से युद्ध में हिस्सा लेना चाहिए।"

"मुझसे यह सब सहा नहीं जाता..." भानु अपने पति से छिटककर, रोते हुए कमरे से निकल गई।

सुयोधन ने आह भरी और अपने पुत्र की ओर मुड़ा। उसे याद नहीं कि विवाह वाले कांड के बाद उसे अपने पुत्र के साथ एकांत में बात करने का समय कब मिला था। यह कहना आसान नहीं था पर उसे अपनी बात तो कहनी ही थी। "पुत्र! मैंने सदा तुम्हारे प्रति कठोर व्यवहार रखा। मुझे बाद में पता चला कि उस दिन तुम्हें फँसाया गया था। वत्सला और अभिमन्यु ने तुम्हारे साथ बहुत भद्दा उपहास किया और मैंने उनकी बात पर विश्वास कर लिया।"

"पिता श्री! वह बात ख़त्म हो चुकी है। उसे आप वहीं रहने दें।"

"क्या तुम अब भी वत्सला से प्रेम करते हो? पुत्र! तुम्हें मुझसे अपने भाव छिपाने की आवश्यकता नहीं है। मैं जानता हूँ कि यह सब कैसा अनुभव होता है।" सुयोधन पुत्र के कंधे

पर अपना हाथ रखना चाहता था किंतु वह इतना भारी हो गया कि हिलाया तक नहीं गया। "जब प्रिया छोड़कर जाती है तो ऐसा लगता है मानो किसी ने नर्क की आग में जला दिया हो। पहले आपको लगता है कि यह आग आपको मिटा देगी, फिर समय धीरे-धीरे सारे घाव भर देता है। दाग़ भले ही रहें परंतु यह दुख इतना गहरा नहीं रहता। समय बहुत सारे दुखों पर मरहम लगा देता है।"

"पिताजी! क्या आप अब भी उन्हें याद करते हैं?"

"किसे?" सुयोधन ने झट से कहा।

"अभिमन्यु की माँ, सुभद्रा काकी।"

"तुम्हें इस बारे में किसने बताया?"

"क्या आपका घाव भर गया, पिताजी?"

"ऐसी बेहूदी बातें तुम्हारे दिमाग़ में कौन भर रहा है? मेरी और तुम्हारी माँ के विवाह को दो दशक से अधिक समय हो गया है। उससे पूछो कि क्या आज तक उसे मेरी निष्ठा में कहीं कोई कमी दिखी? मैं सुभद्रा के पति की तरह स्त्रियाँ एकत्र नहीं करता फिरता।"

"मुझे अपनी माँ से सुभद्रा काकी के बारे में पता नहीं चला।"

"किसने बताया?"

"स्वयं सुभद्रा काकी ने बताया।"

सुयोधन सकते में आ गया। उसे ऐसा करने का कोई अधिकार नहीं था। उसका गला सूख गया और भीतर ही भीतर जो छिपा रखा था, वह अचानक जैसे नए सिरे से कष्ट देने लगा। उसे अपने चेहरे पर तिर आए भावों पर भरोसा नहीं रहा और उसने पुत्र की ओर से मुख मोड़ लिया।

"पिताजी! वे आपसे मिलना चाहती हैं।"

"मेरी प्रजा में से, कोई भी नियत समय पर मुझसे भेंट कर सकता है।" सुयोधन ने कहा। उसने ख़ुद को दिलासा दिया कि उसके दिल की धक-धक का तेज़ होता हुआ सुर, पुत्र तक नहीं पहुँच रहा होगा।

"वे आपसे एकांत में मिलना चाहती हैं। वे आपसे कोई ख़ास बात करना चाहती हैं।"

"किसी दूसरे व्यक्ति की पत्नी से एकांत में भेंट करना अनुचित होगा।"

"वे आज रात, नदी के पास वाले मंदिर में आपकी प्रतीक्षा करेंगी।"

एक पिता अपने पुत्र से अपने पहले प्रेम के बारे में कैसे बात कर सकता है? 'सुभद्रा! तुम मेरे हृदय से कभी नहीं गईं।' प्रत्यक्ष में सुयोधन ने मुस्कराकर पुत्र से पूछा, "क्या तुम युद्ध से भयभीत हो?"

लक्ष्मण जान गया कि पिता जानकर विषयांतर कर रहे हैं। "हाँ, मैं भयभीत हूँ। केवल मूर्खों को ही भय नहीं सताता।"

सुयोधन को अपने पुत्र से ऐसे उत्तर की अपेक्षा नहीं थी। संभवतः उसे अपने पुत्र को जानने का समय ही नहीं मिला। "यह मत कहना कि तुम मेरे लिए यह सब कर रहे हो।"

"नहीं, मैं एक कुरु राजकुमार हूँ और हम क्षत्रियों के वंशज हैं।" कुमार के नेत्र अपनी ही बात का झुठला रहे थे।

'मैं इतने प्रेम का अधिकारी नहीं, पुत्र!' सुयोधन ने अपने पुत्र के कोमल नेत्रों और शांत स्वरूप को देख मन ही मन कहा। कुमार वहाँ से चला गया, सुयोधन का हृदय अतीत और वर्तमान के भावों के भार तले दबकर बोझिल हो गया था।

सुभद्रा आज रात उसकी प्रतीक्षा करेगी। सुयोधन के दिल में आया कि यह रात कभी न आए।

***

इरावान् बहुत ही घबराया हुआ था। अनेक घरों के चूल्हों से निकलता धुआँ स्वर्ग की ओर जा रहा था। ज्यों-ज्यों वह डेरे के समीप जा रहा था, पांडवों के खेमे में चोरी-छिपे झाँकने की योजना मूर्खतापूर्ण लगने लगी थी। उसके भाई घटोत्कच ने तो युवराज कुमार के विवाह को रद्द करवा कर, अपना महत्त्व सिद्ध कर दिया था। हो सकता है कि उसके पिता भीम उसे युद्ध के लिए भी बुलवा लें। परंतु क्या उसके अपने पिता अर्जुन को कभी उसके अस्तित्व का पता भी लग पाएगा, वह यही विचार करने लगा?

इरावान् के सिर पर सूरज आग बरसा रहा था पर पेड़ों के नीचे छाँह थी। इस वर्ष वर्षा नहीं हुई थी और वह आज पहले से कहीं अधिक भूख की तीव्रता को अनुभव कर रहा था। शायद यह युद्ध ही सारे कष्टों के अंत का एक साधन होगा।

"ठहरो नाग! तुमने इस पवित्र स्थान को अपवित्र करने का साहस कैसे किया?" धौम्य का स्वर सुन इरावान् उछल पड़ा।

"जी...जी...मैं अर्जुन का पुत्र इरावान् हूँ," उसने किसी तरह कहा।

"क्या चाहते हो?" धौम्य के सुर में तिरस्कार था।

यह सुनकर इरावान् का हौसला टूट गया। उसके पिता कहाँ थे। वह पसीने से तर-ब-तर हथेलियों को आपस में मलना चाहता था किंतु किसी तरह अपने पर क़ाबू पा लिया। "मैं पिता के साथ युद्ध में शामिल होने आया था," उसने किसी तरह थूक गटका।

"यह असभ्य मनुष्यों की शिकारगाह नहीं है। यह क्षत्रियों का युद्ध है।" धौम्य ने वहीं थूका और इरावान् समझ गया कि उसने खुद को मुसीबत में डाल लिया था।

***

51. इरावान्

इरावान् ने काँपते हाथों से अपने तूणीर से एक तीर निकाला और धनुष पर प्रत्यंचा चढ़ाई। सारे योद्धा व अन्य व्यक्ति भी यह दृश्य देखने आ गए। इरावान् का तीर किसी गिद्ध की तरह सनसनाते हुए आकाश में गया और पांडवों की केसरिया पताका से थोड़ा नीचे जाकर टिका। फिर वह एक के बाद एक तीर चलाता चला गया। सभी पुरोहितों व क्षत्रियों के समक्ष, नाग ने अपने तीरों की सहायता से एक सर्प की आकृति बना दी। इसके बाद उसने गुरु धौम्य को प्रणाम किया।

"तुम्हें इस तरह तीर चलाना किसने सिखाया?" धौम्य ने पूछा। आसपास खड़ी भीड़ और भी पास आ गई ताकि उनके उत्तर सुन सके।

"मैंने इसे अपने गुरु एकलव्य से सीखा।"

सारी भीड़ में बुदबुदाहट के स्वर दौड़ गए मानो घास पवन के वेग से लहलहा उठी हो। इरावान् सोच रहा था कि उसके पिता कहाँ हैं? क्या उन्होंने उसे देख लिया था?

"जी स्वामी! मैं यही चाहता हूँ।" इरावान् का सुर एक प्रत्याशा से काँप उठा। यूँ लगा मानो छाती से भारी बोझ उतर गया हो।

"क्या तुम एक ब्रह्मचारी हो?" धौम्य का सुर रेशम से भी कोमल था।

"जी मैं... क्या हूँ?"

"तुम विवाहित हो या नहीं?" गुरु ने अपना आपा खोते हुए कहा।

"नहीं स्वामी!" इरावान् की साँस तेज़ी से चलने लगी।

"इरावान्! क्या तुम अपने पिता के लिए प्राण देने को तत्पर हो?"

"जी स्वामी!" पसलियों में दिल धक-धक कर रहा था।

"साधु!" धौम्य अपने शिष्यों की ओर मुड़े व बोले, "बलि के लिए प्रबंध किए जाएँ। सबसे सुयोग्य पात्र ने स्वयं को उपस्थित किया है।"

क्षत्रिय योद्धाओं के मध्य प्रतिरोध के स्वर उठे किंतु वे धौम्य के खड़े होते ही शांत हो गए। पुरोहित अपने और इरावान् के बीच यथासंभव दूरी रखते हुए, परे हट गए। वे अपवित्र नहीं होना चाहते थे।

* * *

किसी ने इरावान् के सिर पर जल उड़ेल दिया। वह तो हिमशीतल जल था! किसी ने कहा कि उसकी शुद्धि के लिए गंगाजल डाला गया है। चारों ओर से पवित्र मंत्रों का जाप होने लगा और एक पंडित ने उसके मस्तक पर तिलक लगा दिया। उसके सिर पर लाल पुष्पों की माला डाल दी गई।

"यह क्या हो रहा है?" इरावान् ने पूछा किंतु मंत्रों के शोर के बीच उसका सुर दबकर रह गया। उसे मन ही मन कहीं गर्व का भी अनुभव हो रहा था; सभी उसके आगे मस्तक नवा रहे थे। परंतु अंतर्जात प्रवृत्ति बारंबार चिल्ला रही थी कि कुछ ग़लत हो रहा है और उसे इस बारे में पता लगाना चाहिए। वह समझने की कोशिश कर रहा था कि वे उसके साथ क्या कर रहे थे। वे उसे एक बकरे की तरह क्यों घसीट रहे थे? अरे नहीं! उसे तो किसी बकरे की तरह बलि चढ़ाया जा रहा था। इरावान् ने उनकी पकड़ से छूटना चाहा किंतु बहुत सारे व्यक्तियों ने मिलकर उसे काली की भयानक प्रतिमा के आगे धकेल दिया और फिर बलिष्ठ हाथों के ज़ोर ने उसे बलिवेदी पर झुकने को विवश कर दिया। वह पाषाण रक्त के कारण चिकनाहट से भरा हुआ था। बकरों के कटे सिर उसका उपहास कर रहे थे। अचानक बकरों के रक्त और मूत्र की मिली-जुली गंध से उसे मतली सी आ गई। इरावान् को लग रहा था कि उसका सिर चकरा रहा है। सारे अंगों में दुर्बलता का अनुभव हो रहा था। 'माँ काली! मैंने इन लोगों का क्या बिगाड़ा है?' उसने अपने विषाद और असहायता के बीच प्रश्न किया।

"वहाँ क्या हो रहा है?" इरावान् का दिल तेज़ी से धड़क उठा। उसने वह स्वर अपने सपनों में जाने कितनी बार सुना था। उसके पिता आ ही गए थे। इरावान् ने उठकर पिता को देखना चाहा किंतु उसे फिर से नीचे धकेल दिया गया।

"हमारी विजय को सुनिश्चित करने के लिए यह वीर योद्धा स्वेच्छा से अपनी बलि देना चाहता है।" धौम्य का सुर ऐसा जान पड़ा जैसे कहीं सुदूर से बोल रहे हों। वे उसे बलि चढ़ाने जा रहे थे। इरावान् ने हाथ-पैर मारे। वह मरना नहीं चाहता था। अभी उसकी मरने की आयु नहीं थी।

"एक मनुष्य की बलि? यह तो कोई किशोर दिखता है," अर्जुन ने गुरु धौम्य से कहा।

"वह स्वेच्छा से बलि देने आया है। हमारी परंपरा में सभी रीति-रिवाज़ों को पूरा सम्मान दिया जाता है। हम सहिष्णुता में विश्वास रखते हैं।" धौम्य ने चाटुकारिता के बीच ही इरावान् के मुख पर केसर चूर्ण छिड़क दिया। लड़का खाँसने लगा। उसके अश्रु चूर्ण के साथ मिलकर रक्त जैसे दिखने लगे।

"केवल नाग आदि बर्बर जातियों में ही ऐसी परंपराओं का निर्वाह होता है।"

इरावान् को पिता के वे शब्द, इन आतातायियों के हाथों मिली पीड़ा से कहीं अधिक चोट कर गए। उसने हाथ-पैर मारने छोड़ दिए और निढाल पड़ गया। वह चिल्लाना चाहता था, 'मुझे इन लोगों ने जाल में फँसाया है' परंतु उसके वे शब्द कंठ में ही घुटकर रह गए क्योंकि उसी समय उसके मुख में पुष्प और अक्षत ठूँस दिए गए।

"वह कुछ कहना चाह रहा है," अर्जुन ने कहा।

धौम्य ने अपना कान इरावान् के मुख पर लगा दिया। "ओह! उसकी अंतिम इच्छा यही है कि हम उसके कटे हुए शीश को एक स्तंभ पर लगा दें। कैसी विचित्र इच्छा है। बेचारे का यह मानना है कि इस तरह उसका शीश धर्म के महान युद्ध का साक्षी होगा।"

'नहीं! मैं मरना नहीं चाहता। मैं तो अपने पिता की मदद करने आया था।' इरावान् ने मुँह में भरे पुष्प और अक्षत थूक दिए। "पिताजी! मुझे बचाओ।" मंत्रों का कोलाहल बढ़ रहा था। तभी उसे अपनी पीठ पर नंगी तलवार का स्पर्श महसूस हुआ। तलवार ने उसे छुआ और मारने के लिए निशाना साधा गया। 'मेरे गुरु एकलव्य ने तो केवल अंगूठे का ही बलिदान किया था। मुझे तो गर्व होना चाहिए कि मैं अपने जीवन का ही बलिदान कर रहा हूँ।' इरावान् ने कसकर आँखें भींचते हुए कहा।

"ठहरो! शायद मैं इसे जानता हूँ। इसका चेहरा जाना-पहचाना दिख रहा है," अर्जुन ने कहा किंतु उसका वाक्य पूरा होने से पूर्व ही तलवार का वार हो चुका था। उसके पुत्र का कटा शीश उसके ही पैरों की ओर लुढ़कता हुआ आ गया, उसके नेत्र बहुत ही मासूमियत से भरे आश्चर्य के साथ उसे ताक रहे थे।

"गुरु! यह मेरा पुत्र है... मेरा पुत्र!" अर्जुन उस कटे सिर से इस तरह दूर छिटका मानो कोई नाग उसे डँसने के लिए आगे आ गया हो।

"धर्म के नाम पर किया गया एक महान बलिदान।" सभी पुरोहितों ने एकमेव स्वर में घोषणा की।

"कृष्ण! इन्होंने मेरे पुत्र के प्राण ले लिए। क्या यही धर्म है?" अर्जुन ज़ोर से चिल्लाया, उसकी पूरी देह और सुर काँप रहे थे।

कृष्ण उसी ओर दौड़े, जहाँ किंकर्तव्यविमूढ़ खड़ा अर्जुन अपने पुत्र के कटे सिर को ताक रहा था। उन्होंने धौम्य को देखा, उनके सुंदर-सलोने मुख पर नेत्र अंगारों की तरह दहक रहे थे।

"प्रभु! यह एक सर्वश्रेष्ठ और महान बलिदान था।" धौम्य ने प्रणाम किया।

कृष्ण संकेत को पहचान गए। धूर्त गुरु ने एकलव्य की मृत्यु को इंगित किया था। सब कुछ जैसे हाथ से बाहर होता जा रहा था। धौम्य की यह कट्टरता भयावह थी। कृष्ण एक स्थिर समाज के लिए तरस रहे थे, परंतु पुरोहित की दमकती आँखों को देख उन्हें आने वाले समय के लिए चिंता होने लगी थी।

अर्जुन ने स्वयं को कृष्ण की जकड़ से छुड़ा लिया। "मैं इन बातों से उकता गया हूँ। मैं कोई युद्ध नहीं करूँगा।"

"अर्जुन! मेरी बात सुनो। मैं तुम्हें बताऊँगा।" कृष्ण अपने मित्र की ओर लपके। वे उसे उसके विषाद से मुक्त करना चाहते थे।

धौम्य ने इरावान् के कटे शीश को उसके बालों से पकड़ कर उठा लिया। "इस कटे शीश को एक स्तंभ पर लगाकर, रणभूमि के बीचों-बीच लगा दो। इसे उन नीची जाति के

लोगों के मन में भय का संचार करने दो, जो अपने धर्म को भूल गए हैं।"

जल्द ही कुरुक्षेत्र के बीचों-बीच एक स्तंभ पर इरावान् का शीश टाँग दिया गया और आने वाले अठारह दिनों तक इरावान् की निष्प्राण आँखें, दोनों पक्षों के योद्धाओं के अंतःकरण भेदती रहीं। धर्म के मंदिर ने अपनी पहली रक्त बलि स्वीकार कर ली थी।

* * *

52. क्षत्रिय

"जाति! जाति! जाति!" कर्ण ने सामने पड़े पत्थर को पैर की ठोकर से पानी में उछाल दिया। पैर पर चोट तो आई किंतु यह पीड़ा उस पीड़ा से अधिक नहीं थी, जो इस समय उसके हृदय को भेद रही थी। उसने कभी नहीं सोचा था कि भीष्म ऐसा नीच व्यवहार करेंगे। कई वर्ष पूर्व, कर्ण ने स्वयं को उस पवित्र नदी के जल में विसर्जित करने का प्रयत्न किया था। कहीं बेहतर होता अगर कृप उसे उस दिन न बचाते। अब तो वह जैसे कई जन्मों की पीड़ा एक साथ भोग चुका था। उसे अपने मित्र की आँखों में उभर आए उस संकोच और दुविधा को देख, सबसे ज़्यादा कष्ट हुआ। विराट में अर्जुन के हाथों हुई उसकी पराजय ने, मित्र के मन में भी उसकी वीरता के प्रति संदेह के बीज बो दिए थे। दरअसल, वह सबका ही विश्वास खो बैठा था। अर्जुन जैसे हरामी का भाग्य उसके साथ था। क्या नहीं था, उसके पास... जाति, वंश, यश; यहाँ तक वह स्त्री भी उसके पास थी, जिसे कर्ण ने कभी चाहा था। 'द्रौपदी! तुम्हारे लिए मेरे मन में अब भी इतना मोह क्यों है?' क्या उसके जैसा सूत, द्रौपदी जैसी स्त्री की ओर आँख उठाकर भी देख सकता था?

तभी जल में एक प्रतिबिंब उभरा और कर्ण के भीतर बैठा योद्धा सजग व सतर्क हो उठा। कोई उसके पीछे खड़ा था। वह हाथ में नंगी तलवार थामे, झट से घूम गया।

"कृष्ण!" कर्ण अपने आश्चर्य को छिपा नहीं सका। "क्या आप मेरे साथ भी वही करने आए हैं, जो आपने एकलव्य के साथ किया?"

कृष्ण ने अपनी मोहक मुस्कान के साथ कहा, "कर्ण, मेरे मित्र! तुम मेरे भाई के समान हो। मैं तुम्हें कोई हानि क्यों पहुँचाने लगा?"

"कृष्ण! मैं ऐसी बातें करने की मनस्थिति में नहीं हूँ। मुझे अकेला छोड़ दें।" कर्ण ने अपनी तलवार म्यान में डाल ली। वह इस समय कृष्ण से बात नहीं करना चाहता था। वह पानी में उतर गया। यादव की ओर उसकी पीठ थी। पश्चिम की ओर से नदी का जल केसरिया होता जा रहा था।

कृष्ण ने थोड़ा जल लेकर अपना मुख धोया। "कर्ण! तुम्हारी पीड़ा को समझता हूँ। परंतु गंगा के पवित्र जल की तरह, मैं जो कह रहा हूँ, वह तुम्हारे हृदय को पवित्र कर देगा।"

"कृष्ण! आप मुझे अकेला छोड़ दें।"

"क्या तुम जानते हो कि तुम कौन हो?"

"पूरा संसार जानता है कि यह सूत कौन है?"

"कर्ण! ऐसा क्या है, जो तुम सदा से चाहते आए हो?"

जब कर्ण शांत रहा तो कृष्ण स्वयं बोले, "तुम एक क्षत्रिय होना चाहते हो।"

"मैं इतना जानता हूँ कि मैं एक नीची जाति का सूत हूँ, बस अब आप जाएँ।"

"कर्ण! तुम्हारे पलक झपकने से पूर्व ही यह सारा भारतवर्ष तुम्हारा हो सकता है।"

"असंभव सपनों के सौदागर, कृष्ण। आप यह न भूलें कि कई बार सूत भी अपना धैर्य खो देते हैं।"

"आज तुम्हारी माँ से भेंट हुई थी, कर्ण।"

कर्ण का हृदय धड़क उठा। वह अपने माता-पिता अधिरथ और राधा से मिलने, अंतिम बार घर कब गया था। भला ऐसी क्या नौबत आ गई कि कृष्ण एक अस्तबल के रखवाले के घर मिलने जा पहुँचे?

"वे चाहती हैं कि तुम हस्तिनापुर सम्राट बनो।"

"सभी माताओं की यही इच्छा होती है कि उनका पुत्र सम्राट हो।

"आह, परंतु तुम्हारी माँ तुम्हें भारतवर्ष का सम्राट बनाना चाहती है। यदि तुम सहमत हो, तो कोई भी तुम्हारी राह में बाधा नहीं बन सकता। तुम सभी क्षत्रियों में महान, राजाओं के भी राजा कहलाओगे।"

"यदि एक निर्धन सूत स्त्री का उपहास कर चुके हों तो कृपया जाएँ।"

"कर्ण! मैं तुम्हारी सूत माता के विषय में बात नहीं कर रहा।"

"अच्छा! तो अब माँओं की भी जातियाँ होने लगीं?"

"कर्ण! तुम कोई सूत नहीं, तुम तो महानतम क्षत्रियों में से एक हो।"

"मुझे यह न बताएँ कि जाति का संबंध जन्म से नहीं अपितु चरित्र से होता है और मैं ऐसी बातें सुन कर तंग आ गया हूँ। सभी उच्च जाति वाले यही तोतारटंत करते हैं किंतु अब उनकी दर्प से भरी मुस्कान और तुच्छता को स्वीकार नहीं करना चाहता, मानो उनका यह उच्च पद केवल उनके जन्म से नहीं बल्कि उनके उद्दात चरित्र से जुड़ा हो। उनके लिए यह दर्शन मात्र है किंतु हमारे लिए यह जीवन है।"

"कर्ण! मेरी बात ग़ौर से सुनो। राधा और अधिरथ तुम्हारे पालक माता-पिता हैं। तुम जन्म से क्षत्रिय हो।"

कर्ण हैरानी से उन्हें तकता रह गया। यादव नरेश उसे क्या कहना चाहते थे? बात कुछ पल्ले नहीं पड़ रही थी। वह दूर से ही विदुर को देख सकता था। उनके समीप ही एक स्त्री मुख ढाँपे खड़ी थी। वह तो जानी-पहचानी सी लगी। उसका दिल तेज़ी से धड़क उठा। क्या वह...?

“कर्ण! तुम एक सूर्यवंशी के पुत्र हो, महान सूर्य वंश के एक राजकुमार, जैसे भगवान श्रीराम थे। तुम्हारी माँ हैं, देवी कुंती!”

ये शब्द कर्ण के आसपास चक्कर काटने लगे और उसका सिर चकरा गया। वह कुंती का पुत्र था, पांडवों की माता कुंती का पुत्र? अर्जुन, उसका सबसे घोर बैरी, उसका अपना भाई है? उसे लगा मानो दिल छाती चीरकर बाहर आ गिरेगा।

“कर्ण! अपनी माता को दोष मत देना। जब तुम्हारा जन्म हुआ, तब उनका विवाह नहीं हुआ था। तुम समझ सकते हो कि यह सब कितना कठिन रहा होगा। एक अविवाहिता किसी संतान को जन्म दे...”

“तो उन्होंने मुझे अपने से अलग करने का निर्णय ले लिया! माँ... क्या उन्हें स्वयं को माँ कहलाने में लज्जा भी नहीं आती?” कर्ण ने गुस्से की आड़ में अपने भाव छिपाए। भावनाओं की बाढ़ कहीं उसे बहा न ले जाए। कुछ समझ नहीं आ रहा। “मेरे माता-पिता ने मुझे कहाँ पाया? कचरे के डिब्बे में?”

“उन्होंने तुम्हें गंगा मैया की गोद से पाया।”

कर्ण ने झट पानी से बाहर आया और घाट की सीढ़ियों की ओर क़दम बढ़ाए।

“कर्ण! मेरी बात अभी समाप्त नहीं हुई।”

कर्ण वहीं ठहर गया, “मुझे माँ से मिलना है।”

“तुम एक महान आत्मा हो। देवी कुंती तुमसे मिलकर बहुत प्रसन्न होंगी।”

“कृष्ण! मेरा अभिप्राय मेरी असली माँ से था। मुझे उनसे मिलने जाना है।”

“धीरज रखो, भाई! यह बहुत ही प्रशंसनीय है कि तुम अपने पालक माता-पिता से इतना स्नेह रखते हो, परंतु याद रखना, तुम भारतवर्ष के महान सम्राट बनने जा रहे हो।”

कर्ण वहीं ठिठक गया। हृदय की पीड़ा ज़ोरों से सालने लगी। सिर में जैसे आग का गोला घूम रहा था। वह शीघ्र ही अपनी राधा माँ के पास जाना चाहता था, वह इस विक्षिप्त संसार से दूर हो जाना चाहता था।

“कर्ण, युधिष्ठिर को तुम्हें बड़े भाई होने के नाते सिंहासन सौंपने में कोई आपत्ति नहीं होगी। अब तुम एक क्षत्रिय हो इसलिए धौम्य और अन्य पंडित आदि भी कोई आपत्ति नहीं कर सकेंगे।”

“कृष्ण! राजसिंहासन का एक दावेदार पहले से मौजूद है।”

“कर्ण! तुम सबसे बड़े हो। इस राजगद्दी पर तुम्हारा ही अधिकार बनता है।”

“क्या आपको लगता है कि सुयोधन आपकी बात से सहमत होगा?”

“यदि वह सहमत नहीं हुआ तो हम उससे युद्ध करेंगे। धर्म...”

“क्या यह एक दिव्य अवतार का परामर्श है? जिस व्यक्ति ने मेरे जीवन को एक अस्तित्व दिया, मैं उससे ही छल करूँ? क्या यही आपका धर्म है?”

"पांडव तुम्हारा अपना रक्त हैं। कुंती तुम्हारी माता है, कर्ण।"

"मेरे पास केवल कुछ मित्र हैं, जिन्होंने तब भी मेरा साथ दिया था, जब पूरा संसार मेरे विरुद्ध था और मेरी जाति पर आपत्ति कर रहा था। सुयोधन के अतिरिक्त कोई और क्षत्रिय मेरे पक्ष में नहीं खड़ा हुआ; अश्वत्थामा के अतिरिक्त कोई और ब्राह्मण मेरी ढाल नहीं बना। भले ही आप मुझे सारा संसार क्यों न दें, मैं उनके साथ कभी कपट नहीं करूँगा।"

"तुम एक युद्ध को टाल सकते हो, जिसमें हज़ारों जानें जाएँगी।"

"सुयोधन को राजा के रूप में स्वीकार लें। कोई युद्ध नहीं होगा।"

"यदि अपने लिए न सही, अपनी माँ के आग्रह पर ही यह सिंहासन स्वीकार लो, कर्ण।"

"कृष्ण! मेरी माँ राधा है। मैं एक सूतपुत्र हूँ।"

"तब मैं तुम्हारे सामने एक प्रस्ताव रखता हूँ, जिसके लिए तुम कभी इंकार कर ही नहीं सकोगे।"

"एक भी शब्द और मत कहना। कृष्ण! मुझे अकेला छोड़ दो।" कर्ण अनुमान लगा सकता था कि अब उससे क्या कहा जाएगा और उसे अपने पर विश्वास नहीं था।

"कुंती द्रौपदी को तुम्हारी पत्नी बनने के लिए भी मना लेंगी। क्योंकि तुम पांडवों में सबसे बड़े भाई हो और..."

"बस... बहुत हुआ। क्या पांडव सत्ता पाने के लोभ में कुछ भी कर गुज़रेंगे? पहले जुआ, फिर छल और अब शत्रु के हाथों पत्नी का सौदा करने को भी तत्पर हैं?"

"कर्ण! तुम एक महान नियति को ठोकर मार रहे हो?"

"इस सूत को अकेला छोड़ दें।"

"कर्ण! तुम एक दिन पछताओगे।"

"कृष्ण! धर्म की जीत होने दें।"

कर्ण झट से नदी से बाहर निकला, उसके मस्तिष्क में चक्रवात घूम रहे थे। आज तक उसने जो भी विश्वास किया, जैसे एक ही क्षण में भरभरा कर चूर हो गया था। उसे अपने पर लज्जा आई कि वह किस तरह कृष्ण के अंतिम प्रस्ताव के लोभ में आने के लिए लगभग प्रस्तुत हो गया था। 'द्रौपदी तुम तो मुझे शैतान बना कर ही दम लोगी।' वह उससे जितना प्रेम करता था, उतनी ही तीव्रता से उससे घृणा भी करता था; ऐसा कैसे संभव था? परंतु ज्यों-ज्यों कर्ण अपने बालपन के घर की ओर जाने लगा, द्रौपदी के प्रति उसकी भावनाओं में तरस का भाव मुखरित होने लगा। वह इस तरह इतने पतियों के साथ रहना कैसे सहन कर पाती होगी?

कुटिया आज भी वैसी ही दिख रही थी। बरामदे में कच्ची दीवार पर आज भी वह छोटा धनुष टँगा था, जिससे वह बचपन में खेला करता था। बरामदे में माँ के हाथों उकेरी गई रंगोली देख उसका मन बाल्यकाल की स्मृतियों में खो सा गया। यही बैठकर उसने अपने

पिता की प्रतीक्षा की थी, जब वे उसे अपने साथ गुरु द्रोण के पास ले जाने वाले थे; इसी कुटिया में अधिरथ ने उसे दिलासा दिया था, जब गुरु द्रोण ने उसे अस्वीकार दिया था। संभवतः वह इस धरती का सबसे भाग्यशाली पुत्र है।

"माँ!" कर्ण ने पुकारा। उसने माँ की साड़ी की जानी-पहचानी सरसराहट सुनी तो कलेजा मुँह को आ गया। द्वार चरमर की ध्वनि के साथ खुला और माँ के हाथों की रसोई की गंध उसके नथुनों से टकराई। एक सफ़ेद बालों वाले झुकी हुई देह, उसे ताक रही थी। माँ की दृष्टि उसके जगमग करते कुंडलों पर आ टिकी थी। राधा मारे खुशी के रो दी।

"कौन आया है?" कर्ण ने पिता का स्वर सुना।

इससे पूर्व कि माँ कुछ कहती, कर्ण ने उसे कंठ से लगा लिया और बोला, "बहुत भूख लगी है।"

राधा ने उसे चुंबनों से लाद दिया और वह लज्जा, अपराध बोध और स्नेह मारे विगलित हो उठा। वह उसी स्थान पर लौट आया था, जहाँ से वह नाता रखता था। राधा झट से उसके लिए मनपसंद खाना बनाने लगी। अधिरथ ने कर्ण के बलिष्ठ शरीर के प्रतिबिंब को देखा किंतु मुख से कुछ नहीं कहा। कर्ण ने अपने घर की उस मिठास को अपने भीतर लिया और तय किया कि जब तक उसके मित्र को उसकी आवश्यकता नहीं होगी, वह यहीं रहेगा। कर्ण मन ही मन जानता था कि ऐसे छली शत्रुओं के बीच, कभी न्यायपूर्वक युद्ध हो ही नहीं सकता। उसके मित्र की पराजय होगी, किंतु कर्ण इस बात का पूरा ध्यान रखेगा कि यह एक आलीशान और भव्य हार हो जो कि लज्जा से भरी जीत से कहीं बेहतर होगी। एक सूत अपने क्षत्रिय मित्र के लिए कम से कम इतना तो कर ही सकता था।

* * *

53. प्रेम का प्रतिदान

जब उसके पुत्र ने कहा कि सुभद्रा आज रात मंदिर में प्रतीक्षा करेगी तो सुयोधन ने स्वयं को मना लिया था कि वह उससे भेंट करने नहीं जाएगा। भानु अपने पुत्र के शोक में रोते-रोते सो गई थी। वह उसे थाम कर लेटा रहा ताकि समय आने पर वह कहीं अपने ही वादे से परे न हट जाए। उसे याद नहीं कि उसने अंतिम बार भानु को इस तरह आलिंगन में कब लिया था। उसकी पत्नी, उसके स्पर्श से संतुष्ट होकर, नींद में ही कुनमुनाई। यह देखकर उसका हृदय भावनाओं की रौ में बह गया। हालाँकि, फिर भी नियत समय आते ही, उसने स्वयं को उस मंदिर के समीप पाया, पीछे स्याह पृष्ठभूमि में गंगा हौले-हौले प्रवाहित हो रही थी।

"मुझे नहीं लगा था कि तुम आओगे," उसने कहा।

उसकी आवाज़ आज भी वैसी ही थी, जैसी वर्षों पहले हुआ करती थी, जब वे प्रेम में मग्न किशोर और किशोरी थे। हवा ने उसके बालों को लहरा दिया। उसके दिल में आया कि काश! वह बालों की लट को उसी तरह कानों के पीछे कर देता जैसे पहले भी किया करता था। उसने अपनी दोनों भुजाओं को छाती के पास बाँध लिया।

"सुयो! आने के लिए आभार। मुझे नहीं लगा था कि लक्ष्मण कुमार तुम्हें यह संदेश दे सकेगा। वह बहुत ही प्यारा बच्चा है," सुभद्रा ने कहा। उसके नाक की लौंग चंद्रमा की रोशनी में चमचमा रही थी। "क्या तुम अब भी मेरे बारे में सोचते हो?"

शुक्र है कि वह उसका चेहरा नहीं देख सकती थी। 'सुभद्रा! तुम मुझसे क्या उत्तर चाहती हो। क्या तुम्हें यह सच जानकर प्रसन्नता होगी कि मैं हर पल तुम्हारे लिए तरसता रहा हूँ?' सुयोधन ने पीठ फिरा ली। "तुम्हें परवाह क्यों होने लगी?" उसे यह तो नहीं कहना चाहिए था, अगर वह कुछ न कहता तो कहीं बेहतर होता।

"अर्जुन कैसा है? सुयोधन ने पूछा। यह एक मूर्खतापूर्ण अटपटा सा प्रश्न था। उसने कोई उत्तर नहीं दिया किंतु उसके होंठों के कोनों पर एक मुस्कान खेल गई। वे लाल भरे हुए मदमाते होंठ, आज भी वैसे ही थे, और अचानक ही उसके मन में उनके स्वाद की स्मृति तिर आई। उन क्षणों में वह उन्हीं लाल होंठों के चुंबन से अधिक कुछ नहीं चाहता था। सुयोधन ने अपनी गर्दन हिलाई और रात के आकाश को ताकने लगा।

"अभिमन्यु के बारे में बात करनी थी।"

"आशा करता हूँ कि वत्सला का ध्यान रख रहा होगा। ओह, मैं तो भूल ही गया था, उसने तो दूसरा विवाह कर लिया है, है न, उत्तरा कैसी है?"

"सुयो! मेरे पुत्र ने तुम्हारे पुत्र के साथ जो भी किया, उस बात के लिए तुम अब भी नाराज़ हो?"

"नहीं, सुभद्रा! मैं आज भी उसी बात के लिए नाराज़ हूँ, जो तुमने कई बरस पहले मेरे साथ किया था।" वह आज उसके इतना निकट था कि वह उसके बालों की गंध तक सूँघ सकता था।

"मेरा पुत्र इतना जोशीला है कि कभी-कभी उसके प्राणों के लिए भय होने लगता है। वह अब भी वत्सला को चाहता है, परंतु इन दिनों उत्तरा के प्रेम में दीवाना है।"

"इसमें कोई संदेह नहीं कि वह अनेक स्त्रियों को वरेगा। अभी उसे बहुत आगे तक जाना है।"

"वह बहुत ही सुंदर और प्यारा युवक है," सुभद्रा ने कहा और फिर अचानक माथे पर बल डाल लिए। "सुयो! जानती हूँ कि तुम क्या कहना चाहते थे, तुम कहना चाहते थे - जैसा पिता, वैसा पुत्र!। यदि तुम्हें लगता है कि मैं अर्जुन से विवाह करके अप्रसन्न हूँ तो वह तुम्हारी भूल है। मुझे इससे कोई अंतर नहीं पड़ता कि उसकी कितनी पत्नियाँ हैं। वह अब भी मुझे सबसे अधिक चाहता है।"

"तुम्हारे उत्साह से मैं निश्चिंत हुआ। मेरी प्रार्थनाएँ हमेशा तुम्हारे साथ हैं।"

"सुयो! ये व्यंग्यबाण तुम्हें नहीं सोहते। तुम आज भी मुझसे प्रेम करते हो।" सुभद्रा हँस दी।

उसकी बचकानी कच्ची हँसी सुनकर आज भी ऐसा लग रहा था मानो बसंत ऋतु समय से पहले ही आ गई हो।

"यहाँ अभिसार के लिए तुमने मुझे बुलाया है या मैंने बुलाया था?"

सुभद्रा शांत हो गई। समय ने घाव नहीं भरे, केवल उन्हें छिपा भर दिया है। "मैं एक मित्र के रूप में आई हूँ," उसने कनखियों से देखते हुए कहा।

सुयोधन नदी की ओर चल दिया। गंगा पर रुपहले चंद्रमा की रोशनी झलक रही थी। उसे लगा कि कहीं भानु उठकर उसे खोजने न लगे।

"उत्तरा गर्भ से है।"

"बहुत अच्छी बात है। अभिमन्यु को मेरी ओर से बधाई देना। परंतु तुम तो अभी इतनी बूढ़ी नहीं लगती कि दादी कहलाओ, सुभद्रा।"

सुभद्रा के गालों पर एक पल के लिए गड्ढे आकर ठहरे और फिर चले गए। "अभिमन्यु युद्ध के लिए अधीर हुआ जा रहा है।"

"क्या मुझे यह सुनकर प्रसन्नता प्रकट करनी चाहिए कि तुम्हारा पुत्र मेरे प्राण लेने के लिए अकुलाया हुआ है?"

"सुयो, वह तो अपने पिता की मदद करना चाहता है।"

सुयोधन के होंठों पर एक तीखा उत्तर आया। अचानक वह यह देखकर चौंक गया कि सुभद्रा रोने लगी थी। "मैं बहुत डरी हुई हूँ। वह मेरी एक नहीं सुनता... अपने पिता के लिए वह उनकी पत्नियों के अनेक पुत्रों में से एक है, परंतु मेरे पास तो उसके सिवा कोई नहीं है। वह अभी इस युद्ध में लड़ने के लिहाज़ से बहुत छोटा है।" वह सुयोधन के निकट आ गई और सुयोधन का अंगवस्त्र थाम कर, अपने अश्रुओं से उसकी छाती भिगोने लगी। उसकी गंध से अतीत के जाने कितने साए सिर उठाकर खड़े हो गए और सुयोधन ने स्वयं को दुर्बल पाया। इतने वर्षों के बाद भी, उसकी आँखों में अश्रु नहीं सह सकता था।

"सुयो! कृपया मेरे पुत्र के प्राण बख़्श दो। वह अभी बहुत छोटा है, वह तुमसे या कर्ण से या तुम्हारे पक्ष के महारथियों से लड़ने के लिए बहुत छोटा है।"

सुयोधन का मस्तिष्क सुन्न हो गया। वह भानु के सुर को भी सुन सकता था, जब वह उससे लक्ष्मण कुमार की प्राण रक्षा की गुहार लगा रही थी। भानु! वह यहाँ अर्जुन की पत्नी के साथ क्या कर रहा था? सुयोधन पीछे हटा और स्वयं को सुभद्रा की पकड़ से मुक्त कर लिया। "यह युद्ध है, कोई बच्चों का खेल नहीं। रणभूमि में योद्धा घायल होते हैं और मारे भी जाते हैं।"

"क्या अभिमन्यु तुम्हारे लिए केवल एक योद्धा है? वह बचपन से ही तुमसे कितना नेह रखता आया है।"

"द्वारिका महल का अंतःपुर छोटा तो नहीं है। यदि वह भयभीत है तो उसे वहीं कहीं छिपा दो।"

"मेरा पुत्र कायर नहीं है। वह अर्जुन का पुत्र है।"

"तो अर्जुन से कहो कि यदि वह उसकी रक्षा कर सकता है, तो करे।"

सुभद्रा की आँखें मारे गुस्से के सुलग उठीं। सुयोधन ने उसकी ओर नहीं देखा और छाती पर हाथ बाँधे नदी की ओर देखता रहा।

"तुम अब वह सुयोधन नहीं रहे, जिसे मैं जानती थी।"

"तुम जिस सुयोधन को जानती थीं, वह तो उसी दिन मर गया था जिस दिन तुम मेरे चचेरे भाई के साथ लुप्त हो गई थीं।"

"मैं इसके लिए अपने भाग्य और अपने भाई कृष्ण का धन्यवाद करती हूँ। मैंने तुमसे दुष्ट व्यक्ति आज तक नहीं देखा।"

"दुर्योधन दुष्ट है, सुभद्रा! यह बात तो सारा संसार जानता है।"

"तुम्हारे घमंड की कोई सीमा नहीं है। तुमने मेरे पुत्र, मेरा और मेरे पति का अपमान किया। दुर्योधन! तुम्हें इसकी क़ीमत चुकानी होगी। मैं अपने पुत्र से कहूँगी कि तुम्हारी ओर तीर का निशाना साधने में पल भर के लिए भी संकोच न करे। मैं उसे परामर्श दूँगी कि वह रणभूमि में एक सुयोग्य पिता के सुयोग्य पुत्र की भूमिका में सामने आए। वह एक तूफ़ान की

तरह आएगा और तुम्हारी सेनाओं को नष्ट कर देगा।"

"तुम अपने पुत्र के प्राणों की रक्षा की भीख माँगने आई थीं और अब मुझे ही कोस रही हो? तुम तो बिलकुल नहीं बदलीं।"

"दुर्योधन! अपने लक्ष्मण कुमार को रणभूमि से दूर रखना। यदि राजदरबार के कवि ने अभिमन्यु को अपना मुख दिखा दिया तो तुम्हें उसी समय उसके अंतिम संस्कार के प्रबंध करने पड़ जाएँगे।"

सुयोधन मुड़ा और वहाँ से चल दिया। वह अपनी पीठ पर उसकी आँखों का ताप महसूस कर सकता था। वह बहुत गुस्से में था पर उसके बावजूद वह अब भी उसे चाहता था। वह अपना सिर झुकाए, तेज़ी से महल की ओर चल दिया। जब वह पुत्र के कक्ष के पास से निकला, तो वह उसकी श्वास का स्वर सुनने को वहीं थम गया। वह गले में पहनी हुई मोतियों की माला से खेलते हुए, विस्मृत हो चुकी स्मृतियों से दूर जाने की चेष्टा कर रहा था। हवा में अब भी जलती अगरबत्तियों और मशालों के धुएँ की गंध थी। भानु सुभद्रा से बातें कर रही थी और एक नरम पोटली सा बना अभिमन्यु दुर्योधन की छाती से लगा, उसकी मोतियों की माला से खेल रहा था। उसने सुभद्रा के पुत्र के केशों को चूमते हुए, वह माला उसके ही गले में डाल दी थी।

बुझती मशालों के धूम्र से उसकी आँखें जलने लगीं। सुयोधन ने मनाया कि सुभद्रा सुरक्षित पहुँच गई हो। उसे सुभद्रा को नदी के वीरान कोने पर अकेले छोड़कर नहीं आना चाहिए था। उसने स्वयं को याद दिलाया कि कहीं यादें उसके शस्त्रों की धार को कुंठित न कर दें। वह एक क्षत्रिय था और युद्ध करना उसका धर्म था। काश! रणभूमि में उसका सामना करते हुए, अभिमन्यु ने अपने गले में वह माला न पहनी हो, जो दुर्योधन ने उसे बचपन में दी थी।

* * *

54. युद्ध के नियम

"पितामह! युद्ध के समय कोई यह अनुमान कैसे लगा सकता है, उस दौरान क्या होगा?" सुयोधन अपने सामने रखे दस्तावेज़ों पर लिखे नियमों को पढ़कर आश्चर्य में था। उसे और युधिष्ठिर को पितामह के कक्ष में बुलवाया गया था ताकि युद्ध की आचार-संहिता पर सहमति हो सके। सुयोधन ने अधीरता से ऊपर देखा, वह सोचा रहा था कि कहीं यह भी उसके धूर्त चचेरे भाई के षड्यंत्र का ही कोई हिस्सा तो नहीं। उसे युधिष्ठिर पर दया आने लगी, जो अपनी प्रजा पर जबरन वर्ण व जाति के प्राचीन नियम थोपना चाहता था। अब भीष्म जिन नियमों को ज़ोर-ज़ोर से पढ़ रहे थे, वे उस युग के थे, जो जाने कब का समाप्त हो चुका था और जिन्हें बाक़ायदा दफ़नाया दिया जाना चाहिए था। सुयोधन ने अपने-आप से वादा किया कि एक बार युद्ध समाप्त हो जाएगा तो वह इन सबको बदल देगा।

युधिष्ठिर और दुर्योधन आमने-सामने बैठे, ताड़पत्रों पर लिखे युद्ध के नियमों को सावधानी से पढ़ रहे थे। उनके मुख पर प्रकाश की कुछ रेखाएँ पड़ रही थीं। निकट ही विदुर अपने माथे पर चिंता की असंख्य रेखाएँ लिए खड़े दिखे।

"पितामह! मैं शपथ लेने के लिए तैयार हूँ," युधिष्ठिर ने कहा।

"जो लोग नियमों को निभाने की कोई मंशा नहीं रखते, वे ही झट से उनके लिए शपथ लेने को राज़ी हो जाते हैं," सुयोधन ने अरुचि से कहा।

भीष्म ने अपना हाथ जलते हुए दीपक पर रखा तो उसकी लौ काँप उठी। दोनों भाइयों ने अपने सिर झुका लिए। विदुर ने ताड़पत्र उठाया और भीष्म के हाथों में थमा दिया।

"यह जुए या पाँसों का कोई खेल नहीं। यह एक युद्ध है। तुम दोनों ने अपनी तुच्छ शत्रुता के चलते, इस धरती की शांति भंग कर दी है। अब भी तुम अपनी बकवास से बाज़ नहीं आ रहे। यह युद्ध की प्राचीन आचार-संहिता है, जिसे हमारे महान ऋषि और मुनियों द्वारा बनाया गया था। हम कोई म्लेच्छ नहीं हैं।"

"पितामह! मैंने सदा धर्म को मान्यता दी है," युधिष्ठिर अपना सिर उठाते हुए बोले। सुयोधन के होंठ मारे व्यंग्य के तिर्यक हो उठे।

"एक बार मैं इसे ज़ोर से बोलकर पढ़ूँगा और फिर चाहूँगा कि तुम अग्नि को साक्षी मानकर शपथ ग्रहण करो।" भीष्म उन दोनों के कुछ कहने की प्रतीक्षा करने लगे। जब कोई

कुछ नहीं बोला तो वे नियम पढ़ने लगे।

"पहला नियम : सारे युद्ध सूर्योदय के समय प्रारंभ होंगे और सूर्यास्त होते ही रोक दिए जाएँगे। दूसरा नियम : योद्धाओं का कोई समूह, किसी अकेले योद्धा पर वार नहीं करेगा। तीसरा नियम : द्वंद्व युद्ध में दोनों योद्धा एक जैसे अस्त्रों का प्रयोग करेंगे, वे दोनों किसी वाहन पर होंगे या फिर दोनों ही बिना वाहन के युद्ध करेंगे।"

"युद्ध की गहमागहमी के बीच इन नियमों को सुनिश्चित कैसे कर सकते हैं?" युधिष्ठिर के चेहरे पर दुविधा थी।

"इसमें कठिनाई ही क्या है, भइया? पदातिक योद्धा पदातिक से ही लड़ेगा। अश्वारोही, अश्वारोही से ही युद्ध करेगा, रथ पर सवार योद्धा, रथ पर सवार योद्धा से ही लड़ेगा और एक गजसवार को गजसवार योद्धा से ही युद्ध करना होगा," सुयोधन ने कहा।

भीष्म ने हामी भरी और अपनी बात जारी रखी। "चौथा नियम : यदि कोई योद्धा आत्मसमर्पण करता है, तो उसे कोई हानि नहीं पहुँचाई जाएगी, उसे मारा नहीं जाएगा। उसे युद्धबंदी की तरह सम्मान दिया जाएगा और बंदी पक्ष के वैद्य उसके घावों की देख-रेख करेंगे। क्या तुम दोनों को इस बारे में कोई संदेह है?"

दोनों भाइयों ने हामी भरी। भीष्म ने दीपक की लौ तेज़ की और उसके निकट आ गए। "पाँचवाँ नियम : किसी घायल या निहत्थे योद्धा को मारा नहीं जाएगा। छठा नियम : किसी बेहोश योद्धा पर वार नहीं होगा। सातवाँ नियम : पानी ढोने वाले भिश्ती, ढोल-नगाड़े बजाने वाले, वैद्य व उनके सहायक व अपने सेनापतियों व शासकों को संदेश देने वाले लिपिक, जो योद्धा न होने के बावजूद रणभूमि में उपस्थित होंगे, उन्हें कोई हानि नहीं पहुँचाई जाएगी या उन्हें मारा नहीं जाएगा।"

"यदि वे गुप्तचर हों तो?" सुयोधन ने पूछा।

"यदि एक पक्ष को किसी व्यक्ति पर दूसरे पक्ष का गुप्तचर होने का संदेह होता है तो उसे हटाकर, किसी दूसरे व्यक्ति को नियुक्त करने के लिए कहा जा सकता है।"

"क्या वास्तव में ऐसे विस्तृत नियमों की आवश्यकता है या इन्हें व्यावहारिक माना जाना चाहिए?" सुयोधन ने भीष्म से पूछा।

"सुयोधन! मैं उनके लिए भयभीत हूँ, जो तुम्हारे नेतृत्व तले लड़ेंगे, लगता है कि तुमने अभी इस युद्ध की भयावहता और विकरालता का अनुमान नहीं लगाया। उत्तर से लेकर दक्षिण तक, अनेक सेनाओं ने दोनों पक्षों में से, किसी एक का साथ देने के लिए कूच किया हुआ है। युद्ध समाप्त होने से पूर्व, यह धरती मृत्यु और विनाश की स्थली बन चुकी होगी। संसार ने ऐसा संग्राम कभी नहीं देखा होगा और भगवान न करे कि वह दोबारा ऐसा कभी देखे। युद्ध में कम से कम अठारह अक्षौहिणी सेनाएँ शामिल होंगी, क्या तुम नियमों के बिना लड़ना चाहते हो?"

दोनों ही पक्ष एक-दूसरे की शक्ति का अनुमान लगा रहे थे। प्रतिदिन संधियाँ टूट रही थीं। संख्याओं का दबाव बढ़ता जा रहा था।

"नियम आठ : किसी भी योद्धा की पीठ पर वार करके आहत नहीं किया जाएगा और न ही मारा जाएगा। नवाँ नियम : कोई भी योद्धा किसी स्त्री पर वार नहीं करेगा।"

"यह तो बहुत ही हास्यासपद है। क्या स्त्रियाँ भी युद्ध में शामिल होने जा रही हैं?" युधिष्ठिर ने मुस्कराते हुए पूछा।

भीष्म ने हाथ का ताड़पत्र नीचे रखा और पांडव पुत्र को देखने लगे। "युधिष्ठिर! तुम विद्वान हो। मुझे विश्वास है कि तुमने निश्चित रूप से इतिहास पढ़ा होगा। तुम्हें दुर्गा के विषय में तो याद ही होगा।"

"परंतु पितामह! वे कोई साधारण स्त्री नहीं बल्कि एक देवी थीं।"

"यह मत भूलो कि प्रत्येक स्त्री के भीतर उतनी ही प्रचंड शक्ति समाई है। वह कोई ऐसी वस्तु नहीं, जिसे दाँव पर लगा दिया जाए।" यह सुनकर युधिष्ठिर लज्जित भाव से दूसरी ओर देखने लगे। "या भरी सभा में निर्वस्त्र कर दिया जाए," भीष्म ने आगे कहा। अब लज्जित होकर, दूसरी ओर ताकने के लिए सुयोधन की बारी थी। "दसवाँ नियम : यदि किसी योद्धा के प्राण संकट में न हों तो वह किसी पशु पर आक्रमण नहीं करेगा।"

"यहाँ तक कि पशुओं के भी नियम होते हैं?" सुयोधन ने कहा।

"सुयोधन! केवल मनुष्य ही नियम भंग करते हैं। पशु नियम भंग नहीं करते। हर जीवन अनमोल है, भले ही वह किसी चींटी का हो या मनुष्य का जीवन हो। किसी भी पशु को अनावश्यक रूप से आहत नहीं करना चाहिए। ग्यारहवाँ नियम : हर शस्त्र से जुड़े नियमों का पालन होगा। जब किसी योद्धा का धनुष टूट जाए या वह निहत्था हो तो उस पर वार नहीं किया जाएगा। गदा युद्ध के दौरान योद्धा कमर से नीचे के हिस्से पर वार नहीं करेंगे।"

"पितामह! हम आमने-सामने होकर किए जाने वाले इन युद्धों के नियमों से अवगत हैं; हमें पाँच वर्ष की आयु में योद्धा बनने का प्रशिक्षण देते समय, सबसे पहले इन्हें ही सिखाया गया था," युधिष्ठिर ने पाषाण की तरह कठोर मुख वाले पितामह को देख मुस्कान दी।

"युधिष्ठिर! इन नियमों को एक बार फिर दोहराने में कोई हानि नहीं है। अंतिम नियम यही है कि यह युद्ध पूरे न्याय और धर्म की सच्ची भावना के साथ लड़ा जाएगा। कुरुक्षेत्र धर्म का मंदिर है। इतिहास धर्म के नियमों को भंग करने वालों या भुला देने वालों को न तो भूलेगा और न ही क्षमा करेगा। याद रखना, समरांगण में ही जीवन के बहुत सारे पक्ष समान स्तर पर आ जाते हैं। इससे कोई अंतर नहीं पड़ता कि आपके सिर पर ताज आया या नहीं। ईश्वर हो या मनुष्य, कोई भी कर्म के नियमों के प्रभाव से बच नहीं सकता।"

भीष्म ने ताड़पत्र को मेज़ पर रखकर, उन दोनों की ओर देखा। वे दोनों ही सिर झुकाए बैठे थे। अब पीछे मुड़कर देखने की कोई गुंजाइश नहीं थी। एक क्षण की चुप्पी के बाद, ने दीपक की लौ पर हाथ रखे और बोले, "दोनों मेरे साथ दोहराओ..."

युधिष्ठिर ने अपना हाथ पहले आगे किया। भीष्म सुयोधन की प्रतीक्षा करने लगे।

"पितामह! यदि मैं वचन देता हूँ तो मुझे निश्चित रूप से उसका पालन करना होगा। मुझे भय है कि कहीं युद्ध के संघर्ष के दौरान मैं कभी अपने वचन की लाज नहीं रख सका तो?"

"तुम्हारे भाई ने संकल्प की हामी भर दी है, वह एक आदरणीय व्यक्ति है और मैं आशा करता हूँ कि तुम भी मान की रक्षा करने वालों में से हो। तुम दोनों ही कुरुओं के वंश से हो। महान सम्राट भरत के वंशज हो, हमारे वंश ने ही इस पवित्र भूमि को इसका नाम दिया है। तुम सभी भारत हो, तुम्हारा आचरण भी इसके अनुरूप ही होना चाहिए। अब, मेरे साथ दोहराओ..."

सुयोधन ने जलती लौ पर हाथ रखा किंतु भाई की अंगुलियों से स्पर्श होते ही वह चिहुंक उठा। कक्ष में भीम का स्वर गूँज उठा और उसके बाद दोनों भाइयों ने शपथ ली, सत्य की लौ उनकी साक्षी बनी।

"ओम्! ब्रह्मा, विष्णु, महेश्वर, देवी आदि प्रकृति, ब्रह्माण्ड की माता, भारत की सातों पवित्र नदियों, इस धरती की सभी पवित्र माताओं, सत्य व धर्म की मर्यादा को साक्षी मान कर, मैं गंगादत्त देवव्रत..."

भीष्म एक पल के लिए रुके ताकि उनके पौत्र अपने-अपने नाम ले सकें और फिर आगे बोले, "हम सत्य और मर्यादा की यह शपथ ग्रहण करते हैं कि धर्मयुद्ध के सभी पवित्र और प्राचीन नियमों का पालन करेंगे, मैं और मेरे साथी धर्म की शिक्षाओं को अंगीकार करते हुए रणभूमि में उतरेंगे। मैं इस ज्ञान के साथ रणभूमि में प्रवेश करूँगा कि यह युद्ध, पवित्र भारतवर्ष की माटी के एक-एक कण की तरह पावन है। मैं धर्म के विरुद्ध या प्रतिकूल जाते हुए कोई कार्य नहीं करूँगा। मैं सदा उचित का पक्ष लूँगा और पूरी मर्यादा के साथ अपनी जय या पराजय को स्वीकार करूँगा।"

जब उन दोनों ने अपनी पूरी शपथ दोहरा ली, तो भीष्म उसाँस भरते हुए बैठ गए। विनाश की संभावना दिखने लगी थी। मृत्यु और कीर्ति वीर का वरण करेंगी। युधिष्ठिर और सुयोधन ने उनसे विदा ली और एक-दूसरे को देखे बिना ही वहाँ से चले गए।

सुयोधन चिंतित था। उसे लग रहा था कि वह भीष्म पितामह के हाथों छला गया। पितामह की बात में कोई बुराई नहीं थी किंतु उसे अच्छी तरह पता था कि उसका भाई युधिष्ठिर उन नियमों का पालन नहीं करने वाला था। भले ही वह मान भी ले, कृष्ण बीच में अपने पैंतरे दिखाने से बाज़ नहीं आएँगे। वे अपने ही नियमों से काम करना चाहेंगे। सुयोधन जानता था कि वह एक निर्दयी शत्रु का सामना करने जा रहा था, जो विजय श्री का वरण करने के लिए किसी भी नीचता तक उतर सकता था।

सुयोधन अब भी भीष्म के कक्ष के बाहर, गलियारे में खड़ा था। सुंदर कारीगरी से सजे स्तंभ प्रहरियों की भाँति खड़े थे। उसने अपने भाई को तेज़ी से जाते हुए देखा। कुरुओं का प्राचीन और उज्ज्वल वंश सदैव, क्षत्रियों के सदाचार से जुड़े उच्च्व कीर्तिमान व स्तर ही स्थापित करता आया था। वह कुरु वंश से था और वह अपने दिए गए वचन से पीछे

हटकर, अपने पूर्वजों को लांछित नहीं कर सकता था। 'युधिष्ठिर! तुम भले ही विजय पाने के लिए युद्ध के प्रत्येक नियम को भंग कर दो, दुष्ट दुर्योधन ऐसा नहीं करेगा, भले ही कैसी भी परिस्थिति क्यों न हो', उसने बुदबुदाकर स्वयं से कहा।

* * *

विदुर ने सारे महत्त्वपूर्ण प्रपत्र एक ओर रखे और भीष्म से जाने के लिए आज्ञा चाही। अचानक भीष्म को अपनी छाती में तीव्र पीड़ा हुई और वे उसे दोनों हाथों से दबोचकर, पलंग के पास खड़े निढाल हो गए। "आदरणीय! क्या हुआ? क्या मैं राजवैद्य को बुलवाऊँ?"

भीष्म धीरे से उठे और मेज पर झुक गए। विदुर ने मोमबत्ती की हिलती लौ को स्थिर कर दिया। "कुछ नहीं पुत्र! कुछ नहीं हुआ। मेरा समय अभी नहीं आया..." मंद समीर बह रही थी किंतु भीष्म के मुख पर स्वेद कण झिलमिला रहे थे। "विदुर! घबराओ मत। यह केवल व्यायाम के अभाव के कारण हुआ है। मुझे अपना अभ्यास आरंभ कर देना चाहिए।"

विदुर ने बूढ़े योद्धा को उनके पलंग तक जाने में मदद की और फिर बेमन से उठकर चले गए। भीष्म ने अपना एक हाथ छाती पर धर लिया। दर्द मिट ही नहीं रहा था। मृत्यु के सिवा कोई उपाय भी तो नहीं रहा। परंतु वे अभी नहीं जा सकते थे... उन्हें तो यह सुनिश्चित करने के लिए जीवित रहना ही होगा कि उनके प्रपौत्र उन सभी नियमों या सिद्धांतों का मज़ाक ही न बनाकर रख दें, जिन्हें वे आजीवन पालते आए थे। वे पहले भी बहुत से हृदयाघात सह चुके थे... इसे भी झेल लेंगे। उन्हें इसे झेलना ही होगा। धर्म का महान युद्ध आरंभ होने जा रहा था। अभी मृत्यु को उन्हें ले जाने के लिए प्रतीक्षा करनी होगी।

* * *

55. धर्मक्षेत्र

सुयोधन ने अपने रथ से युद्ध क्षेत्र का सर्वेक्षण किया। जहाँ तक दृष्टि जाती थी, दोनों ओर सेनाएँ दिखाई दे रही थीं। वायु में अश्वों और गजों की लीद की गंध मिली हुई थी। जल्दी ही उसमें रक्त और माँस की गंध भी शामिल होने वाली थी। वृक्षों पर बैठे गिद्ध, इसी प्रतीक्षा में थे कि उन्हें अपना हिस्सा मिलने वाला था। यह तो मृत्यु, युद्ध और विनाश की गंध थी। अश्व मारे उत्तेजना के हिनहिना रहे थे और हाथियों की धमक से धरती थर्रा रही थी। दोनों ही ओर से बारंबार रणघोष गूँज उठता, दोनों पक्षों के सेनानायक, अपने-अपने दलों को आदेश देते हुए, यहाँ से वहाँ चक्कर काट रहे थे। हवा के झोंके ने सूखी रेत उठाकर दुर्योधन की आँखों में झोंक दी और उसे अपनी आँखें मूँदकर बचाव करना पड़ा। वह सीधा खड़ा अपने धनुष की प्रत्यंचा चढ़ाने लगा। उसकी सेना गरज उठी। चाहे जैसे भी हो, यह एक योद्धा के रूप में उसकी अंतिम भूमिका होने जा रही थी।

जब सुयोधन दोनों पक्षों से मरने और मारने पर उतारू व्यक्तियों को निहार रहा था, तो उसे अपने मन में अपराध-बोध की भावना महसूस हुई। क्या वह अपने लोगों पर युद्ध थोप कर उचित कर रहा था? जो पहले से ही अकाल और सूखे की मार से त्रस्त थे? परंतु उसके पास इसके सिवा विकल्प ही क्या था? क्या उसे अपना जन्मसिद्ध अधिकार कुंती के पुत्रों को सौंप देना चााहिए ताकि वे समाज को विभाजित करने वाले नियम लागू कर सकें? यदि दक्षिण मंडल की कठोर जाति प्रथा ही भारतवर्ष का भविष्य था, तब तो यह युद्ध निश्चित रूप से होना ही चाहिए। उसे अपनी जीत का भरोसा नहीं किंतु वह अपनी अंतिम श्वास तक लड़ना चाहता था। वह अपने लिए सिंहासन पाना चाहता था; अब बहुत समय से उसने इस विषय में ग्लानि करना छोड़ दिया था। वह उसे अपनी प्रजा के साथ-साथ अपने लिए भी चाहता था। एक बार, कर्ण ने उससे पूछा भी था कि वह इतने स्पष्ट दो टूक शब्दों में अपनी इच्छा को क्यों प्रकट कर रहा है, सुयोधन ने उसे उत्तर दिया था कि ऐसा करने पर वह स्वयं को अधिक मानवीय महसूस कर पाता है। कोई भी महत्त्वाकांक्षा पूरी तरह से स्वार्थी या निःस्वार्थी नहीं होती, यदि इसे ईमानदारी से मान लिया जाए तो, जीवन बहुत सरल हो जाता है। कर्ण को यह जान कर भी बहुत शर्मिंदगी हुई कि सुयोधन ने उसे अंग देश का राजा बनाते हुए यही सोचा था कि वह न्याय का पक्ष ले रहा है और एक सूत को देश का राजा बना रहा है परंतु बाद में, जब सुयोधन ने इस बारे में गहराई से विचार किया तो उसने पाया

कि उसके इस काम में भी स्वार्थ छिपा था। वह चाहता था कि कर्ण उसके लिए युद्ध करे और अर्जुन के विनाश में सहायक हो। कर्ण ने विरोध किया, शाश्वत मित्रता की दुहाई भी दी किंतु सुयोधन ने उत्तर दिया था कि कोई भी भविष्य का पूर्वानुमान नहीं लगा सकता। भले ही वे शब्द उस समय पूरी तरह से सत्य न लगे हों, अब वे एक सरल सत्य के रूप में सामने आ रहे थे। जब उसे कर्ण की सबसे अधिक आवश्यकता थी, वह उसके साथ नहीं था।

भीष्म अपने शंखनाद के साथ युद्ध कर श्रीगणेश करने ही जा रहे थे कि पांडवों की ओर से एक रथ, दौड़ता हुआ, विशाल रणभूमि के बीचों-बीच आ खड़ा हुआ। भीष्म ने हाथ से रुकने का संकेत दिया। रथ पर हनुमंत पताका थी - यह अर्जुन का रथ था! सुयोधन अपने शिरस्त्राण में छिपे मुख पर चिंता की रेखाएँ लिए सोचने लगा कि पांडवों का सबसे बड़ा वीर योद्धा अपने-आप को इस तरह रणभूमि के बीच प्रस्तुत करने का संकट क्यों मोल ले रहा था? सेना की ओर से आया एक भी तीर उसके प्राण ले सकता था। परंतु उसने पितामह को वचन दिया था कि वे सभी युद्ध की आचार-संहिता और उसके नियमों का पालन करेंगे। उसने अपना शस्त्र उठाकर, सेना को रोकने का आदेश दे दिया।

भीष्म ने रणभूमि के बीच अर्जुन को देखा। उन्होंने अपना हाथ उठाकर उसे आशीर्वाद दिया, विजयी भव! सुयोधन ने उन्हें ऐसा करते देखा तो मारे क्रोध के दाँत पीसने लगा। इस बूढ़े व्यक्ति की निष्ठा किस ओर है? जिस पक्ष के लिए लड़ रहा है, वह उसके साथ है या सारी निष्ठा कुंती के अवैध पुत्रों के लिए बचा रखी है? क्या कर्ण को जानकर उससे दूर किया गया? सुयोधन की दृष्टि द्रोण की ओर गई जो अर्जुन और श्रीकृष्ण को ताक रहे थे। क्या गुरु की आँखों में अपने प्रिय शिष्य के लिए प्रशंसा के भाव थे? क्या वे सब मिलकर उसे मूर्ख बना रहे हैं? कौन उसकी ओर था, वह किस पर आँख मूँदकर भरोसा कर सकता था? शल्य नकुल और सहदेव के मामा थे। कृतवर्मा कृष्ण की प्रसिद्ध नारायण सेना का सेनापति था। कौन कह सकता था कि कृप क्या करें और क्या न कर बैठें? उसे अपने मामा शकुनि और जीजा जयद्रथ पर भी पूरा विश्वास कहाँ था? हाँ, उसके भाई उसका साथ देंगे। परंतु पूरी सेना में केवल एक ही व्यक्ति ऐसा था जिस पर वह आँख मूँदकर भरोसा कर सकता था, अश्वत्थामा। काश! कर्ण भी उसके साथ होता। युद्ध अभी से अविजित लगने लगा था परंतु अब पीछे हटने के लिए बहुत देर हो चुकी थी।

जब सुयोधन की दृष्टि अपने पैदल सैनिकों की ओर गई, जो केवल उसकी सेवा का भाव लिए खड़े थे, तो उसे अपने कंठ में कुछ अटकता हुआ सा महसूस हुआ। उसने ऐसा कुछ नहीं किया कि वह उनके स्नेह का अधिकारी बन सके। उसका राजकोष लगभग रिक्त था और उन्हें पिछले पंद्रह दिनों से कोई पारिश्रमिक नहीं दिया गया था। वहीं दूसरी ओर, युयुत्सु सबको इस संसार की लोभनीय वस्तुओं के उपहार का लालच दे रहा था और कृष्ण दूसरे लोक में मोक्ष का लोभ दिखा रहे थे। उसके बैरियों के पास सब कुछ था - धन, आपूर्ति के लिए देहातों में लूट मचाती दक्षिण मंडल की सेनाएँ, एक अवतार, जो नर्क का भय संचारित करते हुए, मोक्ष का वचन देता था, इसके अतिरिक्त ऐसे व्यक्तियों का जमघट था, जो उनके पक्ष को धर्म का प्रतीक और उसके पक्ष को शैतानों की टोली सिद्ध करने में प्रवीण

थे। हालाँकि सुयोधन के पास कुछ नहीं था किंतु पांडवों की सात अक्षौहिणी के मुक़ाबले उसके पास ग्यारह अक्षौहिणी सेना थी। लोग अभी युवराज के लिए अपने प्राण त्यागने को तत्पर थे, भले ही वह दुष्ट हो अथवा सत्यनिष्ठ!

सुयोधन इस विडंबना पर ठठा कर हँसा। उसकी प्रजा इस धरती के पंडितों व पुरोहितों का सामना करने का साहस दिखा रही थी, जिन्होंने उनके जीवन को नारकीय और दयनीय बना दिया था। वे उसके नेतृत्व तले एक थे, वे युयुत्सु के धन और कृष्ण के मोक्ष को नकार चुके थे, वे उन पंडितों का उपहास कर रहे थे, जो उन्हें नर्क, कीटों, स्त्रियों तथा अछूतों के रूप में असंख्य जीवनकाल तक कष्ट पाने के भय से आतंकित करने की चेष्टा कर रहे थे। वे धर्म के ठेकेदारों की बजाए उस पर भरोसा जता रहे थे, वे उसके लिए अधभूखे पेटों के साथ लड़ने को तैयार थे, वे उसके साथ मरने को तैयार थे ताकि उनकी संतानों को एक बेहतर भविष्य दिया जा सके। उन्होंने सुयोधन पर जो उत्तरदायित्व और विश्वास जताया था, वह वास्तव में भावुक कर देने वाला था। वह लड़ेगा और जीतेगा। भले ही वह मानवीय दोषों से युक्त था, परंतु उसके स्वप्न बहुत बड़े थे। ऐसे स्वप्न यूँ ही समाप्त नहीं होते, अन्यथा उसके देश या संसार के लिए आशा की कोई किरण न बचती।

सुयोधन ने अपनी गदा पर पकड़ कसी और प्रार्थना करने लगा। उसने भीतर से एक बल का सोता उमड़ता हुआ महसूस किया। धर्म उसके साथ था और धर्म की जीत होगी। वह लड़ने के लिए प्रस्तुत था। उसने अर्जुन की ओर देखा। उसने अपेक्षा की थी कि पांडव की ओर से घृणा से भरी दृष्टि का उपहार मिलेगा परंतु यह क्या!! उसने देखा कि अर्जुन ने अपना धनुष फेंक दिया और वहीं रथ के फ़र्श पर बेसुध होकर ढेर हो गया।

***

56. संशयवादी

ज्यों ही अर्जुन ने दोनों पक्षों की, धरती को रक्त-रंजित कर देने की पिपासा लिए खड़ी सेनाओं के विस्तृत विस्तार को देखा तो वह असहायता और नैराश्य के गहन सागर में डूब गया। उसने अपना धनुष पटका और रथ में बैठ गया। उसका सिर झुका हुआ था और कंधे निढाल पड़ गए थे।

"कृष्ण! दूसरे पक्ष में अपने पितामह, संबंधियों व गुरुओं को देखते ही मेरा कंठ मारे शोक के सूख गया है। मेरा हृदय डूबा जा रहा है। मैंने ऐसा क्या पाप किया है? जो भी हो, ये सभी कुरु वंश के योद्धा, मेरे अपने सगे-संबंधी हैं और आप मुझे इनका वध करने को कह रहे हैं? मैं अपने पितामह पर निशाना कैसे साध सकता हूँ, जो सदैव मुझे अपना बेशर्त स्नेह देते आए हैं? मैं गुरु द्रोण को कैसे मार सकता हूँ, जिन्होंने सदैव मुझे अपने सगे पुत्र से भी अधिक स्नेह दिया है? मेरे मामा शल्य, मेरे विपरीत खड़े हैं और इसके अतिरिक्त कितने ऐसे व्यक्ति हैं, जिन्हें मैं हमेशा प्रेम और सम्मान देता आया हूँ। दुर्योधन भले ही अहंकारी और धृष्ट हो, किंतु वह भी मेरा भाई है। क्या सही मायनों में यह राजगद्दी उसकी नहीं है? क्या मैं किसी दस्यु की तरह उससे उसका अधिकार छीनने नहीं जा रहा? कृष्ण! मैं यह युद्ध नहीं कर सकता। बेहतर तो यही होगा कि वे मुझे मारकर, हमसे सब कुछ छीन लें। क्योंकि यदि हम जीत गए तो अपने हाथों पर इतने लोगों की हत्या का रक्त लेकर मैं कभी सो नहीं सकूँगा। यह राज्य इतना आवश्यक नहीं कि इसके लिए अपनों का ख़ून बहाया जाए। आप मुझसे जिस रक्तरंजित युद्ध में उतरने के लिए कह रहे हैं, इससे दूर रहने के लिए मैं कुछ भी करने को तैयार हूँ पर यह सब अपने हाथों नहीं कर सकता। वासुदेव! आप मुझे अकेला छोड़ दें। मैं यह युद्ध नहीं करना चाहता।"

कृष्ण ने अपने सखा को देखा और उसके कंधे पर अपना हाथ रख दिया। "अर्जुन! तुम झूठी करुणा से छले जा रहे हो। काल्पनिक भय तुम्हें सता रहे हैं। मेरी बात सुनो।"

"नहीं कृष्ण! आप चाहते हैं कि मैं अपने ही लोगों, कुरुओं का वध करूँ। क्या आपने नहीं सुना कि एक कुल के योद्धाओं की मृत्यु होने से, उस वंश की परंपरा ही विलुप्त हो जाती है? जब परंपरा और रीति-रिवाज़ ही नहीं बचते, तो स्त्रियाँ निरंकुश होती हैं। वे अपने स्वामियों के बिना स्वच्छंद हो जाती हैं और जातियों का परस्पर मिलन भी हो सकता है। उनके पुत्र कुलहीन और जातिविहीन हो जाते हैं, वे अपने पूर्वजों के लिए कोई भी पितृकर्म

करने के योग्य नहीं रहते। यदि उनके पुत्र उनके अंतिम संस्कार नहीं करते, तो सभी कुरु योद्धाओं की आत्माएँ नर्क में जा पड़ेंगी। यह एक पाप है, पाप। मैं अपने ही लोगों से नहीं लड़ूँगा। मेरी उन योद्धाओं से क्या शत्रुता है, जो केवल आजीविका कमाने के लिए लड़ रहे हैं? नहीं, मुझे ऐसा अपराध करने पर विवश मत करो।"

"अर्जुन! स्त्रैण मत बनो। तुम झूठी करुणा के जाल में उलझ रहे हो। तुम अपयश को न्यौत रहे हो। भावी पीढ़ियाँ तुम्हें कायर कहेंगी क्योंकि तुम युद्धक्षेत्र से पीठ दिखाकर भागे थे।"

"कृष्ण! आप भी तो एक बार, कई वर्ष पूर्व, महान जरासंध का सामना करने से भयभीत होकर, समरभूमि से पीठ दिखाकर भागे थे?"

"मेरी वहाँ से वापसी कोई कायरता नहीं बल्कि मेरी रणनीति का एक हिस्सा था। अर्जुन, तुम कायरता दर्शा रहे हो। यह करुणा की बातें तो केवल अपनी असफलता के भय को छिपाने की आड़ भर हैं।"

"कृष्ण! अपने गुरु के प्रति भक्ति को कायरता का नाम कैसे दिया जा सकता है? आप पितामह के प्रति श्रद्धा को भ्रम का नाम कैसे दे सकते हैं? अगर मुझे कानों में विधवाओं और अनाथों की चीखें सुन रही हैं और अगर मेरी आत्मा कहती है कि युद्ध करने की कोई आवश्यकता नहीं है, तो इसे कायरता का नाम कैसे दे सकते हैं? इस युद्ध में भाग लेने की बजाए इससे बाहर जाने के लिए अधिक साहस की आवश्यकता है, जिसमें मेरा कोई विश्वास नहीं रहा," अर्जुन ने प्रत्युत्तर दिया। उसका हृदय दुख, पीड़ा और नैराश्य में गोते खा रहा था।

कृष्ण अर्जुन के रोष को देख मुस्कराए। बहुत अच्छे, उनके शब्दों से मित्र के भीतर सोया योद्धा जाग्रत हो रहा था। "अर्जुन! तुम उनका शोक मना रहे हो, जो शोक मनाने योग्य नहीं हैं। झूठी सहानुभूति से बदतर कुछ नहीं होता। तुम उन नास्तिकों की तरह बात रहे हो, जो स्वयं को बहुत ज्ञानी मानते हैं परंतु वास्तव में वे दिग्भ्रांत आत्माएँ हैं, पथ से भ्रष्ट हो गई हैं। भले ही तुम्हारी बुद्धि को ये शब्द भा रहे हों परंतु तुम गहनता से विचार नहीं कर रहे। मृत्यु तो जीवन का एक अंश भर है।

"कृष्ण! मैं समझा नहीं।"

"पार्थ! जिस तरह किसी के शरीर में उचित समय पर कैशौर्य, यौवनावस्था तथा बुढ़ापा प्रकट होते हैं, उसी तरह मृत्यु भी होती है। परंतु जो भी मरता है, उसका जन्म अवश्य होता है। यही कर्म का शाश्वत नियम है। जन्म और मरण तो दिन और रात के समान हैं। क्या हम रात के ढलने या शोक या दिन के निकलने का उल्लास मनाते हैं? बुद्धिमान व्यक्ति के लिए जिस तरह दिन और रात, प्रकृति के भाग हैं, उसी तरह जीवन और मृत्यु हैं।

"कृष्ण! आप मृत्यु को कितना तुच्छ बना रहे हैं। मैं समय पर आने वाली मौत को समझ सकता हूँ किंतु आप तो मुझे वध करने को कह रहे हैं। यह तो धर्म नहीं है।"

"तुम सोचते हो कि तुम इन्हें मार सकते हो या इन्हें लगता है कि ये तुम्हें मार सकते

हैं? तुम्हें संदेह है, क्योंकि तुम नहीं जानते कि तुम कौन हो। तुम कोई शरीर नहीं; तुम और देह अलग-अलग हो। समझो कि यह शरीर एक वस्त्र की तरह है जिसमें तुम्हारा सच्चा स्वरूप छिपा है; यह शरीर आत्मा का आवरण मात्र है। आत्मा नश्वर और अपरिवर्तनशील है। आत्मा की कोई मृत्यु नहीं होती। जिस तरह आप गंदे होने पर वस्त्र बदलते हैं, उसी तरह आत्मा भी शरीर बदलती है। मृत्यु कुछ और नहीं, दिव्य आत्मा द्वारा पुराने वस्त्र उतार कर, नए और साफ़ वस्त्र धारण करने की प्रक्रिया भर है।" कृष्ण ने रणभूमि में खड़ी कौरवों और पांडवों की सेना की ओर हाथ बढ़ाकर कहा।

"मेरी आत्मा को यह युद्ध करके क्या लाभ होगा और राज्य पाकर भी क्या मिल जाएगा, यह मेरा शरीर ही राज्य के सुखों का उपभोग करेगा और इस शरीर को ही अपने सगे-संबंधियों की हत्या की पीड़ा सहनी होगी? क्या मुझे अपने शरीर के आनंद के लिए लड़ना चाहिए, जो एक वस्त्र मात्र है, जिसे कभी भी बदला जा सकता है? अगर केवल आत्मा ही महत्त्व रखती है, तो यह विजय मेरे किस काम आएगी, अगर मैं आत्मा की बजाए इस शरीर को पोषित करूँगा तो क्या मुझे मूर्ख नहीं कहा जाएगा?"

"समझो, आत्मा को पानी में डुबोया नहीं जा सकता, तलवार से काटा नहीं जा सकता, आग में जलाया नहीं जा सकता। तुम किसी को मारकर, इसे नष्ट नहीं कर सकते, तुम्हारा शत्रु भी तुम्हारी आत्मा को नष्ट नहीं कर सकता। आत्मा परमात्मा का प्रतिबिंब है, जो इस ब्रह्माण्ड में और इससे भी परे व्याप्त है। यह जीवन उस परमात्मा का ही प्रकटीकरण है, यह उसी तरह अस्थिर है, जैसे झील की तरंगों पर चंद्रमा की झलक, और उतना ही वास्तविक भी है। जीवन उस झलक के सिवा कुछ नहीं, जो जीवन और मृत्यु के अंतराल के बीच घटता है। इस विशाल समय और इसकी भव्यता की कल्पना करो, और तुम समझ जाओगे कि यह जीवन हवा में उड़ते पत्ते सा ही स्थायी है। यदि तुम आत्मा को नहीं मार सकते तो दूसरों को मारने की ग्लानि को अपने मन में क्यों लाते हो?"

अर्जुन ने पराजय भाव से अपना सिर हिलाया, "कृष्ण! चाहे आप जो भी कहें, मैं मृत्यु और कष्ट का कारण नहीं बन सकता।"

कृष्ण ने उत्तर दिया, "अर्जुन, अगर तुम क्षत्रिय धर्म को निभाने से इंकार करते हो तो तुम सारे भारतर्ष के योद्धाओं को लज्जित व अपमानित करने का कारण बनोगे। एक क्षत्रिय के लिए युद्धभूमि में प्राण देने से बढ़कर कुछ नहीं होता। स्वर्ग ऐसे महारथियों की प्रतीक्षा करता है। युद्ध के रथ को त्याग कर, तुम कुरुओं के लिए अपयश के भागी होगे। क्या अपयश मृत्यु के समान नहीं है? क्या तुम चाहते हो सभी तुम्हें कायर कहें? वीरगति पाई तो स्वर्ग में स्थान मिलेगा। विजयी रहे, तो यहीं स्वर्ग पा लोगे। मेरे प्रिय मित्र! इस युद्ध को लड़ने में, तुम्हारी तो कोई हानि ही नहीं है।"

"हे कृष्ण! मेरे हाथों यह पाप न करवाओ। इरावान् का मुख मुझे अब भी सताता है। अभिमन्यु मुझे संसार में सबसे प्रिय है। दुर्योधन को भी ऐसा ही लगता होगा। अगर अभिमन्यु को कुछ हो गया तो मैं क्या करूँगा। मैं पहले भी एक बार दुर्योधन के पुत्र का बुरा कर चुका

हूँ; अगर उसके पुत्र को मार बैठा, तो अपना सामना कैसे करूँगा? अगर अश्वत्थामा को मार दिया तो अपने गुरु को मुख कैसे दिखाऊँगा? कर्ण मेरा शत्रु है परंतु अब मैं समझ गया हूँ कि जिस तरह उसने हमें ग़लत समझा, उसी तरह हमने भी कभी उसके साथ न्याय नहीं किया। इस उन्माद का अंत होने दें। यह सारा अपयश मेरी झोली में आने दें।"

"मेरे प्रिय मित्र! तुम इस नश्वर संसार और इसके निरर्थक मोह में उलझ रहे हो। तुम परिणामों से भयभीत होकर कर्तव्य से मुख मोड़ रहे हो। तुम कर्मों से डरते हो, तुम्हें लगता है कि तुम इस तरह कर्मजाल में फँस जाओगे। आनंद व पीड़ा, जय और विजय, लाभ और हानि, जीवन तथा मृत्यु को एक समान तथा अहमत्त्वपूर्ण जानो। कर्तव्य के नाम पर रणभूमि में उतरो। अपने प्रयोजन व धर्म के प्रति श्रद्धा का निर्वाह करो; परिणाम की चिंता मत करो।"

"परंतु, कृष्ण, परिणाम तो महत्त्व रखता है। अगर नहीं तो लोग बारंबार सफलता पाने के लिए प्रयत्न क्यों करते हैं? अगर परिणाम महत्त्व ही नहीं रखता तो सफल होने की आवश्यकता ही क्या है? मुझे भय है कि मृत्यु और सार्वभौमिक कष्ट ही एकमात्र परिणाम होगा। क्या मुझे उसकी चिंता नहीं करनी चाहिए? क्या मैं एक अविचारवान राक्षस हूँ?"

"कर्म फल की इच्छा किए बिना अपना कर्तव्य निभाओ। तुम बार-बार जन्म और मृत्यु के चक्र से छूट जाओगे।"

"मुझे जीवन से प्रेम है और यह एक सुंदर संसार है। मैं अपनों को मारकर किसी ऐसी जगह पर क्यों जाना चाहूँगा जहाँ प्रसन्नता या पीड़ा, कुछ भी नहीं है? मुझे ऐसा पाषाण बनने की क्या आवश्यकता है, जो किसी भी चीज़ से नहीं हिलता और केवल इसलिए है कि उसे वहाँ होना है। यह तो कोई जीवन नहीं है।"

"अर्जुन! ऐसा व्यक्ति बनो जिस पर किसी परिस्थिति का प्रभाव नहीं होता और वह केवल अपना कर्तव्य निभाता है। उस कमल की तरह बनो, जो जल में जन्म पाने के बाद भी उससे निर्लिप्त रहता है। ठीक इसी तरह, अपने कर्मों में खिलो परंतु इनमें भीगो मत या परिणामों से मोह मत पालो। स्थितप्रज्ञ बनो, अपने धर्म व कर्तव्य के प्रति समर्पण भाव से प्रस्तुत रहो।"

"भले ही इससे दूसरों के लिए पीड़ा उत्पन्न हो?"

"अपने कर्म के फल से मोह मत रखो। केवल कर्म के प्रति समर्पित रहो। कष्ट एक भ्रम है।"

"कृष्ण! अगर काम करने से कष्ट होता है तो काम करें ही क्यों? हमें ऋषियों की तरह वन में आश्रय नहीं ले लेना चाहिए?"

"अगर कोई मनुष्य समझता है कि वह अपने कर्तव्यों से मुख मोड़कर, कर्म की मार से बच सकता है तो वह अपने-आप को छल रहा है। काम किए बिना कोई जीवित नहीं रह सकता। बुद्धिमान व्यक्ति जानता है कि अपने काम के फल से अनासक्त रहना है और अपना कर्तव्य निभाना है, यही निष्काम कर्म है।"

"परंतु कृष्ण! किसी आवेग के अभाव में जीना बहुत ही अस्वाभाविक लगता है।"

"मित्र! ऐसे विचार तुम्हारे चचेरे भाई दुर्योधन जैसे दुष्टों के होते हैं जिनके लिए यह संसार आवेगों तथा इंद्रियों की पूर्ति का साधन है। यही तमोगुण का लक्षण है, अंधकार का गुण, उनका यह अधूरा ज्ञान ही उनके विनाश का कारण होगा।"

"परंतु दुर्योधन भी तो यही कह सकता है। वह भी तो अपने अधिकार की रक्षा करते हुए, अपना कर्तव्य निभा रहा है। क्या लड़ना उसका क्षत्रिय धर्म नहीं है? उसका यह गुण दुष्टता और मेरे लिए अच्छाई हो जाएगा।"

"दुर्योधन अपनी इच्छापूर्ति के लिए लड़ रहा है। उसे जलन और आवेगों ने घेर रखा है।"

"हम भी तो वही हैं। यह युद्ध हमारे प्रतिशोध का ही तो फल है। उसने द्रौपदी के साथ जो किया, हम उसका प्रतिशोध ले रहे हैं। हम सभी आवेग, घृणा और मानवीय भावों से घिरे हैं।"

"मैं तुम्हें सुझाव देता हूँ कि दुर्योधन के प्रति सारा घृणा और द्वेष त्यागकर केवल इसलिए युद्ध करो क्योंकि यह तुम्हारा धर्म है। जब एक बार क्रोध से उबरोगे तो अपने संबंधियों के प्रति झूठे मोह से भी आजाद हो जाओगे।"

"यदि मैं दुर्योधन के द्रौपदी के प्रति बुरे व्यवहार से उत्पन्न क्रोध को ही भुला दूँगा, तब तो लड़ने का कोई कारण ही शेष नहीं रहेगा। तब मेरा क्या होगा? क्या मुझे वध करने के उपकरण में बदलना होगा?"

"तुम एक योगी कहलाओगे जिसने अपनी इंद्रियों पर विजय पा ली है। किसी देह में इंद्रियाँ श्रेष्ठ हैं, इंद्रियों से मन श्रेष्ठ है और बुद्धि मन से भी श्रेष्ठ है। तुम्हें ऐसा व्यक्ति बनना होगा, जो बुद्धि के पथ पर चलता है। यही अपने लक्ष्य के प्रति श्रद्धा और समर्पण का पथ है। यही वह रहस्य है, जो मैंने कई युगों पूर्व विवस्वत को बताया, उसने इसे मनु को बताया और मनु ने इक्ष्वाकु के सूर्यवंश को इसका परिचय दिया, और इस तरह हज़ारों पीढ़ियों से होते हुए, यह ऋषियों तक पहुँचा। अब मैं इसे अपने मित्र अर्जुन को बता रहा हूँ।"

"आप मेरे मित्र हैं। समवयस्क हैं। विवस्वत का जन्म तो सृष्टि के आरंभ में हुआ था। मनु प्रथम पुरुष थे। आप उन्हें वह सब कैसे बता सकते हैं, जो आपने अभी मुझे बताया?"

"मेरे और तुम्हारे पहले भी बहुत से जन्म हो चुके हैं। परंतु मेरा सार भी क्षय को प्राप्त नहीं होता। जब-जब अधर्म का बोलबाला और धर्म का नाश होता है, तब दुर्बलों और शोषितों को बचाने के लिए, मैं हर युग में जन्म लेता हूँ। मैं इस संसार में दुर्योधन जैसे दुष्टों का वध करने आया हूँ।"

"कृष्ण! मैं दिग्भ्रमित हूँ। अगर आप सर्वज्ञानी हैं तो आपको पता होना चाहिए कि अधर्म क्या है। अगर आप सर्वज्ञ हैं, जब आप इस संसार के साथ एकात्म हैं तो आपको

सब जानने के लिए बार-बार जन्म लेने की क्या आवश्यकता है, आप तो स्वयं ही भुवन हैं। अगर आप सर्वशक्तिमान हैं, तो दुष्टता को जन्म ही क्यों देते हैं? अगर आपके पास सृजन और विनाश की शक्ति है, तो अधर्म का जन्म ही क्यों होता है? अगर अधर्म एक भूल है, तो आप सर्वशक्तिमान और सर्वज्ञ नहीं हैं। परंतु यदि आपने अधर्म को रचा है तो आप करुणायमी महाशक्ति नहीं हैं, आप जानते हैं कि इससे कितना कष्ट होगा, फिर भी इसे बनाया, ऐसे तो एक परपीड़क की गंध आती है। अगर अधर्म स्वयं पैदा होता है और आपको इसे समाप्त करने के लिए लड़ना होगा तो आप कोई सर्वसत्ताशाली नहीं, आप हमारी तरह ही नश्वर मनुष्य हैं। कृष्ण, यदि आप इस संसार के नियंता हैं और इसमें अधर्म बसता है तो इसका सीधा सा अर्थ है कि आप यानी यह संसार अपने-आप में असंपूर्ण है। यदि यह संसार अपूर्ण है तो आप भी अपूर्ण हैं।"

कृष्ण विस्मित भाव से हँस दिए। "मित्र! तुम तो किसी सयाने दार्शनिक की तरह बातें कर रहे हो परंतु कष्ट भी तो एक भ्रम ही है। पीड़ा व आनंद संसार की प्राकृतिक लय के ही अंश हैं। एक सिंह मृग को मारता है; सिंह का धर्म है कि वह मारकर खाए; मृग का धर्म है कि वह भागकर अपनी जान बचाए। एक के बिना, दूसरे का अस्तित्व हो ही नहीं सकता। जब अधर्म का पलड़ा भारी हो जाता है तो धर्म का संतुलन साधन के लिए मैं इस संसार में आता हूँ। मैं ही दुर्योधन हूँ और मैं ही अर्जुन हूँ। मैं ही युधिष्ठिर हूँ और मैं ही शकुनि हूँ। धर्म और अधर्म, एक ही ऊर्जा के दो प्रकटीकरण हैं। आज जो धर्म है, वह कल अधर्म हो जाएगा। यही कारण है कि योगी किसी भी कर्म के परिणाम की चिंता नहीं करते।"

"बहुत से व्यक्ति ऐसे भी तो हैं जो कर्म का पथ त्याग कर, वन में ध्यान रमाए बैठ जाते हैं।"

"वे ज्ञान के सांख्य पथ का अनुसरण करते हैं। योग का पथ सरल है; परिणाम की चिंता किए बिना केवल अपने कर्तव्य का निर्वाह करना। तब तुम उस कर्मफल में नहीं बँधोगे।"

"कृष्ण! तब यह उत्तरदायित्व आपका होगा? मैं जो भी अत्याचार या पाप करूँगा, उसका दायित्व आप लेंगे?"

"तुम्हारी प्रकृति कर्म में लिप्त होती है। मैं किसी के गुण या दोष को अपने सिर नहीं लेता परंतु मैं तुम्हारे, प्रत्येक जीवित या अजीवित प्राणी के भीतर वास करता हूँ। अपने मन की बात सुनो और तुम जान जाओगे कि तुम्हारा कर्तव्य क्या है? मैंने जिन चार वर्णों की रचना ही है, वे जन्म पर नहीं, मनुष्य की प्रकृति पर आधारित हैं। जो ज्ञान के पथ पर चलते हैं, वे ब्राह्मण हैं, जो कर्म के पथ पर चलते हैं, वे क्षत्रिय हैं, समर्पण के पथ पर चलने वाले वैश्य हैं और ऐंद्रिक आनंद में मग्न रहने वाले शूद्र हैं, वे दूसरों की सेवा करने के लिए बने हैं। जब तक यह संसार रहेगा, ये विभाजन बने रहेंगे। सबल सदा दुर्बलों पर शासन करेंगे। जब संतुलन बिगड़ता है तो मैं प्रकट होता हूँ किंतु इस संसार में संपूर्ण संतुलन कहीं नहीं है। संपूर्णता स्थिरता है, संपूर्णता मृत्यु है। जो चक्र गतिमान नहीं, वह व्यर्थ है। मैं धर्म रूपी चक्र

की धुरी हूँ। ज्ञान उसकी खूँटी है। आज जो ऊपर है, कल वह नीचे होगा। धर्मचक्र काल के साथ चक्रीय गति करता है।"

"कृष्ण! मैं एक योद्धा हूँ। मैं आपके शब्दों के अर्थ नहीं समझ पा रहा। मैं भ्रमित हूँ। क्या जीवन का कोई अर्थ नहीं है? जीवन का उद्देश्य क्या है? क्या हम धर्म के चक्र के दाँते हैं, जो यूँ ही लगातार घूमते रहेंगे?"

"ज्ञान, श्रद्धा, समर्पण व मनन के बल पर केंद्र की ओर आओ और मेरे साथ एकात्म हो जाओ। भले ही धुरी चक्र का प्रमुख भाग है, परंतु यह नहीं हिलता। उसी प्रकार, जो भक्त जन्म और मरण के चक्र से मुक्ति पा लेता है, उस चक्र से छूट जाता है, जिसमें धर्म और अधर्म अपने स्थान बदलते रहते हैं, वह धर्मचक्र की धुरी के रूप में, मेरे भीतर आश्रय पाता है। जब ऐसा व्यक्ति मेरे साथ एकलीन होता है तो वह देख सकता है कि चक्र तो एक लय है और धर्म व अधर्म उसी एक चक्र के दो अंश हैं।"

"आपकी कही अधिकतर बातें समझ नहीं सका। जब भी आपके कहे शब्दों पर विचार करता हूँ तो हर बार एक नया अर्थ सामने आ जाता है। सुनने में तो तार्किक लगता है, किंतु मैं एक साधारण मनुष्य हूँ और जीवन के यथार्थ से टकराते हुए, आपके दिए पाठ भूल जाता हूँ। मैंने पाया कि स्थितप्रज्ञ होने का प्रयास करने के स्थान पर, उदास होने पर अश्रुपात करना, प्रसन्न होने पर हँसना, क्रोध में आने पर हुँकार भरना और किसी पर प्यार उमड़ने पर उसे गले से लगाना कहीं सरल है। मुझे चक्र का अंश बनना पसंद है, भले ही मैं छोटा सा बिंदु हूँ पर सदा गतिमान हूँ। मेरे भ्रमित मन को लगता है कि धुरी का अंश होने में कोई आनंद नहीं है। धुरी के साथ स्थिर रहने की अपेक्षा, चक्र के साथ गतिमान रहने की कल्पना अधिक अद्भुत जान पड़ती है।"

कृष्ण फिर से हँस दिए। उन्होंने देखा कि दोनों पक्षों की सेनाएँ विश्राम की मुद्रा में थीं किंतु अभी उन्हें अपने मित्र को एक और महत्त्वपूर्ण पाठ पढ़ाना था जो जीवन के प्रति इतना गहरा आवेग रखता था।

"अर्जुन! लड़ो व संसार को जीतो। अपना कर्तव्य निभाओ।"

"नहीं कृष्ण! अभी मेरे संदेह दूर नहीं हुए।"

कृष्ण ने आह भरी। "मैं तुम्हें एक सरल सा सूत्र देता हूँ - यह सांख्य या अपने कर्तव्य के प्रति श्रद्धा या समर्पण भाव से भी कहीं सरल है। योग भक्ति का पथ है - मेरे प्रति समर्पित हो जाओ। अपना हर कृत्य, मेरी प्रार्थना समझ कर करो।"

"मैं ऐसा कैसे कर सकता हूँ, जब मेरे कृत्य से भय उत्पन्न होगा?"

"सोचो, *इदम् न मम्!* यह कार्य मुझसे संबंध नहीं रखता। इसे मेरे प्रति एक भोग अथवा प्रार्थना के रूप में निभाओ।"

"कृष्ण! आप कौन हैं?"

"अर्जुन! सदैव मेरा स्मरण करो। अपने मन व बुद्धि को मुझमें स्थिर रखते हुए, युद्ध

करो। मुझे प्राप्त करो और जन्म व मृत्यु के बंधन से छूट जाओ। मैं इस अंतरिक्ष में व्याप्त हूँ, सारी सत्ताएँ मेरे ही भीतर हैं। मेरी दैवीय शक्ति को जानो। मुझे पूजो, सदा मेरा गुणगान करो और अपने संकल्प को निभाओ। अपने निष्काम कर्म के साथ मेरी आराधना करो, अपनी भक्ति के साथ मेरी आराधना करो, और अपने ज्ञान के माध्यम से मुझे पा लो। मैं वैदिक यज्ञ हूँ, मैं ही स्मृति हूँ, मैं ही स्वधा हूँ, मैं ही जड़ी-बूटियों का सत्व हूँ, मैं ही मंत्र हूँ, मैं ही अग्नि हूँ। मैं ही यज्ञ की समिधा हूँ। मैं ही ब्रह्माण्ड का पिता हूँ, माता हूँ। मैं ओ३म् हूँ। अपने त्याग और समर्पण के बल पर स्वयं को कर्म के चक्र से मुक्त करो और मेरे पास आओ। जो मुझे स्वयं को सौंप देता है, उसका कभी क्षय नहीं होता।"

अर्जुन ने अपने मित्र को कौतुक से देखा। "कृष्ण! मैं आपको वास्तव में कभी नहीं जान सका। मुझे अपना वास्तविक रूप दिखाएँ।"

"कुंती पुत्र! मेरे दर्शन करो। विभिन्न ब्रह्माण्डों के सूर्यों, रुद्र, अश्विनी और मरुत तथा अन्य उपदेवों को देखो। संपूर्ण ब्रह्माण्ड को देखो। मेरी सार्वभौम रहस्यवादी प्रकृति को देखो। काल के दर्शन करो।"

कृष्ण ने अपना हाथ उठाया तो अर्जुन ने पलकें झपकीं। वह सोचने लगा कि क्या वह किसी मतिभ्रम का शिकार हो गया था? उसे ऐसा लगा मानो वह किसी तंद्रा में हो। "हाँ, मैं आपको देखता हूँ... आपका न तो आदि है, न मध्य और न ही कोई अंत। आपकी असंख्य भुजाएँ हैं, सूर्य और चंद्र आपके दो नेत्र हैं। यह भुवन प्रकंपित हो रहा है। मैंने देखा कि धृतराष्ट्र के सभी पुत्र तथा उनके पक्ष के सभी महारथी आपके भयानक मुख में प्रवेश कर रहे हैं। मैं देख रहा हूँ कि वे सभी आपकी ओर इस तरह खिंचे आ रहे हैं जैसे पतंगे ज्वाला को देख उसकी ओर आकर्षित हो दौड़ते हैं। आप ही इस ब्रह्माण्ड की ऊर्जा हैं। मैं अपने सारे शत्रुओं को मृत देखता हूँ।"

"अब तुम्हारे हृदय व मस्तिष्क में विवेक का उदय हुआ। मैंने तो पहले ही सारे महारथियों का वध कर दिया है। तुम तो एक साधन मात्र हो। परिणाम की चिंता मत करो। लड़ो और अपने शत्रुओं को पराजित करो।" कृष्ण सारथी के स्थान पर जा बैठे और अश्वों की रासें थाम लीं।

अर्जुन ने अपना शंख उठाकर फूँका और इस शंखध्वनि के साथ ही युद्ध के आरंभ की घोषणा कर दी। अगले अठारह दिवस तक वह अब केवल उसी ओर बाण चलाएगा, जहाँ कृष्ण कहेंगे। यद्यपि अभी न तो पूरी तरह संदेह मिटे थे और न ही अपने कर्म के प्रति आश्वस्ति का भाव आया था किंतु वह अपने कर्म के परिणाम की चिंता किए बिना, अपने मित्र के विवेक पर विश्वास रखते हुए आगे बढ़ेगा। परंतु बाद में, जब कर्म का चक्र चला तो वह उन सभी पाठों को भूल गया जो कृष्ण ने उसे धर्म के मंदिर में पढ़ाए थे।

* * *

57. पहले आठ दिन

कौरवों की ग्यारह अक्षौहिणी सेनाएँ पांडवों की सात अक्षौहिणी का सामना कर रही थीं। युयुत्सु का कारवाँ परोक्ष रूप से पांडवों को भोजन व अस्त्र-शस्त्रों की आपूर्ति कर रहा था। यही बात एक बड़ा अंतर पैदा कर रही थी। शीत ऋतु का आगमन हो चला था और सूर्य का ताप अधिक नहीं था। रणभूमि में एक अजीब सी धुँध छाई थी और रणभूमि में लड़ते योद्धा आपस में तलवारें खनकाते हुए शीत से ठिठुर-ठिठुर जाते। भीष्म का रुपहला रथ रणभूमि के मध्य में खड़ा था। हवा उनकी दाढ़ी के श्वेत केशों और सुनहरे ताड़ वृक्ष व पाँच सितारों वाली पताका को सहला जाती। जब उन्होंने अर्जुन का शंखनाद सुना तो वे अपनी सेनाओं से बोले, "वीरहृदयों! योद्धाओं का स्वर्ग तुम्हें पुकार रहा है। भविष्य की चिंता मत करो। युद्ध करना और आवश्यकता पड़ने पर, अपने प्राणों का त्याग करना, हमारा कर्तव्य बनता है। यह युद्ध हमारे कुल और देश के लिए है, धर्म और भारतवर्ष के लिए है। धर्म की विजय होगी। युद्ध के नियमों को कभी मत भूलना। पूरी वीरता से युद्ध करो, निष्ठा से युद्ध करो," सभी सिपाहियों ने रणघोष किया।

सुदूर कहीं, कर्ण अपने डेरे के एकांत में खड़ा था, युद्ध के नारे उस तक पहुँच रहे थे। वह एकमात्र ऐसा योद्धा था, जिसे युद्ध से दूर रखा गया। उसने बहुत ही कसैले मन से दुआ की कि भीष्म युद्ध में शीघ्र ही मारे जाएँ।

द्रोण और कृप दाईं और बाईं ओर से युद्ध का नेतृत्व संभाल रहे थे। अश्वत्थामा और सुशासन, भीष्म के पक्ष की रक्षा कर रहे थे। माद्री का भाई शल्य, उस विद्रोही योद्धा को, अपने भाँजों नकुल और सहदेव के विरुद्ध, सुयोधन के साथ खड़े रहने के लिए चुना गया था। वह एक दुष्टता से भरी मुस्कान लिए अपने रथ में खड़ा था। निर्भीक और उद्दंड शल्य किसी भी युद्ध का तख़्ता पलट सकता था। वह अपने इन्हीं निर्भीक और अनूठे रण कौशलों के लिए जाना जाता था। रणभूमि में योद्धा उसके नाम से ही काँपते थे। सुयोधन मध्य में था, उसकी रथ पताका पर कुंडली मारे दो सर्प दिख रहे थे, उसने तय किया था कि वह किसी दैवीय प्रतीक के साथ युद्ध नहीं करेगा। यह युद्ध उसकी उस प्रजा के लिए था, जिसे विस्मृत कर दिया गया था। नाग भी एकलव्य के प्रति अपनी श्रद्धांजलि अर्पित कर रहे थे।

अर्जुन ने अपनी सेना को वज्र व्यूह बनाकर खड़ा किया था, जो कि तेज़ी से आने वाले मारक आक्रमणों के लिए उपयुक्त था। युधिष्ठिर मध्य में थे। भीम और धृष्टद्युम्न उनकी

सेनापंक्तियों की रक्षा कर रहे थे। युयुत्सु की सेनाओं के आ मिलने से, उनकी सेना भी पहले से अधिक हो गई थी।

जब घास के मैदान से धुँध ने बेमन से विदा ली और सूर्य पूरी तरह से उगा तो भीष्म के गुरु-गंभीर स्वर में आदेश गूँजा, "आक्रमण!" विनाशलीला के दिन आरंभ हो गए थे। इस धर्मयुद्ध में अनेक नए मोड़ आने वाले थे परंतु इससे अकाल और सूखे की मार झेलती प्रजा को कोई राहत नहीं मिलने वाली थी।

पहला दिन कौरवों के नाम रहा। युयुत्सु की मदद के बावजूद भीष्म पांडवों की पूरी अक्षौहिणी का सफ़ाया करने में सफल रहे। विराज का राजकुमार, उत्तर मारा गया। परंतु दूसरे दिन, दक्षिणी मंडल से टूटकर, कर्ण की मदद के लिए आया कलिंग नरेश मारा गया। तीसरे दिन के अंत तक, पांडव कौरवों की सेना में खलबली मचाने में सफल रहे। भीष्म के कट्टर रवैए ने कौरवों का मनोबल तोड़ा और सुयोधन को उनके साथ बहस करनी पड़ी, जो आगे चलकर एक लंबी शृंखला बनी।

चौथे दिन के अंत पर, सुयोधन दनदनाते हुए भीष्म के कक्ष में घुसा और उन पर आरोप लगाया कि वे पांडवों का पक्ष ले रहे थे। भीष्म ने कोई उत्तर नहीं दिया तो सुयोधन भीतर ही भीतर सुलग उठा। साफ़ दिखाई देने लगा था कि वे जीतने के लिए नहीं लड़ रहे थे। इसमें कोई संदेह नहीं कि साधारण सैनिकों की मृत्यु हो रही थी किंतु इतने दिनों के भीतर, दोनों पक्षों से किसी भी महान कुरु योद्धा का अंत नहीं हुआ था। दरअसल, भीष्म मन ही मन यह चाहते थे कि दोनों पक्ष किसी तरह संधि के लिए सहमत हो जाएँ। युद्ध छठे और सातवें दिन भी इसी तरह जारी रहा और हज़ारों साधारण सैनिकों की जानें गईं; किंतु फिर भी दोनों पक्षों से एक भी महारथी कम नहीं हुआ था। जब युधिष्ठिर ने इतने निर्दोष लोगों के प्राण जाते देखकर विगलित भाव से कृष्ण से युद्ध को रोकने की विनती की तो ऐसा लगा कि भीष्म की योजना सफल हो जाएगी। कौरवों के खेमे में, भीष्म किसी प्राचीर की तरह अडिग खड़े थे, उन पर सुयोधन के किसी भी तर्क का प्रभाव नहीं हो रहा था, जो उन्हें बार-बार अर्जुन या युधिष्ठिर को मारकर, युद्ध में विजय प्राप्त करने के लिए कह रहा था।

उस महान युद्ध में आठवाँ दिन बहुत निर्णायक रहा। कृष्ण ने पांडवों के सेनापति धृष्टद्युम्न को निर्देश दिया कि वे गांधार सेना पर धावा बोलें। इस तरह अनेक गांधार व्यक्तियों के साथ शकुनि का एक पुत्र भी वीरगति को प्राप्त हुआ। गुस्से से पगलाया हुआ शकुनि सुयोधन के बारह भाइयों को पांडवों के क्षेत्र में बहुत आगे तक ले गया किंतु जब वे अधिक समय तक टिक नहीं सके तो उन्हें वापस आना पड़ा। शकुनि ने स्वयं को पीछे ही रखा किंतु पांडवों ने दर्जनों कौरव युवराजों का अंत कर दिया, जिससे युद्ध एक नए स्तर पर आ खड़ा हुआ। अब पीछे लौटने की कोई राह नहीं बची थी। अब इस युद्ध को रोकना भीष्म के वश में न रहा। उन्होंने शाही रक्त के न बहाने का जो वादा किया था, जैसे वह उनके ही कानों को सारहीन और झूठा लगने लगा।

कर्ण ने सुयोधन के बारह भाइयों के अंतिम संस्कार में भाग लिया। उसने अपने मित्र

को सुझाव दिया कि इससे पूर्व वे सब कुछ हार जाएँ, उसे भीष्म को उनके पद से हटा देना चाहिए। सुयोधन शोक और क्रोध के मारे बौखला गया था। वह अश्वत्थामा के साथ पितामह भीष्म के कक्ष में गया और उन्हें अपनी ओर से अंतिम चेतावनी दे दी।

***

58. विश्वासघाती

भीष्म ने सुयोधन की ओर नहीं देखा। संभवतः उन्होंने सोचा था कि अपने भाइयों की मृत्यु के बाद सुयोधन संधि के लिए सहमति दे देगा। सुयोधन को पूरा विश्वास हो गया था कि भीष्म एक दिखावटी लड़ाई लड़ रहे थे और वे पांडवों पर हमला नहीं कर रहे थे। उन्होंने कौरव भाइयों को भी बचाना चाहा, किंतु जब शकुनि उन्हें लेकर पांडवों की पंक्तियों में चला गया और बारह कौरव भाई मारे गए तो उसके बाद सुयोधन किसी भी हाल में पांडवों को क्षमा नहीं करना चाहता था।

"पितामह, युद्ध को आरंभ हुए आठ दिन हो गए हैं।"

एक वैद्य पितामह के घावों पर मरहम-पट्टी कर रहा था। अश्वत्थामा वहीं आड़ में खड़ा था। "और?" भीष्म ने अपनी भुजा हिलाते हुए कहा। वैद्य ने उनसे कहा कि वे अगले दिन तक अपनी भुजा को न हिलाएँ। उन्होंने उसे खीझकर देखा। वैद्य ने हारकर अपनी जीभ चटकाई और हल्का सा झुक कर प्रणाम करते हुए, उनके तंबू से बाहर निकल गया।

"मुझे तो इसका कोई अंत दिखाई नहीं देता।" सुयोधन ने कहा

"तुम इसे कभी भी रोक सकते हो?" भीष्म ने भौंह उठाई।

"परंतु हमारी जीत नहीं हो रही, आपके नेतृत्व में भी हम नहीं जीत रहे।"

"हम हार भी तो नहीं रहे।"

"पितामह, मेरे बारह भाई नहीं रहे और आप मुझे बता रहे हैं कि हमारी पराजय नहीं हो रही? हमें कर्ण को भी लड़ने की अनुमति देनी चाहिए।"

भीष्म ने आग उगलते नेत्रों से सुयोधन को देखा। "सुयोधन! तुम यह क्या पूछ रहे हो? क्या हम एक सूत को अपने लिए युद्ध लड़ने दें?"

"पितामह! हम सब जानते हैं कि आप अपने लोगों को पांडवों के पीछे जाने की अनुमति ही नहीं दे रहे।

"सुयोधन! क्या अब तुम मुझे युद्ध के दाँव-पेंच सिखाओगे? शायद आज रणनीति ही सिखाने आए हो?"

"कितने लोग पहले ही प्राण गँवा चुके हैं।"

"ओह! बहुत से लोग जान से हाथ धो चुके हैं? तो जब यह मूर्खता आरंभ की थी, तब क्या सोचा था? तुम यह सब समाप्त होने से बहुत पहले ही रोग और मृत्यु से तंग आ जाओगे।"

"मैं पांडवों का अंत चाहता हूँ और आप अर्जुन की रक्षा कर रहे हैं। हम जब तक उसे समाप्त नहीं करते, तब तक यह युद्ध समाप्त नहीं होगा।"

"क्या तुम मुझ पर निष्ठाहीनता का आरोप लगा रहे हो? मैं कोई जुए में जीता गया, दास नहीं हूँ, पुत्र। मैंने अपनी शर्तों पर युद्ध में शामिल होना स्वीकार किया है। यदि मैंने किसी पांडव को नहीं मरने दिया तो मैंने यह भी ध्यान रखा कि कोई तुम्हारे प्राण न ले।"

"पितामह! इस युद्ध में मेरे भाई मारे गए हैं। हमें इस युद्ध को जीतकर, शीघ्र ही समाप्त कर देना चाहिए। मृतकों की संख्या बढ़ रही है और अकाल की स्थिति विकट होती जा रही है। कुरुक्षेत्र की रणभूमि में जितने लोग मारे जा रहे हैं, उससे अधिक तो मार्गों में भूख के मारे दम तोड़ रहे हैं।"

"क्या तुम संधि करना चाहोगे?"

"नहीं, उन्होंने जो किया, उसके बाद तो कभी नहीं; मैं जानता हूँ कि मेरे हारने के बाद वे मेरी प्रजा के साथ क्या करेंगे इसलिए मैं संधि नहीं करना चाहता।"

भीष्म ने उसाँस भरी। "तब तुम चाहते क्या हो?"

"अर्जुन का वध कर दें।"

"नहीं! मैं अपने किसी भी पड़-भतीजे की हत्या नहीं होने दे सकता। तुम सभी मेरा अपना रक्त हो, मेरे लिए पुत्रों के समान हो।"

"पितामह! क्या वे बारह कौरव आपके कुछ नहीं थे, जो आज रणभूमि में मारे गए? या वे इसलिए महत्त्व नहीं रखते क्योंकि वे नेत्रहीन धृतराष्ट्र की संतानें और दुष्ट दुर्योधन के भाई थे? कर्ण को लड़ने की अनुमति दें! वह किसी से कोई संबंध नहीं रखता इसलिए वह कोई पछतावा नहीं रखता।"

"यह कर्ण का युद्ध नहीं है। मैं नहीं चाहता कि एक सूत मेरे अधीन युद्ध करे।"

"पितामह! मैं जानता हूँ कि यह आपका वास्तविक कारण नहीं है। इस युद्ध में किरात, नाग, असुर, राक्षस व निषाद भी आपके अधीन हैं। संभवतः आप कर्ण से इसलिए भयभीत हैं कि कहीं वह उसे हासिल न कर ले, जिसे आप नहीं पा सके।"

"सुयोधन! मेरे पास प्रमाणित करने के लिए कुछ भी शेष नहीं रहा। तुम्हें भी कुछ साबित करके नहीं दिखाना और निश्चित रूप से कर्ण को तो बिलकुल भी कुछ प्रमाणित नहीं करके दिखाना।"

"पितामह, सिपाही कह रहे हैं कि मुझे उनके प्राणों की परवाह नहीं। मुझे तो अपनी ही सेना के बीच विद्रोह होने की संभावना दिख रही है।"

भीष्म सुयोधन को ताक़ते रहे और फिर ख़ामोशी से एक ओर मुड़ गए।

"पितामह उत्तर दें! क्या मुझे कर्ण को बुला लेना चाहिए?"

"नहीं, कर्ण का स्वभाव बहुत अधीर है। हो सकता है कि वह सारी बाज़ी ही पलट दे।"

"यदि अर्जुन नहीं रहा तो युधिष्ठिर अपनी ओर से संधि की पहल करेगा। कल सूर्यास्त से पूर्व अर्जुन का प्राणांत हो जाना चाहिए।"

"मैं उसे परास्त कर दूँगा।" पितामह के शब्द सुयोधन तक नहीं पहुँचे।

"पितामह! उसे मरना ही होगा।"

अपने सादे से पलंग पर बैठे भीष्म सुयोधन और अश्वत्थामा के जाने की प्रतीक्षा में थे। अंततः उन्होंने प्रणाम किया और वृद्ध से विदा ली। उनके सीने का दर्द लौट आया था। उनके हाथ काँप रहे थे। दरअसल, वे इतना जी चुके थे कि अब किसी का भला कर ही नहीं सकते थे। 'माँ गंगा! तेरा यह पुत्र अब सबके लिए भार हो गया है।' कल, वे अर्जुन का वध करके, अपने कर्तव्य को पूरा करेंगे। यदि अपने देश को बचाने के लिए यही क़ीमत अदा करनी होगी, तो वे यह भी करेंगे। या फिर उन्हें अपने प्राणों का बलिदान करना होगा।

* * *

59. अंत:करण का उत्तरदायित्व

नवाँ दिन भीष्म से संबंध रखता था। वृद्ध महारथी उस दिन किसी प्राकृतिक बल की तरह वेगवान थे मानो कोई चक्रवात, मदमत्त गज अथवा हाहाकार करती सागर की क्रुद्ध लहर। उनके सेनानायकों ने आक्रमण करने के लिए अनेक व्यूह-रचनाएँ कीं - क्रौंच व्यूह, गरुड़ व्यूह तथा वज्र की सी गति वाला सर्प व्यूह। विपक्ष की ओर से, द्रोण और कृपा ने पांडवों पर धावा बोला और अर्जुन की अक्षौहिणी को भीष्म के क्षेत्र के बीच पहुँचा दिया। अश्वत्थामा ने भीम की सेना को मुख्य क्षेत्र में जाने से रोका, जबकि कृतवर्मा ने द्रुपद की सेना को उलझाए रखा।

दोपहर तक, भीष्म अुर्जन की अक्षौहिणी के मध्य तक पहुँच चुके थे। अर्जुन ने दो बार स्वयं को अपने पितामह के सम्मुख पाया। दोनों बार, पितामह ने बहुत ही आसानी से उसके धनुष के दो भाग कर दिए। उनके पास निहत्थे अर्जुन पर वार करने के लिए दो अवसर थे, परंतु बूढ़े महारथी ने प्रतीक्षा की कि उनके साथ लड़ रहा योद्धा, अपना दूसरा धनुष उठा सके। कृष्ण अपने कौशलपूर्ण रथ संचालन द्वारा अर्जुन का रक्षण करने में सफल रहे, वे दोनों बार अर्जुन के रथ को पितामह से बहुत दूर ले गए।

सूर्य अस्त होने को था और भीष्म इस अवसर को खोना नहीं चाहते थे। युद्ध को तो समाप्त होना ही था। उन्होंने अपने यंत्रमुक्त अस्त्र को अर्जुन की सेनाओं की ओर रवाना कर दिया। उनके हस्तमुक्त बाणों ने सुई जैसी तीक्ष्णता के साथ अर्जुन के सारे शस्त्रों को काटकर रख दिया। उस दिन, तीसरी बार, अर्जुन ने स्वयं को उस बूढ़े योद्धा के समक्ष असहाय पाया।

“कृष्ण! मुझे मेरा गांडीव नहीं मिल रहा। ज्यों ही मैं अपने धनुष को स्पर्श करूँगा, पितामह के बाण मेरे प्राण ले लेंगे।” सारे अस्त्र-शस्त्र रथ में बिखरे थे और कड़वे धुएँ से अर्जुन की आँखें जल रही थीं।

कृष्ण ने भीष्म को देखा, जो अर्जुन पर अपना अंतिम बाण चलाने के लिए तैयार खड़े थे। पांडवों के लिए युद्ध का लगभग अंत हो चला था। कृष्ण ने अश्वों को फटकारा और रथ को सीधा भीष्म की ओर ले चले। जिसे देखकर भीष्म दंग रह गए। भीष्म का सारथी उनके पास से रथ को निकाल ले गया।

दोनों ही रथ एक-दूसरे का पीछा करते हुए, अश्वों और हाथियों की सेना से परे होते चले गए। योद्धा दम साधे रथों की इस दौड़ को देखने लगे।

एक ही झटके में, कृष्ण ने अपना रथ मोड़ दिया। भीष्म के सारथी ने भी दोनों हाथों से रासें खींचीं। अब दोनों रथ आमने-सामने थे। भीष्म पांडवों की रक्षा पंक्ति में, अपनी सेना से बहुत दूर थे। पांडवों की सेना ने उन्हें घेर लिया। कृष्ण ने उन्हें जाल में फँसा दिया था किंतु अनुभवी योद्धा उस परिस्थिति में भी सीना ताने खड़े रहे, उनका चेहरा शांत था और माँसपेशियाँ तनी हुई थीं। उन्होंने एक बाण चलाया जिसने अर्जुन के रथ के पहिए की धुरी निकाल दी। पहिया लुढ़कता हुआ दूर चला गया, रथ एक ओर झुका और अर्जुन अपना संतुलन खो बैठा।

कृष्ण अपने स्थान से कूदकर उतरे और अर्जुन की ओर दौड़े। "गांडीव उठाओ, तुम्हारे पीछे रखा है।" वे चिल्लाए और भीष्म की ओर संकेत किया। अर्जुन ने धनुष उठाया और एक ही पल में भीष्म पर हमला करने के लिए तत्पर हो गया परंतु भीष्म ने अपना धनुष नीचे रख दिया था और निहत्थे खड़े थे।

"उन्हें अभी मार दो!।" कृष्ण ने कहा किंतु अर्जुन को निहत्थे पितामह पर बाण चलाने में हिचक हो रही थी।

"अर्जुन! सूर्यास्त हो गया है। मैंने युद्ध के नियमों के अनुसार युद्ध बंद कर दिया है। हम कल मिलेंगे," भीष्म ने कहा।

अर्जुन ने भी धनुष नीचे रखा और प्रपितामह को प्रणाम किया।

"संकोच मत करो। बाण चलाओ।" कृष्ण ने पुनः कहा परंतु अर्जुन ने मनाकर दिया और अपने रथ में वापस आ गया।

"अर्जुन, तुम अपने सारे पाठ भूल गए। अगर तुम उन्हें नहीं मारते, तो मैं मार दूँगा।" कृष्ण ने घोषणा की। उन्होंने धरती पर गिरा पहिया उठाया और अपने सिर पर तान दिया, वे उसे भीष्म पर फेंकने जा रहे थे।

भीष्म ने पलकें तक नहीं झपकाईं। वे केवल कृष्ण को ताकते रहे। फिर हाथ जोड़कर बोले, "कृष्ण! आपके हाथों मृत्यु पाना मेरा सौभाग्य होगा। यदि आप चाहें तो मेरे प्राण ले लें किंतु धर्म मर्यादा की रक्षा करें।"

कृष्ण के हाथों से पहिया गिरा और उससे धूल का एक गुबार उठा। उन्होंने अपना सिर हिलाया और अर्जुन के पीछे चल दिए। भीष्म का रथ भी वापस मुड़ गया। पांडवों की सेना ने भी पीछे हटते हुए, कौरवों के महा सेनापति को वापस जाने का मार्ग दिया। भीष्म संतुष्ट थे कि अर्जुन ने उन पर निहत्थी अवस्था में वार नहीं किया और न ही कृष्ण ने उस पहिए से प्रहार किया। देश के लिए अब भी आस की एक किरण कहीं जीवित थी। दोनों ही देश युद्ध की परंपराओं के अनुसार लड़ रहे थे।

ज्यों अंधकार घना हुआ तो भीष्म, स्तंभ पर टँगे इरावान् के कटे शीश के पास से

निकले। एक बार फिर संदेह और भय ने उनकी आत्मा को जकड़ लिया। भारत के महान वृद्ध ने उसाँस भरी और प्रार्थना की, 'धर्म की जीत हो!'

उस रात, शिविर में, सुयोधन एक बार फिर उनके सामने आ गया। उसने उन पर अभियोग लगाए और निष्ठाहीनता का ताना दिया। जब उनके पास अवसर था तो उन्होंने अर्जुन पर बाण क्यों नहीं चलाया? भीष्म ने उससे पूछा कि क्या वह युद्ध के नियम भंग करके मिली विजयश्री को वरण करना चाहेगा? सुयोधन के पास इस प्रश्न का कोई उत्तर नहीं था।

जब भीष्म और सुयोधन आपस में युद्ध की आचार नीति पर चर्चा कर रहे थे, उनके अनजाने ही, पांडवों के शिविर में एक दुरभिसंधि रची जा रही थी। भीष्म पितामह को परास्त करने का षड्यंत्र!

***

60. नपुंसक की आड़

नदी की ओर से आ रही धुँध ने सारे मैदान को एक अजीब से रंग में रंग दिया था। रह-रहकर सियारों की हुआँ-हुआँ की ध्वनि सुनाई देती। रात के अंधकार में अपनी दावत उड़ा रहे गिद्धों के पंखों के फड़फड़ाने का स्वर सुना जा सकता था। यहाँ तक कि कृष्ण की बाँसुरी की धुन से निकला संगीत भी, आग के आसपास हाथ ताप रहे पांडवों के मन से मृत्यु की छाया को दूर नहीं कर सका। अंततः कृष्ण ने बाँसुरी रखी और अर्जुन को फटकारा कि उसने अवसर पाने पर भी पितामह का वध क्यों नहीं किया।

अर्जुन ने केवल गर्दन हिला दी। युद्ध लगभग समाप्त होने को था, दुर्योधन की कभी भी जीत हो सकती थी। "मुझे लगता है कि पितामह को किसी तरह नहीं रोका जा सकता। वे जिस तरह सेना का संचालन कर रहे हैं, उसे देखकर मेरी रीढ़ की हड्डी झनझना उठती है। क्या लाभ होगा? उन्हें मारने से क्या होगा। यदि वे चले भी गए तो उनके बाद अभी द्रोण, कृपा, कर्ण, अश्वत्थामा और दुर्योधन जैसे योद्धा बैठे हैं।"

"अर्जुन धीरज रखो। एक बार में एक ही व्यक्ति पर विचार होगा। हमें पहले भीष्म से निपटना होगा। हमें उन्हें उनके ही संकल्पों की आड़ में उलझाना होगा।" कृष्ण मुस्कराते हुए अपनी कमर में खोंसी गई बाँसुरी को थपथपाने लगे। अब वे पांडवों के कुछ कहने की प्रतीक्षा में थे।

"हम यह कैसे कर सकते हैं?" धर्मपुत्र युधिष्ठिर ने पूछा।

"वे कभी किसी स्त्री पर हाथ नहीं उठाएँगे..."

"तब मैं उनसे लड़ने चलूँगी। मुझे आज तक भूला नहीं, जब भरी सभा में मेरा अपमान हो रहा था तो वे चुप्पी साधे बैठे थे," द्रौपदी बोली। कोई भी उसके साहस या युद्ध करने की मंशा पर अविश्वास नहीं कर सकता था।

"ओह, द्रौपदी। तुम तो पांडवों में सबसे सच्ची पुरुष हो। परंतु प्रिये, यह काम तुम नहीं कर सकतीं। हम पितामह के समक्ष किसी स्त्री को खड़ा नहीं कर सकते।"

"कृष्ण! आप तो अपनी ही बात काट रहे हैं, युधिष्ठिर ने इंगित किया।

"हस्तिनापुर के भावी सम्राट, अपने मन को शांत करें। जब मैं आपके साथ हूँ, तो आपको चिंता करने की क्या आवश्यकता है?" कृष्ण ने युधिष्ठिर के कंधे पर एक हाथ रखा।

फिर वे मुड़कर बोले, "शिखंडी।"

नपुंसक शिखंडी सामने आया और पांडव सकते में आ गए। "भीष्म किसी भी दशा में शिखंडी से युद्ध नहीं करना चाहेंगे। हम यह दावा भी कर सकते हैं कि यह कोई स्त्री नहीं है, इसलिए हमने युद्ध के नियम नहीं तोड़े। अर्जुन इसकी आड़ में खड़े होकर..."

"नहीं!" अर्जुन ऐसे छल की बात सुनते ही प्रतिकार कर उठा।

"अर्जुन! कोई और उपाय भी तो नहीं है। धर्म की अवश्य जीत होनी चाहिए।"

"नहीं, नहीं ऐसे कभी नहीं। जो व्यक्ति सदा सबके साथ सत्यनिष्ठ रहा हो, उसके साथ ऐसा छल? मैं इस प्राणी के पीछे छिपकर, कायरों की तरह वार नहीं करने वाला।"

"तब दुर्योधन को राजा बनने दो और तुम फिर से तेरह सालों के वन में भटकने जा सकते हो।"

"कृष्ण! मुझे लड़ने दो। भीष्म कल शाम का सूर्यास्त नहीं देखेंगे। मुझे द्रोण से लड़ने दें, जो अर्जुन के प्रति प्रेम की दुहाई देते रहे और समय पड़ने पर, दुष्ट दुर्योधन के पक्ष में चले गए। मुझे गुरु के इस धृष्ट पुत्र से लड़ना है और उसके मस्तक पर सजा वह बहुमूल्य रत्न लेना है। मुझे कृप से लड़ने दें, मुझे उन सभी पुरुषों से लड़ने दें, जो सभा में मेरे अपमान के समय मौन साधे तमाशा देखते रहे," द्रौपदी ने आग उगलते हुए शब्दों में कहा। उसके खुले बाल हवा में लहरा रहे थे।

कृष्ण ने शिखंडी की भुजा थामी और बाहर निकल गए। द्रौपदी बाक़ी सबको संभाल लेगी। यह एक दुर्भाग्यपूर्ण उपाय था किंतु दुर्योधन को परास्त करने के लिए कोई और विकल्प नहीं सूझ रहा था।

"वर्षों से मुझे एक ही सपना आक्रांत करता आया है। मुझे भीष्म को मारकर, अपनी माँ का प्रतिशोध पूरा करना है। भगवान कृष्ण, मैं सौभाग्यशाली हूँ कि आपने मुझे यह अवसर प्रदान किया। मैं आपका विनीत दास हूँ," शिखंडी ने दोनों हाथ जोड़े।

"अच्छी बात है। किंतु कल तुम्हें अपने सबसे बेहतर स्त्रैण रूप में सामने आना होगा।"

"मैं तो बूढ़े को पल में लुभा लूँगा... बस आप तो इंतज़ार करें," शिखंडी ने एक लजीली मुस्कान के साथ अदा दिखाई।

अंधकार में एक उल्लू ने चीत्कार किया और दूसरे उल्लू ने उसकी पुकार का उत्तर दिया। जब तक पूरब में सूर्योदय नहीं हुआ, उनका यही चीत्कार-पर्व चलता रहा।

* * *

यहाँ तक कि द्रौपदी भी अर्जुन को समझाने में असफल रही। अगले ही दिन उसकी व्याघ्र व्यूह रचना सामने आ गई। वह शत्रु पर तब वार करती थी जब उसे ज़रा सी भी अपेक्षा नहीं होती। देखते ही देखते कौरवों की सेना के बीच हाहाकार मच गया।

नौ दिनों में पहली बार युद्ध पांडवों के पक्ष में रहा। अर्जुन ने शत्रुओं की रक्षा पंक्तियों के बीच, बड़े कौशल से यंत्रमुक्त प्रक्षेपास्त्रों का प्रयोग किया। दोपहर तक, वह

धृतराष्ट्र के और सात पुत्रों का वध कर चुका था।

दोपहर ढलने तक पितामह स्तंभित हो उठे, कौरवों के राजकुमारों की हत्या करने के साथ ही अर्जुन उस अदृश्य सीमा रेखा को भी पार कर चुका था और अब अनुभवी सेनापति को किसी भी दशा में रोका नहीं जा सकता था। भीष्म ने व्याली व्यूह से अपना उत्तर दिया। वे अपने रथ से यंत्रमुक्त प्रक्षेपास्त्र छोड़ने लगे, जिससे शत्रुओं के खेमे में आग लग गई। इस विनाश के बाद उन्होंने अश्वारोही सेना का धावा बोल दिया, जिसने दैत्य की पूँछ की तरह वार किया। भीष्म भीतर ही भीतर, अर्जुन के पास पहुँचने के लिए जगह बना रहे थे। तभी धीरे-धीरे सूर्यास्त का समय होने लगा।

जब पितामह के पहले बाण ने उसके स्कंध को छुआ तो वह हतप्रभ हो उठा। "कृष्ण! पितामह! मुझ तक आ गए हैं।" एक और बाण उसके बालों को छूते हुए निकल गया।

"एक योद्धा की मौत मरो और अपनी पत्नियों को दुर्योधन की दया पर छोड़ जाओ।" कृष्ण ने सपाट स्वर में सुझाव दिया।

"उस प्राणी को बुलाओ," ज्यों ही अगला बाण अर्जुन के शिरोवस्त्र को छूते हुए निकला तो वह चिल्लाया। वे जानता था कि वे सभी चेतावनी देने वाले बाण थे। अगला उसके कंठ को कभी भी भेद सकता था।

"शिखंडी!" कृष्ण ने पुकारा और नपुंसक शिखंडी एक ही छलांग में, रथ में आ खड़ा हुआ।

वे मुड़े और भीष्म की ओर दौड़े। उनके पीछे एक और विस्फोट हुआ - यह भीष्म का एक और शक्तिशाली अस्त्र था। समय बीत रहा था। कामरूप नरेश भगदत्त अपने गज पर सवार होकर, उनके बीच से निकला और उन्हें रोकने का प्रयत्न किया। कृष्ण ने अपने चाबुक से गज पर प्रहार किया। हाथी मारे पीड़ा के चिंघाड़ा और उन्हें अपनी सूँड से पकड़ने के लिए लपका। उन्होंने किसी तरह उस विक्षिप्त गज से अपनी जान बचाई।

अर्जुन ने भीष्म को उनके रथ में खड़ा देखा। उनके धनुष पर बाण तना था। उसकी नोक देखकर ऐसा लगता था मानो उसमें आग लगी हो। अचानक शिखंडी अर्जुन के आगे आ गया। नपुंसक ने मोगरे के फूल लगा रखे थे, उनकी गंध से अर्जुन का जी मितला सा गया। शिखंडी भीष्म को देख कर भद्दे इशारे करने लगा। पितामह की आँखें सुलग उठीं। उन्होंने धनुष नीचे रखा और उन्हें ताकने लगे। शिखंडी ने अपशब्दों से भीष्म का तिरस्कार करना आरंभ कर दिया। अर्जुन अपने पितामह को देख संकुचित हो उठा। उन आँखों में छिपा दुख और नैराश्य, अब आजीवन अर्जुन की यादों में बने रहने वाले थे। वह उन्हें भुला नहीं सकता था।

"बाण चलाओ!" कृष्ण बोले। अर्जुन ने दूसरी ओर देखते हुए भीष्म पर बाण चला दिया। नपुंसक का हास्य अब भी उसके आसपास गूँज रहा था। अर्जुन उसकी आड़ से ही दूसरा तीर छोड़ा। वह उनके इतना निकट था कि वह बाण के उनके शरीर में घुसने के स्वर को भी सुन सकता था। उसने आँखें बंद कर लीं और एक और तीर छोड़ा। शिखंडी

उल्टी-सीधी बातें बोलते हुए, अमर्यादित आचरण करता रहा। भीष्म के होंठों से कोई पीड़ा, अभियोग या सुझाव का एक भी शब्द तक नहीं निकला। उनकी देह में असहनीय पीड़ा थी किंतु भारत के महान महारथी, गंगा के पुत्र ने गिरने और मना करने से इंकार कर दिया। उन्होंने एक नपुंसक के विरुद्ध हथियार उठाने से भी इंकार कर दिया।

अर्जुन अपने गालों पर शिखंडी के चुंबन का स्पर्श पाकर खीझ उठा। वह जानता था कि इसका क्या अर्थ था। पितामह गिर चुके थे। वे शरशैय्या पर थे। पूरी देह में पचास से अधिक बाण लगे थे। शिखंडी उनकी देह के आसपास पागलों की तरह नाच रहा था और अभद्र इशारे कर रहा था।

"ओह कृष्ण! आपने मेरे हाथों ये क्या करवा दिया?" अर्जुन का मन रो दिया। उसकी आत्मा विलाप कर रही थी परंतु उसका मित्र शिखंडी का नृत्य एक मुस्कान के साथ देख रहा था। अर्जुन भीष्म की ओर भागा और उनके पैरों में गिर गया। "मुझे क्षमा कर दें, पितामह।"

"मेरे बच्चे..." पितामह ने अपना सिर दूसरी ओर घुमा लिया।

गिरे हुए महा सेनापति के आसपास जश्न का माहौल अभी समाप्त नहीं हुआ था। विजयी योद्धा भीष्म के चरणों में बैठा सुबक रहा था, वह कृष्ण के इन शब्दों से सांत्वना पाने की कोशिश कर रहा था कि आत्मा नश्वर है और कोई भी किसी का वध नहीं कर सकता। तो फिर वह अपने ही कर्म से अनासक्त अनुभव क्यों नहीं कर पा रहा? यदि धर्म की रक्षा हुई तो उसका हृदय क्यों रो रहा है? "मुझे क्षमा कर दें..." अर्जुन भीष्म घुटनों के बल बैठा विलाप कर रहा था और पितामह शरशैय्या पर पड़े थे।

जब सुयोधन ने यह सुना तो उसकी आँखों के आगे अंधकार छा गया। क्या उसके अभियोगों के कारण ही आज पितामह की पराजय हुई? वे जिस सिंहासन के लिए लड़ रहे थे, वह तो भीष्म का ही था। सुयोधन को लगा कि वह भी पितामह की हत्या के लिए अर्जुन के समान दोषी था। उसके शब्दों के बाण भी तो अर्जुन के बाणों से कम पैने नहीं रहे थे।

कुरुक्षेत्र में अंधकार छा गया, तो सुयोधन जान गया कि अब कर्ण को बुलाने का समय आ गया था। उसके मित्र के मन में किसी भी तरह से पांडवों का पक्ष लेने की मंशा नहीं थी। उसने कर्ण के लिए पुरोहितों का कोप सहा और अपयश कमाया, उसे वह अपने भाइयों से भी अधिक स्नेह करता था। जिस सूत को उसने क्षत्रिय बना दिया था, वही उसके लिए युद्ध जीतेगा। सुयोधन ने एक प्रहरी को कहा कि वह कर्ण को बुला लाए।

ज्यों ही संदेशवाहक कर्ण को बुलाने गया, सुयोधन पांडवों के शिविर से उठते आनंद के स्वरों को सुन सकता था। इरावान् अपने फटे नेत्रों से सब देख रहा था, वह भी सूत के आने की प्रतीक्षा में था, जिसे उसके ऋण से उऋण होने के लिए बुलाया गया था।

* * *

61. सूर्यपुत्र

कर्ण ने प्रतीक्षा की कि अर्जुन भीष्म के पास से हट जाए। भोर का तारा निकल आया था पर अर्जुन वहाँ से हटना ही नहीं चाहता था। कर्ण को भय था कि कहीं वृद्ध महारथी उससे भेंट से पूर्व ही दम न तोड़ दें। उसके मन में अनेक प्रश्न थे। भीष्म सदा उसके प्रति अन्याय क्यों करते रहे? किसी मरणासन्न से ऐसे प्रश्न पूछना निर्दयता की श्रेणी में आता था परंतु कर्ण जानता था कि अगर वह जीवन में शांति पाना चाहता था तो उसके लिए ये प्रश्न पूछना कितना महत्त्व रखता था। जिस समय उसने तय किया कि वह अर्जुन की उपस्थिति में ही उनसे भेंटकर लेगा, उसी समय युधिष्ठिर वहाँ आकर अर्जुन को अपने साथ ले गए।

"जब छल अपना काम कर चुका हो तो अश्रु भी कितने सस्ते हो जाते हैं," कर्ण ने सोचा और भीष्म के निकट जा खड़ा हुआ। भीष्म के होंठों से कोई स्वर नहीं सुनाई दिया। यहाँ तक कि वे मृत्यु शैय्या पर पड़े होने के बाद भी, किसी को अपनी मर्मांतक पीड़ा का अनुभव नहीं होने देना चाहते थे।

भीष्म को किसी की उपस्थिति का भान हुआ। "कौन है?" वह गहन गंभीर स्वर अपने-आप में इतना भावुक कर देने वाला था कि कर्ण को अपने कंठ में कुछ घुटता सा महसूस होने लगा।

"मैं हूँ – सूतपुत्र!" कर्ण घुटने मोड़कर, गिरे हुए योद्धा के चरणों में बैठ गया।

"कर्ण, मेरे पुत्र! कुछ ऐसा है जो तुम्हें निश्चित रूप से पता होना चाहिए। तुम कुंती के पुत्र हो, पांडवों के सबसे बड़े भाई हो," भीष्म बुदबुदाए।

"नहीं आदरणीय, मैं राधा का पुत्र हूँ।"

"कर्ण! क्या तुम स्वयं को पहचानते नहीं कि तुम कौन हो?"

"आदरणीय! मैं एक नीची जाति का सूत हूँ, जिसने मेरे जन्म के समय घटी दुर्घटना से भयभीत होने से इंकार कर दिया है।"

"कर्ण! अपनी माता कुंती के प्रति इतने निष्ठुर मत बनो। तुम्हारी शिराओं में भगवान रामचंद्र का रक्त प्रवाहित हो रहा है। तुम सूर्यवंश से संबंध रखते हो।"

"मेरी माता का नाम राधा तथा पिता का नाम अधिरथ, सारथी है। मेरा कोई दिव्य वंश नहीं है।"

"कर्ण! तुम हम सबको दंडित कर रहे हो। केवल तुम ही इस युद्ध को रोक सकते हो।"

"आदरणीय! आपको मेरे प्रति जो भी रोष था, वह अब इसलिए नहीं रहा क्योंकि अब आप जानते हैं कि मैं कोई नीची जाति का सूत नहीं बल्कि एक क्षत्रिय हूँ। परंतु आपने कभी मेरे साथ न्याय नहीं किया।"

"किसी मरणासन्न के प्रति अपने मन में इतने कठोर विचार मत रखो। कर्ण, मैं तो केवल तुम्हें इस उन्माद से परे रखना चाहता था।"

"जब सुयोधन संकट में है तो ऐसे में मैं उससे परे कैसे रह सकता हूँ?। मैं तब तक लड़ूँगा, जब तक मेरा मित्र राजा नहीं बन जाता।"

"मेरे पुत्र! यह राजसिंहासन तुम्हारा है।"

कर्ण भीष्म के पास से उठ खड़ा हुआ।

"मैंने आपका आज तक क्या बिगाड़ा है?"

"कर्ण! मैंने देश के लिए अपने कर्तव्य का निर्वाह किया। जब दक्षिणी मंडल तुम्हारा शीश चाहता था तो मुझे यही लगा कि तुम्हारे नाम पर एक युद्ध का ख़तरा मोल नहीं लिया जा सकता था। यह राज्य के हित में न था।"

"यदि उन्होंने आपसे सुयोधन या युधिष्ठिर का शीश माँगा होता तो क्या आप दे देते? क्या आप किसी भी कुरु राजकुमार को अपमान के इतने कड़वे घूँट पीने देते, जितने मैं आज तक पीता आया हूँ?"

"मेरे पास तुम्हारे प्रश्नों कोई उत्तर नहीं हैं। संभवतः यदि मुझे पहले पता होता कि तुम कुंती के पुत्र हो तो परिस्थितियाँ कुछ और होतीं।"

"महान भीष्म के लिए भी जाति ही सब कुछ है।"

"तुम भी सुयोधन और युधिष्ठिर की भाँति मेरे अपने हो, कर्ण।"

"फिर भी मेरे साथ श्वानों से भी बदतर व्यवहार हुआ। यदि आप चाहते तो यह सब बदला जा सकता था।"

"कर्ण! क्या तुम एक बूढ़े को शांति से मरने नहीं दोगे? तुम चाहते हो कि मैं तुम्हें अपनी छाती चीरकर दिखा दूँ। तो सुनो, मुझे क्या कहना है। मुझे तुमसे डर लगता था, तुमसे ईर्ष्या होती थी।"

"महान भीष्म को एक सारथी पुत्र से भय और ईर्ष्या? आदरणीय! आप फिर से मेरा उपहास कर रहे हैं।"

"मैं जानता था कि यदि तुम्हें लड़ने की अनुमति दी तो कोई भी पांडव जीवित नहीं रहेगा। कर्ण, तुम्हारा कोई सानी नहीं है। मैंने तो केवल अपने वंश और देश की रक्षा का चुनाव किया। इस युद्ध में मत लड़ो। सुयोधन को भी युद्ध रोकने के लिए मना लो। हम पहले ही बहुत भयानक क़ीमत दे चुके हैं। केवल तुम ही ऐसा कर सकते हो। कृष्ण का

प्रस्ताव स्वीकार कर लो...”

“और सुयोधन से छल करूँ? उस व्यक्ति से कपट करूँ जिसने एक सूत को अंग देश का राजा बनाने से पूर्व एक बार भी नहीं सोचा? एक निरर्थक सिंहासन के लिए मित्रता से छल करूँ? आदरणीय! मैं ऐसा करने की अपेक्षा प्राणों का त्याग करना बेहतर समझता हूँ।”

“पुत्र! तुम पर इस बूढ़े को गर्व है। तुम निश्चित रूप से सभी कुरुओं में सबसे श्रेष्ठ हो। मुझे कोई पश्चाताप नहीं पर कभी-कभी सोचता हूँ कि क्या मैंने राजसिंहासन का दावा छोड़कर उचित किया। मैं इस देश के लिए जिया और आज रणभूमि के बीच शरशैय्या पर पड़ा हूँ, जिसे स्वयं मेरे पड़-भतीजे अर्जुन ने, एक नपुंसक की आड़ में बनाया। मैं यहाँ पड़ा मृत्यु के देवता यम से प्रार्थना कर रहा हूँ कि सूर्य के उत्तरायण में प्रवेश करते ही, वह मेरे प्राण ले ले, और इस दौरान मेरे देशवासी नृशंसतापूर्वक एक-दूसरे के प्राण ले रहे हैं।”

भीष्म के शब्द सुनकर कर्ण का कड़ा संकल्प टूट गया। वह उनके पास झुककर बैठा और उनका हाथ अपने हाथों में थाम लिया। “पितामह! मेरे कठोर शब्दों को क्षमा करें, इस सूत को अपना आशीर्वाद दें।”

“तुम्हें आशीर्वाद देता हूँ, कर्ण! तुम्हें ईश्वर और लोगों का प्यार मिले। तुम सदा, हर परिस्थिति में समत्व बनाए रखो - कठोर समय में अडिग, दान देने में निःस्वार्थ और रणभूमि में वीरता... ”

“कोई भी विजय तुमसे महान नहीं होगी, पुत्र। तुम्हारा नाम तब तक लिया जाता रहेगा, जब तक इस आकाश में सूर्य जगमगाता रहेगा।” भीष्म ने कर्ण को आशीर्वाद देने के लिए अपना हाथ उठाया।

“आपने मुझे विजय का आशीर्वाद नहीं दिया, पितामह।”

कर्ण ने यथासंभव अपने अश्रुओं के प्रवाह को रोकते हुए, महारथी के चरण स्पर्श किए। वह मन ही मन, उनसे ऐसी पहचान और स्नेह पाने के लिए कितना तरसा था! कर्ण अचानक उठ खड़ा हुआ। उसे अपने उत्तर तो मिल गए थे परंतु उनके मिलने के बाद, मन का विषाद और भी गहरा गया था। उसे किसी भी क़ीमत पर यह युद्ध जीतना था परंतु उसने मन में संकल्प किया कि वह अर्जुन को खोजेगा और उसे प्राणों की भीख माँगने पर विवश कर देगा, उसने कितनी कायरता से इस महान योद्धा का प्राणांत किया। कर्ण नदी की ओर गया और हिमशीतल जल में खड़ा हो गया। सूरज पूरब में एक संतरा जैसी गेंद सा दिख रहा था। वह सूर्यगायत्री का जाप करने लगा।

“मेरे पुत्र...”

कर्ण चिहुँक उठा, आँखें अब भी मंत्रजाप के दौरान बंद थीं। वह उस आवाज़ को पहचानता था। जब उन्होंने कर्ण की भुजा छुई तो उसकी पूरी देह थरथरा उठी। कर्ण ने मंत्रजाप पूरा करते ही, जल में डुबकी लगा दी। उसने प्रार्थना कि कि वे वहाँ से चली जाएँ और उसे शांति से जीने दें। दिल में आया कि काश! पानी में ही दम घुटने से उसकी मृत्यु हो जाए। जब वह पानी से बाहर आया तो वे रो रही थीं। ज्यों ही वह नदी से बाहर आने

लगा तो वे उसकी राह रोक कर खड़ी हो गईं।

"देवी कुंती! इस सूत को जाने दें। मैं नहीं चाहता कि मेरी अपवित्र छाया भी आपको स्पर्श करे।"

"मेरे बच्चे! क्या तुम अपनी माँ को क्षमा नहीं करोगे?"

कहने को कुछ था ही नहीं। कर्ण एक दिशा में ताकने लगा, दोनों शक्तिशाली भुजाएँ छाती पर बँधी थीं। उसने चाहा कि वह अपने पीछे खड़ी उस स्त्री से कहीं दूर, बहुत दूर होता। अंततः वह बोला, "मैं हस्तिनापुर की राजमाता को क्षमा करने वाला कौन होता हूँ, जो सभी महान पांडवों की माता हैं? मैं तो जल में उगी एक खरपतवार हूँ, जिसे एक सूत ने गंगा से निकाला था।"

"कर्ण! चाहे जो भी हो, तुम मेरे पुत्र हो।" कुंती ने अपना सिर उठाया। उन नेत्रों में जैसे कोई पुरानी आग दहक उठी।

"जब मेरे पिता ने मुझे शिक्षा दिलवाने के लिए अपनी एकमात्र संपत्ति तक रेहन रख दी थी, तब आप कहाँ थीं? कहाँ थीं आप, जब यह सारा संसार मेरी महत्त्वाकांक्षाओं पर हँसता था? जब मुझे जीवन के हर मोड़ पर अपनी जाति के नाम पर अपमानित होना पड़ता था, तब आप कहाँ थीं?

"पुत्र! तुम्हें मुझे क्षमा देनी ही होगी। जैसे भी हो, इस युद्ध को रोको।"

"यह युद्ध आपके पाँच पुत्रों की मृत्यु से समाप्त होगा।" कर्ण का चेहरा लाल हो उठा। सूर्य की सुनहरी किरणों में गंगा जगमग कर रही थी।

कुंती ने उसके पैरों पर गिरने की कोशिश की लेकिन कर्ण ने उन्हें ऊपर खींच लिया। उसके गंभीर स्वर में नाराज़गी झलक रही थी। "देवी अपने छोड़ दिए गए पुत्र को भूल जाओ।"

"मेरे पुत्रों को छोड़ दो। मेरे पास उनके सिवा कुछ नहीं है। हम पहले ही बहुत भुगत चुके हैं। उन्हें मत मारो।" कुंती उसके समक्ष दोनों हाथ बाँधे खड़ी थीं।

"देवी, यह एक युद्ध है। यदि वे भयभीत हैं तो आप उनसे कहें कि सुयोधन का राजगद्दी का दावा मान लें, जो कि उचित है और इस तरह युद्ध वहीं समाप्त हो जाएगा।"

"मेरे पुत्र भयभीत नहीं हैं, कर्ण। यहाँ तुमसे एक माँ अपने मन की बात कह रही है।"

"आप इस विषय में कोई संदेह न रखें। मैं उन सबके प्राणों का अंत कर दूँगा।"

"कर्ण! वे तुम्हारे भाई हैं। उदारमना बनो और उन्हें क्षमा कर दो।"

"आपको ऐसे पुत्र से बहुत अपेक्षाएँ हैं, जिसे आपने कभी चाहा ही नहीं।"

"कर्ण, उन्हें क्षमा कर दो। भले ही अपनी माता को क्षमा न करो।"

"अर्जुन ने जो भी किया, उसके लिए उसे क्षमा कर दिया जाए। अपने नेक पुत्र से कहना कि मैं भीष्म जितना महान नहीं हूँ। अगर उसने मेरे साथ ऐसे छल किए तो उसे इसका मज़ा भी चखना होगा।"

कुंती ने पल्लू से आँसू पोंछे और कर्ण को शांत भाव से देखा। "मैं जानती हूँ कि इस युद्ध को रोककर, कैसे भी जीता जा सकता है। मैं सारे संसार के सामने ऐलान कर दूँगी कि तुम मेरे पुत्र हो। तुम्हारे दुष्ट मित्र को तुमसे दूर हटना पड़ेगा। इस तरह, गांधारी का नहीं, बल्कि मेरा पुत्र राजसिंहासन पर विराजमान होगा।"

"तो यह सब आपके राजनीतिक खेल का एक अंग है? आप मेरे पास इसलिए आईं कि आप रानी गांधारी के साथ चल रहे अपने इस संघर्ष में जीत हासिल करना चाहती हैं।"

"तुम चाहे इसे जो भी कहो। मुझे कोई नहीं रोक सकता। यहाँ तक कि तुम भी नहीं रोक सकते, मेरे पुत्र। मैं ऐसा ही करूँगी।"

कर्ण स्तब्ध रह गया। उसके मन में पहला विचार यही आया कि उसके मित्र सुयोधन को इस बारे में पता नहीं चलना चाहिए। "यदि आपने ऐसा किया तो मैं अपनी ही तलवार से अपनी गर्दन काट दूँगा। तब सुयोधन को उसका अधिकार मिल जाएगा। आप यह ध्यान रखें कि मैं आपकी जीत कभी नहीं होने दूँगा।"

"कर्ण! अपनी माता के बारे में भी तो कुछ सोचो। मेरे पाँचों पुत्रों को बख़्श दो।"

"पाँच पुत्र? इनमें आपकी सौत माद्री के दो जुड़वाँ भी शामिल हैं, किंतु आप छठे पुत्र को शामिल नहीं करना चाहतीं, जिसे आपने कचरे की तरह दूर फेंक दिया था?"

"मुझे ग़लत मत समझो। कर्ण! मुझे मेरी बात समझाने का अवसर दो। मैं नहीं चाहती कि तुम्हारी मृत्यु हो। तुम मेरी पहली संतान हो, मेरे ही रक्त और माँस से बने हो। मैंने तुम्हें नौ माह गर्भ में धारण किया है, तुम्हें जन्म देने का कष्ट सहा है..."

"और द्रौपदी के लिए क्या कहेंगी?" कर्ण ने हिमशीतल कठोर नेत्रों से देखा, उसके होंठ मारे व्यंग्य के तिर्यक हो उठे।

"वह तुम्हारी भी पत्नी होगी। सबसे बड़ा पुत्र होने के नाते, तुम्हारा उस पर पहला अधिकार होगा।"

"आप तो सत्ता पाने के लिए कुछ भी कर जाएँगी? यहाँ तक कि यह भी?" कर्ण ने कटु हँसी के साथ उनकी खिल्ली उड़ाई।

कुंती अपने पुत्र के चेहरे पर दिख रहे भावों को उपेक्षित करने के लिए दूसरी ओर देखने लगीं। "मेरा यह अर्थ नहीं था..."

"मैं आपके पाँच पुत्रों में से चार के प्राण नहीं लूँगा - जिनमें अर्जुन अपवाद है। यह मेरा आपसे वादा है।"

"अरे नहीं पुत्र... अपने ही भाई के प्राण मत लेना। यह बहुत बड़ा पाप है।"

"देवी, युद्ध के बाद आपके केवल पाँच ही पुत्र शेष होंगे, छह नहीं! अर्जुन और मुझसे में से, किसी एक ही जान बचेगी, हालाँकि मुझे अपने-आपको आपका पुत्र कहने में लज्जा का अनुभव होता है। इससे पूर्व कि मुझे अपने निर्णय पर पश्चाताप होने लगे, आप यहाँ से चली जाएँ।"

कुंती ने आशीर्वाद देने के लिए हाथ आगे किया तो कर्ण पीछे हट गया ताकि उनका स्पर्श न हो सके। वह मुड़कर बोला, "मैं आपको धन्यवाद देना चाहूँगा कि आपने मुझे जन्म देने के बाद यूँ फिंकवा दिया, अन्यथा मैं कभी जान ही नहीं पाता कि एक माता की सच्ची ममता क्या होती है। देवी कुंती, इस राधेय का आभार ग्रहण करें।" कर्ण झुका और फिर तेज़ क़दमों से वहाँ से निकल गया।

"मुझे लगा कि यदि मैं पूछूँगी तो वह राजा का पद ग्रहण करने के लिए मान जाएगा, यदि मैं मान जाऊँगी कि मैं उसकी माता हूँ तो सब सही हो जाएगा। ओह! मैं यह क्या कर बैठी?" कुंती वहीं खड़ी रोने लगीं।

"हर मनुष्य की अपनी नियति होती है और कर्ण ने अपनी नियति चुन ली है।" कृष्ण एक पेड़ के पीछे से निकले और अपनी काकी के पास आते हुए बोले। उन्होंने अपनी एक बाँह से उनके कंधे को घेरकर दिलासा देना चाहा।

"तुम ग़लत हो कृष्ण! मैं छल-छंद नहीं रच रही थी। यह मेरे लिए कोई खेल नहीं। वह मेरा पुत्र है।" कुंती ने कठोर शब्दों में कहा और कृष्ण की बाँह परे कर दी।

"और एक महान पुत्र भी! एक ऐसा पुत्र, जिस पर आप गर्व कर सकती हैं।" कृष्ण की मुस्कान चौड़ी हो गई। "जो भी हो, काकी! आप उससे एक अमूल्य वचन लेने में सफल रहीं।"

* * *

62. गंगादत्त

भीष्म स्त्रियों का विलाप सुन सकते थे। वे समरांगण से रह-रहकर उठते रक्त की दुर्गंध को सूँघ सकते थे। काश! वे इस तबाही को किसी तरह रोक पाते। उनकी आँखों के आगे, पूरे जीवन का किया-धरा जैसे नष्ट हो गया था। "ओह मृत्यु! तुमने मुझे वरण क्यों नहीं किया?" भारत का वह महान वृद्ध मारे पीड़ा के कराह रहा था। उनके दिल ने चाहा कि काश! कर्ण कुछ देर और उनके पास ठहरता। काश! उनके पौत्र-प्रपौत्र उनकी अंतिम श्वास तक उनके साथ बैठते। उन्हें दूसरों के लिए अपने जीवन का होम करके आख़िर में हासिल क्या हुआ - अर्जुन के हाथों बनी शरशैय्या या सुयोधन के हाथों मिले अपशब्दों और अवहेलना की प्रताड़ना? अब किसी को उनकी आवश्यकता नहीं थी। उनके सभी प्रयास निरर्थक हो गए थे।

शकुनि के क्रोध को वे समझ सकते थे। भले ही वह म्लेच्छ था किंतु उन्होंने उसे अपने पुत्र की तरह चाहा। भीष्म जानते थे कि उन्होंने शकुनि के साथ अच्छा नहीं किया - उसके राज्य को नष्ट कर दिया, उसके पिता को मारा और उसकी बहन को नेत्रहीन धृतराष्ट्र की पत्नी बनाया। उन्हें जब वह बालक अपनी बहन के पलंग के नीचे छिपा मिला था तो उन्हें उसी समय उसकी हत्या कर देनी चाहिए थी। यह एक भारी भूल थी परंतु वे यह भी जानते थे कि वे फिर से वही निर्णय लेते। वे केवल कृष्ण की युद्ध को जीतने के पीछे छिपी निरंकुशता और एकाग्र निष्ठा को नहीं समझ सके। यह सच है कि वे संधि का प्रस्ताव लाए थे, परंतु वे कुरुओं के मामले में क्यों उलझ रहे थे?

जैसा कि उन्होंने जाना, कृष्ण की धर्म की परिभाषा ही, इस सारे विनाश के लिए उत्तरदायी थी। जिस विचार या मान्यता को किसी ने न समझा हो, उसके लिए और कितना रक्त बहाया जाएगा, एक ऐसा विचार जिसे हर कोई अपने ही तरीक़े से तोड़-मरोड़ कर पेश कर रहा था। दोनों ही पक्षों का मानना था कि वे धर्म का पक्ष ले रहे थे। त्रासदी यह थी कि यह जीत किसी की नहीं होने वाली थी, यहाँ तक कि कृष्ण को भी यह जीत हासिल नहीं होने वाली थी। वे सभी इस युद्ध में परास्त होंगे। सबसे बुरा असर स्त्रियों और बच्चों पर होगा। उनकी प्रजा पहले से ही सूखे की मार झेल रही थी, वह निश्चित रूप से अधिक प्रभावित होगी। वे हमेशा से ही हारते आए हैं, राज भले ही किसी का भी क्यों न हो। इस युद्ध के कोई विजेता नहीं थे।

भीष्म स्वर्ग में बैठे देवताओं के आगे करुण गुहार लगाना चाहते थे, 'क्या आपके

मन में कोई दया नहीं है, आपने इस धरती और इस पर रहने वालों को कितने कष्टों में डाल रखा है?' फिर अचानक, जैसे एक चौंका देने वाली स्पष्टता के बीच वे जान गए कि उस युद्ध में असली विजेता कौन होंगे - असली विजेता होंगे वे गिद्ध, जो दोनों पक्षों के योद्धाओं की मृत्यु की प्रतीक्षा में कतारें बाँधे बैठे थे। वे ही इस पवित्र धरती के वास्तविक हक़दार होंगे और वे इसे नर्क में बदल कर, शाश्वत धर्म का नाम देंगे। उनका जीवन व्यर्थ हो चुका था।

भीष्म प्रसन्न थे कि उन्हें यह सब देखने के लिए जीवित नहीं रहना होगा। उन्होंने चाहा कि काश! मृत्यु जल्द ही आ जाए। वे अवांछित थे, यहाँ तक कि धर्म के मंदिर में मृतकों का भोज मना रहे पशुओं को भी उनकी आवश्यकता न थी। वे कलियुग के आगमन के साक्षी बनने के लिए अभिशप्त थे। 'माँ गंगा, अपने पुत्र गंगादत्त को क्षमा कर देना, मैं तेरा मान नहीं रख सका,' कुरुओं के महान महारथी एकांत में रोने लगे।

कहीं सुदूर, दोनों पक्षों के खेमों में, अगले दिन के युद्ध के लिए तैयारियाँ ज़ोरों पर थीं। वे पहले ही भीष्म को भुला चुके थे। वे अब एक अतीत, एक बीता हुआ कल थे।

***

63. एक कविता का अंत

द्रोण ने अगले दिन के लिए अपनी युद्ध योजना का विस्तार से वर्णन किया। भीष्म के पतन के बाद, अपने मित्र के लाख मनुहार करने पर भी, कर्ण ने प्रमुख सेनापति का दायित्व ग्रहण नहीं किया और सुयोधन को विवश होकर, द्रोण को कौरवों की सेना का प्रधान सेनापति नियुक्त करना पड़ा।

"पिता श्री! माता श्री ने मुझे अपना आशीर्वाद दे दिया है।"

सुयोधन अपने पीछे खड़े अपने पुत्र को देखने के लिए मुड़ा। कुमार एक योद्धा के वेश में बहुत जँच रहा था। सुयोधन ने पुत्र को गले से लगा लिया। क्या वह अपने पुत्र को ऐसे निर्दयी युद्ध में धकेल कर उचित कर रहा था? कुमार के पास किसी भी युद्ध का कोई अनुभव नहीं था।

"आज कुमार के नेतृत्व में सेना अभिमन्यु की सेना का मुक़ाबला करेगा। अगर अर्जुन के पुत्र ने कृप की अक्षौहिणी पर धावा बोला..."

द्रोण का स्वर किसी हथौड़े की तरह सुयोधन के मस्तिष्क में आ बजा। वह विरोध जताना चाहता था किंतु घमंड ने उसे कुछ कहने नहीं दिया। वह जानता था कि लक्ष्मण कुमार युद्ध में अभिमन्यु का सामना नहीं कर सकता था, पर अपने और कुमार के गौरव को आहत किए बिना, ये बात कही भी कैसे जा सकती थी? जब गुरु सभी सेनानायकों को रणनीति समझा रहे थे तो उसके मस्तिष्क में जाने कितने चक्रवात उठ रहे थे। यदि कुछ हो गया तो, वह भानु को अपना मुँह कैसे दिखाएगा? वह अपना सामना कैसे करेगा? पर निश्चित रूप से, कुछ भी ग़लत नहीं होगा। सब ठीक हो जाएगा।

***

"यह एक मूर्खतापूर्ण युद्ध है," शकुनि ने व्याकुलता से कहा। उसके हाथ अकुला रहे थे। आँखें जलती मशाल की रोशनी में चमचमा रही थीं। उसका पुत्र पास बैठा, सब सुन रहा था। एक पतंगा रोशनी के पास चक्कर लगाता हुआ और फिर उसमें ही समा गया। वायु में एक कसैली गंध फैल गई।

"पिताजी, मैंने तो आज तक इससे भयानक युद्ध नहीं देखा," उलूक ने अपनी गर्दन हिलाई।

"यह युद्ध न तो भयानक है और न ही इसमें बहुत अधिक रक्तपात होगा। कुछ नहीं हो रहा है। इन भारतीयों ने कुछ पुराने युद्ध नियमों के चलते युद्ध को एक मज़ाक बनाकर छोड़ दिया है," शकुनि ने अपने पाँसों को आपस में रगड़ते हुए, धरती पर उछाल दिया। "हमें इस समय कोरी भावनाओं की आवश्यकता होगी, ऐसे घाव जो कभी भर न सकेंगे। इन भारतीयों के दिलों पर वे घाव कई सदियों तक बने रहने चाहिए।"

"पिताजी! आपका क्या परामर्श है?" उलूक ने पूछा।

"केवल पदातिक सिपाही नहीं, महत्त्वपूर्ण व्यक्तियों को भी युद्ध में मरना चाहिए," शकुनि ने कोमलता से कहा और अपने पुत्रों को देखा। "अच्छी नींद लो। कल हम तख़्तापलट देंगे।" उसने मशाल ली और रेत में भोंक दी। उसकी चिंगारियाँ चारों ओर फैलीं और वह भक्क से बुझ गई और वे घने अंधकार में डूब गए। शकुनि अपने पुत्रों के सोने के बाद भी बहुत देर तक लेटा जागता रहा।

* * *

"कुमार युवराज, वे तुम्हारे पिता हैं... तुम्हें उनकी सहायता करनी चाहिए। जल्दी करो, अभिमन्यु ने उन्हें उलझा लिया है," शकुनि अपने रथ से ही चिल्लाया।

कुमार ने आसपास देखा और अपने पिता के रथ और उनकी पताका को खोजना चाहा। कुंडली मारे हुए सर्पों वाली श्वेत पताका तो कहीं दिख नहीं रही थी? धूल और धुएँ के बादलों के बीच अंततः जाकर, उसे सुदूर अपने पिता का रथ दिखाई दिया। अभिमन्यु की सेनाओं ने उसके पिता के रथ को घेर लिया था। गुरु द्रोण ने उसे सावधान किया था कि ऐसा हो सकता था। वह कितना मूर्ख निकला, अपने आसपास गिर रहे घायलों की देखरेख करने लगा। उसके कारण उसके पिता की जान जा सकती थी।

"मुझे वहाँ ले चलो," कुमार अपने सारथी से बोला और श्वेत पताका की ओर संकेत किया। रथ तेज़ी से आगे बढ़ा तो उसने खुद को ही बाँहों में कस लिया। उसके आसपास तीरों की वर्षा हो रही थी। उसमें से कुछ तो उसके कवच को भी भेद रहे थे। "शीघ्रता से चलो, देर मत करो," वह चिल्लाया। उसके हाथ में भारी धनुष था और कवच में उसका दम घुट रहा था। कुमार को कुछ पता नहीं था कि उसे क्या करना होगा, केवल उसे इतना पता था कि किसी तरह पिता के प्राणों की रक्षा करनी है।

जब वह वहाँ पहुँचा तो पिता कहीं दिखाई नहीं दिए। वहाँ तो शकुनि का पुत्र उलूक, अभिमन्यु से लड़ रहा था। उलूक के रथ पर भी वैसी ही पताका थी, जैसी उसके पिता के रथ पर होती थी, केवल उसके एक कोने में गांधार का प्रतीक चिन्ह बना था।

"कायर कहीं के! अब तुम यहाँ से भाग क्यों रहे हो?" अभिमन्यु ने लुप्त होते हुए उलूक से कहा।

कुमार को एहसास हो गया था कि उससे भारी भूल हुई है। उसने खुद को ही मुश्किल में डाल लिया है।

"कुमार देखो, आज हमसे भेंट करने कौन आया है?" एक सिपाही ने कुमार के रथ में कूदते हुए कहा।

अभिमन्यु की आँखें आश्चर्य से विस्फारित हो उठीं। "कुमार! तुम यहाँ क्या कर रहे हो?" उसने अपनी तलवार म्यान से निकाली और धनुष नीचे रख दिया।

एक और सिपाही पूरे बल के साथ कुमार के रथ में कूदा, कुमार बुरी तरह से सकते में आ गया। कुमार ने से लात दे मारी। दूसरा उस पर लपका तो उसने उस पर अपनी तलवार से वार किया। वह आदमी अपने कटे हुए पेट के साथ वहीं ढेर हो गया। अपने रथ में रक्त की बहती धारा देख कुमार के छक्के छूट गए। उसने अपनी तलवार को नीचे फेंका और भयभीत हो कर बोला, "आह! मैंने एक व्यक्ति का वध कर दिया।"

कुमार के सारथी ने कूदकर अपनी जान बचानी चाही परंतु अभिमन्यु ने अपनी तलवार के एक ही वार से उसका सिर क़लम कर दिया। इसक बाद वह अपने बालसखा पर लपका और कुमार को बालों से पकड़ लिया।

"अभिमन्यु! क्या तुम मुझे मारने जा रहे हो?" कुमार ने हौले से पूछा।

"मेरे दोस्त, यह युद्ध है। मुझे क्षमा करना, कुमार!। यह संसार एक कवि को सदा याद रखेगा।" अपनी तलवार के एक तेज़ झटके से अभिमन्यु ने कुमार की गर्दन काट दी। वह गर्दन वहीं लुढ़क गई। अर्जुन के पुत्र ने उसे अपनी तलवार पर उठाकर, सबको दिखाया। "देखो, मैंने दुर्योधन के पुत्र और उत्तराधिकारी को मिटा दिया।"

उसके चारों ओर शंखध्वनि गूँज उठी और ढोल-नगाड़े बजने लगे। उसके पिता और चाचा बधाई देने आ गए। यह समाचार उनके लिए गर्व का विषय था। अभिमन्यु रणभूमि के बीच, अपनी तलवार पर कुमार का कटा सिर लिए खड़ा था। उसे अपने मन में अपने मृतक मित्र के लिए दुःख भी हुआ, परंतु विजय के उल्लास और पिता के नेत्रों से झलक रहे गौरव ने ऐसी भावनाओं को दूर करने में देर नहीं की।

वह वहाँ से जाने ही वाला था कि उसे कुछ विचित्र दिखाई दिया। इरावान् के कटे सिर को क्या हुआ? उसने पलकें झपकाईं। वह सिर पहले कुमार के सिर में, फिर किसी राक्षस के सिर में और फिर इरावान् के सिर में बदल गया। वह सिर बार-बार अपना रूप बदल रहा था। अभिमन्यु का कंठ सूख गया। उसने बहुत ही हैरानी और विस्मय से ताका। वह उस स्तंभ पर अपने ही कटे हुए सिर को टँगा देख रहा था।

* * *

"मैं उसकी लाश देखना चाहती हूँ," भानुमती ने गुस्से से कहा, उसके होंठ और आँखें रोने से सूजकर लाल हो गए थे।

सुयोधन ने अपना सिर नहीं उठाया। वह चाहता था कि कुछ अश्रु छलक उठें परंतु आज वे भी साथ नहीं दे रहे थे।

"तुमने उसे मार डाला। तुमने कहा था कि तुम उसकी रक्षा करोगे! उसे कोई हानि नहीं होने दोगे। मैं तुम्हारी सुभद्रा को भी वैसे ही रोते देखना चाहती हूँ, जैसे आज मैं रो रही

हूँ। जाओ! मुझे अभिमन्यु का कटा सिर लाकर दो! एक पुरुष हो तो मुझे वचन दो कि मुझे उसका कटा सिर लाकर दोगे।"

"भानु! यह एक युद्ध है और तुम्हारे पुत्र ने एक योद्धा की तरह अपने प्राणों की आहुति दी है।"

"मैं शब्दों का खेल नहीं चाहती, मैं अभिमन्यु का सिर चाहती हूँ। उसे उसी निर्दयता से मार डालो, जिस तरह उसने मेरे पुत्र को मारा।"

"देवी भानुमती! सेना का प्रधान सेनापति होने के नाते आपके पुत्र की रक्षा का दायित्व मेरा था। मैं उसकी रक्षा नहीं कर सका।" गुरु द्रोण का सिर झुका हुआ था।

"गुरु! आप मेरे पति का बचाव न करें। यह आपकी नहीं, उनकी ग़लती है। वे अपने ही पुत्र की रक्षा करने में असमर्थ रहे। पर हम उनके लिए मायने ही क्या रखते हैं? इससे उन्हें क्या अंतर पड़ता है कि हमारा पुत्र नहीं रहा? मेरा कुमार कभी किसी से लड़ना नहीं चाहता था, वह कभी एक योद्धा नहीं बनना चाहता था। वह एक निष्पाप आत्मा था परंतु वह चाहता था कि उसके पिता उस पर गर्व कर सकें। अब वह नहीं रहा। मेरा बेटा अपने लिए राजगद्दी नहीं चाहता था। मेरे पति यह युद्ध किसके लिए लड़ रहे हैं, अपने लिए?"

"देवी! अभिमन्यु कल का सूर्यास्त नहीं देख सकेगा। उन्होंने युद्ध का एक और नियम तोड़ा है - किसी निशस्त्र पर प्रहार नहीं होगा। हम इन अनैतिक पांडवों का नाश किए बिना हार नहीं मानेंगे।"

"गुरु! इससे मेरे पुत्र का क्या भला होगा? वह तो अब कभी लौटकर नहीं आएगा।"

"उसका बलिदान व्यर्थ नहीं होगा। आप मुझ पर विश्वास रखें।"

"गुरु! आप बहुत दयालु हैं परंतु मेरे पति मौन क्यों खड़े हैं? ये कुछ बोलते क्यों नहीं?"

"भानु! पहले हमें अर्जुन और युधिष्ठिर के पीछे जाना है।"

"ओह, तो सुभद्रा के पुत्र के प्राण लेने का विचार ही आपको कष्ट दे रहा है? मुझे इससे कोई फ़र्क़ नहीं पड़ता, जीत आपकी हो या युधिष्ठिर की! मैं तो उस आदमी की मौत देखना चाहती हूँ, जिसने मेरे पुत्र के प्राण लिए।" भानुमती सुबकियाँ भरते हुए, मुड़ गई।

सुयोधन ने उसे कलाई से थामा और अपनी ओर खींचा। "भानु! अभिमन्यु का सूर्यास्त नहीं देखेगा।"

"सुयोधन! तुमने मुझे भी एक राक्षसी बना दिया। बेचारी सुभद्रा! मुझे उस पर दया आती है। मुझे उन सभी माँओं पर दया आती है, जो इस विनाशकारी युद्ध में अपने पुत्र गँवा देंगी।" भानु उसकी छाती से लगकर रोने लगी।

सुयोधन उसके बिखरे बालों में हाथ फिराता रहा। "कल अभिमन्यु के जीवन का अंतिम दिन होगा। चिंता मत करो, हमारे पुत्र का प्रतिशोध पूरा होगा," वह उसके कान में धीमे से बोला।

भानुमती के अश्रु, शीत ऋतु की वर्षा की तरह प्रवाहित थे।

* * *

64. मृत्यु चक्र

उसकी सेना दूर क्षितिज तक फैली थी। सुयोधन ने देखा कि हाथियों की सेना, अश्वों, पैदल सवारों और रथों के साथ-साथ संकेंद्रित वृत्तों में व्यूह बना रही थी। अश्वारोही इस तरह खड़े थे मानो किसी रथ के चक्र की धुरियाँ हों, वे शत्रुओं की सेना पर हमला करने के लिए पूरी तरह से तैयार थे। उसने केवल प्रसिद्ध चक्रव्यूह रचना के विषय में सुना था। यह तो किसी ऐसे नागराज की तरह ही ख़ूबसूरत और भयावह था, जो अपनी कुंडली खोलकर सीधा हो रहा हो। द्रोण ने एक प्रधान सेनापति के पद पर आते ही जैसे युद्ध में सब कुछ बदलकर रख दिया था। अब यह किसी बुजुर्ग द्वारा खेला जा रहा ऐसा युद्ध नहीं था, जिसमें वे अपने उत्तराधिकारियों को युद्ध से होने वाले परिणामों का सबक़ दे रहे हों। यह तो एक ऐसे रणनीतिज्ञ का युद्ध था जिसे लोगों के प्राण लेने में क़तई संकोच नहीं होता था। युद्ध ने एक भयानक रूप धारण कर लिया था।

कर्ण का रथ तेज़ी से सुयोधन के पास से निकला। वह अपनी दाईं ओर के पहियों पर बड़े ही ख़तरनाक तरीक़े से झुका था। कर्ण ने चेतावनी दी किंतु उसके सारथी ने मुस्कराते हुए केवल इतना कहा कि वह उसके हुनर को देखे। किसी साधारण सारथी का इतना साहस नहीं हो सकता था कि वह अंग देश के राजा से इस तरह बात करे, परंतु शल्य कोई साधारण व्यक्ति न था। वह मद्र देश का राजा तथा सारे भारतवर्ष के श्रेष्ठ सारथियों में से था। वह स्वयं कर्ण का सारथी बना और द्रोण ने आपत्ति की तो सुयोधन ने उसका साथ दिया। इससे कोई अंतर नहीं पड़ता था कि वह माद्री का भाई होने के नाते नकुल और सहदेव का मामा लगता था। शल्य स्वयं को कृष्ण से भी श्रेष्ठ सारथी मानता था। सुयोधन उसके कौशल तथा एक सूत के लिए सारथी बने क्षत्रिय की विडंबना पर मुस्करा उठा।

"आगे की ओर आते हुए घेरा कसो।" द्रोण का स्वर गूँजा और सारा दायरा, तीन बार अंडाकार आकृति में आ गया।

कोई भी व्यक्ति सही मायनों में चक्रव्यूह की रचना को भेद नहीं सकता था। दूसरे सेनापति के पास केवल यही विकल्प बचता था कि तूफ़ान के बीतने की प्रतीक्षा करे। प्रचंड तूफ़ानों की तरह व्यूह भी आरंभिक धावों के बाद, अपनी ऊर्जा खो देते थे। इतने बड़े व्यूह के तालमेल को उचित रूप से बनाए रखना बहुत कठिन था। यदि कोई इसे तोड़ देता तो महाविनाश हो सकता था। आकृति में परिवर्तन का अर्थ था कि कोई उसे भेदने का प्रयत्न

कर रहा था। केवल कोई मूर्ख या बिना सोचे-विचारे काम करने वाला सेनापति ही चक्रव्यूह पर सीधे हमले का आदेश दे सकता था। अर्जुन तो ऐसा नहीं था, फिर यह क्या हो रहा था?

"सब छितर जाओ।" द्रोण ने संयत सुर में कहा परंतु उसे सुनकर कौरवों की सेना में हलचल मच गई। चक्रव्यूह को तोड़ दें? गुरु का दिमाग़ तो ठिकाने पर था?

"गुरु द्रोण!" सुयोधन चिल्लाया किंतु गुरु का मुख किसी पाषाण की तरह कठोर बना रहा। सुयोधन ने देखा कि अभिमन्यु का रथ पूरी गति के साथ उनकी ओर भागा आ रहा था। ज्यों ही उसकी ओर एक बाण आया, उसने उसे अपनी गदा से रोक दिया। चक्रव्यूह भेदा जा चुका था! अभिमन्यु के पीछे पांडवों की पूरी सेना चली आ रही थी, जिससे चक्रव्यूह अस्त-व्यस्त हो गया था।

सुयोधन के बाईं ओर, कर्ण का रथ, धूल के गुबार के बीच आ थमा। ज़रा सी भी देर होती तो उनके रथ आपस में टकरा गए होते। शल्य खीसें निपोरने लगा। कर्ण के चेहरे पर चिंता की रेखाएँ थीं। सुयोधन के दाईं ओर अश्वत्थामा का रथ आ गया। कर्ण ने सुयोधन के रथ में छलांग लगा दी और त्वरित गति से एक बाण छोड़ा। यह अभिमन्यु के कंधे में धँसा और उससे रक्त बहने लगा परंतु लड़के ने उसे निकालने की ज़हमत नहीं उठाई। उसकी हत्यारों जैसी दृष्टि सुयोधन पर टिकी थी और उसका बाण युवराज के सिर के पास से होते हुए निकल गया। कर्ण के अगले तीर ने उसके दूसरे कंधे पर वार किया परंतु अर्जुन के पुत्र ने आह तक नहीं भरी। उसने सुयोधन के कंठ पर निशाना साधा।

"व्यूह रचना!" द्रोण का स्वर सुनाई दिया और उसी समय चक्रव्यूह को बंद कर दिया गया। द्रोण कर क्या रहे थे? "काटो और बंद करो!"

व्यूह की एक धुरी ने खुद को व्यूह से काटा और पांडवों की सेना से निपटते हुए, उन्हें अभिमन्यु से अलग कर दिया। यह तो एक बढ़िया जाल बन गया! अभिमन्यु ने अभी ख़तरे को नहीं भाँपा था, उसकी आँखें तो सुयोधन पर टिकी थीं। अभिमन्यु के रथ के पहिए तेज आवाज़ के साथ टूटे और वह धरती पर आ गिरा। अभिमन्यु स्तंभित हो उठा। गिरने के कारण, उसके धनुष के भी दो हिस्से हो गए थे। पहिए की धुरी धरती पर पड़ी थी, जिसमें द्रोण का बाण दिखाई दे रहा था।

"युवराज! अब यह आपकी सेवा में प्रस्तुत है," द्रोण ने सपाट लहज़े में कहा।

अभिमन्यु ने उछलकर तलवार ली और युद्ध मुद्रा में आ गया। उसके चेहरे पर कोई भाव नहीं था, उसकी नज़रें कौरवों की सेना पर टिकी थीं। वह कौरवों के चक्रव्यूह में अकेला खड़ा था और उसके पास वापस लौटने का कोई मार्ग नहीं था। सुयोधन रथ से कूदकर, उसकी ओर बढ़ा। कर्ण, जयद्रथ और अश्वत्थामा भी तलवारें लिए आगे चले। सुयोधन उस युवक की वीरता पर मुग्ध हो उठा। काश! अभिमन्यु उसका पुत्र होता। अपने मृतक पुत्र की याद, सुयोधन को झट से वास्तविकता के धरातल पर खींच लाई। अभिमन्यु उसकी दया का अधिकारी नहीं था।

"यदि अपने प्राणों की सलामती चाहते हो, तो भाग जाओ!" अभिमन्यु ने कहा, "चार

योद्धा, एक योद्धा के सामने हैं – क्या यही धर्म है?"

सुयोधन ठहाका लगाकर बोला, "यह धर्म तो वहीं नष्ट नहीं हो गया था जब तुम्हारे पिता ने एक नपुंसक की आड़ में पितामह को मारा। धर्म तो वहीं दफ़न हो गया था जब तुमने कुमार नामक निहत्थे युवक को जान से मारा। वह तुम्हारा मित्र था, अभिमन्यु। तुमने उसे जीवन में तो छला ही, मृत्यु में भी नहीं बख़्शा।"

"सुयोधन काका! यह प्रलाप बंद करें और किसी वीर की भाँति रणभूमि में उतरें!"

जयद्रथ अभिमन्यु की ओर लपका, परंतु लड़के ने चुस्ती से पीछे हटते हुए, उसे अपनी ढाल से धकिया दिया। जयद्रथ अपना संतुलन खोकर गिर गया। अभिमन्यु हँसने लगा। जब अश्वत्थामा ने तलवार लहराई तो सुयोधन के मन में सहानुभूति की लहर उमड़ पड़ी। अभिमन्यु ने पीछे हटना चाहा किंतु धूर्त ब्राह्मण के वार से बचना सहज न था। अंतिम क्षण में उसने अपने वार का पैंतरा बदला और अभिमन्यु का कंधा काट दिया। उसकी धार निकलते ही रक्त का फ़व्वारा बह निकला।

अभिमन्यु मारे दर्द के कराह उठा। "कायरों! एक से चार-चार लड़ रहे हो? निर्लज्ज पशु कहीं के!" वह कर्ण की ओर तलवार लहराते हुए चिल्लाया।

कर्ण ने अपनी ढाल से वार को रोका और उस पर तलवार चलाई। अभिमन्यु ने वार को अपनी ढाल से रोका और फिर दोनों के बीच तलवारबाज़ी होने लगी। एक ही क्षण में कर्ण के हाथ से तलवार छूट गई। अभिमन्यु का वार किसी प्रचंड वेग से कम नहीं था और अपने पर होने वाले वारों को रोकते हुए, विपक्षियों पर दोहरे वार भी कर रहा था।

यह सब बहुत तेज़ी से घट रहा था। जयद्रथ किसी तरह उठा, उसके चेहरे पर लज्जा और कलंक की स्याही पुती थी। एक बच्चे से मात खा गया! सिंध नरेश ने दाँत पीसे और अभिमन्यु की ओर जाने लगा तो सुयोधन ने उसे रोक लिया। वह युद्ध अभिमन्यु और कर्ण के बीच था। अगले ही पल, सुयोधन ने कर्ण के हाथों में एक लहराती हुई चीज़ देखी, उरुमि! दक्षिण की रस्सीनुमा तलवार धूप में चमचमा उठी। कर्ण उसे हमेशा पेटी की तरह कमर में बाँधे रखता था। वह ऊँची उठी और फिर अभिमन्यु की गर्दन के आसपास आ लिपटी। कर्ण ने उसके हाथ से शस्त्र छीना तो लड़का दंग रह गया, इससे पहले कि वह जान पाता कि उसके हाथ से ढाल भी छीन ली गई थी।

अभिमन्यु ने झुककर, अपने रथ का पहिया उठा लिया, कंधों से रक्त टपक रहा था। कर्ण और अश्वत्थामा उसकी ओर बढ़े किंतु उसकी नज़रें सुयोधन पर टिकी थीं। उसने एक गर्जना के साथ पहिया सुयोधन पर दे मारा। सुयोधन ने गदा के वार से पहिए के कई टुकड़े कर दिए।

"जल्दी करो! अर्जुन भीतर आने की चेष्टा कर रहा है," द्रोण बोले।

"कायरो! साहस है तो मेरे प्राण लेकर दिखाओ," अभिन्मयु बोला, मारे पीड़ा और क्लांति के उसकी छाती फटी जा रही थी।

"अर्जुन आ पहुँचा। अभी नहीं, तो कभी नहीं।" अपने रथ पर बैठे, द्रोण ने कहा।

कर्ण और अश्वत्थामा ने एक क़दम आगे बढ़ाया तो अभिमन्यु एक क़दम पीछे हट गया। कर्ण सुयोधन की ओर मुड़ा, उनके बीच एक मौन प्रश्न खड़ा था। किसी लड़के को इस तरह अकेले घेरकर मारना, किसी भी लिहाज़ से उचित नहीं था। सुयोधन के मन में सुभद्रा का विनती करता हुआ मुख नाच उठा। उसकी आँखें मोतियों के उस हार पर जा टिकीं, जिन्हें अभिमन्यु सदा अपने गले में पहने रहता था। उसे याद था, जब उसने नवजात अभिमन्यु को पहली बार गोद में लिया तो उसने ही वह माला उपहार में दी थी। वह उसका कुमार भी हो सकता था! 'नहीं, उसने मेरे पुत्र को निर्दयता से मार दिया। उसने उसका सिर किस तरह एक स्तंभ पर लटका कर, सार्वजनिक रूप से सबको दिखाया था...'

"मार दो उसे!" सुयोधन ने आदेश दिया।

जयद्रथ अभिमन्यु के पीछे ही था, उसने एक झटके में बात सुनी। अभिमन्यु को बालों से पकड़ा और एक ही पल में उसका गला रेत दिया।

"नहीं!" अर्जुन की चीत्कार सुन, सबने एकसाथ उसे देखा। वह और कृष्ण किसी तरह व्यूह को भेदकर भीतर आ गए थे किंतु बहुत देर हो चुकी थी। अर्जुन रथ से कूदा और अपना धनुष फेंककर, अपने पुत्र की ओर लपका। "गुरु! आपने ऐसा क्यों किया?" उसने पूछा, नेत्रों में अश्रु छलछला उठे।

द्रोण ने अर्जुन को देखा, उनके मन में सहानुभूति उमड़ी, परंतु उन्होंने भानुमती को अपना वचन दिया था। अभी युद्ध समाप्त होने में बहुत समय था।

सुयोधन जानता था, अपने पुत्र को खोने की पीड़ा कैसी होती है। "अर्जुन! तुम इसी के लायक़ थे। तुम्हारे पुत्र ने मेरे पुत्र को बचाव का भी अवसर नहीं दिया और उसके प्राण ले लिए।" कर्ण, जयद्रथ और अश्वत्थामा सुयोधन के पीछे जा खड़े हुए।

"दुष्ट कहीं के! तूने मेरे पुत्र को मार दिया! तुम चार और वह अकेला? कायर कहीं के?" अर्जुन ने तिरस्कार के साथ धरती पर थूका। "स्वयं को योद्धा कहलवाते हो?"

जयद्रथ ने हँसकर कहा कि अभिमन्यु को वही मिला, जिसका वह अधिकारी था।

अर्जुन ने हौले से पुत्र की निष्प्राण देह उठा ली। "जयद्रथ! तुम्हारे प्राण न लेना, एक भारी भूल थी। तुम दुष्ट हो और तुम्हें उसी दिन मार देना चाहिए था जिस दिन तुमने द्रौपदी के कक्ष में झाँका था। तुम कल का सूर्यास्त नहीं देख सकोगे और अगर ऐसा हुआ तो मैं स्वयं अपनी चिता तैयार करूँगा और उस पर बैठकर, ख़ुद को अग्नि के हवाले कर दूँगा। मैं देवताओं के आगे यह शपथ लेता हूँ।"

चारों ओर से ढोल-नगाड़े बज उठे ताकि अर्जुन के संकल्प को सारी दुनिया को बताया जा सके। जयद्रथ का चेहरा कुम्हला गया था। वह अपनी ओर मृत्यु के संकेत को देख सकता था।

"अर्जुन! सूत का सामना करने की बजाए आत्महत्या का मार्ग चुनोगे?" कर्ण ने उपहास किया।

अर्जुन एक भी शब्द कहे बिना, पुत्र के शव को लेकर रथ की ओर चल दिया। सुयोधन को लगा जैसे पीड़ा से उसका कंठ अवरुद्ध हो गया हो। बेशक अर्जुन सुभद्रा को अवश्य बताएगा कि अभिमन्यु को कैसे मारा गया। 'सुभद्रा! मैंने तुम्हारे पुत्र के साथ क्या कर दिया? हे ईश्वर! ये मैंने क्या किया? नहीं, इस युद्ध में कुछ भी उचित या अनुचित नहीं होता।' उसने सुभद्रा के पुत्र को मारकर, अपनी पत्नी को दिए वचन का पालन किया था। इसके साथ ही सुभद्रा के साथ उसके सारे संबंधों का एक हिंसक अंत हो गया था। अब वह विशुद्ध हृदय से भानु के पास जा सकता था, उसने अपने प्रताड़ित मन को समझाने के लिए तर्क दिया।

गुरु ने शंख बजाया, और उस दिन के लिए युद्ध का अंत हो गया। जब वे अपने खेमे की ओर चले तो सुयोधन के मन में उल्लास के स्थान पर चिंता का साम्राज्य था। वह स्वयं को जश्न मना रहे लोगों में शामिल नहीं कर पाया। सुभद्रा का चेहरा आँखों से आगे हटना ही नहीं चाह रहा था। 'मैं दुर्योधन बन गया हूँ परंतु क्या मेरे पास कोई और चुनाव था?" उसने स्वयं से कहा।

पांडवों के खेमे में मौत से भी भयानक सन्नाटा छाया था। कल उनकी बारी होगी, जब वे खून का बदला खून से लेंगे।

* * *

65. योद्धा का सम्मान

उदयन के उत्साह का अंत न था। अंततः गुरु धौम्य ने दक्षिणी मंडल की मदद लेने के लिए विनती की थी। अब वे उन खिलाड़ियों की तरह युद्ध का हिस्सा नहीं थे, जो रणभूमि से परे रहकर, पांडवों की सेना को भोजन की आपूर्ति कर रहे थे। वास्तव में निर्धन गाँववालों से लुटेरों की तरह पेश आना बहुत ही हीन लगता था। फिर भी उसने अपना यह कर्तव्य बखूबी निभाया था। द्रोण द्वारा तैयार की गई रक्षा पंक्तियों को भेदकर, जयद्रथ को मारना इतना सहज नहीं होगा। इसमें कोई संदेह नहीं कि अर्जुन एक नायक था। उसकी तुलना में, उसे अपना जीवन बहुत ही नीरस और बेजान लगता था। उदयन को ऐसा कुछ करना ही होगा, जिस पर वह स्वयं गर्व कर सके।

"मैं भगवान विष्णु को स्मरण करते हुए संकल्प लेता हूँ कि कल कर्ण का वध कर दूँगा। यदि सूत, कल का सूर्यास्त देखने के लिए जीवित रहा, तो मैं उदयन चेरलथन जलती चिता में कूदकर प्राण दे दूँगा और अपने निष्फल जीवन का अंत कर दूँगा।" उदयन ने अपने आसपास से उठ रहे युद्धघोष से स्वयं को ऊर्जान्वित अनुभव किया। ढोल-नगाड़ों के तेज़ सुरों के बीच जैसे एक उन्माद सा छा गया हो। चारण और भाट उसकी कीर्ति का बख़ान करने लगे। उसके संरक्षक राजाओं ने उसकी वीरता के आगे प्रणाम निवेदित किया। पुरोहितों ने उसके मस्तक पर चंदन का तिलक कर, गले में लाल पुष्पों की माला पहना दी। उसके वंश की कीर्ति का गुणगान होने लगा। इतने कड़े संकल्प को तो ऐसे विस्मय और आदर-मान के साथ ही सुना जाना चाहिए था।

* * *

सुयोधन जानता था कि जयद्रथ की सुरक्षा की वह आड़ वास्तविक नहीं थी। वह मन ही मन जानता था कि अर्जुन अभिमन्यु की हत्या के प्रतिशोध के लिए मन ही मन उबल रहा होगा। जब कुमार की मृत्यु हुई, तो उसने भी अपने भीतर ऐसे ही रोष और क्रोध को अनुभव किया था, ऐसा लगा था मानो किसी ने कलेजा चीरकर रख दिया हो।

गंगा की ओर से एक अनजानी सी धुँध की चादर सी बिछ गई थी। केवल कुछ फ़ीट की दूरी तक ही दिखाई दे रहा था। "शकटव्यूह!" द्रोण का स्वर सुयोधन को पुनः रणभूमि में खींच लाया। उसके चारों ओर हाथी और अश्व मिलकर व्यूह रचना कर रहे थे। अर्जुन का रथ कहाँ था? उसने सूर्यास्त से पहले जयद्रथ को मारने का संकल्प लिया था, बेशक उसने

स्वयं को कहीं छिपा रखा होगा। वैसे अर्जुन किसी भी दशा में शकटव्यूह को नहीं भेद सकता था। यह व्यूह रचना बचाव के लिए की जाती थी जिसमें पैदल सेना, रथों व हाथियों के साथ रक्षा की सौ पंक्तियों का घेरा बनाया जाता था। जयद्रथ उसके बीच, सुयोधन के पास ही खड़ा था। वह मारे भय और तनाव के पीला पड़ गया था। 'धैर्य मित्र! कुछ ही देर में हम अर्जुन को आत्महत्या करता देखेंगे।' सुयोधन ने स्वयं को सांत्वना दी। एक और चुनौतीकर्ता ने भी खुद को मिटाने का संकल्प ले लिया था परंतु कर्ण अपनी रक्षा स्वयं कर सकता था। उदयन उसके आगे कुछ न था।

* * *

चीख़-पुकार, चुनौतियाँ, धूल, रक्त, तीर, चारों ओर कोलाहल - लगता था मानो साक्षात नर्क में आ गए हों। अब किसी भी क्षण में, द्रोण अपना शंख फूँककर, पूरे दिन के युद्ध के अंत की घोषणा करने वाले थे। भयानक मारकाट के बाद भी दक्षिणी मंडल की सेनाएँ शकटव्यूह को नहीं भेद सकीं। दोनों ओर जान-माल का भारी नुक़सान हुआ परंतु दक्षिणी मंडल इस तरह आगे आता रहा जिस तरह पतंगा दीपक की लौ पर आकर्षित होकर, अपने प्राण गँवाने चला आता है। उसे अपनी मौत की परवाह नहीं होती। परंतु कर्ण निरंतर उन्हें रोकता रहा। जश्न मनाने का समय निकट आ रहा था।

सुयोधन रक्त को भी खौला देने वाली चीख़ सुनकर पलटा, कर्ण! उदयन उसके रथ में था। तो कर्ण कहाँ था? उसने देखा कि असुर राज ने अपनी तलवार को वार करने के लिए उठा रखा था। दक्षिणी मंडल का सेनापति अभेद्य शकटव्यूह को भेदकर भीतर कैसे आ गया?

"शीघ्रता से कर्ण के पास ले चलो," सुयोधन ने अपने सारथी को निर्देश दिया।

सूर्य अस्त हो गया था और सिपाही अपनी विजय का जश्न मनाने लगे थे। अर्जुन परास्त हो चुका है। सुयोधन के तो हाथ-पैर ही फूल गए। क्या कर्ण जीवित था? करोड़ों हाथी उसके मार्ग में खड़े थे और वह कर्ण के रथ को साफ़ तौर पर नहीं देख पा रहा था। वह द्रोण का विजयघोष तथा उनकी सेनाओं द्वारा अर्जुन को चिढ़ाने के स्वर सुन सकता था।

"हाथियों के पार चलो," सुयोधन ने अपने सारथी से कहा। मूर्ख इतना समय क्यों ले रहा था? जब अंतिम हाथी हटा तो उसने कर्ण को अपने रथ में खड़ा पाया। उदयन को क्या हुआ?

"हटो! राजा घायल हो गया है। उसे जाने दो," कर्ण अपने सैनिकों पर चिल्लाया।

वह घायल आदमी लड़खड़ाते हुए चल दिया, उसकी पीठ की महोगनी जैसी चमड़ी से रक्त चू रहा था। कर्ण के सिपाहियों ने उदयन को पूरी सुरक्षा के साथ जाने का रास्ता दिया। दक्षिणी मंडल का नायक अपने अंतिम युद्ध में भी परास्त रहा। वह स्वयं को घसीटते हुए खेमे तक ले गया।

सुयोधन कर्ण के रथ तक पहुँचा। उदयन की पीठ से रक्त कैसे बह रहा था? निःसंदेह कर्ण तो ऐसा किसी हाल में नहीं कर सकता। यहाँ तक कि वह आत्म-रक्षा के लिए भी ऐसा नहीं कर सकता।

"नहीं सुयोधन! अपने मन में ऐसी बात कभी मत लाना।" वह मित्र की आँखों में छिपे सवाल को भाँप गया था। "यह एक ईमानदारी से किया जाने वाला युद्ध था। दुर्भाग्यवश, ज्यों ही मैंने तलवार उठाई तो उसी क्षण में अपनी पीठ कर ली। तभी उसकी पीठ पर वार आ पड़ा। उसने पूरी वीरता से सामना किया।"

"उसका घाव इतना गहरा नहीं कि उसके प्राण ले सके। आशा करता हूँ कि कल तुम उसे एक वीर योद्धा की मर्यादा के अनुसार वीरगति प्राप्त करने का अवसर दोगे।"

"नहीं, वह तो पहले ही मर चुका है। देखें, क्या होता है?"

उदयन अपने खेमे में पहुँचा तो दक्षिणी मंडल के एक सैनिक ने उस पर थूक दिया। किसी रिवाज़ की तरह दूसरे सिपाहियों ने भी यही किया और उसे कायर कहा। जो कभी उनका नेता था, वह मारे लज्जा के मुख नीचा किए खड़ा था।

"कर्ण! ये सब क्या है?"

"उसने युद्ध के दौरान अपनी पीठ दिखाकर, उनके कुल को लजाया है। पीठ के घाव ने उसे सबके बीच कायर घोषित कर दिया। भले ही उसकी देह जीवित रहे परंतु अब उसकी आत्मा मर चुकी है।"

"कर्ण! क्या एक नेता के साथ ऐसा व्यवहार होना चाहिए, जो सारे शकटव्यूह को भेद कर, तुम तक आया और पूरी वीरता से लड़ा?"

"देश के उस भाग में यही रिवाज़ है।"

"कैसा युद्ध है ये!"

"यह भयानक है, सुयोधन किंतु आज हमारी विजय हुई। केवल यही पछतावा है कि आज अर्जुन के जीवन का अंतिम दिन होगा और वह मेरे कारण नहीं हो सका।"

"कैसा वचन ले बैठा, मूर्ख।" सुयोधन के चेहरे पर मुस्कान थी।

"खेमे में अचानक इतनी शांति कैसे हो गई?"

"जयद्रथ... वह कहाँ है?" जैसे किसी ने अचानक सुयोधन के पेट में आँतों को मरोड़ दिया हो। वह चिल्लाया, "रथ को वापस लो, जल्दी।"

उसके आदमी सिर नीचा किए क्यों खड़े थे? क्या हो गया? कुछ लोग मशालें जला रहे थे। बीच में इतनी भीड़ क्यों जमा थी? और दुश्मनों के खेमे से उल्लास के स्वर सुनाई दे रहे थे? सुयोधन अपने रथ से कूदकर, भीड़ की ओर लपका। "जयद्रथ कहाँ है? क्या हो गया?" वह चिल्लाया।

उनमें से एक व्यक्ति ने धरती की ओर संकेत किया। वह जानता था कि अब उसे क्या दिखेगा। नहीं, ऐसा नहीं हो सकता। अब तो अंधेरा हो गया था। सूर्य अस्त हो चुका था।

युद्ध समाप्त हो गया था। अर्जुन तो ऐसा कभी नहीं कर सकता। वह इतना नीच नहीं है। परंतु जयद्रथ का शीशविहीन धड़ धरती पर पड़ा था। अर्जुन का तीर उसकी छाती में धंसा था। 'ओह सुशला! तेरा भाई अब तुझे कैसे अपना मुँह दिखाएगा।'

"मैंने उसे ऐसी शिक्षा नहीं दी थी। आज तो उसे अपना शिष्य कहने में भी लज्जा आती है।" द्रोण का सुर शांत था किंतु वे अपनी पीड़ा नहीं छिपा सके। "सुयोधन! मैं जयद्रथ को नहीं बचा पाया।"

"गुरु! यह आपका दोष नहीं था। उन्होंने विजय पाने के लिए छल किया, जैसा उन्होंने पितामह भीष्म की बारी में किया था," कर्ण ने कहा।

"क्या तुम जानते हो कि जब मैंने इस बाबत कृष्ण से पूछा तो उन्होंने क्या उत्तर दिया? उन्होंने कहा कि उस सूर्य अस्त नहीं हुआ था। उसे कुछ क्षणों के लिए ग्रहण लगा था, जिसे उन्होंने अपने भ्रम की शक्ति से उत्पन्न किया थ। वे सीना ठोंककर कह रहे हैं, उन्होंने सूर्यास्त होने से कुछ क्षण पूर्व ही जयद्रथ का वध किया है।" द्रोण ने सुयोधन के कंधे पर हाथ रखा।

"अर्जुन के लिए युद्ध का नियम भंग करने की एक सुविधाजनक आड़," अश्वत्थामा फुँफकारा।

"जयद्रथ के शव का राजकीय सम्मान के साथ अंतिम संस्कार संपन्न हो। उनका शीश कहाँ है?"

"जिस समय गुरु अर्जुन से इस विषय में तर्क कर रहे थे, तो धृष्टद्युम्न उसे खेल में जीते गए पदक की तरह उठा ले गया।"

"यह युद्ध तो निम्न स्तरीय होता जा रहा है।" सुयोधन भारी मन से मुड़ गया।

"नहीं, सुयोधन। यह निराश होने का समय नहीं है। वे विजय पाने के लिए कुछ भी करेंगे और हमारा धर्म यही कहता है कि हम ऐसे दुष्ट शैतानों को उनके लक्ष्य में सफल न होने दें।" कर्ण ने कहा, उसकी आँखें मित्र के मुख पर जमी थीं।

द्रोण ने सेना को बुलाने के लिए शंख बजाया। फिर वे बोले, "वे तीन बार युद्ध के प्राचीन नियम भंग कर चुके हैं और उन्होंने हर बार अपने लज्जाजनक कार्यों को छिपाने के लिए झूठ का आश्रय लिया है। हमारे शत्रु किसी भी नीचता तक आ सकते हैं। हमें अपने देश, मानवता, भविष्य और धर्म के लिए किसी न किसी तरह लड़ना ही होगा और जीतना भी होगा। आज से हम भी सूर्यास्त के समय युद्ध को विराम नहीं देंगे। यह युद्ध तब समाप्त होगा, जब हम अंतिम पांडव को भी मार देंगे। गरुड़व्यूह!"

सिपाही गरुड़ के आकार में व्यूह रचना के लिए चल दिए। द्रोण के आदेश पर वे, तेज़ी से पांडवों की ओर चल दिए। इरावान् की पथराई आँखें उस भयावह बलि को देख रही थीं, जिसे बिना किसी भाव के किया गया था। वे किसी स्थितप्रज्ञ की भाँति स्थिर और उदासीन थीं।

***

कुरुक्षेत्र के दूसरे भाग में, एक विचित्र सा अनुष्ठान निभाया जा रहा था। उदयन कर्ण को सूर्यास्त तक मारने में असफल रहा। उसने उस समय, युद्ध से अपनी मुँह मोड़ा, जब उसकी सबसे अधिक आवश्यकता थी। अब उसका जीवन जीने के योग्य नहीं रह गया था। उसके पास ऐसा कोई दार्शनिक-मित्र नहीं था, जो उसे धर्म के रहस्य समझाते हुए, अपने वचनों से मुकरने का औचित्य समझा पाता। उसने अंतिम बार, अपने पूर्वजों से कायरता के लिए क्षमायाचना की। चारण उसकी अपकीर्ति का गान कर रहे थे, एक ऐसी लज्जा जो सदियों तक उनके साथ रहेगी। धोती में लिपटे उदयन के मुख पर राख पोत दी गई, वह चिता पर जा बैठा। उदयन ने अपने अंतिम क्षणों में प्रार्थना की कि इतिहास उसके प्रति न्याय करते हुए, दयालुता का व्यवहार करेगा।

परंतु उसे इस बारे में चिंता करने की ज़रूरत नहीं थी। उसका व उसके लोगों का इतिहास भारतवर्ष के लिए कोई मायने ही नहीं रखता था। वे विंध्य पर्वत की दिशा से संबंध रखते थे।

***

66. अर्द्ध धर्म

सुयोधन अपनी बहन सुशला के साथ बैठा था। जब से उसके पति के शीशविहीन धड़ को महल में लाया गया था, तब से वह अब तक वह न तो एक भी शब्द बोली और न ही कोई अश्रु बहाया। धृष्टद्युम्न जयद्रथ का शीश लेकर रणभूमि से लुप्त हो गया और उसे जयद्रथ के पिता की गोद में ले जाकर धर दिया। सिंध नरेश जयद्रथ को राजपाट सौंपने के बाद घने वनों में तपस्या करके अपना जीवन बिता रहे थे। वे उस समय, कुरुक्षेत्र के निकट एक वन में ध्यानरत थे, तभी उनके पुत्र का कटा सिर, उनकी गोद में आ गिरा। उनका दुर्बल शरीर यह आघात सह नहीं सका। पांडवों ने अपने कृत्य को उचित ठहराने के लिए तर्क दिया कि स्वयं जयद्रथ के पिता का कहना था कि जयद्रथ का कटा शीश, धरती पर जिस जगह गिरेगा, वहाँ संपूर्ण विनाश हो जाएगा।

गांधारी धृतराष्ट्र के साथ वहाँ आईं ताकि अपनी पुत्री के साथ उसका दुःख बाँट सकें। परंतु सुयोधन में अपनी माँ की ओर देखने का साहस नहीं था। उसने अपने शोकसंतप्त पिता से बात करनी चाही जो युद्ध में मारे गए अपने पुत्रों के कारण बहुत दुःखी थे, परंतु धृतराष्ट्र ने उसे कहकर चुप करवा दिया कि क्षत्रिय ऐसी बातें नहीं करते। उसकी माँ ने कुछ भी सुनने से इंकार कर दिया। सुयोधन का मन कसैला हो आया। उसके माता-पिता उसे सदैव एक क्षत्रिय-धर्म निभाने की प्रेरणा देते रहे, परंतु आज जब घटनाओं और परिस्थितियों ने प्रतिकूल पक्ष लिया तो उन्होंने उससे मुँह मोड़ लिया। पुत्र, भाई, पिता, हज़ारों व्यक्ति - यह हानि तो दिन-प्रतिदिन बढ़ती ही जाती थी। एक ऐसा भी समय था जब उससे एक पक्षी की हत्या भी सही नहीं जाती थी। परंतु जीवन ने उसके दिल और दिमाग़ को जैसे पत्थर बना दिया था। अब तो जैसे मृत्यु का उसके लिए कोई अर्थ ही नहीं रह गया था।

अपनी माँ के पीछे बैठा सुरथ, थर-थर काँप रहा था। अर्जुन ने उसके पिता को मार दिया था। एक दिन उससे अपने पिता के प्रतिशोध की अपेक्षा की जाएगी। उसकी माँ ने ऐसा ही कहा था। वह तब तक बैठा, अपने पिता के शीशविहीन धड़ को देखता रहा, जब तक कि अंतिम संस्कार का समय नहीं हो गया। अपने पिता की चिता को मुखाग्नि देते हुए, उसने अपनी माँ की ओर देखा। सुशला की आँखें सूनी थीं। वे मारे क्रोध के जल रही थीं पर उनमें दुख का कोई चिन्ह नहीं था। सुरथ को अर्जुन से भय था परंतु उसे अपनी माँ के कोप से अधिक भय लगता था।

***

"अब हमें कोई नहीं रोक सकता।" द्रोण ने घोषणा की।

"गुरु, आपके युद्ध के ये भले नियम केवल जयद्रथ के वध का कारण ही बने हैं।" शकुनि ने पलटवार किया। "आप बारंबार इन्हीं प्राचीन नियमों के अनुसार चलने को कहते हैं और उधर विपक्ष वाले नियमों को चूर-चूर करने में कोई कसर नहीं छोड़ रहे।"

"म्लेच्छ सावधान! तुम मुझे मत सिखाओ कि युद्ध कैसे करना चाहिए?"

"गुरु! आप मेरा मुख बंद करवा सकते हैं। पर क्या सारी सेना का मुँह बंद कर सकेंगे?"

द्रोण किसी तरह अपने गुस्से को वश में कर रहे थे। यह उस विदेशी से जूझने का न तो उचित समय था और न ही उचित स्थान! "सुयोधन! स्त्रियों की तरह शोक बहुत हुआ। युद्ध की कार्यकारिणी सभा बुलवाओ।" यह कहकर द्रोण वहाँ से चल दिए।

सुयोधन को लगा मानो उसका दुख क्रोध में बदल गया हो। शकुनि ने ठीक ही कहा था। गुरु द्रोण ने विजय को सुनिश्चित करने के लिए कुछ नहीं किया था। वह सभा में अपने मन की बात रखेगा। यदि गुरु उसकी बात को पसंद नहीं करते, तो उसे कोई अंतर नहीं पड़ता, उन्हें यह सब सुनना ही होगा। युवराज होने के नाते, वह अपने कर्मचारियों से परिणाम पाने का अधिकार रखता है।

* * *

युद्ध अगले तीन दिन और तीन रात तक चला और पांडवों ने युद्ध में चार अक्षौहिणी गँवा दीं। द्रोण के रात्रि व्यूहों ने उन्हें बुरी तरह से भ्रमित और भयभीत कर दिया। प्रकाश और छाया के संयोजन, छलपूर्ण गतिविधियों, अचानक बोले जाने वाले धावों, विस्फोटक व रसायनिक शस्त्रों के प्रयोग को देख पांडव सकते में आ गए। पांडवों के खेमे में मायूसी छाई थी।

युधिष्ठिर तेज़ी से चक्कर काट रहे थे। उन्हें कुछ सुझाई नहीं दे रहा था। "कृष्ण! अब हम क्या कर सकते हैं? क्या हमें शांति के लिए प्रयास करना चाहिए? जाने कितने लोगों की जानें जा चुकी हैं। मैं विधवाओं से भरे राज्य का स्वामित्व नहीं चाहता। यही बहुत हुआ।"

धौम्य ने अपना दंड धरती पर पटका और बोले, "युवराज! ये शब्द किसी क्षत्रिय के तो नहीं जान पड़ते। क्या तुम अपनी पत्नी के अपमान का प्रतिशोध नहीं लेना चाहते?"

"हम अपनी ओर से सब प्रयास कर चुके हैं। मृत्यु और अधिक मृत्यु ही अब तक हमारा पुरस्कार रही है," युधिष्ठिर बोले। उनका मन और आत्मा जैसे भारी बोझ तले कुचले जा रहे थे।

तभी पास वाले तंबू पर एक अग्निबाण आ गिरा और उसमें आग लग गई। सिपाही एक-दूसरे पर चिल्लाते हुए, पानी से भरे मटके लेकर भागे।

"गुरु द्रोण रात को हमला कर रहे हैं। वे कैसे निरंकुश हो गए हैं। असुर रात में लड़ने का उपाय जानते हैं किंतु दक्षिणी मंडल के सिपाहियों ने अब लड़ने से मना कर दिया है।

उनका कहना है कि अर्जुन ने अपने वचन का मान नहीं रखा और उसने जयद्रथ को छल से मारा है। उन्होंने हमारे धर्म के दावे को भी झुठलाना आरंभ कर दिया है। मुझे भी यही लगता है कि वे सही कह रहे हैं। वे अपने घर दक्षिण में लौटना चाहते हैं। हम हार रहे हैं। हम द्रोण को नहीं रोक सकते। अपने गुरु से लड़ने से बड़ा पाप कोई नहीं हो सकता।"

"युधिष्ठिर, शांत हो जाओ। कुछ भी नहीं हुआ। सब कुछ तुम पर निर्भर करता है।" कृष्ण ने सबसे बड़े पांडव के कंधे पर अपना हाथ रखा।

"कृष्ण! आप ऐसा कैसे कह सकते हैं कि कुछ नहीं हुआ। मैं क्या कर सकता हूँ? यहाँ तक कि अर्जुन भी गुरु द्रोण का सामना नहीं कर सकता। गुरु तो किसी आवेशग्रस्त व्यक्ति की तरह युद्धरत हैं। मानो वे रुद्र या शिव... हों। उन्हें तो कोई छू तक नहीं सकता।"

"तुम ऐसा कर सकते हो," कृष्ण कोमलता से बोले। उनके शब्दों ने कंकड़ की तरह शांत झील में हलचल मचा दी। उसकी तरंगें दूर-दूर तक फैलती चली गईं।

"मेरा उपहास न करें, कृष्ण! केवल आप ही उन्हें वश में कर सकते हैं परंतु आपने इस युद्ध में शस्त्र न उठाने का संकल्प लिया है। आप हमारा नेतृत्व करते हुए, द्रोण का सामना क्यों नहीं करते?"

"मैं उनकी सहायता नहीं कर सकता, जो अपनी सहायता स्वयं नहीं कर सकते," कृष्ण ने उत्तर दिया।

"मुझे क्या करना चाहिए?"

"कल, मैं तुम्हें कुछ करने के लिए कहूँगा। बिना कोई सवाल किए, उसे पूरा करना होगा।"

"कृष्ण! आप जो भी कहेंगे, मैं उसे करने के लिए तैयार हूँ। मैं हस्तिनापुर को बचाने के लिए, इस रक्तपात को रोकने के लिए कुछ भी कर सकता हूँ। आप हमारी मदद करें!"

"धीरज रखो। कल हम कौरवों का तख़्ता पलट देंगे।"

एक और अग्निबाण उनके निकट आ गिरा, जिसने उनके तंबू में रेत और कचरा फैला दिया।

"मुझे द्रोण के लिए खेद है। कैसे महान योद्धा थे!" कृष्ण ने मुस्कराते हुए कहा।

"कृष्ण! पराजय सामने आ खड़ी है। ऐसी दशा में तो केवल आप ही मुस्करा सकते हैं," अर्जुन ने मायूसी से कहा।

"कल तुम भी इसी तरह मुस्कराओगे, मेरे मित्र!" कृष्ण ने उत्तर दिया, "बस देखना यही होगा कि तुम्हारा सत्यनिष्ठ भाई वह करने के लिए मान जाए, जो मैं उसे करने लिए कहूँगा। तुम उन पाठों को याद रखना, जो मैंने तुम्हें युद्ध के आरंभ में दिए थे।"

"कृष्ण! मुझे वह सब करने लिए मत कहना, जो मैंने पितामह भीष्म के साथ किया। उनकी आँखें आज भी मुझे सताती हैं। मैं अपने लिए ऐसी विजय नहीं चाहता।"

"मेरे मित्र! जहाँ धर्म है, वहाँ विजय अवश्य होगी," कृष्ण ने उत्तर दिया।

मानो, प्रत्युत्तर में एक और अग्निबाण, बहुत ही ख़तरनाक़ तरीक़े से उनके पास आ गिरा और रात के घने अंधकार में विस्फोट का स्वर गूँज उठा। कृष्ण ने पलक तक नहीं झपकाई और न ही उनके होंठों पर खेलती निश्चल मुस्कान फीकी पड़ी।

* * *

द्रोण के उल्लास का अंत न था। उन्होंने चौदह दिन में, युद्ध का लगभग अंत कर दिया था। उन्होंने सुयोधन द्वारा लगाए गए अभियोगों का प्रत्युत्तर दे दिया था, जिनके अनुसार उन पर पांडवों का पक्ष लेने का आरोप लगाया गया था। सुयोधन ने उनसे ऐसे बात करने का साहस कैसे किया? भले ही द्रोण में कुछ कमियाँ रहीं हों किंतु वे विश्वासघाती नहीं थे। उस दुष्ट म्लेच्छ शकुनि ने ही सुयोधन के मन में शंका और संदेह का बीज बोया था। ख़ैर पांडव अपनी दो-तिहाई सेना हार चुके थे। उन्होंने अपने पुराने मित्र द्रुपद की भी हत्या कर दी थी। परंतु अभी अर्जुन का सामना होना शेष था। उनका निशाना कभी नहीं चूकता था परंतु कृष्ण हर बार रथ को घुमा ले जाते। एक निर्दयी क्षण में तो मन में आया कि क्यों न कृष्ण पर ही निशाना साध दें। परंतु उनकी अंतरात्मा उसी समय चेताने आ गई। नहीं, वे एक निहत्थे सारथी पर वार करने की नीचता तक नहीं उतरेंगे। जो भी हो, वे एक ब्राह्मण थे और उन्हें धर्म के अनुसार ही लड़ना चाहिए, वे उन क्षत्रियों की तरह नहीं, जो जीतने के लिए कुछ भी करने पर आमदा हो जाते हैं।

"श्रीमान! एक अशुभ समाचार है..." एक धावक दौड़ते हुए उनकी ओर आया।

"क्या हो गया?" वे युद्ध के कोलाहल और आपाधापी के बीच उसे अच्छी तरह सुन नहीं सके।

"श्रीमान! यह एक बेहद अशुभ समाचार है..."

द्रोण का हृदय डूब गया। उनके लिए तो केवल एक ही समाचार अशुभ और भयानक हो सकता था। उनके होंठ काँपे और आँखें डबडबा उठीं, "अश्वत्थामा कहाँ है?" 'ओह कृपी! लगता है कि मैं तुम्हें दिया वचन नहीं निभा सका। हमारे पुत्र को क्या हुआ?' उन्होंने काँपते हुए संदेशवाहक को झझकोर दिया। "मूर्ख! बताओ, मेरा पुत्र कहाँ है?"

धावक ने अपना शीश झुका लिया। द्रोण ने अपने रथ के चक्र का सहारा लिया। "क्या वह घायल हुआ है या... ?"

धावक शांत रहा। वह अपना सिर भी नहीं उठा पा रहा था। वह गुरु का सामना नहीं कर सका।

"नहीं... नहीं... नहीं! कोई भी मेरे पुत्र को छू तक नहीं सकता - न तो अर्जुन और न ही कोई पांडव। वह सारे भारतवर्ष में सबसे महान योद्धा है, महारथी है। मेरा पुत्र... मेरी संतान।"

धावक मुड़ा और सिपाहियों के बीच ग़ायब हो गया। "मुझे युधिष्ठिर के निकट ले चलो," द्रोण अपने सारथी पर चिल्लाए।

"श्रीमान! ऐसा करना ख़तरे से ख़ाली न होगा। वे तो दुश्मनों के इलाके में बीचों-बीच खड़े हैं।"

"मूर्ख कहीं के! मुझे वहाँ ले चलो!"

रथ पांडवों की ओर चल दिया। द्रोण की तीर मार्ग में आने वालों को निर्दयता से काट रहे थे। विपक्ष हल्का पड़ गया क्योंकि उनसे लड़ने के लिए कोई बचा ही नहीं था। बचे हुए पांडव सैनिक उनके सामने सिर झुकाने लगे, वे उनके शोक में उनके साथ थे।

"नहीं... नहीं! मेरे अश्वत्थामा की मृत्यु नहीं हो सकती। यह एक जाल है, झूठ है," द्रोण का मन चीख़-चीख़ कर एक ही बात कह रहा था।

द्रोण युधिष्ठिर के रथ के पास जाकर थमे। जब उन्होंने उसका चेहरा देखा तो वे जान गए कि उन्होंने अपना सब कुछ गँवा दिया था। ख़ैर, उन्हें यह सत्य स्वयं युधिष्ठिर के मुख से सुनना था। वह अर्जुन के बाद द्रोण का प्रिय शिष्य रहा था। युद्ध के पिछले कुछ दिनों को छोड़ दें, तो उन्होंने सुयोधन की बजाए हमेशा युधिष्ठिर का पक्ष लिया था। नहीं, वह उनसे झूठ नहीं बोलेगा। अर्जुन उनसे झूठ नहीं बोलेगा। वे उनके पुत्रों की तरह थे। वे उनके गुरु थे। यदि उन्होंने भी उनसे मुख मोड़ा तो उनके जीवन में कुछ भी शेष नहीं रहेगा। उनके सुयोग्य शिष्य उनके साथ ऐसा व्यवहार नहीं कर सकते।

गुरु ने भरसक अपने सुर को संयत करते हुए, उस व्यक्ति से पूछा, जो कभी असत्यवादन नहीं करता था, "युधिष्ठिर! मेरे पुत्र, अश्वत्थामा को क्या हुआ?"

युधिष्ठिर द्रोण का सामना नहीं कर सके। उनकी दृष्टि गुरु के चरणों पर टिकी रही।

"पुत्र! मैं जानता हूँ, तुम मुझसे भी झूठ नहीं बोलोगे। अपने गुरु को बताओ कि क्या हुआ?"

युधिष्ठिर सकुचा उठे। सर्दी के बावजूद उनके मस्तक पर स्वेद कण झिलमिला उठे। उन्होंने नेत्र बंद कर लिए किंतु गुरु का विनती करता हुआ चेहरा, तो उनका पीछा ही नहीं छोड़ रहा था। कंठ सूख रहा था, उन्होंने थूक गटका। फिर युधिष्ठिर ने भाले पर अपनी पकड़ कसते हुए, ईश्वर से साहस की प्रार्थना की।

***

67. असत्य

"अश्वत्थामा मारा गया!" ज्यों ही युधिष्ठिर के ये शब्द रणभूमि में सुनाई दिए। दोनों पक्षों में हो रहा कोलाहल और संघर्ष अचानक थम गया।

द्रोण ने दोनों हाथों से अपना सीना थामा, वे रथ में ही बेसुध होकर गिरे और उनका सिर धड़ाम से किसी चीज़ से टकराया। जब युधिष्ठिर ने आगे के शब्द कहे, 'परंतु वह तो एक हाथी है।' तब तक गुरु बेसुध हो चुके थे।

युधिष्ठिर अपने रथ से उतरे और एक ओर चल दिए, दरअसल वे देखना तक नहीं चाहते थे कि उनके असत्य-वादन का क्या परिणाम रहा। उनके मुख में धर्म का कसैला स्वाद उभर आया था।

कृष्ण ने अर्जुन की ओर देखा किंतु उनके मित्र ने अपना धनुष नीचे कर लिया था। "नहीं कृष्ण! ऐसे नहीं, ऐसे तो कदापि नहीं। पहले हमने उन्हें यह विश्वास दिलाया कि उनका पुत्र मारा गया, जबकि हमने एक हाथी का नाम अश्वत्थामा रखा और उसे जान से मरवाया। यह एक झूठ है। मैं इस झूठ के साथ और नहीं जी सकता। वे सदा मेरे हितैषी रहे; उन्होंने सदैव मेरा ही पक्ष लिया। मुझसे यह निंदनीय और घोर अमानवीय कार्य न करवाएँ।"

कृष्ण ने सेना के नाममात्र के सेनापति धृष्टद्युम्न की ओर देखा। द्रौपदी का भाई, हाथ में नंगी तलवार लिए, रथ से कूद पड़ा। "कृष्ण! मुझे यह अवसर देने के लिए आभार। जिस दिन से गुरु ने अर्जुन को आदेश दिया था कि मुझे मेरे पिता सहित ज़ंजीरों से बाँधकर, हस्तिनापुर में घसीट कर लाया जाए, तब से मैं इस ढोंगी गुरु से घृणा करता आया हूँ। कल इसने मेरे पिता की हत्या कर दी। अब मेरे पास इसका शीश काटने के सिवा कोई चारा ही नहीं है।"

वह गुरु के रथ में कूदा और बेसुध पड़े गुरु को उनके बालों से पकड़ लिया। उसने किसी तरबूज की तरह उस व्यक्ति की गर्दन रेत दी, जो अकेला ही पांडवों की सेना पर भारी था। उसने कटे शीश को उठाया व बोला, "यह देखो! कौरवों का सेनापति! यह मेरे मृतक पिता द्रुपद के लिए श्रद्धांजलि है। यह गुरु धौम्य के लिए एक भेंट है। देखो, इस नृशंस ब्राह्मण का कैसा भयावह अंत हुआ, जिसने अधर्म का साथ देने का निर्णय लिया था।"

शिखंडी भागकर आया, उसने भाई को गले से लगाया और द्रोण के रथ में नाचने

लगा। हिजड़ा चिल्लाया, "यतो धर्मस्ततो जयः" (जहाँ धर्म होगा, वहीं विजय होगी।) धृष्टद्युम्न भी ज़ोर-ज़ोर से हँसने लगा। गुरु को अपने कर्मों का फल मिल गया था।

पांडवों की ओर से हर्षोल्लास के स्वर गूँज उठे। कृष्ण के पास उस समारोह को देखने का समय नहीं था। जिस रथ में अर्जुन मुँह लटकाए बैठा था, वह युधिष्ठिर के पीछे चल दिया।

कौरवों के खेमे से विलाप का सुर उठा और पांडव थमकर उसे सुनने लगे। वह अश्वत्थामा था। किसी हत्यारे के से आवेश में, वह पांडवों के पक्ष की ओर लपका, जबकि कर्ण ने उसे रोकना चाहा। द्रोण के मरते ही, युद्ध की कमान कर्ण के हाथों में आ गई थी। अश्वत्थामा अपने पथ में आने वाले हर व्यक्ति को मारने-काटने लगा, परंतु कर्ण की शंखध्वनि ने युद्ध के अंत की घोषणा कर दी, जिसे सुनकर गुरु का पुत्र स्तंभित रह गया।

"तुमने युद्ध का रोकने का साहस कैसे किया?" अश्वत्थामा कर्ण पर चिल्लाया।

"यह एक धर्मयुद्ध है। सूर्य अस्त हो गया है। मैं किसी को भी धर्म का उल्लंघन नहीं करने दूँगा," कर्ण ने सपाट सुर में कहा, उस समय उसकी दृष्टि कर्ण से कहीं दूर टिकी थी।

अश्वत्थामा सुयोधन की ओर मुड़ा, ताकि वह कर्ण का प्रतिरोध करे, परंतु सुयोधन ने भी उसकी ओर नहीं देखा। अश्वत्थामा का कलेजा पछाड़ें मार रहा था। सूत उसे उसके पिता की हत्या का प्रतिशोध नहीं लेने दे रहा था। उसी व्यक्ति ने तो कर्ण को विराट में अर्जुन के तीरों की बौछार से बचाया था परंतु सुयोधन की चुप्पी उसे कहीं ज़्यादा खल रही थी।

अश्वत्थामा ने धृष्टद्युम्न के लोगों को खुशी-खुशी लौटते देखा, तो वह मारे दुख व कुंठा के स्तंभित भाव से वहीं खड़ा रहा। वे वर्षों तक कर्ण के मर्यादापूर्ण व्यवहार का गुणगान करेंगे, परंतु अश्वत्थामा जानता था कि कर्ण केवल धर्म की आड़ ले रहा था। यह उसकी ओर से द्रोण के उस व्यवहार के प्रति प्रतिशोध था, जब वह ज्ञान पाने के लिए द्रोण के द्वार पर आया था और उसे तिरस्कार के सिवा कुछ नहीं मिला था। आज कर्ण भी अपने प्रतिशोध के लिए उसी धर्म की आड़ ले रहा था। 'धर्म हो या अधर्म, वह धृष्टद्युम्न को सबक़ सिखाएगा, पांडवों को इसके लिए कड़ी क़ीमत चुकानी होगी', उसने मन ही मन सोचा। वह ओझल हो रही पांडव योद्धाओं की आकृतियों को देख चिल्लाया, "दुष्टों! बुरे कर्मों का फल बहुत कड़वा होता है। तुम एक महान योद्धा को छल से मारकर, आनंद मना रहे हो? क्या तुम भूल गए हो कि तुम ब्रह्महत्या के भागी बन गए हो? अब तो मलिन वस्त्रों की तरह शरीर का त्याग जैसी बातें भी तुम्हें सांत्वना नहीं दे सकतीं और अनासक्त होने का विवेक भी तुम्हें सारहीन सुनाई देगा। मैं तुम्हें छोड़ूँगा नहीं, दुष्ट पांडवों!"

अश्वत्थामा अपने घुटनों के बल गिर गया और सैनिक उसके पिता की निष्प्राण देह को उठा ले गए।

* * *

68. दानवीर

वे नदी के किनारे बैठे, सुदूर सुनाई दे रही चांडालों की पुकारें सुन पा रहे थे, जो मृतकों को श्मशान घाट की ओर ले जा रहे थे। वायु में जलते हुए माँस की दुर्गंध व्याप्त थी। चिताओं से उठती आग की लपटों ने दक्षिण के आकाश को अपने अधिकार में ले लिया था। नदी भयानक दिख रही थी और ऐसा लगता था कि उनके पैरों के पास बह रहा जल, मारे रक्त के गाढ़ा हो गया हो।

अश्वत्थामा ने जल में अपनी परछाईं देखी और चंद्रमा की रोशनी में, अपने माथे पर चमकते रत्न को देख चिहुँक उठा। यही उसके लिए दुर्भाग्य का कारण बना। अपने पिता की मृत्यु के बाद उसे कहीं भी चैन न था। 'उन्होंने मेरी वजह से प्राणों का त्याग किया। मैं एक नालायक पुत्र निकला, कभी उनकी उम्मीदों पर ख़रा नहीं उतर सका।' वह फिर से बुदबुदाया।

"अश्वत्थामा! तुम इस तरह अपने-आप को दंडित क्यों कर रहे हो? गुरु द्रोण को तुम पर गर्व था। वे एक महान पुरुष थे," कर्ण ने गुरु के पुत्र से कहा। उसने सोचा कि यह इस बात को स्मरण करने का समय नहीं था कि गुरु द्रोण ने उसे एक नीच जाति के सूत से अधिक कुछ नहीं समझा।

"कर्ण! मुझे तुम्हारे जीवन के इस महान अवसर को यूँ व्यर्थ नहीं करना चाहिए। आज तुम्हें कौरवों की सेना का प्रधान सेनापति बनाया गया है। इस पद के लिए तुमसे बेहतर तो कोई हो ही नहीं सकता था," अश्वत्थामा ने अपनी गर्दन मोड़े बिना कहा।

कर्ण ने मित्र को देखा। उसे हो क्या गया है? क्या अश्वत्थामा अब भी पिता की मौत के सदमे से नहीं उबरा या कोई और बात है? "इस सबके लिए तो मैं सुयोधन का ही आभारी हूँ; अश्वत्थामा, तुम भी तो इस बारे में जानते ही हो।"

"कर्ण! यह तो बहुत पहले ही हो जाना चाहिए था। इस पद को तुम बहुत अच्छी तरह संभाल सकते हो। हमें विजय श्री दिलवाओ। एक भी पांडव को मत छोड़ना।"

कर्ण ने उसाँस भरी। उसने उस अंधकार को मन ही मन धन्यवाद दिया, जिसने उसके चेहरे को छिपा रखा था।

"कर्ण! तुम इतने शांत क्यों हो?"

"मैं तुम्हें वचन देता हूँ कि अर्जुन को नहीं छोड़ूँगा।"

"केवल अर्जुन नहीं, किसी भी पांडव को जीवित मत छोड़ना।"

"मैंने वचन दिया है..."

"वचन?" अश्वत्थामा की साँसें तेज़ी से चलने लगीं। उसने कर्ण की ओर पीठ कर ली। उसका मित्र चाहता क्या था।

"मैं अर्जुन के अतिरिक्त किसी और पांडव को नहीं मारूँगा। मैंने कुंती देवी को इसी आशय का वचन दिया है।"

"कर्ण! क्या तुम्हारा दिमाग़ चकरा गया है?"

"मैं इंकार नहीं कर सका, वे अपने सभी पुत्रों के जीवनदान की याचना करने आई थीं।"

"तुम एक देशद्रोही हो! तुम्हें तो देशद्रोह के अपराध में दंड दिया जाना चाहिए," अश्वत्थामा चिल्लाया और कर्ण को बुरी तरह से झिंझोड़ दिया। "धूर्त हरामी! ज़रा देखें कि सुयोधन इस बारे में क्या कहना चाहता है। सूत ने अपना असली रंग दिखा ही दिया।"

अश्वत्थामा उछलकर खेमे की ओर भागा किंतु कर्ण ने उसे बीच में ही लपक लिया।

"मेरी बात तो सुनो, अश्वत्थामा। मैंने अर्जुन का वध करने और पांडवों को परास्त करने का संकल्प लिया है।" वह अपने मित्र को यह कैसे बता सकता था कि वह सबसे बड़ा पांडव पुत्र था, कोई सूत नहीं। कैसे बताता कि सिंहासन उसकी प्रतीक्षा में था और यदि वह नरेश बनने की हामी दे दे तो यह युद्ध वहीं थम सकता था? यह तो सुयोधन के प्रति बहुत बड़ी कृतघ्नता होती। वह अपनी निष्ठा नहीं खोना चाहता था। "अश्वत्थामा, मेरा विश्वास करो। मैं इस युद्ध में विजय प्राप्त करूँगा और सुयोधन को अपनी आँखों से राजगद्दी पर बैठते हुए देखूँगा।"

अश्वत्थामा ने अपने मित्र को देखा। "कर्ण! मैं खेमे में कोलाहल नहीं चाहता, परंतु सुयोधन ने यह सुन लिया तो उसका मन आहत होगा। तुमने ऐसा किया कैसे? सूत, अब तुम मेरे मित्र नहीं रहे। मैं रणभूमि में तुम्हारे आचरण की निगरानी करूँगा। अगर मुझे तुम्हारे भीतर रत्ती भर भी संकोच दिखा, तो तुम्हारे कंठ में धँसने वाला तीर मेरा होगा। हमारा प्रधान सेनापति देशद्रोही है! तब तो सुयोधन से बड़ा कोई मूर्ख ही नहीं!" कंधे से कर्ण का हाथ झटक कर, अश्वत्थामा एक ओर चल दिया।

"अश्वत्थामा! ठहरो।" किंतु वह ब्राह्मण रात के अंधकार में कहीं विलीन हो गया था। देशद्रोही! विश्वासघाती! ये शब्द कर्ण का कलेजा चीरने लगे। वे शब्द उसकी अंतरात्मा को भेद रहे थे। क्या वह वास्तव में उस आदमी के प्रति द्रोह कर रहा था, जिसने उसके लिए सब कुछ किया? उसके पास कोई उत्तर न था किंतु अब अपने वचन से मुकरने का भी कोई प्रश्न ही पैदा नहीं होता था। अब तो केवल करने के लिए एक ही कार्य बचा था। युद्ध में लड़ते हुए जीत हासिल की जाए या वीरगति प्राप्त की जाए। 'अश्वत्थामा... और सुयोधन...! मुझे

क्षमा कर देना। मैं कभी तुम दोनों की मित्रता के योग्य ही नहीं था।'

"कर्ण!" यह पुकार सुन कर्ण अपनी तंद्रा से जगा और उसका हाथ अचानक ही अपनी खड्ग पर चला गया। जब उसने बूढ़े ब्राह्मण को अपने निकट खड़ा पाया तो वह सहज हो गया। उसका चेहरा तो जाना-पहचाना सा था। "मैं दान की याचना करने आया हूँ।"

कर्ण जानता था कि उसने वह स्वर पहले कहीं सुना हुआ था। उसने अपने सामने खड़ी, झुकी हुई आकृति को संदेह से देखा। वहाँ झाड़ियों के झुरमुट के पीछे कौन खड़ा दिख रहा था?

"वचन दो कि मैं जो माँगूगा, तुम मुझे अवश्य दोगे।"

"संभवतः मैं आपको पहचानता हूँ, स्वामी!" कर्ण ने अपने सामने खड़ी आकृति से कहा।

"मुझे कोई नहीं जानता। मेरा कोई अस्तित्व नहीं है। मुझे अपना वचन देकर, अपनी उस प्रतिष्ठा का मान रखो, जिसके अनुसार तुम अपने द्वार आए किस याचक को ख़ाली हाथ नहीं लौटाते। तुम अपना दिया गया वचन अवश्य निभाते हो।"

कर्ण भाँप गया कि यह कोई चाल थी। उसके सामने खड़ा ब्राह्मण कोई साधारण याचक नहीं हो सकता था। वह दान की भिक्षा के आगे असहाय था। उसने कहा, "माँगो और मिलेगा!"

"मुझे अपना वह कवच दे दो, जिसे सूर्य मंदिर के महान कारीग़रों ने गढ़ा है।"

कर्ण स्तंभित रह गया। 'एक ब्राह्मण को योद्धा के कवच से क्या काम हो सकता था?'

"कर्ण! यदि तुमने इंकार किया तो मैं एक भी शब्द कहे बिना, यहाँ से वापस चला जाऊँगा। मैं समझ सकता हूँ। अर्जुन के तीरों से रक्षा के लिए तुम्हारे पास यही एकमात्र उपाय है। इसके बिना, तुम मेरे पुत्र के सम्मुख एक पल भी नहीं टिक सकते।"

"क्या कहा आपने? आपका पुत्र? आप कौन हैं? इंद्र? क्या देवताओं के राजा अपने पुत्र की रक्षा के लिए इतनी नीचता पर उतर आए?"

इंद्र ने यह कहने का साहस भी कैसे किया कि वह कवच के बिना अर्जुन के तीरों की वर्षा का सामना नहीं कर पाएगा? कर्ण ने अपना कवच उतार दिया और ब्राह्मण के हाथ पसारने की प्रतीक्षा करने लगा। "ये लें, आपको पता होना चाहिए कि मेरा धर्म ही मेरा रक्षण है अगर आपके पुत्र को लगता है कि मुझे हराने के लिए, उसे मेरे वस्त्र उतारने होंगे तो जाकर उसे बता दें कि कर्ण रणभूमि में निर्वस्त्र आने को भी प्रस्तुत है। कवच हो या न हो, सूत उसे हराकर ही दम लेगा।"

इंद्र की बूढ़ी आँखों ने कर्ण को प्रशंसासूचक निगाहों से देखा। "कर्ण! मेरे पास तुम्हारी वीरता और दानवीरता का वर्णन करने के लिए शब्द नहीं हैं। यदि इस संसार में थोड़ा सा भी पुण्य शेष है, तो जीत तुम्हारी होगी। हम दोनों ही जाति-च्युत हैं। तुम्हें तुम्हारी माँ ने जाति से निष्कासित किया और मेरे साथ मेरे पुत्र ने ऐसा किया। परंतु मैं अब भी उसका पिता हूँ

और यह मेरी ओर से उसके के लिए उपहार होगा।"

"हर बीतते क्षण में ऐसा ही लग रहा है मानो मैं सुयोधन से छल कर रहा हूँ। श्रीमान! आपने जो चाहा, आपको मिल गया। अब आप जाएँ और मुझे अकेला छोड़ दें।"

"कर्ण! मैं एक न्यायी व्यक्ति हूँ। मैं तुम्हारी इस उदारता के बदले में कुछ देना चाहता हूँ अन्यथा मेरी अंतरात्मा मुझे चैन से सोने नहीं देगी।"

कर्ण ने उस बूढ़े व्यक्ति को हैरानी से देखा। क्या वह कोई और चाल चल रहा था? इंद्र ने मुड़कर संकेत किया। झाड़ी के पास एक स्याह साया बाहर निकल आया। चंद्रमा की धूमिल आभा में उसके मुख पर नेत्र हीरे की तरह जगमगा रहे थे।

"कर्ण, यह मेरा पुत्र मयासुर है। यह इस धरती का सबसे महान वास्तुशिल्पी है। यह वही है, जिसने इंद्रप्रस्थ नगरी बनाई, जिसका नाम मेरे नाम पर रखा गया। हाँ, जीवन ऐसे ही विरोधाभासों के मेल से बना है, है न? मय, महान कर्ण को प्रणाम निवेदित करो। इस संसार में या आने वाले समय में भी, तुम इससे महान व्यक्ति नहीं पाओगे।"

कर्ण ने कोयले जैसे काले असुर को आश्चर्य से देखा।

"यह इसे दे दो," इंद्र ने आदेश दिया और मयासुर ने तीर कर्ण के हाथों में रख दिया। इस मोटे व मज़बूत से तीर को बहुत ही ख़ूबसूरती से गढ़ा गया था।

"यंत्र मुक्त?" कर्ण ने प्रक्षेपास्त्र पर अपना हाथ फिराया।

"हम्म! व्रज की शक्ति से लैस यह यंत्र शक्ति कहलाता है। जिसका नाम आदि शक्ति से लि़या गया है। सच कहूँ तो इस अर्जुन को देना चाहता था। मुझे तुम्हारी प्रतिष्ठा के विषय में संदेह था इसलिए परीक्षा ली। पर अब लगता है कि काश! तुम मेरे पुत्र होते। यह मेरी ओर से तुम्हारे लिए उपहार है। इसे एक बार ही प्रयोग में ला सकते हैं किंतु इसकी शक्ति अजेय और अविश्वसनीय है। संभवतः तुम इसे मेरे पुत्र के विरुद्ध प्रयोग में लाओ। कोई भी इंद्र पर पक्षपात का आरोप नहीं लगा सकता। हो सकता है कि आज मैं निर्धन और भग्न हृदय हूँ, परंतु मैं अब भी देवों का राजा हूँ।"

"देवेंद्र! मैं पूरी विनम्रता से आपका उपहार स्वीकार करता हूँ।" कर्ण ने प्रक्षेपास्त्र को अपने तूणीर में रखते हुए कहा। इसके बाद उसने मयासुर के कठोर हाथों को थाम लिया, "यदि हम इस युद्ध में विजयी रहे? तो याद रखना, यही हाथ एक बार फिर सुंदर बाग और मंदिर बनाएँगे। तुमसे भेंट हुई, मैं धन्य हुआ।"

"जब से हमें इंद्रप्रस्थ से खदेड़ा गया, तब से मेरे पुत्र का मानसिक संतुलन उचित नहीं है। यदि यह तुम्हें पर्याप्त सम्मान न दे सके तो इसे क्षमा कर देना।" इंद्र ने मयासुर का हाथ थामा और कर्ण का अमूल्य कवच लेकर वहाँ से चला गया।

कर्ण उन ओझल होती आकृतियों को देखते हुए, जीवन की विसंगतियों पर विचार करता रहा। उसने रणभूमि पर नज़र मारी तो इरावानू का कटा शीश दिखाई दे गया। उसने जीवन की व्यर्थता पर विचार किया। नाग और राक्षस इस युद्ध में आना ही क्यों चाहते हैं?

यह तो क्षत्रियों का आपसी युद्ध है। उसे वाक़ई यह जानकर बहुत सुकून मिला था कि वह भी एक क्षत्रिय था। वह दिखा देगा कि वह दोनों पक्षों से लड़ने वाले क्षत्रियों से कहीं बेहतर क्षत्रिय था। वह उदारतापूर्वक दान देगा और युद्ध के सभी नियमों का पालन करेगा। क्षत्रिय युद्ध की आचार संहिता का पालन करते हैं। यही बात तो उन्हें दूसरे व्यक्तियों से अलग करती है।

परंतु रात्रि के उस घने अंधकार में, जब कराहते अधमरे मनुष्यों और पशुओं की चीत्कारों के सिवा कुछ सुनाई नहीं दे रहा था, तो कर्ण एक गहरे अपराध-बोध से घिर गया। अश्वत्थामा के शब्द उसे भेदने लगे। भले ही उसने कुंती को अपना वचन और इंद्र को अपना कवच देकर दानवीर होने की अक्षय कीर्ति पा ली हो, परंतु क्या यह सुयोधन के प्रति छल नहीं था? उसके भरोसे को तोड़ने वाली बात नहीं थी? उसके पास कोई उत्तर न था। अर्जुन से लड़ने का, आमने-सामने हो कर लड़ने का समय हो गया था, जबकि अब उसका सुरक्षा कवच भी साथ नहीं था। अब नियति को ही तय करने दें कि उन दोनों में कौन एक श्रेष्ठ योद्धा था और कौन एक श्रेष्ठ मनुष्य!

* * *

69. राक्षस

घटोत्कच अधीर हुआ जा रहा था। "माँ, भगवान कृष्ण ने स्वयं मुझे लिवाने के लिए एक संदेशवाहक भेजा है। उनका कहना है कि केवल मैं ही उस सूत योद्धा से अपने पिता के प्राणों की रक्षा कर सकता हूँ।"

"घटोत्कच, तुम अभी एक किशोर हो। अगर तुम्हारे पिता कर्ण को वश में नहीं कर सकते, तो तुम क्या कर लोगे?"

"हरकारे ने कहा कि पिता मुझे बुला रहे हैं। मैं उनकी इकलौती आस हूँ।"

"बेटे, मेरे पास भी तो तुम्हारे सिवा कोई नहीं है। यह हमारा युद्ध नहीं है।"

"पिता मेरी राह देख रहे हैं। माँ, मुझे जाना ही होगा।"

"पिता? अब उन्हें अपने पुत्र की याद आई? जब हम उनसे पिछली बार मिले थे तो उन्होंने मेरी ओर देखा तक नहीं था। तुम एक राक्षस हो, वनवासी, एक राक्षसी के पुत्र!"

माँ से बहस करने का कोई लाभ न था। घटोत्कच ने उसके चरण स्पर्श किए किंतु वह अपने स्थान से हिली तक नहीं। वह जाने के लिए मुड़ा।

"जाओ और जाकर मरो!। तुम जानते हो कि उन्होंने इरावान् का क्या हश्र किया। हे शिव! क्या मेरे पास बुढ़ापा काटने के लिए कोई सहारा नहीं होगा?"

घटोत्कच द्वार पर थमा और पीछे मुड़ा। "माँ! क्या तुम्हारा यही अंतिम आशीर्वाद है? हो सकता है कि तुम इसके बाद मेरा मरा मुँह ही देखो।"

"अरे नहीं, नहीं! नहीं! मेरे बच्चे, मेरे कहने का यह अर्थ नहीं था। तुम मत जाओ।" हिडम्बी उसके पीछे दौड़ती हुई आई किंतु उसके बेटे ने पीछे मुड़कर नहीं देखा।

एक उल्लू तेज़ी से घटोत्कच के पास से निकल गया। दिन के समय में उल्लू? एक अपशकुन। अंधविश्वासी राक्षस को एक अनजाने से भय ने घेर लिया। फिर उसने कंधे झटके और उसने गीले बरामदे के कोने में रखी पाषाण गदा उठा ली। उसके कुछ निषाद और नाग मित्र अपने धनुष, विषाक्त तीरों, भालों, अनगढ़ तलवारों और पाषाण गदाओं सहित उसकी प्रतीक्षा कर रहे थे। घटोत्कच ने उन्हें देखकर हामी भरी। "आओ, चलो कुरुक्षेत्र चलकर उस सूत को सबक सिखाएँ।"

राक्षस और उसके विकराल मित्र चीख़ते-चिल्लाते, हल्ला मचाते हुए दौड़ने लगे। उन्हें

पांडवों को, कर्ण के हाथों मिलने वाली अपमानपूर्ण पराजय से बचाना था। छत पर बैठा उल्लू तीन बार अपशकुनी तरीक़े से बोला और फिर जंगल में ओझल हो गया।

* * *

"पुत्र! तुम पर कोई नियम लागू नहीं होते। राक्षस रात को किए जाने वाले युद्ध में निपुण होते हैं। कौरवों की सेना में हाहाकार मचा दो।" कृष्ण ने निर्देश दिए।

घटोत्कच ने कनखियों से पिता को देखा, जो निर्लिप्त भाव से बैठे थे। भीम अपनी गदा को चमका रहा था। जब से उसका पुत्र पांडवों के खेमे में आया था, उसने उससे एक बार भी बात नहीं की थी।

"जाओ, अपने पिता से बात करो।" कृष्ण ने घटोत्कच का कंधा थपथपाया।

राक्षस सकुचाते क़दमों से पिता की ओर बढ़ा, उसे भय था कि पिता उससे अच्छी तरह बात नहीं करेंगे।

वह विचित्र सी अवस्था में, दम साधे वहीं खड़ा रहा। अंततः भीम ने देखा और अपने पुत्र को देखकर मुस्कान दी। घटोत्कच वहीं धरती पर गिरा और उसे साष्टांग प्रणाम किया। क्या उसके स्पर्श से क्षत्रिय प्रदूषित हो जाएँगे?

भीम ने अपनी सशक्त भुजाओं में उसे उठाया। "कितने बड़े हो गए हो!" उसने कहा और एक ही झटके में वहाँ से चल दिया।

बस इतना ही। घटोत्कच ने मन ही मन जाने कितनी बार उस पुनर्मिलन की कल्पना संजोई थी। भीम ने तो उसकी माँ का हाल तक नहीं पूछा।

* * *

अगले दिन की सुबह, दूसरे दिनों की तुलना में सर्द थी। कुरुक्षेत्र का मैदान दूर-दूर तक फैला था। घटोत्कच का मन किसी प्रत्याशा से काँप उठा। वह क्षत्रियों से लड़ने जा रहा था। ऐसा करके, उसके क्षत्रिय पिता ने उसे यानी अपने राक्षस पुत्र को बहुत बड़ा मान बख़्शा था। शीघ्र ही वह कर्ण जैसे महारथियों का सामना करेगा। उसके सामने सुयोधन, कृपा और अश्वत्थामा जैसे महान योद्धा भी होंगे। घटोत्कच घबराया हुआ था। वह अपने पिता के लिए मान का कारण बनना चाहता था। उसने एक बार फिर से दूर तक फैली रणभूमि को देखा और उसकी पूरी देह में झुरझुरी दौड़ गई। इस बार वह सर्द हवा के कारण नहीं काँपा था। इरावान् का कटा शीश, उसे ताक रहा था। राक्षस ने पाषाण गदा पर अपनी पकड़ कसते हुए, प्रार्थना की, 'हे शिव! मुझे बलशालियों का सामना करने का साहस प्रदान करें।'

* * *

जब घटोत्कच के नेतृत्व में निषाद और राक्षस भी पांडवों की ओर से युद्ध में शामिल हो गए तो युद्ध ने एक भद्दा रूप ले लिया। वनवासी एक से दूसरे अश्व और हाथी पर कूदते हुए, आतंक मचाने लगे। उनके वन्य चीत्कार सुन पशु भड़क गए। वे वानरों की सी चपलता से रथों पर चढ़ते, अपने विषाक्त तीर छोड़ते और फिर किसी जादू की तरह लुप्त हो जाते।

उनकी निर्दयता ने कर्ण की पारंपरिक युद्ध व्यूह रचना को हिलाकर रख दिया।

शकुनि को एक बार फिर अपने मित्र के निकट देख, अश्वत्थामा सुयोधन की ओर लपका।

"ऐसा लगता है कि तुम्हारा मित्र सच्चे मन से नहीं लड़ रहा।" गांधार नरेश का कहना है।

"यदि कर्ण मेरे लिए सच्चे मन से नहीं लड़ रहा। तब तो कोई भी नहीं लड़ सकेगा।" सुयोधन ने पूरे विश्वास और दृढ़ संकल्प से कहा।

शकुनि ने अश्वत्थामा को देख आँख दबाई और फिर दबी मुस्कान के साथ बोला, "सूत में तुम्हारा विश्वास बहुत ही भावुक कर देता है परंतु उसे तुम्हारी नहीं, अपनी कीर्ति की चिंता अधिक है।"

"क्या आप देख नहीं सकते कि वह हमें राक्षसों से बचाने के लिए कैसे संघर्ष कर रहा है?" सुयोधन ने खीझकर अपने मामा से कहा।

"ओह, निश्चित रूप से, परंतु उससे पूछो कि आज उसने युधिष्ठिर और भीम के प्राण क्यों नहीं लिए? उसने उनके गदा और धनुष तो काटे किंतु उनके प्राण नहीं लिए?"

अश्वत्थामा ने सुयोधन के मस्तक पर चिंता की रेखाएँ देखीं। उसने सारथी को संकेत किया कि वह उसे कर्ण के निकट ले जाए। अश्वत्थामा को भी जानकर सदमा लगा कि कर्ण ने पांडवों को नहीं मारा था, जबकि वह उन्हें आसानी से मार सकता था। क्या कर्ण से भी बड़ा विश्वासघाती कोई हो सकता था? उसे सुयोधन को चेतावनी देनी ही होगी। जब वह अपने मित्र के पास गया तो उन दोनों के बीच बहस हो रही थी।

"अब कोई बहस नहीं होगी, कर्ण। मैं राक्षस का अंत चाहता हूँ।" सुयोधन ने बहस पर अंतिम मुहर लगाते हुए कहा।

"सुयोधन! मैं झूठ नहीं कहूँगा। मैंने आज युधिष्ठिर और भीम के प्राण बख़्श दिए। मेरा युद्ध अर्जुन से है और मैं उसे जीवित नहीं छोड़ूँगा।"

कर्ण का सारथी खिलखिला उठा, "सूत के पास जुड़वाँ भाइयों को मारने का अवसर भी था, परंतु इसने नहीं मारा। समझ नहीं आता कि मैं कैसे मूर्ख को रथ में लिए डोल रहा हूँ?"

सुयोधन ने शल्य की बात अनसुनी की और कर्ण की ओर मुड़ा। "यह युद्ध तुम्हारे निजी प्रतिशोधों के लिए नहीं लड़ा जा रहा। हम एक काज के लिए लड़ रहे हैं। तुमने अपना कवच दान क्यों किया, तुम उन तथाकथित जादुई शक्तियों का उपयोग क्यों नहीं कर रहे जो तुम्हें इंद्र से उपहारस्वरूप मिली हैं?

"सुयोधन! मैंने उस शक्ति को अर्जुन के लिए रख छोड़ा है।"

"यह सूत उस अस्त्र को सीने से लगाए-लगाए ही दम तोड़ देगा। किसी ने भी उसके बारे में सुना तक नहीं है। मुझे तो डर है कि यह कहीं मेरी पीठ पीछे ही न फट जाए। सूत, तुम तो सपने ही देखते रहो। यदि सच में युद्ध को समाप्त करना चाहते हो, तो आग्नेय अस्त्र

का प्रयोग करो और सारे पांडवों को मौत की नींद सुला दो। उस असुर ने जो बेहूदी चीज़ दी थी, उसे दूर फेंक दो।" शल्य ने ताना कसा।

"श्रीमान! क्या आप थोड़ी देर के लिए शांत रह सकते हैं?" सुयोधन ने शल्य से कहा।

"ठीक है, अगर तुम मेरे कहे का मान नहीं रख सकते तो मैं कुछ नहीं कहूँगा। सूत तो सूत ही रहेगा, उसे बदलने की हर कोशिश बेकार ही होगी।" शल्य अपना कोड़ा फटकारते हुए हँसा।

सुयोधन का दिल चाहा कि अपनी गदा से शल्य का सिर फोड़ दे पर उसने किसी तरह ख़ुद को वश में किया। वह कर्ण से बोला, "इससे पहले कि तुम अर्जुन तक पहुँचो, वह राक्षस अकेले ही हम सबको ले डूबेगा। कर्ण! मैं तुमसे बहुत निराश हुआ हूँ।"

सुयोधन आहत कर्ण को वहीं छोड़ आगे बढ़ गया। क्या उसके इतना करने के बाद भी सुयोधन को उसकी निष्ठा पर अविश्वास हो रहा था?

अश्वत्थामा ने देखा कि कर्ण शक्ति प्रक्षेपास्त्र को चलाने के लिए यंत्र में डाल रहा था। वह मन ही मन बोला, 'गद्दार कहीं का!'

"ब्राह्मण ने ग़लत नहीं कहा। तुम कायर और देशद्रोही हो।" शल्य की एक फटकार से अश्व तेज़ी से घटोत्कच की ओर चल दिए। कर्ण अपनी ओर से शक्ति प्रक्षेपास्त्र को चलाने के लिए यंत्र को तैयार कर रहा था।

"सूत! संभलकर, कहीं तुम्हारे मुख पर ही इसका विस्फोट न हो जाए," शल्य रथ को दौड़ाते हुए चिल्लाया।

कर्ण ने घटोत्कच को देखा और यंत्र को उसकी ओर साध दिया। वह कौरवों की सेना पर दोनों हाथों से जलती मशालें फेंक रहा था। कर्ण ने अपना निशाना साधते हुए सोचा कि राक्षस कभी जान भी नहीं सकेगा कि उसे किस अस्त्र की मार लगी।

घटोत्कच ने देखा कि आग का एक गोला तेज़ी से उसके सामने आ रहा था। लोग चिल्ला अलग-अलग दिशाओं में भागने लगे परंतु जब वह अस्त्र दनदनाता हुए उसकी ओर आया तो वह स्तंभित होकर, उसे ताकता ही रह गया। वह जानता था कि वह उसका अंत था किंतु इसके बावजूद उसका मन पूरी तरह से शांत था। सारी धरती एक महाविस्फोट से दहल उठी और वह हवा में दूर तक उछलता चला गया।

जब घटोत्कच ने आँखें खोलीं तो अब भी उसके आसपास बहुत सारे मनुष्यों और पशुओं के कटे अंगों की वर्षा हो रही थी। उसे किसी पीड़ा का एहसास नहीं हुआ। उसने उठना चाहा परंतु ऐसा लगा मानो उसके पास देह ही न रही हो। जब धूल और धुआँ हटा, तो उसने देखा कि उसे कई चेहरे ताक रहे थे। ऐसा लगा मानो वे बहुत ऊँचाई पर खड़े हों। जहाँ शक्ति ने धरती को छुआ था, वहाँ एक भारी गड्ढा हो गया था और घटोत्कच उसके भीतर ही पड़ा था। उन सबकी आँखों में भय के साए देखे जा सकते थे। उसने देखा कि भीम एक कोने में खड़ा उसे देख रहा था। उसने उठकर, अपने पिता का अभिवादन करना चाहा,

परंतु वह अपनी भुजाओं को भी नहीं उठा सका।

"उसके कोई अंग शेष नहीं रहे," कोई बोला। घटोत्कच ने पलकें झपकाईं और वह प्रतीक्षा करने लगा कि उसके पिता नीचे आकर, उससे बात करेंगे। वह सुन सकता था कि कौरव उसकी पराजय का जश्न मना रहे थे। उसने कुछ और आवाज़ें भी सुनीं। उसने देखा कि पिता के साथ चाचा भी आ खड़े हुए। ऐसा लगा कि उन्हें कोई राहत मिल गई हो।

"कर्ण ने घटोत्कच पर शक्ति का प्रहार किया। अर्जुन, अब उसके पास कुछ नहीं रहा," युधिष्ठिर ने कहा।

"भीम! सभी राक्षसों को एक न एक दिन तो प्राणों का त्याग करना ही था। यह तो अच्छी बात है कि यह धर्म के लिए प्राणों का त्याग कर रहा है," कृष्ण ने कहा और भीम ने पलकें झपकाईं।

'पिताजी! आप मुझे इसलिए मारने की मंशा रखते थे, क्योंकि मैं एक राक्षस था? मैं नहीं जानता कि धर्म क्या होता है। मैं तो एक वनवासी हूँ। मैंने आपके लिए कोई कसर नहीं छोड़ी।' धीरे-धीरे भीम का चेहरा धुँधला होता गया। जश्न के उठते सुर भी कहीं खो से गए। उसकी माँ ने सही कहा था - यह उनका युद्ध नहीं था।

कुरुक्षेण के महान रणक्षेत्र में, दोनों पक्षों में जश्न होते रहे और अंधकार ने राक्षस को शांत कर दिया।

***

सुयोधन अपने तंबू में अकेला लेटा विचार कर रहा था कि क्या कर्ण ने उससे छल किया? उसे अपना कवच दान करने या ऐसे वचन देने का क्या अधिकार था, जो उसके लिए युद्ध में पराजय का कारण बन सकते थे? क्या उसकी मित्रता कर्ण के लिए पर्याप्त न थी? सुयोधन का मन कसैला हो उठा, उसने कर्ण पर कितना भरोसा और विश्वास जताया था। भानुमती सही कहती थी, सूत उसे उसी समय धोखा देगा, जिस समय उसे उसकी सबसे अधिक आवश्यकता होगी। उसकी माँ ने ठीक ही कहा था, वह सचमुच बहुत बड़ा मूर्ख था। कौन उससे द्रोह कर सकता था? उसके मन में यह भी आया कि क्या उसे कर्ण को बंदी बनाकर उस पर देशद्रोह का आरोप लगाना चाहिए? नहीं... उसका कर्ण उससे कभी छल कर ही नहीं सकता। क्या उसने राक्षस लड़के पर अपनी शक्ति का प्रयोग नहीं किया? क्या उसने अपना कवच दान देकर, अपनी ही मृत्यु को बुलावा नहीं दिया? कर्ण के इस अटपटे व्यवहार के पीछे भी कोई न कोई कारण तो अवश्य होगा।

चारों ओर से अपने दुष्टतापूर्ण कृत्यों के लिए प्रताड़ना पाने वाला सुयोधन कई बार उनकी सत्यता के बारे में सोचने लगता, इसके बाद उसे याद आता कि वह किस तरह द्रौपदी को भरी सभा में निर्वस्त्र करने के लिए पगला गया था। वह अक्सर अपने इस नेक कार्य से ही प्रेरणा लेता आया था कि उसने एक सूत को राजा बनाया। यह कर्म उसे परिभाषित करता था। यह उसे विश्वास दिलाता था कि कि वह कोई सत्ता का भूखा दुष्ट नहीं था, जैसा कि उसके शत्रु उसे समझते थे। सुयोधन अपने जीवन की सार्थकता को जानने के लिए, कर्ण के

भरोसे को अपना आधार बनाना चाहता था। नहीं, वह मान ही नहीं सकता था कि कर्ण के किसी भी काम में उसका कोई स्वार्थ भी हो सकता है। वह उनके लिए निश्चित रूप से युद्ध जीतेगा। वे सभी एक श्रेष्ठ भारतवर्ष को पाने का स्वप्न रखते हैं - वह, अश्वत्थामा और कर्ण! यदि इनमें से एक ने भी दूसरे को छला तो यह जीवन जीने योग्य नहीं रहेगा। उसने अपने सारे संदेहों का शमन करना होगा। यदि कर्ण ही स्वार्थी सिद्ध हुआ तो उसकी जीत के भी क्या मायने रह जाएँगे?

***

70. एक म्लेच्छ का अंत

वह रात चिर-प्रतीक्षित वर्षा के वचन से नम हो चली थी। धर्म के मंदिर में विनाश लीला का सत्रहवाँ दिवस था। अपने प्रियजन के वियोग में बिलखते हज़ारों के बीच एक रुदन तेज़ी से दिशाओं को चीरता हुआ उठा। कृष्ण, चारों पांडव और द्रौपदी अग्नि के पास झुँड बनाए खड़े थे, उनके शोक संतप्त मुख से एक शब्द भी नहीं फूट रहा था, उनके बीच बैठा भीम अपने शोक को आदिम रूप में व्यक्त कर रहा था, उसकी चीख़ों में कहीं किसी औपचारिकता या संभ्रांत परिचय की गंध तक नहीं थी। यह तो हृदय के भीतर से उठने वाली मर्मांतक रुलाई थी।

"भीम, मेहरबानी करके समझने की चेष्टा करो, वह एक राक्षस था। यह एक युद्ध है और योद्धा में वीरगति को प्राप्त होते ही हैं। यह भले ही कठोर है, परंतु जीवन ऐसा ही होता है," कृष्ण ने कहा और भीम फिर से दहाड़ मारकर रोने लगा।

जब से वे घटोत्कच के क्षत-विक्षत शरीर को वहाँ से उठाकर लाए थे, तब से भीम शांत था परंतु जब उसे अपने पुत्र की चिता को जलाने के लिए कहा गया तो जैसे क़हर टूट पड़ा। तभी से, वह एक भी शब्द कहे बिना, लगातार रोए चला जा रहा था, उसका यह हृदयविदारक रुदन थमने का नाम ही नहीं लेता था। उन्होंने उसे अपने शब्दों के माध्यम से सांत्वना देनी चाही। वह अपने हृदय की सारी पीड़ा सहित और भी ज़ोरों से रोने लगता।

"इससे बात करना व्यर्थ है," कृष्ण ने क्लांत भाव से अर्जुन के निकट बैठते हुए कहा।

"इसे पहले देखकर तो कोई सोच तक नहीं सकता था कि यह अपने राक्षस पुत्र के प्रति इतना मोह रखता होगा। इसने तो उससे दो शब्द तक नहीं कहे थे परंतु किसी शांत व्यक्ति की पीड़ा देखना सचमुच बहुत ही कठिन होता है।" अुर्जन ने कहा। भीम का विलाप बढ़ता ही जाता था और सबकी देह काँप-काँप उठती। "कृष्ण! क्या सारे युद्ध का सार यही है? धर्म ने हमें कष्ट के सिवा कुछ नहीं दिया। मैं तो यह भी नहीं जानता कि हममें से सच्चे अर्थों में, धर्म का साथ कौन दे रहा है।" अर्जुन ने अपनी गर्दन हिलाई। कहीं दूर, चिता का जलता धुआँ आकाश की ओर जा रहा था।

"मैंने युद्ध से पहले, तुम्हें सब कुछ सविस्तार बताया था। अगर अब भी तुम्हें अपने प्रश्नों के उत्तर नहीं मिले तो मेरे पास तुम्हें कहने को कुछ भी शेष नहीं है," कृष्ण बोले।

"कृष्ण! मैं आपके विवेक को सराहता हूँ। ज्ञानी जन आपके शब्दों की प्रशंसा भी करेंगे। परंतु मेरे और भीम जैसे व्यक्ति आपके इन अर्थों को समझने की पात्रता नहीं रखते। हम न तो कोई ऋषि हैं और न ही कोई ज्ञानीजन। काश! मैं भी अपने अभिमन्यु को खोने के बाद, इसकी तरह ही अपना दिल खोलकर रो पाता। कृष्ण! मैं जो भी करता हूँ, उसके मोह से अनासक्त होना कठिन है। हमें अपने ही भाइयों से लड़ते हुए, अपना सब कुछ क्यों गँवाना होगा?"

"अर्जुन यह युद्ध तुम्हारा एक कर्तव्य है। परिणाम की चिंता मत करो।"

"कृष्ण! मैं आगामी परिणामों से भयभीत हूँ। जब जीवन को अर्थ देने वाली किसी भी वस्तु का अस्तित्व नहीं रहेगा तो ऐसी जीत के क्या मायने होंगे? आने वाला कल और भी भयानक होने वाला है। कृष्ण! मैं कायर नहीं किंतु कर्ण से पार पाना सरल नहीं होगा, फिर चाहे वह कवच के साथ हो या कवच के बिना।"

"अर्जुन! तुम केवल अपने कर्तव्य को निबाहो। बाक़ी सब अपने-आप ही संभल जाएगा। तुम्हें अपने सामने आए छोटे से छोटे अवसर का भी लाभ उठाना होगा।"

"कर्ण भले ही एक सूत हो परंतु वह एक महान योद्धा है, कृष्ण। मैं उसके साथ ईमानदारी से जीतना चाहता हूँ। मैं ऐसा कोई छल-छंद नहीं चाहता, जो हमने पितामह और द्रोण के साथ किया।"

"अर्जुन, मेरे मित्र! तुम अब भी कितने भोले हो। एक बार अगर तुम्हारी जीत हो गई तो सब कुछ उचित ही माना जाएगा।"

* * *

सुयोधन ने ब्राह्मण को निर्देश दिए थे कि वह पल भर के लिए भी कर्ण को अकेला न छोड़े और अर्जुन की तलाश में उसकी मदद करे पर उसके मन में अपनी योजनाएँ पनप रही थीं। कर्ण स्वयं को संभाल सकता था। अश्वत्थामा को अपने ही खेमे के एक बड़े शत्रु से उलझना था। उसे तो यह काम बहुत पहले कर देना चाहिए था।

अश्वत्थामा ने अपना अश्व शकुनि की ओर मोड़ दिया। गांधार एक जगह बहुत ध्यान लगाकर देख रहा था। अश्वत्थामा को उस धूर्त विदेशी को एकांत में ही धर दबोचना था। अश्वत्थामा विचार करने लगा कि क्या वह किसी तरह शकुनि को अपने बाण से मार सकता था। नहीं, सुयोधन उसे ऐसा करते हुए देख सकता था। वैसे भी, विदेशी एक भारी कवच पहनता था और एक अजेय योद्धा था। उसने अपने पास रखे अस्त्रों का अनुमान लगाया। वे ऐसे अस्त्र थे, जिन्हें कौरव सह नहीं सकेंगे। नहीं, वह केवल एक म्लेच्छ के लिए अनेक निर्दोषों को नहीं मार सकता।

"कायर! पीछे छिपे खड़े हो," अश्वत्थामा ने शकुनि को भड़काने के लिए कहा।

"आह! मेरा प्रिय ब्राह्मण लड़को!" शकुनि मुस्कराते हुए पीछे मुड़ा।

"म्लेच्छ! सहदेव तेरी खोज में है। याद है न, सबसे छोटे पांडव ने तुझे मिटाने की

कसम खाई है और तू अपनी जान बचाने के लिए यहाँ छिपा बैठा है।"

"पर तुम सूत की रक्षा करने की बजाए, यहाँ क्या कर रहे हो? आज वह अर्जुन से दो-दो हाथ करेगा। क्या तुम सूत को मरता हुआ नहीं देखना चाहते?" शकुनि ने चुटकी ली।

"कमीने, देशद्रोही! तू तो अपने होंठों पर उसका नाम तक लाने के लायक नहीं है। गांधार की सेना ने अपना पेट भरने के अलावा, कौरवों की सेना पर कौन सा उपकार किया है?"

"बहुत अच्छे शब्द, ब्राह्मण, परंतु देख तो सही, तुम्हारे सूत मित्र के साथ क्या हो रहा है? कृष्ण ने जाल डाला और कर्ण इसमें उलझ गया। क्या तुम देख सकते हो कि वे कहाँ जा रहे हैं?" शकुनि ने आँखों पर हाथ रखा और सुदूर देखने की कोशिश करने लगा।

अश्वत्थामा ने भी उस ओर देखा तो दो रथ एक ही दिशा में भागते दिखे। एक पर हनुमान की पताका थी और दूसरे रथ पर सूर्य पताका लहरा रही थी। क्या कर्ण अर्जुन का पीछा कर रहा था या कृष्ण जानबूझ कर कर्ण को गंगा की दलदली भूमि की ओर ले जा रहे थे? कुछ तो ग़लत हो रहा था। वाक़ई बहुत ग़लत हो रहा था। अश्वत्थामा शकुनि के रथ में कूद गया।

"अरे! तुम कर क्या रहे हो?" शकुनि अचरज से चिल्लाया।

अश्वत्थामा ने उसके सारथी के हाथ से लगाम लपक ली। उसके कोड़े के वार से शकुनि की नाक से रक्त बहने लगा। शकुनि संभल नहीं सका और रथ में ही गिर गया। अश्वत्थामा ने उसके सारथी को नीचे धकेला और अश्वों को चाबुक जड़ दिया। रथ तेज़ी से आगे बढ़ा और सारथी की चिल्लाहट दूर होती चली गई।

शकुनि उठा और अपनी तलवार उठा ली। अश्वत्थामा ने रथ को एक चक्र पर गोल घुमा दिया, जिससे शकुनि का संतुलन बिगड़ा और फिर एक बार अश्वत्थामा के चाबुक का वार उसकी पीठ पर आ पड़ा। अचानक अश्वत्थामा की भुजा में दर्द की एक तेज़ लहर उठी। उसे एक तीर आ लगा था। फिर एक और तीर उसके कंठ के पास से होता हुआ निकल गया। उस पर तीर कौन बरसा रहा था?

शकुनि फिर से अश्वत्थामा पर लपका परंतु ब्राह्मण ने अपने चाबुक के वार में उसे उलझा लिया। अश्वत्थामा की भुजा में एक और तीर लगा और वह मारे पीड़ा के कराह उठा। फिर उसने देखा कि उस पर तीर कौन चला रहा था - उलूक। शकुनि का पुत्र उसके रथ के समानांतर अपना अश्व दौड़ाता आ रहा था। अश्वत्थामा ने मन ही मन सोचा कि यह तो और भी अच्छा हुआ। अगर उसकी योजना कारगर रही तो वह पिता-पुत्र, दोनों का एक साथ काम तमाम कर सकेगा। उसकी योजना बहुत ही साहसी, निर्दयी और सनक भरी थी। वह उनसे आमने-सामने भिड़ना चाहता था परंतु वह यह कभी नहीं चाहता था कि कौरवों की सेना की ओर से कोई उन्हें आपस में लड़ते देख ले। नहीं, ऐसा ही लगना चाहिए कि म्लेच्छ पांडवों के हाथों ही वीरगति को प्राप्त हुआ।

अश्वत्थामा ने सारथी के स्थान से, रथ में पीछे की ओर छलाँग लगाई और शकुनि

को लात जमा दी। रथ तेज़ी से पांडवों की ओर जा रहा था। शकुनि ने तलवार लहराई और अश्वत्थामा की जांघ घायल कर दी। ब्राह्मण नीचे गिरकर लुढ़का। विक्षिप्तों की तरह शकुनि ने एक और वार किया। परंतु अश्वत्थामा इस वार को बचा गया। वह उसकी ही प्रतीक्षा में था। वह तेज़ी से नीचे आ रही तलवार से दूर लुढ़क गया और एक ही झटके में अपने पैरों पर खड़ा हो गया, जबकि शकुनि अपनी तलवार को छुड़ाने के लिए हाथ-पैर मार रहा था, जो रथ के लकड़ी के फ़र्श में धँस गई थी।

अश्वत्थामा ने चाबुक को शकुनि के कंठ के आसपास लपेट दिया और उसके कान में बोला, "म्लेच्छ! तेरा खेल ख़त्म!"

"उलूक! तीर चलाओ। उलूक!!" शकुनि अपने पीछे आ रहे पुत्र को देख चिल्लाया। उलूक संकोच में था। यदि उसका तीर पिता को जा लगा। "तीर चलाओ।" शकुनि ज़ोर से चिल्लाया, पर बेचारा किशोर कोई निर्णय नहीं ले सका।

वे लोग पांडवों की रक्षा पंक्ति से केवल कुछ फ़ीट की दूरी पर थे और अश्वत्थामा पांडव सैनिकों की आँखों में भय और आश्चर्य देख सकता था। ज्यों ही दोनों रथ पांडवों के खेमे में आए तो उनका तीरों से स्वागत होने लगा। सैनिकों ने उन्हें रोकना चाहा, उन्हें लगा कि वे उनके सेनापति सहदेव पर अचानक हमला करने आए हैं। रथ लोगों को कुचलते हुए, आपस में टकराए पर कहीं रुके नहीं। अश्वत्थामा नहीं जानता था कि उसके शरीर पर कितने तीर लग चुके थे। वह अपनी पीड़ा को भुलाकर, शकुनि की गर्दन दबाए बैठा था और इसी कोशिश में था कि सामने आने वाली मृत्यु को न देखे। रथ का फ़र्श, उसके और म्लेच्छ के रक्त से भीग गया था।

अंततः, उलूक के कंठ में एक तीर आ लगा। वह वहीं ढेर हो गया। अश्वत्थामा शकुनि के कान में फुँफकारा, "गांधार उत्तराधिकारी ने स्वर्ग की राह ली।"

अपने पुत्र को अपने सामने मरता देख, शकुनि चीत्कार कर उठा। अश्वत्थामा ने अपनी भुजाओं में उसके निढाल पड़ते शरीर को अनुभव किया। वह बोला, "म्लेच्छ! अब तेरी बारी है!"

उनके रथ, सहदेव के रथ से जा टकराए, जिसने सबसे छोटे पांडव का संतुलन बिगाड़ दिया। अश्वत्थामा ने शकुनि को रथ से बाहर खींचा और गांधार औंधे मुँह गिर पड़ा। फिर वह किसी तरह उठा और सहारा लेने के लिए सहदेव के रथ को थाम लिया। सहदेव ने अपना बाण अश्वत्थामा की ओर साधा किंतु उसके धनुष के दो टुकड़े हो गए।

"बालक! तुम म्लेच्छ के साथ समय बिताओ। मुझे एक मित्र को तुम्हारे भाई से बचाना है।" अश्वत्थामा ने अपने धनुष को कंधे पर वापस टाँगा और चाबुक हाथ में थाम लिया।

धनुर्विद्या के ऐसे कौशल प्रदर्शन से दंग सहदेव ने रक्त से लथपथ ब्राह्मण को देखा। इससे पूर्व कि वह कोई प्रतिक्रिया देता, रथ धूल के गुबार में कहीं लुप्त हो गया था।

इधर शकुनि सहदेव को कनखियों से देख रहा था, जो सैकड़ों पांडव सिपाहियों से घिरा था। वह जानता था कि अब उसके पास जीने के लिए केवल कुछ ही क्षण शेष थे। उसे तो

उस कमीने ब्राह्मण को गांधार में ही मार देना चाहिए था, जब उसे ऐसा करने का अवसर मिला था। ख़ैर शकुनि ने वह सब तो पा ही लिया था, जिसके लिए वह आज तक जीवित रहा - भारत उसकी आँखों के आगे दम तोड़ रहा था। वह जीत गया था। उसने अपने पाँसे निकाले और हँसते हुए, उन्हें सहदेव के रथ के नीचे कुचलने को फेंक दिया।

अचानक किसी ने उसके जबड़े पर प्रहार किया। उसके पेट में घूँसे पड़ने लगे। किसी ने उदर में जूते से ठोकर मारी और एक तलवार उसके गाल को चीरती चली गई। उसने सहदेव को कहते सुना, "इतनी जल्दी नहीं, मेरे दोस्तों, इस म्लेच्छ को इतनी आसान मौत नहीं दी जानी चाहिए।"

"बहुत देर हो गई, रक्त पिपासु भारतीयों... बहुत देर हो गई।" अपनी आँखों के आगे छा रहे अंधकार में कहीं खोने से पहले शकुनि ने कहा।

***

71. धर्मचक्र

जब युद्ध आरंभ हुआ तो हल्की रिमझिम होने लगी। कर्ण ने अपनी कठोर शैय्या पर करवटें बदलते हुए, सारी रात आँखों में काटी थी। भीम की शोक संतप्त आहें, हवा के रुख़ के साथ बारंबार कौरवों के खेमे की ओर आती रहीं और बेचैनी व क्रोध के मारे वह सो नहीं सका। उसे यह जानकर आश्चर्य हुआ कि भीम को अपने राक्षस पुत्र से कितना मोह था। ऐसा लगता था उसने निर्दयता से किसी पशु को घायल करके छोड़ दिया हो। कर्ण ने तय किया कि वह व्यूह रचना के साथ शत्रुओं की रक्षा पंक्तियों में सेंध लगाएगा। अब वह युद्ध को और अधिक घसीटना नहीं चाहता था।

ये अश्वत्थामा कहाँ ओझल हो गया था? उसे तो यहाँ उसकी मदद के लिए आना था? पता नहीं क्यों, यह ब्राह्मण विचित्र रूप से पेश आ रहा था। कर्ण का दिल चाहा कि काश! वह अपने मित्र को बता पाता कि उसने बाक़ी पांडवों को तो बख़्श दिया किंतु... "मुझे अर्जुन के पास ले चलो।" उसने सहज भाव से अपने सारथी से कहा।

शल्य ने हुँकार भरी और पांडवों की सेना के मध्य, उनका रथ तेज़ी से दौड़ने लगा। जाने कैसे आज शल्य भी शांत था। संभवतः भीम की आहों ने उसके हृदय को भी आहत किया था।

"जल्दी करो शल्य, अर्जुन के पास ले चलो।"

"सूत, क्या यह कोई आनंददायक दौरा है और मैं तुम्हारा मार्गदर्शक? अर्जुन के पास ले चलो, अर्जुन के पास ले चलो, जैसे वह कोई प्रेमी हो, जिससे मिलने के लिए तुम मरे जा रहे हो," शल्य अपने ही मज़ाक पर हँसा और रथ को तिरछे ले जाते हुए, उस रास्ते से दूसरी ओर ले चला, जहाँ उन्हें जाना था।

"अपनी बकबक बंद करो और..." इससे पहले कि कर्ण अपना वाक्य पूरा करता, एक तीर सनसनाता हुआ उसके पास से निकल गया। शल्य पूरी निपुणता के साथ उसके रास्ते से रथ को हटा लिया।

"संभलो, सूत! मैं न होता तो आज तुम न बचते।" शल्य ने ठहाका लगाया।

"अपनी बातें बंद करो और मुझे अर्जुन के पास ले चलो।"

"सूत! ख़ुद को संभाल लो। हम मेरे पुराने मित्र कृष्ण से भेंट करने जा रहे हैं। देखें कि

कौन बेहतर सारथी है?" शल्य ने मुस्कराते हुए अपने अश्वों पर कोड़ा बरसाया।

कर्ण का रथ अँधाधुँध गति से पांडवों की रक्षा पंक्तियों के बीच जा घुसा। कर्ण अपनी राह में आने वाले प्रत्येक योद्धा पर बाणों की वर्षा करने लगा जिससे चारों ओर आंतक छा गया। कृष्ण उससे परे हो गए, वे एक उलझे हुए मार्ग की ओर बढ़े ताकि स्वयं को कर्ण के रथ से दूर ले जा सकें। दोनों पक्षों में बहुत हानि हो चुकी थी परंतु दक्षिणी मंडल द्वारा निरंतर मिलने वाली आपूर्ति के कारण पांडव युद्ध को जारी रख सकते थे। यदि आज कर्ण अर्जुन को मारने में सफल न होता तो कौरवों के पास अपनी सेना के लिए खाद्य आपूर्ति न बचती, यह बात साफ़ तौर पर दिखाई दे रही थी।

"शीघ्र ही उस ओर चलो। और शीघ्र..." कर्ण ने कहा।

"क्या तुम गर्दन टूटने के कारण मरना चाहते हो?" शल्य का चेहरा उत्तेजना से तमतमा रहा था। उसने अश्वों पर कोड़ा बरसाया तो वे हिनहिना उठे और रथ पलटने की नौबत आ गई। शल्य अपना संतुलन बनाने के लिए दूसरी ओर खिसका और कर्ण को देखकर खीसें निपोरीं, "तुम्हारी इच्छा पूरी होने जा रही थी। क्या मेरा हुनर और देखना चाहोगे?"

कर्ण ने सोचा कि उस मूर्ख के मुँह लगना बेकार था। उसे अपने लिए कोई ऐसा सारथी चुनना चाहिए जो भले ही इतना कौशलपूर्ण न होता किंतु थोड़ा अक्लमंद तो होता, परंतु इससे हुनरमंद कोई था ही नहीं। रथ संचालन में उसका कोई जोड़ नहीं था। केवल वही सारथी बने कृष्ण का मुक़ाबला कर सकता था। रथ पांडवों की गज सेना की ओर जा रहा था। शल्य आगे की ओर झुका और एक हाथी पर कोड़े से वार किया।

"तुम कर क्या रहे हो?" कर्ण चिल्लाया और हाथियों के बीच भगदड़ मच गई।

शल्य हँसा और बोला, "देखो और मज़े लो।" फिर वह भगदड़ मचा रहे हाथियों के बीच रथ निकालने लगा। ऐसा लगा मानो जादू हो गया हो, भले ही हाथी सभी दिशाओं में दौड़ रहे थे और अपने रास्ते में आने वाली हर चीज़ को तहस-नहस कर रहे थे, तभी एक रास्ता बन गया। कर्ण ने पूरे दिन में जितने पांडव सैनिकों को नहीं मारा था, उससे अधिक तो शल्य ने अपने एक दाँव से मार गिराए थे।

"वे रहे!" शल्य ने तेजी से आगे बढ़ रहे रथ की ओर संकेत किया। हनुमंत पताका वायु के वेग से फहरा रही थी।

अचानक ही बादल गरजे और वर्षा होने लगी। कुछ अश्वसवारों ने आगे आकर, कर्ण का मार्ग रोकना चाहा। उसने उन्हें मार गिराया किंतु इस दौरान अर्जुन लुप्त हो गया। वह कायर कहाँ चला गया था?

शल्य ने अचानक ही रथ रोक दिया। "चलो, वापस चलें।"

"क्या तुम्हारा दिमाग़ ख़राब हो गया है?"

"दीवाने तो तुम हो गए हो, सूत, अज्ञानी कहीं के। कृष्ण फिर कोई चाल चल रहे हैं। यहाँ की धरती फिसलन भरी है और पहिए इनमें धँस सकते हैं। हम उन्हें वहाँ पकड़ सकते

हैं, जहाँ धरती सूखी हुई हो।"

"तुम मुझे आदेश मत दो, शल्य। तुम मेरे सारथी हो और मैं कौरवों की सेना का सेनापति हूँ। मुझे अर्जुन के पास ले चलो!"

"आदरणीय सेनापति महोदय! आपकी आज्ञा शिरोधार्य है।" शल्य ने वहीं थूका और बुदबुदाया, 'हरामी सूत!' रथ तेज़ी से हनुमंत पताका का अनुसरण करने लगा।

नदी तेज़ी से बह रही थी और तेज़ वर्षा के कारण उफनने लगी थी। कृष्ण ख़तरनाक तरीक़े से अपने रथ को नदी के बहुत निकट ले गए। शल्य अपने रथ को उनके पास ले जाने में सफल रहा और एकाध बार तो उनके अश्व भी बराबरी पर आ गए। कृष्ण इस तरह सहज व शांत थे मानो वे वहाँ की फिसलन भरी धरती पर नहीं बल्कि हस्तिनापुर के राजमार्गों पर रथ चला रहे हों। शल्य ने कृष्ण को हुँकारा दिया और अपनी बातों से कृष्ण, अर्जुन और कर्ण को अपमानित करने लगा। दोनों योद्धाओं के बीच युद्ध होने लगा। तेज़ हवा कानों के पर्दे फाड़ रही थी और मुख पर वर्षा के थपेड़े लग रहे थे। कर्ण दो बार अर्जुन को घायल करने में कामयाब रहा। अर्जुन ने कर्ण के मस्तक पर घाव कर दिया। हवा और वर्षा के कारण उनके लिए अपने धनुष भी सीधे रखना कठिन हो रहा था। रथ धूल दलदली भूमि में डगमगा रहे थे। नदी से आते शोर के कारण अश्व मारे भय के हिनहिना रहे थे।

कृष्ण धीरे-धीरे शल्य पर क़ाबू पाने लगे। एक ही झटके में अर्जुन का रथ आगे निकल गया। शल्य ने अपनी गति धीमी कर दी। इस आदमी को हुआ क्या है। कर्ण परेशान था। क्या वह आदमी उनके साथ था या वह पांडवों की ओर से लड़ रहा था?

"अब वह मुड़कर तुम्हारा सामना करेगा। अर्जुन के बाणों की वर्षा के लिए तैयार रहो," शल्य ने गहन गंभीर सुर में कहा।

जैसा कि अनुमान था, कृष्ण ने अचानक रथ को वापस मोड़ लिया और वे नदी के बिलकुल पास थे। वहाँ भूमि का कीचड़ पानी में मिलने लगा था। शल्य ने रथ को बाईं ओर मोड़ा तो कर्ण को लगा कि वे गिरने वाले हैं। उनके पास से एक अग्निबाण सरसराता हुआ निकला। उनका रथ बाल-बाल बचा। कर्ण ने भी निशाना साधा पर वह चूक गया। कृष्ण अभूतपूर्व कौशल के साथ रथ का संचालन कर रहे थे। वे और शल्य अपने-अपने तरीक़े से युद्ध कर रहे थे।

कृष्ण का रथ बहुत ही ख़तरनाक तरीक़े से एक ओर झुका हुआ था। अर्जुन की काठी बहुत लंबी दिख रही थी और कर्ण उसके चेहरे पर संपूर्ण एकाग्रता का भाव देख सकता था। एक और तीर उसकी ओर फुँफकारते हुए आया और वह उसके मार्ग से हट गया। उसने झट से अर्जुन पर तीर चलाया किंतु निशाना चूक गया। कृष्ण वाक़ई बहुत अच्छी तरह से रथ संभाल रहे थे।

"सूत! अपने आग्नेय का प्रयोग करो और उसकी छाती या कमर पर वार करो। अगर गर्दन पर निशाना साधा तो निशाना चूक जाओगे।" शल्य ने सुझाव दिया।

"क्या अब तुम मुझे धनुर्विद्या सिखाने वाले गुरु भी बन गए हो?" कर्ण ने डपटा।

शल्य ने ठहाका लगाते हुए फ़ब्ती कसी और कर्ण के मरने की इच्छा प्रकट की। कर्ण ने उसे मन ही मन कोसा और यंत्र में आग्नेय बाण तैयार करने लगा। बारिश बेहद तेज़ हो गई थी और हवा उन्हें पीछे धकेल रही थी। कीचड़ उड़ाते हुए रथ एक-दूसरे के आसपास काफ़ी तेज़ी से चक्कर काट रहे थे। कर्ण को आशंका थी कि उसका रथ गिर पड़ेगा। उसका मनमौजी सारथी अश्वों को अपने ही लटके-झटकों के साथ संचालित कर रहा था। शल्य तीरों से बचने के लिए झुक रहा था या एक हाथ से अपना आसन पकड़कर लटका हुआ था। वह अश्वों को ठोकर मारकर उकसाते हुए उन्हें साथ-साथ दौड़ाने के लिए उछल रहा था और फिर ज़बर्दस्त करतब करते हुए वापस बैठ जाता था। उसकी उन्मुक्त हँसी और बकबक से कर्ण का ध्यान भंग हो रहा था।

"मैं उसका मुक़ाबला करने के लिए रथ को पलट दूँगा। अपना आग्नेय अस्त्र इस्तेमाल करो।" शल्य ने रथ को दाहिनी ओर मोड़ते हुए एक सर्वाधिक अप्रत्याशित क्षण के तहत हैरान कृष्ण को पकड़ लिया। शल्य ने कृष्ण के रथ का चक्कर काटा और अचानक रास्ता काट दिया। जब शल्य रथ को सीधा ले गया तो कर्ण को उफनती नदी दिखी। "मुड़ो और उसकी छाती पर निशाना साधो अन्यथा तुम मौक़ा गँवा दोगे," शल्य हवा के विरुद्ध चीख़ा और अपने आसन पर खड़े होकर कोड़ा फटकारने लगा।

कर्ण को अपना आग्नेय अस्त्र गँवाना ही था। अंगारे जैसा दहकता अस्त्र अर्जुन के गले की ओर बढ़ा। कर्ण प्रफुल्लित महसूस कर रहा था। अर्जुन के बचने का कोई रास्ता नहीं था।

"मूर्ख! मूर्ख!" शल्य ने रथ को मोड़ने के लिए रासें खींचीं और चिल्लाया।

जब कर्ण ने पीछे देखा तो वह भयभीत हो गया। कृष्ण अपने रथ को एक नाली में ले गए थे ताकि अपने रथ को अस्त्र के पथ से हटा सकें। उनके अश्व मारे भय के काँप रहे थे और उनकी अगली टाँगें हवा में लहरा रही थीं। अर्जुन के रथ के पहिए दलदल में धँस गए थे। शल्य ने ग़लत नहीं कहा था। यदि उसने अर्जुन की छाती पर निशाना साधा होता तो वह कभी न चूकता। उसने अपने आग्नेय अस्त्र को सुदूर कहीं नष्ट होते हुए सुना।

"हम उन्हें उलझाने में सफल रहे। अब तुम अपने नागास्त्र का प्रयोग करो," शल्य ने कहा।

"नहीं, यह तो धर्म के विरुद्ध है। यदि शत्रु का रथ कहीं फँस जाए तो उस पर वार नहीं किया जा सकता।"

"क्या? क्या बक रहे हो सूत? अभी के अभी उन्हें समाप्त करो या अर्जुन के हाथों मरने के लिए तैयार रहो।"

"नहीं! यह अशोभनीय और अनैतिक होगा।"

"क्या यह भलमनसाहत दिखाने का समय है? मैं एक मूर्ख के लिए अपने प्राणों को दाँव पर लगाने से इंकार करता हूँ।" शल्य रथ से कूदकर, एक ओर जाने लगा।

"अरे! तुम कहाँ जा रहे हो? तुम ऐसे कठिन समय में मुझे अकेला छोड़कर नहीं जा सकते।"

शल्य एक भी शब्द कहे बिना, वहाँ से चल दिया। उसने मुड़कर कर्ण को देखने की भी ज़रूरत नहीं समझी। अचानक आकाश से बिजली गिरी और एक पेड़ पर आ पड़ी। नदी अपने किनारों को पार करने लगी थी। मानो वर्षा के देवता, एक ही दिन में अपनी सारी अनुपस्थिति की कमी को पूरा कर देना चाहते हों।

कर्ण ने अश्वों की लगाम थाम ली। वह जानता था कि वह अकेले ही कृष्ण के रथ संचालन कौशल और अर्जुन की धनुर्विद्या का सामना नहीं कर सकता। बदक़िस्मती का साया मँडराने लगा था। उसके पास एक चुनाव था। इससे पूर्व कि कृष्ण कीचड़ से अपना रथ निकालें, वह अर्जुन पर तीर चला दे और उसे मार दे परंतु यह तो बच्चों का खेल हो जाता। उसने मन ही मन सोचा पर उसके तुरंत बाद अपने महान शत्रु उदयन का स्मरण हो आया, जिसने युद्ध के दौरान उसकी प्रतीक्षा की थी, जब उसके रथ का पहिया नर्मदा नदी के किनारे फँस गया था। नहीं, वह ऐसा नहीं कर सकता था। नहीं, किसी भी गरिमायुक्त योद्धा को ऐसा करना नहीं सुहाता। वह प्रतीक्षा करने लगा।

कृष्ण अपने रथ को निकालने में सफल रहे। अंधकार होने वाला था। गंगा का स्वर कर्णभेदी था। कर्ण देख सकता था कि कौरवों की सेना उसके बचाव के लिए आ रही थी। कृष्ण ने उसे रणभूमि से दूर लाकर अपने जाल में उलझाया और मूर्खों की तरह उनके जाल में आ गया। ज्यों ही उनका रथ उसकी ओर आया, अर्जुन का चेहरा स्पष्ट रूप से दिखने लगा। कर्ण को उन आँखों में संकोच दिखा। कर्ण सारथी नहीं था और युद्ध के नियमों के अनुसार, कृष्ण को भी रथ से उतर जाना चाहिए था ताकि दोनों योद्धा समान स्तर पर लड़ सकें। ऐसा लग रहा था कि अर्जुन कृष्ण से इस बारे में तर्क-वितर्क कर रहा था।

कर्ण ने एक हाथ से लगाम संभाली और अपने धनुष को यथास्थान रखने के लिए दाँतों की मदद ली। रथ माटी और दलदल में हिचकोले खा रहा था। जब उसे लगा कि वह संभल गया है तो उसने अर्जुन पर तीर छोड़ा। कर्ण ने देखा कि कृष्ण के चेहरे पर मुस्कान खिल गई थी। वह तीर अर्जुन के कंधे पर आ लगा। इससे अर्जुन की दुविधा का अंत हुआ। कर्ण ने संकेत दे दिया था कि वह सारथी के बिना भी युद्ध करने के लिए प्रस्तुत था। वह अर्जुन से अपने लिए कोई छूट नहीं चाहता था, कम से कम जीवन में मिले इतने अपमानों और व्यंग्यबाणों के बाद तो कभी भी नहीं!। वह ऐसे आदमी से कोई छूट नहीं चाहता था जिसने उससे उसके जीवन का प्यार छीना था। नहीं, यह सूत किसी भी क्षत्रिय से कहीं अधिक क्षत्रिय था।

कर्ण ने निशाना साधा तो रथ थम गया। उसके पहिए कीचड़ में फँस गए थे। अब नीचे उतर कर, उन्हें कीचड़ से निकालने के सिवा कोई चारा न था, जैसा कि कुछ देर पहले कृष्ण ने किया था। कर्ण ने थूक गटका, "अर्जुन वहीं रुको! मेरे रथ के पहिए कीचड़ में धँस गए हैं। मेरे रथ के पहिए निकलने तक, मेरी प्रतीक्षा करो।"

अर्जुन ने अपना धनुष नीचे कर दिया और कर्ण दलदल में कूद गया। वह अपने पहिए को कंधे का सहारा देकर बाहर निकालने लगा।

"कैसी प्रतीक्षा, पार्थ? सूत पर तीर चलाओ!" कृष्ण ने उस ओर संकेत किया।

"नहीं कृष्ण! वह निहत्था है। ऐसा करना उचित नहीं होगा।"

"उचित नहीं होगा? क्या यह व्यक्ति उचित-अनुचित की परिभाषा में आता है? क्या तुम भूल गए कि इसने भरी सभा में द्रौपदी का कैसा अपमान किया था? क्या भूल गए कि इसने अभिमन्यु के कैसे प्राण लिए? इस पर अभी बाण चलाओ!

"कृष्ण...मैं ऐसा नहीं कर सकता। ऐसा करना असम्मानजनक होगा।"

"यह तुम्हारे पास अंतिम अवसर है। अपनी दाईं ओर देखो। कौरवों की सेना आ गई है। इसे मारो और हमें इसके बाद मचने वाले कोलाहल के बीच निकलने का मौक़ा मिल जाएगा।"

अर्जुन ने धनुष उठाकर, कर्ण के कंठ पर निशाना साधा। कर्ण ने ऊपर देखा। निश्चित रूप से अर्जुन निशाना लगाने का दिखावा कर रहा होगा। कोई भी योद्धा, किसी दूसरे योद्धा पर इस तरह वार करने के बारे में कभी सोच तक नहीं सकता। ऐसा करना एक योद्धा की मर्यादा और गरिमा का हनन होगा। कर्ण ने अपना सारा भार रथ के विरुद्ध लगाया और उसे थोड़ा सा उठा दिया।

अर्जुन के बाण ने उसका गला चीर दिया और वह रथ के पहिए से जा चिपका। कर्ण जानता था कि खेल समाप्त हो गया था। शल्य ने ग़लत नहीं कहा था, उसे भी अपने हाथ आए अवसर का लाभ उठाना चाहिए था परंतु तब तो वह भी अर्जुन की तरह ही हो जाता, एक और कौंतेय के हाथों की कठपुतली! वह कर्ण था, एक निर्धन सूत का पुत्र, एक गौरवपूर्ण राधेय और वह उसी तरह से अपने प्राणों का त्याग भी करेगा। उसने सुयोधन को अपने रथ से उतरकर, अपने पास आते देखा। ज्यों वह कूदा, संतुलन बिगड़ने के कारण गिर गया और फिर उठकर कर्ण की ओर तेज़ी से आने लगा। सारी कौरव सेना अपने गिरे हुए प्रधान सेनापति की ओर दौड़ी आ रही थी। कर्ण ने देखा कि इसी कोलाहल के बीच कृष्ण ने अपना रथ मोड़ा और भीड़ में कहीं गुम हो गए। अर्जुन ने एक बार भी मुड़कर नहीं देखा।

कर्ण अपने आसपास सुयोधन की बाँहों के घेरे को महसूस कर सकता था किंतु अंधकार तेज़ी से फैल रहा था। उसकी कवचरहित त्वचा पर बारिश की बूँदें सुइयों की तरह चुभ रही थीं। वह बेहोशी की उस हालत में अपने मित्र की आवाज़ सुन सकता था। कर्ण उसे हर चीज़ के लिए, उसके कठिन समय में उसका साथ देने के लिए आभार व्यक्त करना चाहता था। उन सब बातों के लिए धन्यवाद देना चाहता था, जिन्हें उसके सिवा कोई समझ ही नहीं सकता था।

कर्ण को लगा कि अश्वत्थामा ने उसका हाथ थामा हो। उसने सुना कि सुयोधन उस पर अभियोग लगा रहा था कि उसने कर्ण की मदद नहीं की। "मुझे लगा कि कर्ण सुरक्षित होगा। सुयोधन, मुझे देखो, मेरी देह पर कितने घाव हैं... मुझे क्षमा... करो, मुझे आने में

देर हो गई।" ब्राह्मण रोने लगा। उसने जो भी कहा, अपराध बोध उसी बात को जैसे मन ही मन नकार रहा था।

'क्या उसके मित्र ने उसे देशद्रोही नहीं कहा? परंतु मैं तो देशद्रोही नहीं, अश्वत्थामा और न ही तुम ऐसे हो, मेरे मित्र!' कर्ण ने सोचा। 'सुयोधन अश्वत्थामा को दोष मत दो। उसके पास यहाँ न होने के लिए अपने कारण थे। उसकी देह देखो - सारी देह घावों से कैसे भरी है। अश्वत्थामा यहाँ से मत जाओ! मेरे मित्र, मैं तुम्हें क्षमा करता हूँ और तुम्हें भी सुयोधन को उसके कठोर शब्दों के लिए क्षमा कर देना चाहिए। मुझे अभी छोड़कर मत जाओ। मेरे साथ कुछ देर यहीं रहो।' कर्ण अश्वत्थामा को चिल्लाकर वापस बुलाना चाहता था, जो स्वयं को घसीटते हुए वहाँ से दूर ले जा रहा था परंतु वह कुछ नहीं बोल सका; वह अपने ही रक्त कुंड में डूबता जा रहा था।

'मेरे मित्र! मुझे कृष्ण का दिया हुआ साम्राज्य नहीं चाहिए। सुयोधन! यदि कोई उसका उत्तराधिकारी है, तो वह तुम ही हो। तुमने उस समय मुझे अपना निःस्वार्थ स्नेह दिया, जब सारी दुनिया ने मुझे दुत्कार दिया था, तुमने मेरी जाति की रत्ती भी परवाह नहीं की। प्यारे दोस्त! मैं तेरे लिए यह युद्ध नहीं जीत सका।' कर्ण के मुख से अस्फुट ध्वनियाँ निकल रही थीं, जिनका कोई अर्थ या महत्त्व नहीं था। परंतु अब शब्दों की ज़रूरत भी नहीं थी। उनकी मित्रता शब्दों से भी परे थी। एक निहत्थे आदमी पर किया गया वार, उसे नष्ट नहीं कर सकता। सुयोधन ने मित्र को छाती से लगा लिया, स्वर्ग से बहते अश्रुओं के बीच उसके अश्रु घुल-मिल गए।

कर्ण, जिसके जीवन के साथ देवों ने सदा दाँव खेला, ऐसा व्यक्ति जिसने थाल में रखे साम्राज्य पद को भी ठुकराया और एक निम्न जाति का सूत बने रहना ही पसंद किया, वह अपने मित्र की भुजाओं में दम तोड़ रहा था। सुयोधन के लिए अब इस युद्ध का कोई अर्थ नहीं रह गया था।

* * *

72. हत्या

जब सुयोधन को कर्ण की मृत्यु के बाद यह पता चला कि शल्य ने उसके मित्र को सबसे कठिन घड़ी में अकेला छोड़ दिया था तो उसने आदेश दिया कि उसे खोजकर जान से मार दिया जाए। युद्ध के इन अठारह दिनों के भीतर, एक दिन सुयोधन बिस्तर पर पड़ा आराम कर रहा था कि उसे अपने तंबू में किसी के आने का आभास हुआ। वह झट से उठ खड़ा हुआ, एक योद्धा की सजगता और सतर्कता ने उसे किसी भेदिए की घुसपैठ का एहसास दिला दिया था।

ज्यों ही वह साया सामने आया, वह सिर झुका कर बोला, "सुयोधन, यह मैं हूँ, शल्य। मैंने जो भी किया, उसके लिए मुझे क्षमा कर दो।"

सुयोधन अपनी तलवार थामे विश्वासघाती की ओर दौड़ा, परंतु शल्य बोला, "तुम्हारे पास मुझे मारने का पूरा अधिकार है। मैं तुम्हारे पक्ष का विश्वासघाती था क्योंकि मुझे सूत से घृणा थी। जब तुमने मुझे एक सूत का सारथी बनाया तो मेरा दर्प आहत हुआ। मैं चाहता था कि कर्ण परास्त हो इसलिए मैंने कठोर शब्दों के माध्यम से उसके उत्साह को तोड़ना चाहा। सारी रात, मैं कुरुक्षेत्र के घने वनों के बीच छिपा, इस युद्ध के उचित व अनुचित पक्ष पर विचार करता रहा। मैं जानता हूँ कि मैं एक सबसे भले इंसान की हत्या का ज़िम्मेवार हूँ। इससे कोई फ़र्क नहीं पड़ता कि वह एक सूत था। मैंने जो किया, वह एक खंजर की तरह मेरे दिल को घायल कर रहा है। मैं तुमसे क्षमा लेने आया हूँ, अपने पश्चाताप का एक अवसर चाहता हूँ। मैं एक महारथी हूँ और पांडवों के सभी योद्धाओं से श्रेष्ठ हूँ। मैं तुम्हारे लिए उन्हें परास्त कर दूँगा, मैंने जिसके साथ छल किया, उसके लिए उन्हें परास्त कर दूँगा। यदि तुम आज मुझे अपनी ओर से युद्ध करने दो तो मैं अर्जुन और कृष्ण का वध कर दूँगा। परंतु यदि तुम मुझे विश्वासघात के लिए दंड देना चाहो तो मैं उसके लिए भी प्रस्तुत हूँ।"

सुयोधन चिल्लाया और प्रहरियों ने शल्य को बंदी बना लिया। उस विद्रोही ने शांति से आत्मसमर्पण कर दिया। सुयोधन यह तय नहीं कर पा रहा था कि उस पर विश्वास किया जाए या नहीं? अंततः सुबह होने पर वह कृप के पास गया और उनसे परामर्श चाहा। आचार्य ने कहा कि वे उस बिंदु पर आ गए हैं, जहाँ उन्हें हर उस व्यक्ति का स्वागत करना चाहिए जो स्वेच्छा से उन्हें अपनी सहायता देना चाहता है। हालात बदतर होते जा रहे थे और अब कुछ योद्धा ही शेष थे। यदि उसे अपनी परिस्थितियों को बेहतर बनाने पर ध्यान

देना है तो उसे शल्य को युद्ध करने की अनमुति दे देनी चाहिए। उसे प्रधान सेनापति नियुक्त कर देना चाहिए। सुयोधन ने इस बारे में अश्वत्थामा से बात की। उसने भी यही कहा कि युद्ध नीति और रणनीति के मामले में कोई भी विद्रोही और महारथी शल्य का सामना नहीं कर सकता। यदि वह एक बार ठान ले तो कभी किसी संकल्प से पीछे नहीं हटता।

अठारहवें दिन का युद्ध आरंभ होने से पूर्व, सुयोधन ने शल्य को मुक्त किया और उसे कौरवों की सेना का प्रधान सेनापति नियुक्त कर दिया। शल्य ने सुयोधन के आगे झुककर प्रणाम किया और अपना दायित्व संभाला। जब नए सेनापति ने रणनीति की चर्चा के लिए सभा बुलाई तो कृप के मुख पर एक विस्मित मुस्कान खेल उठी। उसने यह साफ़ शब्दों में कहा कि युद्ध के दौरान आपस में कोई द्वंद्व युद्ध नहीं होगा। उन्हें संयुक्त मोर्चे से युद्ध करना है, वे भी नियमों को भंग करेंगे, ऐसी व्यूह रचनाएँ करेंगे, जो आज तक किसी ने देखी या सुनी नहीं होंगी। अब केवल विजय श्री ही महत्त्व रखती थी, यह विजय श्री ही धर्म थी। नए सेनापति ने अपनी सेनाओं को आदेश दे दिए। सुयोधन को व्याकुलता अनुभव हो रही थी किंतु उसके पास कोई और विकल्प भी तो नहीं था।

अठारहवें दिन के पहले हिस्से में भीषण रक्तपात हुआ। शल्य के आक्रामक रवैए ने भीम, नकुल और सहदेव के पाँव उखाड़ दिए और उन्हें अपनी टुकड़ियों के साथ वापस लौटना पड़ा। उसका उद्देश्य था कि वह किसी तरह कृष्ण और अर्जुन को एकांत में घेरे और उनके प्राण ले ले। जब तक सूरज का गोला उनके सिरों पर तपने लगा और साए छोटे होने लगे, तब तक शल्य ने पांडवों की रक्षा पंक्तियों को नष्ट कर दिया था। उसने अपने रथ के पहियों में भी भाले और तीर लगा रखे थे। वह अपने शत्रुओं की सेना में जा घुसा, अश्वों को काटते हुए, हाथियों को भयभीत करते हुए विषाक्त चूर्णों के प्रयोग से सबको आतंकित कर दिया। विषैले बाणों व अग्नि पात्रों के विस्फोट से चारों ओर अराजकता सी फैल गई। पांडवों की दशा बदतर होती जा रही थी। युधिष्ठिर यह देखकर बहुत निराश हो रहे थे।

कृष्ण ने किसी तरह अपने रथ को युधिष्ठिर तक पहुँचाया और उनसे कहा कि वे युधिष्ठिर के लिए रास्ता तैयार करेंगे किंतु उन्हें तत्परता से काम लेना होगा। वे शल्य को लुभा लेंगे कि वह रथ में उनका पीछा करे और फिर युधिष्ठिर अपने भाले से, पीछे से शल्य पर वार करेंगे।

आतंकित युधिष्ठिर ने प्रतिवाद किया कि वह ऐसा कोई काम नहीं करेंगे, जिससे किसी योद्धा की मर्यादा खंडित होती हो; उन्होंने युद्ध में किसी को नहीं मारा था। दूसरे लोग युद्ध में उनके लिए बर्बरता से वध करने में जुटे थे। "कृष्ण! मैं किसी के प्राण नहीं ले सकता। यहाँ तक कि अपने शत्रु के भी प्राण नहीं ले सकता। जीवन ने मुझे बहुत कुछ सिखाया है और..."

"भाई, आप चाहते हैं कि हम आपके लिए युद्ध करें और आप अपनी ओर से छोटी अँगुली तक नहीं उठाना चाहते? रणभूमि में अहिंसा की बातें तो कायर किया करते हैं। जैसे कृष्ण कह रहे हैं, वही करें अन्यथा हम सब दुर्भाग्य की चपेट में होंगे। आप एक क्षत्रिय हैं।

हम आपको सम्राट बनाने के लिए ही युद्धरत हैं।" अर्जुन झपटा।

"परंतु शल्य हमारे मामा हैं। वे हमारी विमाता माद्री के भाई लगते हैं।"

"अब वे हमारे शत्रु हैं। मैंने पितामह की हत्या की; मैंने आपके लिए अपने प्रिय गुरु का वध कर दिया। हम जिससे भी लड़ रहे हैं, वे हमारे संबंधी ही हैं, दुर्योधन भी तो हमारा संबंधी है। भाई, यह एक युद्ध है। अपना कर्तव्य पूरा करें अन्यथा अधर्म की विजय होगी।" अर्जुन बोला, वह अपने बड़े भाई को लगातार देखते हुए बोल रहा था। कृष्ण मुस्करा उठे।

इससे पूर्व कि युधिष्ठिर कोई प्रतिक्रिया देते, कृष्ण का रथ युद्ध के घटाटोप के बीच कहीं ओझल हो गया। वे कौरवों के सेनापति की ओर सरपट दौड़े जा रहे थे। युधिष्ठिर भारी मन से वहीं प्रतीक्षा करने लगे, उन्हें शल्य के वहाँ तक आने की प्रतीक्षा करनी थी ताकि वे अपना काम कर सकें। उनके हाथों में थमा भाला जाने कैसे भारी लगने लगा।

अचानक ही कोलाहल के बीच, धूल का गुबार उठता दिखाई दिया। बहुत से लोग और रथ, युधिष्ठिर को अपनी ओर आते दिखाई दिए। कृष्ण का रथ एक ही झटके में उनके पास से निकल गया और उन्हें कृष्ण के मुख से सुनाई दिया, "अभी वार करो!" युधिष्ठिर ने अपने नेत्र मूँदे और कृष्ण के रथ का पीछा कर रहे रथ की ओर पूरे बल के साथ अपना भाला उछाल दिया। जब उन्हें अपने आसपास जयघोष सुनाई दिया तो उन्होंने अपनी नेत्र खोले। 'महाराज युधिष्ठिर विजय!' उनके सिपाही चिल्ला रहे थे।

वहीं पलटे हुए रथ में शल्य पड़ा हुआ था। भाला उसकी छाती के पार हो गया था। युधिष्ठिर को ऐसा लगा मानो उसके नेत्र उन पर कोई अभियोग लगा रहे हों, वे नेत्र उस भाले से भी कहीं अधिक तीक्ष्ण थे, जो उन्होंने अपने मामा पर फेंका था। युधिष्ठिर अपने रथ में ढेर हो गए, उनके हाथ काँप रहे थे। उन्होंने अपने ही मामा को मार डाला, वह भी पीछे से हमला करते हुए मारा। उन्होंने अपने भाले से, कौरवों के सेनापति पर पीछे से वार किया, वे एक कायर हैं... एक निर्लज्ज कायर! यह अनैतिक था, अधार्मिक था... अचानक उन्हें वारणावत की उस निषाद महिला और उसकी पाँच संतानों का स्मरण हो आया। उनकी माता ने कहा था कि उन लोगों को अपनी रक्षा के लिए उनके प्राणों की आहुति देनी पड़ी। अब वे अपने जीवन के ऐसे मोड़ पर थे, जहाँ उन्हें यह पाठ मिल चुका था कि हिंसा से कभी किसी का कल्याण नहीं होता। परंतु वे स्वयं को हवा के वेग में उड़ते तिनके की तरह असहाय पा रहे थे। वे अपने हाथों पर लगे रक्त को अनुभव सकते थे, यह उनके अपनों का रक्त था, यह उस व्यक्ति का रक्त था जिसे उन्होंने कभी आदर-मान दिया और चाहा।

"मैं जाकर दु:शासन और दुर्योधन का अंत करता हूँ।" उन्होंने भीम को कहते सुना।

विजय श्री उनका वरण करने आगे आ रही थी, परंतु वह धर्मपुत्र को उल्लसित करने में असफल रही।

***

73. झील

उसने सबको निराश ही तो किया था। वह एक घृणित जीव था। शल्य के पतन से पूर्व भी उसकी आस मिटी नहीं थी। अब तो कुछ भी शेष नहीं रहा था। सुयोधन ने हिमशीतल सामंतपंचक झील में अपनी देह को डुबोया तो मारे सर्दी के दाँत किटकिटा उठे। हड्डियों को भी जमा देने वाला शीत था, परंतु इसके अतिरिक्त उसके भीतर के दाह को कुछ और बुझा भी तो नहीं सकता था। वह सारी रात उसी झील में खड़ा रहा, ताकि अपने मन से कर्ण की मुस्कराती छवि को दूर कर सके। कुमार का अबोध चेहरा निरंतर सता रहा था। नहीं, वह हार नहीं सकता था। यह तो एक रणनीतिक वापसी थी। उसे सोचने के लिए समय चाहिए था। उसे किसी तरह जीवित रहना था ताकि दूसरे दिन लड़ सके। यदि वह अपने ही मन के भीतर गहरी डुबकी मारे तो निश्चित रूप से उसे बल मिलेगा? पांडवों ने युद्ध के सारे नियम तोड़े थे किंतु इसके बावजूद जीत तो उनकी ही हो रही थी। नहीं, अभी युद्ध समाप्त नहीं हुआ था और तब तक नहीं होगा, जब तक धर्म की पुनः स्थापना नहीं होती। यह तो उसके साथ या उसके बिना भी जारी रहेगा।

वह कौन था? सुयोधन ने कुछ चरमराने की आहट सुनी। क्या उन्होंने उसे खोज लिया था? उसकी गदा दलदली किनारे पर आधी गड़ी हुई थी। उसे पता नहीं था कि लड़ना तो दूर रहा, उसके भीतर उसे उठाने की भी हिम्मत शेष रहेगी या नहीं।

"मूर्ख! पानी से बाहर आओ। वे तुम्हें खोजकर मार डालेंगे!"

आचार्य कृप! सुयोधन ने पानी से अपना सिर उठाया। कृप के पीछ दो आकृतियाँ दिखीं। एक तो यादवों के सेनापति कृतवर्मा थे, और दूसरे...

"सुयोधन! मैं तुम्हारे लिए कुछ न कर सका। मैं कर्ण के लिए भी कुछ नहीं कर पाया।" अश्वत्थामा ने कहा। सुयोधन उसका सामना नहीं करना चाहता था। "सुयोधन! भीम ने थोड़ी देर पहले ही सुशासन के प्राण ले लिए। तुम्हारा भाई अंत तक वीरता से लड़ा। भीम ने उसके उदर पर ठोकर जड़कर उसे चित्त किया। उसने सुशासन के कंधे से उसकी भुजा अलग कर दी। जब सुशासन ने बचाव के लिए दूसरी भुजा उठाई, तो भीम ने उसके दोनों हाथ काट दिए। सुशासन के मुख से आह तक नहीं निकली। उसने भीम के मुख पर थूका और हँसने लगा। क्या तुम विश्वास कर सकते हो? भीम ने गुस्से में आकर, उसकी छाती फाड़ दी और उसका रक्त पिया। इसके बाद द्रौपदी भी उसका रक्त पीने आ गई। उस औरत के भीतर

कितना द्वेष भरा है। उसने तुम्हारे भाई के रक्त में अपने बाल डुबोने के बाद, आज तेरह वर्ष बाद उन्हें बाँधा। उसकी हँसी तो थमने का नाम ही नहीं लेती थी।"

"बस, बहुत हुआ अश्वत्थामा," कृप ने टोका।

"उन्होंने असहाय अवस्था में कर्ण को मारा। उन्होंने मेरे पिता को एक झूठ के बल पर मारा। उन्होंने भीष्म को छल से मारा। उन्होंने सुशासन को मारने के लिए अनुचित ठोकर का सहारा लिया... क्या इसके बाद भी हम उन्हें जीतने दें? इस तरह तो लोगों का धर्म से विश्वास ही उठ जाएगा।"

"अश्वत्थामा, मेरे मित्र! यहाँ से जाओ। भागो, तुम्हारी टाँगें जितनी दूर ले जा सकें, दूर चले जाओ। अपनी रक्षा करो, ताकि आने वाले समय में लड़ सको," सुयोधन सुदूर क्षितिज को ताकते हुए बोल रहा था। "क्या तुम उनके खेमों से उठते हर्षोल्लास के स्वर नहीं सुन सकते? भीष्म अब भी शरशैय्या पर मृत्यु की प्रतीक्षा में हैं, परंतु उन्हें परवाह नहीं है। ईश्वर की कृपा से, सब कुछ शीघ्र ही समाप्त हो जाएगा।"

"कृतवर्मा और अश्वत्थामा प्रतिशोध लेना चाहते हैं। मैं इन्हें कब से समझाने की चेष्टा कर रहा हूँ। ऐसी मूर्खता से कुछ हाथ नहीं आएगा," कृप ने कहा।

"पांडवों के खेमे की प्रसन्नता अधिक समय तक नहीं रहेगी," अश्वत्थामा ने दाँत पीसते हुए संकल्प लिया।

"सुयोधन! यह मूर्ख नहीं सुनने वाला," कृप बोले।

"अश्वत्थामा वे तुम्हारे साथ कठोरता से पेश नहीं आएँगे। तुम एक ब्राह्मण हो और वे जानते हैं कि उन्होंने तुम्हारे पिता के साथ क्या किया है। मुझे तो अंत तक लड़ना ही होगा परंतु तुम्हें अपनी जान बचा लेनी चाहिए। हम सबके लिए, धर्म की विजय के लिए...," सुयोधन ने मित्र से कहा।

"तो तुम्हें लगता है कि मुझे भी अपने पिता की तरह उनका राजगुरु बन जाना चाहिए? तुम्हें लगता है कि वे मेरे प्राण बख़्श देंगे क्योंकि मैं एक ब्राह्मण हूँ? क्या तुम्हें लगता है कि उन्होंने तुम्हारे साथ, देश के साथ और कर्ण के साथ जो भी किया, उसे देखने के बाद, मैं उनके साथ रहना चाहूँगा?"

सुयोधन अश्वत्थामा से कहना चाहता था कि वह बीती बातें भुला दें परंतु मन की कटुता जाती ही नहीं थी। यह भी न्याय की विडंबना ही थी कि पांडवों की जीत हुई और पानी में भीगे चूहे की तरह छिपा हुआ था। सुयोधन ने कुछ पानी अपनी अंजुलि में भर लिया और अश्वत्थामा को देखा। उसका मित्र पानी में छपछप करता हुआ, पास आ खड़ा हुआ। सुयोधन के आगे उस किशोर की छवि नाच गई, जिसे उसने कई वर्ष पूर्व भीम के हाथों पिटने से बचाया था, उसकी आँखें आँसुओं से भरने लगीं।

संभवतः अश्वत्थामा भी वही याद कर रहा था। वह तिर्यक मुस्कान के साथ बोला, "वह आम, जो तुमने कई साल पहले दिया था..."

"तुम उसे कभी नहीं खा सके। उसे तो एकलव्य ने छीन लिया था।" वे दोनों हँस दिए। एकलव्य का नाम लेते ही बहुत सी पुरानी और कड़वी यादें सामने आ गईं। नहीं, यह कोई न्याय नहीं हुआ। पांडव सब कुछ जीत चुके थे। सुयोधन ने अश्वत्थामा पर पानी छिड़कते हुए कहा, "मैं तुम्हें कौरवों की सेना का प्रधान सेनापति नियुक्त करता हूँ। विजयी भव!"

कृप बोले, "तीन व्यक्तियों की सेना का प्रधान सेनापति?"

अश्वत्थामा ने सुयोधन को बाँहों में भर लिया, "जब तुम्हें यह पता चले कि मैंने क्या किया तो मुझसे घृणा मत करना।"

"मित्र! तब तक मेरे प्राण नहीं रहेंगे। परंतु तुम्हारे पास अब भी एक अवसर है, तुम जाकर राजगुरु का प्रतिष्ठित पद पा सकते हो।"

अश्वत्थामा ने पानी में डुबकी लगाई और कुछ देर वहीं बना रहा। जब वह बाहर आया तो रक्तिम आभा वाली झील के उस ओर सूर्य उदय हो रहा था। ब्राह्मण ने काँपते हाथों में पानी भरा और गायत्री मंत्र का उच्चारण किया। सुदूर पर्वतों से धुंध की एक चादर आकर पसरने लगी और आसपास के वृक्षों पर पर पक्षियों की चहल-पहल दिखने लगी। बहुत ही सुंदर दिन था। प्राणों का त्याग करने के लिए इससे खूबसूरत दिन हो ही नहीं सकता था।

सुयोधन ने आँखें मूंदी तो अश्वत्थामा ने उसके कंधे पर हाथ रखा और छप-छप करता पानी से बाहर निकल गया। रणभूमि से आती हवा के साथ ही सड़े हुए मानव माँस और रक्त की दुर्गंध भी आने लगी। उसे पितामह भीष्म की याद आई, जो अब भी शरशैय्या पर पड़े, अपनी मृत्यु के लिए संक्रांति की प्रतीक्षा कर रहे थे। "क्षमा करें पितामह! मैंने उचित समय पर आपके मोल को कभी नहीं जाना।" सुयोधन ने मन ही मन सोचा। वह अपने मन में आज भी वही नन्हा बालक था जो पितामह की गोद में बैठा करता था और जब वे उसे सार्वजनिक रूप से चूम लेते तो वह लजा जाता। उनकी दाढ़ी के बाल, उनके माथे पर लगे चंदन की गंध - हज़ारों स्मृतियाँ...अमूल्य...सारहीन!

"वह रहा!"

सुयोधन ने साहस के लिए प्रार्थना की। उन्होंने उसे खोज लिया था। उसने आँखें खोलीं तो देखा कि सारथी के स्थान पर बैठे कृष्ण, अपने चाबुक को सहलाते हुए मुस्करा रहे थे। काश! वह उस मुस्कान को यादव के मुख से कभी हटा पाता। उनके पीछे ही उसका शत्रु खड़ा दर्प भाव से मुस्करा रहा था। नहीं, वे सभी नहीं थे। युधिष्ठिर की आँखों में विषाद की छाया थी और अर्जुन का धनुष मारे चिंता के स्थिर नहीं हो पा रहा था। वह अपने रथ से क्यों नहीं उतरा? ढोल-नगाड़े वाले एक और खूनी मंजर देखने के लिए आगे आ जुटे थे ताकि जश्न मनाया जा सके। दुख और पीड़ा से अधमरे सुयोधन ने अपनी प्रजा को देखा जो एक-दूसरे को ठेलकर आगे आना चाहती थी ताकि उसे मरता हुआ देख सके। कुछ लोग तो उदास थे किंतु कुछ के मुख पर वहाँ होने वाले तमाशे को देखने की उत्तेजना साफ़ झलक रही थी। किसी महान योद्धा के पतन से बढ़कर तो कुछ भी रोचक नहीं होता।

भीड़ ने धौम्य को रास्ता दिया। "पानी से बाहर आओ, कायर कहीं के!" धौम्य ने

दलदली भूमि में दंड पटका और सारी भीड़ ने युद्धघोष किया।

सुयोधन ने सिर उठाया, आँखों में वही पुरानी आग सुलग उठी। धौम्य एक क़दम पीछे हट गए, वे अपने दंड पर लगे कीचड़ को हटाना चाह रहे थे। सुयोधन पानी से बाहर आ गया, वह अपने बालों को जूड़े में सँवारना चाह रहा था। उसने सारे जल को अपनी देह से झिंझोड़ दिया और अपनी जंघाएँ थपथपाईं। धौम्य भीड़ में कहीं गुम हो गए। ज्यों ही सुयोधन ने झुककर धरती को प्रणाम किया और मन ही मन एक प्रार्थना की, सारी भीड़ शांत हो गई। उसने कीचड़ से अपनी गदा उठाई, उसे साफ़ किया और अपने कंधे पर रख लिया, फिर वह सूखी धरती की ओर चल दिया। राह में, उसने धौम्य के कीचड़ में धँसे दंड को किसी टहनी की तरह कुचल दिया।

आसमान में बिजली कड़की और दक्षिणी क्षितिज की ओर से झूमते हुए काले बादल आने लगे। हवा तेज़ी से चल रही थी जिससे सूखे पेड़ों की शाखाएँ झूम रही थीं। झील की विशाल तरंगें, पास वाली चट्टान से पछाड़ खा रही थीं और फिर सपनों की तरह बिखर रही थीं। पानी का एक रेला आगे आया और सुयोधन की टाँगों को चूमते हुए वापस पलट गया। वर्षा की बूँदें इस तरह गिरने लगीं मानो स्वर्ग के आँसू हों। सूखी धरती पिछले अठारह दिनों से रक्त पी रही थी, वह किसी पिपासु पशु की तरह वर्षा का शुद्ध जल पीने लगी।

चारों ओर उल्लू की चीत्कार भयावह रूप से गूँज उठी। सुयोधन ने देखा कि कौओं का एक दल उसका पीछा कर रहा था। अपशकुन! परंतु अब वह उस मोड़ पर आ गया था जहाँ आकर शुभ या अशुभ शकुन का कोई महत्त्व ही नहीं रह गया था... या शायद किसी भी चीज़ का कोई महत्त्व नहीं रह गया था। सुयोधन अपने कंधों पर भारी गदा लिए खड़ा था, वह पांडवों की ओर से पहल के लिए प्रतीक्षा कर रहा था।

***

74. उरुभंग

"दुर्योधन! तुम आत्मसमर्पण क्यों नहीं करते?" कृष्ण ने पूछा।

सुयोधन ने न तो कृष्ण की ओर देखा और न ही उनके प्रश्न का उत्तर दिया।

"आत्मसमर्पण कर दो। हम तुम्हारे प्राण नहीं लेंगे। हो सकता है कि तुम्हें शासन चलाने के लिए एक अधीन राज्य भी मिल जाए। तुम निश्चित रूप से जानते हो कि तुम्हारा समय समाप्त हो गया है।"

सुयोधन कृष्ण को उपेक्षित कर, युधिष्ठिर को ताकने लगा। "पहले कौन आना चाहता है? वैसे तो मैं तुम पाँचों से एक साथ भी निपट सकता हूँ।" अगर उसके भाइयों को अपेक्षा थी कि वह उनसे दया की भीख माँगेगा और उनका आधिपत्य स्वीकार लेगा, तो वे अपनी कल्पनाओं में ही जी रहे थे। पास से ही कहीं कोई उल्लू चीत्कार करता हुआ निकल गया। वह यथाशीघ्र दिन के प्रकाश से बचते हुए, जंगल के अंधकार में विलीन होना चाहता था। कहीं दूर से, किसी कुत्ते के रोने का स्वर सुनाई दिया।

"हममें से किसी एक को चुन लो। अगर तुम जीते तो हस्तिनापुर तुम्हारा होगा।" युधिष्ठिर ने कहा। धर्म पुत्र एक बार फिर जुआ खेलने लगे।

सुयोधन ने कृष्ण के चेहरे के भाव देखे तो अपनी मुस्कान नहीं रोक सका। नियति उसे एक और अवसर दे रही थी। वह युधिष्ठिर के पास आया और उन्हें सिर से पैर तक निहारा। अगर वह गदा युद्ध के लिए उन्हें चुनता तो सब बहुत ही सरल होता, वह क्षण भर में अपनी गदा से उनका सिर कुचल देता। वह अर्जुन के रथ की ओर बढ़ा और स्पष्ट शब्दों में बोला, "कर्ण... द्रोण... भीष्म।" अर्जुन ने मारे लज्जा के मुख फिरा लिया। जुड़वाँ नकुल और सहदेव, अपनी किशोरवय मुस्कान के साथ, तीर की तरह सीधे खड़े थे। उन्हें देख सुयोधन ने मन ही मन सोचा, "लड़के! जो बड़ा होना ही नहीं चाहते, छिः!" सुयोधन उन्हें देखकर मुड़ गया।

वह बोला, "मैं भीम को चुनता हूँ।" कृष्ण के मुख का तनाव जाता रहा। सुयोधन बचपन से ही मन में यह साध लिए था कि किसी दिन उसे भीम से दो-दो हाथ करने हैं। बात उतनी पुरानी है जब वह विशालकाय भीम से डरकर, अपने पिता के पलंग के नीचे छिप जाया करता था।

'भानु, कर्ण और अश्वत्थामा...मेरी भुजाओं को शक्ति देना।' सुयोधन के बीच में आते ही, भीड़ ने उसे रास्ता दे दिया। पक्षियों की चहचहाहट के अतिरिक्त चारों ओर सन्नाटा था।

भीम ने गदा उठाई और सुयोधन के आगे आ गया। "मार दो, इसे मार दो भीम, दुष्ट को जीवित मत छोड़ना।" किसी मंत्रजाप की तरह द्रौपदी का सुर हवा में तैर गया। सारी भीड़ उत्तेजित होकर नारे लगाने लगी और ढोल-नगाड़े पीटे जाने लगे।

भीम ने किसी हाथी की तरह धावा बोल दिया। सुयोधन अंतिम क्षण में वार बचा गया और भीम संतुलन खो बैठा। सुयोधन की गदा भीम के कंधे से टकराई तो लोगों के बीच कोलाहल होने लगा। भीम ने घूमकर गहरा वार किया। सुयोधन ने उसे रोका। भीम की गदा की शक्ति स्तब्ध कर देने वाली थी। सुयोधन पूरी तत्परता से भीम के बल के आगे टिका हुआ था। भीम बार-बार अपनी गदा के वार से धरती को कुचल रहा था। सुयोधन बार-बार उसे गच्चा देते हुए, वार बचा रहा था। वह भीम के कंधों और छाती पर शक्ति से प्रहार करना चाह रहा था। भीड़ उत्तेजित होकर बारंबार दोनों योद्धाओं के नाम लेने लगी, वे चाहते थे कि दोनों योद्धा एक-दूसरे को समाप्त कर दें... उनकी ओर से सिर पर वार करने, छाती पर वार करने और मुख को कुचलने के आग्रह आ रहे थे। ढोल-नगाड़ों के सुर से कान फटने को आ रहे थे।

कुछ ही देर में, दोनों महारथियों की थकान झलकने लगी परंतु कोई भी झुकने को तैयार नहीं था। सुयोधन के वार भीम पर भारी पड़ने लगे थे। देखने वालों के मन में कोई संशय नहीं रह गया था कि उन दोनों में से किसका कौशल अधिक था कौन अधिक बलशाली था। कौशल के विरुद्ध बल, शक्ति के विरुद्ध फुर्ती और दोनों ओर से ही कोई अंत नहीं दिख रहा था।

जब भीम लड़खड़ाया तो सुयोधन के हाथ अवसर आ गया। सुयोधन उसका सिर कुचलने को भागा। उसने कनखियों से देखा, कृष्ण अपनी बाँसुरी से जांघ को थपथपा रहे थे। यादव की इस मुस्कान के पीछे कौन सी चाल छिपी थी? अचानक अपनी जांघ से उठे दर्द की तेज़ लहर के साथ ही उसे अपना उत्तर मिल गया। सुयोधन लड़खड़ा कर गिर गया। भीम ने कमर के निचले हिस्से पर घातक प्रहार किया था, यह द्वंद्व युद्ध के नियमों के विरुद्ध था और उसकी जंघा से रक्त क्षत-विक्षत हो उठी। सुयोधन मारे क्रोध और पीड़ा के धरती पर ही ढेर हो गया। छल, धोखा, हरामी भीम!

भीड़ में विचित्र सा सन्नाटा छाया था। उन्होंने पांडव को यह घिनौनी हरक़त करते हुए अपनी आँखों से देखा था। युधिष्ठिर ने मारे पीड़ा के अपने नेत्र मूँदे और अर्जुन अपने रथ से कूदकर नीचे आ गया, उसका दिल तेज़ी से धड़क रहा था और मुख पर विषाद छाया था। उनकी मर्यादा कहाँ गई?

सुयोधन ने दूसरी टाँग पर ज़ोर देकर उठना चाहा किंतु असहाय होकर वहीं गिर गया। भीम की टाँगें उसके निकट थीं। वह अपने एक ही वार से विपक्षी को भी धूल चटा सकता था परंतु वह ऐसा नहीं कर सका, वह एक कौरव था, अजेय। सुयोधन मारे पीड़ा के हुँकार उठा। उसकी टाँग सूज गई थी। 'शांत रहो, शांत रहो। संभालो खुद को।' उसने मन ही मन कहा।

उसने किसी तरह अपने-आप को संभाला और गदा का सहारा लेकर, एक टाँग पर खड़ा हो गया। अचानक ही उसने भीम के मुख पर करारा वार किया और उसके आगे के दाँत तोड़ दिए। सुयोधन कृष्ण की ओर देखकर मुस्कराया।

"भीम! इसकी दूसरी जंघा भी कुचल दो।" भीड़ की आड़ से धौम्य चिल्लाए।

भीम ने अपनी गदा घुमाई और सुयोधन की दूसरी जंघा पर वार किया। सुयोधन ने गिरने और दर्द के मारे कराहने से इंकार कर दिया। वह अपना सिर उठाए खड़ा रहा और भीम निर्लज्जता के साथ उसकी जंघाओं पर ताबड़तोड़ प्रहार करता चला गया। जिस तरह कोई बड़ा वृक्ष ढहता है, उसी तरह सुयोधन भी धरती पर गिर पड़ा। उसका सिर धरती से टकराया और वह वहीं बेसुध हो गया। उसकी आँखों ने धूमिल होते हुए दृश्यों के बीच कौरव को देखा और फिर सब ओर अंधकार छा गया।

धौम्य और उनके पुरोहितों का दल समवेत स्वर में चिल्लाया, "धर्म की जीत हुई।" गुरु ने अपनी भुजाएँ उठाईं और उनके शिष्य बेसुध सुयोधन के आसपास नाचने लगे। वे सब गा रहे थे, "हमने दुष्ट को पराजित कर दिया। धर्म की विजय हुई।"

सुयोधन ने बड़ी कठिनाई से अपनी आँखें खोलीं। उसकी जांघों से उठने वाली दर्द की लहरें असहनीय थीं। धर्म की जीत हुई थी? सुयोधन अपना दर्द सह सकता था परंतु यह झूठ कैसे सहेगा? वह यादव कहाँ गया, जिसके कारण उसकी यह दशा हुई? वह कृष्ण कहाँ है, जिसने भीम को उसकी जंघा पर वार करने का संकेत किया? सुयोधन ने देखा कि कृष्ण छाती पर दोनों हाथ बाँधे खड़े, मुस्करा रहे थे। बोलना सरल नहीं था पर वह यादव से अवश्य बात करेगा जो उसके और उसके देश के वासियों के विनाश का कारण बने। सुयोधन की दशा उस घायल सर्प के समान थी, जो कुचले जाने के बाद भी अपनी पूँछ से वार कर रहा था, सुयोधन ने किसी तरह अपने-आपको भुजाओं के बल उठाया और कृष्ण को ताका, "यादव! संतुष्ट हो गए? जब तक संसार रहेगा लोग तुम्हारे छल व कपट को याद रखेंगे। क्या तुम्हारी ओर से कोई ऐसा नियम बचा है, जिसका उल्लंघन नहीं किया गया या किसी ऐसे योद्धा का नाम बता दो, जिसे पांडवों ने न्यायोचित ढंग से मारा हो।"

सुयोधन ने अपना सिर युधिष्ठिर की ओर मोड़ा और हँसने लगा। "तुम्हें क्या लगता है, तुम्हारी जीत हुई? क्या आज के बाद कभी चैन की नींद सो सकोगे? तुम्हारे पिता... नहीं-नहीं, तुम्हारे पिता नहीं... तुम तो जानते ही नहीं कि तुम्हारे पिता कौन हैं, परंतु तुम्हारी माता के पति ने, आज से कई वर्ष पूर्व, मेरे नेत्रहीन पिता से उनका जन्मसिद्ध अधिकार छीना था। अब तुमने भी मेरे साथ वही किया। फिर भी तुम धर्म में विश्वास करने का ढोंग करते हो?"

सुयोधन ने कृष्ण को देखा, "जब तुम कर्तव्य की बातें करते हो तब तो तुम्हारे पास अनंत से भी अधिक जिह्वाएँ आ जाती हैं। तुम धर्म का उपदेश देते हो किंतु स्वयं उसका पालन नहीं करते। मैं एक क्षत्रिय के रूप में जन्मा, एक क्षत्रिय की तरह जिया और एक क्षत्रिय की तरह ही प्राणों का त्याग करूँगा। मैं कोई अवतार नहीं, एक साधारण मनुष्य था,

परंतु एक शासक के रूप में, मैंने सबका ध्यान रखा, कभी किसी में भेदभाव नहीं किया। मुझे कभी उन लोगों की तरह वन में नहीं विचरना पड़ा, जो स्वयं को धर्मपुत्र कहलाने का दावा करते हैं। कोई भी मेरे भाइयों या पत्नी के ख़िलाफ़ एक अँगुली तक नहीं उठा सका। कृष्ण! तुम्हें अपने पथभ्रष्ट बेटे के लिए मेरे आगे गिड़गिड़ाना पड़ा परंतु मेरे पुत्र ने युद्धभूमि में अपने प्राणों की आहुति दी। मेरे लिए महान भीष्म, गुरु द्रोण, कर्ण व अन्य कई महान आत्माओं ने प्राण त्यागे। अब मैं भी एक सच्चे क्षत्रिय की तरह उनका ही अनुसरण करूँगा। मैंने पितामह को दिए वचन का मान रखा और कभी युद्ध के किसी नियम का उल्लंघन नहीं किया। योद्धा तुम्हारी ओर से नर्क की चेतावनियों के बावजूद मुझसे लड़ने के लिए तैयार थे। तुम अपनी नारायणी सेना तक को मना नहीं सके कि वह मेरा साथ न दे। कृष्ण, उन्होंने मेरे लिए प्राण दिए क्योंकि वे मानते थे कि धर्म मेरे पक्ष में था। तुम्हारी सेना ने मेरे लिए प्राण दिए। यादव, इस बारे में विचार करो और फिर उस धर्म के बारे में सोचो, जिसके बारे में तुम इतने उपदेश देते फिरते हो।"

सुयोधन पल के लिए रुका, कुछ क्षणों के लिए आँखों के आगे छा रहे अंधकार के आगे विवश हो गया। "मैंने केवल एक भारी भूल की। पर मुझे उसका कोई पछतावा नहीं है। अगर ये मेरी उसी भूल की सज़ा है तो मैं यह सोचकर ही काँप उठता हूँ कि पांडवों और तुम्हारे लिए कैसी सज़ा होगी। मेरे मन में बस एक ही दुख रह गया कि मेरे पवित्रमना माता-पिता के अंतिम संस्कार करने के लिए उनका एक भी पुत्र जीवित नहीं रहा। मैं वहीं जा रहा हूँ, जहाँ मुझसे पूर्व कर्ण गया है। कृष्ण! अगर तुम्हारी *गीता* सच्ची है, तो मैं अपने सच्चे क्षत्रिय धर्म के अनुसार जिया और मरा हूँ। अपने कर्तव्य की पूर्ति करने वालों का गुणगान तो स्वर्ग के देव भी करते हैं और वह कीर्ति मेरी होगी। मेरा जीवन अच्छा रहा क्योंकि मुझे किसी देव या अवतार का भय नहीं था, मैं अपने अंतःकरण के अनुसार जिया। कोई भी पुरोहित मेरे लिए अच्छे या बुरे की परिभाषा निश्चित नहीं कर सके। मैं एक मनुष्य की तरह जिया और उसी तरह अपने प्राण त्याग दूँगा। भले ही मेरी जांघें छल से कुचली गईं पर मेरा शीश अब भी उन्नत है। मैं सौभाग्यवान हूँ। समय बताएगा कि कौन सही था और कौन ग़लत? कृष्ण! जिस दिन तुम मौत से सामना करोगे, उस दिन मेरे ये शब्द तुम्हें याद आएँगे। कर्म के नियम तुम्हारे भी वश में नहीं हैं। अब जाओ और मुझे शांति से मरने दो। मैं इस सुंदर धरती को छोड़ते हुए, अंतिम क्षणों में तुम्हारे मुख नहीं देखना चाहता। मुझे अकेला छोड़ दो ताकि मैं महादेव के धाम में जा सकूँ।"

कृष्ण की आँखें मरणासन्न कुरु राजकुमार से कहीं परे ही ताक रही थीं। सुयोधन के शब्द कुंडली मारकर उनके मस्तिष्क में बैठ गए। वे उस दिन उन पर वार करेंगे, जब वे अपनी टाँग पर बाण का घाव लिए पड़े होंगे। वे अपने मित्रों की ओर मुड़े, "सब समाप्त हुआ। धर्म की विजय हुई।"

जिस तरह कोई गीत बीच में ही थम गया हो, वर्षा थम गई और आकाश शांत हो गया। घने वनों में दुबके एक ब्राह्मण ने अपना चेहरा भुजाओं में छिपा लिया और धीमे से संकल्प लिया, "नहीं, अभी समाप्त नहीं हुआ। अभी समाप्त नहीं हुआ।"

75. उल्लू का प्रतिशोध

विजयी पांडव सेना कौरवों के खेमे की ओर दौड़ी, वह मार्ग में आने वाली हर चीज़ को लूट-मार कर जलाने लगी। युधिष्ठिर इस तरह सुन्न थे मानो वे बहुत अधिक सोम पीने के बाद स्तब्ध हो गए हों। उन्होंने प्रतीक्षा की कि शायद मन में विजय का उल्लास उमड़े, परंतु एक भयानक शून्य के सिवा कुछ भी तो हाथ नहीं आ रहा था, जो उनकी पसलियों को कुचलते हुए, श्वास को अवरुद्ध कर रहा था। धरती पर चारों ओर रक्त और माँस बिखरा दिखाई दे रहा था। पिंजरों पर डेरा जमाने से पूर्व, गिद्ध आकाश में गोल-गोल चक्कर काट रहे थे। कुत्ते योद्धाओं की हड्डियों के लिए आपस में लड़-भिड़ रहे थे, जबकि स्याह कौए काँव-काँव कर, सबको धर्म भोज में आने का न्यौता दे रहे थे।

कृष्ण ने अपने रथ की रास खींची और एकांत में खड़े युधिष्ठिर के समीप रथ रोक दिया।

"कृष्ण! मुझे किसी भी उल्लास या प्रसन्नता की अनुभूति क्यों नहीं हो रही?" उन्होंने पूछा।

कृष्ण ने उत्तर दिया, "हस्तिनापुर नरेश, आप इस समय क्लांत हैं।"

"मैं अपने काका और काकी का सामना कैसे करूँगा? सुयोधन के शब्द मेरा पीछा कर रहे हैं। हमने तो धृतराष्ट्र के एक भी पुत्र को जीवित नहीं छोड़ा।"

"नहीं, हमने उनमें से सबसे भले पुत्र को जीवित छोड़ा है। क्या तुम युयुत्सु को भूल गए, जिसने अपने अद्भुत योद्धाओं के साथ, उस समय हमारा पक्ष लिया, जिस समय हमें उसकी सबसे अधिक आवश्यकता थी। व्यर्थ के विचारों में समय नष्ट न करो। तुम्हारी जीत हुई और लोग बाक़ी बातें जल्दी ही भुला देंगे। हमने जो भी किया, वह धर्म के लिए था और हमारी जीत इस बात की पुष्टि करती है कि धर्म सही मायनों में हमारे साथ है।"

"वासुदेव! मेरा मन अशांत है। मेरे काका धृतराष्ट्र और देवी गांधारी के पास जाएँ और उन्हें उनके पुत्रों की मृत्यु का हृदयविदारक समाचार सुनने के लिए तैयार करें।"

"यदि तुम ऐसा चाहते हो तो मैं उन्हें समझाऊँगा कि उनके पुत्र मृत्यु को पाने के ही अधिकारी थे।"

"कृष्ण! मैंने सदा आप पर भरोसा किया है। उनके शोक का आदर करें।"

“युधिष्ठिर अपनी विजय श्री का आनंद लो क्योंकि अब भारतवर्ष को एक ऐसा सम्राट मिल गया है, जो ग्रंथों का सम्मान करते हुए, शास्त्रों के अनुसार चलेगा।” कृष्ण मुस्कराए।

* * *

धौम्य घोषणा करने आए कि सुयोधन के डेरे की संपत्ति सुरक्षित रूप से संभाल ली गई थी। नियम के अनुसार, पराजित सेना के पास जो भी था, अब वह विजयी दल के लिए था। अर्जुन संकुचित हो उठा, उसका हृदय विचित्र से विचलन में था, जिसका कारण वह स्वयं भी नहीं जानता था।

“पार्थ! रथ से उतरो और अपनी विजय श्री का आनंद उठाओ। मुझे तुम्हारे भ्राता श्री का एक कार्य पूरा करने जाना है,” कृष्ण बोले।

अर्जुन निःश्वास भरकर उस रथ से उतरा, जिस पर सवार होकर, उसने पूरे अठारह दिन से युद्ध में भाग लिया था। भीम द्रौपदी को साथ लिए आ गया। नकुल और सहदेव भी उनके पीछे आ रहे थे।

“सुयोधन की सारी संपत्ति अब मेरी है। यह विजय श्री कितनी मधुर है!” द्रौपदी बोली। युधिष्ठिर गर्दन हिलाई किंतु नैराश्य के कारण उनके मुख पर प्रसन्नता नहीं झलकी।

“अब ये संत शिरोमणि चिंतित हैं। भइया! अपनी चिंताएँ भूल जाएँ और हमारे साथ आनंद मनाएँ।” भीम ने युधिष्ठिर के गले में अपनी बाँहें डालते हुए कहा।

“काश! हमें वह रत्न मिल जाता, जिसे अश्वत्थामा अपने सिर में लगाए डोलता है,” द्रौपदी ने आह भरी।

“द्रौपदी! जो तुम चाह रही हो, उसके प्रति सावधान रहो। भाग्य प्रायः बहुत ही अनुचित रूप में हमारी इच्छाओं की पूर्ति करता है।”

“कृष्ण! आप हमेशा की तरह शब्दों से खेल रहे हैं? रथ से नीचे उतरें। आपने हमारे लिए जो भी किया, उसके लिए मैं आपके प्रति आभार कैसे प्रकट कर सकती हूँ?” कृष्ण रथ से उतरे तो द्रौपदी खिलखिला उठी। उसी क्षण एक बिजली सी कौंधी और सभी चौंक गए। रथ पर बिजली गिरी और रथ आग की लपटों मे घिर गया, बेचारे अश्व मौत के पंजों में आने के बाद हिनहिना रहे थे। दृश्य ने सबको दहला दिया।

“कृष्ण! यह कैसा अपशकुन है! संभवतः देवता हमसे रुष्ट हैं क्योंकि हमने कौरवों के सभी महारथियों का वध किया है। हम पर कृपा करो, भगवन्।”

“युधिष्ठिर! अब तुम वन में भटकने वाले संन्यासी नहीं हो। तुम भारतवर्ष के नियंता हो। रथ की चिंता मत करो। यह तो युद्ध के पहले ही दिन, भीष्म के बाण के प्रकोप से जल चुका था, मैंने ही इसे आज तक अक्षत बनाए रखा। अब, युद्ध समाप्त हो गया इसलिए इसमें भी विस्फोट हो गया।”

“हरे कृष्ण! महान प्रभु की दया और चमत्कार अपरंपार है,” धौम्य बोले। भीड़ में प्रभु के नाम का जयघोष होने लगा। कृष्ण ने अभय मुद्रा में अपना दायाँ हाथ उठाया और अपनी

दिव्य कीर्ति के बीच खड़े भक्तगण को देख मुस्कराए।

"मैं तेरह सुदीर्घ वर्षों के पश्चात सुगंधित जल में स्नान कर, नरम बिछौने पर सोना चाहती हूँ। मैं उपपिपलव के राजप्रासाद में जा रही हूँ," द्रौपदी ने अपने पतियों की ओर देखकर कहा।

"महारानी द्रौपदी!" कृष्ण ने तनिक चिढ़ाते हुए कहा, "अपने पुत्रों को भी महल में साथ ले जाओ।"

"मेरे पुत्र, अपने मामा के साथ विजय का जश्न मना रहे हैं। वे इसके अधिकारी हैं," द्रौपदी ने कहा और फिर अनुचरों को कहकर पालकी मँगवा ली।

भीम ने युधिष्ठिर के कान में कहा, "द्रौपदी को अश्वत्थामा का वह रत्न बहुत प्रिय है। वह अभिशप्त ब्राह्मण कहाँ गया? मैं उसके प्राण हरकर, अभी वह रत्न लेकर आता हूँ।"

युधिष्ठिर ने मुड़कर भीम को देखा। क्या उनकी शिराओं में एक सा रक्त बहता था? "मेरे भाई! इतने भीषण जनसंहार के बाद भी अभी रक्तपिपासा शांत नहीं हुई? कम से कम ब्रह्महत्या का पाप तो अपने सिर मत लो। अश्वत्थामा के प्राण बख़्श दो।"

"हम तो पहले ही ब्रह्महत्या के भागी हो चुके हैं। क्या आप भूल गए कि आपके अपने शब्द ही गुरु द्रोण के पतन का कारण बने थे?"

भीम ने असत्य तो नहीं कहा था। युधिष्ठिर लज्जित भाव से, दूसरी ओर देखने लगे।

"भइया! मेरे कठोर शब्दों को क्षमा करें। हम दुर्योधन के खेमे में जा रहे हैं। वहाँ अनेक नर-नारी हैं, जो अब हमारे दास हैं। गुरु धौम्य के कहे अनुसार, सभी शूद्र हमारे दास होंगे, जैसा कि पूर्व में होता था। हम अपनी पुरानी महान परंपराओं को नए सिरे से जीवित करेंगे।"

युधिष्ठिर शांत रहे। भीम प्रणाम कर जाने लगा परंतु रथ में चढ़ते-चढ़ते ठिठका और बोला, "भइया! जाने ऐसा क्यों लग रहा है कि वह ब्राह्मण हमारे लिए संकट का कारण बन सकता है। वह इस समय एक घायल बाघ की तरह है। वह पलटवार अवश्य करेगा। आप मुझे उसका शिकार करने की अनुमति दें।"

"नहीं! भीम, मैं अब और मार-काट करने की अनुमति नहीं दूँगा। काश! प्रभु बलराम यहाँ होते।"

भीम ने गर्दन हिलाई और सारथी से दुर्योधन के खेमे की ओर चलने को कहा। युद्ध के अवशेष उसकी प्रतीक्षा में थे। दुर्योधन की शैय्या में सोना कितना अच्छा लगेगा, उसके मदिरा पात्र से मदिरापान करने का प्रतिशोध कितना काव्यात्मक और मधुर होगा! भीम ने मुड़कर देखा कि युधिष्ठिर उस ओर जा रहे थे, जहाँ भीष्म घायल पड़े थे। उसके भाई के बारे में कुछ नहीं कहा जा सकता था, जाने कब क्या कर बैठें। अब विजय श्री को अपनी अर्धांगिनी बनाने के बाद, उस लगभग निष्प्राण हो चले वयोवृद्ध के पास जाकर उन्हें क्या मिल जाएगा?

* * *

एक उल्लू पेड़ से नीचे उतर आया और कौओं के बीच काँव-काँव होने लगी। बेचारे उससे डर गए थे। "रात ने इस पक्षी को मज़बूत बना दिया है। आप कुछ समझे, मामा जी?" अश्वत्थामा ने कृपा से कहा। उसके माथे पर पहना गया रत्न, वन में चमक रही बिजली में जगमगा रहा था, जिसने उस रात को दिन जैसा बना दिया था। फिर अगले ही क्षण में अंधकार छा गया और सारा संसार अंधकार में खो गया।

"आधी रात को पांडवों के खेमे में जाना, यह कोई अक्लमंदी नहीं, अश्वत्थामा!" कृप बोले। कृप झील के पास ही उकडूँ बैठे थे, यह स्थान उस स्थान से बहुत दूर नहीं था, जहाँ सुयोधन अपनी अंतिम श्वासें गिन रहा था।

कृतवर्मा भी गहरी सोच में था। "कृप! भीम ने सुयोधन की कमर के निचले हिस्से पर प्रहार किया। वह तो किसी भी म्लेच्छ से भी बदतर है।"

अश्वत्थामा का धैर्य चुक गया। "मैं सुयोधन का ऋणी हूँ।"

"उस खेमे में इस समय पाँच हज़ार से अधिक की सेना है। हम तीन जन क्या कर लेंगे?" कृप ने पूछा। वे अपने भाँजे की सामान्य बुद्धि के अभाव से खीझ गए थे।

"मामाजी, कह नहीं सकता। पर अगर मेरे मन को शांति पानी है तो इसे कुछ न कुछ तो करना ही होगा।"

"हम आत्मसमर्पण कर सकते हैं और इसके बाद धीरे-धीरे लोगों को जाग्रत करेंगे। इसके बाद ज़ल्द ही क्रांति की जा सकेगी..."

"नहीं, कृतवर्मा, यह आज रात ही होना चाहिए। शिव, मुझे साहस दो, मुझे शक्ति दो!"

"प्रार्थना करो और संभवतः प्रभु तुम्हारे इस मस्तिष्क में जमा कीचड़ को साफ़ करने में सहायता कर सकें," कृप ने फटकारा।

जिस तरह कोई आवेश में आ जाता है, अश्वत्थामा की भी वही दशा थी। वह वन की ओर भागने लगा। कृप और कृतवर्मा ने उसे आश्चर्य से देखा। कृप अश्वत्थामा को कोसते हुए, उसके पीछे भागे। कृतवर्मा भी पीछे गया। आकाश में बिजली कड़की और वर्षा होने लगी। वे वन में अश्वत्थामा के भागने का स्वर सुन सकते थे, जो जड़ों से टकराते हुए, झाड़ियों में उलझते हुए, निरंतर शिव के नाम जप के साथ भागता ही चला जा रहा था। कोलाहल से भयभीत पक्षी उनके आसपास से सर्र कर उड़ जाते और खरगोश अपने बिलों में दुबक रहे थे।

कुछ क्षण के लिए कृप और कृतवर्मा अश्वत्थामा से संपर्क खो बैठे। फिर जब वह उन्हें मिला तो वह शिव के भयानक रूप, रुद्र की प्रतिमा के सम्मुख साष्टांग दंडवत की मुद्रा में था। बादल गरजे और बिजली चमकी, प्रतिमा उस प्रकाश में नहा उठी - पाषाणवत् खड़े द्रोण उन्हें एकटक ताक रहे थे। वे स्तब्ध हो उठे, आज अचानक ही वे एकलव्य के अभ्यास क्षेत्र में आ गए थे। किन बलों ने उनके पैरों को, घने वन में छिपे उस स्थान पर ला खड़ा किया था? उनके आसपास जैसे तूफ़ान उमड़ रहा था। क्या रुद्र अपनी हज़ार भुजाओं से उनका स्वागत कर रहे थे या उन्हें चेतावनी दे रहे थे?

अश्वत्थामा का स्वर उस गर्जना से भी तेज़ सुनाई दिया। "हे शिव! इस सृष्टि के स्वामी! सभी पशुओं, मनुष्यों उपदेवों के स्वामी, कैलाश अधिपति, इस धर्म के युद्ध में मेरा साथ दें। मेरी भुजाओं की शक्ति, मेरे नेत्रों की अग्नि, मेरे धनुष की शक्ति और तलवार की धार बनें। मैं वह करने जा रहा हूँ, जो आज तक किसी योद्धा ने न किया होगा। मैं अपने शत्रुओं पर उनकी नींद के दौरान प्रहार करने जा रहा हूँ, जिसके लिए मुझे सदा घृणा का पात्र माना जाएगा। मैं इसे अपने देश, अपने भारतवर्ष और अपने मित्र के लिए कर रहा हूँ। यदि अपनी मातृभूमि से प्रेम करना अपराध है, तो मुझे पापी बनने दें। सारा दोष मेरे सिर आए परंतु केवल आज की रात मुझे अपने लक्ष्य तक जाने की शक्ति दे दें। मेरे साथ रहें, हे सर्वशक्तिमान, हे दयालु, हे सर्वज्ञ, हे शक्तिशाली परमेश्वर मेरे अंग-संग रहें। हे ब्रह्माण्ड के विनाशकर्ता, आज रात्रि मेरे हाथों की खड्ग का रूप लें।"

कृप और कृतवर्मा खड़े अश्वत्थामा को ताक रहे थे और शिव की प्रतिमा, आकाशीय बिजली के प्रकाश में झलक रही थी। अचानक ही एक नाग आकर प्रतिमा के गले तक पहुँचा और अपना फन फैलाकर, उन्हें देख फुँफकार भरी। अश्वत्थामा ने सिर उठाया तो उसके माथे का रत्न जगमग कर उठा। उसे देखते ही सर्प ने कुंडली मारी और प्रतिमा के पीछे कहीं ओझल हो गया।

"महाब्राह्मण! क्या हम आपकी सहायता कर सकते हैं?" एक हलकी सी बुदबुदाहट से तीनों एक साथ चौंके।

कृप ने झट से तलवार निकाली और सतर्क भाव से खड़े हो गए। कृतवर्मा झट से अश्वत्थामा की सुरक्षा के लिए आगे बढ़ा। कौन बोल रहा था? कृतवर्मा ने शिव की प्रतिमा को अविश्वास से ताका। अचानक ही फिर से बिजली चमकी और धरती कँप उठी। एक बूढ़ा आगे आ गया। वह अपने दंड पर झुका हुआ था। दाढ़ी के श्वेत बाल, किसी अश्व की पूँछ की तरह हवा में लहरा रहे थे।

"वासुकि!" कृप ने हैरानी से कहा।

अश्वत्थामा अपने पैरों पर उठ खड़ा हुआ और वासुकि ने उसे प्रणाम किया। "महाब्राह्मण! इस दिव्य अभियान में, हम, नाग आपके साथ हैं। यदि आज हमने आपके साथ मिलकर मदद न की तो हमारा जीवन इस दुष्ट रात जैसा ही प्रलयंकारी हो जाएगा। आप रुद्र हैं, दुष्टों के विनाशकर्ता और हम आपके भूत हैं। वह नाग एक शकुन था। हम लोग आपकी सेवा में उपस्थित हैं।"

वासुकि के हल्के से संकेत से ही बहुत से नाग पेड़ों से उतर आए। गदा, धनुष और विषाक्त बाणों से लैस नागों ने उन तीनों को घेर लिया। वासुकि अपने दंड पर झुके और बोले, "आज एकलव्य, इरावान्, घटोत्कच और उन असंख्य लोगों के लिए प्रतिशोध लेने का दिन है, जो खांडवप्रस्थ में मारे गए। हमें अपने भाइयों का बदला लेना है। जिस प्रकार कृष्ण और अर्जुन ने हमें खांडव में फँसाया, आज उसी तरह हम पांडवों को उनके ही आवास में मिटा देंगे। धर्म चक्र किसी मनुष्य से संबंध नहीं रखता। धर्म ही समय और समय ही महादेव

है, विनाश का देव! मेरे दोस्तो! चक्र घूम रहा है, यह शिखर पर बैठे सभी दुष्टों को कुचल देगा। समय के देव, कालभैरव की जय हो!"

उनके सिरों पर तूफ़ान बरस रहा था परंतु नागों ने एक साथ अपनी गदाएँ और त्रिशूल उठाए व गरज उठे, "हर हर महादेव!" लग रहा था मानो वे स्वर्ग को चुनौती दे रहे हों।

अश्वत्थामा ने रुद्र की प्रतिमा के हाथों तलवार खींची और अपने पिता की प्रतिमा के आगे मस्तक नवाया, "पिताजी! मुझे अपना आशीर्वाद दें और जो करने जा रहा हूँ, उसके लिए क्षमा कर दें," वह हौले से बोला। उसने एक पल के लिए ठहरकर, रुष्ट आकाश की ओर देखा। उसका रत्न किसी सितारे की तरह जगमग कर रहा था। फिर वह उस ओर दौड़ने लगा, जहाँ पांडव विजय के मद में चूर, सो रहे थे। कृपा और कृतवर्मा उसके साथ चल दिए। शिव के भूतों की तरह, नाग अश्वत्थामा के पीछे ऐसे ही जा रहे थे, जैसे कोई नाग अपने शिकार पर घात लगाता है।

वासुकि उन्हें जाते देखते रहे और फिर शिव प्रतिमा के सम्मुख घुटनों के बल गिर पड़े। "क्षमा करें देव! मैंने सबके प्रति दयालुता दिखाने वाले ब्राह्मण के साथ जो भी किया, उसके लिए मुझे क्षमा करें। हे दयावान! मेरे पास इसके सिवा कोई विकल्प नहीं था।" वे देव की ओर से किसी संकेत की प्रतीक्षा करते रहे कि संभवतः उन्हें क्षमा मिल जाए परंतु तूफ़ान के शोर के अतिरिक्त कुछ और नहीं सुन सके। उन्होंने नाग को अपनी ओर आते भी नहीं देखा।

* * *

कृष्ण धृतराष्ट्र और गांधारी के सम्मुख असहज भाव से खड़े थे। बूढ़े राजा सिर झुकाए बैठे थे, उनकी भुजाओं में तनाव दिख रहा था।

"कृष्ण! इतनी दया भी शेष नहीं रही कि मेरे किसी एक पुत्र को तो जीवित छोड़ देते?" गांधारी ने भावविहीन हिमशीतल सुर में कहा।

कृष्ण ने उत्तर नहीं दिया। धृतराष्ट्र की देह काँपी और वे किसी बालक की तरह बिलख उठे। गांधारी ने पति के कंधे पर सांत्वना का हाथ रखा। अंततः वे रूखे सुर में बोले, "मैंने सुना, भीम ने सुयोधन को कैसे मारा, संजय ने सब बताया। मैं आपके धर्म के आगे प्रणाम करता हूँ। हे प्रभु! आप और आपके वंश की जय हो!"

"आपके पुत्र ने इस धरती को अपनी दुष्टता का उपहार दिया। उसने वह चुराया, जो युधिष्ठिर का था और उसे वापस देने से इंकार कर दिया। मैंने शांति स्थापना चाही और उसने मेरा ही अपमान किया। आदरणीय कुरु महाराज! मैंने आपको पहले ही इस दिन की चेतावनी दी थी," कृष्ण कोमल स्वर में बोले।

"यह साम्राज्य मेरा है, वासुदेव कृष्ण। भाग्य ने नेत्रहीन बना दिया, इसका अर्थ यह नहीं कि मेरा पहली संतान भी भाग्यहीन होगी। आपने वह सब छीनकर दूसरों को दे दिया, जो मेरा था। मुनियों को पता होना चाहिए था कि जो बालक बचपन में माखन चुराता था,

वह एक दिन बड़ा होकर, दूसरों के राज्य भी चोरी करेगा।"

"महाराज! दुख ने आपके विवेक को हर लिया है। आपके पुत्र ने अपने ही भाई की पत्नी को भरी सभा में अपमानित करते हुए, वस्त्रविहीन करना चाहा, और उसे इसकी क़ीमत चुकानी पड़ी। महान भीष्म, द्रोण आदि महारथियों के साथ भी यही हुआ - उन्होंने अपने प्राणों से मौन की क़ीमत चुकाई। यही धर्म का नियम है। मैं तो एक धर्मपुरुष मात्र हूँ। धर्म शाश्वत, अपरितर्वनशील और सर्वशक्तिशाली है।"

धृतराष्ट्र के पास कहने के लिए कुछ नहीं था। उनके अश्रु सूख चुके थे। वे अपनी शैय्या पर थे, उन्होंने अपना मुख दूसरी ओर फिरा लिया। कृष्ण अपनी बाँसुरी से खेलते हुए, उनके कुछ कहने की प्रतीक्षा करते रहे।

गांधारी बोलीं, "महाराज! विश्राम करना चाहते हैं।" कृष्ण प्रणाम कर जाने ही लगे थे कि गांधारी के कोमल शब्दों ने उनका छाती चीर दी। "प्रभु! मेरे विकर्ण का क्या दोष था? वह तो एकमात्र ऐसा व्यक्ति था, जो उस दिन भरी सभा में द्रौपदी के पक्ष में बोला था। हम कल, मेरे पुत्रों के अंतिम संस्कार के समय भेंट करेंगे। वहाँ बताना कि एक माँ के तप्त हृदय को धर्म से कैसे राहत दी जा सकती है?"

कृष्ण ने प्रणाम निवेदित किया और हौले से राजसी कक्ष को बंद कर, बाहर निकल आए। उन्होंने हस्तिनापुर प्रासाद के गलियारे में खड़े हो कर उसाँस भरी। विशाल पाषाण भवन की निस्तब्धता के बीच, अंधेरे कमरों से आती सुबकियों के सुरों के सिवा कुछ सुनाई नहीं दे रहा था। अभी तूफ़ान समाप्त नहीं हुआ था जब वे दक्षिण की ओर देख रहे थे, तो अचानक दिल पर हथौड़ा सा लगा। उनके कानों ने क़दमताल करते लोगों की आहट पा ली थी। वे गलियारे से कूदे और झट से अपने प्रतीक्षारत रथ में सवार हो गए। वे जानते थे कि क्या हो रहा था। जिस ब्राह्मण को उन्होंने छोड़ा था, वही लौट आया था। उन्होंने प्रार्थना की कि कहीं बहुत देर न हो गई हो।

***

तीन आकृतियाँ अंधकार में दम साधे, पांडवों के शिविर के बाहर खड़ी थीं। इरावान् के कटे शीश के नेत्र, चंद्रमा की रोशनी में नहा उठे और वे तीनों एक अनजाने भय से सिहर उठे। नाग निर्देशों की प्रतीक्षा में व्याकुल थे। वे धीमे सुरों में बात करने लगे। यह सब कितना भयानक था, उन्होंने अभी जो हास्य लहरी सुनी, उसकी कैसी विडंबना थी, पांडवों के खेमे में मनाए जा रहे आमोद-प्रमोद और जश्न की क्रूरता! अब सभी जैसे मदिरा और विजय के मद में चूर गहरी निद्रा में थे। वर्षा के कारण सारी धरती दलदली हो उठी थी।

कुरुक्षेत्र से एक गहरी कराह सुनाई दी। यह भीष्म का स्वर था या दुर्योधन का? अश्वत्थामा ने अपने दाँत पीसे, "तुम दोनों द्वार पर रहो और किसी को बाहर मत जाने देना। मैं इनके साथ भीतर जा रहा हूँ।" अश्वत्थामा ने अपने नाग साथियों की ओर संकेत करते हुए कृतवर्मा और कृप से कहा। वह द्वार पर खड़े सैनिकों की ओर दौड़ा और इससे पहले कि वे कुछ समझ पाते। वह अपनी तलवार उनके कलेजे के भीतर उतार चुका था। नागों ने

मशालें जला ली थीं और उनके रंगे चेहरे और सिर पर धारण मुकुट के कारण वे नाग के फन जैसे दिख रहे थे। उनके भस्म से ढँके शरीर और हाथों में थामे त्रिशूल को देख लगता था मानो वे किसी दूसरे लोक से आए प्राणी हों। वे आदिम सभ्यता से आए जीवों की तरह हुँकारें भर रहे थे, वे पांडवों के खेमे में घुसकर आंतक मचाने लगे। जो भी सामने आता, जान से जाता।

अश्वत्थामा शिविर दर शिविर पांडवों की तलाश कर रहा था। वह कई जगह अधनंगे पड़े लोगों और पियक्कड़ों की टाँगों से टकराया और सामने आने वाले हर व्यक्ति को यम द्वार पहुँचाता गया। नागों ने तंबुओं में आग लगा दी। अश्वों और हाथियों को उनके खूँटों से खोल दिया गया। पशु हड़बड़ा कर भागने लगे। कई पांडव योद्धा तो इसी भगदड़ के बीच मारे गए। कई लोग तो समझ ही नहीं पाए कि हो क्या रहा था और इससे पूर्व ही हाथियों के पैरों के नीचे आकर कुचले गए। कुछ नागों को अपनी ओर त्रिशूल ताने देख भयभीत हो उठे। "राक्षसों ने हमला कर दिया। शिव के गणों ने धावा बोल दिया है।" वे चिल्लाने लगे। दरअसल वे समझ नहीं पा रहे थे कि जो दिख रहा था, वह सब असली था या वे सोमरस के नशे में थे। पांडवों के शिविर में ऐसा आतंक फैला कि वे अंधाधुंध बाण चलाने लगे, अपनी तलवारें निकाल लीं और जो भी सामने आता, उसे अपनी गदा से धराशायी करने लगे। जो लोग बच गए, वे बाहर खड़े कृतवर्मा और कृप का शिकार बने, जिन्होंने किसी पर दया नहीं दिखाई। जिस आग ने बरसों पूर्व खांडव वन को जलाकर नागों को नष्ट किया था। आज वही आग पांडवों के शिविर को लील रही थी। धर्म का चक्र घूम रहा था।

अश्वत्थामा ने पैर की ठोकर से एक वैभव-संपन्न दिख रहे शिविर का द्वार खोला और एक व्यक्ति को गवाक्ष से बाहर देखते पाया। "जाने का समय हो गया मित्र!" अश्वत्थामा ने शांत स्वर में कहा और धृष्टद्युम्न उसे देखते ही मारे भय के स्तब्ध हो उठा। इससे पूर्व कि वह चिल्लाता, अश्वत्थामा ने उदर में लात दे मारी। वह वहीं धरती पर गिरकर कराहने लगा। अश्वत्थामा ने धृष्टद्युम्न को बालों से पकड़कर उठाया और पसलियों में ठोकर दे मारी।

"धरती पर गिरे निहत्थे व्यक्ति को ठोकर से मारना अनुचित है," पांडव सेना का सेनापति विनती करने लगा।

"हाँ, सही कहा पर कमीने! तू इसी व्यवहार के योग्य है!" अश्वत्थामा ने अपने घुटने उसकी छाती पर टिका दिए। "लगता है कि कोई वेश्या दूसरों को सदाचार और सतीत्व का पाठ पढ़ा रही है।" अश्वत्थामा ने अपनी तलवार के वार से उसका मुख कुचल दिया।

धृष्टद्युम्न ने मुख से बहते रक्त को रोकने के लिए हाथ आगे कर दिया। अश्वत्थामा ने उसकी बाँह थामी और एक-एक कर उसकी अँगुलियाँ तोड़ने लगा। "दया करो... दया करो," धृष्टद्युम्न रोने लगा।

"दया करो... दया करो।" अश्वत्थामा ने उसकी नक़ल उतारी और अपनी तलवार उसके कंठ पर धर दी। "जब मेरे पिता मारे दुख के झुके हुए थे, तब तूने अपनी तलवार से

उनके प्राण ले लिए और अब एक सूअर की तरह चिंचिया रहा है?"

"भले ही मेरी जान ले लो पर मुझे ऐसा कष्ट मत दो..."

"भीष्म वहाँ शीत में बाहर पड़े, अपनी अंतिम श्वासें गिन रहे हैं। सुयोधन अपनी टूटी जंघाएँ लिए पड़ा है। तू तो क़िस्मतवाला है हरामी! तुझे आसान मौत मिल रही है। क्या तूने कभी किसी मुर्गी के बच्चे को मारा है?" जैसे ही उसने अपनी तलवार फेंकी अश्वत्थामा ने सवाल किया और उसकी अंगुलियाँ तोड़ दीं।

पहले तो धृष्टद्युम्न कुछ समझा नहीं पर जब उसे बात समझ आई तो वह रोने लगा। "नहीं, मुझे बेमौत मत मारो। मैं एक क्षत्रिय हूँ। मुझे उसी रूप में मरने दो। मुझे अपनी तलवार से मारो।"

"नंगे हाथों से मारने में संतोष आएगा। मैं तुम्हें गला दबाकर मारना चाहता हूँ। जब तुम्हारी आँखें बाहर आने को होंगी और साँस घुटने लगेगी तो मुझे कितना अच्छा लगेगा।" यह कहकर अश्वत्थामा ने उसकी गर्दन दबोच ली। कुछ ही क्षणों में धृष्टद्युम्न संसार से विदा ले चुका था। उसने उसके शरीर को पीछे धकेला और एक आदिम हुँकार भरी। अभी उसे बहुत से काम निपटाने थे।

वहीं साए में नपुंसक उसकी प्रतीक्षा में था। ज्यों ही शिखंडी ने तलवार से वार किया, उसी समय अश्वत्थामा पलटकर वार बचा गया पर उसके माथे पर घाव हो गया। अश्वत्थामा ने उसे धकेला और अपनी तलवार उसकी छाती में उतार दी। वह तब तक तलवार से दबाव देता रहा, जब तक उसे शिखंडी के मरने का पूरा विश्वास नहीं हो गया।

उसके आसपास के सारे तंबुओं में आग लगी हुई थी। कृतवर्मा और कृप भी हाथों में तलवारें और जलती मशालें लिए भीतर आ गए थे। वे चारों ओर अपनी मशालों से आग लगा रहे थे। नर-नारी चीख़-चीख़ कर यहाँ-वहाँ दौड़े जा रहे थे। आतंक के बीच कुछ नहीं सूझ रहा था।

पांडव कहाँ थे? तभी अश्वत्थामा के माथे पर लगे रत्न पर एक बाण आ लगा और नीचे गिरा। उसने अपना माथा छुआ। रत्न तो वहीं था पर माथे से रक्त बह रहा था। अश्वत्थामा ने देखना चाहा कि बाण किस दिशा से आया था। तभी दूसरा बाण कंठ के पास से निकला। वह उसी कुटिया की ओर भागा और पैर की ठोकर से उसका द्वार खोल दिया जहाँ से बाण चलाए जा रहे थे। उसने देखा कि पास वाली जलती हुई कुटिया में पाँच व्यक्ति बंद थे। वे धुएँ के कारण खाँस रहे थे। उनके दम घुट रहे थे। ताप असहनीय था। अश्वत्थामा ने एक को पकड़ा। वह तो युधिष्ठिर था। 'यह गया जुआरी काम से।' उसने तलवार के एक ही झटके में उसकी गर्दन काट दी। आग की लपटों के बीच उसका हास्य गूँज उठा और बाहर से भयभीत स्वर उठ रहे थे। फिर उसने बाक़ी बचे लोगों में से सबसे बड़े दिख रहे व्यक्ति को दबोच लिया और अपनी तलवार उसके सीने के पार उतार दी। "भीम! यह सुयोधन की जंघा तोड़ने का फल है। जा नर्क में सड़!"

"वह निर्लज्ज कहाँ गया, जिसने गिरे हुए कर्ण पर बाण चलाया? आह, अर्जुन, स्तंभ

के पीछे क्यों छिप रहा है? पहले हिजड़े की आड़ ली और आज छिपकली की तरह दीवार की दरार में छिप रहा है? कैसा योद्धा है, मेरे मित्र!" अश्वत्थामा ने उसका सिर भी धड़ से अलग कर दिया। अश्वत्थामा बाक़ी बचे हुए दोनों पर लपका। उनके पीछे जलता हुआ खंभा गिर गया। अरे वाह! उसने झट से तलवार घुमाई। वे सिर भी नीचे आ रहे। वह चिल्लाते हुए बाहर भागा। "सुयोधन! हम युद्ध जीत गए। धर्म की जीत हुई। मैंने तुम्हारे लिए युद्ध जीत लिया। पांडव मारे गए। मैंने उन्हें मार दिया। जहाँ धर्म है, विजय वहीं होगी।"

एक उल्लू, इरावान् के कटे शीश पर आ बैठा। जब अश्वत्थामा भागता हुआ सुयोधन की दिशा में जा रहा था तो उल्लू एक कर्कश आवाज़ करते हुए ओझल हो गया।

कृप उस कुटिया में आए जहाँ पाँच शव पड़े थे। "हे शिव! उससे कैसी भूल हुई," वे बोले और वहाँ से चले गए। वे उस दृश्य को देख आतंकित हो उठे थे। वे उस भीषण रात्रि में अश्वत्थामा को पुकारते हुए भागे। कृतवर्मा ने शवों को पलटा और अपने संदेह की पुष्टि होने के बाद भय और ग्लानि से भर उठा। अब उन्हें पागल श्वानों की तरह खोजकर मार दिया जाएगा। उसे पूरा यक़ीन था। वह झट से बाहर आया और आवारा घूमते एक अश्व पर सवार होकर द्वारिका की ओर प्रस्थान कर गया। नाग शिविर के अंतिम स्त्री और पुरुष को मारने के लिए बने रहे। रक्तपिपासु नाग, आधी रात तक उस अग्नि तांडव के बीच नाचते रहे।

कृप ने अश्वत्थामा के पास जाकर, उसे कंधे से दबोचा। "काका! मुझे जाकर सुयोधन को यह शुभ समाचार देना है।"

"मूर्ख! तूने पांडवों को नहीं, द्रौपदी के पुत्रों को मारा है। वे तेरे पीछे आते ही होंगे। अगर फिर से लड़ने के लिए जीवित रहना चाहता है तो जान बचाकर भाग। मैं झोंपड़पट्टी में छिपने के लिए हस्तिनापुर जा रहा हूँ। तू व्यास के आश्रम में चला जा। केवल वही तुझे बचा सकते हैं।" कृप उत्तर की प्रतीक्षा किए बिना ही रात के अंधकार में विलीन हो गए।

क्या कृप ग़लत नहीं कह रहे थे? पर अश्वत्थामा को वे चेहरे याद थे, उसने उन्हें इतनी आसानी से मार दिया? वे अनुभवी योद्धा नहीं किशोर थे। वह उन्हें मारते समय ही जान गया था पर उसने खुद को यही दिलासा देना चाहा कि उसने पांडवों के पुत्रों को नहीं, अपितु उन्हें ही मारा था। अब कृपा के शब्द सुनने के बाद उसे अपने घोर पाप का अनुभव हुआ और जैसे दिल पर करारी चोट पड़ी। यह उसने क्या कर दिया? 'हे शिव! मैं कैसा पापकर्म कर बैठा!' उसकी ग्लानि ने उसे अधमरा कर दिया।

अचानक भागते अश्व के स्वर ने उसे फिर सचेत कर दिया। नहीं, उसने पांडवों को ही मारा है। कृप असत्य कह रहे थे।

अश्वत्थामा ने एक योद्धा को पांडवों के जलते शिविर की ओर जाते देखा। ज्यों ही वह पास से निकला तो अश्वत्थामा को कृष्ण का विषादयुक्त मुख दिखा। अश्वत्थामा उठकर भागने लगा। पत्थरों से टकराकर गिरता और फिर भागने लगता। उसे व्यास के पास जाना था पर उससे पहले सुयोधन से भी मिलना था। वह एक पेड़ के नीचे खड़ा हाँफने लगा। रात

समाप्त होने को थी और पौ फट रही थी। उसे आने वाले दिन से भय हो रहा था। उसने मन ही मन मनाया कि कहीं उसके दोस्त ने दम न तोड़ दिया हो। उसे झट से सामंतपंचक के दलदलों की ओर जाना था। शायद अब दोस्त को बताने के लिए कुछ बचा ही न हो। बेहतर यही होगा कि उसे चैन से जाने दिया जाए।

***

जब कृष्ण पांडवों के शिविर में पहुँचे तो नाग जा चुके थे, चारों ओर नर-नारी और पशुओं के शव बिखरे थे। सूर्य उदय हो रहा था, कृष्ण इस नरसंहार को देख रहे थे। उन्होंने उसाँस भरी। उन्नीसवाँ दिन निकल रहा था और धरती पूर्वी आकाश की तरह रक्तिम हो उठी थी। जिस युद्ध को उन्होंने कितने कौशल से जीता, वही अब कितना निरर्थक लगने लगा था। उन्होंने नदी के किनारे किसी को बैठा देखा, उसने दोनों हाथों से सिर थाम रखा था। कृष्ण, शांत बैठे युधिष्ठिर की ओर बढ़े। जीवन में पहली बार, उनके पास कोई शब्द नहीं थे।

***

76. अभिशप्त

जब अश्वत्थामा इसके किनारों तक पहुँचा तो झील का रंग रक्तिम हो उठा था। वह स्वयं को घुटनों तक आ गए दलदल में घसीट रहा था, अपने बड़े-बड़े पंखों को फड़फड़ाते हुए, उसके पास बारंबार आ रहे जलपक्षियों को डराकर उड़ा रहा था। मारे थकान के श्वास उथली हो चली थी, वह हर कुछ फ़ीट पर ठहर जाता। उसे तो यही नहीं पता था कि देह के किसी भाग में पीड़ा थी और कहाँ से लहू रिस रहा था। वह दीवानों की तरह अपने मित्र का नाम पुकार रहा था, वह बारंबार आसपास से बाधा दे रही खरपतवार को अपनी तलवार से काट रहा था। वे लोग किसी भी क्षण उस तक आ सकते थे। सुयोधन स्वयं को मौत के हवाले करने के लिए किस ओर घसीट ले गया था?

अश्वत्थामा ने उसे दलदल और कीचड़ में आधा दबा हुआ पाया, वह अपनी पीठ के बल चित था और आँखें बंद थीं। मुँह हल्का सा खुला था। अश्वत्थामा उसके पास पहुँचा तो ठिठक सा गया, उसे सब कुछ समाप्त होने का अंदेशा सा होने लगा। युवराज के होंठों कोनों पर रक्त की एक बूँद सूखी हुई थी। जब वह सधे क़दमों से उसके पास गया तो चूहे झट से ग़ायब हो गए। ब्राह्मण उस व्यक्ति के पास घुटनों के बल ढेर हो गया, जिससे उसने आजीवन इतना नेह रखा, उसके बचपन का दोस्त और जो कभी उसका भाई नहीं था।

"सुयोधन! उठो। मैंने उन सबको मार दिया!" अश्वत्थामा ने मित्र के हिमशीतल पड़ी देह को झझकोर दिया। उसे भय था कि कहीं बहुत देर न हो गई हो। उसने उसकी चौड़ी छाती पर अपने कान लगा दिए। क्या वहाँ जीवन का कोई चिन्ह दिख रहा था?

"कर्ण... कर्ण! क्या तुमने सबको परास्त कर दिया?" सुयोधन हौले से बोला। उसकी सूजी हुई जाँघें काली पड़ गई थीं; पूरी देह में विष फैल रहा था और उसका बदन बुखार में तप रहा था।

अश्वत्थामा भावुक हो उठा। सुयोधन अभी जीवित था। इसके बाद उसका मन कटुता से भर गया। "सुयोधन यह युद्ध कर्ण ने नहीं, मैंने जीता है। उसके पास तो युधिष्ठिर, भीम और दोनों जुड़वाँ को मारने का अवसर भी था परंतु उसने उन्हें नहीं मारा क्योंकि उसने पांडवों की माता को ऐसा न करने का वचन दिया था। उसने अपना कवच भी दान दे दिया ताकि लोग यह समझें कि वह एक महान दानी था। उसने अपनी कीर्ति पाने के लिए तुमसे छल किया और फिर भी तुम उसके ही नाम की माला जप रहे हो?"

“कौन... हो तुम?”

“सुयोधन! मैं हूँ... अश्वत्थामा। मैंने तुम्हारे लिए यह युद्ध जीता है, कर्ण ने नहीं जीता। अपनी आँखें खोलो। किसी ब्राह्मण या योद्धा को ऐसा कर्म नहीं करना चाहिए, जो आज मैं अपकीर्ति का भागी बनते हुए, कर आया हूँ। मैंने उनके तंबुओं में आग लगा दी ताकि वे सोते-सोते ही जलकर राख़ हो जाएँ - कैसी शर्मनाक बात है, परंतु मैंने यह सब तुम्हारे लिए किया, मेरे दोस्त और अपने पिता के लिए किया।” उसे पूरा पता नहीं था कि उसने पांडवों की हत्या की है या उनके पुत्रों की, परंतु सुयोधन को अपने अंतिम क्षणों में यह सब विस्तार से जानने की आवश्यकता नहीं थी। परंतु इस झूठ के भार से अश्वत्थामा की छाती बहुत भारी हो गई थी।

“आह! अश्वत्थामा, कर्ण... कहाँ है?” सुयोधन के नेत्र खुले।

“कर्ण मारा गया, उसे अर्जुन ने मार दिया। तुमने उसे सब कुछ दिया परंतु उसने तुम्हारे साथ छल किया।”

“कर्ण और तुम, दोनों मुझसे कभी छल कर ही नहीं सकते।”

“ओह! कम से कम विजय श्री हासिल करने के बाद प्राणों का त्याग मत करो। मुझे बताओ, मैंने जो किया, वह सही था न?”

“अश्वत्थामा... तुमने धर्म को छला है...”

“सुयोधन! मैंने यह सब तुम्हारे लिए किया...तुम्हारा प्रतिशोध लेने के लिए किया।”

“अश्वत्थामा...नहीं।” सुयोधन बेसुध सा था और मारे पीड़ा के, मुख से शब्द निकालने के लिए भी कड़ा संघर्ष करना पड़ रहा था।

“सुयोधन! मैं तुम्हारे लिए जीता आया हूँ। मैं आज तक अपने देश के लिए जीता आया हूँ। मुझे एक विश्वासघाती या देशद्रोही मत कहो।” अश्वत्थामा ने अपनी भुजाओं से सुयोधन की देह को घेर लिया। वह अपने अश्रुओं को रोकने का भरसक प्रयास कर रहा था। “मेरे दोस्त! मुझे छोड़कर मत जाओ, हमें पूरे न्याय, समत्व तथा सबके लिए समान संपत्ति के अधिकार के साथ देश का शासन चलाना है। हमें एक सपने को साकार करना है। इस तरह मुझे अकेला छोड़कर मत जाओ।”

“तुम अब भी मेरे मित्र हो...” सुयोधन के शब्द हल्की बुदबुदाहट से अधिक नहीं थे। अश्वत्थामा को अपने कान उसके होंठों से लगाने पड़े। “अश्वत्थामा... कर्ण के बाद, तुम ही मेरे प्रिय मित्र हो।”

“कर्ण के बाद, सुयोधन?” अश्वत्थामा ने ऊपर देखा। हमेशा आवेग से जलने वाले नेत्र हमेशा के लिए बंद हो चुके थे। उसने हौले से सुयोधन का सिर नम धरती पर रख दिया। हस्तिनापुर का युवराज अपने जीवन के अंतिम पड़ाव को पार कर चुका था। उसे इस जीवन में प्रचुर मात्रा में शोक व उपहार मिले। उसेन किस तरह पूरी निर्भीकता के साथ, सबके लिए न्याय में विश्वास रखा, किस तरह जातिप्रथा के विरुद्ध लड़ा, किंतु फिर भी वह मानवीय दर्प

की दुर्बलताओं के सम्मुख अवश हो उठा। अश्वत्थामा ने उससे अधिक स्नेह किसी से नहीं किया था, कुरुक्षेत्र के युद्ध में मिले लगे सभी तीरों से इतनी पीड़ा नहीं हुई थी, जितनी पीड़ा का एहसास अपने मित्र की अंतिम पंक्ति ने दिया था।

"कर्ण के बाद..." कर्ण... महान, दानवीर कर्ण, कर्ण, जिसने मित्र के लिए प्राणों का त्याग किया। चारण और भाट, युवराज और उसके सूत मित्र की यशोगाथा का गान करेंगे। बेचारा ब्राह्मण महापुरुषों के इतिहास की एक विस्मृत पाद-टिप्पणी बन कर रह जाएगा। अभिशापित और घृणित अश्वत्थामा जिसने अपने शत्रुओं के नींद में ही प्राण ले लिए थे। ब्राह्मण ने अपने होंठ काट लिए और बाल नोचने लगा। उसका सपना एक शाप बनकर रह गया था। उसे कोई नहीं चाहता था, उसका मृतक मित्र और न ही उसका देश; जिसके लिए वह गांधार देश के हिमाच्छादित पर्वतों तक चला गया था। अतीत और भविष्य, दोनों ही उससे संबंध नहीं रखते। उसने उस आदमी को देखा, जिसके लिए वह जीता आया था, आज वही उसके क़दमों मरा हुआ पड़ा था। वह सुबकियाँ भरने लगा। एक नेक राजकुमार को इस तरह माटी-कीचड़ में लथपथ होकर प्राण नहीं त्यागने चाहिए। इससे कोई अंतर नहीं पड़ता कि सुयोधन कर्ण को अपना परम मित्र मानता था; अश्वत्थामा के लिए तो दोनों में से कोई भी नहीं रहा। उसने सुयोधन का सिर अपनी गोद में रखा और उसकी निष्प्राण देह को अंक में भर लिया।

* * *

कहीं सुदूर, भीष्म अब भी अपनी शरशैय्या पर पड़े थे। शीघ्र ही, कुरुओं के पितामह की आहें, उन हज़ारों स्त्रियों के विलाप के स्वरों में दब गईं, जो किसी तरह स्वयं को रणभूमि तक घसीटती ला रही थीं। कुछ बहुत बूढ़ी थीं, वयभार से काँप रही थीं; उनमें से कुछ युवतियाँ थीं और कइयों के लिए तो जीवन अभी खिला भी नहीं था कि युद्ध ने सब कुछ कुचल दिया था। कुछ अपनी गोद में शिशुओं को लिए हुए थीं तो कुछ के पीछे सुबकियाँ भरते बालक चले आ रहे थे। वे अपने प्रियजन की क्षत-विक्षत हो चुकी देहें तलाशने आए थे। चारों ओर रुदन के गहन करुण स्वर गूँज उठे। जब माताओं ने अपने पुत्र, विधवाओं ने अपने पति और बहनों ने धर्मचक्र के नीचे आकर कुचले गए, अंगविहीन और धड़विहीन भाई पहचाने तो चारों ओर त्राहि-त्राहि मच गई। उनके रुदन के स्वर से रुष्ट गिद्ध अपना भोजन छोड़, पंख फड़फड़ाते हुए आकाश में उड़ने लगे। फिर वे पेड़ों की पत्रहीन शाखाओं पर जा बैठे और अधीरता से प्रतीक्षा करने लगे। शवों से नोचे गए माँस के टुकड़ों को मुँह में भरे सियारों को भी वहाँ से कुछ समय के लिए जाना पड़ा।

अश्वत्थामा उदासीनता से इस सारे दृश्य को ताक रहा था। अब उसके लिए जीवन और मृत्यु का कोई अर्थ ही नहीं रह गया था।

"वह रहा!! मारो उसे।" धौम्य के सुर में राहत झलक उठी।

उन्होंने उसे खोज लिया और अब युद्ध का अंत निकट था। अश्वत्थामा के भीतर बसे योद्धा की सहज प्रवृत्ति ने उसे सजग किया। नहीं, वह हार नहीं मानेगा। कृप ने ग़लत नहीं

कहा था। बेहतर यही होगा कि उनके आगे आत्म-समर्पण करने के बाद, पूरे धैर्य से अपने लक्ष्य को पाने के लिए प्रयास किया जाए। यदि उन्होंने अभी उसे पकड़ लिया तो किसी भी बातचीत के बिना उसे तुरंत मार दिया जाएगा। अगर वह कहीं छिप गया तो उसे बाद में अपने समर्पण के लिए समझौता करने का अवसर मिल सकता है। उसे शीघ्र ही व्यास के आश्रम तक पहुँचना होगा।

"सुयोधन! मुझे तुम्हें यहाँ छोड़कर जाना होगा परंतु मैं हार नहीं मानूँगा। अश्वत्थामा सिद्ध कर देगा कि कर्ण नहीं, वह तुम्हारा परम मित्र था।" अश्वत्थामा ने सुयोधन के हिमशीतल हो चुके कान में हौले से कहा। उसके युवराज के सिर को हौले से धरती पर रखा, वह उठा और वहाँ से भाग लिया।

अचानक धौम्य उसके रास्ते में आ गए। अश्वत्थामा ने बूढ़े ब्राह्मण पर अपनी तलवार से वार किया औंर अपनी गति कम किए बिना मुड़कर देखा। उसे उम्मीद थी कि वह धरा पर लोटता दिखेगा किंतु ब्राह्मण भला-चंगा था और अपने शिष्यों से घिरा बैठा था। पुरोहित तलवार के वार से बाल-बाल बच गया था। सैनिक नंगे भाले लिए उसकी ओर लपके। अश्वत्थामा जंगल में ग़ायब हो गया, उसका दिल ऐसे धड़क रहा था जैसे कोई खरगोश जाल में फँसने पर हाँफ उठता है।

* * *

द्रौपदी की आँखों में एक भी आँसू न था। युधिष्ठिर ने उसे सांत्वना देनी चाही परंतु वे अपने पुत्रों के वियोग में इतने शोकसंतप्त थे कि उनके मुख से कोई शब्द ही नहीं निकले। द्रौपदी के सम्मुख पाँच शव रखे थे और उन जले हुए शवों की पहचान तक नहीं की जा सकती थी। ऐसा लग रहा था मानो उसके पुत्र उस पर अभियोग लगा रहे हों, उनकी आँखें स्याह हो चुके चेहरों से, उसकी ओर ताक रही थीं।

"कृष्ण माधव! इस युद्ध की विजय श्री हमारे लिए क्या मायने रखती है, जब हमने अपने पुत्र ही गँवा दिए। वे भी अभिमन्यु के साथ यमलोक प्रस्थान कर गए। क्या यह हमारा दंड है कि हमने अपने ही नातेदारों-संबंधियों, गुरुओं, व परिचितों को छल से मारा? नहीं, नहीं, कृष्ण आप मुझे आत्मा की नश्वरता और मृत्यु की अनिवार्यता का पाठ न पढ़ाएँ। जब अपने ही पुत्र, अपनी आँखों के आगे मरे हुए हों, तो ऐसे शब्द कोई सांत्वना नहीं देते। ये तो सांत्वना देने वाले वे शब्द हैं, जो केवल दूसरों को सुनाने के लिए होते हैं। यह मृत्यु तो जीवन की तरह वास्तविक है," युधिष्ठिर ने ताना दिया और फिर अपने मस्तक पर मुक्के बरसाने लगे।

कृष्ण समीप ही थे, परंतु उनके पास भी उस व्यक्ति को सांत्वना देने के लिए कोई शब्द नहीं थे, जो पिछले ही दिन भारतवर्ष के सम्राट पद पर सुशोभित हुआ था। सभी पुरोहित और शुभचिंतक एकत्र हुए खड़े थे परंतु उनमें से किसी को भी सूझ नहीं रहा था कि वे क्या करें या अपने स्वामी और उनकी पत्नी को कैसे दिलासा दें, जिन्होंने एक ही बार में अपने पाँचों पुत्र को खो दिया हो। पांडव भाई, इस दुख के भार से दबे, स्तंभित खड़े थे।

अंततः युधिष्ठिर ने अपनी माता कुंती को बुलवाया। वे बहुत ही अशक्त और क्लांत अनुभव कर रही थीं। उन्होंने अपना चेहरा घुमा लिया, वे अपने जीवंत और प्यारे पोतों के जले हुए मुख नहीं देखना चाहती थीं। मृत्यु!! वहाँ मृत्यु के सिवा कुछ भी तो शेष नहीं रहा था।

युधिष्ठिर भावविहीन सुर में कुंती से बोले, "माँ, ये कौन लोग हैं, जो अब मौत की गोद में समा चुके हैं?"

"पुत्र! तुम मुझे इस तरह यातना क्यों दे रहे हो?" कुंती के लिए अपनी सुबकी को रोकना कठिन हो गया।

"माँ! तुम्हारे पौत्रों ने तो किसी का कुछ नहीं बिगाड़ा था, उन्हें ऐसा दंड क्यों मिला?"

"पुत्र, उनकी यही नियति थी..."

युधिष्ठिर ने अपनी कटुता से सभी उपस्थित जन को चौंका दिया। वे चिल्लाए, "नियति, नहीं, इसके लिए आप भाग्य को दोष न दें। आपको वारणावत की वह रात याद है, जब हमने निषाद स्त्री और उसकी संतानों को अपने जाल में उलझाया और उन्हें जीते-जी अग्नि में झोंक दिया था? वे भी हमारे पुत्रों की तरह ही अबोध थे किंतु हमने कर्म और धर्म की दुहाई देकर, उन्हें बलि चढ़ा दिया। हमारे कर्म, हमारे ही आगे आ गए हैं। जिन लपटों ने निषादों को लील लिया था, वही आज हमारे पुत्रों को भी निगल गईं।"

पुरोहितों ने खाँसकर अपने कंठ खँखारे। धौम्य समझ नहीं पा रहे थे कि युधिष्ठिर से क्या कहें। वे तो कवेल इतना चाहते थे कि राजा उनके हाथों का खिलौना बना रहे, जिसे वे किसी भी साँचे में ढाल सकें। वे सोच रहे थे कि कहीं उन्हें ऐसी भुरभुरी लकड़ी तो नहीं मिली, जो हाथ लगाते ही चूर-चूर हो कर बिखर जाती है। "धर्म..." उन्होंने कहना आरंभ किया।

द्रौपदी उठ खड़ी हुई। "गुरु! क्षमा करें, आपके शब्दों के बीच बाधा दे रही हूँ," उसने झुककर विनीत भाव से प्रणाम किया।

फिर गुरु से पीठ मोड़ते हुए, द्रौपदी अपने पतियों से बोली, "जिस व्यक्ति ने मेरे पुत्रों के प्राण लिए हैं, मैं उसे यहाँ अपने समक्ष चाहती हूँ, जीवित अथवा मृत। मैं तब तक अपने पुत्रों का अंतिम संस्कार नहीं करने दूँगी, जब तक उस अभिशप्त ब्राह्मण को घसीटकर यहाँ नहीं लाया जाता।"

युधिष्ठिर ने कुछ कहना चाहा तो द्रौपदी ने दोनों हाथ जोड़ दिए।

"महाराज! मेरी इच्छा पूरी होने दें। यह एक माता की विनती है।"

अर्जुन और भीम ने प्रतीक्षा नहीं की। वे शाही घराने के दुख की घड़ी में सांत्वना देने और तमाशा देखने के लिए जुटी भीड़ के बीच से रास्ता बनाते हुए बाहर की ओर लपके। एक रथ उनके सामने आकर रुका। भीम ने सारथी से लगाम थाम ली। अर्जुन ने उसमें छलांग लगाई और तभी नकुल और सहदेव भी अर्जुन के अस्त्र-शस्त्र लिए साथ हो लिए।

चारों भाई अपने पुत्रों के हत्यारे के संधान के लिए प्रस्तुत थे। उनका रथ, गाड़ियों, अश्वों, खच्चरों व मृतकों तथा घायलों को ला रही बैलगाड़ियों की अंतहीन कतारों को पार करते हुए सरपट दौड़ने लगा। सैकड़ों पदातिक स्वयं को घायलों के साथ घसीटते हुए ला रहे थे। भीम ने उन अधमरे लोगों को चिल्लाकर, मार्ग से हटने को कहा।

रथ वन की पथरीली भूमि के पास जाकर थम गया। जब वे पर्वतीय मार्ग पर हिचकोले खाते जा रहे थे तो भीम सोचने लगा कि जब उसका बड़ा पुत्र घटोत्कच मारा गया तो कोई कोलाहल क्यों नहीं हुआ या जब अर्जुन के पुत्र इरावान् को बलि चढ़ाया गया तो उसने उन पुरोहितों को कुछ क्यों नहीं कहा। फिर उसने कंधे झटके और अश्वों पर चाबुक बरसा दिया। सोचने का काम उसका नहीं था, उसे तो बस करने के लिए काम दिया जाता था। वह उस ब्राह्मण को खोजकर, अपने हाथों से उसकी खोपड़ी खोल देगा, जिसने उसके पुत्रों की हत्या की है; उससे भी बड़ी बात यह है कि वह द्रौपदी के कष्ट का कारण बना है। अश्वत्थामा अभिशप्त था और अब उसे एक भारी क़ीमत चुकानी होगी।

* * *

77. जय

जब अश्वत्थामा व्यास के आश्रम में पहुँचा, तो सुबह की ओस के कण अब भी घास के तिनकों से लिपटे थे। पिछले दिन की वर्षा के कारण हवा में नमी थी और संसार ऐसा सुंदर दिख रहा था जैसे कोई स्त्री स्नान के बाद मनोहारी दिखती है। हवा का झोंका अपने साथ मंत्रजाप की ध्वनि और अगर की धूम ले आया। आश्रम में यज्ञ हो रहा था। यज्ञ से उठता धूम्र नर्तन करते हुए आकाश की ओर इस तरह जा रहा था मानो वहाँ वास करने वाले देवों को मनुष्यों की ओर से अर्पित किया जा रहा हो, जिनकी कोई आवश्यकताएँ नहीं होतीं। अश्वत्थामा ऐसे स्थान पर आ गया था, जहाँ मृग और बाघ एक साथ रहते थे, सर्पों की चूहों से कोई शत्रुता न थी किंतु अश्वत्थामा रक्त में लिपटा हुआ था और पूरी देह से पाप की गंध आ रही थी। व्यास ने कनखियों से द्रोण के पुत्र को देखा किंतु उनका वैदिक मंत्रजाप जारी रहा। अश्वत्थामा यज्ञवेदी के निकट ही बेसुध होकर गिर पड़ा। सुबह का होम संपन्न होते ही, व्यास ने शिष्यों से जड़ी-बूटियाँ और जल मँगवाया ताकि ब्राह्मण को शुद्ध किया जा सके।

जब अश्वत्थामा की आँख खुली तो उसने स्वयं को सरकंडों से बनी चटाई पर पाया। पलभर को तो समझ ही नहीं आया कि वह कहाँ था। व्यास के निश्चल नेत्र उसे ही देख रहे थे। अश्वत्थामा ने उठना चाहा तो उन्होंने नीचे की ओर धकेलते हुए कहा, "लेटो रहो, पुत्र!"

"नहीं, मैं पापी हूँ। मैंने निद्रा में डूबे लोगों की हत्या की है। मैंने महापाप किया है।" अश्वत्थामा चिल्लाया। "मेरे हाथ निर्दोषों के रक्त से सने हैं।"

"जानो कि न तो तुम हत्यारे हो और न ही तुम मारे गए हो। तुम तो नियति के हाथों का साधन मात्र हो। उनका समय आ गया था।"

व्यास के शब्दों से अश्वत्थामा को सांत्वना नहीं मिल सकी। उसने अपने मस्तक पर लगे रत्न को छुआ और विलाप करने लगा। उसके पिता ने उचित कहा था; उस दुष्ट रत्न के कारण ही वह पापी बना। पल भर के लिए मन में विचार आया। भला एक रत्न को उसकी मूर्खता व पाप के लिए कैसे दोषी ठहराया जा सकता था। उसने किसी को झोंपड़ी के बाहर आहट करते सुना और योद्धा की सहज प्रवृत्ति अपने आसपास तलवार को खोजने लगी। वह तो ग़ायब हो चुकी थी।

"पुत्र! इस स्थान को होम व विचारों से पवित्र और शुद्ध किया गया है। यहाँ शस्त्रों

के लिए कोई स्थान नहीं है। तुम्हारे शस्त्र आश्रम से बाहर रख दिए गए हैं।" व्यास ने अश्वत्थामा को देखा।

ब्राह्मण ने शस्त्रों के बिना स्वयं को असुरक्षित अनुभव किया। अपने बचपन के दिनों के बाद से तो वह उनके बिना कभी रहा ही नहीं। वह गुरु से कहना चाहता था कि उसे शत्रुओं से भय था परंतु व्यास के साँवले मुख पर एक दृष्टि जाते ही, उसके सारे शब्द मौन हो गए। अश्वत्थामा गहरी नींद में खो गया। जब सूर्य धरती से अस्त होने की तैयारी में था तो रथ के पहियों की आहट से उसकी नींद खुली।

व्यास आलथी-पालथी मारे बैठे, बहुत ही मधुर स्वर में श्लोकपाठ कर रहे थे। उनके प्रधान शिष्य वैशंपायन और जैमिनी भी सामने ही थे। वे महामुनि के शब्दों को लिपिबद्ध करते जा रहे थे। वे श्लोक वेदों, आरण्यक या उपनिषदों से तो नहीं थे, ऐसा लगता था मानो उन्हें पहले कहीं सुना हुआ हो। तभी अश्वत्थामा को समझ आया कि व्यास कुरु वंश की महागाथा लिख रहे थे। वे द्रोण के बारे में गा रहे थे, किस तरह द्रोण अपनी पत्नी और नन्हे से पुत्र के साथ काम की तलाश में हस्तिनापुर के महलों तक पहुँचे। अश्वत्थामा उन्हें सुनने लगा, मन पर एक अजीब सा विषाद छा गया। उसने सोचा, यह सब कितना अलग हो सकता था। उसने मन आँखों से महामुनि की ओर देखा और पलकें झपकाईं। वह अविश्वास से ताकने लगा। दो शिष्यों के अतिरिक्त वहाँ कोई और भी था, जो श्लोकों को लिपिबद्ध कर रहा था। कौन था वह? हाथी जैसा मुख और बड़ी सी तोंद? क्या वे महादेव के पुत्र गणेश थे? श्रीगणेश और प्रज्ञा के देव? अश्वत्थामा ने पलकें झपकाईं तो सब कुछ पहले की तरह दिखने लगा। अब गणेश नहीं दिख रहे थे। हो सकता है कि मस्तिष्क की क्लांति ही उसे विभ्रांत कर रही हो। अब तो उसके जीवन में कोई भी शुभारंभ नहीं रह गया था। उसे तो केवल अंत की प्रतीक्षा करनी थी। वह अपने अंत की प्रतीक्षा में था।

परंतु यह तो उसकी अपेक्षा से भी जल्दी आ गया। रथ के पहियों की आहट तेज़ होती गई। उसने आश्रम की निस्तब्धता को भंग कर दिया और दाना चुनने आए कबूतर भी मारे भय के उड़ने लगे। रथ से चमचमाती तलवारों, कंटकयुक्त गदा व लंबे धनुषों के साथ चार व्यक्ति उतरे। वे यम के दूत थे।

"हे आत्मन! इस आश्रम को अपने हिंसक हथियारों से अपवित्र न करें। अपने मन से बैर, प्रतिशोध और घृणा के विचारों को भी धूल से भरे जूतों के साथ प्रवेश द्वार से बाहर ही छोड़ दो," व्यास के शिष्य जैमिनी ने दोनों हाथ प्रणाम की मुद्रा में जोड़ते हुए कहा। पांडव सकुचा उठे। वे व्यास के मधुर स्वर को सुन सकते थे, आश्रम में केवल ताड़पत्र पर कुछ लिखे जाने की ध्वनि ही सुनाई दे रही थी।

अश्वत्थामा ने व्यास की ओर आर्त दृष्टि से देखा। वे शांति स्थापना के प्रयासों के लिए आगे क्यों नहीं आ रहे थे? एक ब्राह्मण के प्राणों की रक्षा से अधिक महत्त्वपूर्ण क्या हो सकता था? परंतु मुनि के शब्दों का तारतम्य न टूटा। अश्वत्थामा अपने आसपास देखने लगा कि संभवतः आत्मरक्षा के लिए कुछ मिल जाए। वह लड़े बिना आत्मसमर्पण नहीं करेगा।

उसकी आँखें कोने में रखी कुशा घास के लंबे और नुकीले टुकड़ों पर गई। वे तो तलवार से भी तीख़ी थीं। असली तलवार से अभ्यास करने से पूर्व, पिता उनसे ही अभ्यास करवाया करते थे। उसने झट से एक पुलिंदा उठाया और उसे यज्ञ की अग्नि में झोंक दिया। उनके छोर लपटों में चमक उठे। अश्वत्थामा ने एक जलता हुआ सरकंडा अर्जुन की ओर फेंका, जो उसके हाथ को भेदता चला गया।

"हिलो मत! मैं तुम सबको समाप्त कर दूँगा। यह एक ब्रह्मास्त्र है और मैं ऐसे गुप्त मंत्र जानता हूँ जिनके प्रयोग से यह संसार को विनष्ट कर देगा।" वे शब्द उसके अपने ही कानों को भी हास्यास्पद सुनाई दिए।

अर्जुन हँसा और अपने धनुष को टंकार दी। अश्वत्थामा ने देखा कि अर्जुन के बाण की नोक से मृत्यु उसकी ओर ताक रही थी। उसने जलती हुई घास का एक और तिनका फ़ेंका।

व्यास ने श्लोक पाठ छोड़ा और उठकर अर्जुन की ओर देखा। अर्जुन ने झट से अपना धनुष नीचे कर लिया, उसे अपने पर लज्जा आ रही थी कि उसने आश्रम के पवित्र वातावरण में किसी की हत्या के बारे में सोचा। जब ब्राह्मण आश्रम से बाहर होगा, तब वह उसका शिकार करेगा। ऐसे अभिशप्त आदमी के लिए कोई दया नहीं दिखाई जा सकती।

अश्वत्थामा व्यास के सामने घुटनों के बल बैठकर, सुबकने लगा। कुश के सरकंडों के छोर अब बुझने लगे थे।

"पुत्र! इनके साथ जाओ। आत्मसमर्पण करो और पूरी मर्यादा के साथ अपना दंड भोगो। इस उन्माद का अपने साथ ही अंत कर दो। यह संसार पहले ही बहुत कष्ट देख चुका है। अपने पिता की संतान बनकर दिखाओ।"

महामुनि के शब्दों ने अश्वत्थामा को तोड़ दिया। वह कभी भी अपने पिता की अपेक्षाओं पर पूरा नहीं उतर सका। वह सदा द्रोण के नाम पर कलंक का टीका ही रहा। उसे लगा कि भीम के कठोर हाथ कसी गर्दन पर हैं और जब अर्जुन ने उसे मारे गुस्से के रस्सियों से बाँधकर रथ में डाला तो ऐसा लगा मानो किसी बकरी को बलि चढ़ाने के लिए ले जाया जा रहा हो। रथ आश्रम से निकलकर, कुरुक्षेत्र की ओर बढ़ा तो उन्होंने काले धुएँ के बादलों को आकाश की ओर जाते देखा। धर्म के नाम पर, अठारह दिन चलने वाले नरसंहार के बाद, पवित्र गंगा के किनारे चिताएँ जल रही थीं। काश! वह सुयोधन का अंतिम संस्कार कर पाता।

* * *

धृतराष्ट्र महल से अंतिम संस्कार के लिए निकले लोगों के साथ चले। वे अपने रथ या पालकी पर सवार नहीं हुए। वे धरती पर लाठी टेकते हुए, पैदल ही चल रहे थे। उनके साथ हाथ थामे गांधारी चल रही थीं। आज बूढ़े राजा उनसे आगे थे। उनके पीछे कुलीन वंश की हज़ारों स्त्रियाँ अपनी सूनी और रिक्त आँखों में विषाद लिए चल रही थीं। वे शोक मनाने वालों की पहली पंक्ति में नहीं थे, जिनमें उन आम सिपाहियों की पत्नियाँ और माँएँ शामिल थीं, जिनके लिए उनकी मौत का मतलब था, अपने परिवार के लिए निर्धनता और भुखमरी का उपहार!

कुलीन वंश की वे स्त्रियाँ तो कभी महल से भी बाहर नहीं आई थीं; उन्होंने मंदिरों और तीर्थों के अलावा बाहरी दुनिया का का कोई नज़ारा नहीं देखा था। उनके लिए जीवन ऐसे दिनों की शृंखला से अधिक नहीं था, जहाँ वे आपस में कपड़ों और आभूषणों का प्रदर्शन ही करती रहती थीं। वे विधवाओं के जीवन की कल्पना तक नहीं कर सकती थीं, जिस रूप में अब उन्हें भी रहना होगा। अपने पतियों की मृत्यु होते ही, वे भी अपशकुनी और मनहूस की श्रेणी में आ गई थीं और अब किसी भी शुभ समारोह में उनकी उपिस्थति वर्जित थी। उन्हें अपने लंबे घने केशों का मुंडन करवाना होगा, जिन्हें सँवारने में वे घंटों बिताती थीं। अब वे रेशम के कपड़ों के स्थान पर सूती वस्त्र पहनेंगी। उन्हें अपने पुत्रों या भाइयों की ओर से दानस्वरूप प्रतिदिन एक मुट्ठी भात मिलेगा जिसे वे अपने हाथों से पकाकर खाएँगीं। अब उनकी नाज़ुक कलाइयों में कोई कंगन नहीं खनकेंगे और कमल से कोमल चरणों में पादत्राण नहीं पहन सकेंगी। अब वे अपने ही घरों में भिक्षुणियाँ थीं। निःसंदेह, उनके पास एक चुनाव था। वे अपने पति की जलती चिता में कूदकर सती हो सकती थीं। इसके बाद वे उनकी पूजा करने लगते। अनेक स्त्रियों ने अपने घरों के अंधकार से भरे कोनों में जीवन बिताने की बजाए यह विकल्प चुना। वे नहीं चाहती थीं कि वे वहाँ सबकी घृणा का पात्र बनते हुए, अपने दुखों से मुक्ति पाने की प्रार्थना करती रहें। उन्होंने जीवन को चाहा और उसे पूरी जीवंतता से जिया। अब उन्हें उनके ही जीवन से च्युत कर दिया गया था।

लिपिक संजय, धृतराष्ट्र और गांधारी को उस ओर ले गया, जहाँ उनके मृतक पुत्रों के शव रखे गए थे। गांधारी ने अपने पुत्रों का नाम सुनने के बाद भी अश्रु नहीं बहाए। पांडव भी उनके पीछे आ खड़े हुए किंतु वे एक भी शब्द कहने की स्थिति में नहीं थे। उन्होंने जो किया था, अब धीरे-धीरे उसका आतंक मन पर छाने लगा था। धृतराष्ट्र ने अपने हाथों से पुत्रों को छुआ, जब कभी पुत्र के माँसल शरीर का अनुभव होता तो उनके होंठों पर मुस्कान खेल जाती। जब वे सुशासन के निकट पहुँचे तो संजय कुछ बोल नहीं सका। सुयोधन का छोटा भाई रक्त से सनी छाती खोले पड़ा था, पर अब भी उसके मुख से अवज्ञा का भाव नहीं गया था। अंततः संजय ने कहा, "सुशासन।"

"भीम!" धृतराष्ट्र बहुत धीमे से बोले। विशालकाय पांडव उनके निकट आया और प्रणाम कर बोला, "काकाजी! मैं यहाँ हूँ।"

बूढ़े महाराज सोने की मूठ वाली छड़ी को पकड़े हुए, आगे को झुके। उन्होंने उनके अधिकतर पुत्रों के हत्यारे से, हौले से कहा, "भतीजे! युद्ध में विपक्षी को मारना तो क्षत्रिय का धर्म है परंतु उसे मारकर उसका रक्तपान करना?"

भीम हड़बड़ा सा गया और सहायता के लिए अपने भाइयों की ओर ताका। वह हमेशा काम करने वालों में गिना जाता था, शब्दों से उसकी बहुत ज़्यादा नहीं बनती थी। वह नहीं जानता था कि उसने ऐसा क्यों किया, वह तो केवल द्रौपदी को प्रसन्न करना चाहता था जिससे उसने कभी एक पुरुष की तरह बर्ताव नहीं किया। जब उसने देखा कि धर्म के बारे में सब जानने वाले युधिष्ठिर भी आगे नहीं आए, तो वह सकपका कर बोला, "काका श्री! मैंने रक्त नहीं पिया। मैंने तो बस होंठ भिगोए थे।"

भीम ने अपने आसपास देखा तो उसे लोगों के मुख पर आतंक दिखाई दिया। वह सोचने लगा कि उसने जो कहा, क्या वह इतना अनुचित था। धृतराष्ट्र ने उसके झुके सिर पर हाथ रखा और वहाँ से चले गए। दूसरे पांडवों ने उसकी ओर देखा तक नहीं। उसने अपने अदम्य बल के सहारे कौरवों की हत्या की, युद्ध को जिताने में मदद की, परंतु सभी अर्जुन की सराहना करते रहे। वह तो अपना पेटभर भोजन करने और सोने के लिए आरामदेह जगह पाकर ही संतुष्ट था परंतु जब द्रौपदी ने भी इस काम के बाद उसके लिए प्रशंसा का एक शब्द तक नहीं कहा तो इससे उसका मन आहत हुआ। वह यही सोच रहा था कि उसके पुत्र घटोत्कच की हत्या के बारे में किसी को याद तक नहीं है। अचानक उसे हिडम्बी का ध्यान आया और वह ग्लानि से भर उठा। संभवतः अब तो युधिष्ठिर उसे अपनी पत्नी से मिलने जाने की अनुमति दे दें। अब तो वे सम्राट बन गए हैं। वे युद्ध में विजयी रहे क्योंकि धर्म उनके साथ था। जब उसने कृष्ण से पूछा था कि क्या सुयोधन की कमर से नीचे वार करना अनुचित नहीं होगा तो उन्होंने उसे समझाया था कि वह तो साधन मात्र है, करने वाला तो कोई और है। उसने अपने मन को समझाया कि उसे ग्लानि करने की कोई आवश्यकता नहीं थी। काश! द्रौपदी उसके समर्पण को सराहती!

"भीम! ऐसा लगता है कि तुम बहुत सोचने लगे हो," कृष्ण ने उसके निकट से जाते हुए कहा।

भीम अपने मित्र को देखकर मुस्कराया और मन ही मन सोचने लगा कि जब उसने यह कहा कि उसने सुशासन का रक्त नहीं पिया केवल उसे होंठों से छुआया भर था तो उसके भाई इतने आतंकित क्यों हो उठे? ये लोग साफ़-साफ़ बता क्यों नहीं देते कि उससे चाहते क्या हैं? उसने देखा कि छह अंगरक्षक एक आदमक़द लौह प्रतिमा को अपने कंधों पर लादे, उसके भार से लड़खड़ाते हुए चल रहे थे। प्रतिमा का मुख उससे मिलता था। वह कृष्ण को कहाँ मिली?

धृतराष्ट्र सुयोधन के शव के निकट खड़े थे। भीम ने देखा कि प्रायः शांत रहने वाली गांधारी काकी की आँखों की पट्टी को एक अश्रु ने भिगो दिया था। वह असहज सा हो उठा। द्वारपालों ने उस लौह प्रतिमा को हौले से धृतराष्ट्र के पीछे खड़ा कर दिया और अपना पसीना पोंछने लगे। कृष्ण ने शांत रहने का संकेत किया। धृतराष्ट्र अचानक मुड़े और बोले, "कौन है, मेरे पीछे, क्या यह भीम है?

कृष्ण ने भीम को उत्तर देने का संकेत किया, "जी, काका श्री मैं ही हूँ।" भीम ने हैरानी से उत्तर दिया।

"मुझे तुम पर गर्व है, पुत्र! केवल तुम ही हो जो शारीरिक बल और सौष्ठव में मेरा मुक़ाबला कर सकते हो। तुमने जो किया, उसके लिए मेरे मन में तुम्हारे लिए कोई बैर नहीं है। तुम एक सच्चे क्षत्रिय हो। आओ, मेरे गले लग जाओ। मुझे तुम्हारे पाषाण जैसे हाथों और कंधों को स्पर्श करने दो।"

धृतराष्ट्र ने अपनी भुजाएँ पसार दीं। उनके हाथ की छड़ी धरती पर गिर गई। भीम

प्रसन्न हो उठा। जीवन में पहली बार वेतन पाने वाले सूत और मागधों के अतिरिक्त किसी ने उसकी प्रशंसा की थी। वह एक क़दम आगे आया पर कृष्ण ने उसे हाथ से रोक दिया। वह चौंका। कृष्ण ने सिपाहियों को संकेत किया कि वे प्रतिमा को आगे खिसका दें ताकि धृतराष्ट्र उसे छू सकें।

धृतराष्ट्र ने लौह प्रतिमा को कसकर भींच लिया। बूढ़े राजा के हाथ की नसों में अकड़न आ गई और दाँत पीसने के कारण कंठ की शिराएँ उत्तेजित हो उठीं। जिस प्रतिमा को छह सिपाही कठिनाई से लाए थे, वह एक ही झटके में चूर हो गई। आसपास खड़े लोग आतंकित भाव से देखते रहे और धृतराष्ट्र ने गहरी हुँकार भरी। प्रतिमा धरती पर गिरी पड़ी थी। "पांडु! देखा तुमने, राजा किसने बनना चाहिए? मैंने अपने नंगे हाथों से ही तुम्हारे पुत्र को मार गिराया। मैंने उस हत्यारे को मार दिया जिसने मेरी सुयोधन की जंघा कुचली और सुशासन की छाती का लहू पिया।"

लौह प्रतिमा के टुकड़े धृतराष्ट्र की छाती में भी घुसे थे, जहाँ से रक्त आ रहा था। संजय रक्त को पोंछने आया तो उन्होंने उसे पीछे धकेल दिया। "मैं कोई बूढ़ी औरत नहीं, एक क्षत्रिय हूँ। मेरे साथ यह तमाशा मत करो। दया भाव अपने पास रखो। भीम का रक्त मेरे शरीर पर लगा है, मुझे बहुत शांति मिल रही है।"

अचानक किसी की हँसी छूटी और वहाँ खड़े सिपाहियों और पुरोहितों के बीच हँसी की लहर दौड़ गई। वे उस नेत्रहीन की दशा पर हँस रहे थे।

"वह भीम नहीं था, कुरु महाराज! आपने अपनी भुजाओं में भरकर, उसी लौह प्रतिमा को चूर्ण किया है, जो आपके कक्ष में रखी रहती थी," कृष्ण बोले। उनके होंठों पर सदा खेलने वाली मुस्कान विराज रही थी।

धृतराष्ट्र के होंठों की मुस्कान जाती रही और वे निढाल होकर धरती पर गिर गए। उन्होंने एक क्षत्रिय के रूप में सम्मान पाने का दाँव गँवा दिया था। उन्होंने उनका उपहास किया, उन्हें सबके सामने एक धूर्त और दुष्ट बूढ़ा प्रमाणित कर दिया। उन्होंने सुयोधन के हिमशीतल शव को छुआ और विलाप करने लगे।

भीम उस बूढ़े के निकट जा बैठा, उसे कुछ क्षण पूर्व उसे भींचकर समाप्त कर देना चाह रहा था। सदा की तरह उसके पास शब्द नहीं थे किंतु वह उनकी पीड़ा को अनुभव कर सकता था। एक योद्धा के रूप में, उसने काकाश्री के बल को सराहा। उसने धृतराष्ट्र का झुर्रियों से भरा हाथ थामा और उसे अपने शीश पर धर दिया।

"कौन है? भीम?" धृतराष्ट्र ने पांडव के मुख को छुआ। भीम ने हुँकार दी। धृतराष्ट्र उसके मुख पर हाथ फेरते हुए सहलाने लगे।

भीम समझ गए कि धृतराष्ट्र क्षमा याचना करना चाहते हैं। उसने इतने धीमे सुर में कहा कि केवल वे दोनों ही सुन सकें, "वह युद्ध था, काकाश्री।"

"मैं जानता हूँ, तुम तो दूसरों के हाथ में थामी गदा थे। तुमसे मेरा कोई बैर नहीं। हम सभी एक से हैं।"

भीम ने पलकें झपकाईं। वह नेत्रहीन काका का मंतव्य तो नहीं समझा परंतु किसी तरह उसे यह बात युधिष्ठिर की बातों से कहीं बेहतर समझ आई।

"कृष्ण!" वहाँ खड़ी गांधारी ने अब तक एक भी शब्द नहीं कहा था। उसने यादव को पुकारा।

कृष्ण आगे आए और प्रणाम किया। "प्रणाम! देवी गांधारी।"

"क्या तुम्हें मेरे प्रश्न का उत्तर मिल गया? मेरे विकर्ण के प्राण क्यों नहीं बच सके?" गांधारी ने पूछा।

"जी, वह जुए के खेल में तो दुर्योधन के विरुद्ध बोला था परंतु जब युद्ध करने का समय आया तो उसने अधर्म का साथ दिया।" कृष्ण ने उत्तर दिया।

"क्या यही तुम्हारा उत्तर है, कृष्ण? क्या वह युद्ध में अपने बड़े भाई की सहायता करते हुए, अपना कर्तव्य नहीं निभा रहा था?"

कृष्ण शांत रहे। उन्होंने सारे शरीर का भार दूसरे पैर पर डाला और मन ही मन मनाया कि वह सभा शीघ्र ही समाप्त हो जाए।

"यादव! तुम्हारा धर्म, इस भारतवर्ष के लिए संकट, पीड़ा और युद्ध का निमंत्रण लाया। तुम्हारे धर्म ने भाई को भाई से लड़वाया; इसने भतीजों को अपने चाचा और पिताओं को अपने पुत्रों के विरुद्ध खड़ा कर दिया। क्या तुम्हें विधवाओं का विलाप और रोते-बिलखते अनाथों की करुण पुकारें सुनाई नहीं देतीं? कुरुओं के प्रपितामह वहाँ शरशैय्या पर मरणासन्न पड़े हैं, जिन्हें उनके ही प्रिय अर्जुन ने ऐसी मर्मांतक पीड़ा दी है। क्या तुम्हारे अंदर इतनी भी माया-ममता नहीं बची कि कम से कम हमारे एक पुत्र को तो जीवित छोड़ देते, विकर्ण को तो जीवित रहने दिया होता।"

"और तुम्हारा धर्म पांडवों के भी किस काम आया? उनके पुत्र भी मारे गए और तुमने उन्हें ऐसी विजय श्री का उपहार दिया है, जिसके साथ अपने ही संबंधियों को मारने की ग्लानि आजीवन बनी रहेगी। क्या युधिष्ठिर चैन की नींद सो सकेगा, क्या अपने ही गुरु को छल से मारने का दंश उसे सोने देगा? क्या भीम कभी अपने मृतक राक्षस पुत्र को भुला सकेगा? तुमने अर्जुन के हाथों, कर्ण की जो दशा करवाई, उसने उसका जीवन कितना नारकीय बना दिया? मुझे तो कुंती पर दया आती है। मेरे पुत्र तो शहीद हुए, सबने वीरगति पाई किंतु उसके पुत्र तो ऐसी कठपुतलियाँ बनकर रह गए, जो अपने जीवनकाल में भी और उसके बाद भी लोगों द्वारा कोसे जाते रहेंगे। मैं तुम्हारी हर भूल क्षमा कर सकती थी, यहाँ तक कि सुयोधन के अनुचित वध के लिए भी क्षमा कर देती, यदि तुमने मेरे अंधे पति पर थोड़ी दया दिखाई होती। परंतु अपने पुत्रों की हत्या के शोक में संतप्त व्यक्ति को सबके बीच मूर्ख दिखाने की निर्लज्जता; उसके अंधहीनता और शोक का ऐसा सार्वजनिक उपहास! तुम सबसे बदतर परिणाम पाने के योग्य हो!"

गांधारी के मुख से सारा गरिमामयी सौंदर्य जाने कहाँ विलुप्त हो गया था। कोई भी उनकी ओर देखने का साहस नहीं कर सकता था। उनके मुख से एक भयानक श्राप निकला,

जिसके शब्द उस सन्नाटे को भेदते चले गए, "यादव! तुमने सत्य और न्याय का उपहास किया, तुम सबके लिए कष्ट और रक्तपात का माध्यम बने, लोगों को धर्म और अधर्म की दुविधा में डाला। एक माँ होने के नाते, जिसने अपने सारे पुत्र इस युद्ध में गँवा दिए, उन सभी माँओं की ओर से जिन्होंने इस धर्मयुद्ध में अपने पुत्र गँवाए, उन सभी विधवाओं की ओर से जिन्होंने अपने पति गँवाए, और उन बच्चों की ओर से जिन्होंने अपने पिता गँवा दिए, उन सबकी ओर मैं तुम्हें शाप देती हूँ। तुम्हारा वंश आपस में ही लड़कर कट-मरे, भाई-भाई का बैरी हो जाए। तुम्हारी नगरी नष्ट होकर कहीं विलीन हो जाए। तुम्हारे भक्त दावा करें कि तुम तो संसार की रक्षा के लिए आए थे और जब रक्षण का समय आया तो तुम अपनी ही नगरी की रक्षा नहीं कर सके। तुम अपनी ही पत्नियों तक की रक्षा नहीं कर सकोगे। तुम तो अपनी भी रक्षा नहीं कर सकोगे। मैं शाप देती हूँ कि तुम एक घृणित मृत्यु पाओ, जिस प्रकार कोई पशु आखेट में मृत्यु को प्राप्त होता है।"

सारे पुरोहित वर्ग के बीच हाहाकार मच गया किंतु कृष्ण ने उसे हाथ के संकेत से शांत रहने को कहा। "माता! मैं करबद्ध होकर, आपका यह शाप ग्रहण करता हूँ। मैं भी कर्मों के नियम का अपवाद नहीं हूँ। मैं इस केवल उसी दिव्यता का दावा करता हूँ, जो मेरे भीतर दूसरों मनुष्यों की तरह समाई है, इसके अतिरिक्त मैं किसी और दिव्यता का दावा नहीं करता। मैं इसे जानता हूँ, दूसरे व्यक्ति नहीं जानते। धर्म का चक्र एक दिन पलटेगा; यह समय का चक्र है, कालचक्र है। ऋतुओं की भाँति, यह भी बदलेगा। आज जो धर्म, हो सकता है कि कल उसे ही अधर्म माना जाएगा। यह युद्ध मेरे बिना भी हो सकता था किंतु तब यह और भी लंबा खिंचता और लोगों के कष्टों की सीमा न रहती। मैंने उन सिपाहियों की तरह नियम तोड़े हैं जो व्यस्त चौराहे पर चोरों का पीछा करते है, इस दौरान उनसे लोगों का सामान टूट जाता है, अचानक ही किसी से टकरा जाते हैं या चोर के चक्कर में किसी निर्धन का ठेला पलट कर उसकी आजीविका का प्रश्न खड़ा कर देते हैं। जो लोग यह नहीं जानते कि उन चोरों ने क्या किया है, तो वे उन सिपाहियों को ही दोषी ठहराएँगे जो हृदयहीनता से सबका सामान तोड़ रहे हैं या अनजाने में किसी का सब्जी का ठेला पलट गए हैं, जो भी हो, चोर का पीछा करना उनका कर्तव्य है; यदि वे नहीं होंगे तो कुछ ही घंटों में शहर की कानून और व्यवस्था ठप्प हो जाएगी। मैं वह द्वारपाल हूँ, जो न्याय और व्यवस्था को बनाए रखने के लिए नियम तोड़ता है। मैं ही संरक्षक हूँ। समय महान और वह मेरे विरुद्ध भी जा सकता है। मैं इसे अपने कर्तव्य का अंश मानकर स्वीकार करता हूँ। मैं न तो प्रसन्न हूँ और न ही रूष्ट हूँ। यही इस ब्रह्माण्ड की प्रकृति है, जो मैं हूँ। परंतु कर्मों के नियम ने तो मुझे भी बाँध रखा है। मैं पूरे विनय से आपके शाप और वरदान, दोनों को स्वीकार करता हूँ। माँ, मैंने जो किया, उसके लिए मुझे क्षमा करें। परंतु मैं पुनः किसी पीड़ा या आनंद के बिना ऐसा करूँगा क्योंकि यही करना मेरा कर्तव्य है, मेरा धर्म है।"

गांधारी ने कृष्ण से मुख घुमा लिया। उन्हें इस बात की परवाह नहीं थी कि कृष्ण ने क्या कहा। उनका तो पूरा संसार ही बिखर गया था और आस के टूटे टुकड़े चारों ओर दिख रहे थे। पूरे जीवन का यह संघर्ष, उन्हें विनाश से त्रासदी की ओर ले आया था, जिसने उन्हें

कटुता से भर दिया था। अचानक उन्हें शरशैय्या पर पड़े, अपनी मृत्यु की प्रतीक्षा कर रहे भीष्म पितामह का स्मरण हो आया। वे काँप उठीं, पूरी देह में जैसे झुरझुरी सी दौड़ गई। वे ही तो गांधार में उसके सारे जीवन को नष्ट करने और यहाँ लाकर एक नेत्रहीन से उसे ब्याहने के लिए उत्तरदायी थे। यदि भीष्म ने उनके देश पर धावा न बोला होता तो उनका जीवन कितना अलग हो सकता था। वे किसी गांधार वासी से विवाह करतीं और पर्वतों में ही रहतीं। आज वे धर्म मंदिर में खड़ी थीं, जहाँ उनके सारे पुत्र शव बने पड़े थे और उनके नेत्रहीन पति की खिल्ली उड़ाई जा रही थी। उन्होंने पति के कंधे पर हाथ रखा और बोलीं, "अंतिम संस्कार का समय हो गया। कृपया आदेश दें।"

धृतराष्ट्र उठ खड़े हुए व गांधारी से बोले, "केवल एक दिन के लिए अपनी आँखों पर बँधी पट्टी खोल क्यों नहीं देतीं, कम से कम अपने पुत्रों के अंतिम दर्शन तो कर लो। क्या तुम उन्हें देखना नहीं चाहतीं?"

गांधारी ने जिस रेशमी पट्टी से, अपनी दृष्टि को संसार की भयावहता से बचा रखा था, वही अश्रुओं से सिक्त हो उठी। "मैं उन्हें इस रूप में नहीं देखना चाहती। मैं उन्हें आज तक अपने मन की आँखों से बलिष्ठ और युवा देखती आई हूँ। उसी छवि को मेरी आँखों के आगे रहने दें। इसके अतिरिक्त मैं ऐसा कुछ देखना नहीं चाहती, जिसे आप नहीं देख सकते।"

"गांधारी! क्या तुम रो रही हो? तुम तो, तुम तो हम सबसे अधिक मज़बूत हो। यदि तुम ही रोने लगीं तो शेष क्या रहा? यह समय भी बीत जाएगा। समय सबसे बड़ा मलहम है।"

गांधारी को अपने पति के शब्दों से दिलासा मिला, आज उनकी हमेशा बनी रहने वाली भूमिकाएँ बदल गई थीं। वे उनकी ओर झुकीं और रोने लगीं, उन्हें परवाह नहीं थी कि कौन उन्हें देख रहा था या कौन बातें बना रहा था। वे कोई राजा-रानी नहीं, केवल दो लाचार नेत्रहीन थे, जो अपने मृतक पुत्रों के पास खड़े मन का गुबार निकाल रहे थे।

गांधारी ने अपने-आप को संभाला। उसे अपने निकट भीम की उपस्थिति अनुभव हुई। अचानक ही घृणा ने सिर उठा लिया। वे उसाँस भरकर, उस व्यक्ति से बोलीं, जिसने उनके पुत्रों को मारा था, "भीम! अपनी पत्नी के पास जाओ। उसे दिलासा दो। उसने अपने सारे पुत्रों को खो दिया है।"

भीम ने उनके चरण स्पर्श किए तो धृतराष्ट्र उसके सिर पर हाथ रखकर बोले, "आयुष्मान भव!"

भीम वहाँ से चुपचाप पीछे हट गया, उन्हें उनके दुख के बीच छोड़ दिया। घटोत्कच का मुख उसकी आँखों के आगे नाच उठा। जब वह अपनी शोकाकुल पत्नी की ओर बढ़ा तो उसने अश्वत्थामा को देखा, जिसे धरती पर बाँधकर घुटनों के बल बिठा रखा था। नकुल और सहदेव ब्राह्मण के कंठ पर तलवार साधे खड़े थे। अश्वत्थामा ने भीम को देखा, वह एक भावविहीन दृष्टि थी। उसके शिरोवस्त्र का रत्न धूप में जगमग कर रहा था। कभी द्रौपदी ने उसकी चाहना की थी। भीम उसकी ओर लपका और उसके मुख पर ठोकर दे मारी। जब

ब्राह्मण गिर गया तो भीम ने रत्न छीना और द्रौपदी की ओर भागा।

"द्रौपदी, ये लो। तुम इसे चाहती थीं, न?" उसने जगमग करता रत्न उसे दिखाया।

द्रौपदी ने उसे देखा। उसकी आँखों में करुणा छलक उठी। "इसे युधिष्ठिर को दे दो, भीम। यह उनके राजमुकुट में बहुत फबेगा।"

भीम समझ नहीं सका कि द्रौपदी ने 'राजमुकुट' शब्द को इतनी कटुता से क्यों कहा। फिर अचानक उसका ध्यान अपने पुत्रों के शवों की ओर गया, जिन्हें चिता की ओर ले जाया जा रहा था। उसने अपने अश्रु रोकने के प्रयत्न में पलकें झपकाईं। वह अपने पुत्र के कभी निकट नहीं रहा किंतु आज इस अंत ने उसे भी युद्ध की विभीषिका का एहसास दिला दिया था। वह भी दहल उठा। द्रौपदी किसी आम स्त्री की तरह विलाप कर रही थी; उसकी प्यारी द्रौपदी जिसने उनमें से, अर्जुन के सिवा किसी को प्यार नहीं किया और कभी-कभी नींद में कर्ण का नाम भी बड़बड़ाती थी; उसकी द्रौपदी, जिसे वह लाख जतन करने पर भी कभी नहीं लुभा सका; भले ही वह वन में कष्टों का सामना हो या उसके मुख की मुस्कान देखने के लिए, सौगंधिका पुष्प लाने के लिए राक्षसों से हुई मुठभेड़, या फिर जंगल के ऊबड़-खाबड़ रास्तों पर अपने कंधों पर उसे ले चलने की क़वायद, वह कभी पीछे नहीं हटा किंतु वह उस समय भी साथ चल रहे अर्जुन से अपने मन की बातें करती, फुसफुसाती और खिलखिलाती रहती।

भीम ने अश्वत्थामा से छीने हुए रत्न की ओर देखा। उसे समझ नहीं आया कि उसका क्या करे। युधिष्ठिर वहीं खड़े, किसी बात पर धौम्य से उलझ रहे थे। शवों को चिता पर रखा जा रहा था। वह युद्धक्षेत्र में अकेला खड़ा था और उसके हाथों का दैदीप्यमान रत्न किसी कंकड़ से अधिक नहीं लग रहा था। अंततः, वह युधिष्ठिर के पास गया और वह रत्न उनके हाथों सौंप दिया।

"यह क्या है?" गुरु धौम्य के साथ इतने महत्त्वपूर्ण विषय में चर्चा के बीच व्यवधान आने से युधिष्ठिर खीझे।

"द्रौपदी का कहना है कि यह आपके मुकुट में कहीं बेहतर लगेगा," भीम ने कहा और वहाँ से हट गया।

अचानक ही लोगों की बुदबुदाहट और विलाप के बीच धृतराष्ट्र का स्वर गूँज उठा। "नहीं, उनकी जाति के अनुसार नहीं, उनके पद के अनुसार भी नहीं।" नेत्रहीन महाराज अपनी छड़ी के सहारे खड़े थे परंतु उनके अधिकारपूर्ण स्वर को दूर-दूर तक सुना जा सकता था।

संजय ने उनके कान में कुछ कहा और वे गरजे, "यह हस्तिनापुर सम्राट का आदेश है। जाति के अनुसार कोई अंतिम संस्कार व्यवस्था नहीं होगी। मृत्यु परम सत्य है और सत्य की कोई जाति नहीं होती। मूर्खों! धौम्य से कहो कि यह नेत्रहीन सबके पाप अपने सिर लेता है, यह निर्णय मेरा है। मेरा जो भी अशुभ होगा उसे होने दो। अगर इनके एक जैसे अंतिम संस्कार के कारण मुझे नर्क में भी सड़ना पड़ा तो मैं उसके लिए तैयार हूँ। मैं

ब्राह्मणों, क्षत्रियों, शूद्रों और उन सभी असंख्य लोगों के एक समान अंतिम संस्कार के पक्ष में हूँ, जिन्होंने इस युद्ध में अपने प्राणों का त्याग किया। वे एक साथ लड़े और वे दूसरे संसार में भी एक साथ ही जाएँगे। मुझे इससे कोई अंतर नहीं पड़ता कि कोई दक्षिणी मंडल से था या पांडवों या राक्षसों की ओर से था। वे सभी मेरे सुयोधन के साथ ही मुखाग्नि पाएँगे।"

संजय ने फिर उनके कान में कुछ कहा, "अगर उनके पास पर्याप्त मात्रा में जलावन नहीं है तो उन्हें कहो कि महल को नष्ट कर दें। रेशम के पर्दे काट लें, नरम कालीन और गुदगुदे बिस्तर ले आएँ। किसी को भी जानवरों की तरह दबाया नहीं जाएगा। सभी मृतकों का अंतिम अनुष्ठान वेदों के अनुसार ही संपन्न होगा। यदि मृतक के अंतिम संस्कार के समय उसके पिता का नाम अज्ञात हो तो ब्राह्मणों से कहो कि वे मृतक के पितृ के रूप में मेरा नाम लें। जितनी भी जानें गईं, वे सभी मेरे पुत्र थे।"

महाराज युधिष्ठिर की ओर मुड़े, "युधिष्ठिर! भले ही तुमने मेरे पुत्रों को मारकर युद्ध जीता है किंतु हस्तिनापुर का सम्राट अब भी मैं ही हूँ। मैं हमेशा से सम्राट था और तब तक रहूँगा जब तक मैं चाहूँगा या जब तक मृत्यु मुझे अंगीकार नहीं कर लेती। यदि तुम मुझ पर भी शासन करना चाहते हो तो तुम्हें इस बूढ़े से युद्ध करके, इसे यम के द्वार पहुँचाना होगा..."

"महाराज! जैसा आप आदेश दें। आपके आदेश का पूरा सम्मान होगा।" युधिष्ठिर ने धौम्य के कुछ कहने से पूर्व ही प्रणाम निवेदित कर कहा।

ज्यों ही सिपाही शाही हुक्म को पूरा करने भागे, धौम्य मारे रोष के आग बबूला हो गए। अगर युधिष्ठिर आगे जाकर भी ऐसा ही करेंगे, जाति के सारे नियमों को तोड़कर, परंपराओं को नष्ट करेंगे, तो सुयोधन को उसके पद से हटाने की क्या आवश्यकता थी? इस देश में सदा नए-नए आश्चर्य सामने आते रहते हैं। इन्हें एक संपूर्ण प्रभावयुक्त राजा कब मिलेगा, जो सिखाए गए शास्त्रों का अक्षरक्षः पालन करेगा? अभी तो उनका बहुत सारा काम अधूरा था।

पुजारी नदी के निकट पांडवों की प्रतीक्षा कर रहे थे। पाँचों चिताएँ तैयार थीं। द्रौपदी अर्जुन का सहारा लेकर चल रही थी।

"भइया! क्या हमें इस पापी को मार देना चाहिए?" नकुल ने अर्जुन से पूछा।

इससे पूर्व कि अर्जुन कोई उत्तर देता। कुंती ने शोकार्त स्वर में कहा, "बस करो पुत्र! ये हत्याएँ बंद करो। छोड़ दो इस ब्राह्मण को।"

द्रौपदी उसी समय उठ खड़ी हुई। उसकी आँखों एक बार फिर अंगारे बरसने लगे, हृदय में दबी ज्वाला सुलग उठी थी। उसने अविश्वास से कुंती को देखा, "माँ! अश्वत्थामा का वध न करें? मेरे सारे पुत्र मारे गए और आप करुणा की बात करती हैं? हो सकता है कि आपको इससे कोई अंतर न पड़ता हो, आपने अपना कोई पुत्र नहीं खोया। आप कभी नहीं समझेंगी, जब कोई माँ अपना पुत्र खो देती है तो वह क्या अनुभव करती है..."

कुंती ने पुत्रवधु को कंठ से लगाना चाहा। "पुत्री! वे मेरे भी पौत्र थे।"

"नहीं, मेरे पास मत आना। आपने ही अपने पुत्रों के मन में विष भरा और उन्हें इस युद्ध के लिए उकसाया। आपने ही अपने पाँच पुत्रों से मेरा विवाह करवा दिया, मेरा जीवन नष्ट कर दिया।"

"द्रौपदी!" युधिष्ठिर हौले से बोले, "हमने सब कुछ खो दिया है। तुम्हें माँ से इस तरह बात नहीं करनी चाहिए। सहदेव, ब्राह्मण को मुक्त कर दो।"

सहदेव ने बेमन से अश्वत्थामा की रस्सियाँ काट दीं, परंतु ब्राह्मण अपने स्थान से नहीं हिला।

"उसे बोलने दो पुत्र! मैं समझ सकती हूँ कि एक पुत्र खोने वाली माँ का दुख कैसा होता है?"

अर्जुन इन शब्दों को सुनकर चौंका किंतु इससे पूर्व कि वह कोई प्रतिक्रिया देता, कृष्ण आगे आ गए। "युधिष्ठिर! पुरोहित प्रतीक्षा रत हैं। सूर्यास्त से पूर्व अंतिम संस्कार संपन्न हो जाना चाहिए।"

"पुत्र! मेरे पौत्रों की चिता को अग्नि देने से पूर्व, तुम्हें मेरे मृतक पुत्र की आत्मा की शांति के लिए भी प्रार्थना करनी होगी," कुंती ने कहीं सुदूर ताकते हुए कहा।

"आपने क्या कहा, माँ?" अर्जुन माँ की ओर भागा।

द्रौपदी ने सिर उठाकर माँ को ताका।

"पुत्र! मेरे सबसे बड़े पुत्र कर्ण के अंतिम संस्कार का भी प्रबंध करो।"

चारों ओर एक अजीब सा सन्नाटा छाया था।

"माँ! क्या आप कह रही हैं कि कर्ण आपका सबसे बड़ा पुत्र था तो हमने यह युद्ध क्यों किया? यदि वह आपका सबसे बड़ा बेटा था तो हस्तिनापुर का सिंहासन तो उसे ही मिलना चाहिए था। सुयोधन कभी आपत्ति न करता।"

"कर्ण कभी राजा नहीं बन सकता था, युधिष्ठिर! वह मेरी कौमार्यावस्था की संतान था। मैंने इस रहस्य को सदा छिपाए रखा, अपनी ही ग्लानि के भार से दबी रही, जब भी कोई उसे जाति के नाम पर अपमानित करता तो मैं भीतर ही भीतर मर जाती। जिस दिन तुम सबका स्नातक समारोह था, मैंने उसे उस पुत्र के रूप में पहचाना, जिसे मैंने जन्म देने के बाद त्याग दिया था। केवल सुयोधन ही उसका साथ देने के लिए आगे आया। जब मुझे यह पता चला कि मेरी पहली संतान, सदा मेरे पाँचों पुत्रों यानी अपने भाइयों के विपक्ष में रहेगी तो मैं बेसुध हो गई। युद्ध से पूर्व, मैं उससे विनती करने गई थी कि वह सुयोधन को त्याग कर, तुम्हारे पक्ष में आ जाए, मैंने उसे साम्राज्य देने का प्रस्ताव भी रखा। मैंने उसे अपनी ओर आने के लिए लुभाया ताकि भाई-भाई आपस में न लड़ें परंतु कर्ण के लिए सुयोधन की मित्रता के आगे सारे साम्राज्य छोटे थे। जब वह नहीं माना तो मैंने उससे तुम सबके प्राणों की भीख माँगी। उसने वचन दिया कि वह अर्जुन के अतिरिक्त सबको छोड़ देगा। उसने कहा कि भले ही उसके प्राण चले जाएँ परंतु वह धर्म के पथ से नहीं डिगेगा।"

"मुझे आपको अपनी माँ कहते हुए लज्जा आती है," युधिष्ठिर ने ऐसे सुर में कहा कि कुंती की आत्मा थर्रा उठी। "आपके इस रहस्य ने जाने कितनों के प्राण ले लिए। अगर मैं पहले से जानता कि कर्ण आपकी पहली संतान है तो मैंने स्वयं ही सिंहासन का दावा त्याग दिया होता। जिस व्यक्ति की जंघाएँ इतनी निर्लज्जता से तोड़ी गईं, उसने भी अपना दावा त्याग दिया होता। यह युद्ध हमने क्यों लड़ा? क्या आपको विधवाओं के करुण स्वर सुनाई नहीं देते? हम इन अभिशापों से अपना बचाव कैसे कर सकते हैं?"

"युधिष्ठिर कृष्ण की ओर मुड़े, "मेरे प्रभु! यह कैसा धर्म है? मैंने अपने ही संबंधियों के विरुद्ध विरक्त होकर, युद्ध किया जिसमें लाखों लोग निरर्थक ही मारे गए। मैं, जिसने आजीवन कभी असत्यवादन नहीं किया, मुझे धर्म के लिए असत्यवादन करते हुए, गुरु द्रोण के प्राण लेने पड़े। हमने युद्ध के हर मोड़ पर, घृणित और निंदनीय निर्णय लिए। मैं खुद को दिलासा देता रहा कि हम धर्म के लिए यह सब कर रहे हैं किंतु यह कैसा धर्म है जो हमारे लिए अश्रु, मृत्यु और लाखों लोगों के लिए निर्धनता के अतिरिक्त कुछ नहीं लाया? मैं किस धर्म के नाम पर लड़ रहा था? मैं यह राज्य नहीं चाहता। मैंने इसे कर्ण या फिर संभवतः सुयोधन से चुराया है। मैंने इसे अपने काका धृतराष्ट्र से छीना है। भीष्म पितामह अपने पिता छले गए। हम सभी कुरु कुलहीन हैं। हम हमेशा से ही दूसरों की हाथों की कठपुतलियाँ थे और रहेंगे।"

"यह सब केवल इसलिए घटा क्योंकि स्त्रियाँ भयानक रहस्यों को भी अपने भीतर छिपा कर रख लेती हैं। आज से कोई भी स्त्री अपने मन में किसी बात को लंबे समय तक नहीं रख सकेगी।" कृष्ण के कुछ समझाने से पूर्व ही युधिष्ठिर अपनी माँ पर क्रोध बरसा चुके थे।

"अब मैं जान गया कि कर्ण ने हमें क्यों नहीं मारा। हमने अपने ही भाई को छल से मार दिया।" अर्जुन मारे रोष के चिल्ला उठा। आपस में बैर के बावजूद वह सदा कर्ण का एक महारथी के रूप में सम्मान करता आया था। उसकी अपनी करनी की स्मृति ने आत्मा को चीर दिया। "कृष्ण! मैं उन सभी के बारे में विचार कर रहा हूँ, जिन्हें मैंने अपने हाथों मारा है... मेरे गुरु... मेरे पितामह... मेरे भाई। युद्ध आरंभ करने से पूर्व, मेरे मन में जो भी संशय थे, वे सब लौट आए हैं। उस समय मैं आपके विवेक से चौंधिया गया था, आपकी *गीता* से द्रवित हो गया था इसलिए आप जिस ओर संकेत करते गए, मैं बाण चलाता गया। परंतु अब, मुझे रातों को चैन की नींद कैसे आएगी, प्रभु? मैं मूर्ख हूँ, मैं धर्म को नहीं समझता। यह मेरी समझ की सीमा से बाहर है। आपके विवेक और प्रज्ञा ने मुझे छला और अब केवल विधवाओं का प्रलाप ही कानों में सुनाई दे रहा है। ओह, यह मैंने क्या किया?"

अश्वत्थामा ने उठना चाहा किंतु घुटनों की पीड़ा के मारे फिर से गिर पड़ा। क्या उसने सही सुना, कर्ण कुंती का सबसे बड़ा पुत्र था? कर्ण सम्राट बन सकता था किंतु फिर भी उसने अपने मित्र की मित्रता को चुना। उसने सुयोधन से कभी कपट नहीं किया। वह यह बात सोच भी कैसे सका कि कर्ण के मन में ऐसी पापबुद्धि आ सकती थी? 'हे शिव! इस संसार में भला मुझसे बड़ा पापी कौन होगा? मैं सबसे बड़े दंड का भागी हूँ!'

अश्वत्थामा रेंगते हुए उस ओर चल दिया, जहाँ सुयोधन का शव रखा था। "सुयोधन! यह राज्य कर्ण का था किंतु फिर भी उसने तुम्हारे लिए प्राण त्यागे। तुम उसके बारे में ठीक ही कहते थे।" उसे कोई उत्तर नहीं मिला। उसका मित्र चिर निद्रा में लीन था, उसका शरीर, झील के हिमशीतल जल की तरह ठंडा हो चुका था।

द्रौपदी अपने पुत्रों के लिए विलाप कर रही थी। अब वह उस भयानक औरत के रूप में नहीं थी जो अपने विपक्षियों का रक्तपान करना चाहती थी। वह एक माँ थी, उन असंख्य माँओं की तरह, जिन्होंने ऐसे संग्राम में अपने पुत्र खोए, जिनमें कोई विजेता नहीं था। पांडव उसके आसपास खड़े थे ताकि उसके दुख को सार्वजनिक दृष्टि से बचाया जा सके। कृष्ण भी पास खड़े सबको दिलासा देने की कोशिश कर रहे थे, परंतु आज उनके शब्दों से भी सांत्वना नहीं मिल रही थी।

"पिताश्री!" एक युवती ने अश्वत्थामा को पीछे धकेला और सुयोधन के निष्प्राण शव पर आ गिरी। लक्ष्मणा, सुयोधन की पुत्री बलराम और भानुमती के साथ आई थी, किंतु तब तक बहुत देर हो चुकी थी। भानुमती सूनी आँखों उस पुरुष को ताक रही थी जिसे उसने आजीवन अपने प्राणों से भी अधिक चाहा था। 'क्यों, सुयो...क्या अंत में यही सब पाने के लिए युद्ध किया था? तुम चले गए... कुमार चला गया... हस्तिनापुर चला गया!' उसका हृदय अकथनीय पीड़ा से भरा था।

बलराम ने उस व्यक्ति को देखा जिसे उसने अपने पुत्र की तरह चाहा। उनकी आँखें सुयोधन की टूटी हुई जांघों और काली पड़ चुकी टाँगों पर जा टिकीं। अचानक उन्हें उस किशोर का स्मरण हो आया जिसने उनसे अस्त्र-शस्त्रों की शिक्षा ग्रहण की थी। वे अपने शांत खड़े भाई की ओर मुड़े, "कृष्ण! यह क्या है? तुमने भीम को सुयोधन की कमर से निचले हिस्से पर वार कैसे करने दिया? और द्रोण... और भीष्म? ओह मेरे भाई, इस संग्राम में केवल अधर्म जीता है। कितने ही लोग अकारण मारे गए।"

"धर्म के अपने कारण और तर्क होते हैं, भइया!"

बलराम नीचे झुके और भानुमती और लक्ष्मणा को सांत्वना देनी चाही। उन्होंने अश्वत्थामा को नहीं देखा जो अपने-आपको दूर घसीट ले गया था। राजवंश के लोगों की पीड़ा और शोक के साक्षी बनने के लिए बहुत से तमाशबीन घेरा बना कर खड़ा हो गए। एक बूढ़ा आगे आया। उसने मृतक युवराज और फिर विलाप करती स्त्रियों को देखा, "एक युद्ध आचार नीति के बिना लड़ा जाए और फिर उसे महिमामंडित कर दिया जाए, क्या यही धर्म है?" उन्होंने पूछा।

"चार्वाक महर्षि," कोई हौले से बोला। वह उन शब्दों से थोड़ा डरा और सहमा हुआ सा दिखा।

"ईश निंदक! बाँध लो इसे।" धौम्य गरजे। अंततः एक शिकार मिला जिस पर सारी कुंठा निकाल कर, अपनी खोई सत्ता व अधिकार पाया जा सकता था। उसने उस ओर देखा, जहाँ कृष्ण पांडवों को दिलासा देने में मग्न थे। उन्हें यादव के इस ओर ध्यान देने से पहले

ही कोई न कोई क़दम उठाना था। कौन जाने, कृष्ण कब क्या कह दें? हो सकता है कि वे मुस्करा कर, चार्वाक का अभियोग स्वीकार करें और आगे चल दें। फिर उन सभी कहानियों का क्या होगा, जो धौम्य ने इतनी सावधानी से प्रसारित की हैं। सिपाही चार्वाक को बंदी बना चुके थे। धौम्य ने आदेश दिया, "इसे जीवित जला दो!"

चार्वाक पर तेल डालकर आग लगा दी गई। पुरोहित उस व्यक्ति के अग्निदाह के बीच मंत्र पढ़ रहे थे जिसने अपना सारा जीवन लोगों के बीच काम करते हुए बिता दिया था। अंत में, कृष्ण ने मुख घुमाया। वह दृश्य देख उनके नेत्र विस्फारित हो उठे। वे महर्षि चार्वाक की रक्षा के लिए दौड़े किंतु जब धौम्य ने कहा, "चार्वाक राक्षस था। वह ब्रह्म तेज की अग्नि में जल कर भस्म हो गया," तो वे वहीं ठिठक गए।

कृष्ण ने गुरु की ओर अपना सुदर्शन चक्र घुमाया। उनकी आँखों से आग बरस रही थी। परंतु धौम्य उनके कान में बोले, "अग्नि विशुद्ध कर देती है। राक्षस भाग्यवान था, वह उस निषाद की तरह नहीं था जिसकी हत्या आपने पत्थर मारकर की थी। चार्वाक ने तो मोक्ष पा लिया।" कृष्ण की आँखों में एकलव्य का चेहरा नाच उठा। काश! उन्होंने ऐसा नीच काम करने की बजाए सांब के ही प्राण ले लिए होते। वे वहीं स्तब्ध खड़े, चार्वाक के जल चुके शरीर को देखते रहे। महर्षि की मुट्ठियाँ अब भी भिंची थीं।

"हरे कृष्ण! प्रभु ने धर्म की स्थापना करते हुए, दुष्ट का नाश किया। प्रभु की जय हो! विष्णु के अवतार की जय हो! अपने मोक्ष के लिए इनसे प्रार्थना करो!" धौम्य चिल्लाए और कृष्ण के चरणों में गिरकर साष्टांग दंडवत करने लगे। जब भीड़ ने पुरोहितों को कृष्ण के चरणों पर गिरते देखा तो उनके बीच सुगबुगाहट होने लगी। इसके बाद सभी एक-एक कर घुटनों के बल बैठने लगे और चारों ओर से 'हरे कृष्ण' की जय-जयकार होने लगी।

अश्वत्थामा अपने देश का भविष्य अपनी आँखों से देख सकता था। वह बड़ी कठिनाई से उठ खड़ा हुआ। उसका मित्र जा चुका था और अब उसके पास कुछ नहीं था। उनके सारे सपने कहीं खो चुके थे, रक्त और आँसुओं के सिवा कुछ नहीं बचा था।

"अश्वत्थामा! क्या उसने जाने से पहले मेरा नाम लिया था?" ब्राह्मण भानुमती के प्रश्न का उत्तर नहीं दे सका, पलकें डबडबा आईं। वह उसे कैसे बता सकता था कि कर्ण ने केवल कर्ण और उसके बारे में ही बात की थी। "बोलो अश्वत्थामा! क्या उसने कुछ कहा था?" भानुमती उसके चेहरे को ताक़ती रही और फिर उसके कंधे अपने-आप ही ढुलक गए। "नहीं-नहीं! बेशक कुछ नहीं कहा। कर्ण के सिवा किसी की बात न की होगी। कर्ण ही उनके लिए सब कुछ था। जिस दिन से सूत ने उनके जीवन में क़दम रखा। उनका जीवन अभिशप्त हो गया था।" अपने पुत्रों के लिए रो रही द्रौपदी के सुरों के बीच लक्ष्मणा की सुबकियाँ भी मिल गई थीं पर भानमुती गहरे सन्नाटे के बीच खड़ी रही। अब उसके पास बहाने के लिए आँसू तक नहीं थे। किसी भी चीज़ का कोई अर्थ ही नहीं रह गया था।

अश्वत्थामा हँसने लगा। पुरोहित अपने मंत्रपाठ रोक कर उसे घूरने लगे। ब्राह्मण इतना हँसा जैसे जान ही निकल जाएगी। "मूर्खों! बेचारे कमअक्ल, मूर्ख कहीं के! सुयोधन मूर्ख था।

कर्ण मूर्ख था और ये सब पांडव भी मूर्ख हैं।" उसने तालियाँ बजाकर लोगों का ध्यान अपनी ओर खींचा। "कृष्ण! तुम भी तो मेरी तरह मूर्ख निकले। तुम देख नहीं सकते, सब कुछ आकाश के सूर्य की तरह साफ़ दिख रहा है। हम सभी खो गए हैं। अगर ज़रा सी भी बुद्धि बची हो तो सोचना, हममें से किसकी जीत हुई है?"

"ओह! यह तो विक्षिप्त हो गया है।" युधिष्ठिर ने स्तब्ध होकर कहा।

अश्वत्थामा धौम्य की ओर मुड़ा। "ज्ञानी जन... केवल तुम ही यहाँ समझदार हो। दरअसल, यह जीत तुम्हारी हुई है। गुरु! तुमने ही विजय श्री का वरण किया है। ईश्वर करे कि तुम जैसे लोगों की संख्या बढ़े और इस देश का भला करे।" अश्वत्थामा ने उसे प्रणाम किया और दूसरों की ओर मुड़ा। "मूर्ख हैं, हम सब। ज़रा सोचो। धर्म के इस संग्राम में जीत किसने पाई? तब तक सोचो, जब तक तुम्हें समझ न आ जाए। मेरे बेचारे कमअक्ल देशवासियों!" वह सुयोधन के शव के पास जा खड़ा हुआ और मायूसी से बोला, "मूर्खों के राजा!" फिर वह फूट-फूट कर रोने लगा।

युधिष्ठिर शोकसंतप्त ब्राह्मण के पास आए और उसे छूना चाहा किंतु वह वहाँ से वन की ओर भाग गया। उसके शब्द और उपहास करती हास्यलहरी सदियों तक यूँ ही गूँजती रहेगी।

***

78. धर्म का स्वाद

ज्यों ही सुयोधन के अंतिम संस्कार से जुड़े सभी अनुष्ठान पूरे हुए, भानुमती महल त्याग कर, उस घर में चली गई, जहाँ कभी उसका बचपन बीता था। गांधारी और कुंती उसे निरंतर वहीं रहने के लिए आग्रह करती रहीं पर उसने एक नहीं सुनी।

जिस दिन उत्तरायण का आरंभ हुआ, भीष्म ने उसी दिन प्राणों का त्याग किया। वे अंत तक सुध में रहे और युधिष्ठिर को धृतराष्ट्र के विषय में चेतावनी देने का प्रयत्न करते रहे। उन्होंने उसे यह परामर्श भी दिया कि उसे किस तरह निर्भीक होकर, पक्षपात से रहित हो शासन चलाना चाहिए। संक्रांति के दिन, गंगादत्त देवव्रत भीष्म ने इस भौतिक संसार से विदा ली। युधिष्ठिर ने कुरुओं के पितामह का अंतिम संस्कार संपन्न किया।

जिस दिन उनकी चिता को मुखाग्नि दी गई, कृप पकड़े जाने के ख़तरे को झेलते हुए, उन्हें अपनी श्रद्धांजलि देने आए। युधिष्ठिर ने उनसे युद्ध के लिए क्षमा चाही, जिसे देख आचार्य दंग रह गए। वे उस व्यक्ति की ओर से क्षमायाचना का ऐसा प्रयास देख बिखर गए, जिसके पुत्र की हत्या में भी उनका भी योगदान रहा था। युधिष्ठिर ने उनसे राजगुरु का पद लेने का आग्रह किया, ताकि वे आने वाले समय में उनका मार्गदर्शन कर सकें। कृप ने विनीत भाव से सिर झुका दिया।

उन्होंने देखा कि भग्नहृदय विदुर, पितामह भीष्म की चिता के पास बैठे थे। युधिष्ठिर ने अपने काका को उठाया और उन्हें अपने महल में साथ ले गए।

जब पितामह की मृत्यु के तीन दिन बाद, उनकी अस्थियों को गंगा में विसर्जित किया गया, तो युधिष्ठिर अपराध-बोध, ग्लानि और दुख के भार से दब से गए। उन्होंने आत्मघात का प्रयत्न भी किया किंतु भीम व अर्जुन ने उन्हें ऐसा करने से रोक लिया। कृष्ण को लगभग पूरा दिन उन्हें यह समझाने में लगा कि अब उन्हें धर्म व स्मृति के अनुसार, राज्य का शासन करने पर केंद्रित रहना चाहिए। परंतु अगला दिन अपने साथ एक आश्चर्यजनक समाचार लाया, सुना गया कि युधिष्ठिर ने सिंहासन पर बैठने से इंकार कर दिया। वे कर्ण की विधवा पत्नी, वृशाली से भेंट करने गए। युधिष्ठिर ने उससे कहा कि कर्ण के आठ वर्षीय पुत्र, कुरु राजवंश के अंतिम उत्तराधिकारी वृषकेतु को सिंहासन पर बिठा दिया जाए। परंतु पुरोहितों ने हस्तक्षेप करते हुए कहा कि वृषकेतु एक सूत माता का पुत्र था। युधिष्ठिर को अच्छा नहीं लगा। वे उस बालक को अपने साथ महल में ले आए और अर्जुन से कहा कि उसे एक श्रेष्ठ

योद्धा बनने का प्रशिक्षण दे जैसे कि कर्ण के पुत्र को होना चाहिए। शाम तक, युधिष्ठिर यह घोषणा कर चुके थे कि धृतराष्ट्र ही सम्राट बने रहेंगे।

उस रात, गांधारी ने दुखी मन से अपने पति से पूछा कि उन्होंने युधिष्ठिर के आग्रह को क्यों माना। वे सुयोधन के जाने के बाद भी, शांति से राजपाट कैसे संभाल सकते हैं। बूढ़े राजा की कड़वाहट से भरी हँसी सुनकर गांधारी दहल गईं। अपने पुत्रों के अंतिम संस्कार के समय उन्होंने जिस भलमनसाहत का परिचय दिया था, वह जाने कहाँ विलुप्त हो गया था। उनके स्थान पर अब एक ऐसा व्यक्ति खड़ा था, जो शकुनि की धूर्तता और सुयोधन के दृढ़ संकल्प का मेल था।

अगले ही दिन, उन्होंने धौम्य को बुलवाया, ताकि राज्य के मामलों में विचार किया जा सके। जब गुरु राजा से भेंट करने आए तो वे संशय में थे। इस युद्ध के बाद तो जैसे गुरु के लिए सब कुछ ही पलट गया था। उन्हें एक क्रुद्ध व विद्रोही सुयोधन नहीं मिला, जिस पर आसानी से अधर्म का अभियोग लगाया जा सकता था, अब वे युधिष्ठिर के सामने थे, एक ऐसा व्यक्ति, जिसे वे बाल्यकाल से धर्म का प्रतीक कहकर, प्रचारित करते आए थे।

"गुरु धौम्य! मैं अपने मृतक पुत्रों के आचरण का सुधार करना चाहता हूँ। मैं नहीं चाहता कि उनकी आत्माएँ यूँ ही भटकती रहें क्योंकि उन्हें ब्राह्मणों का श्राप लगा है। मैं एक लक्ष ब्राह्मणों को दान-दक्षिणा देना चाहता हूँ और आपके परामर्श का आकांक्षी हूँ।"

धौम्य तो अपने कानों पर विश्वास नहीं कर सके। महाराज ऐसा व्यवहार क्यों कर रहे थे? यह तो उनके स्वभाव के अनुकूल न था? क्या यह वही व्यक्ति है जिसने कहा था कि प्रत्येक व्यक्ति को एक साथ अंतिम संस्कार का अवसर मिलना चाहिए, भले ही वह किसी भी जाति का क्यों न हो? वे उपहार देने की बात कर रहे थे, इंकार का तो प्रश्न ही नहीं था। "महाराज! आप में धर्म का प्रकाश अवतरित हुआ है। स्वर्ग के देवों का आशीर्वाद आप पर बना रहे।"

महाराज ने उनके चरणों का स्पर्श किया। फिर उन्होंने युधिष्ठिर को बुलवाकर अपना निर्णय सुनाया और कहा कि दिवंगत आत्माओं की मुक्ति के लिए ऐसा करना आवश्यक था। युधिष्ठिर ने कुछ भी कहे बिना अपने कक्ष की राह ली, उनके मस्तिष्क में अवसाद के बादल छाए थे।

धृतराष्ट्र अपने कक्ष में आए तो खिलखिलाने लगे और गांधारी से बोले, "मैं राजकोष रिक्त कर दूँगा। उन्होंने मुझे मूर्ख बनाया परंतु मैं कृष्ण और उनके साथियों को उनके ही दाँव से परास्त करूँगा। इस धरती पर केवल मेरे पुत्र का शासन होगा। गांधारी! तुम्हारा भाई शकुनि बहुत समझदार था। लगता है कि कई बार वह मुझे अपना परामर्श देने आता है।"

"आप फिर से कुरुवंश के लिए विनाश को न्यौत रहे हैं," गांधारी ने विषादयुक्त सुर में कहा। प्रत्युत्तर में बहुत देर तक, उसके पति का हास्य गूँजता रहा।

***

शीघ्र ही, राजकोष रिक्त हो गया क्योंकि कुरुओं की उदारता और दानवीरता को सराहने के लिए, दूर-दिगंत से आए ब्राह्मणों को गौएँ, अश्व और स्वर्ण मुद्राएँ दान कर दी गई थीं। जब युधिष्ठिर ने महाराज से देश के सुदूर हिस्सों में फैली भुखमरी, दंगों और मौतों के बारे में मिली सूचनाओं पर चर्चा की तो उन्होंने ज्योतिषियों को बुलवा लिया। जब सभी ज्योतिषी इस राय पर एकमत हुए कि भारतवर्ष के लिए समय शुभ नहीं था, तो धृतराष्ट्र ने अपनी चिंता व्यक्त की। अपनी कीर्ति की आभा में जगमगाते हुए, उन्होंने और अधिक गौओं और सुवर्ण मुद्राओं को दान में देने की घोषणा कर दी। वे मन ही मन उन सभी पर हँस रहे थे, जिनको वे मूर्ख बना रहे थे। पुरोहितों व ब्राह्मणों ने अश्वमेघ यज्ञ करने की सलाह दी। उनका कहना था कि यह यज्ञ करने से ही समृद्धि को सुनिश्चित किया जा सकता था। धृतराष्ट्र ने अपने पुत्र युयुत्सु को बुलवाया और कहा कि वह देशभक्ति का धर्म निभाए और इस यज्ञ का सारा व्यय अपने सिर ले। युयुत्सु ने कहा कि वह सदा धर्म का साथ देता है, उसने देश की बहुत सारी संपत्ति रेहन रखते हुए, विशाल धनराशि देने का वचन दिया।

भारतवर्ष के अधीन राज्यों में अश्व दौड़ता रहा। उसके पीछे आ रही शाही सेना, उन सभी को कुचलती हुई आ रही थी, जो उसके आगे समर्पण करने से इंकार करते थे और शेष राज्यों से अच्छी-ख़ासी धनराशि एकत्र की गई। अर्जुन ने इस युद्ध का नेतृत्व किया और पहले से नष्ट-भ्रष्ट देश को रौंदने में कोई कमी नहीं रखी गई। वृषकेतु, लूटमार के इस खेल में अपने काका के साथ था। महाराज ने यह विशेष ध्यान रखा कि लूट का माल राज्य में आते ही, ब्राह्मणों में दान कर दिया जाए ताकि राजकोष पहले की तरह रिक्त ही रहे। हस्तिनापुर धीरे-धीरे उनके पुत्र युयुत्सु का पूरी तरह से ऋणी होता चला गया।

विदुर दुखी होकर, वन में चले गए। कृप घटनाओं की इस शृंखला का आनंद लेने के लिए बने रहे। उनकी बहन, द्रोण की पत्नी कृपी स्वर्ग सिधार गई। उन्हें ही उसका अंतिम संस्कार करना पड़ा क्योंकि अश्वत्थामा का दूर-दूर तक कोई पता नहीं था। कोई नहीं जानता था कि वह शापग्रस्त ब्राह्मण कहाँ गया?

जब यज्ञ के अश्व ने सिंध की सीमाओं में प्रवेश किया तो घटनाओं ने और भी बुरा मोड़ लिया। सुशला अपने पुत्र सुरथ को, पिता जयद्रथ की मृत्यु का प्रतिशोध लेने के लिए तैयार कर रही थी। भारत के कोने-कोने से आए अनेक गुरुओं के लाखों प्रयासों के बावजूद, सुरथ दुर्बल ही बना रहा। माँ के दबाव के कारण वह एक ऐसे संवेदनशील युवक में बदल गया था, जो निरंतर अपनी असफलता के बारे में ही सोचता रहता था। जब अर्जुन की राजसी सेनाओं ने सिंध में क़दम रखा, तो पांडव ने संधि का प्रस्ताव पेश किया। वह अपनी ही बहन के राज्य में लूटमार नहीं करना चाहता था और अर्जुन को उम्मीद थी कि वह सुशला को हस्तिनापुर चलने के लिए भी मना लेगा।

परंतु महान योद्धा के लिए तो विनाश प्रतीक्षा कर रहा था। ज्यों ही हस्तिनापुर की सेना ने नगर द्वार से प्रवेश किया, सुशला ने अपने कायर पुत्र को चिढ़ाया कि वह अर्जुन के नाम से, कक्ष में छिप गया और एक क्षत्रिय की तरह युद्ध नहीं कर रहा। सुरथ बेमन से अपने

कक्ष से निकला और अश्व पर सवार हुआ। वह सेना की ओर चल दिया, सुशला बड़े ही गर्व से पुत्र को जाते हुए देख रही थी। अर्जुन ने भाँजे के स्वागत के लिए शंख फूँका। सुरथ को ला रहा अश्व भड़क गया और उसने सुरथ को अपनी काठी से नीचे पटक दिया। ज्यों ही वह धरती पर गिरा, उसकी गर्दन टूटी और वहीं उसके जीवन की डोर टूट गई। अर्जुन अनजाने में ही अपनी चचेरी बहन के परिवार के विनाश का कारण बन गया। योद्धा भारी मन के साथ वापस लौटा, वह समझ नहीं पा रहा था कि अपने इतने संबंधियों की हत्या का दोष अपने सिर लेकर, उसे क्या मिला। ज्यों-ज्यों जीवन के पन्ने सामने आ रहे थे, *गीता* का ज्ञान उसके लिए कम महत्त्वपूर्ण होता जा रहा था।

गांधारी के शब्द सत्य रहे। धृतराष्ट्र की यही धूर्तता कुरुवंश के नष्ट होने कारण बनी। अंततः उनके इस स्वप्न को भी बिखरने में देर नहीं लगी कि उनका पुत्र ही गद्दी का उत्तराधिकारी होगा। अभिमन्यु की विधवा उत्तरा ने एक पुत्र को जन्म दिया। उन्होंने कलप कर, स्वयं को कक्ष में बंद कर लिया। जब वे बाहर आए तो उनका सब कुछ नष्ट कर देने का उन्माद चरम पर था। उन्होंने सारे अनुष्ठानों को धूमधाम से मनाते हुए, पुरोहितों और पंडितों को और अधिक दान-दक्षिणा दी। उत्तर और अभिमन्यु का पुत्र परीक्षित बड़ा होने लगा किंतु वह नहीं जानता था कि उसके लिए भविष्य के गर्भ में क्या छिपा था।

जब धृतराष्ट्र ने अंततः सिंहासन को त्यागने का निर्णय लिया तो उन्होंने सबसे पहले यही सुनिश्चित किया कि कहीं युधिष्ठिर, परीक्षित को भावी उत्तराधिकारी धोषित करने के बाद, उसके नाम से राज्य का संचालन न करने लगे। उन्होंने युधिष्ठिर से, विस्तार से बात की और उसे समझाया कि मन की शांति पाने के लिए उन्हें हिमालय चले जाना चाहिए। उन्होंने धौम्य से भी चर्चा की उन्हें वानप्रस्थ ग्रहण करना है और वे कुंती को अपने साथ ले जाना चाहेंगे। धौम्य प्रसन्न हो उठे। उन्हें अपने हाथों का खिलौना बनाने के लिए केवल सोलह साल का किशोर राजा मिल रहा था। इस तरह वे निरंकुश भाव से अपने नियमों को लागू कर सकते थे। गुरु ने धृतराष्ट्र की सारी बातें सुनीं, वे उनकी आंतरिक इच्छा जानते थे इसलिए उन्होंने भी यही कहा कि वे युधिष्ठिर को हिमालय प्रस्थान के लिए मना लेंगे और कुंती को भी राजसी प्रासाद से दूर कर दिया जाएगा।

जब धौम्य चले गए, तो धृतराष्ट्र बहुत देर तक अकेले बैठे, उस वार के बारे में विचार करते रहे, जो उन्होंने पांडु के पुत्रों पर किया था। वे अपने वीरगति को प्राप्त कर चुके पुत्रों के नाम पर जो प्रतिशोध ले रहे थे, वह इससे अधिक मीठा तो हो ही नहीं सकता था। सभी युद्ध रणभूमि में तलवारों और गदाओं से नहीं लड़े जाते। जब गांधारी ने उस रात, उनसे बात करनी चाही, तो वे करवट लेकर गहरी नींद में होने का अभिनय करने लगे।

***

79. वानप्रस्थ

कुंती इस बात पर यक़ीन नहीं कर सकीं। इतने वर्षों के संघर्ष के बाद, उन्होंने इस बात की तो कभी अपेक्षा नहीं की थी। यह सच है, ग्रंथ सही कहते हैं कि पोतों-पड़पोतों के जन्म के बाद व्यक्ति को वानप्रस्थ जीवन में प्रवेश करना चाहिए, परंतु वे इसे टालती रहीं। परीक्षित अभी केवल सोलह साल का था। क्या उसके पुत्र अभिमन्यु के पुत्र का विवाह होने तक प्रतीक्षा नहीं कर सकते थे?

"राजमाता! यह निर्णय अंतिम है। मैं सब कुछ परीक्षित को सौंपकर, हिमालय की शरण में जाऊँगा। आपको भी धृतराष्ट्र काका व गांधारी काकी के साथ चले जाना चाहिए।" युधिष्ठिर ने सपाट सुर में कहा।

भले ही धौम्य ने कहा हो, पर उसके पुत्र को ऐसी बातें सुनने और मानने की क्या पड़ी थी? जब से युधिष्ठिर को कर्ण के बारे में पता चला था, तब से वह ऐसा ही खिंचा-खिंचा बर्ताव करने लगा था। वह यही कहता था कि वे लोग युद्ध को टाल सकते थे और वही इस युद्ध के लिए ज़िम्मेवार थीं। क्या सचमुच ऐसा होने से सारी समस्याओं के हल निकल आते? क्या सुयोधन कर्ण के पक्ष में सिंहासन का त्याग करता? नहीं, इस युद्ध के लिए वे नहीं, अपितु द्रौपदी उत्तरदायी थी। कुंती ने साड़ी के पल्लू से सिर ढका और अपना मुँह घुमा लिया। वे अपने पुत्रों को अपने आँसू नहीं दिखाना चाहती थीं। वे विदा या आशीर्वाद का एक भी शब्द कहे बिना ही महल से बाहर निकल गईं, फिर वे एक क्षण के लिए रुकीं, कि संभवतः कोई पुत्र उन्हें पुकार कर रोक ले।

"कुंती!"

राजमाता इस चिर-परिचित स्वर को सुन ठिठकीं। कभी यही सुर उनके मन में कैसी घृणा और रोष को जन्म देता था, परंतु अब जीवन में नापसंद करने लायक़ कुछ बचा ही नहीं था। "गांधारी..." कुंती ने कहा और अपनी गर्दन घुमाई। जब घमंडी गांधारी की सुबकियों को सुन उसकी आँखें भी भर आईं, तो उसे अपने-आप से नफ़रत होने लगी। कुंती ने गांधारी का हाथ अपने हाथ में थाम लिया।

धृतराष्ट्र अपने नेत्रहीन मुख से आकाश को ताक रहे थे। वे पूरी तरह से संतुष्ट दिखे। वे जिन्हें सभी नेत्रहीन और अक्षम समझते आए थे, वही सबसे बेहतर और चतुर निकले।

उन्होंने दोनों महिलाओं को रोते सुना और अपनी गर्दन हिलाई। वे दोनों आजीवन, कठोर संघर्ष करती रहीं और आज एक साथ खड़ीं, अपने खोए हुए यौवन, अपने खोए हुए बेटों और पोतों और उस जीवन का शोक मना रही थीं, जिसे वे सत्ता के लोभ में जीना ही भूल गई थीं। अब वे बूढ़ी और अशक्त हो चली थीं, अपने परिवारों के लिए भार थीं। जिस महल में सैकड़ों लोग आराम से रहते थे, वहाँ उन तीनों के लिए स्थान नहीं रहा था।

"यदि सुयोधन जीवित होता, तो क्या ऐसा होता?" धृतराष्ट्र ने कोमलता से पूछा।

इन शब्दों ने किसी चाकू की तरह कुंती का कलेजा चीर दिया। उन्हें अपने जेठ की इस असंवेदनशील फ़ब्ती पर गुस्सा तो आया, परंतु वे यह भी जानती थीं कि यह झूठ नहीं था। वे एक भी शब्द कहे बिना, गांधारी की बाँह थामे चल दीं। धृतराष्ट्र की लाठी की ठकठक के साथ उनके क़दमों की ताल बन गई थी। कुंती अपना सिर शान से उठाए चल रही थीं। वे सुन सकती थीं कि लोग उनकी दयनीय दशा पर शोक जता रहे थे। वे इसे सह सकती थीं। परंतु आज तक वे जितनी उपेक्षा करती रहीं, उनके ही मुख से निकले सहानुभूति के शब्दों को पचा नहीं पा रही थीं। उन्होंने मार्ग के दोनों ओर खड़े दीन-हीन लोगों को नहीं देखा। वे राजपरिवार के सदस्यों को विदा देने या केवल उन्हें देखने आए थे, जो कि उनके अपने-अपने स्वभाव के अनुसार था। युद्ध कब का समाप्त हो चुका था परंतु विनाश के चिन्ह अभी मिटे नहीं थे।

"महाराज धृतराष्ट्र!"

"विदुर! मेरे भाई..." धृतराष्ट्र के शब्द अपनी परछाईं मात्र थे।

कुंती ने देखा कि विदुर ने पूरे सम्मान के साथ अपने भइया और भाभी के चरण स्पर्श किए। जब वे उनके पास आए तो उन्होंने कहा, "विदुर! क्यों आए हो? अब तो हम भिक्षुक हैं। हमारे पास न तो देने के लिए कुछ है और न ही सिर छिपाने की कोई जगह बची है।"

"देवी! क्या आप भूल गईं कि वन में मेरी कुटिया के द्वार आपके लिए सदा खुले हैं।"

"हम तुम पर भार हो जाएँगे, विदुर। हम दोनों ही बूढ़े और अंधे हैं," धृतराष्ट्र ने उसाँस भरी।

"महाराज! मेरे लिए तो यह सम्मान की बात होगी। बेशक, वहाँ महल जैसी विलासिता नहीं, क्योंकि वह एक शूद्र का घर है।"

"भाई! आज भी तुम्हारे शब्दों की धार पैनी नहीं हुई।"

"राजमाता! हम सत्य को नहीं बदल सकते। भले ही मैं आपका देवर हूँ किंतु अब भी एक शूद्र ही हूँ। यदि मेरे यहाँ पधारने से आपकी मर्यादा खंडित नहीं होती, तो आप सब मेरे साथ आकर रहें। यह मेरे लिए सौभाग्य की बात होगी।"

"विदुर तुम देख सकते हो, अब हमारे पास कुछ भी शेष नहीं रहा। हम इस समय निराश्रय हैं।" यह उनका उपहार था, जिन्होंने अपना सारा जीवन युद्धों के सायों तथा रणनीतियों और दुरभिसंधियों के बीच बिता दिया ताकि उनके पुत्र हस्तिनापुर के राज

सिंहासन पर अपना दावा जता सकें।

"इस धर्म युद्ध ने हममें से अधिकतर लोगों को भिखारी बना दिया है। कृपया आप सब आएँ और मेरे इस अकेले जीवन को अपनी संगति का सुख प्रदान करें।"

कुंती ने कुछ नहीं कहा और वे सभी विदुर के पीछे चल दिए। वे सब मिलकर जंगल में बनी उस कुटिया में पहुँचे - वह कुटिया, जिसे बनाने में विदुर को लगभग पूरा जीवन लगा था ताकि उन सबका शेष जीवन सत्य के मनन में बीत सके। आध्यात्मिक विषयों का ज्ञान पाया जा सके। कम से कम उन्होंने तो यही सोचा था।

परंतु अभी कुंती के कर्मों का चक्र घूम रहा था। तक्षक और उसकी क्रांतिकारी सेना वन को आग लगाने आ पहुँची। आग उन सबको लील गई। कर्म के कटु फलों से बचकर भी भला कोई कहीं जा सकता है?

***

80. क्रांति अमर रहे!

"क्रांति अमर रहे!" तक्षक चिल्लाया। उसने अपने कुछ अनुयायियों के साथ मिलकर, भोर बेला में विदुर की कुटिया में आग लगा दी थी। उन्होंने कुंती, धृतराष्ट्र, गांधारी और विदुर को मारे पीड़ा के छटपटाते हुए देखा। जब आग उन चारों को लीलने के लिए आगे आ रही थी तो वे आपस में झुंड बनाकर बैठे, अपने प्राणों की भिक्षा माँग रहे थे।

युयुत्सु ने नाग और अन्य नीची जाति के हज़ारों लोगों को उनकी गंदी बस्तियों और घरों से खदेड़ दिया था। अब इन बेघर लोगों के पास खोने के लिए कुछ नहीं था। वे सब तक्षक की सेना में भर्ती हो गए। तो जब उनके महान नेता ने ऐसी विजय का ऐलान किया तो वे सब शांत और मौन क्यों खड़े थे?

"यह क्रांति के लिए बहुत बड़ा दिन है!" तक्षक फिर से चिल्लाया। लोग चुपचाप अधेड़ नाग नेता को ताकते रहे। "क्रांति अमर रहे!" वह अपने खुरदुरे स्वर में, हवा में घूँसा बरसाते हुए चिल्लाया। "यह तो शुरुआत भर है..." तक्षक ने उन लोगों को देखकर मुँह बनाया, जो अब वहाँ से खिसकने लगे थे। "हम अपने शत्रुओं से सत्ता छीन लेंगे, युयुत्सु जैसे लोगों को जान से मार देंगे।" कोई भी उसकी बात नहीं सुन रहा था। "क्रांति अमर रहे!" तक्षक फिर से चिल्लाया। उसे सन्नाटे के सिवा कोई उत्तर नहीं मिला। लोग उससे उसी तरह दूर हो गए थे जैसे लोग किसी कोढ़ी को देख परे हो जाते हैं। 'मैंने इन लोगों के जीवन को उन्नत बनाने के लिए अपना पूरा जीवन लगा दिया और आज ये मेरे साथ ऐसा बर्ताव कर रहे हैं,' तक्षक ने गाँव से बाहर आते हुए, कड़वाहट से सोचा।

अंततः वह उस जगह आ गया, जहाँ पहले विदुर की कुटिया हुआ करती थी। वर्षा ने सारा कचरा तक बहा दिया था, केवल कुछ हड्डियाँ ही धूल में पड़ी दिख रही थीं। उसने सोचा कि भारतवर्ष का इतिहास बदलने के लिए उसे कोई बड़ा क़दम उठाना होगा। जब उसे कई वर्ष पूर्व, शिव प्रतिमा के सामने, मृतक वासुकि पड़ा मिला था तो उसे लगा था कि नागों के नेतृत्व के लिए आख़िरी चुनौती भी समाप्त हो गई। वासुकि एक सर्प के डँसने से ही मरा। हालाँकि, अब तक वह क्रांति नहीं आ सकी थी, जिसका सपना उसने देखा था। उसने सोचा था कि हस्तिनापुर के बूढ़े राजा धृतराष्ट्र की हत्या करने से घटनाओं का एक सिलसिला चलेगा परंतु उसके अपने लोगों ने भी इसके बारे में बात तक करना ज़रूरी नहीं समझा था। वह किसी बड़ी घटना के घटने की प्रतीक्षा में था। वह बूढ़ा हो रहा था और उसकी मुट्ठी से

समय खिसकता जा रहा था।

तक्षक के दिमाग़ में एक उपाय आकार लेने लगा। परीक्षित! उसने सुन रखा था कि पांडव जल्दी ही हिमालय की ओर प्रस्थान करेंगे और उस युवक को नया सम्राट बना दिया जाएगा। जब उसने परीक्षित के बारे में सोचा तो उसके होंठों पर मुस्कान खेल गई। अब उसे अपनी योजना को पूरा करने के लिए, मूर्खों की सेना की ज़रूरत न थी। यह काम तो वह अकेले भी कर सकता था। जब वह परीक्षित को मार देगा, तो क्रांति की गेंद नए सिरे से लुढ़कने लगेगी।

* * *

सरस्वती नदी की सूखी सतह पर एक अश्वारोही हरकारा दौड़ा जा रहा था ताकि झट से हस्तिनापुर पहुँच सके। उसके पास बहुत बुरी ख़बर थी। द्वारिका में सांब के ठगों और कृतवर्मा के सिपाहियों के बीच गृहयुद्ध छिड़ गया था। सारी नगरी आग की लपटों में थी। यह सुनकर पांडव, अपने प्रिय मित्र की नगरी को बचाने के लिए भागे, जिसे उन्हें इतना महान युद्ध जीतने में सहायता की थी। वे यह देखकर स्तंभित हो उठे कि कृष्ण की पत्नियाँ थोड़े से अंगरक्षकों के साथ, मरुस्थल के वीराने में अकेली यात्रा कर रही थीं। कृष्ण कहीं नहीं दिख रहे थे। एक बूढ़े यादव सिपाही ने अर्जुन को संदेश दिया कि प्रभु अपनी पत्नियों की सुरक्षा का दायित्व अपने निष्ठावान सेवक पर छोड़ गए हैं। युधिष्ठिर, नकुल और सहदेव द्वारिका की ओर चले जबकि अर्जुन अपने प्रिय मित्र की पत्नियों को हस्तिनापुर सुरक्षित ले जाने के लिए चल पड़ा। उसका मन अनजानी आशंका से भयभीत था।

राह में, उन पर दुर्जय और नागों ने हमला कर दिया। अर्जुन के पास इस दोहरे हमले से बचाव का कोई साधन नहीं था। दुर्जय उसके रथ में कूदा, गांडीव छीना और उससे ही अर्जुन के सिर पर गहरा वार किया। धनुष के दो टुकड़े हो गए और अर्जुन ने अपनी चेतना खो दी। जब उसे होश आया, तो वह उस मरुस्थल में अकेला था। उसका रथ, उसके अश्व, उसके शरीर पर पहने गए सभी अमूल्य रत्न वे साथ ले गए थे। इससे भी बड़े सदमे की बात तो यह थी कि कृष्ण की पत्नियाँ भी कहीं दिखाई नहीं दे रही थीं। महान योद्धा, संसार का महान धनुर्धारी, कर्ण, द्रोण, भीष्म व अन्य महारथियों को परास्त करने वाला, एक अदने से डाकू से हार गया और अपने मित्र की पत्नियों की रक्षा नहीं कर सका।

अर्जुन द्वारिका की ओर चला। वह नहीं जानता था कि कृष्ण और उनके भाइयों को इस बाबत कैसे बताएगा। प्रभास की बाहरी सीमा पर उसकी भेंट मुनि व्यास से हुई। अर्जुन उनके पैरों पर गिरकर सुबक उठा, "स्वामी! एक लुटेरे ने मुझ पर हमला किया और वह मुझसे कृष्ण की पत्नियों को छीन ले गया, जिन्हें मैं सुरक्षित हस्तिनापुर की ओर ले जा रहा था। यदि वे एक अवतार हैं, तो वे अपनी पत्नियों की रक्षा क्यों नहीं कर सके? मैं दुर्जय को क्यों नहीं हरा पाया? मैंने अपना कर्तव्य निभाया और सदा शास्त्रसम्मत जीवन ही व्यतीत किया है। अब मेरा मन नहीं जान पा रहा कि क्या उचित है और क्या अनुचित?"

"अर्जुन, समय ही ईश्वर है, समय ही धर्म है। कीर्ति, विजय, संपदा, अपकीर्ति,

निर्धनता - ये सब काल के ही रूप हैं। कालपुरुष प्रकृति के साथ कार्य करता है, ताकि जीवन की लय सुनिश्चित की जा सके। जिस प्रकार मौसम आते-जाते हैं, जिस तरह वर्षा के बाद शरद ऋतु आती है और फिर दूसरी ऋतुओं की बारी होती है। उसी तरह समय की भी विभिन्न अवस्थाएँ हैं। एक योद्धा के रूप में, तुम्हारे समय का अंत हो गया है। तुम्हारे कर्म तुम्हारे सामने आएँगे। कृष्ण का शीघ्र ही अंत होगा; यहाँ तक कि वे भी कर्मों से मुक्त नहीं हैं। प्रकृति और कालपुरुष, काल के देवता, एक साथ मिलकर परिवर्तन लाते हैं।" उन्होंने अर्जुन को उठाकर कहा।

अर्जुन ने उन्हें प्रणाम किया। हालाँकि महामुनि ने उसके प्रश्नों का प्रत्यक्ष उत्तर नहीं दिया था, परंतु अब द्वारिका की ओर जाते हुए, उसके मन में इतनी पीड़ा नहीं थी।

* * *

81. कर्मफल

ऐसा क्या बुरा हो गया था? पक्षी इतने शांत क्यों थे? अविराम वर्षा हो रही थी किंतु यह वर्षा भी द्वारिका में धधक रही अग्नि को शांत नहीं कर सकी। बलराम पूरी तरह से टूट चुके थे। उन्होंने अपने देश के लिए जिस दैदीप्यमान भविष्य की कल्पना की थी, वह कहाँ गया? किसी के मार्ग से चिल्लाने का स्वर सुनाई दिया, यह तो रक्त को भी जमा देने वाली चीख़ थी। उनके अपने ही लोग एक-दूसरे की जान के प्यासे हो रहे थे, और वे असहाय भाव से सब देख रहे थे। सांब और उसके लुटेरों का दल नगर को लूटने और लोगों की हत्या करने में व्यस्त था। यहाँ तक कि कृष्ण की पत्नियाँ भी उनके उन्मादी पुत्र की हिंसा से सुरक्षित नहीं रहीं।

यह सब मदिरा के नशे में चूर होने के बाद हुई एक झड़प से आरंभ हुआ, जो कि आम होती जा रही थीं। बलराम ने अपने राज्य में मदिरा का प्रवेश वर्जित करना चाहा परंतु किसी तरह वह फिर से नगरी में आ जाती। जब युवराज सांब ही पियक्कड़ था तो ऐसे में मदिरापान पर रोक लगाने का औचित्य ही समाप्त हो जाता था। सांब नशे में हो या न हो, उसे नगरी में आने वाले विद्वानों का अनादर करने का तो कोई अधिकार नहीं था। कृतवर्मा ने उसे संभालने की बहुत कोशिश की परंतु जब सांब ने उनके सेनापति को मुख पर करारा तमाचा रसीद किया तो वे सह नहीं सके। जब कृतवर्मा अपने उत्तेजित सिपाहियों को शांत करवा रहा था तो सांब ने पीछे से वार किया और वह नहीं रहा। अभी कृतवर्मा की चिता के अंगारे भी नहीं बुझे थे कि द्वारिका आग की लपटों से घिर गई। सांब के ठगों और कृतवर्मा के निष्ठावान सिपाहियों के बीच खुलेआम गृहयुद्ध छिड़ गया था।

बलराम जलते हुए मार्गों पर निकल पड़े और राह में आने वालों को समझाने-बुझाने की चेष्टा करते। दंगाइयों ने उनके वहाँ जाते ही अपने प्रक्षेपास्त्र छिपा दिए, परंतु उनकी आँखें और कान, दोनों ही बलराम की विनती को न तो देख सकते थे और न ही सुन सकते थे। ज्यों ही वे दूसरी ओर निकले, पीछे वही सब खेल शुरू हो गया। बलराम सारी उम्मीद खो चुके थे।

जहाँ तक दृष्टि का विस्तार जाता था, वहाँ तक रेत ही रेत दिख रही थी। बलराम रेत के असीम विस्तार पर चलने लगे। यह नज़ारा तो आम नज़ारे जैसा नहीं दिख रहा था, समंदर कहाँ गया। उन्होंने पीछे मुड़कर अपने महल को देखा। वह धुएँ से घिरा था और

धुआँ किसी काले सर्प की तरह आकाश की ओर उठ रहा था। उनके मस्तिष्क ने जैसे काम करना ही बंद कर दिया था। कृष्ण महल की सारी स्त्रियों को ले, मरुस्थल के लिए प्रस्थान कर चुके थे। कृष्ण के आग्रह के बावजूद, बलराम की पत्नी रेवती, पुत्री वत्सला और उनकी पुत्रवधु लक्ष्मणा ने साथ जाने से इंकार कर दिया था। वे वहीं महल में रहकर, उनके लौटने का इंतज़ार करने वाली थीं। बलराम ने एकांत पड़े समुद्र तट की ओर बढ़ते हुए हाथ जोड़े, 'हे ईश्वर! उन्हें सुरक्षित रखना।'

समंदर कहाँ चला गया था? जहाँ तक उनकी दृष्टि जा रही थी, कहीं भी जल नहीं दिख रहा था। मछलियाँ रेत में और बचे हुए पानी के छोटे पोखरों में पड़ी थीं। कछुए और बड़े जलचर, जल को न पाकर, किनारे की ओर आ रहे थे।

बलराम वहीं किनारे पर ढेर हो गए। संभवतः वे नगर की ओर से आती मानव देह की दुर्गंध के स्थान पर समंदर की नमकीन हवा को सूँघ पाते। 'कृष्ण! तुम अपनी असंख्य पत्नियों के साथ कहाँ चले गए, इस समय तो तुम्हारी प्रजा को तुम्हारी सबसे अधिक आवश्यकता थी? भाई, गांधारी का शाप हमें लीलने आ रहा है। तुम्हारे कर्मों का फल हमें भी भुगतना होगा। तुम अपनी दैवीय शक्तियों से हमें बचा सकते थे। मैं तो एक साधारण मानुष हूँ किंतु उन लोगों को कठिन समय में अकेला नहीं छोड़ सका, जो हमेशा हम पर भरोसा करते आए हैं। भाई, तुम कहाँ चले गए?'

बलराम घुटनों के बल बैठे और और सूने आकाश को ताकने लगे। यह कैसी ध्वनि थी? अजीब सी धूमिल गूँज का आभास हो रहा था। वह सुनने के लिए खड़े हो गए। उनके सामने फैले शून्य का विस्तार भयावह दिख रहा था। उन्होंने अपने हाथ पर पड़ी झुर्रियों और उससे चिपके नमक के कणों को देखा। वे नमक के उस कण की तरह ही महत्त्वहीन महसूस कर रहे थे। फिर उन्होंने उसे देखा। सागर आकाश में दिखते राक्षस की तरह उठने लगा था। लगभग आकाश को छूती एक लहर, पश्चिम के क्षितिज पर खड़ी दिख रही थी।

बलराम एक ही झटके में जान गए कि उनके और उनकी नगरी के साथ अब क्या होने वाला है। वे एक मुट्ठी रेत उठाकर, सीधे खड़े हो गए, उनका भाव सहज था। तेज़ हवा के कारण धोती जांघों से टकराई। वे बोले, "जब-जब मेरे देशवासी अहिंसा के पाठ को भूलेंगे, मैं तब-तब वापस आने का संकल्प लेता हूँ, किसी पैगंबर या अवतार के रूप में नहीं, परंतु एक मनुष्य के रूप में, एक मानवीय स्वभाव की सभी अच्छाइयों और बुराइयों के साथ!" वायु तेज़ी से बहते हुए, जैसे उनका उपहास उड़ाने लगी। "चाहे जितना उपहास कर लो। किंतु मैं बार-बार यहीं जन्मूँगा और तुम्हारी गोद में खेलूँगा। मैं तब तक आता रहूँगा, जब तक मेरे देशवासी शांति का पाठ नहीं पढ़ते। जब भी लोग प्रेम का पाठ भूल जाएँगे, तो मैं आऊँगा। मुझे कोई मोक्ष नहीं चाहिए, यही मेरी मुक्ति है, यही मेरा निर्वाण है।"

वह विशाल तरंग और भी विशाल होती जा रही थी और किसी भयानक पशु की तरह द्वारिका की ओर बढ़ रही थी। हवा थम गई, मानो बलराम के अंतिम शब्दों को सुनना चाह रही हो, "मैं अनंत हूँ। मैं चिरंतन हूँ। मैं अमर हूँ। जब कभी मेरे लोगों को मेरी आवश्यकता

होगी तो मैं वापस आऊँगा।" बलराम ने अपने हाथ की रेत उस तरंग की ओर उछाल दी और एक निमिष के अंश के बाद, वे जलमग्न हो गए।

तरंग ने किसी विशाल मुट्ठी की तरह सारी द्वारिका को सपाट कर दिया और बलराम की महान नगरी को जल के विशाल पर्वत ने लील लिया। एक भी यादव जीवित नहीं बचा। यह कोई अंत नहीं, अपितु एक आरंभ था।

* * *

82. शिकारी

जरा अपने नेत्रों पर विश्वास नहीं कर सका। वहाँ उसके स्वामी, उसके प्रिय, उसके प्रभु खड़े थे। उसने इसी आस में बरसों बिता दिए कि कभी उनकी एक झलक मिल जाए और आज कृष्ण बरगद के वृक्ष तले अकेले बैठे थे। क्या वह उनके और अधिक निकट जाने का संकट मोल ले सकता था? आज उनके मुख पर वह मुस्कान नहीं थी, जो सदा उन्हें एक दैवीय आभा देती थी। यह तो किसी ऐसे व्यक्ति का मुख लग रहा था जिसे सांसारिक चिंताओं ने घेर रखा हो।

"प्रभु!" जरा ने पुकारा और उनके सम्मुख साष्टांग दंडवत किया।

कृष्ण ने अपने नेत्र खोले, "जरा... आओ!" उन्होंने क्लांत स्वर में कहा।

"प्रभु! मैं एक अछूत हूँ।" जरा की प्रसन्नता की सीमा न रही। उसके प्रभु स्वयं उससे बात कर रहे थे; वे तो उसका नाम भी जानते थे।

"मेरे पास आओ," कृष्ण ने पुनः कहा।

जरा ने दोबारा नहीं सोचा। किसी के द्वारा देखे जाने के भय को परे धकेलते हुए, वह प्रभु की ओर भागा।

"क्या तुम मेरा छोटा सा काम कर सकते हो?" कृष्ण ने बंद आँखों के साथ कहा।

जरा को कृष्ण के कंठ में पड़े मुरझाए पुष्पों की गंध आ रही थी। उसका दिल बहुत तेज़ी धड़क रहा था। "आदेश दें, प्रभु!" जरा ने व्यग्रता से कहा। उसने प्रतीक्षा कि उसके भीतर से आनंद का सोता फूटे किंतु ऐसा कुछ नहीं हुआ।

"इस वृक्ष के पीछे एक धनुष-बाण रखा है। क्या तुम ला सकते हो?" कृष्ण हौले से बुदबुदाए।

जरा वृक्ष के पीछे से उन्हें ले आया। ज्यों ही उसने उन्हें छुआ, उसके मन में संदेह ने सिर उठाया कि कहीं कृष्ण कोई ऐसा आदेश तो नहीं देंगे, जो संभवतः वह पूरा न कर सके उसने धनुष-बाण को उनके चरणों के निकट रख दिया और सम्मानजनक दूरी बना कर खड़े होने से पहले, उन दिव्य चरणों के स्पर्श का सौभाग्य भी पा लिया। उसका श्वान निकट ही बैठा था।

कृष्ण ने बाण की पैनी धार देखी और जरा की ओर देख मुस्कराए, उसने दोनों हाथ

जोड़कर प्रणाम किया। "जरा! यह धनुष और बाण थामो।"

जरा चिहुँका किंतु उन हथियारों को यूँ ही ले लिया जैसे प्रसाद में मिले पुष्प थाम रहा हो।

"अब थोड़ा पीछे हटो अन्यथा तुम यहाँ से निशाना नहीं लगा सकोगे।"

"प्रभु! आप मुझसे क्या करवाना चाहते हैं?"

"जरा, मुझ पर बाण चलाओ। मेरे प्राण ले लो।"

जरा कृष्ण के चरणों में गिर का विलाप करने लगा। "आप मेरे प्रभु हैं। आप इस ब्रह्माण्ड के प्रभु हैं। मैं ऐसा घोर पाप कैसे कर सकता हूँ?"

"जरा! तुम्हारा निश्चल हृदय और आस्था, मेरे भीतर दिव्यता को देखते हैं। मैंने सोचा कि मैं समाज की सहायता कर रहा था परंतु अब ऐसा लगता है कि मेरा उपयोग किया गया। मेरे पास उन्मुक्त शक्ति थी, जिसे मैं वश में नहीं कर सका।"

"प्रभु! आपने कभी कुछ अनुचित नहीं किया, आपने जो भी किया, उचित ही किया।"

"मुझे भय है कि मेरे लोग उन भेड़ियों के शिकार होंगे, जो मेरे नाम का प्रयोग करेंगे। मैं अपने लोगों के लिए कितना भयानक दुर्भाग्य छोड़े जा रहा हूँ।"

"आपने जो भी किया, वह एक माया थी, आपकी दिव्य लीला। हम आपकी संतान हैं और हमें आपकी लीलाओं से मोहित होना चाहिए," जरा ने सुबकियों के बीच कहा।

"गांधारी ने मुझे शाप देते हुए कहा कि मैं बेमौत मरूँगा और मेरे अपने, आपस में ही कट-मरेंगे। उन्होंने भविष्यवाणी की कि हम सब भी उसके योद्धा पुत्रों की तरह काल के गाल में समा जाएँगे। देखो, उनकी कही हर बात कैसे सच साबित हो रही है। मैंने अपने दुष्ट और अयोग्य पुत्र को निषाद के हाथों बचाया और वही सारे यादव वंश के विनाश का कारण बन गया। कर्मों की लंबी भुजाएँ मेरे पीछे चल रही हैं। द्वारिका नहीं रही। मैं तो संसार की रक्षा करने आया था किंतु अपनी ही प्रजा की रक्षा नहीं कर सका। आशा करता हूँ कि मेरे जाने के बाद, अर्जुन मेरी पत्नियों की रक्षा कर सकेगा।"

"प्रभु! मुझसे ऐसी बातें न कहें। मेरी आस्था को डिगाने की चेष्टा न करें। आप हमारी इकलौती आस हो। इसे भी हमसे मत छीनो।"

"जरा! मुझ पर बाण चलाओ। मुझे मारने का सबसे बेहतर अधिकारी तुम्हारे सिवा कोई और नहीं हो सकता।"

"मैं ऐसा नहीं कर सकता, प्रभु। मैंने तो आज एक चींटी भी नहीं मारी। मैं उस व्यक्ति को कैसे मार सकता हूँ, जिसे मैं सबसे अधिक चाहता हूँ।"

"तुम्हें ये करना ही होगा।" कृष्ण ने जरा को इतने सहज भाव से देखा कि वह श्रद्धाविगलित हो, घुटनों के बल बैठ गया।

जरा ने काँपते हाथों से धनुष थाम लिया। अंधा श्वान गुर्राया। जरा को ऐसा काम करने के लिए स्वयं से घृणा हो रही थी किंतु वह अपने स्वामी को इंकार कैसे करता? कृष्ण

के सुर में ऐसी करुणा थी कि उसने जरा का कलेजा चीरकर रख दिया। वह अपने प्रभु के लिए तो पाप का भार भी सिर ले लेगा। जरा ने उनकी ओर देखे बिना ही तीर छोड़ दिया, जिस तरह एकलव्य ने उसे कई बरस पहले, करना सिखाया था। उसने कृष्ण की पीड़ादायी पुकार सुनी और अपने नेत्र मूँद लिए। धनुष हाथों से छूटा और वह वहीं बेसुध होकर गिर गया।

"जरा..." कृष्ण उसे पुकार रहे थे। वे अभी मरे नहीं थे। जरा ने आँखें खोलीं तो देखा कि वह बाण उनके हृदय की बजाए उनके पैरों में जा लगा था। वह उसे निकालने भागा परंतु कृष्ण ने उसे मना कर दिया। "जरा इसे वहीं रहने दो। मेरे जाने का समय आ गया है।"

"प्रभु... मैं पापी हूँ। मैंने आपके प्राण ले लिए।"

"नहीं, तुम पापी नहीं हो। एक जन्म में, मैं एक पेड़ के पीछे छिपा था, जब तुम अपने भाई से लड़ रहे थे तो मैंने तुम पर बाण चलाया था। यह मेरे उसी कर्म का फल है।"

"मैं समझा नहीं, प्रभु!"

"तुम्हें अपने एक पूर्व जन्म की याद नहीं है किंतु मुझे अच्छी तरह याद है। तुम वानर जाति से थे और महान राजा बाली के नाम से जाने जाते थे। मेरी मृत्यु तो तुम्हारे ही हाथों लिखी थी।"

"लोग मुझे नेवला बुलाते हैं, बंदर नहीं, प्रभु आप तो मुझे ऐसी बातें बता रहे हैं, जो मेरी समझ से कहीं परे हैं।"

"जरा! तुम धन्य हो। तुम्हारे मस्तिष्क का नहीं तुम्हारे हृदय का आकार कहीं अधिक महत्त्व रखता है और वह बहुत ही विशाल है।"

"प्रभु! मेरा त्याग न करें। मुझे भी अपने धाम बैकुंठ ले चलें," जरा ने विनती की और तूणीर से एक और तीर खींचा ताकि उसे अपने वक्षस्थल में मार सके।

"नहीं!" प्रभु ने अपने भक्त की आँखों में झाँका।

"मैं जानता हूँ कि मैं नर्क़ में स्थान पाने का अधिकारी हूँ। मैं वैकुंठ नहीं जा सकता। हालाँकि मैं मरने से नहीं हटूँगा। मैं आपको मारने के अपराध बोध के साथ नहीं जी सकता।"

"जरा, वैकुंठ तुम्हारे योग्य नहीं है। यहीं रहो और स्नेह का संदेश प्रसारित करो। इस धरती पर मेरी लीलाओं का नहीं अपितु उस रूप का गान करो, जिसे तुमने अपने शुद्ध हृदय में देखा। मेरे बचपन और मुझे चाहने वाली गोपियों के बारे में गाओ। उन जादुई दिनों और रात्रियों के बारे में गाओ, जहाँ केवल प्रेम की ही भाषा सुनी जाती थी। मुझे ऐसे आदर्श पुत्र के रूप में गाओ, जिसे संसार की हर माँ पाना चाहती है, ऐसे प्रेमी के रूप में गाओ, जिसे हर युवती पाने का स्वप्न देखती है।"

"प्रभु! आप तो इससे भी कहीं अधिक हैं। मैंने ब्राह्मणों के मुख से आपकी अद्‌भुत *गीता* के बारे में सुना है..."

"जरा, तुम्हारा दिल जो गाता है, वह किसी भी दिव्य गान से कहीं महत्त्वपूर्ण है। उन्हें इसी बारे में विवाद करने दो कि मैंने क्या कहा और उसका क्या अर्थ था। कलि का उदय हो रहा है। अंधकार से भरे युग का उदय हो रहा है, जब केवल कुछ, असंख्य लोगों पर शासन करेंगे और बुराई पर अच्छाई की विजय होगी। मुझे धौम्य के कंठ पर अपने चक्र का निशाना साध देना चाहिए था, परंतु खेद है कि मैंने भीम को संकेत करके, सुयोधन की जंघा पर प्रहार करने को कहा और अर्जुन के माध्यम से, भीष्म पर प्रहार करवाया। संभवतः, जब मैं अगली बार आऊँ तो मैं शांति और समानता का उपदेश दूँगा, मैं सबको संघ के आश्रय में आने को कहूँगा, जहाँ सभी समान होंगे और निर्वाण की ओर एक साथ यात्रा करेंगे। यदि वह कारगर नहीं रहा तो मैं कल्कि का अवतार लेकर, सारे संसार को नष्ट कर दूँगा और पुनः सृष्टि का आरंभ करूँगा।"

"यह सब माया है, प्रभु!"

"जरा, जो हो चुका है, उसे बदला नहीं जा सकता। वह कृष्ण बनो, जो मैं बनना चाहता था। मुझे मेरी मृत्यु के बाद, प्रेम और करुणा के कृष्ण के रूप में पुनः आने की अनुमति प्रदान करो। इस अंधकार से भरे दयनीय और दुखी संसार में, आशा की किरण बनकर जीवित रहो। उन आँखों में बसो, जो पराए दुख को करुणामयी दृष्टि से देखती हैं।"

"प्रभु! मुझे अकेला छोड़कर न जाएँ।"

"जरा! एक नया कृष्ण प्रकट होगा - जो तुम्हारे हार्दिक स्नेह से विगलित हो उठेगा और जो सदा तुम जैसे लोगों के हृदय में वास करेगा।"

"जरा ने कृष्ण का सिर अपनी गोद में रखा और गाने की चेष्टा की परंतु सुबकियों के मारे कंठ आर्द्र हो उठा। कृष्ण ने अपनी बाँसुरी उसके हाथ में थमा दी। उनके मुख पर पहले जैसी शांति और वही मुस्कान लौट आई, जिसे देख जरा मुदित हो उठता था। जरा अश्रुपूरित नेत्रों से, कृष्ण के नश्वर शरीर से निकलते प्राणों को देखता रहा। शीघ्र ही रात ने प्रभु और उनके भक्त को अपने आवरण में ढँक लिया। जरा तब तक कृष्ण का सिर अपनी गोद में लिए बैठा रहा, जब तक पूरबी क्षितिज केसरिया आभा में नहीं नहा गया। जब उसने कुछ पुरोहितों को अपनी ओर आते देखा, तो उसने प्रभु के मस्तक को चूमा और वहाँ से भाग गया।

घने वन में जाने के बाद जरा ने प्रभु की बाँसुरी निकाली। पक्षियों ने उसे सुनने के लिए चहचहाना बंद कर दिया और कृष्ण का मंत्र-मुग्ध कर देने वाला संगीत, संसार में एक कोमल धुँध की तरह व्याप्त होता चला गया।

***

83. पुकार स्वर्ग की

जब विशालकाय जलतरंगें द्वारिका की महिमामयी भव्य नगरी को अपने साथ बहाए ले जा रही थीं, तो पांडव असहाय भाव से देख रहे थे। केवल बलराम के प्रासाद के ऊँचे बुर्ज ही दिखाई दे रहे थे। शीघ्र ही वे भी सागर की उत्ताल तरंगों में काल-कवलित होने वाले थे।

युधिष्ठिर ने मुख फेरा और अपनी आँखें मूँद लीं। "मैं इसे नहीं देख सकता। क्या इन सबका ऐसा ही अंत होना चाहिए था? हमें सदा यही बताया गया कि बुराई पर अच्छाई की जीत होती है, अशुभ पर शुभ का आधिपत्य होता है और सत्यनिष्ठ सदैव परमानंद का भागी बनता है। तो यह यथार्थ इतना भिन्न क्यों है? हम सुयोधन से लड़े और हज़ारों लोगों की जानें लेकर यही सोचते रहे कि हम धर्म निभा रहे थे। अब, अब तो कुछ नहीं बचा। युद्ध के बाद से मेरे मन को शांति नहीं मिली और अब देखो, कृष्ण की नगरी की क्या दशा हो रही है? अशुभ पर शुभ ने विजय क्यों नहीं पाई? या फिर हम ही दुष्ट थे और यह सुयोधन का प्रतिशोध है? क्या गांधारी काकी का श्राप फल रहा है? मैंने सदा धर्म का पालन किया। यदि ऋषियों का कहा सत्य है और धर्म की ही जीत होती है, तो मैं हार गया। क्या मैं धर्म का पालन करता था? सुयोधन ने अपना धर्म नहीं निभाया? या यह जीवन मनुष्य द्वारा बनाए नियमों से कहीं परे है? क्या मेरी कहानी सुयोधन की मौत और युद्ध में मेरी विजय के साथ ही समाप्त हो जाएगी? ऐसा कहना कितना भला और अच्छा जान पड़ता कि धर्म की विजय हुई और कृष्ण हमें उस मोड़ तक ले गए, जहाँ धर्म ने अधर्म पर विजय प्राप्त की। तब कुरुक्षेत्र का वह रक्तरंजित मैदान सही मायनों में धर्मक्षेत्र कहलाता। अब तो वह एक ऐसा स्थान मात्र है, जहाँ लाखों लोगों की हत्या की गई। मेरा जीवन सदा दूसरों को प्रसन्न रखने में ही नष्ट हो गया। काश! मैं भी सुयोधन की तरह जी पाता, केवल अपने हृदय की बात सुनते हुए!"

युधिष्ठिर का सिर चकरा रहा था। प्रश्न, संदेह, तर्क के साए और विवेक बुद्धि, वे सब मिलकर उन्हें विक्षिप्त बना रहे थे। कृष्ण अपनी ही प्रजा के बीच छिड़े गृहयुद्ध को क्यों नहीं रोक सके? यदि विशालकाय लहर ने द्वारिका की पोत नगरी को न लीला होता, तो यादवों का गृहयुद्ध ही उसे नष्ट करने को काफ़ी था या यह यह सब किसी बृहत्तर योजना का अंग था? नहीं, यह सब उसी तरह समाप्त हुआ, जैसे इसे होना चाहिए था। कृष्ण, अपने दैवीय स्वरूप के कारण, सब कुछ जानते थे। इस बात पर विश्वास करना सरल था। कृष्ण की पत्नियों

का भाग्य सबसे भयानक रहा। भाग्य? और वे एक लुटेरे दुर्जय के हाथों अर्जुन की पराजय को कैसे परिभाषित कर सकते हैं। मरुस्थल में हुए उस भयानक युद्ध में दुर्जय ने अर्जुन पर विजय पाई और वह कृष्ण की पत्नियों को अपने साथ ले गया। अवतार, जो इस संसार की रक्षा करने आया था, वह अपनी पत्नियों और अपनी नगरी की ही रक्षा नहीं कर सका। इन सभी बातों की व्याख्या करने के लिए कोई तर्क नहीं था, केवल यही माना जा सकता था कि यह सब भी कृष्ण की ही माया थी।

युधिष्ठिर अपने प्रश्नों से और उससे भी अधिक अपने उन प्रश्नों के उत्तरों से क्लांत हो उठे थे। अब एक यात्रा... एक अंतिम यात्रा पर जाने का समय आ गया था। वे ध्यान और मनन के लिए, हिमालय की ओर प्रस्थान करना चाहते थे। ऐसा करना सरल नहीं था परंतु शायद इससे उनके भीतर सुलगती अग्नि शांत हो सके। वे शासन से उकता गए थे। अब धौम्य और युयुत्सु ही इसे संभालें। वे सब कुछ अर्जुन के पौत्र, परीक्षित के हाथों सौंप देना चाहते थे। वह लड़का अभी राजा बनने योग्य नहीं था, परंतु उसे पद पर तो बिठाया ही जा सकता था। असली राजा युयुत्सु होगा। परीक्षित को उसकी अनिच्छा के बावजूद, शीघ्र विवाह करने के लिए विवश किया गया ताकि भावी संतति को सुनिश्चित किया जा सके।

* * *

जब वे हस्तिनापुर पहुँचे, युधिष्ठिर ने परीक्षित के राज्याभिषेक की तैयारियाँ करवा दीं। राज्याभिषेक के बाद, अभी मार्गों में सजावट के लिए प्रयोग में लाए गए पुष्प मुरझाए भी नहीं थे, युधिष्ठिर अपने चारों भाइयों व द्रौपदी के साथ उस महल से बाहर आ गए, जिसे पाने के लिए उन्होंने लाखों लोगों को मौत के घाट उतारा था। अपने भाइयों व पत्नी को साधारण वस्त्रों में देख युधिष्ठिर को यही लगा कि काश! वे अपनी यात्रा पर अकेले जा पाते किंतु वे उनसे किसी भी विषय पर बहस नहीं करना चाहते थे। उन्होंने उसाँस भरी और चलने लगे, उन्होंने हस्तिनापुर राजप्रासाद को पीछे छोड़ दिया। मार्गों पर जमा सैकड़ों लोग उनके इस प्रस्थान के साक्षी बने। किसी ने नारे नहीं लगाए, किसी ने अश्रु नहीं बहाए। वे नहीं जानते थे कि उनके लिए कुछ बदलेगा या नहीं। राजगुरु धौम्य ने मन ही मन कुछ मंत्र बुदबुदाए, और अंतिम विदा दे दी गई।

युधिष्ठिर तेज़ी से चले ताकि वहाँ वे निकल सकें। वे अपने पीछे आ रहे भाइयों व द्रौपदी की पदचाप सुन सकते थे। जब वे हस्तिनापुर से बाहर निकले तो उन्होंने अंतिम बार मुड़कर उस नगरी को देखा, जिसे पाने के लिए उन्होंने अपने चचेरे भाई से युद्ध किया और युद्ध में नैतिक व अनैतिक साधनों का सहारा लेने से भी पीछे नहीं हटे। वे शकुनि की हास्य लहरी और धरती पर गिरते पाँसों के स्वर को भी सुन सकते थे। उन्होंने स्वयं से कहा कि नहीं, यह तो उनकी अपनी नियति, भाग्य और कर्म ही थे। जो भी होता है, अच्छे के लिए ही होता है। कृष्ण अक्सर कहते थे। अचानक युधिष्ठिर के मन में एक और सवाल उभरा। सब कुछ भलाई के लिए होता है, परंतु किसकी भलाई के लिए? यही प्रश्न उन्हें भयभीत करने लगा। अब माया के इस जगत से कहीं दूर, हिमालय की ओर प्रस्थान करने का समय हो गया था।

एक भिखारी, कचरे से भरे गंदे फुटपाथ पर सो रहा था। वह किसी शिशु की तरह संतुष्ट जान पड़ा। युधिष्ठिर वहीं थम गए। वे उसे जानते थे। क्या नाम था उसका? आह, जरा। उनकी नज़र उसकी कमर में खोंसी गई बाँसुरी पर जा टिकी। कृष्ण की वंशी! उसे कैसे मिली? शीत हवा के झोंके से जरा की देह काँप उठी। युधिष्ठिर ने तत्काल अपने कंधों से दुशाला उतारकर, उसे ओढ़ा दिया। वे नहीं चाहते थे कि भिक्षुक उस दुशाले के लिए उनका ऋणी हो जाए। वे उसके बदले में उसकी कोई वस्तु ले लेंगे। युधिष्ठिर ने उसका तार-तार हो चुका ओढ़ना उठा लिया। उसमें से तो निर्धनता की बू आ रही थी। वे मुस्कराए। अब उन्हें अपने पश्चाताप के कुछ मायने दिखने लगे थे।

जब वे आगे बढ़े, तो जरा का कुत्ता हिला। वह अंधा कुत्ता अधमरा हो चला था। उसे बहुत से लोग ठोकरों से मारते और दुत्कारते रहते थे, परंतु फिर भी कुछ लोगों की दयालुता का आभार मानना चाहिए कि वह किसी तरह भारतवर्ष के मार्गों पर जीवित डोल रहा था। धर्म ने हवा में सूँघा और भौंकने लगा। उसके स्वामी के कंबल की गंध उससे दूर होती जा रही थी। अंधा कुत्ता अपने लड़खड़ाते क़दमों से युधिष्ठिर के पीछे चल दिया।

* * *

जब वे हिमालय के ऊपरी भाग में पहुँचे, तो सबसे पहले थकान के मारे द्रौपदी गिर पड़ी। उसने सहायता के लिए पुकार लगाई और उसकी चीख़ें युधिष्ठिर की छाती में टूटे काँच की किर्चियों से चुभने लगीं और वे लगभग अपना संकल्प भुला बैठे परंतु तभी उन्होंने अपने-आप को संभाल लिया। यही तो आत्म-नियंत्रण और उदासीनता की परीक्षा-भूमि थी। वे जानते थे कि द्रौपदी ने सदैव अर्जुन को सबसे अधिक प्रेम किया। परंतु उसने पाँचों पतियों में से किसी का नाम नहीं लिया। जब उसके होंठ नीले पड़ने लगे और मृत्यु वरण करने आई, तो उसने कर्ण का नाम लिया। अपनी आँखें मूँदे, युधिष्ठिर वहाँ से हट गए। भीम वहीं रुका और चिर-निद्रा में सो चुकी द्रौपदी से बात करने की चेष्टा की। उसके भाई बहुत आगे निकल गए थे। उसने युधिष्ठिर को पुकारा, किंतु सबसे बड़ा पांडव भ्राता नहीं रुका। भीम को लगा कि यदि उसने अपनी प्रिया द्रौपदी को इस तरह दम तोड़ते देखा तो उसका कलेजा फट जाएगा। अचानक उसकी आँखों के आगे हिडम्बी का चेहरा नाच उठा, वह राक्षसी, जिसे उसने त्यागने के बाद से, एक बार भी नहीं देखा था। घटोत्कच की माता, जिसने मारे भूख के प्राण त्यागे, जो एक भी उपालंभ दिए बिना इस संसार से विदा हो गई। आज एक राजकुमारी की तरह जन्मी द्रौपदी किसी राक्षसी की तरह, हिमाच्छादित पर्वतों में, मरी पड़ी थी। मृत्यु सबको एक समान स्तर पर ले आती है। यह एक राजकुमारी और अछूत राक्षसी में भी भेद नहीं करती। भीम ने पलकें झपकाईं, अपने दिल को कठोर किया और भाइयों के पीछे चल दिया।

सहदेव एक खाई में फिसल गया किंतु युधिष्ठिर नहीं थमे। वे अपने गिरते हुए भाई की चीख़ें सुन सकते थे। दूसरे पांडवों का मन डगमगा गया, वे तय नहीं कर पा रहे थे कि युधिष्ठिर के पीछे चलें या अपने भाई के प्राणों की रक्षा करें।

"मोह एक पाप है, फिर वह भले ही अपने भाई से ही क्यों न हो। वह अपने कर्मों

का फल भुगत रहा है," युधिष्ठिर ने कहा और चलना जारी रखा। बर्फ़ीले मैदानों सन्न-सन्न करती हवा चल रही थी परंतु युधिष्ठिर के शब्द उसकी कठोर शीतलता पर भी भारी थे।

वे उसे कुत्ते के साथ बहुत आगे जा चुके थे, जब उनका भाई नकुल भी गिर पड़ा। भीम ने युधिष्ठिर को रुकने के लिए कहा, परंतु ऊपर जाते-जाते, उनके क़दमों में और भी तेज़ी आती चली गई।

अर्जुन ने क्लांत हो कर गिरने से पूर्व युधिष्ठिर से पूछा, "मैंने सदा कृष्ण के आदेश का पालन किया, मेरा इसके अतिक्ति और क्या पाप था?" उसके भाई के पास कोई उत्तर नहीं था, वह केवल यही कह सका कि उसने इस जन्म में या फिर पिछले जन्म में ऐसे कोई पाप किए होंगे।

जब मारे भूख और प्यास के, भीम बेदम होकर गिरा तो युधिष्ठिर का मन उसके पास रुकने के लिए ललचा उठा। उनके इस अबोध भाई ने सदा उनके नाम पर, क्रूर और बर्बर कहलवाना भी मंज़ूर कर लिया था। वह सदा मूर्खों की तरह, दूसरों के कहे अनुसार चलता रहा, जिनकी ओर संकेत मात्र किया जाता, वह उन्हें कुचल कर रख देता। उसने युधिष्ठिर के लिए ही, अपने चचेरे भाई की जंघाएँ चीर कर भी बहुत पाप कमाया था। यदि किसी ने बिना किसी मोह के पाप कमाया, तो वह भीम ही था। फिर भी, वह भी घने और बर्फ़ से ढँके पहाड़ों के बीच, कैसी दुखदायी अवस्था में अपनी अंतिम श्वासें गिन रहा था।

* * *

हवा पतली होती जा रही थी और युधिष्ठिर के हाथ-पैर मारे शीत के सुन्न होने लगे। उनके आसपास बर्फ़ का ढेर जमा होता जा रहा था। उस मौसम में तार-तार हो चुका कंबल भी किसी काम का नहीं था। युधिष्ठिर सद्‌गुणों की इस दौड़ में विजयी रहे। वे धर्म के पुत्र थे। वे जीवित रहे। यदि वे उन पहाड़ों में पूरे धैर्य के साथ प्रतीक्षा कर सकें, तो उनके लिए निश्चित रूप से स्वर्ग से रथ भेजा जाएगा। प्राणदायक वायु की कमी के कारण मस्तिष्क भ्रांति का शिकार होने लगा। क्या अभी उनके पास से कोई चीज़ तेज़ी से निकली है? क्या वह कोई मेघ था या स्वयं इंद्र अपने रथ पर स्वर्ग से उन्हें लेने आए थे? या वे पहले ही स्वर्ग धाम में आ चुके थे? आह, रथ तो वास्तव में आ गया था...

"तुम मुझे वास्तव में स्वर्ग ले जाने आए हो," युधिष्ठिर मुस्कराए और अपने आसपास पसरे उस शून्य के बीच हौले से कहा। "मैं आ रहा हूँ परंतु मैं अपने साथ धर्म को भी लाऊँगा।" उन पहाड़ों ने उनके सुर को लील लिया। "हे स्वर्ग! तुम्हारा दास आ रहा है। इसे स्वीकार करो।" वे चिल्लाए और अपने साथ चल रहे कुत्ते साथ एक खाई में उतर गए।

ज्यों ही वे उस शाश्वत हिम के बीच विलीन हुए, चारों ओर वही सन्नाटा छा गया। कुछ समय के लिए कोई आहट नहीं हुई, फिर घाटी के छोर से एक नन्हा सा पंजा दिखा और फिर नेत्रहीन श्वान सुरक्षित रूप से ऊपर आ गया। उसने उस हिमशीतल हवा को सूँघा और फिर नए जोश के साथ, उसी स्थान की यात्रा आरंभ की, जहाँ से वह आया था।

* * *

84. महान संधि

तक्षक ने घोषणा कर दी कि वह राजा परीक्षित का वध करने जा रहा है। अपने कृत्य को और भी साहसिक दिखाने व नागों तथा धौम्य व युयुत्सु के शासन तले पिस रहे लोगों के बीच अपनी लोकप्रियता को बढ़ाने के लिए, उसने इस समाचार को प्रसारित करवा दिया और साथ ही उसकी हत्या का समय भी सुनिश्चित कर दिया। उसने दावा किया कि धर्म नागों के साथ था। जहाँ धर्म होगी, वहीं विजय होगी।

ज्यों ही वह दिन निकट आया तो महल के निकट सुरक्षा-व्यवस्था कड़ी कर दी गई और मार्गों में घूम रहे सिपाही उन सभी व्यक्तियों को बंदी बना रहे थे, जो उन्हें संदेहास्पद दिखते थे। महल के बाग में खुदाई करके झील तैयार की गई और इसमें तुरत-फुरत एक मीनार बनाई गई, उनमें खड़े रक्षक हत्यारे को दूर से आते हुए भी देख सकते थे। उस मीनार में केवल पुरोहितों के एक दल को ही आने की अनुमति थी। वे राजन को कृष्ण के बालपन की कथाएँ सुना रहे थे ताकि उसका मनोरंजन हो सके। पूरे सात दिन तक, वे बैकुंठ की कीर्ति तथा प्रभु की कृपा का गुणगान करते रहे।

युवा राजन की पत्नी गर्भवती थी, उसके लिए एक दुष्ट योजना तैयार की गई थी। तक्षक अपनी जीत के लिए बेहाल था और युयुत्सु का एक आदमी, भयानक नागों व कुरुओं के राजगुरुओं के बीच मध्यस्थ की भूमिका में आया। परीक्षित की मृत्यु धौम्य और युयुत्सु के लिए एक देव-प्रदत्त अवसर थी, इसके बाद वे पूरे भारतवर्ष को अपने वश में कर सकते थे। यदि परीक्षित की पत्नी एक पुत्र को जन्म देती, तो वे परीक्षित के स्थान पर उसे गद्दी पर बिठा देते, जिसे कृप अपने वश में ले चुका था। अगर पुत्री जन्म लेती, तो यह और भी बेहतर होता। जल्दी ही धौम्य को लगने लगा कि अब परीक्षित की मृत्यु हो जानी चाहिए, अब तो उन्हें तक्षक से भी जल्दी हो रही थी।

तक्षक ने परीक्षित के दुर्ग आवास में सातवें दिन प्रवेश किया, वह एक ब्राह्मण के वेश में, उन पुरोहितों के दल के बीच आया, जो उसे कृष्ण की अद्‍भुत कथाएँ सुना रहे थे। अंतिम कथा में कृष्ण के सात दिनों के चमत्कारों की कहानियाँ सुनाई गईं, सप्तः! इसके बाद तक्षक ने परीक्षित की छाती में विषबुझा तीर दे मारा। अबोध राजा वहीं गिरकर तड़पने लगा और तक्षक को बचकर जंगल में जाने का अवसर दे दिया गया।

परीक्षित के अंतिम संस्कार के कुछ दिन बाद, उसकी पत्नी ने एक पुत्र को जन्म दिया।

तब तक, धृतराष्ट्र के वैश्य पुत्र युयुत्सु को कुरुओं का महा राजप्रतिनिधि घोषित किया जा चुका था। उसने जनमेजय नामक बालक के, कुरुओं के अंतिम सम्राट के रूप में राज्याभिषेक के लिए अनुमति दी, परंतु वह राजगुरु धौम्य के साथ मिलकर, पूरे भारतवर्ष को अपने ही तरीक़े से शासित व संचालित करता रहा। जिस स्थान पर कभी महान क्षत्रिय भीष्म पितामह विराजा करते थे, अब वह स्थान महान वैश्य व्यापारी का हो गया था। धर्म का चक्र पूरी तरह से घूम चुका था।

* * *

"हम इस विक्षिप्त का क्या करेंगे?" पुरोहित ने परशुराम की ओर संकेत करते हुए, धौम्य से पूछा।

धौम्य ने उस व्यक्ति को देखा जो कभी, पूरे दक्षिण को अपने अधीन रखता था। वह कर्ण का नाम बुदबुदा रहा था। "इसे दक्षिण ही ले जाओ। वहीं कृष्णा नदी पर ले जाना, तुम जानते हो कि तुम्हें क्या करना होगा। इस तरह वह अमर हो जाएगा।"

"हमें कर्ण के पुत्र वृषकेतु का क्या करना है?"

"उसकी माता एक सूत है; उसे महल में रहने का कोई अधिकार नहीं है। उसे अस्तबल में भेज दो। उसे उसके दादा अधिरथ का स्थान ग्रहण करने दो।"

पुरोहित ने प्रणाम किया और धौम्य मुड़ गए। उन्हें किसी बूढ़े गुरु या सूत के बारे में राय लेने के अतिरिक्त और भी कई आवश्यक काम करने थे। वे सोचने लगे कि कृप कहाँ हो सकते थे? परीक्षित की मौत के बाद से उनका कुछ पता न था। वे कहीं ग़ायब हो गए थे। परंतु धौम्य को पूरा विश्वास था कि वे एक दिन उस नास्तिक ब्राह्मण का पता लगा ही लेंगे। उन्होंने अपने निकटतम साथी का द्वार खटखटाया, "महा राजप्रतिनिधि युयुत्सु! हमें आपकी सहायता चाहिए। अब तक्षक ने अपना वचन तोड़ा है इसलिए उसने हमें वार करने का एक अवसर दे दिया है। वह मूर्ख हमारे जाल में उलझ गया है। एक सर्पसत्र के बारे में आपकी क्या राय है?"

"यह तो बहुत ही बढ़िया होगा," युयुत्सु ने अपने रत्नजटित गिलास में भरी सुस्वादु मदिरा का घूँट भरा।

"युयुत्सु! हम हमेशा तुम्हारी मदद की अपेक्षा रखते हैं।"

"गुरु! मैं तो एक वैश्य मात्र हूँ। मैं राजनीति से परे रहता हूँ। मैंने तो काँटों के ताज की तरह महा राजप्रतिनिधि का यह पद ग्रहण किया है।"

धौम्य एक पल के लिए थमे और अपने होंठ चाटे। "मैं जानता हूँ कि आप केवल अपना कर्तव्य निबाह रहे हैं, परंतु अभी आपको और अधिक उत्तरदायित्व लेना होगा क्योंकि राजा जनमेजय अभी बहुत छोटे हैं।"

"जैसी आपकी आज्ञा, गुरु! हमें सर्पसत्र करते हुए, नागों को बलि चढ़ाना चाहिए। इस तरह हम उनका समूल नाश कर सकते हैं।"

"युयुत्सु कुछ ऐसे लोग सामने आ सकते हैं, जो यह कहेंगे कि उनकी हत्या एक अधर्म है।"

"ओह! तो हम उन्हें आतंकियों या राक्षसों का नाम दे सकते हैं। हम उन्हें देशद्रोही और ईश-निंदक का नाम दे देंगे।"

"युयुत्सु! तुम वाक़ई बहुत बुद्धिमान हो।"

"मैं तो एक व्यापारी मात्र हूँ, गुरु।"

"हम्म! परंतु एक ऐसा व्यापारी, जो यह देख सकता है कि किस पक्ष की जीत होगी। यह एक अमूल्य उपहार है।"

"एक महान व्यापारी और साधारण व्यापारी में केवल यहीं अंतर होता है। मैं एक सच्चा वैश्य हूँ, जिस तरह आप एक सच्चे ब्राह्मण हैं, गुरु। हम दोनों मिलकर इस देश का संचालन बहुत अच्छी तरह कर सकते हैं। धर्म और वाणिज्य दोनों की सेवा होगी।" युयुत्सु ने सोम का एक और घूँट भरा।

"लोगों को देवताओं व अवतारों की आवश्यकता है, वे जादू देखना चाहते हैं।"

"हम उन्हें जादू देंगे। बदले में, वे हमें अपनी आज़ादी देंगे। वे जिसके हक़दार हैं, उन्हें वही मिलेगा और हम वही मिलेगा, जो हम चाहते हैं। शीघ्र ही नागों का बलिदान पर्व आरंभ होगा। ये जाम, उसके नाम!" युयुत्सु ने अपना जाम उठाकर धौम्य की ओर किया।

तक्षक की चिंता स्वाभाविक थी। वह प्रतियोगिता में शामिल था।

* * *

दूर कहीं दक्षिण में, मालंद नामक गाँव में, एक नन्ही बच्ची खड़ी देख रही थी कि राजा के आदमी एक मंदिर को गिरा रहे थे। जब आख़िरी ईंट गिरी तो उसकी कलाई में दादी की पकड़ के कारण दर्द होने लगा था। गाँव वाले एक भी शब्द नहीं कह सके। सिपाहियों ने प्रतिमाओं को झील में फेंक दिया।

जब आख़िरी प्रतिमा भी झील की दलदली सतह में जा कर बैठ गई, तो उसके बहुत देर बाद उस नन्ही बच्ची ने अपनी दादी से पूछा कि उन लोगों ने गाँव के मंदिर को नष्ट क्यों किया था। बाहर वर्षा हो रही थी और वह दादी की गोद में सिर रखकर लेटी थी।

बूढ़ी की आँखें नम हो आईं। "इसका अर्थ है कि जो एकमात्र व्यक्ति हमारी परवाह करता था, वह अब इस संसार में नहीं रहा।"

नन्ही बच्ची को कुछ समझ नहीं आया तो वह खिड़की को ताकती रही। उसकी दादी उसके बालों में हाथ फिरा रही थी। पास वाले जंगल से वन्य चीत्कार सुनाई दी तो वह बोली, "मुझे डर लग रहा है, दादी।" उसने दादी की साड़ी का पल्लू कसकर थाम लिया।

"मेरी बच्ची! प्रार्थना करो। इससे मन शांत हो जाएगा।"

"पर अब कहीं मंदिर या देवता तो हैं ही नहीं, हम प्रार्थना कहाँ करेंगे। हमारी पूजा कहाँ होगी, दादी?" बच्ची गहरी उलझन में थी।

बूढ़ी की आँखों के आगे अचानक उस युवराज का चेहरा कौंध गया जिसने उसके हाथों से ताड़ी का पात्र लेकर अपनी प्यास बुझाई थी। वह पोती को देख मुस्कराई, "कुछ देवताओं को मंदिरों या पुरोहितों की आवश्यकता नहीं होती। बस, केवल यह प्रार्थना करो कि वे हमारे बीच जन्म लें, केवल हमारे बीच!"

वर्षा बाहर फूस की छत पर अपना तांडव बरसा रही थी। बूढ़ी ने उसाँस भरी, "उम्मीद करती हूँ कि यह एक बेहतर कल की आस के साथ जगेगी।"

झील से आती सर्द हवा ने दीपक को बुझा दिया और वे घने अंधकार में बैठी रह गईं। बाहर, बिना रुके, किसी की भी परवाह किए बिना वर्षा की जलतरंग जारी थी।

* * *

85. कलि का उदय

"महाराज जनमेजय की जय हो!" भीड़ ने चिल्ला कर कहा। शोभायात्रा बहुत ही भव्य थी और प्रजा की प्रसन्नता चरम सीमा पर थी। नन्हे राजा के पीछे खड़े धौम्य, अपनी लंबी श्वेत दाढ़ी और जगमग करते आभूषणों के बीच राजसी आभा युक्त थे। राजगुरु के पीछे ही व्यापारी युयुत्सु खड़ा दिखाई दिया। वही इस महान अभियान को प्रायोजित कर रहा था। दर्शकों के बीच देशभक्ति के गीत गाए जा रहे थे।

"जनमेजय का सर्प यज्ञ!" धौम्य ने अपना दंड औपचारिक रूप से उठाकर घोषणा की और भीड़ ने भी उसी उत्साह से प्रत्युत्तर दिया।

नन्हा राजा कोलाहल से घबराकर पलकें झपकाने लगा। वह नहीं जानता था कि वे लोग युद्ध में जा रहे थे। वह तो अपनी नई खिलौना गाड़ी से खेलकर ही प्रसन्न था।

"धर्म का युद्ध अभी अंत नहीं हुआ," धौम्य चिल्लाए, और बहुत सारे शीशों ने एक साथ हामी भरी। "नागों ने राजा परीक्षित की हत्या की है। हमारे नए वीर सम्राट, जनमेजय, एक सच्चे क्षत्रिय, उन्होंने नागों के साथ युद्ध का ऐलान किया है।"

सबकी आँखें प्रशंसासूचक भाव सहित उस नन्हे बालक पर जा पड़ीं। वह रोना चाहता था परंतु धौम्य ने उसे सार्वजनिक रूप से ऐसा करने से मना किया था। उसे श्वेत दाढ़ी वाले बूढ़े से बहुत भय लगता था, वह मोटा व्यापारी भी तो कुछ कम डरावना नहीं था। अभिमन्यु के पौत्र ने खिलौना गाड़ी को सीने से चिपका लिया और अपने अश्रुओं के प्रवाह को रोकने के लिए होंठ काटे।

"हम एक भी नाग को जीवित नहीं छोड़ेंगे। यह महान राजन जनमेजय का नाग यज्ञ है। परीक्षित के पुत्र, अभिमन्यु के पौत्र तथा अर्जुन के प्रपौत्र की जय हो!" प्रजा ने भी समवेत स्वर में नारा दिया।

युयुत्सु ने बहुत से लोगों को स्वेच्छा से सेना का हिस्सा बनते देखा तो चेहरे पर मुस्कान खेल गई। वे धर्म के लिए अपने प्राणों का बलिदान करने और यथासंभव नागों के विनाश के लिए प्रस्तुत थे। यह भी एक बहुत बड़ा महायुद्ध होने वाला था। उसने पिछले युद्ध से बहुत लाभ कमाया पर वह शीघ्र ही समाप्त हो गया, केवल अठारह दिन मे ही विनाश-लीला थम गई थी। वह चाहता था कि आने वाले कुछ दशकों तक एक लंबा चलने वाला संघर्ष सामने आए। कौन जाने, यदि उसके उत्तराधिकारी भाग्यवान रहे, तो यह निरंतर

बना रहने वाला भी हो सकता था। युयुत्सु अपनी गोद में निरंतर गिर रही सुवर्ण मुद्राओं की खनक को सुन सकता था।

"धर्म की जय हो!" युयुत्सु चिल्लाया और भीड़ ने भी गरज कर उत्तर दिया। यह सब करने में बहुत आनंद आ रहा था पर उसने स्वयं को स्मरण करवाया कि उसे जल्दी ही तक्षक की ओर से आए अस्त्र-शस्त्रों की पूर्ति के आदेश को पूरा करना है। किसी भी अच्छे व्यापारी की तरह, वह हर जगह अपना दाँव खेलते हुए, धौम्य को अपनी सेना और तक्षक को अपने हथियार दे रहा था। भले ही कोई भी पक्ष जीते, उसकी विजय सुनिश्चित थी। उसे इस धर्म के खेल से बहुत लगाव था! वह कुछ मंदिर बनवाएगा और ब्राह्मणों को निःशुल्क भोजन करवाने के लिए दो-तीन धर्मशालाएँ भी खुलवा देगा। आभार... एक व्यापारी को सदा आभार प्रकट करना आना चाहिए।

तक्षक और उसके आदमी, अवैध राजन इंद्र की राजधानी में छिपे थे। वे नागों को अपने यहाँ घसीट लाते, आनंद लूटते और जो भी कोई वर्ण व्यवस्था पर आवाज़ उठाता, उसे भयभीत कर देते। युयुत्सु जानता था कि उसे अंत में यह सुनिश्चित करना होगा कि तक्षक अंत में मुक्त हो जाए, ताकि उसका क्रोध भीतर ही भीतर पनपता रहे। इस तरह वह जब जी चाहे, लाभ कमाने के लिए, उस क्रोध को हवा दे सकता था। उसने अपनी सारी युवावस्था, दूसरे देशों में अवसरों की ख़ाक छानते हुए बिता दी थी जबकि वे तो उसके पास ही मौजूद थे, उसके सामने ही खड़े थे। उसका देश प्रगति कर रहा था और अवसरों का अभाव नहीं था। अच्छा समय आने वाला था।

***

शोभा यात्रा के एक कोने में, किशोरों का एक दल, किसी पागल को सताने लगा, जो अपने-आप ही जाने क्या-क्या बक रहा था। लोग अक्सर उसे अनुसना कर देते; उनके पास खड़े होकर, उस उन्मादग्रस्त व्यक्ति की बातें सुनने के अतिरिक्त और भी बहुत से काम होते। उस व्यक्ति ने बच्चों को वहाँ से हटाना चाहा पर उनका हँसी-ठट्ठा और भी बढ़ गया। वे जानते थे कि वह आदमी कभी किसी को कोई नुक़सान नहीं करता था, बच्चों को तो ख़ासतौर पर कुछ नहीं कहता था। उसके चौड़े कंधे और लंबी भुजाओं को देखकर लगता था कि वह कभी कोई योद्धा रहा होगा। शायद उसने किसी युद्ध में भाग भी लिया हो। कोई भी उसके बारे में नहीं जानता था और किसी को परवाह भी नहीं थी। वह उन असंख्य भिक्षुकों में से था, हस्तिनापुर की धूल भरी गलियों में मारे-मारे फिरते थे। वह एक पागल था, जो पत्थरों से मारे जाने पर भी पलटवार नहीं करता था। अब वे किशोर अपने दिलबहलाव के लिए ही इस तरह दिखाने लगे मानो उन्हें उसकी बातें सुनने में रस आ रहा हो। उसकी बकवास सुनकर भी बहुत मज़ा लिया जा सकता था।

"मूर्ख!" वह आदमी किसी व्यक्ति विशेष को संबोधित नहीं कर रहा था। किशोर छितराने लगे तो वह बोला, "लड़को! तुम भाग क्यों रहे हो? मेरी बात तो सुनो। मैं तुम्हें एक कहानी सुनाना चाहता हूँ। यहाँ से जाओ मत। मैं तुम्हें ऐसे मित्रों की कहानी सुनाना चाहता

हूँ, जो इस संसार को बदलना चाहते थे। एक बार एक ब्राह्मण, एक सूत और एक निषाद था; परंतु क्षत्रिय उनमें से सबसे श्रेष्ठ था।"

किशोर हँसने लगे। वे जानते थे कि कहानी का सबसे रोचक हिस्सा सामने आने वाला था।

"सभी मनुष्यों में श्रेष्ठ, सुयोधन की कथा सुनो।" पागल उनकी हँसी को उपेक्षित कर, अपनी कहानी सुनाता रहा, "कर्ण की कथा सुनो, ऐसा व्यक्ति जिसने अपना सब कुछ दे दिया, यहाँ तक कि अपना जीवन भी दे दिया ताकि यह संसार सच्ची मित्रता का अर्थ जान सके। उस निषाद की कथा सुनो, उसका अँगूठा कटवा दिया गया ताकि वह कभी उन क्षत्रियों को चुनौती न दे सके, जो स्वयं को जन्म से मिली जाति के आधार पर ही श्रेष्ठ मानते थे। उस निषाद एकलव्य की कथा सुनो, जिसने देवताओं और अपनी नियति को चुनौती दी, ताकि एक नारी के सम्मान के लिए अपना जीवन अर्पित कर सके। सुयोधन की कथा सुनो, जिसने अपनी सच्चाई का मान रखने के लिए साम्राज्य और उत्तराधिकार को भी दाँव पर लगा दिया, जो अपने मित्रों के पक्ष में खड़ा हुआ और सबके लिए लड़ा। उस आदमी की कथा सुनो, जिसने कृष्ण की आँखों में देख कर कहा था कि वे ग़लत थे, वह आदमी जो अपनी जंघाओं के चीरने पर भी, इतना सा भी नहीं चिहुँका। यदि समय तो, तो मेरी कथा भी सुनो - जिसने पिता की नहीं मानी और अपनी सेना को गांधार के पर्वत शिखरों के बीच ले गया क्योंकि उसे अपने देश से प्रेम था; अश्वत्थामा के जीवन के बारे में सुनो।"

तभी एक पत्थर अश्वत्थामा के माथे पर आ पड़ा और सारे किशारे मारे प्रसन्नता के उछलने लगे। अपने हाथ से माथे पर छलक आए रक्त को पोंछकर वह बोला, "पत्थर फेंकने से पूर्व यह पढ़ो कि महान ऋषि वेदव्यास ने क्या लिखा है। इससे पहले कि वे तुमसे पढ़ने की योग्यता छीन लें, इसे पढ़ो। इससे पूर्व कि वे सभी शास्त्रों का पाठ्य बदल दें, इन्हें पढ़ो। वे तुम्हें अज्ञानी ही बने रहने देना चाहते हैं। महान मुनि ने अपने महाकाव्य को 'जय' क्यों कहा? क्या इसे 'जीत' कहने से भी अधिक विडंबनायुक्त कुछ और हो सकता था? महान युद्ध में किसकी विजय हुई - महान रक्तरंजित महाभारत का युद्ध? क्या पांडव जीत सके? यदि वे जीते तो वे सब कुछ एक व्यापारी और पुरोहित के हाथों सब कुछ सौंपकर क्यों चले गए? क्या कृष्ण और उनके धर्म की विजय हुई? यदि हाँ, तो फिर आज द्वारिका कहाँ है? सब बह गया! तो कौन जीता? शकुनि, म्लेच्छ? ध्यान से पढ़ो कि महामुनि ने क्या लिखा है। मूर्खों! सोचो कि विजय श्री ने किसके गले में वरमाला पहनाई? क्या धर्म या धौम्य की विजय हुई? क्या कृष्ण और युयुत्सु की विजय हुई? कृष्ण की प्रजा का क्या हुआ? यादव आपस में लड़ मरे परंतु वे उन्हें नहीं बचा सके। अर्जुन भी कृष्ण की पत्नियों को दुर्जय के लुटेरे क़बीले से नहीं बचा पाया। 'जय' को पुनः पढ़ो, गंदे भिक्षुकों, इससे पहले कि वे तुमसे यह अंतिम ग्रंथ भी छीन लें, इसे पढ़ो। युद्ध में किसने विजय पाई? यह प्रश्न अपने-आप से पूछो।"

किशोर आपस में एक-दूसरे को देखने लगे। अश्वत्थामा ने कचरे से भरे डिब्बे को ठोकर मारी और स्वयं को उस पर संतुलित करने लगा, जिसे देख चारों ओर हँसी की फुलझड़ियाँ बिखर गईं। "हँसना बंद करो, मूर्खों! मैं अश्वत्थामा हूँ, वह शापित ब्राह्मण, जिसे

अमरत्व का शाप मिला है। मैं अभिशापित हूँ क्योंकि मैंने पांडवों के पाँच पुत्रों के, सोते समय प्राण ले लिए थे। यह सारे खांडवप्रस्थ के विनाश से भी बड़ा पाप था, महापाप था। खांडव में जो मरे, वे कोई मायने नहीं रखते थे, क्योंकि वे तो कुछ नाग, आतंकी, अछूत... कुछ जानवर और पक्षी थे। निषाद माता और संतानों को एक घर में बंदकर, आग लगा देना भी अधर्म नहीं कहलाता। अपने गुरु से झूठ बोलना और उनकी बेहोशी के दौरान उनका गला काट देना, अपने झूठ पर विश्वास करना, निश्चित रूप से धर्म है। ओह! तो क्या हुआ, अगर कुछ लोग धर्म की बलिवेदी पर बलिदान हो भी गए!"

अश्वत्थामा ने तीन बार ताली बजाई और वहाँ से पैदल जा रहे लोगों का ध्यान अपनी ओर आकर्षित करने लगा। कुछ लोगों ने भय और कुछ ने तिरस्कार से उसकी ओर देखा। "पूछो कि क्या भीष्म का सामना करने के लिए शिखंडी को लाना उचित था, जो न तो स्त्री था और न ही पुरुष। ज़रा पूछो कि महान योद्धा अर्जुन ने एक नपुंसक की आड़ में भीष्म पर बाण चलाया, क्या यह धर्म था? तो क्या उत्तर मिला तुम्हें? 'ओह, परंतु धर्म की विजय के लिए भीष्म का पतन होना अनिवार्य था।' छिः! यह युद्ध अनिवार्य नहीं था। हमने पांडवों को उनके अज्ञातवास की अवधि पूरी होने से पहले ही सार्वजनिक रूप से लोगों के सामने खड़ा कर दिया था। परंतु फिर, तुम्हारे धर्म ने अपनी विजय के लिए, पंचांग ही बदल दिया।"

उनमें से एक लड़के ने खीसें निपोरीं। अश्वत्थामा ने उसे घूरा। "मूर्ख! बंदर की तरह दाँत मत निकालो! तुम्हारा आने वाला कल अभिशप्त है। तुम्हारा देश नष्ट हो चुका है। तुमने सुयोधन और भीष्म, मेरे पिता, कर्ण और उन सबके लिए लड़ने वालों की खिल्ली उड़ाने का साहस कैसे किया? 'जय' पढ़ो ताकि तुम जान सको कि किस तरह कर्ण ने साम्राज्य पाने का लोभ त्याग कर, उस व्यक्ति का साथ देने का निश्चय किया, जिसने उसे उस समय सब कुछ दिया था, जब उसके पास कुछ नहीं था। पढ़ो कि किस तरह कर्ण अपनी ही नेकी के जाल में उलझा, कैसे उससे असंभव वचन भरवाए गए; जानो, कैसे उसे कीचड़ से लथपथ रथ का पहिया निकालते हुए, निहत्थे ही बाण मारकर, मार दिया गया। जानो कि महान महारथी योद्धा अर्जुन ने अपना वचन नहीं निभाया, उसने कहा था कि यदि संध्या को सूर्यास्त तक जयद्रथ का वध नहीं कर पाया तो स्वयं को अग्नि की लपटों के हवाले कर देगा, जब वह ऐसा नहीं कर सका तो स्वयं को इस बहाने की आड़ में छिपा लिया कि वह सूर्यास्त तो एक माया था, एक ऐसा भ्रम, जिसे अवतार ने रचा था। यदि तुम्हारी अंतरात्मा तुम्हें फिर भी सुख की नींद लेने को कहती है, तो जाकर अपने आरादायक पलंगों पर चैन से सो जाओ, क़िस्मतवाले शैतानों!"

अश्वत्थामा की बात सुनने के लिए खड़े एकाध लोगों व लड़कों के बीच आपसी बुदबुदाहट होने लगी।

"हमने द्रौपदी के साथ जो किया, उसके लिए मैं शर्मिंदा हूँ। हमने उस असहाय अबला के साथ जो किया, उसके लिए हम दंड के भागी हैं। हम सत्ता और धन के मद में मत्त थे, हमने उसे भरी सभा में निर्वस्त्र करना चाहा। हमने उस दिन बहुत दुष्टता दिखाई। परंतु क्या वह एक दुष्कर्म हमें हमेशा के लिए बुरा बना गया? कहते हैं कि जब सभा में एक स्त्री का

अपमान हो रहा था तो उस समय भीष्म और द्रोण जैसे भलेमानुस भी चुप्पी साधे बैठे रहे, तब ऐसे में कोई लक्ष्मणा के अपमान की बात क्यों नहीं करता? क्या वह भी एक स्त्री नहीं थी? कोई भी उस निषाद महिला की बात क्यों नहीं करता, जिसे उसकी संतानों के साथ अग्नि का भोजन बनने के लिए छोड़ दिया गया? क्या वह एक महिला नहीं थी? कुछ लोग दोष देते हैं कि द्रौपदी ने कर्ण और सुयोधन का उपहास किया, इसलिए महाभारत का युद्ध हुआ। पुरुषों के उन्माद का दोष कितनी सरलता से स्त्रियों के सिर मढ़ दिया जाता है। तुम्हें ऐसा क्यों लगता है कि यह केवल कौरवों का युद्ध था। हमें भीम के राक्षस पुत्र घटोत्कच और इरावान् के बारे में भी बात करनी चाहिए। वह अर्जुन का पुत्र था किंतु निम्न जाति का होने के कारण ही इरावान् की बलि चढ़ा दी गई। यदि वह स्वयं को सारे क्षत्रियों से श्रेष्ठ प्रमाणित कर देता तो? तब जाति से जुड़े तुम्हारी मान्यताओं का क्या होता? बेहतर तो यही था कि युद्ध आरंभ होने से पहले ही बेचारे युवक को बलि चढ़ा दिया जाए! क्या यह सब तुम्हें कहीं से भी धर्म जैसा दिखाई या सुनाई देता है?"

भीड़ ख़तरनाक तरीक़े से शांत थी।

"अगली बार, जब भी तुम इस अमर भारत की गाथा सुनो, तो ज़रा ठहर कर यह सोचना कि क्या धर्म ने उस व्यक्ति की जंघाओं प्रहार किया, जिसने सदा एक निष्पक्ष व्यक्ति की भूमिका निभाई, जो द्वंद्व युद्ध में सरलता से, भीम के स्थान पर किसी भी दूसरे पांडव भाई को चुन सकता था, परंतु उसने यह जानने के बाद भी भीम को चुना कि उसका सब कुछ समाप्त हो गया था।"

"ये सारी बकवास बंद कर!" कोई अश्वत्थामा पर चिल्लाया।

"तुम मेरा मुख बंद करवा सकते हो किंतु उन विचारों या संदेहों को कैसे रोक सकते हो, जो किसी भी न्यायी व्यक्ति को भ्रमित कर देते हैं? अगली बार जब भी तुम हमारे देश की महान गाथा को पढ़ना, तो महापापी अश्वत्थामा के बारे में भी पढ़ना। मैंने जो किया, वह घृणित था, मुझे पांडव पुत्रों को नहीं मारना चाहिए था। मुझे मेरी ही अंतरात्मा का श्राप लगा। यदि मेरे पास भी शास्त्रों के अनुसार सब कुछ स्याह-सफ़ेद करने वाला कोई मित्र होता, तो संभवतः मैंने भी स्वयं को इस ग्लानि से मुक्त कर लिया होता। हाय! मेरा मित्र तो एक नश्वर जीव मात्र था, एक अज्ञानी और दुष्ट, जो धर्म के विषय में कुछ नहीं जानता था। उसने तो मरते समय भी मेरे कृत्य को क्षमा नहीं किया। उसने मुझसे कहा कि मुझे उचित रूप से लड़ते हुए अपने प्राणों का त्याग करना चाहिए था, जैसे वह कर रहा था। मैं उसकी उदासी को भी अपने सिर पर एक शाप की तरह लिए डोलता हूँ, जिस तरह मैं अपनी अंतरात्मा लिए जी रहा हूँ। मेरे पास अपनी लज्जा को छिपाने के लिए धर्म की आड़ नहीं है। मेरी देह फफोलों से भरी है परंतु मैं तो मृत्यु पाने के भी योग्य नहीं हूँ।"

"इस पापी को जान से मार दो! इस झूठे के प्राण ले लो!" धर्म के बारे में प्रसारित अफ़वाहों को सुनने के लिए जुटे पुरोहितों ने आदेश दिया।

"झूठा! क्या मैं असत्य बोल रहा हूँ? हुँह!! अगली बार जब तुम व्यास के महाकाव्य

को पढ़ना, तो अपनी आँखें खुली रखना। जब भी वह कहानी सुनाई जाएगी, तो उस स्थान पर मैं तुम्हारे साथ रहूँगा। तुम्हारी अंतरात्मा को कथा की पंक्तियों में छिपे अर्थों को पढ़ने की याद दिलाता रहूँगा। जब तुम पांडव और उनके धर्म को महिमामंडित करते नाटक देखोगे, तो तुम्हारे मन में संशय कुलबुला उठेगा। जान लो कि मैं ही वह संशय हूँ। जब तुम प्रार्थना करोगे, तो दीपक की लौ टिमटिमाती दिखेगी; मैं ही वह पवन हूँ, जिसके बल पर वह नाचती है। फिर मत कहना कि मैंने तुम्हें चेतावनी नहीं दी थी। जब तक यह महाकाव्य पढ़ा जाएगा, अश्वत्थामा जीवित रहेगा, ब्राह्मण का अमरता का श्राप उसके साथ रहेगा, तुम्हारे कंधे के पीछे से झाँकता रहेगा। तुम भले ही मुझे न देख सको पर मैं तुम्हारे मन को अपने वश में कर लूँगा। मैं वही सदा बना रहने वाला संशय तथा विवेक बुद्धि का तर्क हूँ। मैं अश्वत्थामा हूँ, अभिशप्त अश्वत्थामा!"

भीड़ उन्मादग्रस्त व्यक्ति की बातों को सुन स्तंभित खड़ी थी। उन्माद अपने-आप में एक ख़तरा था। पहला पत्थर अश्वत्थामा की नाक पर आ लगा। जब अगला मुख पर आ पड़ा तो उसने उसाँस भरी, उसका एक दाँत टूट गया। इससे पहले कि वह अपने पर हो रहे पत्थरों की बौछार से बचाव करता, भीड़ उसकी ओर दौड़ी और उसे कुचल दिया गया। उन्होंने उसे लाठियों और पत्थरों से मारा, जो भी उनके हाथ लगा, उसी से प्रहार किया गया। फिर भी उसने मरने से इंकार कर दिया। वे अजर अमर अश्वत्थामा को मारने की कोशिश कर रहे थे। एक शंख ध्वनि ने उसके प्राण बचा लिए। उसको प्रताड़ित करने वालों का ध्यान शंख ध्वनि की ओर चला गया और जब उन्होंने नन्हे सम्राट को सुनहरे रथ में, सेना का नेतृत्व करते देखा तो वे जयघोष कर उठे।

ज्यों ही वह जुलूस आगे बढ़ा, युयुत्सु ने एक ब्राह्मण को खुले कचरे के ढेर पर रक्तरंजित पड़ा देखा। उसने सोचा, 'कोई पियक्कड़ होगा।' वह फिर से भीड़ के उत्साह को बनाए रखने के प्रयासों में जुट गया। न्याय हो चुका था। जो भी हो, उस आदमी के गले में बँधा पवित्र धागा, धर्म के नाम पर लांछन था और उसने प्रहरी से उसे तोड़ने को कहा। उस व्यक्ति ने, दुर्बल देह से पवित्र धागा खींचने में देर नहीं की। जब वह वापस आने लगा तो अचानक एक कुत्ते के बीच में आने से लड़खड़ा गया। वह कुत्ते पर चिल्लाया और उसे डरा कर भगाने के लिए पसलियों में ठोकर दे मारी।

युयुत्सु ने उस गिरे हुए व्यक्ति को एक बार और देखा। उसे यह देखकर आश्चर्य हुआ कि उस ब्राह्मण के पास एक अछूत और कुत्ता बैठे थे। उसने सोचा, 'बढ़िया! मृत्यु के समय किसी अछूत के छूने से पापी का शरीर और भी अपवित्र हो जाएगा। ईश्वर सभी पापियों को उचित दंड दे रहे हैं। ईश्वर महान है!"

***

जरा ने अश्वत्थामा को उठाना चाहा। "स्वामी! स्वामी," वह चिल्लाया और अपने साथ लाए गए पानी से भरे पात्र को टटोलने लगा। वह तो सूखा था। उसे भय था कि कहीं वह ब्राह्मण को स्पर्श कर, उसे दूषित न कर दे। उसे पवित्र धागे के टूटने का पता नहीं था। वह ब्राह्मण

को छुए बिना कैसे जगा सकता था? जरा को कृष्ण की दी बाँसुरी याद आ गई और उसने उसे अपनी पोटली से निकाला। उसने धीरे से धरती पर पड़ी उस अशक्त देह को बाँसुरी से कोंचा और अश्वत्थामा की देह में हरक़त हुई। कुत्ता अपनी पूँछ हिलाने लगा।

"स्वामी! उठो। अपनी आँखें खोलो। देखो... मेरा धर्म लौट आया है।"

अश्वत्थामा ने धर्म शब्द का उल्लेख सुना तो उसकी आँखों में अंगारे सुलग उठे। वह आश्चर्यजनक गति से उठ बैठा, रक्तरंजित मुख पर त्यौरी थी। जब उसे यह समझ आया कि भिखारी अपने नेत्रहीन श्वान की बात कर रहा था, तो अंततः उसके चेहरे पर मुस्कान खेल उठी। उनके पास से निकल रही शोभा यात्रा के कारण, स्वर्ग तक धूल का गुबार उठा रहा था। वह खाँसा, रक्त वमन किया और फिर लेट गया। जरा ने संकोच नहीं किया, उसने ब्राह्मण को उठाया, उसने उसे उस मार्ग से घसीट कर परे करना चाहा, जहाँ से धर्म की शोभा यात्रा निकल रही थी। जरा जानता था कि लोगों से मिली मार के कारण हुए घावों से ब्राह्मण आहत नहीं है, उसने अश्वत्थामा की आँखों में भूख देखी थी। भूख के बारे में उससे अधिक कौन जान सकता था। जरा ने पोटली टटोली और पिछले दिन भीख में मिले चावल निकाल लिए। उसने धूल भरे पथ पर केले का पत्ता बिछाया और फिर अश्वत्थामा को हिला कर उठाने लगा।

जुलूस ने गति पकड़ ली थी और नारों के कोलाहल से कानों के पर्दे फटने को आ रहे थे, सारी धरती जैसे कंपायमान हो उठी। तभी आकाश में बिजली कड़की और उसने स्वर्ग के बंद द्वार खोल दिए। सारी भीड़ ने मारे उत्साह के जयघोष किया। यह तो देवताओं की ओर से संकेत था कि यह एक धर्मयुद्ध होने जा रहा था। सारे मार्गों पर पानी बरसने लगा। तेज़ हवा चलने लगी। वहाँ से गुज़र रहे अंतिम रथ ने जरा और ब्राह्मण पर कीचड़युक्त जल के छींटे उड़ा दिए। धर्म उठ खड़ा हुआ और इस तरह वह थोड़ा सा भोजन धूल में मिलने से बच गया। जब सारा जुलूस एक बिंदु की तरह विलीन होता चला गया तो कुत्ते ने देह झाड़ कर ख़ुद को सुखाया और फिर अपने मालिक के पास जा बैठा। वह भोजन पाना चाहता था।

"कृष्ण," जरा ने हाथ जोड़े और अश्वत्थामा क्रुद्ध हो उठा। उसने उठना चाहा परंतु दुर्बलता के मारे फिर से गिर गया। "कृष्ण! आप हमारे सम्मुख भोजन और इस ब्राह्मण के रूप में आए। आप प्रेम हैं। आप करुणा हैं। मैं यह चावल आपको समर्पित करता हूँ। इदम् न मम!"

अछूत उस ब्राह्मण को भोजन कराने लगा और नेत्रहीन श्वान धर्म पूरे धैर्य से प्रतीक्षा करने लगा।

इति मम् महाभारत कथा
संभवामि युगे युगे
यह मेरे महान भारत की गाथा है।
यह सभी युगों में इसी प्रकार घटती है।

* * *

उपसंहार

धर्म, एक अतिसूक्ष्म अवधारणा

भारत में धर्म ही एक ऐसा विषय है, जिस पर सर्वाधिक वाद-विवाद संभव है। यह ऐसा शब्द है, जो अपने-आप में ही संपूर्ण है। जब भक्ति आंदोलन में *रामायण* और *महाभारत* का कथाओं के रूप में पुनःलेखन किया गया, जिनमें अधर्म पर धर्म की विजय दिखाई जाती थी, उससे पूर्व धर्म पर बहुत अधिक वाद-विवाद होता था। *महाभारत* एक ऐसा उदाहरण है जिसमें दोनों ही पक्ष यह मान रहे थे कि वे धर्म की ओर से युद्ध कर रहे हैं और धर्म उनके साथ था। इस प्रकार कुरुक्षेत्र को धर्मक्षेत्र माना जाता है, एक ऐसा स्थान, जहाँ धर्म की दो परिभाषाएँ आमने-सामने हैं।

दुर्योधन ने कृष्ण से यह प्रसिद्ध प्रश्न किया था कि यदि अपने हृदय से परिभाषित स्वधर्म को अपनाना सबसे बड़ा धर्म है, तो क्या वह अपने उत्तराधिकार को बचाने की चेष्टा करते हुए, अपना क्षत्रिय धर्म नहीं निभा रहा था? परंपरावादियों का पारंपरिक उत्तर मिलता है कि धर्म वेदों पर आधारित है। कृष्ण अर्जुन के धर्म तथा अधर्म से जुड़े संदेह का निराकरण करते हुए कहते हैं कि इस विषय में अंतिम निर्णय शास्त्रों के पास ही है। दिव्य संत, नारद भी युधिष्ठिर से कहते हैं कि धर्म के तीन मूल हैं : *ऋग, यजुर् और साम।* वेद ही धर्म का आधार हैं। यद्यपि *महाभारत* में ही इसका विपरीत तर्क भी दिया गया है, जिसमें भीष्म कहते हैं कि धर्म ही वेदों का आधार है। एक बार जब हम इस तर्क को स्वीकार कर लेते हैं, तो धर्म एक ऐसी गतिशील अवधारणा बन जाता है जो समय के साथ-साथ विकसित होती है, जो लोगों की माँगों पर निर्भर करता है। इस प्रकार वेदों के धर्म, लोगों की माँगों के अनुसार उनकी मदद करते हैं, परंतु वर्तमान धर्म इससे अलग हो सकता है। कृष्ण भी कहते हैं कि धर्म समय व स्थान के साथ बदलता है किंतु साथ ही वे यह कहना भी नहीं भूलते कि ग्रंथ ही अंतिम सत्ता हैं।

अनुशासनपर्व में, भीष्म युधिष्ठिर से कहते हैं कि केवल काल अथवा यम ही यह निर्णय ले सकते हैं कि क्या धर्म है अथवा अधर्म, नश्वर मनुष्य इन बातों को नहीं जान सकता। समय ही यह तय करता है कि मनुष्य को उसके कर्मों के लिए कैसे दंडित या पुरस्कृत किया जाएगा। केवल समय ही बताएगा कि किसी व्यक्ति ने अपना जीवन धर्म के आधार पर व्यतीत किया या नहीं। भले ही यह नियम तार्किक लगे किंतु इससे किसी को सांत्वना नहीं मिलती। हर कर्म इस तरह अंधकार में छोड़े गए तीर की तरह हो जाता है क्योंकि हम नहीं जानते कि परिणाम क्या होंगे। कृष्ण इसका उपाय करने के लिए निष्काम कर्म यानी परिणाम की चिंता के बिना कर्म करने का परामर्श देते हैं। यह सुझाव उनके काम आता है जो दुविधा के मारे यह तय नहीं कर पाते कि उन्हें क्या करना चाहिए, परंतु यदि यह दूसरों के हाथ लग

जाए तो एक ख़तरनाक हथियार साबित हो सकता है। ब्रिटिश भारत में, ठग अक्सर तर्क देते थे कि वे जाति से डकैत थे और लूटना ही उनका कुल-धर्म था। सारे युद्धों तथा हिंसा को धर्म के तर्क देकर जायज़ ठहराया जा सकता है।

इसके विपरीत, बलराम अहिंसा को ही सबसे बड़ा धर्म कहते हैं। जब हम *महाभारत* में स्त्रियों के जीवन की दशा पर विचार करते हैं तो उनका तर्क और भी प्रासंगिक हो उठता है। यह पुरुषों का संसार है, जिसमें स्त्रियों का अपहरण होता है, उन्हें निर्वस्त्र किया जाता है, उन्हें विधवा कर दिया जाता है अथवा उनके साथ बलात्कार होता है। पांडवों और कौरवों की सारी संतानें पुरुष हैं, जिनमें कौरवों की बहन सुशला अपवाद है। इनके साथ ही कर्ण की संतानों को भी शामिल कर सकते हैं। इस अनुचित असंतुलन के लिए क्या कहा जा सकता है? यह भी एक विडंबना है कि द्रौपदी के अतिरिक्त और किसी भी स्त्री के विरुद्ध हिंसा के मामले में, भरी सभा में बहस नहीं होती और न ही धर्म की परिभाषाओं के बीच उसे तोला जाता है। निषाद स्त्री और उसके बच्चों को तत्काल भुला दिया जाता है, खांडवप्रस्थ में मारे गए असंख्य बच्चों और स्त्रियों का नाम तक नहीं लिया जाता। यहाँ तक कि अपहरण के बाद, एक नेत्रहीन से जबरन ब्याह दी गई गांधारी के बारे में भी कुछ नहीं कहा गया, उसे पवित्र का दर्जा दे दिया गया क्योंकि उसने इसलिए देखने से इंकार कर दिया क्योंकि उसके पति संसार को नहीं देख सकते। जब कृष्ण की पत्नियों को दस्यु उठा ले जाते हैं या जब सुशला अपने पुत्र को खोती है, तो वे ही इस पीड़ा की भागी बनती हैं। ऐसा लगता है कि कुछ चीज़ें कभी नहीं बदलतीं, फिर भले ही वह इक्कीसवीं सदी ही क्यों न हो।

बलराम की अहिंसा के विपरीत तर्क दिया जा सकता है : क्या एक शासक अहिंसक हो सकता है? तब वह अनुचित कर्म करने वालों को राह पर कैसे लाएगा? प्रायः आपदकाल में धर्म तोड़ने के नियम की भी बात आती है, जिसे आपद् धर्म कहते हैं। जब अपनी संतान की रक्षा का प्रश्न हो तो क्या हिंसा का प्रयोग अनुचित है? यह ग्रंथ प्रश्न पर प्रश्न रखता चलता है और हर उत्तर, और अधिक प्रश्नों को जन्म देता है। व्यास की *महाभारत* में कुछ भी पूरी तरह से उचित या अनुचित नहीं है, जो कि *हेमलेट* में शेक्सपीयर की पंक्ति से प्रतिबिंबित होता है : कुछ भी अच्छा या बुरा नहीं होता, केवल हमारी सोच ही उसे वैसा बनाती है।

युधिष्ठिर अपने भ्रम और दुविधा से बचाने के लिए युगों पुरानी, समय की कसौटी पर कसी गई परंपरा को अपनाते हैं। वे द्रुपद से कहते हैं कि उन्होंने धर्म को नहीं समझा क्योंकि यह बहुत ही सूक्ष्म और जटिल है। वे अपने पूर्वजों के पथ पर चलते हैं और केवल सत्यवादी बनने का प्रयत्न करते हैं। इस तरह ऐसे परंपरावादी का सुयोधन के साथ संघर्ष होना स्वाभाविक ही है, जो सब कुछ बदल देना चाहता है। वह एक सूत को राजा बनाना चाहता था, निषाद से मित्रता करना चाहता था और एक ब्राह्मण के हाथों में धनुष-बाण थमाना चाहता था। उसने अश्वत्थामा को उत्तर पांचाल का राज सौंपा था। यह तो स्पष्ट है कि उसने सदा दिल की सुनी। वह तर्क की बजाए अपने आवेगों और प्रवृत्तियों की सुनता था। उसने महाकाव्य में भी कई बार इस बात को माना है। सुयोधन अतिवादी है; वह अपने दोस्तों को बेशर्त असीम स्नेह देता है और अपने शत्रुओं को पूरे आवेग के साथ घृणा सौंपता

है। ऐसे व्यक्ति के मन में कभी उचित या अनुचित के लिए कोई संशय नहीं होता। उसका हृदय ही उसका मार्गदर्शक बनता है।

अर्जुन, कर्ण, अश्वत्थामा और युधिष्ठिर जैसे लोगों के मन में संशय आता है, जो अपने अंतःकरण से जूझ रहे हैं। क्या यह कर्ण का धर्म नहीं था कि वह अपने मित्र की रक्षा करता और कुंती को यह वचन देने से इंकार कर देता कि वह पांडवों का वध नहीं करेगा? वहीं दूसरी ओर, क्या यह कर्ण का धर्म नहीं था कि स्वयं की कुंती के पुत्र के रूप में पहचान पाने के बाद वह अपने भाइयों का पक्ष लेता? युधिष्ठिर ने भी तो कहा कि यदि उन्हें पता होता कि कर्ण उनका भाई था तो वे उसके लिए उत्तराधिकार का दावा भी त्याग देते। इस तरह एक पहेली जैसा सवाल दिमाग़ में यह आता है कि अगर सुयोधन को यह पता होता कि कर्ण उसका चचेरा बड़ा भाई है तो क्या वह अपने सिंहासन का उत्तराधिकार त्याग देता, वह कैसी प्रतिक्रिया देता? कृष्ण इस दावे को नकारते हैं, उनका मानना है कि कुंती की वह संतान विवाह से पहले जन्मी थी इसलिए कर्ण कोई पांडव नहीं था, यह तथ्य कर्ण के सारे बलिदान को ही निरर्थक कर देता है। वैसे भी, क्या अश्वत्थामा ने प्रतिशोध वश द्रौपदी के पुत्रों की हत्या कर उचित किया? क्या ऐसा निंदनीय और घृणित कार्य कर, अपने मित्र की दृष्टि में निष्ठा अर्जित करना उपयुक्त था? क्या वे और निषादों को मारने वाले पांडव धार्मिक थे? इसके अतिरिक्त, धृतराष्ट्र का वैश्य पुत्र युयुत्सु, हर स्थिति में एक विजेता के रूप में सामने आता है, यह भी इस ग्रंथ की एक विडंबना है।

वेदव्यास जी के लेखन की यही विशेषता रही कि जब भी इसे पढ़ा जाए, ये हर बार कुछ नए प्रश्न उठाता है, यह उन उपदेशकों द्वारा दिए गए उत्तरों की तरह नहीं है, जिन्होंने इसे केवल बुराई पर अच्छाई और अशुभ पर शुभ की विजय की कथा का रूप दे दिया है। ऐसी व्याख्याएँ, व्यास की बौद्धिकता के प्रति अन्याय हैं। मेरा मानना है कि ऐसे विश्वास हमारी मानसिकता पर अ-भारतीय प्रभावों के कारण ही हैं, जिन्हें आप आहत और क्षत-विक्षत सभ्यता के पश्च-प्रभाव भी कह सकते हैं। यह लक्ष्य किया जाना चाहिए कि भारत में भक्ति आंदोलन और भारत की इस्लामिक विजय की घटनाएँ लगभग एक साथ घटीं। भारत की मुक्त-मना विवेकपूर्ण सोच कहीं छिप गई और उसका स्थान अंधश्रद्धा ने ले लिया। आपसी परिचर्चा और एक आत्मविश्वास से संपन्न उल्लसित पीढ़ियाँ, जिस धर्म व अधर्म की सूक्ष्म रेखा को रेखांकित करती थीं, उसका स्थान अच्छाई और बुराई की अंतिम और परम परिभाषाओं ने ले लिया, जो कि एक यहूदी अवधारणा है और मध्य पूर्व में धार्मिक मान्यताओं की विशिष्टता है।

यह भी एक विरोधाभास है, कि भारत के गाँवों में अब भी हर दृष्टिकोण से विचार करने की क्षमता पाई जाती है और सभी दृष्टिकोणों को मान दिया जाता है। सुदूर ग्रामों की यात्रा के दौरान, मेरी भेंट एक साधु से हुई, उन्होंने मुझे अपना नाम बताने से इंकार कर दिया। मैं उनसे गोकर्ण मंदिर के समीप मिला था और हमारे बीच बहुत ही रोचक वार्तालाप हुआ। जब उन्होंने मुझसे पूछा कि मैं क्या करता हूँ तो मैंने उन्हें बताया कि मैं पराजितों के दृष्टिकोण से, महाग्रंथों की नए सिरे से व्याख्या कर रहा हूँ। वे हँस दिए और मुझसे पूछा कि

मैं क्यों लिखता हूँ। उन्होंने यह भी पूछा कि हमारे पुराणों में विजेता कौन था और पराजित कौन है? जब मैंने कहा कि रावण और दुर्योधन पराजित थे तो वे हँसकर बोले कि मुझे इन ग्रंथों को पुनः पढ़ना चाहिए ताकि मैं उन्हें पूरी तरह से समझ सकूँ। उन्होंने कहा कि कोई भी विजेता या परास्त नहीं होता, केवल लोग और उनके जीवन होते हैं। मैंने कहा कि मैं पराजितों के प्रति समानुभूति अनुभव करता हूँ और उनके पक्ष को सबके सामने लाना चाहता हूँ।

इसके उत्तर में, हमारे देश की श्रेष्ठ परंपरा के अनुसार, उन्होंने मुझे एक प्राचीन कन्नड़ लोकगाथा सुनाई। यह बर्बरीक के बारे में थी, जो घटोत्कच का पुत्र था। वह कौरवों के विरुद्ध पांडवों के साथ लड़ने आया था। वह एक अजेय योद्धा था और अकेले ही सारा संग्राम जीत सकता था किंतु उसकी एक ही दुर्बलता थी। वह इतना दयालु था कि किसी को परास्त होते नहीं देख सकता था। वह सदा शोषितों का साथ देता। उसने पांडवों को समर्थन दिया क्योंकि कौरवों के पास अधिक सैन्य बल था। जब युद्ध आरंभ हुआ तो पांडवों का पलड़ा हल्का था परंतु उसकी सहायता से, पांडव कौरवों पर भारी पड़ने लगे। जब बर्बरीक ने कौरवों के उतरे चेहरे देखे, तो उसे दया आ गई और वह पांडवों को छोड़कर, कौरवों की ओर से लड़ने लगा।

इस तरह पांडव हारने लगे। बर्बरीक के मन में उनके लिए दया जागी और वह उनकी ओर से लड़ने लग गया। ऐसा दोनों ओर से जारी रहा और दोनों ही पक्ष कुंठित हो उठे। जब तक बर्बरीक किसी एक पक्ष में न टिकता, युद्ध का निर्णय होना कठिन था। बर्बरीक के इस व्यवहार से तंग आकर, महारथियों ने कृष्ण की शरण ली। उन्होंने बर्बरीक को बुलाकर उसके ऐसे विचित्र व्यवहार का कारण पूछा। वह बोला कि उसे किसी को परास्त देखना अच्छा नहीं लगता। कृष्ण उसे उच्च तल पर ले गए और तसवीर का बड़ा रुख दिखाया। बर्बरीक ने वहाँ से देखा तो जाना कि दोनों ही पक्ष उचित और अनुचित थे; दोनों ही पराजित और विजेता थे और दोनों ही धार्मिक और अधार्मिक थे। उसने चकराकर कृष्ण से पूछा कि वे लोग युद्ध क्यों कर रहे हैं। कृष्ण उसे उत्तर देते हैं कि वह माया देख रहा है, जीवन का भ्रम; जो भ्रमित करता है और साथ ही आकर्षित भी करता है। कोई भी यह तय नहीं कर सकता कि धर्म या अधर्म क्या है, विजेता या पराजित कौन है। नश्वर मनुष्य तो इस विराट ब्रह्माण्ड की चिंगारी मात्र हैं, इस काल के सागर में निरर्थक संवेदन। बर्बरीक ने निराश होकर कृष्ण से कहा कि वे उसका शीश काटें और रणभूमि में एक स्तंभ पर लगा दें ताकि वह वहाँ से मूर्खों को लड़ते हुए देख सके और जीवन की इस माया को जान सके। कृष्ण ने भीम से ऐसा ही करने को कहा। बर्बरीक का शीश शेष रण का साक्षी रहा, वह दोनों पक्षों के महारथियों की मूर्खता पर निरंतर हँसता रहा।

साधु मुस्कराए और मुझे देखकर बोले, “पुत्र! किसी एक पक्ष के लिए पूरे आवेग के साथ बहस करने वाले, यदि ठहरेंगे तो वे बर्बरीक की हँसी और उसके उपहासयुक्त सुर को सुन सकेंगे।”

मेरे लिए यह कथा भी उन अद्भुत कथाओं में से थी, जो सदा से मेरे विस्मय का कारण रही हैं। यह कथा इरावान् की कथा से बहुत मिलती है, जो कि तमिलनाडु और केरल

की लोकप्रिय कथाओं में से है, हो सकता है कि यह प्रासंगिक ही हो। तमिलनाडु में, इरावान् का संप्रदाय गाँव के सभी संप्रदायों में महत्त्वपूर्ण है। इरावान् की प्रतिमा को स्थानीय तौर पर अरावन के नाम से जाना जाता है, प्रायः 10 से 15 फ़ीट लंबी यह प्रतिमा, तमिल गाँवों के प्रवेश द्वार पर लगाई जाती है। तमिल सभ्यता से अनजान लोग प्रायः उसे रावण की मूर्ति मान लेते हैं। अरावन को अभिभावक देव माना जाता है, कूठु के देवता, ग्राम का नृत्य रूप तथा महिलाओं के संरक्षक! वे फसल के देवता भी हैं। तमिलनाडु के कुछ हिस्सों में, उन्हें विपरीत-लिंगियों से भी जोड़ा जाता है।

केरल में, इरावान् का संबंध मृत्यु से है और वे स्थानीय रूप से कलनकोज़ी पक्षी (चित्तीदार जंगली उल्लू) के रूप में जाने जाते हैं। उन्हें अर्जुन का पुत्र माना जाता है, जिसे महाभारत युद्ध से पूर्व ही बलि चढ़ा दिया गया था। यह पक्षी मृत्यु का सूचक माना जाता है। मुझे आज भी याद है, मैं बचपन में रात को उल्लू की चीत्कार सुन, अपने बिस्तर में पड़ा काँप उठता था कि सुबह उठने पर निश्चित रूप से, किसी की मृत्यु का समाचार मिलेगा। अब ऐसे पक्षियों के बसेरे ग्रामीण विकास और परंपराओं के अवमूल्यन के चलते, गाँवों के आसपास नहीं दिखाई देते। पवित्र अमराइयों और पक्षियों की मृत्यु के साथ, गाँव के कुँओं से पानी भी समाप्त हो रहा है। हालाँकि इस राज्य में दूसरे राज्यों से अधिक वर्षा होती है किंतु सूखा एक नग्न वास्तविकता के रूप में सामने है। आधुनिक भारत में, जहाँ हमारे पूर्वजों की संस्कृति को बनाए रखने की बजाए उचित या अनुचित का कोई भी परम, और सब कुछ 'हम बनाम वे' हो गया है, वहाँ कलनकोज़ी के साथ अधिकतर परंपराएँ दम तोड़ रही हैं।

परंतु हमारी संस्कृति के मोज़ैक में प्रत्येक व्यक्ति और संप्रदाय के लिए स्थान है। कुछ भी पूर्णतया उचित या अनुचित नहीं है। हो सकता है कि तसवीर का बड़ा रुख़ देखने के लिए हमें बर्बरीक के शीश की आवश्यकता हो। यहाँ मेरा प्रयास यही रहा कि आपको हमारी कहानियों का वह दूसरा पक्ष भी दिखा सकूँ, जो कि हमारी पारंपरिक कहानियों जितना ही प्रासंगिक और पारंपरिक है। मेरा मानना है कि ये कथाएँ केवल प्रश्नों से जुड़ी होनी चाहिए, उत्तरों से नहीं। प्रत्येक उत्तर से सैकड़ों प्रश्न सामने आने चाहिए। यही एक आत्मविश्वास से संपन्न सभ्यता का लक्षण है और इसी प्रकार हम भारतवर्ष के पुत्र और पुत्रियाँ, युगों से अपनी कथाओं का - वाद-विवाद, तर्क-वितर्क तथा प्रतिवादों से समारोह मनाते आए हैं। जिन्हें हम निश्चित रूप से बिना मतभेदों के मानते हैं।

संभवतः बर्बरीक हम सबको देखकर हँस रहा है। चलिए उसी हँसी का उत्सव मनाएँ!

* * *

आभार

मेरा सबसे पहला आभार अपने पाठकों प्रति जाता है, मैं उनके सहयोग और प्रोत्साहन तथा मेरे पहले उपन्यास *असुर,* पराजितों की गाथा तथा *अजेय* के पहले भाग - कौरव वंश की महागाथा - पाँसों का खेल की आलोचना के अभाव में, एक ही वर्ष के भीतर अजेय का दूसरा भाग - *कलि का उदय* लिखने का साहस न संजो पाता। मैं अपने उस प्रत्येक पाठक को धन्यवाद देना चाहता हूँ जिसने मुझे उपन्यास के विषय में अपने विचारों से अवगत करवाया। मैं *असुर* के हिंदी, तमिल, तेलुगू, मराठी, कन्नड़, मलयालम व गुजराती भाषाओं के संस्करणों के पाठकों के प्रति भी अपना आभार प्रकट करता हूँ।

असुर व *अजेय,* दोनों के लिए ही मित्र व मार्गदर्शक की भूमिका निभाने वाले स्वरूप नंदा के प्रति आभार!

मेरी संपादक चंद्रलेखा मैत्रा को धन्यवाद, जिन्होंने मेरी रचनात्मक स्वतंत्रता को बरकरार रखते हुए, मेरे लेखन को पहले से बेहतर बनाने के लिए मार्गदर्शन दिया और फिर मेरी संशोधित पांडुलिपियों को भी पूरे धैर्य के साथ सहन किया।

मैं अंग्रेज़ी में लिखी अपनी पुस्तक के प्रकाशक, लीडस्टार्ट पब्लिशिंग को धन्यवाद देना चाहता हूँ, जिन्होंने मेरी तीसरी पुस्तक *अजेय* - कलि का उदय को प्रकाशित कर, मुझमें अपना विश्वास प्रकट किया।

दल के दूसरे सदस्य : डैनियल, इंदुर, प्रीति, इफ्तख़ार, राजेश, रामू, सलाम व अन्य भी धन्यवाद के पात्र हैं जिन्होंने मेरी पिछली पुस्तकों को एक सफलता में बदला तथा वही उत्साह मेरी तीसरी पुस्तक में दर्शाते हुए, पूरे दृढ़ संकल्प के साथ कार्य किया।

मेरे पिता, स्वर्गीय एल नीलकंठन तथा स्वर्गीय माताजी डी चेल्लमाल के प्रति आभार, जिन्होंने पौराणिक जगत से मेरा परिचय करवाया।

मेरी अर्पणा का बहुत-बहुत धन्यवाद, तुम्हें मेरे प्रयासों में अपने अविचल योगदान तथा उस प्रेम के लिए धन्यवाद देना चाहता हूँ, जिसके विषय में, मैं ही कई बार विचार करने लगता हूँ कि क्या मैं वास्तव में उसे पाने का अधिकारी हूँ?

मेरी पुत्री अनन्या व अभिनव का आभार, जिन्होंने हर रात को और अधिक कहानियों की माँग करते हुए, मेरे भीतर के कथावाचक को जीवित रखा और ऐसे आलोचकों के रूप में सामने आए, जिनसे तो कोई भी लेखक भयभीत हो जाए।

मैं अपनी बहन चंद्रिका व उनके पति परमेश्वरन, मेरे भाई लोकनाथन, राजेंद्रन तथा भाभियों मीना व राधिका, मेरी भतीजी राखी और भाँजे दिलीप व भाँजी दीपा तथा मेरे संयुक्त परिवार के सभी सदस्यों को उन अद्‌भुत दिनों के लिए धन्यवाद देना चाहता हूँ।

मेरे प्यारे कुत्ते जैकी को धन्यवाद, जो मेरे स्वभाव में तनिक सा भी आलस्य पाते ही, भौंक-भौंक कर मुझे मेरे लैपटॉप के पास बैठने के लिए विवश कर देता है और ज्यों ही मैं अपने की-बोर्ड से अंगुलियाँ हटाता हूँ तो यह माँग करने लगता है कि मुझे दंडस्वरूप उसे सैर करवा कर लाना होगा।

मैं संतोष प्रभु, सुजीत कृष्णनन तथा राजेश राजन का उन सभी संध्याओं के लिए धन्यवाद देना चाहता हूँ जो हमने भारतीय दर्शन की चर्चा में बिताईं। इसके अतिक्ति, वर्षों पूर्व लिखी गई *महाभारत* के प्रति भी मेरा आभार, जिसने मेरे भीतर इस उपन्यास लेखन के बीज अंकुरित किए।

प्रेमजीत के अपरंपरागत विचारों के लिए आभारी हूँ। आशीष भटनागर को मेरे पहले ड्राफ़्ट पढ़ने व उनकी आलोचना करने के लिए शुक्रिया!

एसआरपी (एस आर प्रशांत) तथा डी शिवप्रसाद, मेरे ऑनलाइन अभियानों में सहयोग के लिए धन्यवाद के पात्र हैं।

मेरे देश तथा देशवासियों को धन्यवाद, जो इतिहास व पौराणिकता की समृद्धि के लिए विविध विचारों व दृष्टिकोणों को सहन कर रहे हैं।

मेरे जन्मस्थल त्रिपूनीतुरा की समृद्ध परंपराओं तथा कोचीन के इतिहास के लिए आभार!

सभी भारतीय लेखकों के संरक्षक वेदव्यास जी का आभार, वे निश्चित रूप से इस धरा पर अवतरित होने वाले महान लेखकों में एक हैं।

अपनी सभी भारतीय भाषाओं के लेखन में सिद्धहस्त लेखकों के प्रति आभार, मैं उनसे क्षमायाचना करना चाहता हूँ कि मैं ऐसा कोई लेखन कर रहा हूँ, जिसे वे कई सदियों पहले, बहुत ही खूबसूरती व कौशल से शब्दों में पिरो कर प्रस्तुत कर चुके हैं।

मैं आप सबका बहुत आभारी हूँ और इसके अतिरिक्त उन सभी के प्रति भी अपना आभार प्रकट करता हूँ, जिनके नाम मैं यहाँ भूलवश नहीं दे पाया।

***

अनुवादक के बारे में

रचना भोला 'यामिनी', 20 से अधिक वर्षों से मौलिक लेखन व अनुवाद के क्षेत्र में कार्यरत हैं। मौलिक लेखन में जीवनी साहित्य, धर्म, पत्रकारिता, समाज, अध्यात्म, सामान्य ज्ञान, साहित्य, महिलोपयोगी, बाल साहित्य, पेरेंटिंग आदि विविध विषयों पर 50 से अधिक पुस्तकें प्रकाशित हो चुकी हैं, जिनमें लघुकथा संग्रह 'प्रयास' तथा द्रौपदी पर आत्मकथात्मक शैली में लिखा गया उपन्यास 'याज्ञसेनी' उल्लेखनीय हैं।

वे अनुवाद के क्षेत्र में राष्ट्रीय तथा अंतर्राष्ट्रीय ख्यातिनाम लेखकों की लगभग 150 से अधिक कृतियों का अंग्रेज़ी से हिंदी में अनुवाद कर चुकी हैं, जिनमें *असुर, असीम आनंद की ओर, तालिबान, पारो, क्या करें जब माँ बनें श्रंखला, रहस्य से परे, आकर्षण के नियम से आगे, एक ही ज़िंदगी काफ़ी नहीं, फ़कीर, अधिकतम से भी अधिक, रामायण : जीवनरूपी लीला, अजेय : दुर्योधन की महाभारत, मन का सहज विज्ञान, तिरुपति : एक जीवन दर्शन, ऑफ़कोर्स आई लव यू, फ़िफ़्टी शेड्स ऑफ़ ग्रे श्रंखला, वार्षिक भविष्यफल : बेजान दारूवाला, बदलते विद्यालय, तेजस्वी बच्चे, क़िस्मत की खोज में* व *ध्यान साधना का सरल अभ्यास* उल्लेखनीय हैं।

उनके लिए लेखन कार्य पैशन से प्रोफ़ेशन और मेडिटेशन तक जाने की एक अद्‌भुत यात्रा रहा है, जिसे वे अनवरत जारी रखना चाहती हैं। लेखन व पठन-पाठन के अतिरिक्त वे पर्यटन, संगीत की विविध विधाओं, विश्वस्तरीय सिनेमा व लोक परंपराओं के अध्ययन में विशेष रुचि रखती हैं।

rachnabhola25@gmail.com